KB043698

전쟁터의 요리사들

전쟁터의 요리사들

戦 場 の コ ッ ク た ち

후카미도리 노와키 장편소설 | 권영주 옮김

arte

주요 등장인물

◉ 미국 육군 제101 공수사단 제506 낙하산 보병연대 제3대대 G중대 대원

티모시(팀) 콜 관리부 소속 조리병. 오등 특기병. 루이지애나 출신의 먹보. 일명 '키드'.

에드워드(에드) 그린버그 관리부 소속 조리병. 삼등 특기병이자 G중대 조리병 리더. 냉정하고 머리가 좋지만 미각 음치. 일명 '안경잡이'.

디에고 관리부 소속 조리병. 오등 특기병. 명랑하고 까불거리는 성격. 푸에르토리코계.

스파크 의무병. 오등 특기병. 몸집이 작고 거만하다.

브라이언 의무병. 체격이 크고 섬세한 성격이다.

라이너스 기관총병. 사수. 금발에 푸른 눈의 미남.

와인버거 통신병. 작가 지망 독서가.

던힐 G중대로 전속된 부상병.

매킨토시(맥) 중사. 멋쟁이.

스미스 일병.

헨드릭슨 팀과 같은 분대의 고참병.

앤디 기관총병. 장탄수.

마르티니 저격수.

포슈 신참 보충병.

조스트 의무병. 제1소대 소속.

앨런 제2분대장. 선임하사.

미하일로프 부중대장. 중위.

워커 중대장. 대위.

◉ 그 외 등장인물

오하라 제426 공수 보급대대 보급병. 서글서글한 성격의 붉은 머리 껑다리.

로스 공병부대 대위.

비버 공병부대 중사.

화이트 헌병대 중위.

윌리엄스 이병. 수송대대 운전병.

다닐로 안드리치 교수 육군 군수과 보급부대 연구개발국 소령. 일명 '닥터 브로콜리'.

테레즈 잭슨 WASP(여성 공군 비행 부대) 부조종사.

욜랑드 이스빌에 사는 전직 교사.

얀센 부부 네덜란드의 장난감 상점 경영자.

로테 얀센 부부의 딸.

테오 로테의 남동생.

차례

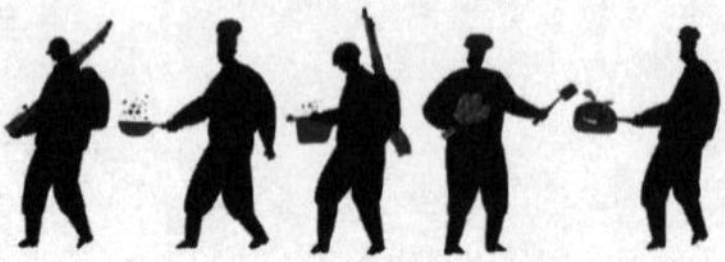

프롤로그

인생을 사는 낙이 뭐냐고 물으면 나는 주저 없이 '먹는 것'이라고 대답할 것이다.

어렸을 때부터 레시피 공책을 즐겨 봤다. 감기에 걸려 앓아누운 날, 배가 특히 고픈 날, 친구에게 놀림을 받고 운 날이면 곧잘 공책을 펴곤 했다.

부엌 찬장에서 공책을 꺼내 방으로 가져와 담요와 시트 사이로 파고든다. 기름과 고깃국물 자국이 여기저기 남아 있는 낡은 공책의 책장을 넘기다 보면 어쩐지 마음이 놓이면서 위 언저리가 따뜻해져 기분 좋게 푹 잘 수 있었다.

나는 1925년 미국 남부 루이지애나 주의 소도시에서 태어났다. 내가 철들었을 무렵 시작된 대공황 탓에 어느 집 애들이나 배를 곯던 시절이었다. 앨범에 딱 붙어버린 흑백 가족사진에는 체격에 비해 훨씬 작은 갑갑한 옷을 입고 반바지 밑으로 무릎이 뽈록 튀어나온 모습의 내가 찍혀 있다. 자다가 눌려 이리저리 뻗치고 헝클어진 머리는 머릿니 때문에 늘 가려웠다.

공부를 좋아하지 않아서 꽤 나이 먹도록 글도 못 읽었지만, 집에 있는 레시피 공책은 그림과 도해가 대부분이었던 터라 보기만 해도 대강 이해할 수 있었다. 이 재료는 어떤 냄새가 날까, 완성된 요리는 어떤 맛일까 상상하는 게 즐거움이었다.

집에 있는 레시피 공책은 대부분 함께 사는 친할머니가 손수 쓴 것이다. 키가 훌쩍 큰 할머니는 늘 허리를 굽히고 요리를 하는 탓에 견갑골 언저리가 비틀려 있었다. 정맥이 튀어나온 손에서는 양파와 짓찧은 마늘, 로즈메리 냄새가 났다. 목덜미 위로 틀어올린 머리는 옅은 상아색이었고, 주름투성이 얼굴에 화장을 하는 일은 거의 없이 가끔 손님이 온 날 파우더를 바르는 정도로, 대체로 부엌에서 늘 뭔가를 요리하고 있었다.

시간이 날 때면 할머니는 현관 앞 포치에 놓은 흔들의자에 앉아 의자를 흔들흔들하면서 아이스티를 한 손에 들고 느긋하게 바깥을 바라봤다. 포장된 도로를 동그스름하게 생긴 포드 차가 달려가고, 푸른 수풀은 습기를 머금었고, 옆집 2층에서 재즈가 들려왔다. 트럼펫과 드럼의 신나는 음색에 손가락으로 박자를 맞추는 할머니를 현관 그물문 너머로 관찰하고 있노라면, 할머니는 언제나 내 시선을 알아차리고 고개를 돌려 이렇게 말했다.

"티모시, 내일은 뭐 먹을까?"

할머니는 다른 가족들과는 달리 나를 팀이라고 부르지 않는다. 어머니의 말에 따르면 할머니가 19세기 후반 영국에서 태어났기 때문이라고 한다. 영국 상류 계급에서는 약칭을 쓰지 않는 다나. 하지만 할머니는 노동자 계급 출신이니 어머니의 가설이 맞는지 아닌지는 알 수 없다.

한 신사의 저택에서 주방 하녀로 일하며 요리사를 보고 따라 해서 솜씨를 갈고닦았다는 할머니의 요리 실력은, 열아홉 살 나이에 할아버지를 만나 신천지 미국으로 이주한 뒤 반찬 만들기의 명인으로서 발휘되었다. 할아버지가 개업한 우리 집 가게 '콜의 친절한 잡화점'에서 가장 인기 있는 상품은 구두끈도, 민트 사탕도, 허시 초콜릿 바도 아니고 가게 앞 왜건에서 무게를 달아 파는 할머니의 수제 반찬이었다.

집에서 만든 마요네즈와 새콤달콤한 피클을 사용한 데빌드 에그, 프라이드 애플과 스콘과 요크셔 푸딩, 냉육과 민물고기 프라이, 반찬을 수북이 쌓은 왜건은 동네 주민뿐 아니라 번쩍번쩍 광나는 자가용을 탄 여행자의 눈길까지 사로잡았다. 덕분에 우리 '콜의 친절한 잡화점'은 당시 세력을 확장해가던 체인점에도 지지 않고 살아남을 수 있었다. 할머니가 영국의 옛날식 요리와 미국 남부의 가정 요리, 그 밖의 갖은 창작 요리의 레시피를 기록한 공책은 열 몇 권에 이르렀다. 하지만 대공황으로 가난한 시대가 찾아들자 가게를 일단 접을 수밖에 없게 됐다.

누구나가, 심지어 유복했던 사업가조차도 쓰레기통을 뒤지는 게 당연한 일과가 됐다. 살 집을 잃은 사람들이 고장 난 차에서 생활하고, 직업소개소 앞에 줄이 길게 늘어섰다. 해고당한 흑인 하인들이 북부의 촌락을 향해 걸어가는 모습도 여러 번 봤다.

가게 문을 닫으면서 가업을 잃은 아버지는 직업소개소에서 몇 날, 몇 주를 기다린 끝에 겨우 자동차 부품 공장에 일자리를 얻었다. 어머니는 근처 목장에서 젖짜기를, 세 살 위인 누나 신시아는 여물 주기를 거들었으며, 당시 여섯 살이던 나는 신문 배달을 했다. 조그만 땅콩버터 샌드위치를 주머니에 쑤셔 넣고 인쇄소에서 갓 나온 잉크 냄새 나는 신문을 옆구리에 끼고 이집 저 집을 돌며 몇 마일을 걸어서 한 달에 5달러를 받았다. 할머니는 아직 어린 여동생 케이티를 어르면서 배급받은 야채로 매일 식사를 마련했다. 한편 할아버지는 노인들 모임에 나가는 일이 잦아졌다.

어느 여름날 거센 폭풍우가 몰아치는 오후, 할아버지는 할머니가 말리는 것도 무시하고 쏟아지는 빗속으로 뛰쳐나가 주지사의 후원회에 갔다. 우리가 저녁을 먹는데 할아버지가 얼굴이 시뻘게져 돌아와 "우리 주만은 곧 경기가 회복될 거야"라며 흥분해서 말했다. 하지만 우리는 하루 종일 일해서 피곤했거니와 지금은 눈앞의 음식을 먹는 데 집중하고 싶었다. 기대와 다르게 식탁이 조용하자 할아버지는 분을 못 이기고 후추 단지를 엎었다. "정치 같은 것보다 음식을 소중히 여겨요"라며 나무라는 할머니에게 할아버지는 "할 줄 아는 게 요리밖에 없는 주제에 어디서 말대답이야"라며 거칠게 욕했다. 그러다 도중에 혀가 꼬이는 것 같더니 의자에서 굴러떨어졌다. 폐렴에 걸려 열이 펄펄 끓었던 것이다. 그리고 간병한 보람도 없이 채 사흘을 못 넘기고 세상을 떠났다.

그로부터 얼마 안 돼서 1933년 프랭클린 루스벨트가 대통령으로 취임한 뒤로 경기가 서서히 나아지기 시작해 붉은 살코기가 식탁에 오를 때도 많아졌다. 아버지가 분발해서 가게를 다시 열어 우리 남매가 '콜의 친절한 잡화점' 간판을 새로 만들었다.

할머니는 음식을 잔뜩 만들어 왜건에 진열했다. 그러고는 좋아하는 베니 굿맨의 레코드에 바늘을 얹고 흔들의자에 앉아 손님이 오기를 기다렸다. 클라리넷과 드럼의 경쾌한 스윙이 흐르자 반찬을 찾는 손님들이 돌아왔다.

하지만 유럽을 비롯한 다른 나라들에서는 혼란이 계속되고 있었다. 대공황 탓에 실업자가 폭발적으로 증가했고 세계는 점점 뒤숭숭해졌다. 소련이 탄생한 뒤로 각지에서 급격히 증가한 공산주의자와 그에 대항하는 극우 애국주의자가 과격한 사상을 내세우며 충돌을 일으켜 서로에게 욕설을 퍼붓는 일도 종종 있었다. 1918년에 끝난 세계대전의 결과 국경선이 새로 그어지고 소규모 국가가 독립하면서, 또 네 명 중 한 명이 일자리가 없는 현재 상황은 이민자가 너무 많은 탓이라는 이유로 여기저기서 민족 문제도 발생했다. 특히 패전국인 독일은 영토 일부를 잃고 거액의 배상금을 짊어진 상황에서 농경지의 격감과 높은 실업률까지 겹쳐 고통받고 있었다.

독일 국민의 불만 속에 이윽고 '국가사회주의 독일 노동당'이라는, 혀를 깨물 것처럼 이름이 긴 극우 정당이 등장했다. 세상 사람들은 이내 그 당을 '나치스'라고 부르게 됐다.

칫솔 수염을 기른 자그마한 체구의 남자, 아돌프 히틀러가 쏟아내는 독일어가 라디오에서 들려오기 시작했을 때 심상치 않은 느낌을 받은 사람도 적잖이 있었지만, 우리 부모를 포함해서 대다수의 사람들은 그렇게까지 심각하게 생각하지 않았다.

"그놈은 영토를 되찾고 싶은 모양이지."

"조약을 무시하고 군비를 갖추고 있다던데."

"저런 건 그냥 선전이야. 보나 마나 공갈치는 거라고."

"영국이랑 프랑스가 어떻게 하겠지."

파시즘을 제창한 이탈리아의 무솔리니는 아프리카의 에티오피아를 침공했고, 스페인에서는 내전이 발생했으며 오스트리아는 독일에 합병됐다. 극동에서는 중일 전쟁을 계속하는 일본이 아시아 진주(進駐)의 정당성을 주장하고 있었다.

그래도 보통 사람들은 전쟁을 피할 수 있다고 생각했다. 조약이 있거니와 이전 전쟁으로 험한 꼴을 당한 게 겨우 20년 전이다. 아무리 그래도 똑같은 일을 되풀이하지는 않을 것이다. 라디오에서 해주는 허구의 드라마를 듣고 화성인의 침공을 진심으로 믿을 만큼 사서 걱정하는 사람이면 모를까, 전면 전쟁에 대한 불안이 고개를 들어도 다들 무시하는 분위기였다.

미국에도 개중에는 "히틀러는 독일 경제를 회복시키고 있는데 좋은 정치가잖아"라며 나치스에 찬동하는 사람, "유대인을 세상에서 내쫓아줄 거잖아? 난 히틀러를 지지해, 우리 회사는 유대인 놈 때문에 망했다고"라고 큰소리로 주장하는 사람이 있었다. 하지만 이따금 논쟁이 벌어져도 "뭐, 미국하곤 상관없지"라며 누가 어깨를 으쓱하면 그것으로 끝이었다.

국가원수 간의 긴장 어린 회담과 외교적 협상이 곳곳에서 벌어져 유럽이 또다시 전란에 휩쓸릴 위험은 피했다고 알려졌다.

그러나 1939년 9월 1일, 검은 하켄크로이츠(갈고리 십자)를 내

세운 나치스 독일군이 폴란드를 침공했다. 영국과 프랑스를 중심으로 한 연합군이 즉각 독일에 선전포고를 했으나 독일군의 맹공 앞에 프랑스가 항복해 나치스 지배하에 괴뢰 정권이 수립되었다. 여기에 호응하듯 이탈리아와 일본이 독일과 동맹을 맺어 두 번째 세계대전의 구도가 완성됐다.

전쟁이 시작되고 보니 추축국의 무력이 연합국을 압도했다. 영국은 격심한 공중 폭격을 당했고, 유럽 대부분의 나라가 눈 깜짝할 새에 침략을 받았다. 그리고 1941년 12월, 일본군이 하와이 진주만에 정박 중이던 미국 전함을 폭격했다.

그날 나는 동네 친구와 함께 바에서 핀볼을 하며 놀고 있었다. 라디오에서 아나운서가 진지한 목소리로 뭐라 말했지만 우리는 게임에 열중하느라 듣지 않았다. 코카콜라를 한 모금 마셨을 때 카운터 뒤에 있던 주인이 갑자기 라디오를 끄며 일어섰다. 실내가 쥐 죽은 듯 고요해졌다.

"미국이 참전한다는데."

새해가 밝아 1942년, 지원병을 모집하는 고지가 나붙었을 때 나는 열일곱 살 생일을 눈앞에 두고 있었다.

모병 포스터는 시청 게시판뿐 아니라 거리 곳곳에 나붙었고, 상점이며 바의 벽에서도 성조기 모자를 쓰고 흰머리가 뻗친 엉클 샘이 이쪽을 향해 검지를 들이대고 있었다. 물론 우리 '콜의 친절한 잡화점'의 벽에서도.

젊은 남자들은 포스터 앞에 몰려들었다. 함께 어울리는 친구들과 나지막이 의논하는 사람, 서로 쿡쿡 지르는 사람, 진지한 눈빛으로 포스터를 응시하는 사람 등등. 하지만 분위기는 공통

됐다.

드디어 그때가 오고 말았다는, 감출 길 없는 공포였다.

미국은 유럽과 달리 본국이 공격을 받은 게 아니었거니와, 다른 나라 사정에 휘둘리면 안 된다고 주장하는 의견도 뿌리 깊었다. 뉴스를 듣고, 또 애들 놀이가 독일군이며 일본군을 쳐부수는 전쟁놀이로 바뀐 것이라든지 원자재 부족 탓에 가게에 진열된 상품이 바뀐 것을 보고 바깥세상이 매우 심각한 상황인 듯하다고 느끼기는 하지만 현실감은 없었다.

하지만 전황이 격화되면 직업군인과 지원병만으로는 부족해져 자신의 의사와 상관없이 징집될지도 모른다. 게다가 추축국, 특히 강대한 공업국인 독일의 군대는 꽤나 벅찬 상대라고 한다. 독일은 본래 공업이 발달한 나라인 데다가 최신예 전차와 총기, 우수한 장병들, 히틀러 총통에 대한 충성심과 결속력까지 갖추었다. 다른 민족을 예속시키고 게르만 민족이 지배하는 대제국을 건설하려는 나치스는 기독교를 업신여기며 「고요한 밤 거룩한 밤」을 부를 때 아기 예수의 이름조차 히틀러로 바꾼다고 했다.

나는 가족이 모두 잠든 한밤중에 몰래 방에서 빠져나와 거실의 라디오를 켰다. 자진해서 뉴스에 채널을 맞춘 것은 태어나 처음이었다. 아나운서가 낮고 조용한 목소리로 중립국 세 나라를 제외한 동서 유럽이 이제 추축국 세력하에 있다고 말했다. 색소폰과 클라리넷의 간주에 이어 "미군은 용감한 젊은이를 모집합니다, 자유와 정의를 위해 싸웁시다! 군은 의식주와 급여, 보너스를 보장합니다"라는 광고가 흘러나왔다. 나는 스위치를 껐다. 양말을 신지 않은 탓에 발가락이 몹시 찼다.

애국심이 없는 것은 아니었다. 이탈리아와 북아프리카, 동아시아에서는 이미 수많은 미군 장병이 싸우고 있는 상황에서 협조해주고 싶다는 생각은 있었다. 입대를 결심한 사람들 중에는 자신이 독재자의 야망을 깨부수어 세계를 구하겠다고 큰소리를 치거나 정의감이며 명예욕에 사로잡힌 녀석도 있었다. 보다 막된 타입은 그저 날뛰고 싶어서 병역에 지원했다. "크라우트 새끼, 잽 새끼(각각 독일 사람과 일본 사람을 얕잡아 가리키는 비속어)!"라며 적국을 비난하는 소란스러운 인간과 맞닥뜨리는 일도 적지 않았다.

하지만 많은 젊은이들의 경우 마음이 동한 가장 큰 이유는 돈이었다.

회복 조짐이 보이기 시작했다지만 경기가 완전히 되살아나려면 아직 멀었거니와, 굶주림에 대한 두려움은 여태 사라지지 않았다. 하지만 군에 입대하면 안정된 급여를 받을 수 있고, 혹시 자신이 전사하더라도 가족에게 어느 정도의 위로금이 지급될 것이다. 게다가 어차피 입대해야 한다면 징병되는 것보다는 자진해서 손을 든 지원병 쪽이 보너스가 50달러 더 많으니 이득이다.

그런 상황에서 자동차 정비공의 아들이나 수재로 유명했던 약골이 지원했다는 말이 들리기라도 하면 대열에서 낙오되기 전에 어서 가야 한다는 분위기가 남자들 사이에 감돌았다. 술집이나 길모퉁이 주유소에서 안면 있는 사람과 마주쳐 두어 마디 주고받다 보면 결국은 늘 입대 이야기가 화제에 올랐다. 가령 이런 식으로.

"넌 안 가냐? 얼른 안 가면 녀석들 볼기짝을 걷어차주기 전에 전쟁이 끝나버릴 거다."

"용감한 행동을 존경하냐고? 흥, 글쎄다. 뭐하러 제 발로 죽으러 가는지. 뭐? 그 녀석이 지원했어? 그래…… 이거 참."

어쨌든 애인이나 가족의 배웅을 받으며, 또는 누구에게도 배웅을 받지 못한 채 홀로 작은 배낭을 지고 기지행 버스에 올라타는 젊은이는 날이 갈수록 늘어났다. 라디오를 틀면 어떤 프로그램을 들어도 전황이 언급됐고 "이건 너의 전쟁, 이건 나의 전쟁, 모두의 전쟁, 승리를 잡으라"라고 노래하는 경쾌한 곡이 흘러나왔다.

내가 입대를 결심한 것은 같은 해, 1942년 늦가을이었다.

"여기 사인해줘."

부모에게 동의서를 보이자 아니나 다를까 가족들 모두가 반대했다. 아버지는 "기껏 가게를 물려주려고 일을 가르쳤는데" 하며 내켜하지 않는 한편, 어머니는 연신 목숨 걱정을 했다. 누나 신시아는 "폼 잡고 싶은 거지"라며 비웃고, 세 살 아래인 동생 케이티는 "바보"라고 딱 한마디 소리치더니 땋은 머리채를 달랑이며 2층 침실로 뛰어 올라가 버렸다.

"전쟁은 비참하다고? 그런 건 상상력이 조금만 있어도 알 수 있어. 총알이 날아다니는 속을 달려가고, 여기저기 다치고, 전우가 눈앞에서 죽고 그러겠지. 하지만 그거 좀 멋있지 않아?"

어느새 동네 친구들과 그런 말을 주고받고 있던 나는 기를 쓰고 "이건 남 일이 아니야, 우리의 전쟁이야"라고 어디서 주워들은 대사를 빌려 주장했다.

아무리 이야기해도 결론이 나지 않아 결국 할머니의 결정을 따르게 됐다. 할아버지가 폐렴으로 세상을 떠난 이래로 가족회의의 의장은 할머니였다.

할머니는 나를 부엌으로 불러 아무 말도 하지 않고 홍차를 끓였다. 그리고 나와 똑같은 옅은 갈색 눈동자로 나를 물끄러미 쳐다보았다.

주눅 들면 안 된다. 선수를 치자.

"할머니, 나 갈 거예요. 괜찮아요, 꼭 돌아오겠다고 약속할게. 나도 이제 어린애가 아니라고요. 키도 벌써 오래전에 아버지보다 커졌는걸요."

실제로 나는 좋은 체격을 타고났다. 몸집과 근육은 아직 그저 그랬지만 키는 또래에 비해 컸다. 단련하면 꽤 좋은 군인이 될 것이다. 내 결심은 확고했다. 가족 곁을 떠나서 사내 녀석들과 한솥밥을 먹으며 둘도 없는 친구를 사귀고 고된 훈련을 참고 견뎌낸 끝에 전쟁터에 나가 적을 쳐부수어 영웅으로 떠받들어지는 내 모습을 상상했다.

모험이다. 진짜 모험을 할 수 있는 것이다. 그에 비하면 좋아해 마지않는 레시피 공책도, 정다운 음식 냄새가 남아 있는 친숙한 부엌도 어차피 소꿉장난에 불과했다. 조금도 아쉽지 않았다.

할머니는 얼마 동안 내 눈을 응시하더니 손짓하며 "이리 오렴" 하고 불렀다. 부르는 대로 다가가자 할머니는 나를 끌어안았다. 순한 허브 냄새가 났다.

"그래, 가렴. 그렇지만 죽으면 안 돼. 사명을 다하면 꼭 돌아와야 한다."

그것으로 내 입대는 결정 났다.

할머니의 레시피 공책 한 권을 부적 대신 챙겨 열차에 탔다.

곧바로 전쟁터로 가게 될 줄 알았더니만 그렇지는 않았다.

배치를 받은 조지아 주 토코아 기지에서 나는 공수 소총병으로 훈련을 받기 시작했다. 잡지 《라이프》에서 본 낙하산 부대에 들어왔다고 흥분한 것은 처음뿐이었다. 매일 계속되는 혹독한 훈련을 못 이기고 탈락하는 사람도 적지 않았다.

장애물 훈련에 스쿼트, 몇 마일을 뛰어 커레히 산까지 달려갔다 오고, 밤중에 자다 일어나 행군을 했다. 아침부터 밤까지 고된 체력 단련과 사격 연습, 무기를 멘 상태에서 포복 전진, 총검 돌격, 격투 연습을 했다. 학과 수업은 또 다른 의미에서 고문으로, 쏟아지는 잠과 싸우며 책상 앞에 앉아 있어야 했다. 지도를 읽는 법부터 시작된 전쟁 학문은 수신호만으로 연대를 이룰 수 있을 때까지 훈련을 거듭했다.

팬티와 양말, 세숫대야조차도 지급되는 군용품을 썼다. 야전복의 칙칙한 올리브색과 황록색에 금세 질려 산뜻한 색의 바지와 풀을 빳빳이 먹인 흰 셔츠가 그리워졌다.

아침에 일어나면 밤이 영원히 오지 않을 것처럼 느껴지는데 하루가 눈 깜짝할 새 끝나고 일주일, 한 달, 반년이 쏜살같이 지나갔다.

언제쯤 전쟁터에 나갈 수 있는 거냐고 동료들과 투덜거리는 일도 잦았다. 가끔 휴가가 나올 때면 기지의 도넛 스탠드에 들러 기름기 많은 도넛과 커피를 입 안에서 혼합하며 라디오에서 나오는 음악을 들었다. 특히 할머니가 좋아했던 베니 굿맨의 클라리넷 연주를 들으면 고향의 습한 자연이 눈앞에 떠오르면서 가족이 생각나곤 했다.

그러던 어느 날 조리병을 증원한다며 희망자를 모집하는 벽보가 기지 내 게시판에 나붙었다.

나는 문득 멈춰 섰다. 실은 군대 생활이 내가 생각했던 것과 달랐다. 나는 아무래도 군인이 적성이 아닌 것 같았다. 사격도 잘하지 못했고 달리기도 평균보다 느렸다. 동료들과 이야기하다가 덩치만 큰 어린애라고 웃음을 사 '키드'라는 별명이 붙은 형편이었다.

그런 나도 어쩌면 조리병은 가능할지 모른다는 생각이 들었다. 어쨌거나 나는 할머니 손자고 레시피를 자장가 삼아 자랐으니까. 하지만 결심이 좀처럼 서지 않았다. 자타가 인정하는 먹보이니 가족과 이웃 사람들은 분명히 입을 모아 꼭 조리병이 되라고 권할 것이다. 그렇지만 군대 내에서 조리병이 받는 평가를 알고 나니 솔선해서 되고 싶지는 않아졌다.

기지에서 주는 음식은 대체로 맛이 없었거니와 양도 일정하지 않았다. 주방에서 하는 일은 번거롭기만 하고 하찮아서, 실제로 감자 깎기나 설거지는 군기를 위반했거나 성적이 불량한 사람들에게 벌로 시켰다.

자연히 조리병은 일반병에게 무시당하고 미움을 받았다. 조리병뿐 아니라 후방 지원 임무를 수행하는 특기병은 모두 비슷한 취급을 당했다. 그들은 '낙오자'라는 시선을 받았다.

말이 그렇지, 여기 있는 녀석들은 다들 아직 실전 경험이 없으니 우열을 가려봤자 학교 성적 정도다. 그런데도 국자를 들고 흰 앞치마를 두른 조리병이 특기병이라는 이유 하나만으로 계급이 하사와 동급으로 오르고 급여도 조금 더 많이 받는다면 화내고 싶어질 만도 하다. 훈련으로 인한 피로와 상관에 대한 불만이 쌓인 젊은 사내들에게 조리병의 존재는 울분을 풀 안성맞춤의 대상이었을 것이다.

"엄마 흉내 내러 군대 왔냐, 이 밥데기야."

조소를 들을 때마다 가슴이 뜨끔했다. 그러나 나는 할머니가 생각나 업신여김을 당하는 조리병들을 동정하면서도 다른 사람들과 어울려 같이 험담을 했다. 놀림받을까 봐 두려웠던 것이다.

이러지도 저러지도 못한 채 망설이던 때 한 특기병을 만났다.

나이는 나와 같이 열여덟 살쯤 됐고 희고 야윈 얼굴에 동그란 안경을 꼈으며 좀처럼 웃지 않았다. 군수과 연구실에서 우리 G중대로 배치된 조리병이라고 했다.

이름은 에드워드 그린버그. 키는 대략 평균이지만 나보다는 작고 군인치고는 말랐다. 검은 머리에 검은 눈, 눈썹은 시원스럽게 곡선을 그리며 위로 치켜 올라갔고, 이마는 네모나고 반듯했다. 뾰족한 턱과 얇은 입술은 대체로 꽉 죄어져 있어 느슨하게 풀어진 모습을 본 적이 거의 없었다. 하도 철가면 같은 얼굴이라 화가 났나 했는데 원래 감정이 겉으로 잘 드러나지 않는 타입인 모양이었다.

처음에 동료들은 그를 얕잡아봤다. 안경을 낀 데다 언제나 군복에서 음식 냄새가 났기 때문이다. 하지만 그가 온 뒤로 식사와 전투식량의 과부족이 없어지고 먹고 싶은 음식의 신청이 받아들여지면서 조금씩 험담이 사라졌다.

나도 에드워드 그린버그를 존경하기 시작했다. 늦잠 잔 벌로 주방 보조인 KP(키친 폴리스)를 하게 된 어느 날, 산더미처럼 쌓인 감자에 넌더리를 내며 감자를 깎고 있으려니 그가 도와주었다. 그는 자기 할 일은 끝났다며 솜씨 좋게 껍질을 벗겼다. 다른 조리병들 중에는 귀찮은 잡일을 죄다 남에게 시켜놓고 뻔뻔하게 쉬는 녀석도 있었다. 자기들을 무시하는 일반병에게 쌓인 울분을 그렇게 풀었는지도 모른다. 그러나 그는 그런 행동을 하지 않았다.

며칠 뒤 에드워드 그린버그가 내게 말을 걸었다.

"먹는 거 좋아해?"

음식을 먹는 모습을 보고 그렇게 느낀 모양이다. 질문의 의도는 알 수 없었지만 나는 솔직하게 인정했다. 레시피를 보는 것도 먹는 것도 아주 좋아한다고. 그러자 그는 평소답지 않게 입가에 웃음을 머금었다.

"조리병 안 하겠어? 난 맛을 내는 데 관심이 없어서 말이지……. 레시피대로 만들면 어느 정도는 할 수 있다만 응용이 안 되는군. 너처럼 먹성 좋은 녀석이 있어주면 도움이 되겠는데."

유능한 사람이 부탁하는데 싫은 기분이 들 리 없었다.

그날 밤, 막사 간이침대에서 할머니에게 편지를 썼다. 나도 조리병이 될까 생각 중이라고. 며칠 뒤 배달된 답장은 매우 명쾌했다.

'네가 생각하는 것보다 훨씬 어려운 일이란다. 하지만 보람은 있거든. 요리도 싸움의 중요한 요소야. 나도 젊었을 때 그런 기분으로 식사를 만든 적이 있어.'

사진 한 장이 동봉되어 있었다. 머릿수건을 쓴 여자들이 벽돌담 앞에서 커다란 냄비를 잔뜩 놓고 서서 모여드는 사람들에게 식사를 주는 장면이었다. 맨 앞 급식대에 서른 살쯤 되어 보이는 할머니가 있었다. 사진 뒤에 '1917년 3월 센트럴 파크 난민 지원 캠프에서'라고 쓰여 있었다. 지난번 세계대전 때다. 문득 할아버지가 세상을 떠나기 직전 '요리사인 당신이 뭘 안다고'라고 내뱉었던 말이 떠오르면서 조리병을 얕보는 동료들이 생각났다.

나는 결심했다. 그리고 군수 학교가 있는 버지니아 주 포트리에서 2개월간 훈련을 받은 뒤 이병에서 오등 특기병으로 진급했다. 급여는 약간 올랐지만 부대 내에서의 위치는 변화가 없어 여전히 '키드'라고 불렸다.

우리가 맡은 임무는 대원에게 전투식량을 나눠주고, 재료와 시간과 장소에 여유가 있을 때 요리를 하고, 식중독이 발생하지 않도록 위생 지도를 하면서 동료들의 위장을 관리하는 것이다. 조리병이기는 해도 나는 중대 관리부 소속이라 전투가 벌어지면 총을 들고 일반 병사들과 함께 전선에서 싸운다.

마음이 맞는 동료들도 생겼다. 푸에르토리코계로 키는 작지만 체격은 딱 벌어진, 명랑한 성격의 디에고 오르테가, 그리고 에드워드 그린버그.

나는 특히 에드와 친해졌다. 에드는 머리 회전이 빠른 데다 언제나 공평하고 의지가 됐으며 나를 키드라고 부르지 않고 팀이라 불러주었다.

그리고 입대한 뒤 합계 2년에 이르는 훈련을 거쳐 1944년 초여름, 디데이, 우리의 첫 출정이 정해졌다.

미 육군 제101 공수사단 제506 낙하산 보병연대 제3대대 G중대 관리부 소속 조리병, 티모시 콜 오등 특기병.

그게 나였다.

제1장

노르망디 공수작전

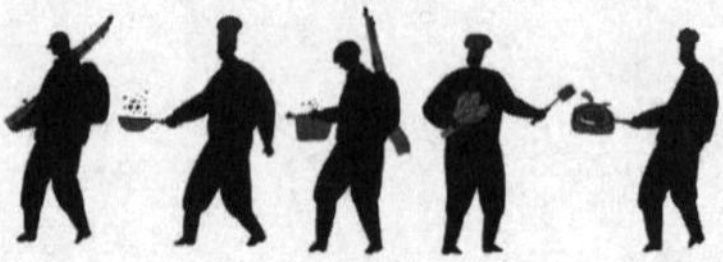

밤하늘은 흐렸지만 조금씩 걷히기 시작한 구름 사이로 달이 나타나 주위를 비추기 시작했다. 바람을 가르며 어두운 하늘을 날아가는 C-47 수송기 '스카이 트레인'의 대열이 검게 물결치는 도버 해협을 이제 곧 벗어나려 하고 있었다.

1944년 6월 6일 한밤중, 창밖을 내다보니 몇 피트도 채 안 되는 가까운 거리에서 우리와 똑같은 짙은 올리브색 거체가 날고 있었다. 동체 후부와 양 날개의 접합 부분에 흑백 줄무늬가 있다. C-47만 해도 1,200기가 넘거니와 물자 수송기와 글라이더, 그리고 영국군과 캐나다군도 따라오고 있을 터였다. 만약 하늘을 올려다보는 사람이 있었다면 꼬리에 꼬리를 물고 날아오는 수많은 비행기에 눈을 휘둥그렇게 뜨고 벌렁 나자빠졌을 것이다.

나도 낙하산병의 한 사람으로서 C-47의 어두운 기내에 올라타 있었다. 엔진의 윙윙 소리가 배에 진동으로 느껴졌다. 원래 화물실이다 보니 제대로 된 좌석이 없어서 탑승한 스물네 명은 모두 양쪽 벽에 고정한 좁다란 벤치에 엉덩이를 올려놓고 있었다. 완전 군장 탓에 몸을 옴짝거리는 것조차 여의치 않았다.

창으로 어렴풋한 달빛이 비쳐들어 손 언저리를 비추었다. 두꺼운 장갑을 껴서 움직이기 불편한 손가락을 구부렸다 폈다 하며 신호용으로 지급된 양철 장난감 크리켓을 만지작거렸다. 직사각형으로 생긴 조그만 크리켓을 손가락으로 잡고 다물렸다가 벌렸다가 하면 딸깍딸깍 소리가 났다.

영국의 공군 기지를 출발한 지 대략 두 시간 남짓 지났다. 선하품을 하는 김에 혀를 움직여 치아 뒤를 청소했다. 출발 전에 먹은 멀미약의 뒷맛이 심하게 나빠서 되레 토할 것 같았다.

이 사이에 남아 있던 알약 조각을 삼키고 얼굴을 들자 맞은편 벤치에 앉아 있던 디에고 오르테가와 눈이 마주쳤다. 커다란 입을 일그러뜨리고 무시무시한 표정을 짓고 있었다. 디에고는 헬멧을 이마까지 밀어 올리고는 소리를 내지 않고 입술만 움직여 '궁둥이에서 삽 좀 떼어주라, 키드'라고 부탁했다.

그러니까 말할 때 듣지. 녀석은 군장을 지나치게 많이 지는 바람에 마지막으로 남은 휴대용 삽을 하는 수 없이 궁둥이에 장착했다. 나는 "앉으면 끝내주게 불편할 텐데"라고 충고했건만 녀석이 듣지 않았다.

같은 조리병으로 디에고와 1년을 지내면서 안 사실은 녀석이 다소, 아니 꽤 경망스러운 바보라는 것이다. 출발 전 동료 앤디와 이발기로 서로의 머리를 모히칸풍으로 깎고서 이걸로 적을 위협할 것이라며 웃었다. 하지만 헬멧을 쓰면 아무 의미도 없다. 같이 있으면 즐겁고 마음은 착한 녀석인데.

이 비행기에는 군수과 병사 외에 회계병과 보급병, 의무병 일부, 그리고 우리 조리병까지 G중대 관리부 소속 특기병만 타고 있었다. 다들 얼굴이 거뭇하게 얼룩덜룩한 것은 아마기름과 코코아 가루를 섞어 발랐기 때문이다.

대화가 그리 활발하게 오가지 않는 것은 긴장 탓인가, 아니면 요란한 엔진 소리에 입 벌려 말해봤자 체력만 소모할 뿐이라는 것을 알기 때문인가. 아마 둘 다일 것이다.

드디어 시작이다. 나는 숨을 크게 들이쉬었다가 천천히 뱉었다. 침은 끈끈하고 납처럼 불쾌한 냄새가 났다.

갑자기 기체가 크게 흔들려 몸이 훅 가벼워지고 발바닥에서 위 언저리까지 끌어올려지는가 싶더니 이번에는 갑자기 중력이 가해졌다. 귀울림이 심했다. 앞쪽에서 누가 균형을 잃고 바닥에 넘어져 흡사 뒤집힌 거북이처럼 팔다리를 버둥대고 있었다. 선두인 매컬리일 것이다. 옆에 있던 녀석의 도움을 받아 간신히 일어섰다. 매컬리는 최근 배치된 네 번째 조리병인데 심약하고 믿음직스럽지 못하다. 하지만 지금은 넘어지면 나도 저렇게 될 게 분명했다. 군장이 너무 무거워서 혼자 힘으로 일어서지 못하는 것이다.

우리는 모두 공수 전투복이라고 불리는 칙칙한 갈색 군복을 입고 있었다. 올리브색 속옷 위에 같은 색 셔츠, 어깨에 사단 휘장 '스크리밍 이글스(울부짖는 독수리)'를 단 엉덩이를 덮는 길이의 황갈색 재킷. 재킷 위로 허리에 탄띠를 둘렀고 어깨에는 스트랩을 걸쳤다. 바지는 관절을 쉽게 구부렸다 폈다 할 수 있도록 통에 여유가 있었고, 밑자락은 끈을 묶는 군화 속에 쑤셔 넣었다. 재킷도 바지도 주머니가 잔뜩 달렸고, 탄띠에는 소총 클립이 든 탄입대가 죽 붙어 있었다. 옷감에는 화학무기 대책이라고 약품을 먹였다.

물론 군복만으로 전쟁터에 나갈 수 없다. 게다가 우리 공수병은 시속 124마일(200킬로미터)로 날고 있는 수송기에서 한 명씩 뛰어내리는 터라, 만에 하나 고립돼도 살아남을 수 있도록 챙겨야 할 지정 장비만 해도 수두룩했다. 주낙하산 팩을 등에 지고 스트랩으로 고정했고, 목에는 노란 구명조끼를 걸었고, 가슴에는 예비 낙하산을 안고 있었다.

나아가 겨드랑이 밑에 소총을 메고 가슴에는 수류탄, 권총집에 권총, 다리에 두른 레그백에는 주머니칼과 호킨스 지뢰를 넣었다. 수통과 전투식량 세 끼 분량, 손전등, 로프, 시계, 지도, 판초 우의 등을 욱여넣은 잡낭과 휴대낭, 땅을 팔 때 쓰는 T자형 야전삽을 가랑이와 허리에 매달았다. 총탄은 있는 대로 다 챙겼고, 폭약의 신관도 빠뜨리면 안 된다.

거기에 나는 작은 냄비 두 개와 작은 프라이팬, 휴대용 가스버너 두 개를 다른 배낭에 넣어왔다. 대량의 성냥갑과 콩소메 가루, 작은 병에 든 소금과 후추, 남겨놓은 빵, 기술 교범의 레시피와 조리용 칼, 그리고 부적을 대신하는 할머니의 레시피 공책도.

상관은 "쓸데없는 건 갖고 가지 마라"라고 여러 번 말했지만 아무도 귀담아듣지 않았다. 잡낭을 열면 화보 잡지며 트럼프 카드, 야구공, 가족과 애인뿐 아니라 집에서 키우는 개, 고양이 사진까지 나왔다.

마치 장식을 너무 많이 한 크리스마스트리 같은 우리를 보고 수송기 파일럿들은 얼굴이 창백해졌다. 중량 초과를 아슬아슬하게 면했거나, 아니면 어느 정도는 초과했는지도 모른다.

어쨌거나 일일이 이름을 말하기도 넌더리가 날 만큼 온갖 물건을 가져가려고 몸 전체를 이용했다. 심지어 헬멧마저도 수납 공간으로 썼다. 소형 구급 키트는 벽을 기어가는 도마뱀붙이처럼 테이프로 머리 앞부분에 고정했다.

완전 군장인 게 당연하다. 우리는 적국 독일의 지배하에 있는 프랑스 본토에 기습을 가하러 가는 것이니까.

"이제 곧 소풍을 개시할 시간이다. 작전이 하루 연기돼서 정신이 해이해진 녀석은 내가 볼기짝을 걷어차 주마."

뒤에서 중사가 웃으며 큰 소리로 사기를 고무했다. '디데이'라는 이름으로 불린 작전 실행일은 원래 어제였지만 기상 악화를 이유로 오늘로 미뤄졌다. 그래서 잘된 건지 아닌지는 아무도 알지 못했다.

승강구에 빨간 불이 들어왔다. 맨 앞에 앉아 있던 관리부장이 일어나 엔진 소리에 지지 않을 만큼 큰 목소리로 최종 확인을 했다.

"잘 들어라. 우리는 지금부터 나치스 독일에 의해 봉쇄된 유럽에 뛰어들 거다. 목표 지점은 프랑스 노르망디 지방에 위치한 코탕탱 반도. 이번 진군은 우리가 죽든지 히틀러의 목을 칠 때까지 멈추지 않을 거다."

기체가 덜컹거려 관리부장은 흔들림이 멎기를 기다렸다가 다시 말을 이었다.

"하나 본 작전에서 우리가 맡은 가장 중요한 임무는 G중대를 위한 보급 물자 확보, 사령부 및 구호소 설치 지원, 그리고 대원들의 식사 관리. 특기병의 실력을 발휘할 더없는 기회다. 지원 정신을 중시하고 자기중심적인 명예욕에 사로잡히지 마라. 만약 동료들과 떨어지면 먼저 강하한 선발대의 비컨(표지등)을 보고 일단 합류 지점으로 가라. 알겠나?"

"예스, 서!"

"우리 모토를 잊지 마라. 승리를 지원하라!"

"승리를 지원하라!"

"기립, 정렬! 후크를 들어!"

우리는 안짱다리로 일어나 한가운데에 모여 맞은편 녀석들과 교차되게 줄을 서고 주낙하산의 생명줄 후크를 오른손에 들었다. 머리 위에 계류삭이라는 가느다란 로프가 팽팽하게 쳐져 있었다. 거기에 후크를 걸고 차례대로 나아가 승강구에서 뛰어내린다. 그러면 생명줄이 당겨지면서 낙하산이 펴지는 구조다.

"계류삭에 후크를 걸어!"

호령에 따라 일제히 후크를 거는 금속음이 울려 퍼졌다. 이어서 맨 끝에 선 중사의 고함소리가 들렸다.

"점호!"

평소의 점호와는 반대로 뒤에서부터 시작된다. 뒷사람이 앞사람의 낙하산을 확인하며 큰 소리로 번호를 불러 선두에 선 매컬리가 괴상한 목소리로 "1, 오케이!" 하고 외치자 승강구가 열렸다.

순식간에 강풍이 불어닥쳐 이 정도 중장비를 멨는데도 불구하고 두 발에 힘을 주고 버티고 서지 않으면 넘어질 것 같았다. 아까부터 내내 빠르게 뛰던 맥박이 한층 빨라지고, 턱에 힘을 주지 않으면 이가 딱딱 맞부딪쳤다. 괜찮아, 진정해. 훈련받은 대로만 하면 문제없어. 무사히 착륙할 수 있어. 목이 바싹 말라붙어 혀로 입술을 축였다.

C-47이 엔진 소리를 요란하게 울리며 구름 사이를 강하하자 내장이 위로 끌어올려지는 느낌이 들었다. 강하 램프는 아직 빨간색 불이었다.

"배가 엄청 많군…… 저게 몇 천 척이냐?"

내 뒤에 선 의무병 스파크가 중얼거리기에 나도 창 아래를 내려다보았다. 섬뜩하리만큼 시커멓고 공허한 바다에 무수히 많은 선박이 떠 있었다. 어두운 수평선까지 빽빽이 이어지는 함대, 그 전부가 우리와 같은 방향으로 나아가고 있었다. 허공에 뜬 조색 기구가 흐릿한 달빛을 받아 은색으로 빛났다. 그 너머에 프랑스 연안이 있다.

병사와 무기를 가득 실은 대량의 배와 수송기가 바다와 하늘에 결집해 하나의 목표를 향해 전진하고 있었다.

"대체 어떤 작전이길래."

소름이 쫙 돋았다. 이제부터 엄청난 일이 벌어지려 하고 있었다. 어릴 적 별이 총총한 밤하늘에 압도됐을 때도 이런 기분이었다. 인간이 아닌 거대한 의지의 지배. 신의 거대한 손이 바다 가장자리에서 나타나도 이상할 것 없다는 생각마저 들었다.

이 어두운 바다와 땅과 하늘, 세계 그 자체를 체스보드 삼아서 무수한 말이 움직이고 있다. 그리고 나 역시 그 말 중 하나다.

"내가 사망의 음침한 골짜기로 다닐지라도 해를 두려워하지 않을 것은 주께서 나와 함께 하심이라."

누가 성경의 시편 한 구절을 읊은 순간 눈앞에서 빛이 작렬했다.

여기저기서 굉음이 울렸다. 지면 여기저기에서 빛이 엄청난 속도로 솟아오르나 싶더니 단숨에 부풀어 올라 바로 가까이에서 터졌다. 적의 대공포화다. 수송기가 마침내 프랑스 상공에 다다라 바로 밑에 대지가 펼쳐져 있었다.

"적의 공격이다! 강하 허가 바람!"

"아직 안 돼! 아직 강하 지점이 아니야! 지금 뛰어내리면 엉뚱한 곳에 떨어져!"

상관과 조종병의 고함소리가 오가는 가운데 격렬한 포격이 계속되어 기체가 상하로 요동쳤다. 창밖에서 일직선으로 날아온 예광탄이 우리 옆을 날고 있던 C-47에 탄착해 폭발했다. 나선을 그리며 곤두박질치듯 강하하는 기체에서 병사들이 떨어지는데 낙하산이며 전투복에 불이 붙어 있었다. 나는 시선을 다른 데로 돌렸다.

우리 기체도 세차게 흔들려 비명이 터져 나왔다. 열린 승강구로 구름과 안개가 왈칵 흘러들어 전원을 뒤흔들었다. 숨을 쉬고 싶어도 바람이 너무 세서 호흡할 수 없었다. 누가 토했다. 나도 속에서 목구멍까지 치밀어 장갑을 입에 갖다 댔다. 빌어먹을, 멀미약은 그저 일시적인 위로에 불과하다. 얼른 내려줘, 얼른,

얼른!

수송기가 또다시 출렁이면서 무릎을 꿇고 말았다. 손에 쥐고 있던 조그만 크리켓이 굴러가 허겁지겁 손을 뻗었다. 아차, 군장이 너무 무거워서 못 일어나겠다! 지금 강하 신호에 불이 들어왔다간 내 차례에서 막히고 말 것이다.

"이대로 가다간 다 같이 통구이 신세가 될 겁니다! 아직 강하하면 안 됩니까?"

아니, 잠깐만, 난 아직 못 일어선다고. 바닥에서 주운 크리켓을 주머니에 넣을 수도 없는 채 팔다리를 짚고 엎드린 자세로 있으려니 두꺼운 장갑을 낀 손이 눈앞에 나타났다.

"팀, 괜찮아?"

나를 별명으로 부르지 않는 사람은 그 친구뿐이다. 헬멧을 써 무거운 머리를 애써 들자, 예상대로 앞에 서 있던 에드워드 그린버그가 손을 내밀고 있었다. 새카만 눈이 예광탄 빛을 받아 검게 빛나고 있었다. 미간에 주름이 잡힌 것은 늘 쓰는 안경을 벗은 탓인지도 모른다.

"미안. 고맙다."

내민 손을 붙들고 휘청거리며 일어섰다. 이 녀석을 보면 언제나 날카로운 연필심이라든지 만년필 펜촉이 생각난다. 분명 얼굴이 갸름하고 턱이 뾰족하기 때문일 것이다. 에드는 고개를 살짝 끄덕이고는 내 가슴에 묶은 예비 낙하산 주머니를 주먹으로 가볍게 쳤다.

"크리켓은 넣어놓으라고. 잃어버렸다간 큰일이다."

"알아. 그런데 장갑이 너무 두꺼워서 주머니 후크가……."

말이 채 끝나기도 전에 포화가 한층 크게 작렬하고 승강구의
녹색 램프에 불이 들어왔다. 강하 신호다.

"간다! 따라와!"

관리부장이 소리치고는 승강구 밖으로 뛰쳐나갔다. 창에 뺨
을 갖다 대고 소위의 모습을 눈으로 좇자 낙하산이 구름으로 범
벅이 되면서도 하얀 꽃을 피우는 게 보였다. 그런데 선두인 매
컬리가 울음 섞인 목소리로 울부짖기만 하고 좀처럼 뛰어내리
려 하지 않았다.

"무리입니다! 너무 빠릅니다!"

"얼른 가! 가라니까, 이 자식!"

가엾은 매컬리는 동료들의 고함소리에 떠밀려 절규와 더불어
어둠 속으로 빨려들었다.

"고! 고!"

다른 사람들도 이어서 하늘로 뛰어내렸다. 나도 헬멧의 턱 보
호대를 고쳐 매고 말라붙은 혀로 침을 삼켰다. 하지만 매컬리
말이 맞았다. 수송기는 훈련과는 비교도 안 될 만큼 빠른, 미친
스피드로 날고 있었다. 평소에는 앨버트로스가 따로 없더니. 파
일럿이 구름과 대공포화에 겁먹어 패닉에 빠진 게 틀림없었다.

에드가 날고, 마침내 내 차례가 됐다. 식은땀이 왈칵 쏟아졌
다. 승강구 레일에서 한 발짝 나간 곳에 캄캄한 대지가 입을 벌
리고 있었다. 예광탄이 잇따라 날아와 눈앞을 스치고 지나갔다.

"얼른 해, 키드!"

바로 뒤에 선 의무병 스파크가 등을 떠밀었다. 발이 미끄러지
면서 허공으로 튀어나간 내 몸뚱이를 순식간에 중력이 잡아당

겼다. 나도 모르게 소리쳤다.

"네 왼팔의 적십자는 장식이냐!"

생명줄이 한계까지 당겨져 뚝 끊어지는 감촉이 어깨에 느껴졌다. 애써 허리를 펴고 자세를 바로잡자 낙하산이 펴졌다. 몸이 위로 당겨지면서 다리 끈이 가랑이를 파고들어 '그것'을 죄어드는 바람에 격심한 통증이 머리 꼭대기까지 치솟았다. 문득 장딴지 언저리가 가벼워졌기에 밑을 보자 다리에 둘렀던 레그백이 낙하해 어둠 속으로 사라졌다. 기껏 지뢰와 주머니칼을 챙겨왔는데!

고사포와 기총탄의 눈부신 빛이 밑에서 가차 없이 날아왔다. 직격으로 맞은 수송기가 폭음과 함께 불길을 뿜으며 두 동강 나서 추락했다. 그런 탄막 한복판에서 흔들흔들 낙하산으로 유영하는 나는 그저 맞지 않게 해달라고 기도하는 수밖에 없었다.

"아아, 난 정말 바보지, 바보야, 바보야."

중얼거리며 무기 주머니의 스트랩을 끌러 먼저 떨어뜨렸다. 이윽고 대지가 가까워지고 관목인 듯한 그림자가 부쩍부쩍 닥쳐들어 완전히 피하지 못하고 꼴사납게 들이박았다. 가느다란 나뭇가지가 여기저기를 아프게 찔러댔다. 게다가 펴진 낙하산이 나무에 걸린 탓에 일어설 수 없었다. 가슴의 고리도 벗겨지지 않아 급히 군화 옆에 묶어놓았던 주머니칼을 빼서 하니스를 절단했다. 그 순간 나뭇가지가 부러지면서 몸이 땅에 내동댕이쳐져 밤이슬에 젖은 풀숲으로 얼굴을 처박았다.

그 바람에 턱 보호대가 벗겨지면서 헬멧이 뒹굴었다. 팔을 뻗어 잡는데 근처에서 건조한 기총 소리가 났다. 황급히 풀숲에

몸을 숨기고 숨을 죽였다. 헬멧을 다시 쓰고 가지에 걸린 낙하
산을 끌어당겨 나뭇잎으로 감추었다.

소총 멜빵을 내리고 방아쇠에 손가락을 걸며 어둠을 살폈다.
주위에 나무들이 점점이 서 있고 관목은 앞에서 뒤까지 약 30피
트(약 9미터)쯤 이어졌다. 여기가 어디지?

'훈련대로 해, 훈련대로.'

미친 듯이 뛰는 심장을 달래며 스스로를 타이르지만 아까부
터 들려오는 총성과 폭음이 신경 쓰여 집중할 수 없었다. 먼저
떨어뜨린 무기 주머니를 더듬어 찾아내서는 예비 포킨스 지뢰
와 수류탄을 꺼냈다. 다른 사람들은 어디 있을까? 동료들의 기
척이 없었다. 나는 뛰어내릴 때 잠깐 주저했던 것을 후회했다.
강하는 조금이라도 발을 멈추면 그만큼 거리가 벌어지건만.

하늘을 올려다보자 일직선을 그리는 고사포의 불빛이 마치
불꽃놀이처럼 보였다.

'집합 장소는 분명히 어느 마을…… 생마리…… 뭐였더라?'

왼쪽 허리에 묶은 작은 가방에서 지도를 꺼냈지만 이렇게 어
두워서야 작은 글씨가 보이지 않는다. 달도 구름 뒤에 숨어서
하는 수 없이 대공포화의 불빛에 의지해서 애써 읽었다.

"비컨은 어디 있는 거야?"

사판(砂板)을 이용해 작전을 설명했을 때는 우리보다 먼저 출
발한 강하 지점 표시 부대가 비컨을 설치해줄 것이라고 들었다.
그런데 그런 것은 보이지 않았다. 그때 근처에서 커다란 남자
목소리가 들렸다.

"Alarm! Fallschirmjäger!"

"Macht das Feuer an! Schießt, wenn ihr sie seht!"

영어는 아니고 고향의 케이준(루이지애나 주에 이주한 프랑스계 캐나다인과 그 자손)이 쓰는 말과도 어감이 다르니 프랑스어도 아니라는 것을 알 수 있었다. 그렇다면 독일어다. 소리를 내지 않고 숨어 있는데 갑자기 열기가 느껴지면서 주위가 환해졌다. 수풀 틈으로 엿보았다. 3피트(약 90센티미터)쯤 떨어진 위치에 있는 집이 활활 타고 있었다. 독일군 병사인 듯한 사람 몇 명이 보였다. 달려가는 병사에게 고함치며 지시를 내리는 것은 상관일 것이다. 횃불로 불을 붙이던 병사는 들고 있던 횃불을 집에 던져 넣고 하늘을 올려다보았다.

"Der Feind muss sich irgendwo hier verstecken. Macht mehr Licht!"

저 집이 빈집이면 좋겠는데. 자세히 살펴보니 집 문간에 민간인이 쓰러져 있는 게 보였다. 그 집 사람인지도 모르겠다. 숨은 붙어 있을까? 그러나 나 혼자서 구하러 가는 것은 자살 행위다. 고민하는 사이에 열린 문으로 사나운 불길이 혀처럼 남실거리며 나와 민간인이 입은 옷을 핥더니 순식간에 온몸을 뒤덮고 말았다.

좌우지간 어서 이곳을 벗어나 누가 됐든 상관없으니까 아군을 찾아내야 한다.

나는 소리 나지 않게 조용히 지도를 접어 잡낭에 쑤셔 넣은 다음 소총을 끼고 관목의 대열에서 벗어났다. 풀숲을 포복 전진했다. 몇 피트 안 가서 갑자기 바스락하고 나뭇잎 스치는 소리가 나서 하마터면 숨이 멎을 뻔했으나, 들쥐가 수풀에서 얼굴을 내민 것뿐이었다. 식은땀이 왈칵 솟고 심장이 입 밖으로 튀어나올 것처럼 쿵쿵 뛰었다. 들쥐는 코를 움찔거리더니 위험을 감지했는지 내 얼굴 앞을 가로질러 나무뿌리 밑으로 숨어들었다. 나는 다시 상체를 일으키고 나아갔다.

관목이 늘어선 곳에서 가는 나무들이 띄엄띄엄·자란 덤불을 통과해 이윽고 줄기가 굵은 나무들이 울창한 숲으로 전진하면서 몸을 숨길 수 있는 장소가 늘었다. 포복을 멈추고 일어서 허리를 굽힌 채 재빨리 이동했다. 그러다가 뭔가 섬뜩하게 물렁한 것을 밟았다. 펄쩍 뛰어 뒤로 물러나자 병사가 쓰러져 있었다.

"미안하다. 괜찮아?"

말을 걸었다가 흠칫했다. 엎어져 있는 병사의 눈은 크게 벌어진 채 꿈쩍도 하지 않았다. 왼쪽 어깨에 우리와 같은 제101 공수사단의 휘장, 부리를 크게 벌린 '스크리밍 이글스'가 붙어 있었다. 계급장은 없으니 이병일 것이다.

소총 총부리를 써서 몸을 뒤집어보니 상반신은 시커멓게 탔고 얼굴 오른쪽 절반이 날아가고 없었다. 아는 얼굴은 아니었다. 오른팔도 거의 떨어져 나갈 듯한 상태였는데, 얼마 남지 않은 손가락은 그래도 네모나고 무거워 보이는 포대 손잡이를 놓지 않았다. 몸 옆에 삼각대가 쓰러져 있다. 시체 냄새를 맡은 파리가 흐리멍덩하고 탁한 안구에 꾀었다.

갑자기 명치에서 울컥 밀려 올라와 참지 못하고 토했다. 일단 올라오기 시작하니 멈춰지지 않아서 쓴 위액이 나올 때까지 엎드린 채 계속 토했다.

그런데 뒤에서 딸까닥 소리가 났다. 아차, 신호다! 나는 손을 폈다. 분명히 쥐고 있던 크리켓이 어느새 사라지고 없었다. 수송기 안에서 긴장을 잊으려고 딸깍거린 탓이다. 얼른 신호에 답하지 않으면 아군이라도 총에 맞을 텐데!

"플래시."

암호다!

"서, 선더!"

"쉿, 목소리가 너무 커."

뒤쪽 덤불에서 나타난 것은 은테 안경을 쓴 에드였다. 입술에 손가락을 대고 이리 오라고 손짓했다. 나는 몸을 엉거주춤하게 낮춘 자세로 그에게 뛰어갔다. 너무 급히 달려가는 바람에 하마터면 헬멧과 헬멧이 부딪칠 뻔했다.

"으악, 미안."

"진정해."

작은 목소리로 주의를 주는 에드 뒤에 까불이 디에고도 있었다. 안도감에 두 사람을 와락 끌어안고 싶은 충동에 사로잡혔으나, 디에고는 달갑지 않다는 듯 굵은 눈썹을 찡그리며 몸을 뺐다.

"더럽다, 저리 가라. 토사물 묻을라."

그러고 보니 방금 막 토한 참이었다. 입가를 장갑으로 닦으며 맞받아치려는데 에드가 덤불 너머를 가리켰다. 검은 눈이 예광탄 불빛을 반사했다.

"저기 쓰러져 있는 녀석은 어떻게 된 거야?"

"몰라. 아까 발견했는데 벌써 죽었어. 얼굴 반쪽이 달아나고 없더라. 아군인데 네모나고 무거워 보이는 포대를 갖고 있었어.

그리고 삼각대도."

"비컨 포대겠군. 선발대의 착지 유도병이 틀림없어."

에드는 그렇게 말하고는 한숨을 후 쉬더니 우리 등을 가볍게 두드렸다.

"가자. 꾸물대다간 우리도 저렇게 될 거다."

총을 겨눈 채 수풀과 덤불 뒤를 따라 선두에 선 에드 뒤를 이어 일렬로 나아갔다. 뒤를 돌아보자 디에고가 큰 눈으로 두리번거리며 빈틈없이 주위를 경계하고 있었다. 작은 키에 바라진 몸집은 짐 때문에 불룩해진 탓도 있어 흡사 숲에 보물을 찾으러 온 안짱다리 난쟁이처럼 보였다.

우리는 예정보다 훨씬 남서로 치우쳐 강하한 듯했다. 길을 못 찾고 헤매다가 집합 지점인 생마리뒤몽 근교에 도착했을 즈음에는 날이 밝아오고 있었다. 손목시계를 확인하자 5시가 지났다. 아무리 철야 행군 훈련에 익숙해졌어도 무거운 군장과 낙하산을 타고 뛰어내렸을 때 입은 타박상 탓에 녹초가 되어 있었다.

생마리뒤몽 마을은 이미 독일군으로부터 해방된 뒤였다. 광장 구석에 병사의 시체가 즐비했다. 미군, 영국군, 캐나다군. 민간인의 시신도 있었다. 맞은편에 친 간이 구호소 텐트에서는 부상병이 군의관의 치료를 받으며 비명을 지르고 있었다. 핏자국이 생생하게 남은 포석을 걸을 때마다 탄피가 밟혀 자그락자그락 귀에 거슬리는 소리가 났다.

"뭐야, 이거밖에 안 온 거냐?"

디에고가 두 팔을 크게 벌렸다. 아닌 게 아니라 먼저 도착한 아군은 많지 않았다. 강하로부터 벌써 두 시간 남짓 지났건만 보이는 범위 내에서는 한 100명만 있을 뿐이었다.

우선 구명복과 낙하산 등 이제 필요 없는 군장을 벗어 군수과에 맡기고 무게를 줄였다.

길거리에서 모자를 쓴 지역 주민인 듯한 노인과 어느 부대의 부사관들이 모여 이야기를 하고 있었다. G중대는, 관리부 사람들은 어디 있을까? 같은 조리병인 매컬리도 보이지 않았다.

"매컬리는 어떻게 된 거지?"

"쫄아서 숨은 거 아냐? 엄마 생각나서 집에 갔거나."

디에고는 코를 후비며 말하더니 재킷 자락에 손가락을 닦았다. 한 달 전 다른 부대에서 갑자기 전출되어 온 매컬리와 우리 셋은 아직 그리 친하지 않았다. 그래도 어쨌거나 동료인 데다가 강하 직전 꽤나 울부짖었던 터라 무사한지 마음이 쓰였다.

마을을 걸으며 헬멧을 벗어 뜨거워진 머리를 식혔다. 광장 근처의 교회 벽은 총탄을 맞아 구멍이 숭숭 뚫렸고, 옆에는 독일군의 시체가 무더기로 쌓여 있었으며, 건물 파편도 곳곳에 널려 있었다.

바다 냄새를 머금은 6월의 바람이 불어왔다. 수수하고 시골스러운 거리의 모습은 마치 말수가 적고 소박한 노인 같았다. 회색 벽의 집들에 졸린 듯한 아침 햇살이 어슴푸레 비쳐들었다. 같은 프랑스라도 소문으로 듣는 파리의 화려한 이미지와는 꽤나 거리가 있었다. 네온사인도, 명랑하고 떠들썩한 거리도, 술집 앞을 어슬렁거리는 젊은이도 없었다.

외양간에 뼈가 앙상한 젖소가 있었는데 그 옆의 송아지는 이미 살아 있지 않았다. 맞은편 집 현관에서는 초라한 몰골의 개가 침을 질질 흘리고 있었다. 멍하니 바라보는데 빨간 피튜니아가 핀 베란다 창문이 살짝 열리더니 안에서 노부인의 조그만 얼굴이 나타났다. 하지만 나와 눈이 마주치자 금세 숨어버렸다.

G중대 제2분대장 앨런 선임하사를 집들과 조금 떨어진 공터에서 발견했다. 전투 시 내 상관인 그는 훈련 시절부터 의지가 되는 사람이었다.

"아, 셋 다 왔군. 관리부 녀석들은 어떻게 됐나?"

앨런 선임하사는 굵고 짤막한 손가락으로 새까맣고 숱 많은 구레나룻을 긁적였다. 키는 그리 크지 않지만 몸통과 목 주위의 근육이 옴팡지게 붙어 체격은 다부졌다. 어딘지 모르게 사냥꾼 같은 풍채라 미국 북부의 푸른 하늘과 웅대한 삼림을 배경으로 말코손바닥사슴 뿔을 두 손으로 들고 씨익 웃는 모습을 사진에 담으면 관광청에서 당장 전화가 올 게 틀림없다. 하지만 본인의 고향은 아이다호라고 한다. 널따란 밭에 트랙터, 감자가 수북이 담긴 바구니를 안은 빨간 플란넬 셔츠 차림의 농민. 그건 그것대로 어울린다.

"서로 떨어졌는지 아직 못 만났습니다."

"다들 그렇군. 어느 기(機)나 파일럿이 패닉에 빠져서 엉뚱한 데 내리게 했지 뭐냐. 하지만 대원을 기다릴 시간은 없어. 집합한 녀석부터 작전에 투입되고 있다. 너희도 할 일이 있다만 준비는 됐겠지?"

"예스, 서. 뭘 합니까?"

앨런 선임하사가 지시한 일은 이곳에서 남서에 위치한 마을에 야전 취사장을 설치하는 것이었다. 마을의 이름은 이스빌, 오랫동안 독일군이 주둔했는데 밤사이 미군에 의해 해방됐다고 한다.

"제501연대가 이스빌의 독일군을 일소해서 안전이 확보됐다는군. 야전병원 설치 장소는 지주의 저택, 안마당에 취사장을 마련하라는 명령이다."

"안마당에 야전 취사기를 설치합니까? 저택 부엌은 못 쓰는 겁니까?"

"물이 안 나온다더라. 게다가 주인이 꽤나 완고해서 절대로 못 쓴다고 우긴다는군. 하지만 뭐, 군수과 급수 부대도 슬슬 도착할 때가 됐으니까 물은 어떻게든 되겠지."

"알겠습니다. 하지만 그건 대대 소속 조리병 일 아닙니까?"

"글쎄다, 대체 어디를 싸돌아다니는지 아직 합류하지 않았어. 그렇지만 사령부가 배고파서 못 참겠다는군. 협조해줘라."

야전 취사기를 실은 왜건과 사용하는 공구 등은 이 길을 따라가면 나오는 전진 보급소 텐트에 가져다 놨다고 한다. 우리는 분대장에게 경례하고 자갈길을 나아갔다.

말이 전진 보급소지, 트럭 한 대가 가까스로 지나갈 수 있을 만큼 좁은 자갈길 아래 공터에 텐트를 치고 테이블을 놓았을 뿐인, 지극히 간소한 야전 거점이었다.

텐트 천에 핀으로 붙인 '426 보급부'라고 갈겨쓴 종이가 팔랑거리고 있었다. 트럭이 지나갈 때마다 바람에 날려 저러다 곧 찢어져 날아갈 것 같았다. 보급품이 든 섬유판 상자가 쌓여 있는데 겨우 몇 십 개밖에 없었다. 뒤쪽 공터에서 수송 부대가 트

럭에서 짐을 부려 분류하는 작업을 시작했다. 도중에 상자 하나
가 굴러서 디에고가 거들어주었다.

나와 에드가 텐트 안을 들여다보자 보급병 몇 명이 익숙지 않
은 느낌으로 우왕좌왕하고 있었다. 다들 첫 출전이구나 생각하
며 누구에게 말을 시켜야 하나 주저하는데, 안쪽 테이블에서 혼
자 명세서와 눈싸움을 벌이는 보급병이 눈에 띄었다. 머리가 완
벽하게 주황색이다.

"506연대 제3대대 조리병인데 야전 주방을 운반하라는 명령
을 받고 왔다."

에드가 말하자 키가 훌쩍 큰 보급병이 우리를 돌아보고는 귀
에 꽂고 있던 연필을 빼서 붉은 머리를 긁으며 다가왔다.

"제3대대? 중대는 어디지?"

"G중대. 에드워드 그린버그 삼등 특기병."

군대의 구조, 특히 명칭은 복잡하다. 들어와서 얼마 지내다
보면 쉽게 이해할 수 있지만 처음에는 나도 사단이니 연대니 대
대니 뭐가 뭔지 알 수 없었다. 기본적으로 사단, 연대, 대대, 중
대, 소대, 분대 순으로 규모가 작아진다. 이렇게 비유를 들면 조
금 쉬울지도 모르겠다.

가령 미 육군을 하나의 나라라고 치자. 나라에는 '무슨무슨
군'이니 '무슨무슨 군단'이라는 이름의 주(州)가 많이 있다. 그
중에서 제7군단 주에 주목해보자. 제7군단 주에 가까이 가보면
작은 시 몇 개가 모여 있는 것을 알 수 있다. 그중 하나가 우리
제101 공수사단이다.

제101 공수사단 내에도 여러 동이 있다. 제501 보병연대 동,

제81 공수고사포 대대 동, 제326 의무중대 동 등등. 부대명은
숫자와 부대가 맡은 임무를 나타내는 단어를 조합하는 경우가
많다. 참고로 주, 시, 동에 각각 '연대 사령부', '대대 사령부' 같
은 이름을 가진 행정 기관에 해당되는 게 존재한다.

이 비유로 따지자면 내가 사는 동네는 제506 보병연대 동이다.

이 동네에는 학교가 많이 있다. 대전차포 중대 학교, 화포 중
대 학교 같은 전문학교 외에 보병 학교가 세 개. 제1, 제2, 제
3대대라는 학교다.

내가 다니는 학교는 제3대대 학교다. 학급은 G, H, I 보병 중
대 셋과 군수 중대 하나, 합해서 네 개다. G중대에서 가르치는
것은 기본적으로 전투다. 200명 가까운 학생이 있는 학급은 역
할을 세분화하기 위해서 제1, 제2, 제3 소총소대와 화기소대,
이렇게 네 줄로 자리가 나뉜다. 소총소대는 말 그대로 소총을
주된 무기로 사용하는 기동대고, 화기소대는 기관총이나 박격
포 같은 화력을 사용한다. 나아가 소대는 분대라는 조로 분할된
다. 분대의 인원은 대개 열두 명이다.

담임교사는 중대장이고 장교가 각 과목 교사, 교사의 지시를
우리에게 전달하는 부사관은 반장이라고 하면 알기 쉬울지도
모르겠다. 참고로 사냥꾼 같은 상관 앨런 선임하사는 제2분대의
리더다.

나는 제2 소총소대 줄에 앉으며 제2분대 조 소속이다. 그리
고 급식 당번이기도 하다. 기본적으로는 전투에 참여하지만 식
사 시간에는 급식 당번으로 일하며 관리부라는 위원회의 명령
을 최우선으로 따른다. 위원회에 소속되려면 훈련 시 필요한 자

격을 따야 하기 때문에 대개 '특기병' 계급으로 진급한다. 환자나 부상자를 보건실로 데려가는 보건위원, 즉 의무병도 특기병이다. 의무병은 전투에는 참가하지만 자기 몸을 보호하는 목적 외에 무기를 사용하는 게 국제법으로 금지되어 있다.

말하자면 이런 셈이다. 나는 미 육군이라는 나라의 제7사단주 제101 공수사단 시의 제506연대 동에 거주하며, 제3대대 학교에 다니는 G중대 반의 일원으로 제2 소총소대 제2분대 줄에 앉는다. 그리고 급식 당번이다.

"나도 G중대야. 티모시 콜, 오등 특기병."

이름을 밝히자 붉은 머리 보급병은 연필을 귀에 도로 꽂고 우리와 악수했다. 얼굴이 희고 콧등과 뺨에 주근깨가 났다. 나이는 아마 스무 살쯤 됐을 것이다.

"난 제426 공수보급 부대의 오하라다. 야전 취사기는 밖에 있어. 그리고 온 김에 병원용 통조림도 갖다 주면 좋겠는데."

붉은 머리 보급병 오하라가 가리킨 곳에 커다란 십자 마크가 찍힌 나무 상자 세 개가 있었다.

"많진 않지만 없는 것보단 낫잖냐? 미안하지만 트럭이 부족하니까 도보로 부탁한다."

오하라는 연필을 까닥거리더니 손에 든 클립보드를 짜증스레 톡톡 쳤다.

"하여간 예정하고 전혀 딴판이라고. 여기저기서 지체돼서 말이지. 도착한 녀석부터 바로 전투에 내보내고 있잖냐? 일손이 부족해도 한참 부족하다니까. 뭐, 이쪽은 그래 봤자 후방 지원이니까 뒷전으로 밀려도 어쩔 수 없긴 하다만."

"그 말은 그러니까 보급품이 보충되려면 시간이 걸린다?"

에드가 묻자 오하라는 어깨를 가볍게 으쓱했다.

"글라이더로 수송되는 건 슬슬 도착할 때가 됐을걸. 하지만 덩치가 있는 건 어떨지. 바다는 지금 한창 상륙 작전 중이잖냐? 그런데 통신부 말로는 '오마하 해변' 쪽이 상당히 고전 중이라는 거야. 녀석들이 해변을 열어주지 않으면 차량부대도 올 수 없다고. 잘 계산해서 전투식량을 절약하는 게 좋을지도 몰라. 그나저나 너희는 어디 떨어졌냐?"

오하라는 서글서글한 성격인 듯 거침없이 잘도 지껄였다. 그때 왼팔에 적십자 완장을 찬 의무병들이 텐트 앞을 지나갔다. 황록색 천 가방을 질질 끌고 있었다. 공수 컨테이너라고 해서 가로로 긴 가방인데, 대여섯 살 먹은 아이 정도는 너끈히 안에 누울 수 있을 만큼 크다.

"이스빌이면 마침 잘됐군. 저 녀석들 따라가라. 구호소로 가는 걸 테니까."

"무슨 출발이 이렇게 늦어? 설마 구호소가 텅 비어 있는 건 아니겠지?"

"물론 먼저 도착한 의무병은 있다. 저 녀석들은 행방불명된 공수 컨테이너를 찾느라 늦어진 거고. 하지만 저 A-5 타입 꽤 괜찮단 말이지. 튼튼한 범포로 만들어서 어지간한 무게나 마찰엔 끄떡없다니까."

수다에 한층 열을 올리기 시작한 오하라를 보고 나는 잠깐 웃고 말았다.

"잘 아네."

"우리 집이 포목 도매상이거든. 필요한 게 있으면 주문하라고. 고급 마도 있고 남부 지방 면도 있으니까. 참고로 범포는 우리 가게 오리지널이지. 뉴잉글랜드의 '오하라 드라이굿즈 스토어'. 주문은 전화로도 되고, 전보도…….”

"그래, 잘 알았어. 고마워. 그럼 우리는 이만."

그냥 두면 해 떨어질 때까지 이어질 듯한 오하라의 수다를 중간에 끊고 우리는 걸음을 뗐다.

"거기 손수레를 써라. 이스빌에서 조달해온 건데, 주인이 돌려달라고 해도 거절하고 이쪽에 다시 갖다 놔줘. 수가 부족하니까. 그리고 길은 저기 의무병들한테…….”

"알았다, 알았어."

손을 흔들자 그제야 오하라는 하던 일로 돌아갔다.

헬멧을 고쳐 쓰고 텐트 뒤로 갔다. 아닌 게 아니라 손수레가 있었지만, 군용 카트가 아니라 딱 농민이 밭일에 쓸 것 같은 큼직하고 낡은 목제 세발 수레였다.

에드와 분담해서 묵직한 전투식량 상자 세 개를 싣고 기울어지지 않도록 조심하며 수레를 밀었다. 왼쪽 손잡이가 흔들거려 불편했다.

"남은 건 야전 취사기하고 탱크지? 디에고는 어디 있는 거야?"

고개를 들어 찾자 쌓아 올린 상자 틈으로 디에고의 땅딸막한 뒷모습이 보였다. 키 큰 금발 남자와 뭔가 이야기를 하고 있는 듯했다. 가까이 다가가 보니 같은 G중대 기관총병인 라이너스 밸런타인이었다.

라이너스는 성격이 좋은지 나쁜지를 알 만큼 가까운 사이는 아니었지만, 금발과 푸른 눈이 할리우드 배우 뺨치는 미남이라 잊으려도 잊을 수 없는 인물이었다. 선이 가는 타입이 아니라 소위 이상적인 병사의 모습에 가장 가까운 외모여서 나는 그가 조만간 징병 포스터 모델로 채용되지 않을까 생각하고 있었다. 나이는 나보다 두어 살 위고 굳이 따지자면 각진 얼굴에 애교 있는 녹색 눈, 굵은 목과 떡 벌어진 어깨가 다부져 보인다. 영국 기지에 있었을 때 도넛 스탠드에서 일하는 젊은 여자가 저 체격에 다정해 보이는 눈과 보드라워 보이는 입술이 귀여워 죽겠다고 이야기했었다. 이해가 안 간다.

우리가 다가가자 라이너스가 한 손을 훌쩍 들었다.

"여, 키드랑 안경잡이." 키드는 나고 안경잡이는 에드다. "마침 잘 왔다."

"뭐가?"

이미 도중까지 이야기를 들은 듯한 디에고는 흥미진진하게 몸을 내밀고 있었다. 라이너스는 히죽거리며 가슴께에 손바닥을 위로 하고 두 손을 들어 아무것도 없는 공중을 출렁출렁 들어 올리는 시늉을 했다. 마치 라나 터너 같은 젖가슴을 받쳐 들고 흔드는 것처럼.

"왜, 가슴 큰 미인이라도 있었어?"

"유감이다만 틀렸다, 동정 군. 예비 낙하산이다."

"엥?"

"예비 낙하산 말이야. 사정이 있어서 모으는 중이거든. 많으면 많을수록 좋은데. 아직 갖고 있으면 나 줄래?"

"아까 군수과 녀석들한테 반환했는데."

그렇게 대답하면서도 나는 당혹했다. 낙하산을 모아서 어쩌려는 건가? 상황이 잘 이해되지 않았다. 옆에서 에드도 의아한 듯 팔짱을 끼고 라이너스에게 말했다.

"낙하산은 귀중품인데. 멋대로 유출하는 건 위험하지 않나?"

"사정이 있다니까. 나쁜 짓을 하려는 건 아니라고. 다만 상관한테는 비밀로 해줘라. 디에고한테도 말했다만 나한테 넘겨주면 대신 좋은 걸 주마."

"혹시 와인이냐?"

술이라면 사족을 못 쓰는 디에고가 흥분해서 콧구멍을 벌름거리며 바싹 다가붙자, 라이너스가 한 발짝 물러났다.

"아쉽지만 와인은 아니고. 그렇지만 술이야. 아주 특별한…… 고급 시드르." 라이너스는 프랑스어 같은 발음으로 말했다. "그것도 한 사람당 한 병씩 주지."

"시드르? 아아, 애플 사이다? 그런 게 대체 어디서 났어?"

"난 좋다." 디에고가 고개를 끄덕였다. "알코올이면 사이다든 뭐든 상관없어. 아까 예비 낙하산을 아직 갖고 있는 녀석을 봤는데, 그걸 손에 넣으면 내 몫도 줄래?"

"그야 물론이지. 뭘 좀 아는 친구군, 디에고."

라이너스는 흰 이를 드러내며 상쾌하다고 표현할 수밖에 없는 웃음을 짓고 디에고와 악수했다. 그때 보급소 텐트 저편에서 라이너스를 부르는 목소리가 들렸다. G중대 사령부의 참모다.

"아이고야, 사람을 너무 막 부려먹는 거 아니냐? 이제 겨우 합류했는데."

투덜거리며 내 어깨를 쳤다.

"그 손수레, 왼쪽 손잡이가 망가졌지? 밀 때 조심해서 밀어. 가급적 왼쪽에 부담이 안 가도록."

그렇게 말하고 라이너스는 이쪽을 쳐다보는 상관을 향해 걸어갔다.

우리는 아까 본 의무병들을 따라 이스빌로 향했다. 에드가 의무병과 협조해서 바퀴 달린 야전 취사기를 운반하고, 디에고가 소총을 들고 주위를 경계하며 나아갔다. 라이너스의 조언대로 수레를 오른쪽으로 기울이며 밀자 다소 굴리기 쉬워졌다.

이스빌까지 가는 길은 어느 정도 제압된 상태라 위험다운 위험은 겪지 않았다. 그래도 총성과 폭발음이 산발적으로 들렸고 공기에서 화약과 피 냄새가 났다.

자갈길 옆으로 펼쳐진 초지에서는 군수과의 영현 등록병들이 미군과 영국군, 독일군이 뒤섞인 시신을 분류해 무더기를 고쳐 쌓고 있었다. 길 저편에서 머리에 두 손을 얹은 독일군 병사들이 대거 걸어왔다. 미 육군 제82 공수사단의 휘장을 단 병사들이 총을 겨누어 감시하고 있었다. 지나칠 때 디에고가 "궁둥이에 키스해라, 나치스 놈아"라며 중지를 세워 놀리는 바람에 한 독일군 병사와 눈이 마주쳤다. 쏘아보는 듯한 파란 눈에 나도 모르게 시선을 피했다.

건조해서 누렇게 변색된 길가에 낡은 울타리로 두른 방목지와 무너져가는 정자가 있었다. 길을 더 가자 잎이 푸르게 우거진 사과나무가 늘어서 있고 작고 헐어빠진 양조장이 보였다. 허리가 구부러진 노인이 하늘을 멍하니 올려다보고 있었다. 그러고 보니 프랑스에 내린 이래로 주민 중에 젊은 남자를 보지 못했다.

그런데 시야 한구석에 우긋우긋 우그러진 쇳덩어리가 문득 보였다. 디에고가 멈춰 서기에 나도 덩달아 그쪽을 바라보았다. 쇳덩어리가 원래 비행기의 형태를 띠고 있었음을 깨달은 것은 날개 모양의 커다란 철판이 풀밭에 박혀 있는 게 보였기 때문이다.

"글라이더군. 심한데."

일반병과 부사관이 주위에 모여 검댕투성이 얼굴로 안에서 상자같이 보이는 것과 부상자를 끌어내고 있었다. 작업복 차림의 노인과 여자도 같이 돕고 있었는데 역시 젊은 남자의 모습은 보이지 않았다.

"젊은 놈들은 어디 간 거지?"

덩치 큰 부사관이 의무병에게 묘한 형태의 거뭇한 물체를 건넸다. 뭐지 싶어 자세히 보니 군화를 신은 인간의 다리였다. 나와 디에고는 앞서가는 의무병들을 허겁지겁 쫓아갔다.

방금 본 광경을 잊으려고 라이너스가 왜 예비 낙하산을 모으는지 생각했다. 하지만 별로 그럴싸한 답은 떠오르지 않았다. 돈을 받고 팔려고 한다는 게 가장 간단한 답이었지만, 그런 게 돈이 될까? 도대체가 공수작전은 이미 종료한 데다, 이런 외진 지역에서 대체 누구에게 어떻게 낙하산을 팔겠다는 건지 알 수 없었다.

"혹시 극비 임무에 쓰나?"

비밀리에 진행 중인 작전이 있어서 거기에 필요한 건지도. 라이너스는 묘하게 상관에게 잘 보이는 것 같으니까 우리가 모를 뿐, 라이너스는 정보를 갖고 있다 하는 가능성도 얼마든지 있을 수 있다.

"뭘 그렇게 중얼거리고 있냐. 기분 나쁘게."

"헉."

갑자기 디에고의 거무스름한 얼굴이 시야에 쑥 나타나는 바람에 하마터면 심장이 튀어나올 뻔했다.

"사람 놀라게 왜 이래. 아니, 라이너스가 어째서 낙하산을 모으는 건지 이상하지 않아?"

"아니, 전혀. 그런 걸 생각하고 있었냐? 자, 다 왔다."

이스빌은 생마리뒤몽보다 훨씬 작은 마을로, 드문드문 보이는 민가 외에는 여윈 젖소와 암탉을 풀어놓은 농지 정도가 있을 뿐이었다. 조용하고, 폐가가 많다. 중심부에 밀집한 민가에는 그래도 어느 정도 인기척이 있었다.

주황색 장미가 핀 산울타리 뒤에 아담한 집이 있었다. 문 주위에 잡초를 밟은 자국이 남아 있다. 어둑어둑한 창 안을 들여다보자 와인 저장고로 보이는 선반이 늘어서 있었다. 좀 더 자세히 보려고 가까이 다가가는데 군화를 신은 발에 뭔가 둥그런 게 밟혔다. 깨진 술병이다. 땅은 젖지 않았는데 병 바닥에는 술이 증발하지 않고 아직 남아 있었다. 최근에 누가 떨어뜨린 것 같다.

그 옆 민가 처마 밑에는 빨래가 널려 있었다. 이곳이 전쟁터라는 사실과 눈앞에서 펄럭이는 빨래의 일상적인 느낌이 묘하게 들어맞지 않았다. 나는 잠깐 멈춰 서서 빨랫줄을 바라보았다. 그러자 집 안에서 젊은 여자가 허둥지둥 나와 서둘러 빨래를 걷고는 문을 탁 닫고 들어갔다.

야전병원이 된 저택은 마을에서 이어지는 자갈길을 더 가서 나무가 많은 곳에 있었다. 주위의 소박한 인상과 어울리지 않을 만큼 아주 큰 석조 건물이었다. 그리 높지는 않은데 옆으로 넓고 창문이 많은 게 밖에서 보기만 해도 방이 많음을 알 수 있었다. 적자색 기와지붕과 오래된 돌벽이 고색창연한 멋을 자아냈지만, 부지 여기저기에 적십자 마크가 찍힌 텐트가 있어서 분위기를 망쳐놓고 있었다.

우리 셋은 의무병들과 헤어져 야전 취사기를 설치하려고 안마당으로 갔다. 어디나 부상병과 적십자 마크를 단 구호 차량으로 가득 차 있었는데 이곳은 조용했다. 군수과의 급수차 한 대가 오도카니 서 있을 뿐이다.

방금 도착했다는 군수과 병사들과 협력해서 취사기를 조립하는데 같은 중대 의무병인 브라이언이 적십자 마크가 찍힌 헬멧을 밀어 올리며 잔달음질을 쳐 다가왔다. 몸집은 나보다 큰데 멀쑥하게 큰 느낌이 어딘지 모르게 거목이 생각난다. 기장이 짧고 소맷부리와 허리가 오므라진 카키색 재킷 위에 의무병 특유의 앞 바대가 붙은 멜빵을 걸쳤다.

"다들 무사해서 다행이군. 물은 아직 준비가 안 됐으려나?"

"쓸래? 지금 탱크에 받는 중인데 나중에 파이프를 연결할 거야."

그렇게 대답하며 브라이언을 봤다가 흠칫 놀랐다. 손이 부들부들 떨리는 데다 피투성이였다. 하지만 본인의 피는 아닐 것이다. 안색이 좋지 않았지만 아파하는 것 같지는 않았다.

"우물까지 갈 시간이 없어서…… 상처를 씻고 싶어도 씻을 수가 없지 뭐냐. 좀 나눠줄 수 있을까?"

"물론, 물론이지. 바로 줄게."

황급히 지고 있던 잡낭을 벗어 접어 넣은 범포 부대를 꺼내 폈다. 방수성이 뛰어나 양동이로 쓸 수도 있기 때문이다. 일단 물을 네 부대 퍼서 나와 브라이언이 나르기로 했다. 저택에 들어선 순간 숨 막힐 듯한 피 냄새에 기침이 났다.

복도도 방도 맨 돌바닥에 누운 부상병과 처치에 쫓기는 의무병들로 혼잡했다. 군의관이 큰 소리로 지시를 내리고, 한쪽 다리가 겨우 붙어 있는 병사가 비명을 지르며 상처 입은 말처럼 몸부림치는 것을 민간인 여자 둘이 붙들고 있었다.

"모르핀이 부족해! 갖고 와!"

고함소리가 난무하고, 그 옆에는 내장이 배 밖으로 튀어나온 채 방치된 병사가 두 눈을 연신 깜박이고 있었다.

"……이런 곳에는 진짜 있고 싶지 않다."

브라이언이 괴로운 듯 중얼거렸다. 그는 덩치는 컸지만 동료들 중에서도 온후한 성품이라 군인이 맞지 않는다는 평을 교관에게 들었다. 그 때문에 비전투원인 의무병이 된 건데 지금 같은 모습을 보면 의무병도 그만두는 게 좋을 것 같다. 저러다 붕대를 감으면서 빈혈을 일으키지 않을까?

그때 복도 저편에서 귀에 익은 목소리가 들렸다.

"어이, 브라이언! 뭘 꾸물대고 있냐, 이 멍청아!"

이 뻔뻔하고 난폭한 어조, 얼굴을 안 봐도 틀림없다. 목소리가 들려온 방으로 서둘러 들어가니 체구가 작은 의무병이 부상병의 머리에 손을 대고 있었다. 왼쪽 뺨에 피가 잔뜩 묻었다. 강하할 때 나를 뒤에서 떠민 장본인 스파크다. 흰 바탕에 붉은 십자가 그려진 완장이 그보다 더 안 어울리는 의무병도 없지 않을까. 입대 규정을 아슬아슬하게 통과했을 만큼 키가 작으면서 거들먹거리기는 누구보다도 더 했다. 나이는 분명히 나보다 한 살 많은 스무 살일 것이다.

"멍청하게 서 있지 마, 키드. 봉합할 거니까 여기 누르고 있어."

"뭐, 내가?"

뒤를 돌아보니 브라이언이 뒤로 벌렁 나자빠져 있었다. 범포부대 두 개가 엎어져 기껏 길어온 물이 아깝게 됐다.

하는 수 없이 스파크 옆에 쭈그리고 앉았지만 뭘 해야 하는지 알 수 없었다. 스파크는 담요를 뭉쳐 눈앞의 부상병을 기대어 앉히고 이마를 거즈로 눌러주고 있었다. 거즈는 이미 빨갛게 물들었고 스파크의 소맷부리에서도 피가 뚝뚝 떨어졌다. 부상병 자신은 부상 정도를 모르는지 연갈색 눈동자를 움직여 불안한 표정으로 우리를 보았다. 스파크가 날카롭게 혀를 찼다.

"됐으니까 얼른 누르라니까. 꽉."

주저주저 거즈에 손을 대자 스파크는 어깨에 멘 적십자 백을 뒤져 가위와 봉합 바늘, 붕대를 꺼냈다. 그동안 나는 손가락 사이로 흘러넘치는 미지근한 피의 감촉에 정신이 아득해졌다.

"이제 손 떼도 돼. 다음은 이쪽."

스파크가 떠넘긴 혈장 병을 팔로 싸안고 상처를 꿰매는 장면을 보지 않으려고 고개를 돌렸다. 부상병이 잠깐 신음했을 뿐 작업은 금세 끝나 내가 곁눈으로 흘끔 봤을 때는 이미 붕대를 단단히 감은 뒤였다.

스파크는 피 묻은 손가락으로 붕대에 'M'이라고 큼지막하게 써서 모르핀을 주사했음을 표시한 뒤 바지에 손을 닦으며 일어섰다. 그러고는 부상병을 타 넘으며 방을 가로지르기에 뭘 하나 했더니 여전히 바닥에 뻗어 있는 브라이언을 힘껏 걷어찼다.

안마당으로 돌아오자 이미 야전 취사기 조립을 마친 뒤였다. 삐죽 솟은 연통과 네모난 오븐 부분은 언제 봐도 증기기관차가 생각난다. 도랑을 파고 드럼통을 놓은 설거지터도 완성돼 있었다. 달려가서 나머지 작업을 돕고 네 귀퉁이에 장대를 세워 비와 햇빛을 가려줄 텐트를 쳤다.

작업이 일단락된 뒤 야전 취사기를 다시금 바라보았다. 훈련할 때 썼던 M1937형 야전 오븐레인지와 형태가 같으며, 조리대는 내 허리 높이다. 오븐레인지 부분에 여러 개 있는 뚜껑을 앞으로 당겨 열면 안은 2단 오븐이다. 이건 구이용이고, 볶음 등을 할 때는 윗면의 덮개를 벗기고 전용 팬을 끼워 프라이팬처럼 쓴다. 대량 조리에 안성맞춤이다.

연료는 가솔린을 사용한다. 군수과에서 가져다 놓은 가솔린 깡통에 버너 튜브를 연결하고 취사기 밑에 설치해 점화하면 바로 쓸 수 있다. 눈 깜짝할 새에 양철 연통이 연기를 뭉게뭉게 뿜는다.

어느새 풀린 군화 끈을 고쳐 매고 나서 문득 고개를 들자 어디선가 앞치마 차림의 여자들이 나타나 안마당에 모여 있었다. 맥주통 같은 몸집의 중년 여자, 깡마른 노부인. 보아하니 이 근방에 사는 민간인 같다. 소매를 잡아당기며 말을 붙이는데 미안하지만 프랑스어는 전혀 모른다. 여자들의 몸짓을 보면 취사기 구조가 궁금한 것 같은데 무슨 수로 설명을 할 수 있을지.

다만 아주머니들은 하나같이 표정이 개운한 게 우리를 환영한다는 것만은 알 수 있었다. 광대뼈가 튀어나온 볼은 주름이 자글자글 졌어도 윤이 흐르는 게 딴 지 좀 되는 사과가 생각났다. 지금까지 쌀쌀맞은 프랑스인만 만난 터라 순식간에 친근감이 솟았다.

아주머니들 사이에 10대 중반이나 스무 살쯤 됐을까 말까 하는 젊은 여자 둘이 섞여 있었다. 한 명은 옅은 갈색 머리에 갈색 눈, 또 한 명은 새까맣고 숱 많은 머리, 둘 다 가슴이 깊게 팬 꽃무늬 원피스를 입었다. 옅은 갈색 머리 여자는 아까 급히 빨래를 걷던 사람이다.

"자, 여기 복숭아 통조림. 이쪽은 오렌지 주스, 그리고 이건 닭고기 농축 수프. 사양 말고 얼른 받아."

디에고가 흐물흐물 웃으며 젊은 여자에게 통조림을 잇따라 건넸다. 들떴는지 목소리가 평소보다 생기가 넘쳤다.

"그건 병원용인데."

"조금인데 뭐 어떠냐? 쩨쩨하게 굴지 마라, 샤일록."

떨떠름한 표정의 에드에게 디에고는 농담으로 답하고 여자들을 향해 키스를 날렸다. 두 여자는 마주 보고 킥킥 웃고는 안마당 구석에 선 나무 뒤로 사라졌다.

"미안하지만 저 둘은 선약이 있어요."

움찔해서 돌아보자 마흔 살쯤 된 여자가 재미있어하는 표정으로 웃고 있었다. 이목구비가 아름다운 여자는 얼굴에 난 기미

와 주름마저 기품 있어 보였다.

"검은 머리 애는 이 저택 따님이에요. 저 애들 지금 아주 들떴는걸요. 당신들이 왔으니까 군대 갔던 약혼자가 이제 곧 북이탈리아에서 돌아올 거라고."

여자는 프랑스어 억양은 남아 있어도 유창한 영어로 말했다. 독일에게 점령당한 프랑스는 1940년부터 지금까지 4년간 나치스 괴뢰 정권의 지배를 받았다. 프랑스군에 징집됐다는 것은 곧 독일 측 병사로서 싸운다는 것을 의미했다. 하지만 이제 우리 연합군이 프랑스에 상륙했으니 그들이 돌아올 수 있을 것이라는 뜻이다.

"특히 이 댁 따님은 아버님도 상대 남자를 마음에 들어해서 전쟁만 없었으면 바로 결혼했을 거예요. 저 애들만이 아니죠. 온 마을 젊은 아가씨들이 기뻐하고 있답니다. 강제 노동에 끌려갔던 젊은 아가씨들도 돌아오면 안심할 거예요." 여자는 문득 쓸쓸하게 목소리를 낮추었다. "괜한 기대가 아니면 좋겠는데요."

"영어를 잘하시는군요."

"전쟁이 시작되기 전까지 교사였거든. 내 이름은 욜랑드예요."

"그린버그 삼등 특기병입니다."

에드가 신사적으로 인사하자 욜랑드 씨는 부드럽게 미소 지으며 악수를 청했다. 그리고 에드의 손에 또 한 손도 포갰다.

"그래요, 좋은 일이네요. 역시 이제 끝나는군요. 다행이에요."

"뭐가 말씀이죠, 마담?"

"아뇨, 아무것도 아니에요. 다만…… 지금까지 이 나라에선 특히 당신한테 아주 고통스러운 일이 벌어지고 있었으니까요.

그 이야기는 미국에도 알려졌겠죠?"

에드는 유대계니 분명 그 말일 것이다. 얼굴을 흘끔 살폈지만 그는 여느 때와 같이 감정을 읽을 수 없는 침착한 표정이었다.

"다른 두 분은요?"

"전 콜 오등 특기병입니다. 저 친구는 오르테가 오등 특기병이고요."

"다들 부상병을 치료하나요?"

"아뇨, 모두 조리병입니다."

"어머, 그래요. 그럼 저 쇳덩어리 괴물은 혹시 부엌인가요?"

"네, 움직이는 화덕이죠."

그러자 욜랑드 씨는 표정이 환해지더니 프랑스어로 여자들을 불러 모았다. 그리고 청결해 보이는 줄무늬 셔츠의 소매를 걷으며 말했다.

"우리도 요리를 도울게요. 다들 잘하거든. 그러니까 당신들은 장작을 패줘요. 주방에 감자 자루가 있는데 갖다줄래요?"

"어? 주방은 못 쓴다고 들었는데요."

"'주방'은요. 여기 주인분한테는 돌아가신 부인의 추억이 어린 장소라서 망가뜨리기 싫은 것뿐이에요. 하지만 안에 있는 재료를 쓰는 건 상관없어요. 자, 부탁해요."

주방은 1층 북쪽에 세탁실과 붙어 있었다. 헬멧을 벗고 들어가자 싸늘한 공기가 두피를 어루만졌다. 전에는 여기서 하인들이 바쁘게 일했을 게 틀림없다. 우리 할머니도 영국 시절에 이런 주방에서 일했을까 하고 상상해보았다.

"요리사가 엄한 사람이라 작은 얼룩 하나만 있어도 맞았단다."

과거를 회상하는 할머니의 목소리가 들리는 것 같았다.

그때 문득 의문이 들었다.

"어라?"

옆에 있던 에드가 검은 눈으로 나를 꼼짝 않고 쳐다보았다. 별 의문은 아니었던지라 당황해서 우물쭈물했다.

"아니, 여기 주인은 왜 우리한테 저택을 빌려줬을까 해서. 아까도 봤지만 야전병원은 피 때문에 금세 더러워지잖아? 주방을 못 빌려주겠다고 할 정도면 더 말할 것도 없지."

에드는 뾰족한 턱에 손을 대며 내가 즉흥적으로 한 생각에도 진지하게 대답해주었다.

"나도 친절한 마음에서 빌려준 건 아니라고 생각한다. 돈이나 뭘 대가로 제시하고 협상을 했겠지."

감자 자루는 주방 구석에 있었지만 대부분이 말라비틀어져 있었다. "이 정도면 괜찮을 거다"라는 에드의 말을 믿기로 하고 가지고 나온 다음 이번에는 장작 헛간으로 갔다. 뚱뚱한 아주머니들이 피 묻은 옷을 세탁하는 앞을 지나 장작을 한 아름 들었다.

안마당으로 돌아오자 작은 문으로 초로의 신사가 지팡이를 짚으며 들어왔다. 머리는 숱이 많은데 마치 아흔 살 노인처럼 다리가 후들거렸다. 몸이 뻣뻣하게 굳어 생각처럼 움직이지 못하는 듯했다. 휘청거릴 때마다 뒤에 선 대머리 남자가 부축하려는 것을 초로의 신사가 사나운 표정으로 거부했다.

"Papa!"

나무 그늘에서 조금 전 본 젊은 여자 중 저택 주인의 딸이라는 검은 머리 쪽이 뛰쳐나와 초로의 신사에게 달려가 뺨에 입을 맞추었다. 그렇군, 저 사람이 이 저택 주인인가. 엄한 표정이던 신사가 애정 어린 미소를 지으며 딸의 볼을 어루만졌다.

그 뒤 우리는 바빠서 여유가 없는 의무병 대신 자력으로 식사가 가능한 부상병을 위해 요양식을 만들었다. 깡통에 든 닭고기 육수를 커다란 냄비에 쏟아 데우고 구운 통감자를 오븐에서 꺼냈다.

"어때?"

간을 볼 때 에드는 여느 때처럼 국자로 뜬 수프를 내게 건넸다. 처음 조리병이 될 것을 권했을 때부터 에드는 일관되게 음식의 맛 자체에 관심이 없었다. 한입 먹어보니 어딘지 모르게 윤곽이 흐릿했다.

"소금을 두 숟갈쯤 더 넣어볼까."

의무병의 보고에 맞춰 식사가 가능한 부상병들이 먹을 수프를 접시에 떴다. 그 뒤 요리를 도와준 여자들의 식사도 준비했다. 김이 오르는 구운 감자를 큰 접시에 담자 안마당은 순식간에 떠들썩해졌다. 영어가 유창한 욜랑드 씨도 따끈따끈한 감자 쪼가리를 집어 맛있게 먹고 있었다.

간신히 일을 끝내고 손수레를 밀며 생마리뒤몽으로 돌아왔을 때는 날이 완전히 저물어 캄캄해진 뒤였다.

중대 동료들은 아침보다 수가 늘었다. 따뜻한 저녁이라도 해주고 싶었지만 야전 취사기는 우리 손으로 야전병원과 사령부용으로 돌린 탓에 각자 적당히 알아서 K레이션을 먹기로 됐다.

K레이션이란 미네소타 대학교의 키스 박사가 공수병을 위해 개발한 소형 전투식량이다. 직사각형 모양의 상자는 줄무늬, 별 마크, 이상한 곡선 무늬, 이렇게 세 종류로 디자인되어 한눈에 아침, 점심, 저녁을 구분할 수 있었다. 세트마다 비스킷과 고기 통조림, 초콜릿과 캐러멜, 각설탕, 부용, 물에 맛을 더하기 위한 분말 등이 마치 도시락처럼 들어 있다. 참고로 아침과 점심, 저녁의 구성이 미묘하게 다르다.

하루 세 끼를 전부 K레이션으로 먹어도 영양에 문제가 없도록 설계돼 있다. 기능 훈련 담당 교관이었던 일명 닥터 브로콜리(머리 모양이 브로콜리와 똑같았다)도 홀딱 반한 물건이다. 세 끼 합쳐서 3,900칼로리를 섭취할 수 있는 데다 나무 스푼과 담배, 화장실 휴지까지 들어 있으니 말이다.

G중대 대원들에게 줄을 서게 해서 전투식량을 나눠주었다. 그때마다 한 명씩 얼굴을 보며 누가 무사한지, 누가 행방불명됐는지 확인했다. 매컬리는 여전히 보이지 않았다. 내 옆에서는 디에고가 저녁식사용 상자를 한 손에 든 채 스페인어 억양의 영어로 호객을 하듯 연신 떠들고 있었다.

"자자, 모이시라, 자양 강장 K레이션을 나눠드릴게. K레이션의 K는 녹업(knock up, '임신시키다'라는 뜻이 있다)의 K(실제로는 개발자 앤설 키스의 머리글자에서 유래한다), 절대로 댁의 초라한 깡통 따개를 쑤셔 박아서 도시락통을 임신시키진 마시라고."

누가 갓난아기 우는 흉내를 내면서 웃음소리가 와르르 터져나왔다. 대원과 디에고가 농담을 주거니 받거니 하는 것은 늘 있는 일이다. 디에고는 요리 실력이 별로 좋지 않은 데다 에드처럼 관리 능력이 뛰어난 것도 아니라서 지시를 내리지도 못하지만, 식사를 배급할 때 분위기를 밝혀준다.

손가락을 옷 속에 넣어 목을 긁으며 보니 잎이 우거진 나무 밑에 라이너스가 있었다. 다른 대원에게서 베개 크기의 카키색 주머니를 받아 시드르 병과 교환하는 중이었다. 수동 개폐용 빨간 손잡이가 달린 것을 보면 예비 낙하산이 틀림없었다. 여태 모으고 있었나? 라이너스는 방금 받은 낙하산을 커다란 마 자루에 쑤셔 넣었다. 자루 속에 똑같은 황록색 주머니가 가득했다. 저렇게 많이 모아서 뭘 할 생각일까?

얼굴을 든 라이너스와 눈이 마주쳤다. 녀석은 긴 팔을 가볍게 들어 어째선지 내게 손짓했다. 자기에게 오라는 뜻인가? 하는 수 없이 에드와 디에고에게 하던 일을 맡기고 다가갔다.

"가져라, 조리병."

녀석은 그렇게 말하며 뭔가를 던졌다. 허겁지겁 팔을 뻗어 땅에 떨어지기 직전에 잡고 보니 기름한 당근 열 몇 개와 꼬투리에 든 강낭콩을 끈으로 엮은 야채 다발이었다.

"이런 건 어디서 났어?"

"아까 저 길가에 있는 집 할머니한테서 받았지. 수프라도 끓여."

라이너스가 턱짓으로 가리킨 것은 베란다에 빨간 피튜니아가 핀 집이었다. 그 할머니, 아침에 나를 봤을 때는 바로 숨었으면서.

"고맙다."

"나한테 걸리면 이쯤은 식은 죽 먹기라고. 콜드크림 한 통으로 간단히 해결됐지."

라이너스는 애교 넘치게 눈을 찡긋하고는 어깨에 걸치고 있던 배낭을 열어 속을 보여주었다. 여성용 스카프, 비프스튜 통조림, 향수 두 병, 양철 장난감, 미제 콘돔까지 있었다. 죄다 전투에는 쓸모가 없는 물건들뿐이다. 이놈 바보 아냐? 하지만 녀석은 모르는 소리 말라며 웃었다.

"잘 들어라, 키드. 물물교환은 거래의 기본이다. 이 세계를 보라고. 사느냐 죽느냐 하는 상황에선 돈보다 바로 쓸 수 있는 물자가 필요하단 말이지. 날 보급부에 넣어주면 거래가 훨씬 쉬워질걸."

"보급병이 되고 싶은 거야? 하지만 조달은 녀석들 일이 아닐 텐데."

도대체가 군에서 현지 조달을 허가하지 않는데 보급병이 당당하게 물자를 조달할 수 있을 리 없지 않나. 내가 그렇게 말하자 라이너스는 두 눈을 데굴 굴렸다.

"말이 그렇다는 거지, 키드. 아무튼 난 기관총 쏘는 것보다 후방 지원이 더 성미에 맞거든. 적당한 시기를 봐서 전속을 신청할 거다."

그렇게 농담인지 진담인지 알 수 없는 소리를 지껄였다. 심약한 브라이언이나 매컬리라면 이해되지만, 라이너스는 유능한 전투원이고 기관총병으로서도 우수한 사격수인데.

"농담인 줄 알지? 난 진심으로 하는 소리다. 연줄도 있다고."

라이너스는 흰 이를 드러내며 씩 웃고는 짐을 지고 돌아섰다. 예비 낙하산으로 빵빵하게 부푼 마 부대가 흔들렸다.

"야, 예비 낙하산을 그렇게 많이 모아서 어쩔 건데?"

"그야……" 라이너스는 멈춰 서려다가 "아니, 관두자"라며 어깨를 으쓱했다.

"엥? 왜?"

"기분 전환하게 오락거리를 제공해주지. 내가 왜 이런 일을 하는지 생각해봐. 가 봐라, 팀 어린이, 보호자가 부른다."

"팀, 얼른 돌아와라!"

에드의 목소리에 뒤를 돌아보자 두 조리병은 흡사 굶주린 사자에게 포위된 사육사처럼 몰려드는 병사들을 상대하고 있었다.

"보호자 아니거든…… 어라?"

투덜대며 다시 몸을 돌렸을 때 라이너스의 뒷모습은 땅거미 속으로 사라져가고 있었다.

밤의 장막이 내리고 마을은 짙은 감색의 어둠에 싸였다. 등화관제 때문에 불을 켜지 않아서 별이 잘 보였다. 해변에 양륙한 운반 차량과 전차는 한나절 이상이 지나서야 비로소 합류하기 시작했다. 소박한 돌집들 사이로 우락부락한 차량이 라이트를 켜지 않고 지나갔다.

잠자리로 확보한 민가가 많지 않아서 빈 차량을 숙소 대신 사용했다. 우리 조리병 셋은 사무병이 준비해준 소형 트럭 한 대를 광장 구석에 세우고 짐칸으로 올라갔다. 나중에 구호소 일을 거들고 돌아온 의무병 스파크와 브라이언이 담요를 나눠주러 왔다가 눌러앉았다. 아까 기절했던 브라이언도 혈색을 되찾은 듯했다.

가스램프를 켜고 빛이 새어 나가지 않도록 덮개를 꽉 닫았다.

전쟁터에 와서 처음 맞이한 밤이 끝나가려 하고 있었지만, 폭발음과 총성은 아직 그치지 않고 이어지고 있었다. 우리가 없는 사이에 마을에서 전투가 벌어져 포병 부대에서 전사자가 몇 명 발생했다고 했다. 지금은 포로를 데리고 있을 여유가 없다는 이유로 독일군은 항복한 사람까지 모두 사살했다. 출격 전에 상부에서 그렇게 명령을 내렸다. 이스빌로 가는 길에 엇갈린 독일군 병사들이 어떻게 됐는지 나는 끝내 알지 못했다.

전황도 조금씩 귀에 들어오기 시작했다.

바다를 통한 노르망디 상륙 작전은 가까스로 성공, 연합군은 이곳 코탕탱 반도 진군을 달성했다. 수송기 창으로 보였던 무수한 선박이 생각났다.

미군의 보병사단들은 두 개의 해안에 나뉘어 상륙했다. 암호명 '유타 해변'에 상륙한 쪽은 우리 강하 지점과 거리가 가까워서 비록 계획보다 늦어지기는 했지만 무사히 합류할 수 있었다. 그러나 또 다른 해안, 암호명 '오마하 해변' 쪽은 어떻게 됐는지 알 수 없었다. 상당히 많은 희생자가 발생했다는 이야기도 들려왔지만 아직 소문일 뿐이었다.

어쨌거나 내일부터 본격적인 진군이 개시될 것이다.

독일군은 해안선과 옆길에 포대(砲臺)와 엄폐호를 설치했다. 게다가 평지에까지 물을 흘려보냈다. 우리 측 전차와 차량의 침입을 막고 특정한 제방도로 위를 지날 수밖에 없게 해서 저격하려는 작전일 것이다. 하지만 조금 전 엄폐호에 설치돼 있던 대포를 연합군이 제압했다는 정보가 들어왔다. 같은 연대 녀석들도 공을 세웠다. 제2대대의 E중대가 소수 인원으로 포대를 공격한 모양이다. 코탕탱 반도의 전투는 우리가 우세한 셈이다.

"적은 우리 작전을 전혀 경계 안 했나?"

"재수가 좋았군. 만약 어제 단행했다면 이렇게 안 됐을지도 모르잖냐?"

짐칸에 짧은 다리를 꼬고 누운 디에고는 살짝 튀어나온 두 눈을 가늘게 뜨고 담배를 맛있게 피웠다. 정수리의 검은 머리에 흰 연기가 감겼다.

"신의 가호야."

"기상부와 정보 공작부 덕분이겠지."

그렇게 말하며 에드도 담배에 불을 붙였다. 소문에 따르면 작전 목표 지점을 속이기 위해 영국의 전혀 무관한 기지에 가짜 전차와 유조차를 준비했다고 한다. 느긋하고 기분이 좋은 디에고와는 반대로 스파크는 짜증이 났는지 껌을 씹으며 침을 뱉었다.

"신의 가호는 무슨. 사망자가 얼마나 많은데. 공수병만 해도 오늘 하루 만에 200명 이상 죽었다고. 바다에서 상륙한 보병 부대까지 합쳐봐라. 엄청난 숫자가 될 거다."

"어이, 나이팅게일. 주께서 하시는 일을 부정해서 쓰냐."

"시끄러, 멕시코 놈. 울버턴 대대장(제506연대 제3대대장, 생콤뒤몽에서 전사)의 시신이 얼마나 비참했는지 말해주랴? 나초색 토를 할 거다."

"멕시코 아니거든. 푸에르토리코지. 보리쿠아, 뉴요리컨이라고."

"그러시냐? 그래서 뭐?"

입 험한 녀석 둘이 서로를 노려보았다. 디에고는 당장이라도 으르렁거리며 덤벼들 기세였지만, 스파크는 질겅질겅 껌을 씹으며 작은 눈을 더욱 작게 뜨고 디에고를 그저 똑바로 쳐다보기만 했다. 스파크는 짙은 갈색 머리와 역삼각형 얼굴 윤곽이 합쳐져 어딘지 모르게 족제비를 닮았다. 그 옆의 브라이언으로 말하자면 긴 다리를 끌어안고 부피를 되도록 조그맣게 줄이려 애쓰고 있었다.

한편 에드는 담담히 작업을 계속하고 있었다. 휴대용 가스버너를 꺼내 접이식 손잡이와 다리를 펴고, 목에 걸고 있던 군번줄을 꺼내 같이 매달려 있던 P-38 깡통 따개로 통조림을 땄다.

속에 든 것은 야채와 고기를 뭉근하게 끓인 정체를 알 수 없는 스튜인데, 갈색 액체 위에 허연 기름이 잔뜩 끼었다. 그런데도 자연히 침이 고이니 이상한 일이다. 에드는 뚜껑을 짐칸 구석에 버리고 깡통을 버너에 직접 얹어 가열했다.

나도 내 몫을 에드에게 건넸는데, 데워질 때까지 기다릴 수 없어서 비스킷을 먼저 먹었다. 좌우지간 배가 고팠다. 음식 냄새에 디에고와 스파크도 전의를 상실한 모양이었다. 디에고는 하품을 하며 짧게 쳐올린 옆머리를 긁적이고, 스파크는 씹던 껌을 덮개 밖으로 버린 다음 의무병 백을 정리하기 시작했다.

"아, 맞다, 라이너스한테 이걸 받았는데."

주머니에서 당근과 강낭콩 다발을 꺼내 에드에게 던져주었다. 에드는 능숙한 솜씨로 받더니 눈살을 찌푸렸다.

"어디서 났어?"

"이 마을 할머니하고 물물교환을 해서 얻었다던데."

"라이너스라면 경기관총 분대의 라이너스 밸런타인 말이냐?"

"그래, 스파크."

"난 그 녀석 불편하더라. 웃는 얼굴이 기분 나빠."

"왜? 좋은 녀석인데. 나한테 사이다도 줬겠다."

디에고는 가방에서 시드르 병을 꺼내 자랑했다.

"프랑스 사이다도 꽤 맛있더군. 색이 옅고 맛이 너무 고상하긴 하지만. 뭐, 크리스마스의 시나몬하곤 안 어울리겠어."

"도수는 높아?"

"적당히 센 게 기분 좋더라. 그 녀석이 싫으면 이것도 못 마시겠군. 불쌍한 스파크 같으니."

"그딴 거 필요 없다. 맥주면 또 몰라도."

미국에서 술 하면 맥주 또는 위스키고 조금 점잖은 척하는 자리에서는 와인을 마신다. 사이다, 즉 사과주는 핼러윈이나 크리스마스에 마시는 것이라 막연히 가족적인 이미지가 있다. 술을 취하도록 마시고 싶은 젊은이에게는 그리 환영받지 못하는 종류의 주류일 것이다.

"낮에도 생각했는데 낙하산은 모아다 어디 쓰는 걸까? 너희 생각엔 어때?"

의아한 표정의 스파크와 브라이언은 라이너스의 기행(奇行)을 모르는 모양이기에 내가 설명해주었다. 라이너스가 예비 낙하산을 모으더라는 것, 낙하산을 주면 답례로 시드르를 준다는 것, 그리고 왜 그런 일을 하느냐고 물었더니 답을 얼버무리더라는 것을 이야기했다.

"이유가 뭐든 무슨 상관이냐. 키드, 네가 너무 복잡하게 생각하는 거다."

디에고가 비스킷을 입에 가득 넣은 채 말하는 바람에 부스러기가 떨어졌다. "넌 머리가 깡통이니까 모르는 거야"라며 녀석의 어깨를 주먹으로 쳤다. 스파크는 럭키스트라이크를 한 대 물고 성냥을 그어 불을 붙였다. 뺨을 오므리고 얼굴을 잔뜩 찡그리며 아주 맛없게 피운다.

"잘은 모르지만 팔아서 돈 벌려고 그러는 거 아니냐?"

"어? 그런 걸 살 사람이 있어?"

"명주잖냐, 그거. 가볍고 튼튼하다고."

그러자 묵묵히 순서대로 깡통을 데우고 있던 에드가 입을 열었다.

"아니, 요새는 나일론제도 섞여 있다. 실제로는 낙하산으로 나일론이 더 적합하거든. 습기에 강하고 말이지."

"그래? 다들 빠삭하네."

"딱히 그런 건 아닌데. 성조기 신문에도 났었잖아. 명주를 생산하는 아시아하고 교역이 중단된 것 때문에 본국에서도 입수하기 쉽지 않아. 얼마 전까지만 해도 전부 명주로 만들던 걸 어느 시기부터 나일론제로 바꿨을 거다. 그리고 우리에게 배급된 낙하산은 생산 연도가 똑같지 않단 말이지. 누가 어느 걸 갖고 있는지는 알 수 없어."

그러고 보니 전쟁이 시작될 즈음 어머니가 푸념했던 게 기억났다. 실크 스타킹의 값이 터무니없이 올라서 구할 수 없게 됐다고. 누나인 신시아는 대체품인 나일론 쪽이 튼튼하고 값도 싸지 않느냐고 반박했지만 솔직히 나는 봐도 명주와 화학섬유가 무슨 차이가 있는지 알 수 없었거니와 관심도 없었다.

"나일론은 팔아도 많이 못 받을 거 아냐? 명주인지 어떻게 아는 거지?"

의문을 표현해보자 다른 세 사람은 어깨만 으쓱했지만, 에드만은 안경 렌즈에 김이 서린 채 스튜 깡통을 불에서 내리며 대답했다.

"라이너스 본인은 나쁜 짓을 하려는 게 아니라고 했지. 뭐가 목적인지 궁금하다면 궁금하군."

"그렇지? 그렇게 대량으로 모으고 있고 말이야. 혹시 우리가 모르는 극비 작전에 사용하는 게 아닐까?"

그러자 병나발을 불고 있던 디에고가 시드르를 푹 내뿜었다. 브라이언이 반사적으로 피했다.

"뭐냐, 그 애새끼 같은 발상은. 하여간 딱 '키드'군. 라이너스가 어떻게 극비 작전에 관여할 수 있다는 건데? 그 녀석도 우리랑 똑같은 말단 사병 아니냐."

디에고는 그렇게 말하고 트림을 했다. 에드는 내 편을 들어줄 줄 알았건만 그도 내 의견에 반대했다. "만약 실제로 작전이 있다면 일반병에게 이야기를 털어놓으면서 상관에게는 비밀로 해달라고 부탁하는 건 이상하지 않나?"라는 이야기다.

"그럼 또 뭐가 있는데?"

"낙하산 자체에 무슨 용도가 있다고 보는 게 맞지 않겠어?"

"천에?"

"끈일지도."

"뭐, 일반적으로 생각하면 천이겠지. 명주고 나일론이고 안 가리고 모으는 것 같으니까. 흰 천이면 뭐든 상관없는지도 몰라. 자, 식기 전에 얼른 먹어라."

각자 김이 나는 깡통을 들어 스푼으로 떠먹었다. 맛있지는 않지만 배에 따뜻한 음식이 들어가면 기분이 좋아지는 법이다. 에드는 작은 양철 냄비에 커피 분말을 넣고 수통에 든 물을 따랐다.

"브라이언, 너도 깡통 이리 주지?"

덩치 큰 의무병 브라이언 혼자 K레이션 상자를 열지 않았다. 무릎을 꽉 끌어안은 채 힘없이 미소를 지으며 고개를 저었다.

"난 됐다, 필요 없어. 배가 안 고파."

"……안 먹으면 못 버틴다."

커피 냄비를 불에 얹으며 평소 무표정한 에드가 웬일로 떨떠름한 얼굴로 말했다. 그래도 브라이언은 고개를 내저을 뿐 먹지 않았다. 심지어 전투식량에 든 캐러멜을 통째로 내게 주었다.

나는 고기 조각을 씹으며 다시금 낙하산에 대해 생각해보았다. 오늘 아침 강하할 때는 그런 생각을 할 여유가 없었지만, 사실 하늘을 나는 낙하산은 꽤 아름답다. 파도 사이를 태평하게 헤엄치는 해파리처럼 흰 캐노피를 한껏 부풀려 햇빛을 받으며 둥실둥실 춤춘다. 그런 게 수백, 수천 개 일제히 내려오는 것이다.

강하하면서 위를 올려다본 적이 한 번 있었다. 햇살이 비쳐 보이는 캐노피는 도무지 전쟁터에서 쓰는 도구 같지 않게 아름

다웠다. 얼룩덜룩한 위장색 낙하산도 개발됐다는데 나는 단연
코 흰색이 좋다.

하지만, 하고 나는 생각했다. 저 천을 또 어디에 이용할 수 있
을지 모르겠다. 귀 뒤를 긁적이며 생각하는데 브라이언이 느릿
한 목소리로 대화에 끼었다.

"사과주란 말이지, 나도 받고 싶은데."

"술 말고 밥부터 먹어. 빈속에 마시면 취해. 게다가 낙하산은
벌써 없잖아?"

내가 말하자 디에고가 스튜를 연거푸 떠먹으며 또 트림을 했다.

"아직 있을 것 같은 녀석을 찾아보지? 매컬리라든지. 혹시 모
르는 일이라고. 아직 갖고 있을 것 같잖냐."

맞다, 매컬리는 도착했을까? G중대 조리병 세 명 중 그 녀석
만 아직 합류하지 못했다. 그러자 스파크가 고개도 들지 않고
말했다.

"매컬리, 죽었다."

"뭐?"

놀라 숟가락을 떨어뜨렸다. 누워 있던 디에고도 몸을 일으
켰다.

"강하하고 나서. 그 녀석, 패닉에 빠져서 아군을 쏘려고 했지
뭐냐. 어두워서 누가 누군지 알 수 없었겠지. 총탄은 빗나갔지
만 그 녀석은 적으로 오인돼서 벌집이 됐다. 뭐, 어쩔 수 없지."

아무 말도 할 수 없었다. 떨어진 숟가락을 주우려다가 손이
떨리는 것을 깨달았다.

무시무시한 속도로 날아가는 C-47의 승강구에서 소리치던

가엾고 심약한 매컬리. 이동한 지 겨우 한 달밖에 안 된 탓에 친구도 많지 않았다. 같은 조리병이지만 나도 말을 나눠본 것은 몇 번뿐이었다. 그래도 슬펐고 충격이었다. 시신은 분명 벌써 어딘가로 운반됐을 테고 유품이 될 만한 것도 남아 있지 않을 것이다.

비스킷과 스튜를 다 먹은 우리는 침묵 속에 흙탕물을 희석한 듯한 커피를 마셨다. 스파크와 브라이언은 이스빌 야전병원으로 돌아가야 한다며 준비를 시작했다.

그때 에드가 나지막이 중얼거렸다.

"시드르는 낙하산 한 개에 한 병씩, 교환하는 사람 전원에게 줘. 라이너스는 그 많은 시드르를 어떻게 준비했지?"

나는 흠칫했다. 동료가 죽었는데 대체 무슨 소리를 하는 건가? 나뿐 아니라 짐칸에 있던 사람 모두가 에드를 주목했다. 그러나 그는 아랑곳없이 말을 이었다.

"이야기를 들어보면 술병을 수십 병은 갖고 있어야 하는데, 라이너스는 그걸 어디서 가져온 거지?"

"아!"

아닌 게 아니라 그렇다. 강하할 때는 중장비였다. 개인적인 물품을 챙겨 넣는 녀석이 있다지만 아무리 그래도 술병 수십 병을 들고 뛰어내릴 수는 없다. 디에고가 무심히 굴리고 있는 빈 시드르 병은 보통 와인 병과 비슷한 크기였다.

디에고는 시드르를 감추려는 양 배에 끌어안고는 편치 않은 것처럼 궁둥이를 옴짝거리더니 굳은 입꼬리를 움직여 웃었다.

"어이어이어이, 그만들 하지? 라이너스 따위 아무래도 상관없잖냐."

"눈앞의 일을 잊을 순 있지."

에드의 안경이 커피에서 피어오르는 김으로 부옇게 흐려져 흡사 곤충 눈처럼 보였다. 그렇지 않아도 표정을 읽기 어려운 얼굴이 더욱 알 수 없어졌다.

하지만 에드의 말에는 공감할 수 있었다. 이 이상 매컬리 생각을 하면 안 될 것 같다, 분명.

새삼스레 생각났다. 불길에 휩싸인 채 낙하한 공수병, 임무를 다하지 못한 채 목숨을 잃은 유도병, 구호소에서 그저 죽음을 기다리던 부상병. 지금까지 정신없이 달려왔기 때문에 몰랐지만 내가 그렇게 될 가능성도 충분히 있었다. 지금 살아 있는 것은 그저 우연히 제비뽑기에서 당첨되지 않았기 때문이다. 다음번 뽑을 제비는 백지일까, 아니면 빨간 동그라미가 그려져 있을까? 궁둥이 언저리에 소름이 돋고 몸서리가 났다.

훈련 중에 교관이 말한 대로 죽음을 각오해야 하는 것이다, 분명. 뭘 위해서? 나라를 위해서? 자유를 위해서? 지금까지 내내 생각하지 않으려고 했는데, 출발 전 쓴 유서가 자꾸만 머리에 어른거렸다. 아아, 젠장.

"나도 에드 의견에 찬성이야. 뭐든 좋으니까 딴 생각을 하자."

나는 그렇게 선언하고 좁은 짐칸 속에서 에드의 옆으로 엉금엉금 기어가 본격적으로 라이너스의 행동에 대해 생각하기로 했다. 스파크는 어이가 없다는 듯 한숨을 쉬며 브라이언과 함께 나갔지만 디에고는 결국 남았다. 지저분한 짐칸 바닥에 도로 드러누워 군화 뒤꿈치로 벽을 툭툭 차고 있다.

"어디서 입수했느냐 이 말이지…… 보급품으로 지급된 거 아닐까?"

"그건 아닐걸. 군에서 사병의 음주를 인정하지 않는데 물자에 술이 포함될 리 없잖아. 기억나지? 학과 수업에서도 배웠잖아."

물론 몰래 술을 가져온 병사는 많이 있었다. 하지만 군 입장에서는 규율을 위해, 설사 형식에 불과하다 해도 음주를 허가하지 않았다. 뭐, 아닌 게 아니라 우리 미국 젊은이들은 술이 들어가면 만취해서 도가 지나치는 경향이 있으니 불만은 남아도 납득은 할 수 있었다.

"그럼 현지 조달인가."

짐칸 벽에 몸을 기대고 앉은 에드에게 나는 고개를 끄덕였다. 실은 시드르에 대해 아는 게 있었다.

"시드르는 이 일대, 노르망디 코탕탱 반도의 명산품이라던데. 실은 우리 잡화점에도 몇 번 들어온 적이 있어서 알거든. 특히 보병사단이 바다에서 상륙한 부근엔 유명한 사과 과수원하고 양조장이 있단 말이지. 이스빌로 가는 길에서도 사과나무와 작은 양조장을 봤고."

"키드 주제에 빠삭하군. 대단한데."

'키드 주제에'라는 말은 그냥 들어 넘길 수 없었지만 칭찬은 고맙게 받아들이기로 했다.

"잡화점 집 아들을 우습게 보지 마라."

사실은 대단하고 뭐고 없다. 열두세 살쯤 됐을 때 나는 '비교해서 마셔보면 남부의 사이다와 어떻게 다른지 알 수 있을지도 모른다'라는 근사한 아이디어가 떠올라 계산대 밑에 숨어 시드르를 마셨다. 그렇지만 겨우 한두 모금 마시고 곤드레만드레 취한 것을 할머니에게 들켜 호되게 야단 맞았다. 즐거웠던 기분도 곤두박질쳐서 화장실로 직행했다. 그 뒤 자리에 누워 땀과 함께 알코올을 완전히 배출하고 나서 할머니에게 프랑스의 시드르에 대해 배웠다. 참고로 나는 이 씁쓸한 경험 탓에 지금도 술을 못 마신다.

"그래, 이 지역 명산품이란 말이지."

"응. 기후가 포도 재배에 안 맞는다나."

"그 말은 그럼 라이너스는 현지인 누군가와 교환해서 시드르를 손에 넣었다는 뜻이군."

현지란 여기 생마리뒤몽일까. 집합 지점인 데다 큰 저장고쯤은 있을 것 같다. 그때 누워 있던 디에고가 한 손을 들었다.

"잠깐, 그건 이상한데."

"뭐가?"

"그렇잖냐, 너희 말대로 지역 주민한테서 사이다를 얻었다 치자. 대체 뭐랑 바꾼 거냐?"

"그야…… 그건 모르지만 라이너스는 이것저것 갖고 있었다고. 콜드크림이라든지."

라이너스의 배낭에는 잡동사니가 대량으로 들어 있었다. 게다가 녀석은 물물교환에 재주가 있다고 스스로 자랑했을 정도이니 주민과 교섭해서 술을 얻는 정도는 가능했을 것이다. 그렇게 설명했지만 디에고는 또다시 고개를 내저었다.

"그러니까 모처럼 생긴 사이다를 왜 예비 낙하산하고 교환했느냐 이 말이라고. 가령 라이너스가 술 생각이 간절해서 사이다를 받았다 치자. 그럼 낙하산을 가져온 녀석한테 나눠주는 건 이상하지 않냐? 참고로 라이너스는 밑 빠진 술독이다. 나 같으면 아까워서 그런 짓 안 해."

술을 좋아하는 디에고라면 그럴 것이다. 하지만 무슨 말을 하고 싶은지는 이해했다. 머릿속까지 근육으로 돼 있을 듯한 녀석인 줄 알았는데 다시 봤다. 의외로 날카롭다.

"그렇게 되면 시드르는 병사를 꾀기 위한 당근인가. 예비 낙하산에 다른 교환 목적이 있고."

먼저 모종의 목적이 있어서 라이너스는 예비 낙하산을 찾기 시작했다. 그리고 동료들에게서 낙하산을 회수하기 위해 어디선가 입수한 시드르를 이용했다. 시드르는 느려터진 말을 달리게 하기 위해 코앞에 늘어뜨린 당근인 셈이다. 에드는 오른손을 턱에 대고 중지 손톱을 깨물었다. 새카만 눈은 허공을 노려보고 있었다.

"팀, 이스빌도 시드르 산지인가?"

이스빌 이야기가 나올 줄은 몰랐기에 허를 찔렸다. 라이너스가 시드르를 입수한 것은 생마리뒤몽이라고 생각했기 때문이다.

"글쎄…… 어떨까. 아, 그리고 보니 저장고는 있었어. 안을 봤더니 와인 저장고처럼 선반이 많이 있고 바깥 수풀에 깨진 병이 굴러다녔거든. 바닥에 술이 약간 남아 있었으니까 최근에 깨졌을 거야."

그 옆 민가에서 빨래가 펄럭이고 젊은 여자가 황급히 거둬들이던 광경이 떠올랐다.

에드는 숄더백에서 지도를 꺼내 폈다. 지금 우리가 있는 생마리뒤몽에서 남서에 위치한 이스빌까지 좁은 길이 이어지고, 그 외의 도시나 마을은 보이지 않았다.

"강하는 목표 지점을 크게 벗어났지. 라이너스도 바람에 밀려 이스빌 부근에 낙하했다면 생마리뒤몽에 오기 전에 이스빌에 들렀어도 이상할 게 없다. 게다가 보급소에서 우리를 만났을 때, 호출을 받고 '사람을 너무 막 부려먹는다, 이제 막 도착했는데' 하는 식으로 푸념했단 말이지."

"제501연대가 이스빌을 해방했다고 했던가? 라이너스도 거기 참가했다는 말?"

"그래. 아까 듣기로 다들 뿔뿔이 흩어지는 바람에 부대와 상관없이 있는 사람을 긁어모아다 작전을 수행했다고 했지?"

하지만 어째서 에드가 거기에 연연해하는지 알 수 없었다. 이스빌이든 생마리뒤몽이든 똑같지 않나?

"시드르를 입수한 장소가 그렇게 중요해?"

"그래, 중요하다. 내가 상상하는 게 옳다면 앞뒤가 맞거든."

나는 전혀 모르겠지만 에드가 그렇다면 어쩔 수 없다.

"……본인한테 물어보자."

그러나 일어서려는 내 소매를 디에고가 붙들었다.

"아니, 잠깐, 잠깐 기다려보라니까. 난 도통 뭔 말인지 모르겠는데."

"나도 그래."

"아아, 그러시냐. 아니, 그게 아니라 녀석은 여기서 사이다하고 낙하산을 교환했단 말이다. 내가 교환하러 갔을 때 녀석 뒤에 병이 잔뜩 있었다고."

"그게 뭐?"

"그러니까 내 말은 무슨 수로 이스빌에서 그 많은 술병을 운반했느냐 이거라고. 강하 뒤에 일단 군장을 벗었다면 이해가 되지만, 강하 직후의 완전 군장 상태에서 혼자 그 길을 돌아오는 건 불가능할걸. 다른 사람을 끌어들인 것 같지도 않고."

그때 퍼뜩 깨달았다. 손수레다!

"손수레를 쓴 거야! 보급소에서 병원용 통조림을 운반한 투박한 세발 수레 말이야. 라이너스는 우리한테 왼쪽 손잡이가 망가지기 직전이니까 조심하라고 주의를 줬지. 실제로 그랬고. 보급병한테는 이스빌 주민한테 빌렸다고 들었는데 녀석이 그걸 어떻게 아는 걸까 이상했거든."

"그럼 라이너스가 이스빌에 있었다는 건 거의 확정됐군. 라이너스를 찾자."

에드가 덮개를 걷고 짐칸에서 뛰어내렸다. 나도 그 뒤를 따랐다. 디에고는 목소리만 쫓아왔다.

"야, 내일 해라! 난 먼저 잔다!"

내일은 무슨, 아침이 되면 진격이 시작될 텐데. 나는 내심 디에고를 놀리며 스트랩을 올려 잡낭을 고쳐 멨다. 이게 인생 최후의 오락거리가 아니기를 바라면서.

밤의 야영지를 걸으며 여러 병사들과 엇갈렸다. 다들 담배를 피우거나 전황에 대해 진지하게 이야기를 주고받으며 언제 소집 명령이 내려져 끝날지 모르는 휴식 시간을 보내고 있었다. G중대의 안면이 있는 친구를 발견하고 라이너스가 소속된 경기관총 분대의 트럭이 있는 곳을 물었다. 가르쳐준 대로 자갈길을 나아가자 작은 낙농장 곁에 우리가 찾는 트럭이 있었다.

덮개를 들추자 안에 있던 기관총 분대 녀석들이 일제히 우리를 돌아보는 바람에 약간 당황했다. 포커라도 하고 있었는지 짐칸 한복판에 트럼프 카드가 쌓여 있었다. 그러나 라이너스는 그곳에 없었다.

"조리병 둘이 웬일이냐?"

"야식이라도 갖다 주러 온 거 아냐? 디저트는 아이스크림이냐, 키드?"

"할머니한테 배운 레시피로 말이지."

키득키득 웃음소리가 잔물결처럼 번졌다. 중대가 같아도 소대가 다르면 교류가 별로 없다. 조리병이라는 이유만으로 업신여김을 당하는 것은 훈련 때부터 줄곧 겪었지만 익숙해지지 않았거니와 익숙해지고 싶지도 않았다. 그 이상 놀리면 한 방 먹여주려고 주먹을 쥐는데 에드가 앞으로 쓱 나섰다.

"라이너스는 어디 있지?"

그러자 녀석들은 진지한 표정을 되찾고 대답했다.

"모르는데. 아까 저기 저 길을 걸어가는 걸 보긴 봤다만. 빵빵하게 부푼 범포 자루를 두 개나 메고 말이지."

기관총 분대 녀석들과 헤어져 하늘을 올려다보니 별이 드문드문 나와 있었다. 피어오르는 연기에 가려져 잘 보이지 않았다.

라이너스를 찾아서 길을 따라 나아가다 보니 보급소까지 오고 말았다. 붉은 머리 보급병 오하라는 없었지만 내가 썼던 수레는 아까 가져다 놓은 그대로 개암나무 뒤에 있었다. 오전보다 훨씬 많아진 보급병들이 수송차 짐칸에서 상자를 내리고 있었다. 캄캄한 어둠 속에서 작업하는 모습을 보니 묘지에서 꿈틀거리는 무덤 파는 인부가 생각났다.

이대로 계속 가면 이스빌까지 갈 듯했다. 한 보급병을 붙들어 라이너스를 못 봤느냐고 물었다.

"아아, 키 큰 미남 말이지? 헬멧을 써서 머리카락 색은 알 수 없었지만 왔어. 커다란 자루 두 개를 들고 우리 부대 오하라하고 같이 나갔는데."

"오하라하고 같이?"

"그래, 둘이 창고 쪽으로 가더라."

나는 영문을 알 수 없어서 옆에 있는 에드를 쳐다보았다. 그러나 그는 어째선지 놀라기는커녕 납득한 것처럼 고개를 끄덕였다.

"창고는 어디 있지?"

"저기 평지를 왼쪽으로 곧장 가라." 보급병은 텐트 뒤를 가리켰다. 빈 섬유판 상자가 수도 없이 뒹굴고 있었다. "느릅나무 숲 보이냐? 그 뒤 민가를 창고로 쓰고 있거든. 길은 없으니까 걸을 때 조심하고."

소총 멜빵을 고쳐 메고 밤이슬에 젖기 시작한 풀숲으로 들어섰다. 이따금 잔가지를 밟고 엉겅퀴인지 뭔지의 가시에 바짓자락을 걸려가며 평지를 나아갔다.

느릅나무 숲에 다다른 우리는 뒤쪽에서 이야기 중이던 헌병과 마주쳤다. 흰 글씨로 MP라고 찍힌 헬멧을 쓰고, 고향의 경찰관과 마찬가지로 담소 중에도 빈틈없는 눈초리로 이곳저곳을 살피고 있었다. 나는 경찰관도 헌병도 편치 않다. 혹시 뭐라고 하면 임무 때문에 온 척하려고 되도록 몸을 꼿꼿이 펴고 옆을 지나쳤다.

"팀, 라이너스는 어째서 헌병에게 안 잡혔다고 생각해?"

나는 헌병의 시선이 신경 쓰여 그럴 계제가 아니었건만 에드는 아랑곳없이 말을 이었다.

"아무리 예비라 해도 낙하산은 군의 비품이다. 하나면 또 몰라도 대량으로 모으면 문제가 될 테지. 영창에 가든 감봉 처분을 받든 할 것 같은데 어째서 헌병이 움직이지 않았지?"

"그건…… 상관한테 비밀로 해달라고 부탁한 거 아냐?"

"그건 아니지. 라이너스와 우리는 별로 친한 사이가 아니야. 그런데도 무방비할 정도로 쉽게 부탁했어. 우리가 비밀을 지키든 안 지키든 문제가 안 됐기 때문이다. 게다가 술과 교환하는데? 소문이 퍼져서 언젠가는 헌병 귀에 들어갈 거다."

"라이너스가 데면데면해서 그런 거 아냐?"

"아니, 그 녀석 머리가 상당히 좋다. 그런 실수는 안 할 테지."

에드는 걸으며 오른손을 입으로 가져가 중지 손톱을 잘근잘근 씹기 시작했다. 아까도 똑같은 행동을 했는데, 뭔가를 생각할 때 이 버릇이 나오는 것 같다.

창고로 징수된 민가는 소박하지만 튼튼해 보이는 돌집으로, 활짝 열린 현관으로 미군 병사들이 드나들고 있었다. 노란 불빛이 새어 나오는 현관 계단 구석에 집주인으로 보이는 초로의 남자가 앉아 담배를 피우고 있었다. 분주히 오가는 군화에 밟힐 것 같건만 정신이 다른 곳에 가 있는 것처럼 초점이 맞지 않는 눈으로 허공만 바라보고 있었다.

꽃무늬 벽지를 바른 현관으로 들어가 집 안을 찾아봤지만 라이너스와 오하라는 없었다. 밤하늘에 뜬 달은 꽤 많이 기울었다. 슬슬 자지 않으면 곤란하다. 그만 돌아가자는 말을 꺼내려던 바로 그때 에드가 팔꿈치로 내 등을 쿡 질렀다.

"저기 봐. 누가 있다."

정원의 나무들에 가려져 금방 보이지 않았지만 확실히 어둠 속에 빛줄기가 떠 있었다. 가까이 다가가 보자 어째 묘한 냄새가 났다. 비유를 들자면 머리카락 타는 냄새였다. 누나 신시아가 머리를 너무 오래 지지고 난 뒤의 집 세면실이 문득 떠올랐다.

빛줄기는 정원 뒤쪽에 위치한 작은 헛간에서 새어 나오고 있었다. 낡고 녹슨 철문 틈으로 안이 조금 엿보였다. 문에 들러붙어 한 눈을 갖다 대니 라이너스와 붉은 머리 보급병 오하라가 있었다. 시트라도 개고 있었는지 흰 천이 바닥 가득 펼쳐져 있었다. 문손잡이를 돌려봤지만 잠겼는지 열리지 않았다. 옆에 있던 에드와 시선을 주고받자 그는 주먹으로 문을 탕탕 쳤다.

"어이, 라이너스! 그린버그다. 거기 있어? 할 말이 있어."

조금 지나 빛줄기가 흔들리더니 자물쇠를 여는 소리에 이어 철문이 살짝 열리고 그 틈으로 라이너스의 푸른 눈이 나타났다.

"누군가 했더니 안경잡이하고 키드냐. 조리병 둘이 나란히 뭔 일이지?"

본인은 여느 때처럼 붙임성 있게 웃고 있다고 생각하는지 몰라도, 문을 다 열지 않은 채 우리 등 뒤를 힐끔 확인하는 게 상당히 경계하는 모습이었다.

"물어볼 게 있어서. 너, 이스빌에 갔었어?"

내가 묻자 라이너스는 의아한 표정으로 눈살을 찌푸리면서도 고개를 끄덕였다.

"그래, 갔었다. 갔다기보다 내 낙하지점이 이스빌 근처였어. 동료하고도 떨어졌지, 하는 수 없으니까 우연히 마주친 501연대 녀석들 꽁무니에 붙어서 갔다만. 대답이 됐냐, 키드?"

그러자 에드가 한 발 앞으로 나서서 문틈에 군홧발을 밀어 넣었다.

"라이너스, 웨딩드레스는 완성될 것 같아?"

"어?"

놀라 소리를 지른 것은 라이너스가 아니라 나였다. 웨딩드레스라니? 에드는 머리가 어떻게 됐나? 평소 무표정하던 얼굴에 보일 듯 말 듯 미소를 띠고 있었다. 반대로 라이너스의 입가에서는 웃음이 사라지고 없었다.

"……웨딩드레스라니? 여기는 전쟁터라고. 어디서 결혼식을 한다는 거냐?"

라이너스는 무뚝뚝하게 대답하고 문을 닫으려 했다. 얼른 미안하다고 사과하고 이 이야기는 잊어버리는 게 좋겠다. 그런데 에드는 꿈쩍도 하지 않았다.

"잡아뗄 거 없다. 네가 이스빌에서 한 거래에 관해 알고 있으니까. 뭐 어때서 그래, 임무인데."

"임무?"

"그래. 야전병원을 설치한 저택은 라이너스가 협상을 맡아 접수했던 거다."

야전병원 설치에 라이너스가 관여했다고? 아연해하는 나를 아랑곳하지 않고 에드는 말을 이었다.

"넌 오늘 아침 이스빌 근교에 낙하한 뒤 501연대와 합류해서 해방 작전에 참여했지. 그 뒤 지시를 받은 거 아닌가? 십중팔구 사단 사령부에서. 이 정도로 거리낌 없이 군 비품을 모으는데 헌병이 너를 가만두는 건 그게 임무이기 때문이야. 사전에 연락이 간 게 아니겠어?"

확실히 사단 사령부에서 명령을 받은 일이라면 헌병은 뭐라 할 수 없다. 라이너스는 두툼한 입술을 굳게 다문 채 에드를 노려보고 있었다.

"주인은 어디서 굴러먹다 온 개뼈다귀인지 모를 미군에게 소중한 저택을 쓰게 할 순 없다고 버텼을 테지. 부인과의 추억을 이유로 부엌을 못 쓰게 하는 데에서도 상당히 고집이 세고 의지가 강한 사람이란 걸 알 수 있어."

에드는 반쯤 열린 철문에 어깨를 기대고 팔짱을 끼었다.

"하지만 군의 입장에선 꼭 그곳에 야전병원을 설치하고 싶었어. 수도는 끊겼지만 우물이 있는 데다 넓은 길과 안마당을 통해 부상병을 이송하기도 쉽지. 뭣보다도 이 정도로 큰 가옥은 이 부근에 여기밖에 없거든. 어째서 네가 선택됐는지는 알 수 없다만, 라이너스, 네가 협상을 맡아서 최종적으로 낙하산과 맞바꾸는 조건으로 허락을 받아낸 거 아닌가?"

라이너스는 잠자코 듣고 있었지만, 에드의 설명을 들어도 내 머릿속은 여전히 혼란스러웠다.

"낙하산하고 맞바꾼다는 조건이라니 도무지 이해가 안 되네.

저택 주인이 낙하산 수집이라도 한단 말이야?"

"설마. 팀, 너도 기억할 텐데? 욜랑드 씨가 한 말. 저택 주인의 딸은 결혼을 앞두고 있었지."

"아!"

욜랑드 씨 이야기가 생각났다. 우리 연합군이 독일군을 내몰면 군대에 끌려갔던 남자들이 돌아와 결혼식을 올릴 수 있을 것이라고 말했다.

"낙하산 천은 염색에 적합하지 않아. 하지만 원래부터 흰색이 필요한 거라면 아무 문제 없지. 천은 명주겠다, 꿰매기만 하면 웨딩드레스에 딱 맞는 소재일 거다."

"하지만 명주 정도는 있지 않겠어? 그렇게 훌륭한 저택을 갖고 있는데."

"아마 주둔했던 독일군에게 징발됐겠지. 특히 친위대는 점령지 주민에게서 값나가는 물건을 약탈하니까."

에드는 내게 설명을 해준 다음 다시 라이너스에게 시선을 돌렸다.

"하지만 주인은 건강이 좋지 않은 것 같았다. 걸음걸이를 보면 분명 그런대로 중한 병이겠지. 전쟁이 끝나고 유통이 원 상태로 회복될 때까지 몇 년이 걸릴지 몰라. 프랑스가 해방돼도 원산지인 태평양에서 전쟁이 계속되는 한 입수가 불가능할 테지. 저택 주인은 그걸 기다릴 시간적 여유가 없었어."

이스빌에서 본 광경을 떠올렸다. 안마당으로 온 초로의 신사는 시중을 들어주는 사람인 듯한 남자를 함부로 대했으면서 딸은 미소를 지으며 애정 어린 태도로 대했다. 사랑하는 딸을 위

해서라면 미국인에게 소중한 저택을 빌려줄 수도 있다고 생각
했을 것이다.

거기까지 자신의 생각을 단숨에 이야기하더니 에드는 살이
없는 뺨을 긁적이며 고개를 갸웃했다.

"마음에 걸리는 건 낙하산의 수와 시드르야. 주인의 딸은 날
씬한 체형이니까 낙하산은 한두 개 있으면 충분할 테지. 그리고
시드르는 대체 누구에게서 얻은 거지? 낙하산을 받고 저택을 빌
려주는 거면 주인은 라이너스에게 시드르를 줄 이유가 없어. 하
지만 망가진 수레에 실어 운반했다는 걸 알고 눈치챘다. 그 수
레는 밭일에 쓰는 거야. 이스빌에 있는 나이 찬 아가씨는 저택
주인의 딸만이 아니지. 다른 아가씨들 부모에게서도 부탁을 받
은 거지? 우리도 웨딩드레스 지을 천을 달라면서, 답례로 시드
르를 준 거야. 라이너스는 물물교환에 익숙해. 그렇게 해서 얻은
시드르를 보수로 내걸어 낙하산을 대량으로 모으기로 했겠지."

먼 하늘이 명멸했다. 그 아래서 총격전이 벌어지는 모양이다.
그러나 우리 중 아무도 전투 따위 신경 쓰지 않았다. 에드는 라
이너스를 향해 손바닥을 들어 보이며 "자, 이제 네 차례다"라고
말했다.

"……알았다, 알았어. 정답이다, 하여간."

마침내 라이너스가 꺾였다. 깊은 한숨을 쉬더니 푸른 눈으로
나를 노려보았다.

"키드, 퀴즈는 혼자서 푸는 거다."

"뭐야, 그게. 난 그런 말 못 들었어."

"네 멍청한 해답을 듣고 한바탕 웃을 생각이었는데 말이지.

아아, 뭐, 상관없겠지. 들어와라. 미리 말해두지만 상관한테는 여전히 비밀이다. 알았지?"

그제야 열어준 철문으로 들어간 나는 숨을 훅 들이마셨다. 희고 광택 있는 천이 바닥 가득 펼쳐져 있었다. 보드랍게 주름진 천이 마치 거품을 낸 생크림 바다 같았다. 좁은 방 한구석에 올리브색 겉주머니와 하니스를 한데 모아놨다.

"이걸 다 모은 거야?"

"그래. 진짜 힘들었다."

한복판에 붉은 머리 보급병 오하라가 책상다리를 하고 앉아 우리를 향해 손을 흔들었다.

라이너스는 몸을 굽혀 발치의 천을 들고 내게 만져보게 했다. 얇고 광택이 흐르는 천은 힘을 주지 않고 잡으면 손에서 스르르 빠져나갈 만큼 반드러웠다.

"드레이프 진 데가 꼭 케이크 같은걸. 생크림을 듬뿍 얹어 장식한 케이크."

낙하산으로 웨딩드레스를 만든다는 말을 에드가 했을 때는 머리를 의심했지만, 이렇게 보니 아닌 게 아니라 아름다운 드레스를 지을 수 있을 것 같다. 천에서 손을 떼지 않고 계속 만져보고 있으려니 라이너스가 빼앗았다.

"이제 끝. 손때 묻을라."

"쩨쩨하긴."

"바보, 임무인데 당연하지. 방금 전에 네 파트너가 간파했잖냐. 저택 주인이 얼마나 까다로운데."

라이너스는 강하 뒤에 있었던 일을 이야기했다. 내용은 앞서 에드가 선보인 추리와 거의 동일했다.

"내가 협상을 맡게 된 건 가끔씩 참모들 부탁을 들어주기 때문이야. 특히 단골인 대위가 있어서 말이지. 훈련 중엔 술부터 피임 도구, 심지어 여자까지 구해다 준 적이 있다고. 그 녀석이 이스빌 해방 작전에 있어서 날 추천한 거다. 하지만 저택 주인을 척 보니까 그럴 만도 하겠다 싶더라. 똥고집도 그런 똥고집이 없는 고집쟁이 영감이 유서 깊은 아름다운 저택을 미국 놈들 피로 더럽히다니 어림없는 일이라고 화내는 판국이라 말이야. 참모들은 '독일군을 내몬 게 누구 덕인데' 하고 노발대발하지, 하여간 이놈이고 저놈이고 골치라니까."

이야기를 하며 각자 적당한 곳에 앉았다. 라이너스는 담배에 불을 붙였다.

"그런데 저택 주인이 내가 가진 낙하산을 보더니 태도가 누그러지는 거야. 이게 명주란 걸 깨달은 거지."

"명주라는 걸 깨달았다고? 굉장한데. 난 전혀 구별이 안 되는데."

"시골이긴 해도 저택을 가졌을 정도니까 보는 눈이 있는 거겠지. 그런데 그게 문제라 말이다, 나일론은 안 된다지 뭐냐. 안경잡이가 추리한 건 거의 정확했지만, 낙하산을 되도록 많이 모은 이유에 추가할 게 있다. 가장 큰 이유는 나일론 틈에 섞인 명주를 찾아내기 위해서야. 아닌 게 아니라 다른 아가씨 몫도 있지만 그것까지 합쳐도 여섯 개 정도 마련하면 충분하지. 일단 큰소리 떵떵 치면서 조건을 수락했는데 도무지 구분할 수가 있어야지. 이 일을 어쩌나 싶던 차에 이 녀석을 만났다."

그렇게 말하며 라이너스는 엄지로 오하라를 가리켰다.

"이 녀석, 키드가 만났을 때도 수다가 엄청 심하지 않았냐? 뭐, 그 덕분에 집이 포목점이란 걸 알았다만."

"맞아, 참 잘도 떠든다 싶더라."

오하라 본인은 불만스러운 표정으로 두 팔을 벌렸지만 사실이니 어쩔 수 없다. 가업 이야기는 나도 처음 만났을 때 들었다. 그 자리에 에드도 있었으니 혹시 거기까지 짐작했을지도 모른다. 옆얼굴을 슬쩍 살피자 그는 별로 놀란 빛도 없이 여느 때처럼 고지식한 표정이었다.

"그럼 너희 둘은 여기서 천을 구별하고 있었다는 거야?"

내 질문에 오하라가 대답했다.

"그래, 맞아. 누가 나일론을 가졌고 누가 명주를 가졌는지 모르니까 좌우지간 되도록 많이 모아와 달라고 라이너스한테 부탁했거든. 그걸 내가 여기서 나누는 거지. 초짜한테는 어려울지 모르지만 지식이 약간만 있으면 전문가가 아니라도 차이를 알 수 있어. 겉으로만 봐서 잘 알 수 없을 때는 성냥불로 끄트머리를 그슬려 보면 돼. 진짜 명주라면 천천히 타고 머리카락 타는 냄새 같은 게 나니까."

"이 녀석한테는 도움을 받는 대가로 운반용 수레하고 시드르 두 병 줬다."

"다 망가졌지만 말이지. 아무튼 덕분에 명주는 이럭저럭 모일 것 같다. 그럼 마을 아줌마들이 그걸로 웨딩드레스를 지어주겠지."

"약혼자가 무사히 돌아오길 빌어야겠군."

이것으로 수수께끼는 풀린 셈이다. 라이너스는 우리 등을 떠밀며 "자, 이제 잘 시간이니까 얼른 가라, 가"하고 쫓아내려 했다. 맞다, 마지막으로 묻고 싶은 게 하나 있었다.

"저, 라이너스, 무료봉사하는 건 아니지? 너쯤 되면 참모한테 교환조건 정도는 제시했을 것 같은데."

라이너스는 토코아 기지에서 훈련을 받기 시작했을 때부터 알던 사이이지만 지금까지 별로 말을 해본 적이 없어서 어떤 녀석인지 잘 알지 못했다. 하지만 지금은 라이너스의 몸에 장사꾼의 피가, 그것도 상당히 짙게 흐르는 듯하다는 것을 알 수 있었다. 게다가 교섭 상대에게 허세를 부릴 만큼 배짱도 있다. 그런 사람이 무료로 교섭을 해주겠다고 할 것 같지는 않았다.

물론 군대는 계급사회인지라 상관의 명령은 절대적이다. 거역했다가는 상황에 따라서는 군법회의에 회부되어 최악의 경우 반역죄로 몰려 처형당할 가능성도 있다. 그래도 이 녀석이라면 뭔가 자기 몫을 단단히 챙겼으리라는 생각이 들었다.

라이너스는 대담하게 씩 웃더니 내 어깨를 가볍게 치며 귓속말을 했다.

"안경잡이 능력이 옮기라도 했냐? 의외로 날카롭군, 키드. 전에도 말했을 텐데? 난 전투가 아니라 후방 지원, 보급병이 되고 싶다고."

"……혹시 전출을 신청한 거야?"

"정답. 이 교섭은 기록상으로는 대위 공적이 되거든. 그러니까 드러내고 할 수 없는 거다. 난 대위 명령으로 낙하산을 모으는 것뿐이란 설정이야."

"상관한테 말하지 말라는 건 그런 뜻?"

"그래. 윗사람 중에 단골분들이 좀 많아서 말이지. 뭐, 다시 말해 전출도 시간문제란 거다."

라이너스는 한쪽 눈을 능숙하게 찡긋하며 완벽한 윙크를 날렸다. 남자를 상대로도 주저 없이 이런 제스처를 할 수 있다는 점을 포함해서 역시 라이너스는 할리우드 배우 같다.

"자, 이제 얼른 가서 자라. 배는 꼭 덮고, 키드."

"바보 취급 좀 그만해."

맞받아치는 동시에 철문이 닫히고 나와 에드만이 어두운 뒷마당에 남았다. 왔던 길을 되돌아가며 에드가 어딘지 모르게 개운한 목소리로 말했다.

"팀, 네 말이 맞았군."

"어? 뭐가?"

"진짜로 '극비 임무'였잖아, 라이너스가 하고 있었던 건. 디에고를 만나면 네 말이 맞았다고 자랑해라."

어둠 속을 걸으며 에드는 내 정강이 언저리를 가볍게 찼다. 그런 말을 들으니 확실히 완전히 빗맞힌 것은 아닐지 모른다. 하지만 내가 생각했던 것은 이런 복잡한 이야기가 아니라 훨씬 단순한, 영화 같은 스토리였다. 진상을 꿰뚫어본 에드 쪽이 훨씬…… 하지만 어쩐지 분해서 말로 꺼내지 않은 채 이제 곧 구름 뒤로 숨을 달을 올려다보았다.

눈부시게 환한 햇빛이 구름 사이로 비쳐들어 반사적으로 실눈을 떴다.

그 순간 요란하게 울리던 총성이 그쳐 나는 민가 뒤에서 뛰쳐나가 길 반대편으로 달려갔다. 소총을 겨눈 자세로 무거운 장비를 달그락거리며 돌진했다. 바람을 가르는 메마른 소리가 들리는가 싶더니 등 뒤에서 폭음이 작렬하면서 뭔가가 등을 때렸다. 충격으로 고꾸라질 뻔한 것을 버티고 다음 한 발짝을 뗐다. 햇살 아래 흙먼지가 피어올랐다.

뒤돌아보고 싶다. 하지만 돌아보면 안 된다. 계속 달려가는 나를 쫓아오는 양 찌를 듯 날카로운 소리가 울리고 돌멩이가 튀어 군화를 때렸다.

"얼른 와, 키드!"

손짓하던 동료에게 끌어당겨지다시피 덤불 속으로 뛰어들었다. 그곳에서는 G중대 제2소대 제2분대 동료가 각각 소총이며 톰슨 단기관총을 겨누고 있었다. 분대장인 앨런 선임하사와 일병 스미스, 그리고 통신기를 등에 진 통신병 와인버거였다.

잎이 우거진 관목에 몸을 숨기고 몰래 얼굴을 들어 확인하자, 방금 전까지 숨어 있던 민가의 벽이 무너져 무참하게도 하얀 파편이 무더기를 이루고 있었다. 나는 옆에서 소총을 겨누고 있는 와인버거를 가볍게 질렀다.

"혹시 등 다치지 않았어?"

"아무렇지도 않다니까요."

나보다 어린 와인버거는 마을을 향해 소총을 쏘며 나를 보지도 않고 대충 대꾸했다. 한 발 쏠 때마다 뜨거운 탄피가 튕겨 나와 땅에 굴렀다. 하는 수 없이 내 손으로 직접 등을 더듬어봤는데 딱히 출혈로 젖은 자국도 없고 통증도 없었다. 안도한 순간 비교적 가까운 거리에서 폭발이 일어나며 누군가의 절규가 울려 퍼졌다. 체격이 크고 혈기 넘치는 스미스가 마을을 향해 중지를 들며 심한 욕설을 퍼부었다.

여기로 오는 동안은 소가 풀을 뜯어 먹고 있어도 이상하지 않을 만큼 한가롭고 목가적인 풍경이 펼쳐져 있었다. 그러나 마을에 들어서자 상황이 돌변했다. 환한 햇살 아래 소박한 집의 돌벽과 포석길에 탄흔으로 구멍이 숭숭 뚫려 있어 온 마을이 피부병에 걸린 듯 보였다.

T자로 모퉁이에 있는 이층집에 독일군 병사가 숨어 있었다. 어서 쓰러뜨려야 하는데 땅바닥에 납작 엎드려 있으니 정원의 키 큰 나무에 가려 조준이 힘들었다. 창 너머로 연속되는 기관총 사격에 눈앞의 길에 흙먼지가 일었다. 이어서 또다시 메마른 소리가 멀리서 다가오더니 바로 옆 장미나무를 파괴했다. 찢어진 나무 파편이 튀기에 얼굴을 가렸다. 마을과 길 경계에 있는 덤불에서 동료들이 머리를 내밀고 소총으로 위협사격을 가했다.

"저 집을 제압하지 않으면 전진이 불가능하겠군."

앨런 선임하사는 중얼거리며 맞은편 덤불에 숨은 동료와 수신호를 주고받았다. 그사이 박격포 분대가 포탄을 쐈지만 역시 정원 나뭇가지 탓에 잘 맞지 않았다.

"안 되겠군. 키드, 수류탄 있나?"

"예스, 서. 많습니다."

"오른쪽 벽 일부가 무너진 게 보이지? 저 녀석들이 적의 주의를 끄는 틈을 타서, 여기서 나가 오른쪽 덤불에서 우회해 담에 붙어 접근해라. 벽에 난 구멍으로 수류탄을 던져 넣는 거다."

공수작전에서 하룻밤이 지난 오늘, 6월 7일. 나는 G중대 전투원으로서 앙고빌오플랭 공략 작전에 참가하고 있었다.

제101 공수사단의 당면 목표는 낙하지점에서 남서쪽 내륙에 위치한 큰 도시 카랑탕을 공략하고 아직 합류하지 못한 '오마하 해변' 쪽 상륙 부대와 합류해 연대하는 것이었다. 우리는 첫날의 피로를 채 풀기도 전에 아침 일찍 일어나 장교들의 호통을 들으며 대열에 합류했다.

생마리뒤몽에서 시작된 우리 제506연대의 대열은 널찍한 도로를 따라 남서로 걸어갔다. 도중에 비에빌이라는 도시를 제2대대가 제압하는 것을 지원하고, 후속으로 온 보병 부대에게 관리를 맡긴 뒤 진군을 계속했다.

이 앞에는 생콤뒤몽이라는 도시가 있다. 원래 작전으로는 그곳을 공략한 뒤 두브 강을 건너 오늘 중으로 목표 지점인 카랑탕에 도달할 예정이었다. 그렇기에 원래는 이곳 앙고빌오플랭에 들를 계획은 없었다.

그런데 어떤 정보가 들어왔다. 이 마을 교회에 미군 의무병 두 명과 부상병 다수가 남아 있다는 것이다. 그래서 갑자기 우리 제3대대가 대열에서 이탈해 구출에 나서게 됐다. 제3대대는 어제 대대장을 일찌감치 잃었으나 그새 후임 지휘관이 부임했다.

카랑탕 탈환은 현 시점에서 가장 중요한 임무다. 공략 작전도 지체가 허용되지 않는 터라, 제506연대는 비에빌 전투에서 다소 소모된 제2대대를 보조 전력으로 돌리고 제1대대를 선두에 세워 지금도 계획대로 전진하고 있을 터였다. 얼른 이곳 상황을 종결하고 뒤따라가야 하는데.

앙고빌오플랭은 아주 작은 도시인데, 도로상으로는 비에빌의 이웃이지만 평지를 가로지른다면 이스빌에서도 가깝다. 부상자 다수가 교회에 남아 있다는 정보를 연대 사령부에 전한 의무대 대의 중위는 땀범벅이 되어 이 평지를 달려왔을 것이다.

문제의 교회까지 이제 거의 다 왔다. 여기서도 뾰족한 첨탑이 보였다. 그러나 이 T자로가 적의 사정거리에 들어 있는 한 거기까지 갈 수 없었다.

첫 실전으로 나는 묘한 흥분 상태에 있었다. 스미스가 소총의 손잡이를 당겨 새 클립을 장전했다. 나는 어깨띠에서 수류탄을 떼어 콧구멍을 크게 벌리고 숨을 쉬며 대기했다.

"야, 물렁이, 오줌 지리지 마라."

"시끄러, 스미스."

여기서 저 집의 무너진 담장까지 눈으로 어림하니 한 160피트(약 500미터) 전후일 것 같다. 수류탄 핀에 손가락을 걸고 맞은편에 숨은 동료의 위협사격 소리를 들으며 상대편의 탄창이 비기를 기다렸다. 독일군의 총성이 그쳤다.

"가자!"

앨런 선임하사가 소총을 겨누며 달려나가고 나도 그 뒤를 따랐다. 뒤에서 스미스의 발소리가 들려왔다. 헬멧은 덜컥거리지, 장비는 허리에 들러붙지, 호흡은 경주마처럼 거칠었다.

파인애플처럼 생긴 작은 수류탄은 안전핀을 뽑고 나서 대략 4, 5초 뒤에 폭발한다. 그렇다고 너무 일찍 던졌다간 상대방이 받아 다시 이쪽으로 던질 수 있으니 위험하다. 70피트(약 20미터)쯤 남았을 때 수류탄의 핀을 뽑았다.

담장을 뛰어넘어 무너진 벽으로 돌진해 수류탄을 있는 힘껏 던졌다. 그대로 벽을 들이받다시피 땅바닥에 납작 엎드렸다. 거의 동시에 둔한 폭발음과 함께 벽이 흔들리고 먼지며 유리 파편이 옆에서, 또 위에서 떨어졌다. 분진을 훅 들이마시는 바람에 기침이 났다.

그 직후 앨런 선임하사와 스미스가 건물 내부로 돌입하고 정면에서도 동료가 엄호 사격을 하며 달려왔다.

이윽고 총성이 잠잠해져 상체를 일으키자 부상을 당한 듯한 독일군 병사 한 명이 무너진 문에서 나타났다. 발을 끌고 몸이 기우뚱한 게 당장이라도 털썩 무릎을 꿇을 듯했다. 어떻게 해야 좋을지 몰라 벽에 붙은 채 그냥 지켜보고 있으려니, 날카로운 총성과 동시에 독일군 병사의 뒤통수와 이마 양쪽에서 가느다란 핏줄기가 뿜어져 나오고 병사가 고꾸라졌다. 2층 창문에 총구가 보였다. 동료가 제압한 것이다.

"어이구야, 이거 앞으로가 걱정되는데요."

돌아보자 어느새 통신병 와인버거가 통신기 수화기를 귀와 어깨 사이에 끼며 옆에 있었다. 전혀 몰랐다. 이 녀석이 독일군이었다면 나는 죽었을지도 모른다.

헬멧을 밀어 올리며 한숨을 쉬었다. 해가 저물어 주위가 황금빛으로 물들어 있었다.

앙고빌오플랭을 점거했던 독일군 부대가 항복한 것은 이튿날 8일, 날이 밝은 다음이었다. 상륙한 장갑차가 도착해 절대적인

화력으로 지원해준 덕택이다. 이 마을에 연대 사령부를 두기로
한 연대장은 적당한 민가를 접수해 무선기와 테이블, 타자기 등
을 들였다.

전투가 끝난 도시는 총성과 포격음 대신 말소리와 차 소리가
들리고 짙은 올리브색 군복을 입은 병사와 장교가 분주하게 오
갔다. 아름답게 꽃을 피웠던 장미 울타리는 차량 통행에 방해가
된다고 베어 불태웠다.

"쳇, 이 손목시계 고장 났군. 쓸모없는 시체 같으니."

몇몇 동료들이 독일군 병사의 시체를 뒤지기 시작했다. 선두
에 선 것은 일부러 챙겨온 모양인 성조기를 망토처럼 몸에 두른
스미스였다.

나는 그들에게 가벼운 혐오감을 느끼며 민가 정원에서 점심
전투식량을 먹었다. 이곳에 사는 듯한 흰 고양이에게 비스킷을
주는데, 맞은편 공터에서 G중대 지휘관인 워커 중대장이 독일
군 포로들의 소지품을 검사하는 게 보였다.

워터 중대장은 키가 호리호리하게 크고 말수가 적으며 감
정을 잘 드러내지 않는 사람이었다. 계급은 대위, 나이는 아직
20대 중반으로 젊다. 머리는 밤색, 이마가 다소 넓어지기 시작
했다. 지휘관으로는 나쁘지 않지만 좋지도 않다. 굳이 따지자면
상부에 충실한, 부하의 사기를 고무하기보다 명령을 수행하는
데 부심하는 타입의 상관이었다. 중대 내에서 무슨 문제가 발생
하면, 원래도 처진 눈썹을 더욱 늘어뜨리고는 저러다 우는 게
아닐까 조마조마해질 만큼 난처한 표정을 지었다. 정말로 우는
모습을 본 녀석은 없지만.

소지품 검사를 받는 포로들은 순순히 지시에 따르고 있었다. 두 손을 머리에 얹고 윗옷 주머니를 뒤져도 잠자코 있었다. 워커 중대장 뒤에는 미하일로프 중위와 헌병대 중사가 있었다. 미하일로프 중위의 손에 들린 기관단총을 보고 나는 침을 삼켰다. 언제 저 총이 불을 뿜어 독일군의 몸에 구멍을 내도 이상할 것 없다. 수송로와 수용 시설이 확보되기 전에는 포로를 잡지 말라는 명령이 내려졌기 때문이다. 국제법 같은 허울 좋은 소리를 하기 전에 제 앞가림이나 하라는 말일 것이다…… 솔직히 기분은 좋지 않았지만 뭐라 할 수 있는 입장도 아니었다.

"팀, 일손이 모자란다. 너도 가자."

이름이 불려 돌아보니 에드가 정원 울타리를 넘어 이쪽으로 오고 있었다. 에드를 따라간 곳은 문제의 교회였다.

정면 벽은 포탄을 맞았는지 무너졌지만 전체적인 손상은 크지 않다. T자를 거꾸로 한 듯한 형태의 교회는 무뚝뚝한 느낌의 석조 건물이면서도 고향의 야단스러운 교회에 비해 상당히 아담한 인상을 주었다. 중앙 탑의 지붕은 사다리꼴인데 박쥐 같은 세모꼴 귀가 양옆에 붙어 있었다. 그 끝에 앉은 까마귀는 반사되는 햇빛에 깃털이 회색으로 보였다.

교회 밖에 구호차 두 대가 서 있다가 부상병을 태우자마자 바로 출발했다. 정면의 정원에 한 발짝 들어서니 붕대를 감고 혈장병과 튜브를 단 병사들이 시트인 듯한 흰 천을 땅에 깔고 누워 있었다. 들것에 실린 부상병이 교회 문에서 속속 나왔다.

예배당 안은 피와 소독약 냄새가 진동했다. 소맷부리로 코를 가리며 주위를 둘러보았다. 질서 정연하게 늘어선 나무 벤치

뿐 아니라 통로에까지 부상병이 누워 있었다. 정면에 제단이 있고 양쪽 벽의 작은 스테인드글라스 창으로 옅게 채색된 빛이 비쳐들었다. 벤치에 누워 깊은 잠에 빠진 부상병의 붉은색 붕대가 보드라운 노랑과 녹색으로 물들었다.

이곳에는 미군뿐만 아니라 민간인, 그리고 독일군도 있었다.

"어째서 적군까지?"

에드에게 물어본 것이었는데 그는 바로 안쪽으로 가버렸다. 대신 대답한 사람은 내 바로 옆에서 어린 여자애의 부상을 처치하던 의무병이었다.

"처음엔 아군만 받았는데, 독일군 장교가 부탁하더라고."

의무병은 키가 작고 얼굴이 마치 위에서 프레스로 누른 것처럼 짧은, 거의 정사각형에 가까운 청년이었다. 나이는 아마 나와 큰 차이 없을 것이다.

"하지만 녀석들, 어차피 포로는……."

'기껏 치료해봤자 쓸데없는 짐이라고 죽일지도'라는 말을 가까스로 삼켰다. 하지만 상대방은 정확히 알아들은 듯했다.

"포로수용소가 준비됐다고 들었는데."

그는 한숨을 쉬더니 일어나 악수를 청했다. 손에 묻은 피는 완전히 굳어 있었다. 그의 손을 잡자 거칠거칠하면서도 보드라운 감촉이 느껴졌다.

"도와줘서 고맙다."

"아니, 뭐…… 네가 여기 남아 있었던 의무병이야?"

"그래. 여간 힘든 게 아니었다고. 밖에선 총알하고 포탄이 이리저리 날아다니니 말이야. 이러다 여기도 불타는 게 아닐까 간이 서늘해졌지 뭐야. 피곤해 죽겠지만 좀 더 버텨야지."

손을 놓으며 스파크가 있었다면 이 녀석에게 뭐라고 했을까 생각했다. 독설가인 스파크는 적병에게 의약품을 쓰다니 낭비도 그런 낭비가 없다고 일축했을지 모른다. 나 자신도 만약 여기 있었다면 적을 죽게 내버려뒀을 것이다.

의무병은 다시 쭈그리고 앉아 여자애를 치료하기 시작했다. 대여섯 살쯤 된 아이는 옆머리에 큼직한 붕대를 댔다. 가느다란 다리를 옆으로 흔들거리며 머리의 붕대를 고쳐 감아주는 의무병의 배 언저리를 쳐다보고 있었다.

"두 명 죽었다."

"뭐?"

"두 명 죽었다고. 미국인이 한 명, 독일인이 한 명. 독일인은 어제 밤중에 여기서 나가 뒷문에서 죽었어. 실내가 그렇게까지 어둡지만 않았다면 알았을 텐데……. 자기 동료들한테 돌아가려고 했던 거겠지."

그는 '병사'라는 표현을 쓰지 않았다. 눈 밑이 거무스름하게 변했고 입술은 버석버석했다. 숨을 쉴 때마다 냄새도 났다. 목이 마른 게 아닐까? 허리띠에 찬 수통을 빼서 내밀었다. 그는 수통 주둥이에 입을 대고 목울대를 움직이며 꿀꺽 마셨다.

"우리가 치료한 사람은 여든 명 가까워. 그러니까 사망자는 적을지 모르지만, 사실은 죽은 녀석의 얼굴도 기억이 안 나지 뭐야. 미친 듯이 바빴으니까 누굴 치료했고 누굴 안 했는지…… 제대로 된 치료를 했는지 자신 없네."

의무병은 소매로 입가를 닦고는 "고맙다" 하고 중얼거리며 수통을 돌려주었다. 뭔가 그럴싸한 격려의 말을 해줘야 할 텐데 아무런 말도 생각나지 않았다.

"어이, 팀! 잠깐 와줘!"

"미안, 나 부른다."

나는 도망치듯 그 자리를 벗어나 제단 앞에서 손짓하는 에드에게 달려갔다.

교회에서 치료하고 있던 또 한 명의 의무병이 에드와 함께 부상병을 실어 내가고 있었다. 통로에 누운 사람을 요리조리 피해 걸으며 바로 수술할 환자와 뒤로 미뤄도 될 환자, 보기에는 괜찮은 것 같지만 당장 군의관에게 보여야 할 환자 등을 분류했다.

"어라…… 여기 있던 환자, 누가 움직였어?"

그는 피 묻은 벤치를 가리키며 물었다. 그 밑 돌바닥에도 피가 흥건하게 괴어 있었다. 에드는 똑바로 쳐다보며 "아니" 하고 고개를 내저었다. "난 지금 와서 모르는데."

"그렇지. 미안하다. 분명 누가 밖으로 운반했겠지. 좋아, 그럼 들것을 부탁한다. 밖에 있는 의무병한테 이 친구는 영국으로 보내라고 말해주고."

어제부터 프랑스에서 영국으로 수송기가 날 수 있게 됐다. 바다에서 상륙한 항공 수송대대가 응급 활주로용 철판이라고 해서, 동그란 커터로 쿠키를 찍어내고 남은 반죽처럼 구멍이 숭숭 뚫린 특수한 철판을 깔아 임시 활주로를 건설했다. 덕분에 상태가 심각한 부상병들을 영국의 청결하고 설비를 갖춘 병원으로 이송할 수 있게 됐다.

저녁이 되어 우리는 오랜만에 조리를 했다. 야전 취사기가 이곳 앙고빌오플랭에도 도착해 농장에 철제 오븐이 죽 늘어서 있었다.

배급된 식량은 닭고기 육수 깡통, 터무니없이 많은 양파와 감자, 연유와 정킷(우유 디저트의 일종) 상자, 뭔가의 기름, 밀가루 깡통, 스파이스 세트, 잘게 썬 피망 깡통, 콘비프, 쇼트닝, 콩. 그리고 빵 굽기 전문 부대인 제빵 중대에서 보낸 식빵도 있었다.

"메뉴는 콘비프 해시, 콩 조림, 감자 수프, 식빵이군."

모두가 기피하는 주방 보조 KP로 그저께 밤 우리를 놀렸던 화기소대 녀석들을 임명했다. 앙갚음은 이럴 때 해둬야 한다.

오븐레인지 밑에 톱밥을 채우고 성냥으로 불을 붙인 다음 버너를 끼웠다. 몸을 굽히고 있었던 탓에 뻣뻣해진 허리를 펴고 주먹으로 두들기며 주위를 둘러보았다. 넓기만 할 뿐 가축조차 없던 농장이 눈 깜짝할 새 급양 시설로 바뀌어 있었다. 삼각형으로 조립한 장대에 음료수 병이 매달려 있고, 쓰레기장이 있고, 설거지용 커다란 드럼통들에서 김이 오르고 있었다. 제3대대와 보병 부대, 보급대만 해도 1,000명 가까이 되지만 농장이 넓으니 이럭저럭 다 수용할 수 있을 것이다.

그런데 문제가 생겼다. 그럼 이제 요리를 해볼까 하고 기운차게 꺼낸 뒤집개가 끈적끈적하게 뭐가 묻어 더러웠다. 자세히 보니 국자와 오븐 트레이도 비슷했다. 보아하니 H와 I중대의 도구도 더러운 듯했다. 전에 쓴 녀석이 기름과 먹다 남은 음식을 개고 나서 닦지 않고 방치했는지 코가 비뚤어질 듯한 악취가 풍겼다.

"웩."

나도 모르게 신음하자 옆에 있던 디에고도 고개를 쑥 들이밀며 혀를 내밀었다.

"웩."

"이리 줘. 닦아올 테니까."

쩔쩔매는 나와 디에고를 아랑곳하지 않고 에드가 선뜻 말하더니 더러운 트레이와 뒤집개를 들고 설거지터로 향했다. 그런데 3분도 안 돼서 돌아왔다.

"세제가 없는 모양이다. 도착이 늦어지고 있다나. 최악의 경우엔 뜨거운 물로 헹굴 수밖에 없겠는데."

"……그랬다간 배탈 나."

하는 수 없이 G중대 관리부장에게 지시를 요청했다.

"군수과의 관리 태만이군. 상부에 보고하마. 그린버그, 콜, 너희는 근처 민가에 가서 부탁해봐라."

나는 더러운 도구를 다른 중대 것까지 모아다 상자에 넣고 에드와 함께 세제를 빌려줄 민간인을 찾았다. 그런데 이게 영 쉽지 않았다.

에드가 모래 먼지로 뒤덮인 낡은 집의 문을 두들기면 지친 표정의 노인이나 어린애를 안고 불안한 표정을 짓는 여자가 나왔다. 그러나 하나같이 "Non" 하고 짤막하게 대답하고 문을 닫아버렸다.

코 밑에 시꺼먼 수염을 기른 중년 남자는 심지어 프랑스어로 뭐라 주워섬기고 검지를 들이대며 한 대 칠 것 같은 기세로 덤벼들었다.

허둥지둥 도망쳐서 달리다가 상자에서 떨어진 뒤집개를 주워 흙을 털었다. 그리고 다시 그 집 쪽을 돌아보자 뒷마당에서 여자가 멍하니 하늘을 올려다보고 있었다. 원피스를 입은 것을 보고 여자라고 알았지, 머리를 빡빡 밀었다. 중년 남자는 문간에 선 채 울고 있었다.

"……우리, 프랑스 사람들을 구하러 온 거지?"

앞장서서 걷는 에드의 등에 대고 말을 걸었다. 하지만 에드는 대답하지 않고 그저 "다음번엔 이 시계로 꾀어보자"라며 팔에서 손목시계를 풀었다.

민가의 앞마당에 키가 큰 나무들이 서 있고 가지에 병사의 시체가 매달려 있었다. 흰 낙하산의 하니스가 가지에 걸리는 바람에 목을 졸렸는지 그대로 숨이 끊어진 듯했다. 얼굴은 헬멧에 가려 잘 보이지 않았다. 내려주고 싶어도 위치가 너무 높은 데다 중장비를 멘 병사의 시체를 단둘이 내리기는 무리였다. 나중에 영현 등록병에게 보고해야겠다.

"저……."

갑자기 뒤에서 목소리가 들려와 반사적으로 소총을 잡으며 재빨리 돌아보았다. 누렇게 말라붙은 길에 젊은 여자와 노파가 서 있었다. 야윈 몸매에 갈색 치마를 입은 여자는 작은 눈을 휘둥그렇게 뜨고 팔짱을 낀 채 굳어 있었다. 어이쿠, 이런. 나는 황급히 소총에서 손을 뗐지만 그녀는 겁을 먹은 듯했다.

"Je suis désolée…… 죄송해요."

여자는 그렇게 말하고 짧은 곱슬머리를 찰랑거리며 달아나려고 했다.

"앗, 잠깐만요!"

순간적으로 가느다란 팔을 붙들고 "파르동, 파르동" 하고 엉터리 프랑스어로 어떻게든 안심시키려고 했다. 젊은 여자는 조금씩 침착함을 되찾아 목과 경계가 모호한 이중 턱으로 고개를 끄덕이더니 "당신 곤란해요?" 하고 영어로 속삭이듯 물었다. 나이는 누나인 신시아와 비슷해 보이는데 누나보다 훨씬 차분하고 내성적인 듯했다.

"네, 좀. 세제가 없어서요."

상자를 보이며 안에 든 도구가 더럽다고 몸짓으로 알렸다. 프랑스어 기초 회화집 책자를 좀 더 읽어두는 건데. 여자는 "저, 집, 있어요. Savon……"이라며 식기를 씻는 시늉을 했다.

"사봉? 아아, 비누 말이군요."

우리는 그녀의 후의를 받아들이기로 하고 할머니를 따라 두 사람의 집으로 향했다. 검은 숄을 쓴 할머니는 허리가 꼬부라져 움직이기 힘들 것 같은데, 리드미컬하게 지팡이를 짚으며 짧은 안짱다리로 얼른얼른 가버렸다. 군장에 더해 무거운 도구를 가득 담은 상자까지 든 나는 고작 2, 3분 거리였는데도 숨이 찼다. 두 사람의 집에 도착하자 할머니는 우리를 돌아보며 주름투성이 입술로 씩 웃고는 내게 뭐라 중얼중얼 말했다. 프랑스어라 의미는 알 수 없었지만 느낌으로 바보 취급을 당한 것 같았다. '이 상자 무겁다고요' 하고 맞받아칠 겨를도 없이 할머니는 바로 어둑어둑한 집 안으로 들어가 버렸다.

두 사람의 집은 다른 집들과 마찬가지로 지붕을 갈색 기와로인 소박한 가옥으로, 정원에 울타리가 있고 화단의 꽃은 대부분 말라 죽었다.

헬멧을 벗고 들어선 현관 안에 이 두 사람만 살기에는 다소 넓은 거실이 있었다. 공기에서 퀴퀴한 냄새가 났다. 정원에서는 못 봤는데 닭 몇 마리의 울음소리가 들렸다. 실내에서 기르는 걸까.

방 안은 어질러져 있었다. 테이블 위 접시에 먹다 만 감자가 그냥 놓여 있고, 소파는 커버가 똑바로 놓이지 않은 데다 해져서 솜이 삐져나왔다. 칙칙한 흰 벽에 사진이 붙어 있었다. 젊은 남자 둘의 사진이다. 둘 다 검은 머리에 눈이 작고 턱이 부실한 게 젊은 여자와 많이 닮았다. 남매지간일까?

문득 얼굴을 들자 그녀는 조금 난처한 표정으로 나를 기다리고 있었다. 아차, 나도 모르게 마음에 걸려 그만 결례를 저질렀다.

여자가 안내해준 곳은 부엌이었다. 타일을 바른 개수대에는 커다란 창이 있었는데, 창에 유리가 없어서 바람에 실려 온 모래가 창틀에 끼어 있었다. 전기는 들어오지 않는지 알전구를 켜도 반응이 없었다. 화덕 위의 큰 솥은 어째선지 배스타월로 싸여 있었다. 디딤대에 올라선 할머니가 뚜껑을 열자 김이 훅 솟았다. 뜨거운 물이 가득 들어 있었다.

"마침 물이 끓었나 본데."

재수가 좋다며 옆에 있는 에드를 쿡 지르자 그는 흔들리는 수면에 시선을 고정한 채 말했다.

"아니, 이 부근은 가스 공급이 거의 안 될 거다. 아침에 장작을 때서 가득 끓여놨다가 보온을 하면서 아껴 쓰는 거겠지. 함부로 쓸 순 없어."

젊은 여자는 찬물을 뜬 대야에 뜨거운 물을 섞고 세제 상자에서 분말을 반 스푼쯤 퍼서 넣은 다음 가느다란 손가락으로 몇 번 저어 거품을 냈다. 할머니는 디딤대를 들고 개수대로 이동해 소매를 걷더니 핏줄이 튀어나온 주름투성이 손으로 우리가 가져온 국자며 뒤집개를 스펀지로 재빨리 닦았다. 창문으로 비쳐 드는 약하고 부드러운 햇살에 수면이 반짝였다.

할머니의 일솜씨에 감탄하며 홀린 듯 쳐다보는데, 젊은 여자가 "드세요"라며 물 잔을 내밀었다. 그녀는 갓 껍질을 벗긴 삶은 달걀 한 개를 손에 들고 손바닥을 도마 삼아 칼을 놀렸다. 탄력 있는 흰자를 자르니 동글고 색이 옅은 노른자가 나타났다. 반 토막은 내게, 나머지 반 토막은 에드에게 주기에 고맙게 받아 입에 넣었다. 간도 없이 싱거운 평범한 삶은 달걀이었지만 맛있었다. 목에 걸린 노른자를 쇠 맛이 나는 물로 넘겼다.

"고맙습니다, 메르시."

젊은 여자는 수줍게 얼굴을 숙이고 아랫입술을 깨물면서도 내 뒤를 흘끔거렸다. 뭐지? 그녀의 시선이 향한 곳에는 의자와 쿠션으로 막은 문이 있었다. 그녀는 나와 눈이 마주치자 고개를 살짝 끄덕였다. 수줍어한 게 아니었던 것이다.

문을 열자 때와 암모니아, 그리고 피 냄새가 코를 찔렀다. 이 집에 진동하는 퀴퀴한 냄새의 원인은 분명히 이곳이다. 문 안은 지하로 이어지는 계단으로, 어두운 굴에서 불어오는 차가운 바람이 뺨을 어루만졌다. 나는 손전등을 켜고 계단을 내려갔다.

지하실에 남자가 있었다. 심하게 여위었지만 거실 사진 속 남자 중 한 명이라는 것을 바로 알 수 있었다. 우리가 들어가자 앉아 있던 의자에서 일어나 악수를 청했다. 헌팅캡은 때가 꾀죄죄했고 창백하고 홀쭉한 뺨과 턱에는 수염이 빽빽하게 나 있었다. 약간 튀어나온 안구는 충혈됐다. 어쩌면 영양실조거나 일광 부족일지도 모르겠다.

남자는 영어를 전혀 못했지만, 우리를 따라온 젊은 여자의 서툰 설명에 따르면 그가 여자의 친오빠이며 레지스탕스 활동을 하다가 독일군이 없어질 때까지 내내 숨어 있었다고 했다. 동생도 레지스탕스였으나 이웃 주민의 밀고로 독일군에게 처형되고 말았다.

이야기를 듣는 과정에서 밀고한 사람이 조금 전 우리를 문간에서 돌려보낸 검은 머리 중년 남자의 딸이라는 것을 알았다. 마을 사람들이 머리를 빡빡 밀어버린 모양이다.

"끝나고 나서, 그 사람, 왔어요. 아메리칸…… 평화."

"그 사람?"

방구석의 좁은 침대에 한 남자가 누워 있었다. 눈꺼풀은 닫혀 있었지만 얇은 담요가 오르내리는 것을 보면 살아 있는 것 같았다. 머리는 밤색에 짧고 프랑켄슈타인의 괴물처럼 이마가 튀어나왔다. 이 집 사람 누구와도 닮지 않은 게 보기만 해도 타인인데다 군인이 틀림없었다. 웃통은 벗었고 어깨에 댄 흰 천에 거뭇한 얼룩이 있었다. 피는 거의 멎었을 것이다. 머리맡에 카키색 옷이 놓여 있기에 다소 주저하며 펴봤다. 부리를 벌린 독수리의 옆얼굴, 우리 제101 공수사단의 휘장이 어깨에 붙어 있었다.

"스크리밍 이글스잖아! 이 녀석, 아군인데."

목에 건 인식표에는 '필립 던힐'이라고 새겨져 있었다. 그 외에는 생년월일과 혈액형, 기독교 신도라는 것만 기입되어 있는 터라 어느 연대인지 알 수 없다. 헬멧이라도 있으면 옆면의 마크로 연대를 판별할 수 있는데…… 하지만 이 방에는 없었다. 여자의 외마디 영어를 종합해보면 이 남자는 오늘 아침 근처 농도에 쓰러져 있었다고 했다.

"사령부에 알려주면 바로 달려왔을 텐데 어째서 숨긴 거죠?"

딱히 책망할 생각은 없이 그저 소박한 의문을 제기해본 건데, 그녀는 어깨를 움찔하며 한 발짝 뒤로 물러났다.

"……나치스, 아직 숨어 있을지도? 도와준 거 알면…… 오빠 발견돼요."

"아아, 그렇군. 독일군이 아직 어딘가에 숨어 있을 수도 있으니까 확실해지기 전까지는 군 캠프에 가고 싶지 않았겠지. 우리에게 친절을 베푼 건 안전한 집 안으로 안내해서 이 녀석을 데려가길 바랐기 때문일 테고."

에드는 내게 그렇게 말하고는, 불안한 표정으로 두 손을 맞잡고 우리 안색을 살피는 여자에게 어색한 미소를 지어 보이며 잡낭에서 K레이션 한 상자를 꺼내 주었다. 에드는 웬만해서는 웃지 않으니 나름대로 감사를 표한 것일지도 모른다.

"메르시. 괜찮습니다. 독일군은 이제 없어요. 당신 덕택에 동료를 구조할 수 있게 됐습니다. 팀, 얼른 구호소에 가서 의무병을 데려와."

의무병이 남자를 들것에 싣는 것을 돕고 난 뒤 겨우 농장의 급양 시설로 돌아오자 디에고가 험한 꼴을 당하고 있었다. 도구가 없어 요리를 할 수 없는 상황에서 배고픔에 시달리는 G중대 녀석들에게 에워싸여 있었던 것이다.

중대원들의 굶주린 배를 서둘러 채워주었을 즈음 태양은 나무들 너머로 모습을 감추고 밑자락이 꼭두서니 빛으로 엷게 물든 감색 하늘에 저녁 첫 별이 반짝이고 있었다.

전원의 배식을 마치고 나서야 우리도 식사를 했다. 양철 식판에 콘비프 해시와 콩 조림을 반씩 뜨고 머그잔에 뜨거운 수프를 담았다. 차갑게 식은 콘비프 해시는 기름지고 질겨 아주 맛없었지만 옆에 앉은 에드는 덤덤하게 먹었다. 이런 때는 맛에 무관심한 에드가 부럽다.

"아까 먹은 삶은 달걀 맛있었지."

다가앉아 슬그머니 말을 걸자 에드는 내 얼굴을 꼼짝 않고 쳐다보았다.

"……그거 다른 사람들에게는 말하지 마라."

에드는 작은 목소리로 우리만 달걀을 먹었다고 동료들의 원망을 사는 데 그치지 않고 그 집의 닭을 훔치는 인간이 나타날지도 모른다고 설명했다.

"나치스 통치하에선 식량도 일용품도 배급제야. 농가의 수확물은 대부분이 징발돼서 주둔군과 각지로 흩어진 독일군의 배속에 들어가지. 큰 도시라면 또 몰라도 그 시골 마을에 이렇다 할 식량은 없을 거다. 그 여자도 분명 몰래 키우는 거겠지. 혹시 누가 알고 빼앗기라도 하면 너도 마음이 안 편할 거 아니냐."

그 말을 실감한 것은 식사를 마치고 뒷정리를 하고 있을 때였다. 병사들은 자기가 먹은 식기를 본인이 씻는다. 그때 남은 음식을 양동이에 버리는데, 프랑스인으로 보이는 어린애가 손가락을 빨며 그 모습을 응시하고 있었다.

식후에 더운물에 커피 맛 분말을 타서 마시는데 비행기 엔진 소리가 들려왔다. 위를 올려다보자 조금씩 하늘에 뜨기 시작한 별들 아래 은빛 날개가 지나갔다.

이튿날 아침 워커 중대장에게 이스빌이 폭격당했다는 소식을 들었다.

대열 맨 가장자리에 카키색 재킷에 온통 그을음이 묻은 스파크의 모습이 보였다. 하지만 심약한 의무병 브라이언은 어디에도 없었다.

어제저녁 이스빌의 구호소에서는 부상병 이송 작업이 진행되었다. 라이너스가 고생해서 저택을 징수하기는 했지만 부대가 이동하면 관리도 힘들어지거니와 적의 공격을 받을 염려가 아직 남아 있었기 때문이다. 스파크와 브라이언은 앙고빌오플랭의 전황이 안정을 찾자 바로 다른 의무병들과 함께 이스빌로 돌아가 남아 있던 제326 의무대대를 보좌했다.

자정이 지날 무렵 독일군 폭격기 두 대가 날아와 구호소에 폭탄을 투하했다.

부상병은 대부분 피난한 뒤였지만 저택에는 아직 사람이 남아 있었다.

브라이언을 포함한 의무병 여덟 명과 도와주러 와 있던 주민 여자 네 명, 그리고 완고했던 저택 주인이 파편에 깔려 죽었다.

사망한 프랑스인 중에는 약혼자를 기다리던 또 한 명의 젊은 여자와 영어가 유창했던 미인 욜랑드 씨도 있었다고 한다.

모은 낙하산은 어떻게 됐느냐고 물어도 라이너스는 대답해주지 않았다.

아무 일 없었던 것처럼 짐을 짊어지고, 탄알을 보충해 장비를 갖춰 대열에 합류했다. 있을 리 없다는 것을 알면서도 브라이언의 힘없는 미소를 나도 모르게 찾고 말았다. 문득 주머니를 뒤지자 브라이언이 준 리글리 캐러멜이 남아 있었다. 까서 입에 넣고 노란 포장지는 잘 펴서 잡낭에 넣었다.

기나긴 길 끝은 부연 모래먼지에 가려져 보이지 않았다.

아이젠하워 최고사령관에 따르면 노르망디 상륙 공수작전은 성공한 모양이다. 우리 제101 공수사단의 피해는 투하된 약 6,600명 중 1,500명 이상이 사망 또는 행방불명됐고 부상자가 2,300명에 달했다. 프랑스 민간인 사망자는 올해 들어 행해진 전략 폭격과 이번 작전을 합해 1만 명이 훨씬 넘는다고 했다.

암호명 '유타 해변'에 상륙한 제4 보병사단은 비록 백 수십 명의 사망자를 내기는 했어도 2만 명 가까운 병력의 대다수가 무사히 우리와 합류했다.

하지만 또 한 해안선의 상황은 훨씬 비참했다.

암호명 '오마하 해변'에 상륙한 제1, 제29 보병사단은 해변 고지대에 참호를 파고 대기하고 있던 독일군의 세찬 기총 사격을 받아, 해변에 오르는 데만도 2,000명 이상의 사망자가 발생했다고 한다. 하지만 그건 군 상부에서 발표한 숫자고, 실제로 시신을 회수한 영현 등록병 말로는 1,000명 더 많은 3,000명 이상이 죽은 모양이다.

해안은 시체와 팔다리를 잃은 부상병으로 가득했고 피가 섞인 파도가 밀려올 때마다 모래사장이 붉게 물드는 듯했다고 나중에 전해 들었다.

제2장

군대는 위장으로 행진한다

이렇게 해서 유럽 전선의 포문이 열렸다. 프랑스 노르망디 지방을 돌파구로 이제부터 연합군은 나치스의 아성, 독일 본국을 목표로 진격한다.

　앙고빌오플랭을 뒤로한 우리는 앞서 출발한 제1, 제2대대와 합류해 1944년 6월 15일, 작전대로 카랑탕을 공략했다. 적의 제6 공수연대(팔쉬름예거)는 만만치 않은 상대였던 터라 다수의 사상자를 냈지만 아군은 그럭저럭 이 중요 거점을 탈취하는 데 성공했다. 연합군의 기세에 밀린 독일군은 코탕탱 반도 주변에서 내륙으로 후퇴했다.

　우리 제101 공수사단은 그 뒤로 며칠 동안 전선을 지키다가 '유타 해변'에서 상륙한 제4 보병사단과 교대해 후방의 야전 기지에서 휴식을 취하게 됐다.

전선이란 말 그대로 진격하는 군대의 선두를 가리킨다.

선두의 보병이 죽자 살자 밀고 나가면 나갈수록 전선이 전진하고 적은 후퇴해 이쪽 진지가 늘어난다. 당연히 일상적으로 총탄이며 포탄이 날아다니니 전선에 배치된 병사들은 언제 죽을지 모르는 나날을 보내야 한다.

'죽어도 제 위치를 지켜라'라는 판에 박힌 군대식 명령이 있는데, 현실에서는 제 위치를 지키는 게 불가능하다. 아무리 혹독한 훈련을 받은 병사라 해도 그래 봤자 인간이다. 배는 고파오고, 휴식을 취하지 않으면 피로가 축적돼서 주어진 역할을 못 다하게 되니 전투에 패배해 결국 전선을 유지할 수 없게 된다. 병사의 컨디션이 좋지 않으면 이길 수 없다.

그렇기에 상부는 피로한 병사와 새 병사를 적절하게 교대시켜 사기를 유지한 채 전선을 밀고 나갈 수 있도록 적시에 배치 교대를 지시해야 한다. 원칙적으로는.

후방으로 물러난 병사는 샤워를 하고 전투복을 세탁실에 맡긴다. 갓 조리한 영양가 풍부한 음식을 배불리 먹고 침대에 누워 푹 잔다. 하지만 휴가는 아니다. 원기를 회복하면 다시 전쟁터로 돌아간다. 전선은 그렇게 병사를 재활용해서 유지된다.

물론 하늘을 나는 폭격기와 전투기의 경우에는 후방이고 전선이고 없다. 후방도 공격당할 가능성이 높고 특히 보급 거점은 타깃이 되기 쉽다. 이스빌의 야전병원처럼 사망자가 대거 발생할 때도 있다. 전선에 대한 지원 거점을 파괴하는 것은 효율적인 전략이거니와, 애초에 전쟁터에서 안전한 장소를 기대하는 게 잘못이다.

게다가 교대가 늘 순조롭게 진행된다는 보장도 없다. 도로 확보가 여의치 않아 교대할 부대가 도착하지 않는다든지, 포위되어 도망치려야 도망칠 수 없다든지 해서 몇 주, 몇 달 전선에 머물러야 하는 사태도 충분히 생길 수 있다. 웨스트포인트, 즉 육군사관학교를 졸업했을 뿐 현장을 전혀 모르는 장교에게 배치 교대를 맡기는 것에도 일말의 불안이 있었다.

어쨌거나 이번에는 무사히 교대할 수 있었다. 수송 트럭 수십 대가 와서 G중대 녀석들도 짐칸에 1분대씩 올라타 후방으로 출발했다.

햇빛이 반사되어 눈부신 시골길을 덜컹덜컹 흔들리며 후방 기지로 향했다. 덮개를 벗겨 드러난 지붕 뼈대에 몸을 기대고 헬멧을 밀어 올리며 주위를 둘러보았다.

갓길에서 교통정리 중인 헌병이 트럭 대열을 지켜보고 있었다. 타이어가 먼지를 일으키는 트럭 옆을 수많은 프랑스 사람들이 걷고 있었다. 가재도구를 실은 짐수레를 끄는 노인, 양손에 아이 둘을 안고 짐이라곤 어깨에 멘 자루 하나뿐인 여자, 야윈 당나귀의 고삐를 쥔 농민인 듯한 중년 남자……. 검은 천으로 머리를 싼 노파는 소녀의 부축을 받으며 천천히 걸음을 옮기고 있었다. 말이 끄는 짐수레가 시체 몇 구를 싣고 대열을 따라갔다.

주위는 완만하게 경사진 방목지로, 6월다운 푸른 양탄자가 펼쳐져 있고 열 마리쯤 되는 양이 풀을 뜯고 있었다. 양치기인 듯한 남자가 느릿한 발걸음으로 목양견과 함께 초지를 걸어간다. 그 뒤로 저 멀리 검은 연기가 흔들리고 있다.

고향에 남는 사람이 있는가 하면 전투에 휩쓸려 집이 불타는 바람에 살 곳을 찾아 떠나는 사람도 있다. 피난민이 돼서 우리를 보지도 않고 일심불란하게 걷는 프랑스인들을 우리가 탄 트럭이 앞질렀다. 그림자는 부쩍부쩍 작아졌다.

후방 기지에 도착한 것은 같은 날 오후 2시가 지나서였다. 아직 하늘 높이 뜬 태양을 보며 '그러고 보니 이제 곧 하지였지' 하고 생각했다. 근처에 보급 거점인 셰르부르 항이 있는 탓인지 대형 수송기가 끊임없이 오가서, 트럭에서 내린 우리는 피어오르는 흙먼지를 마시고 기침했다.

기지 내에는 올리브색 텐트가 줄줄이 늘어서 있고, 천이 늘어진 부분에 황금빛 햇살이 괴어 있었다. 웃통을 벗은 채 쉬는 병사, 시가를 입에 물고 개를 쓰다듬는 장교, 턱에 거품을 듬뿍 바르고 면도 서비스를 받는 병사. 전선의 살벌한 분위기 대신 한가로운 시간이 흐르고 있었다. 공기에서는 콧속이 화해지는 침엽수의 냄새가 났고, 썩은 낙엽이 쌓인 탓인지 땅도 푹신했다.

이곳은 원래 벌채용으로 심은 인공림인 모양이다. 맨땅, 그리고 나무를 모조리 베어낸 공터를 이용해 각 휴양 시설를 세웠다. 건축 자재와 연료도 동시에 얻을 수 있는 조건 좋은 기지인 셈이다. 지금도 전기톱이 윙윙거리는 소리, 도끼로 줄기를 찍는 소리가 메아리치고 있었다.

이 거대한 후방 기지의 규모는 대략 100에이커(약 40만 제곱미터)며 병참 기지로도 기능한다. 부지 동쪽에는 보급품을 분류하고 다음 집적지로 수송할 때까지 일시적으로 두는 임시 보관소가 있어서 많은 보급병이 바쁘게 일하고 있었다.

중앙에는 연습용 운동장이 있어 이곳에서 병사들이 달리기 같은 운동과 사격 연습 등을 한다. 전선을 벗어났어도 몸이 무뎌지지 않도록 매일 단련해야 했다. 남쪽에는 운반 차량 등이 드나드는 거대한 주차장과 정비장이 있고 북쪽에는 아치형 막사가 늘어서 있다.

사령부와 통신부 외에 식당, 샤워장, 이발소 등의 휴양 시설과 오락실은 서쪽에 모여 있다. 영사기와 스크린, 벤치를 갖춘 영화관까지 있다. 야간 휴식 시간이 되면 할리우드 최신까지는 아니지만 그럭저럭 새 작품을 상영했다.

기지는 지금도 증설 중인 듯 여기저기에서 공병이 땀을 뻘뻘 흘리며 텐트를 세우고 수도관을 잇고 배수용 도랑을 방수 시트로 보강했다.

샤워장은 비를 막아줄 덮개는 고사하고 칸막이조차 없이, 땅에 직접 박은 Y자 장대에 수도관 파이프를 질렀을 뿐이었다. 파이프 하나에 샤워헤드(그렇게 부르기에는 너무나도 가늘지만) 열두 개가 소금쟁이 다리처럼 비죽 튀어나와 있었다. 솥으로 끓인 뜨거운 물과 찬물을 섞은 탱크와 연결돼 있어서 손잡이를 틀면 미지근한 물이 나온다.

그래도 다들 알몸으로 앞다투어 몰려들었다. 어쨌거나 약 보름 만에 샤워를 하는 것이다! 나도 서둘러 옷을 훌렁 벗고 샤워헤드에서 나오는 더운 물에 머리를 갖다 댔다. 하지만 땀에 젖었다가 자연 건조되기를 되풀이한 머리는 심하게 떡이 져서 더운물만으로는 해결되지 않았다.

"야, 키드."

옆에서 샤워하던 동료가 던져준 비누로 온몸을 닦았다.

세탁실에서 찾아온 셔츠와 바지를 입고 머리를 타월로 닦는데 디에고가 군용매점인 PX에서 콜라를 사 왔다. 흙 부대 더미에 둘이 걸터앉아 병을 땄다. 짙은 캐러멜색 콜라를 한 모금 마시자 기포가 터지며 목구멍으로 미끄러져 내려갔다.

PX에서는 다양한 상품을 판매한다. 콜라에 버터 땅콩, 설탕 쿠키, 한 달도 더 전에 발매된 만화책, 면도 크림과 치약 같은 위생용품, 그리고 문구용품과 신문도. 우리 잡화점과는 비교도 안 되지만 그리운 미국 풍경을 떠올리는 데는 충분했다.

콜라를 마시는데 의무병들이 와서 콘돔을 나눠주었다. 나는 봉지만 봐도 얼굴이 뜨거워지건만 디에고는 아무렇지도 않게 받았다. 바지 주머니에 밀어 넣으면서 과연 이걸 쓸 기회가 내게도 돌아올까 하는 생각이 들어 번뇌에 몸이 달아올랐다.

"반반한 여자를 찾아야지? 응, 키드?"

디에고가 '키드'를 강조하며 팔꿈치로 쿡 지르는 게 기분 나쁘다. 자기라고 별로 경험이 풍부한 것도 아니면서 선배인 척한다.

"처음엔 연상이 좋다, 너. 뭐니 뭐니 해도 포용력이 있으니까 네가 서툴러도 비웃지 않을 거다."

그렇게 말하고 누런 이를 내보이며 웃었다. 말로는 잘난 척하지만, 실은 디에고도 종군한다고 같은 동네에 사는 연상의 여자에게 애걸복걸해서 여자가 불쌍하다고 같이 자주었다.

바람이 불어 누가 읽고 버린 듯한 신문이 발치로 날아왔다.

평소에는 신문 따위 관심 없지만 디에고가 뻐기는 게 성가셔서 괜히 집어 읽는 척했다.

우연히 편 페이지의 기사에 아이크 재킷을 입고 군모를 비스듬히 쓴 미남이 반짝이는 흰 이를 드러내며 웃는 사진이 있었다. 지프의 보닛에 기대서서 긴 다리를 꼬고 바지 주머니에 손을 꽂고 있다.

그래 봤자 할리우드 배우가 전시 국채 광고에서 군인 흉내를 내는 것이겠거니 했는데 오른쪽 옆에 '앤서니 브랜던 로스 대위'라고 쓰여 있었다. 대위라면 중대장급 계급이다. 인기 배우인 제임스 스튜어트도 공군 파일럿이니 이상할 것 없지만 어쩐지 배알이 꼴린다.

신문을 구깃구깃 뭉쳐 흙 부대 뒤에 버렸다. 라디오 스피커에서 AFN(미군 방송)이 나와 밥 딜런의 목소리에 귀를 기울였다. 바로 옆 침엽수 나뭇가지에서 커다란 새가 날개를 펴고 구름이 길게 드리워진 푸른 하늘을 날아갔다.

"이어서 AFN 뉴스입니다. 프랑스의 오라두르쉬르글란 마을에서 6월 10일 SS 부대가 벌인 대량 학살에 관해 영국에 망명 중인 자유프랑스 당 샤를 드골 씨가 성명을……."

아나운서가 말을 마치기 전에 관리부장의 소집 명령이 들렸다. 나는 콜라를 마저 마시고 일어나 엉덩이에 묻은 흙을 털었다.

공병대가 지은 주방과 식당은 겉만 보면 근사한 게 어딘지 모르게 산장이 생각났다. 하지만 실제로는 왁스를 바른 짙은 갈색 판자를 망치로 적당히 짜맞추어 정육면체를 만들었을 뿐이었다. 틈새로 비도 바람도 모래도 들어오고, 조리대와 연통을 밖으로 이은 야전 취사기는 맨땅에 바로 놓여 있었다. 흰 앞치마와 조리모 차림의 대대 소속 조리병들이 그 사이를 오가고 있다. 법랑 개수대에 수도꼭지가 붙어 있기에 틀어봤지만 나사가 풀리는 느낌만 있을 뿐 찬물 한 방울 나오지 않았다. 평소에는 철가면인 에드조차 그답지 않게 감정을 드러내며 한숨을 쉬었다.

"탱크에서 퍼오는 수밖에 없겠군…… 여름엔 제대로 된 설비가 갖춰질 예정인 모양이다만."

"여름이라니 이제 좀 있으면 하지인데?"

앞치마를 전투복 위에 두르고 끈을 꽉 묶자, 조리모를 쓴 대대 소속 조리병이 앞으로 나와 새된 목소리로 저녁 메뉴를 선언했다.

따뜻한 콜슬로, 분말 달걀로 만든 스크램블드에그, 소시지와 사과 링 구이, 그리고 종류를 구분하지 않고 온갖 밀가루를 혼합한 '국민 밀가루'로 구운 빵.

"현지 주민분의 후의로 사과를 얻었다. 저장품이라 다소 시든 것도 있지만 잘 조리하도록."

뒤쪽에서 조달 사무병들이 대량의 마 포대를 부지런히 주방으로 날랐다. 마 포대는 빵빵하게 부풀어 있었다.

"……사과 링이라고 했냐, 방금?" 디에고가 신음하듯 말했다. "이걸 전부 썰라고? 양배추도 있는데?"

포대 아가리에서 사과가 두 개, 세 개 데굴데굴 굴러나와 내 발끝을 쳤다. 그것을 주워 손가락으로 표면을 털었다. 껍질은 쭈글쭈글하고 거뭇하게 변색된 부분도 있었다. 살짝 누르자 폭꺼졌다.

"어이, 굼벵이들, 꾸물대지 마라! 사과는 껍질은 그냥 두고 대충 둥글게 썰어. 양배추 써는 사람은 중앙 조리대로 모이고! 얼른 못 해!"

대대 소속 조리병의 지시로 사과 썰기는 일단 주방 보조인 KP에게 맡기게 됐다. KP로 임명되는 것은 일반병으로, 대개의 경우 성적이 불량하거나 규정을 위반한(늦잠을 잤다든지 청소 시간에 지각했다든지) 녀석이 끌려온다. 바꿔 말하면 우리가 하는 일을 일반병은 물론 상부도 '벌칙'으로 생각한다는 뜻이다.

디에고는 줄줄이 이어진 소시지를 뜯어 분리하고 나는 H중대, I중대 조리병과 함께 따뜻한 콜슬로를 준비했다.

일개 중대의 인원은 200명 전후, 그것도 위주머니가 거대한, 한창 먹을 때인 젊은 사내들뿐이다. 양배추만 해도 500파운드(약 23킬로그램)는 필요하다. 한 개 무게가 대략 3파운드 나가니까 나 혼자 열예닐곱 개는 썰어야 하는 셈이다.

속을 도려내고 칼로 큼직큼직하게 써는 작업을 마치니 거대한 볼이 가득 찼다. 오른손이 부들부들 떨리고 팔꿈치 아래 근육이 경련을 일으켜 그 자리에 웅크리고 앉아 몸부림쳤다.

손을 오므렸다 폈다 해서 조금씩 푸는데 주방 문간에 우두커니 서서 아무것도 하지 않는 남자가 보였다. 다들 작업에 집중해서 못 알아차리는 것이다. 크고 다부진 몸집에 긴 팔다리, 짧게 친 옅은 금발이 북유럽 사람의 혈통을 생각나게 한다.

"……저 녀석 진짜." 나는 혀를 차며 녀석에게 성큼성큼 다가갔다. "야, 너도 거들어, 던힐."

던힐은 내가 말을 걸 때까지 여태 다른 세계에 있다가 억지로 끌려온 양 눈을 껌벅이며 느릿한 동작으로 얼굴을 들었다. 이마 가 튀어나와 눈가에 음영이 진 게 마치 보리스 칼로프가 연기한 프랑켄슈타인의 괴물 같다.

"거든다고? 내가?"

굵은 목소리는 어딘지 모르게 북부 억양이다. 미시건 아니면 위스콘신, 미네소타. 대충 예상해보지만 본인에게 출신지를 물 어볼 마음은 없거니와, 그 이전에 필요 이상으로 말을 걸고 싶 지도 않다.

"뭐라도 해. 너도 조리병이면 일하라는 거야. 다들 바쁘다고. 군의관이 이제 움직여도 된다고 허가했잖아?"

이 얼간이의 이름은 필립 던힐이다. 앙고빌오플랭에서 설거 지할 도구를 들고 돌아다닌 그날, 민가 지하실에서 보호받는 것 을 나와 에드가 발견한 부상병이다. 그 집 젊은 여자가 준 삶은 달걀의 맛이 아직도 기억난다.

솔직히 나는 이 녀석이 싫었다. 딱히 무슨 짓을 한 것은 아닌 데 그냥 짜증 났다. 멍하니 있기만 하고 신입 주제에 인사조차 제대로 안 했다. 좀 더 우리에게 순응하려고 노력하는 자세를 보이지 그러냐 싶어 화가 났다.

도대체가 이 녀석이 우리 부대에 배치된 것 자체가 상례를 벗 어나는 일이다. 다른 보병 부대와 달리 공수 부대에서는 전선을 이탈한 부상병이 복귀할 때 원래 소속했던 원대로 보내는 게 관 례다.

그런데 던힐의 경우는 달랐다. 원대로 돌려보내려도 강하 직후 괴멸되는 바람에, 녀석이 쉬는 사이 살아남은 대원들은 재편돼서 이미 다른 곳으로 가고 없었다. 녀석의 소속 부대는 우리보다 몇 시간 먼저 강하한 선발대 중 하나였던 모양이다. 정찰과 이윽고 개시될 본 작전을 위해 후발 부대를 목적지로 유도하는 표지등을 설치하는 게 임무였다.

그 이야기가 괜히 더 화를 돋우었다. 강하 직후 내가 밟은 시체는 선발대의 병사였으니까. 죽인 것은 나치스고, 시신을 밟고만 것은 어둠 탓이지 내 잘못은 아니지만.

숨겨준 집 사람들이 간병해준 덕인지 던힐은 구호소에서 잠깐 치료를 받고 전선에 복귀할 수 있었다. 소속은 같은 공수사단 중 맨 처음 합류한 부대라는 이유로 G중대로 정해졌다.

백 보 양보해서 거기까지는 용서한다 치자. 내가 마음에 안 드는 것은 이 녀석이 나와 같은 제2소대 제2분대, 그것도 죽은 매컬리의 빈자리를 메우기 위해 관리부 조리병이 됐다는 사실이었다. 특기병 자격도 없으면서. 그런 점에서 조리병 일은 정말로 얕보인다는 생각이 든다. 아무튼 나는 전투 중에도, 그리고 조리병 임무 중에도 던힐의 얼굴을 봐야 하는 것이다.

던힐은 천천히 문간을 떠나 사과를 너무 많이 썰어 팔을 부들부들 떨고 있는 KP들 사이에 꼈다. 던힐이 나타나자 KP들은 서로 얼굴을 마주 보며 앉은 채 궁둥이를 움직여 녀석과 거리를 두었다.

"어이, 누가 제빵 중대에서 빵 받아와!"

오븐 앞에서 우왕좌왕하고 있는 조리병이 고함치듯 지시를 내렸다.

"콜, 가겠습니다!"

나는 되도록 큰 소리로 대답하고 주방을 나섰다.

제빵 중대 트럭은 취사장 뒤에 와 있을 텐데, 벽을 따라 돌아가 보니 통행금지 바리케이드가 있어 지날 수 없었다. 안쪽에서 건설 공병부대가 뭔가 작업을 하는 듯 기중기의 목이 위아래로 움직이고 있었다.

"저기요, 죄송한데, 뒤로 가고 싶은데요."

기계 소리에 파묻히지 않도록 고함치자 삽으로 구멍을 파고 있던 병사가 돌아보았다. 진창과 기름으로 범벅이 됐고 코 밑에도 얼룩이 튀어 있었다.

"안 들려."

오버올에 삼등 특기병 계급장을 단 병사는 짜증을 드러내며 눈썹을 찡그렸다. 하지만 나도 임무니까 어쩔 수 없다. 여기서 기가 죽으면 더 업신여김을 당하는 터라 힘껏 같이 노려보며 다시 한 번 용건을 말하려고 입을 열었다.

그런데 배가 불룩 튀어나온 부사관이 나타났다. 물을 뒤집어쓴 양 땀에 흠뻑 젖어 오버올의 목 부분과 겨드랑이 밑이 얼룩졌다.

"왜? 뭐 문제라도 있냐?"

"비버 중사님, 여기 이 애송이가 얼쩡거려서 말입니다."

원래라면 '애송이'라는 말에 열 받아야 하는데, 중사의 이름에 웃음이 나려는 것을 애써 참느라 그럴 계제가 아니었다. 이 뚱뚱한 부사관은 얼굴도 볼이 불룩한 데다 살짝 벌어진 두툼한

136

입술 사이로 앞니 두 개가 번은 게 완전히 동물 비버였다. 담배나 껌을 씹는지 턱을 질근질근 움직이고 있었다. 그런데 목소리는 우스꽝스러운 이름과 외모와 어울리지 않게 피로에 절어 있었다. 사정을 설명하자 그는 더러워진 손으로 목덜미를 긁었다.

"제빵 중대는 이 길 저쪽으로 이동시켰다. 지금 수도관 배관 공사 중이라 말이지……."

비버 중사는 침을 뱉고 느릿느릿 작업으로 돌아갔다. 다 씹은 껌이 모래로 범벅되어 땅에 뒹굴었다.

다시 말해 공병들은 우리 주방을 위해 땀 흘리며 작업 중이라는 이야기다. 나는 복잡한 기분으로 지친 분위기를 자아내는 공병을 두고 중사가 가르쳐준 길로 향했다.

오른쪽 로지 모퉁이를 돌자 길가의 침엽수림이 그물눈 모양의 그림자를 드리우고 있었다. 어디선가 라디오 소리가 들려왔다.

"저기압이 접근 중입니다. 오늘 밤늦게부터 비가 예상됩니다."

하지만 올려다본 하늘은 잘라내서 주머니에 넣고 싶을 만큼 파랗고 깨끗했다. 뭉실뭉실한 구름이 몇 개 떠 있지만 색을 입히지 않은 솜사탕처럼 하얀 게 비가 내릴 성싶지 않았다.

시선을 밑으로 내리자 침엽수 줄기와 줄기 사이에 거대한 번데기 같은 게 흔들리고 있었다. 흠칫해서 다시 잘 보니 해먹을 달아매고 남자가 자고 있었다. 나무 밑에는 라디오가 놓여 있었다. 일기예보는 여기서 들려온 것이었다.

긴 다리는 해먹에서 삐져나와 군화 뒤꿈치가 줄기에 닿아 있었다. 한눈에 장교임을 알 수 있었던 것은, 그런 거리낌 없는 태도 외에도 짙은 갈색의 O.D. 필드재킷을 입고 개리슨 캡을 얼굴 위에 얹은 것 때문이다. 장교의 평상시 군복은 우리 일반병과 많이 다르다. 상의와 똑같은 짙은 갈색 셔츠에 담황색 넥타이를 맸고 옷깃에는 미국 국장(國章)과 탑 모양의 휘장, 그리고 대위 계급장이 붙어 있다. 개리슨 캡에 가려져 얼굴은 알 수 없었지만 배 위에 놓인 신문은 바로 얼마 전 본 것이었다. 그래, 아까 PX 앞에서 주운 신문이다. 거들먹거리는 멋쟁이 사진이 실린. 해먹 남자는 작은 날벌레가 목에 앉은 것도 모르고 기분 좋게 코를 골고 있었다.

"무슨 일 있습니까?"

남자를 멍하니 바라보는데 갑자기 뒤에서 목소리가 들려왔다. 놀라서 만화 캐릭터처럼 펄쩍 뛰어오를 뻔한 것을 가까스로 참고 돌아보았다.

십중팔구 스파크보다도 키가 더 작은 남자가 서 있었다. 평상시 제복인 와이셔츠를 입고 넥타이를 단정하게 맸지만 장교는 아니다. 계급장은 일병. 완벽한 주먹코에, 얼굴이 갓난아기처럼 동글동글했다. 한 손에 샌드위치 접시, 또 한 손에 흰 액체가 든 잔을 들고 있었다. 혹시 탈지분유가 아닌 진짜 우유인가?

"아, 저, 제빵 중대 트럭을 찾는데."

몸집이 작은 남자는 턱과 시선으로 방향을 가리키고 가볍게 고개를 숙여 인사한 뒤 해먹 옆 테이블에 접시를 놓았다.

"고맙다."

이상한 2인조다. 당번병과 장교로 보이는데, 대위에게 당번병을 붙여주던가? 보통은 그 위 계급, 소령 이상부터일 것 같은데. 부대장이라면 가능성이 없지 않지만. 거기까지 생각했다가 흠칫했다. 옷깃의 휘장, 탑 모양의 배지는 공병부대 것이다. 혹시 주방의 배관 공사를 담당하는 비버 중사의 상관 아닌가?

"그래도 당번병은 너무 과한 거 아닌가?"

나도 모르게 말이 입 밖으로 튀어나왔다. 해먹 남자는 평범한 대위가 아닐지도 모르겠다.

제빵 중대에서 식빵이 가득 담긴 오븐 트레이를 받아 돌아왔을 때, 주방에서는 마침 메인 디시인 소시지와 사과 링 구이를 요리하려 하고 있었다.

조리대 위에 시커먼 대형 트레이를 늘어놓고 동료들이 몸을 굽혀 작업하고 있었다. 디에고가 원형으로 자른 사과를 재빨리 늘어놓으면, 이제야 일하기 시작한 던힐이 비좁은 듯 몸을 움츠리며 사과 위에 소시지를 하나씩 올려놓았다. 마지막으로 황설탕을 뿌리던 에드는 나를 보더니 눈짓으로 오븐을 가리킨 다음 다시 내게 시선을 돌리고 가볍게 고개를 끄덕였다.

에드가 지시한 작업은 가능하면 제일 하고 싶지 않은 일이었다. 우리 군의 야전 취사기에는 어째선지 온도계가 없다. 버너로 가열된 쇳덩어리 앞에 서서 쇠뚜껑을 앞으로 열었다. 열기가 물씬 나와 뺨을 스쳤다. 이 정도면 아직 괜찮다. 나는 왼쪽 소매를 걷고 오븐 속에 손을 쑥 넣었다.

머리가 이상해진 게 아니다. '카운트 법'이라고 해서 이렇게 팔을 넣은 상태로 몇 초 정도 견딜 수 있는지로 온도를 판단하는, 비문명적이기 그지없고 어처구니없는 측정법을 실시하는 것뿐이다.

투입구와 내벽에 팔이 닿지 않게 주의하며 숫자를 셌다. 하나, 둘, 셋, 넷…… 아직 괜찮다…… 아홉, 열…… 슬슬 괴로운데…… 열하나, 열둘, 손의 피부가 비명을 질렀다.

"앗, 뜨거! 에잇! 180도!"

황급히 손을 빼자 어느새 뒤에서 대기하고 있던 에드가 곧바로 트레이를 척척 집어넣었다. 그 밑에서 디에고가 버너의 불세기를 조절했다. 나는 화끈거리는 왼손을 쳐들고 밖으로 뛰쳐나가 급수 탱크 파이프의 수도꼭지를 틀고 미지근한 물에 팔을 담갔다.

17시가 거의 다 됐는데 태양은 아직도 하늘 높이 떠서 느긋하게 주위를 비추고 있었다. 고향의 하지보다도 환한 것 같다. 수도꼭지 아래서 내 왼팔은 삶고 나서 찬물에 넣으면 색이 선명해지는 야채처럼 순식간에 짙은 분홍색으로 변해갔다.

그때 '쾅' 하고 둔탁한 소리가 났다. 발바닥에 진동이 느껴졌다.

적의 포격인가 싶어 경계했는데 아니었다. 주변에 있던 병사들이 소리가 난 쪽으로 조금씩 모여들어, 나도 걷었던 소매를 내리며 총총걸음으로 다가갔다. 소리는 공병부대가 배관 공사 중인 주방 뒤쪽에서 난 것이었다.

"의무병 불러!"

누군가의 고함 소리와 함께 사람들이 둘러싼 곳에서 한 명이 빠져나와 구호소가 있는 방향으로 달려갔다. 몰려든 공병대와 구경꾼들 탓에 가까이 갈 수 없었지만, 기중기가 힘이 다한 말처럼 목을 기우뚱하게 기울인 것은 분명히 알 수 있었다. 중사와 공병대원들은 무사할까? 하지만 내가 있어봤자 방해가 될 뿐이다.

소시지와 사과 링 구이가 다 될 때까지 식당에서 다른 부대의 뒷정리를 도왔다. 모든 부대가 한꺼번에 먹었다간 로지가 터져 나갈 것이다. 그렇기에 시간을 조금씩 비껴 식사를 하도록 조리 타이밍도 조정한다.

끝마무리는 분말 달걀로 만든 스크램블드에그다. 알루미늄 봉지를 뜯어 거대한 볼에 통째로 가루를 쏟고 물을 더해 주걱으로 섞었다. 순식간에 기이한, 의심할 여지없이 달걀이 아닌 냄새가 코를 찔렀다. 굳이 따지자면 이스트와 메이플시럽 냄새에 가까운 것 같은데, 그런 연상은 팬케이크에게 실례이니 그만두었다. 거기에 식당에서 칸막이 틈새로 풍겨온 사내들의 땀내 나는 공기가 더해졌다. 독가스실에 달려 들어가는 편이 그나마 나을지도 모른다.

"무슨 신경으로 이런 걸 개발했는지……."

탁한 누런색 액체를 휘저으며 공허한 기분으로 혼잣말처럼 중얼거리자, 우유병을 냉장고에서 꺼내던 디에고가 말했다.

"우리 집 근처에 간이식당이 있는데 말이지, 오믈렛이 일품이다."

"우리 할머니 오믈렛이 더 맛있어."

"너희 할머니 자랑은 벌써 귀에 못이 박히게 들었다, 키드. 됐으니까 닥치고 듣기나 해. 거기 오믈렛은 토마토가 들었단 말이지. 단맛이 나도록 충분히 볶아서 소금하고 오레가노로 양념한 토마토. 맛이 진한 달걀로 싼 그걸 포크로 찌르면 걸쭉하게……."

군침을 꿀꺽 삼켰다. 아아, 진짜 달걀로 만든 오믈렛, 스크램블드에그!

"허무하니까 그만두자."

이름도 모르는 프랑스 여자에게서 삶은 달걀을 받은 이래, 수송 경로 문제로 진짜 달걀을 먹어보지 못했다. 뜨거운 트레이에 분말 달걀을 붓자 금세 플라스틱 탄내 같은 불쾌한 냄새가 나기 시작했다.

우리는 지금 프랑스에 있지만 일용품이며 식량 같은 물품은 미국 본국에 있는 민간 기업의 공장과 농지, 병참 연구소 등 군 시설에서 영국의 항구와 공항을 경유해서 전달된다. 신선 식품은 보급부의 마켓 센터 시스템이 관리하며 윈 딕시 슈퍼마켓 같은 대형 체인도 협력한다. 연합군 동맹국의 물자 지원도 물론 있지만, 미국이 보유하는 물량은 세계에서 제일가는 수준이다. 물론 전달되지 않는 물자도 매우 많지만.

좌우지간 막대한 물량이 상자에 담겨져 비행기, 배, 열차, 트럭 등 운송 수단을 바꿔가며 병참 기지에서 큰 집적지, 중간 규모의 집적지를 거쳐 이윽고 중대 보관소까지 릴레이 방식으로 운송된다.

당연히 더 많은 물자를 안전하고 효율적으로 운반해야 한다. 고기뿐 아니라 토마토 통조림에 건조 당근, 건조 양파, 그래도 모자라는 비타민류는 초콜릿과 비스킷, 마가린에 섞어 넣는다. 우유조차도 농축된 탈지유였지만 이건 맛있었다.

그 점에서 날달걀은 매우 비효율적인 식품이다. 작은 충격에도 깨지니 완충재에 돈이 들거니와, 바람이 잘 통하지 않는 화물실 안에서 운반 중에 상할지도 모른다. 그래도 달걀은 높은 영양가를 자랑하는 데다 대원들에게도 인기가 많은 식품이다. 어떻게든 배급하자고 생각한 조달부 사람이 이 분말 달걀에 주목했다.

원래 건조식품이 발달한 것은 19세기 말경이라고 한다. 대공황 때도 도시에서는 배급됐다는데, 다행히 나는 먹을 일이 없었다. 현재는 전쟁으로 식량 공급이 원활하지 않은 영국 등에서 기아 대책으로 배급되고 있다.

과학의 힘으로 달걀을 분무 건조시키면 노란 가루가 된다. 여기에 물을 타면 보통 달걀과 거의 다를 바 없이 조리할 수 있다고 우리 담당 교관, 일명 닥터 브로콜리는 자랑했다.

하지만 달걀 맛이 나지 않는다. 스펀지를 씹는 느낌인 데다 기름내 같은 악취가 나고 배에 유난히 가스가 찬다. 두 숟갈로 달걀 한 개 분량의 영양가를 섭취할 수 있다는데, 이런 것 억지로 먹고 싶지 않다.

다 구워진 소시지와 사과 링 구이 끄트러기를 입에 넣고 손가락에 묻은 즙을 핥았다. 황설탕이 다소 모자라기에 더 뿌리고, 하는 김에 비장의 스파이스 믹스도 서비스로 곁들여주었다.

"이걸로 배가 차겠냐? 저기 큰 거 줘라, 응? 부탁한다."

"참아라, 참아. 사나이는 모름지기 참는 법이라고. 그래도 안 되겠으면 양배추는 어때? 옜다."

디에고가 여느 때처럼 장난스레 받아넘기며 배식을 했다. 가까스로 전원의 배식이 끝난 뒤 우리도 시끌벅적한 식당 구석 자리에 앉아 우리가 만든 식사를 했다.

메인 디시인 소시지와 사과 링 구이를 나이프로 썰자 소시지에서 육즙이 흘러나와 구운 사과에 스며들었다. 침이 입 안 가득 고였다. 나이프에 힘을 주어 사과를 세모꼴로 썰고 소시지와 함께 포크로 찍었다. 입으로 가져가자 황설탕과 소시지의 달콤하면서도 짭조름한 맛에 구운 사과 특유의 새콤함과 향기가 가미되어 입 안에서 살살…… 녹지는 않지만, 군 기지에서 먹는 음식으로는 최고 수준의 맛이었다. 역시 내가 마지막으로 맛을 낸 게 정답이었다. 팔을 델 뻔한 보람이 있었다.

하지만 수분이 분리돼서 질척질척해진 스크램블드에그는 끝내주게 맛없었다.

스크램블드에그 배식을 에드에게 맡기기를 잘했다. 나나 디에고였다면 조금만 퍼주고 말 가능성도 있지만, 에드는 동료가 아무리 비명을 지르며 애원해도 아랑곳없이, 눈썹 하나 까딱하지 않고, 평등하고 균일하게, 식판에 수북이 담는다. 불쌍하게도 일단 식판에 받고 나면 남는 음식을 버리는 양동이 앞에서 상관이 감시하고 있으니 섣불리 버릴 수도 없다. 나는 조리병 특권으로 달걀은 아주 조금만 받고 소시지와 사과 링 구이는 세 개 얻었다.

"분말 달걀은 이상적인 식품인데 왜 다들 싫어하는 거지."

맞은편에 앉은 에드가 고개를 갸웃하기에 나와 디에고는 즉시 우리 달걀을 에드의 식판으로 옮겼다. 미각 음치인 것도 정도가 있다.

에드는 분말 달걀이든 어떤 고기든 가리지 않고 먹는다. 마치 기계처럼.

어쨌거나 저녁 식사를 무사히 마치고 잠시 쉰 뒤 야간 훈련이 시작됐다. 일몰이 늦으면 그만큼 일이 늘기 때문에 싫지만, 추운 계절보다는 그래도 낫다. 일과를 마치고 막사로 돌아와 베개에 머리를 얹는 동시에 곯아떨어졌다.

그런데 그 이튿날 모두가 질색하는 분말 달걀 때문에 큰 소동이 벌어지고 우리도 그 일에 휘말리고 말았다.

이 일은 공표되지 않았다. 처음 조사를 벌인 헌병대와 연대 사령부가 '보급중대의 전달 착오와 부정확한 셈 탓'일 뿐 물자 분실은 없었다고 단정했기 때문이다. 그에 분개한 붉은 머리 보급병 오하라가 밤에 주방으로 찾아오지 않았다면 우리도 사건을 모르고 넘어갔을 것이다.

오하라가 나타났을 때 나는 마침 설거지터에서 내일 쓸 토마토를 씻고 있었다. 공병대의 공사로 수돗물이 나오게 된 덕분에 흐르는 물에 야채를 씻는 기쁨을 곱씹었다.

하지만 배관 공사를 담당했던 공병들의 사고를 생각하면 마음이 무거웠다. 어제저녁 일어난 공병부대의 사고는 기중기 운전자가 피로로 의식을 잃는 바람에 차체가 옆으로 쓰러진 게 원인인 모양이다. 다행히 사망자는 없었지만 사고에 말려든 한 명이 팔 하나를 절단했고 운전자도 두 다리가 부러져 영국으로 후송됐다고 했다.

"진짜 못 해먹겠다. 전부 우리 탓으로 돌리고 말이야!"

오하라는 다른 조리병이 없는 것을 보고 접는 의자를 멋대로 펴 앉더니 푸념을 늘어놓기 시작했다. 아무렇게나 벗은 헬멧 아래서 주황색에 가까운 붉은 머리가 드러나니 마치 불이 붙은 듯 보였다.

낙하산 일이 있은 뒤로 오하라와 우연히 마주치면 몇 마디 주고받게 되면서 친해졌다. 언제 봐도 말수가 많다고 할지, 거침이 없다고 할지, 묘하게 붙임성 있는 녀석이다.

어쨌거나 오하라의 이야기는 흥미로웠다. 그 더럽게 맛없는 분말 달걀이 사라졌다고? 젖은 손을 지저분한 앞치마에 훔치며 가까운 조리대에 걸터앉았다.

"재미있겠는데. 어디 자세히 들어보고 싶은걸."

오늘은 야간 훈련이 없이 20시부터 24시까지 자유시간이니 시간은 있었다. 술을 못 하니 바에 갈 것도 아니고 딱히 영화를 보고 싶은 기분도 아니었다. 하지만 관심을 보이는 사람은 나 하나뿐, 식기를 정리하던 디에고는 큼직한 입을 일그러뜨리고 코에 주름을 잡으며 고개를 내저었다. 에드는 어떤가 하면 땅바닥에 책상다리를 하고 앉아 감자를 깎고 있었다.

"에드 넌? 관심 있지?"

"글쎄…… 하소연은 들어줄 상대가 있어야 하니까."

별로 관심이 없는지, 아니면 표정에 드러나지 않는 것뿐인지, 에드의 감정은 여전히 잘 알 수가 없다. 에드가 깎은 감자를 던지자 정확히 스테인리스 볼에 떨어져 반동으로 볼이 흔들렸다. 짧은 검은 머리에 감자 껍질이 붙어 있었다.

"그럼 말한다."

오하라는 우리가 어떻게 대답하든 죄 털어놓을 작정이었던 듯했다. 흠흠, 하고 헛기침을 하더니 대뜸 이야기를 시작했다.

"이 기지 동쪽에 보관소가 있다는 건 알지? 셰르부르 항에 도착한 보급품은 항만 담당 대대가 각 사단별로 분류해서 트럭에 실어 이곳 기지로 보내. 그럼 보관소에서 다시 연대별로 분류한단 말이지. 거기는 당연히 우리 제101 공수사단의 보급품을 두는 장소이기도 해. 그리고 없어진 건 너희 제506연대 몫."

"진짜? 와, 잘됐다!"

그럼 당분간 안 먹어도 될지도, 하며 들떠 있는데 에드가 갑자기 이야기에 관심을 보였다.

"우리 거라고? 자세히 말해봐라."

전부터 눈치챘던 일인데, 에드의 사고방식은 보통과 약간 다르다. 분명 일에 지장을 주는 문제임을 알았기 때문일 것이다. 에드는 작업을 중단하고 흘러내린 안경의 코다리를 밀어 올렸다.

"그래서 일부러 우리에게 온 거냐, 오하라?"

"그런 것도 있어. 하지만 관계가 없었어도 안경잡이한테는 말했을 거다. 어쨌거나 라이너스가 낙하산을 모은 이유를 맞혔으니까 말이지. 꼭 실마리를 발견해주겠지 싶어서."

나와 에드, 조리대 반대편에 있는 디에고는 서로 얼굴을 마주 보았다.

"설마 분말 달걀이 어디로 사라졌는지 에드한테 추리해달라는 말이야? 헌병은 어쩌고?"

하소연을 들어주는 것만이면 또 몰라도, 일개 조리병이 어떻게 할 수 있는 문제가 아니다. 그런데 오하라는 어이없어하는 내게 진지한 표정으로 대답했다.

"물론 보고야 했지. 하지만 헌병이 분실을 인정하지 않았다고 아까 말했을 텐데? 상부에선 하나같이 아예 들은 척도 안 하고, 뿐만 아니라 우리 중대장을 비웃는다고."

이야기하는 사이에 여느 때의 명랑하게 까불거리는 어조가 노여움을 억누른 낮은 목소리로 바뀌었다.

"'자기 부대가 저지른 멍청한 실수를 중대한 사건이라며 수선을 피우는 민폐 인간'이라고 단정하고 이상이 생겼는데도 조사할 생각도 안 해. '만에 하나 실제로 없어졌다 해도 분말 달걀 따위 대수롭지 않다'라고 말이지."

오하라는 그렇게 말하고는 발치에 떨어져 있던 돌멩이를 주워 취사장의 오븐레인지를 향해 던졌다. 가벼운 금속음을 내며 오븐레인지 모퉁이를 때린 돌멩이의 행방을 시선으로 좇으며 에드는 뾰족한 턱을 손가락으로 문질렀다.

"……'분말 달걀 따위'라니 그냥 들어넘길 수 없는 말이군."

"헉, 이유가 그거냐? 가능하면 우리 중대장의 명예를 위해 해결해주면 좋겠는데."

"뭐, 안경잡이는 원래 이런 녀석이니까. 영양가가 뭣보다도 중요하다고. 미각 음치고 말이지, 안 그러냐?"

조리대 반대편에 있던 디에고도 어느새 이쪽으로 와서 에드의 어깨를 쳤다. 에드는 미각 음치라고 놀려도 언짢아하지 않는다. 디에고에게 어깨를 끌어안긴 채 두 팔을 벌려 오하라에게 이야기를 계속하라고 재촉했다.

"몇 상자나 도둑맞았지?"

"듣고 놀라지 마라, 6,600파운드(약 3톤)다. 상자로 따지면 600상자가 없어졌어."

"6,600파운드?" 디에고가 휘파람을 불었다. "엄청난데. 달걀을 안 먹으면 죽는 마술사라도 나타난 거냐?"

"진지하게 들어줘라. 제506연대 중 3개 대대하고 각 사령부 몫이 전부 없어졌으니까."

"그 정도로 장부가 맞지 않다니 관리가 너무 허술한 거 아니야?"

보급 부대의 관리 체제는 잘 모르지만, 우리 잡화점에서는 데면데면한 아버지 대신 어머니가 거래내역서를 관리했다. 물건이 들어오거나 나가거나 하면 어머니는 반드시 도매상을 불러 확인시켰다. 나도 아버지를 닮아 숫자에 밝지 않은지라 거래 내역서 정리만은 돕지 않았다. 실수해서 어머니에게 잔소리 듣는 것도 귀찮다.

하지만 오하라는 분한 표정으로 고개를 흔들었다.

"여기 노르망디에 배치된 미군이 대체 몇 만 명이라고 생각하냐? 병사 한 명당 하루 평균 보급량은 53파운드(약 24킬로그램)라고. 참고로 절반이 탄약, 나머지는 연료 반, 식량하고 일용품이 반. 연료만 해도 가솔린, 경유, 항공 연료 등등 세세하게 나뉘어. 이게 얼마나 엄청난 양인지 아냐? 탄약 하나 운반하려고 해도 신관은 따로 포장해야 한다고. 배송 착오도, 계산 착오도 일상적으로 벌어지는 일이야. 배급 예정 목록대로 짐이 도착하면 고마운 일이지."

아닌 게 아니라 보급품은 이상하게 배급될 때가 비교적 많았다. 헤어왁스는 한 명당 두 개씩 주면서 비누는 하나도 없다든지. 그럴 때 보급병의 얼굴을 보면 거북한 듯 눈길을 피하거나

"받을 수 있는 것만 해도 고맙게 여겨라" 하고 야단쳤다.

"그렇지만 헌병도 이야기 정도는 들어줄 만도 한데 말이지. 아니면 녀석들이 있는 의미가 뭐냐고. 대량 도난 사건일지도 모르는데."

오하라는 목덜미를 긁으며 아랫입술을 내밀고 한숨을 쉬었다. 붉은 앞머리가 흔들렸다. 그러자 나도 아까부터 궁금했던 점을 디에고가 물었다.

"야, 기분 나쁘게 생각하지 말고 들어라. 애초에 정말로 600상자씩이나 없어진 거 맞냐? 우리 같은 제삼자가 보면 네놈들도 이상하다고. 셈을 잘못한 게 아니라고 어떻게 딱 잘라 말할 수 있는 거지?"

그렇다. 과부족이 발생할 수 있는 사정은 오하라 자신이 방금 설명한 대로고, 그 정도로 큰 보급소라면 보초가 밤이고 낮이고 몇 명씩 교대로 설 것이다. 대규모 도난이 벌어졌다면 누가 알아차릴 만도 한데.

배급품이 도난당하는 일은 끊임없이 있다. 딱히 굶주려서가 아니다. 배가 약간 출출하다든지, 단것이 먹고 싶다든지, 그런 시시한 동기에서다. 담력을 겨룬답시고 훔치는 녀석도 있어서 좌우지간 거의 매일같이 어디선가 누군가가 뭔가를 훔친다. 그렇기에 보급부도 경계는 하고 있을 터였다.

애초에 보급품을 운반하는 상자는 크기가 상당한 데다 쌓아도 부서지지 않을 만큼 강도가 있는 섬유판으로 만든다. 오하라도 설마 상자가 마법처럼 사라졌다고 생각하는 것은 아닐 테고.

하지만 오하라는 무뚝뚝하게 단언했다.

"잘라 말할 수 있다."

"어째서?"

"우리 상관, 그러니까 중대장이 실물을 눈으로 확인했으니까. 너희는 모를 수도 있지만 중대장은 우수하고 거짓말을 할 사람이 아니야. 게다가 어젯밤 개수를 기입한 목록이 남아 있어."

"그런 건 얼마든지 나중에 고칠 수 있는데 증거라고 할 수 없잖아."

그러자 오하라는 접는 의자를 쓰러뜨리며 일어섰다.

"……너희도 헌병이나 상부랑 똑같은 소리를 하냐? 아아, 그러셔? 너희를 믿은 내가 잘못이지."

"아니, 오하라, 그런 게 아니라……."

그때 문득 크고 검은 그림자가 시야를 스쳤다. 던힐이다. 부상병 출신의 신참이 아직 주방에 남아 뒷정리를 하고 있다는 것은 알고 있었다. 보고도 무시했지만.

던힐은 노여움이 가라앉지 않은 듯한 오하라 옆에 서서 굵고 긴 팔로 뭔가를 내밀었다. 커다란 손에 가려져 잘 보이지 않았지만 럭키스트라이크였다. 그러고는 낮고 굵은, 스윙재즈의 베이스 같은 소리로 말했다.

"한 대 해라."

"아, 응…… 고맙다."

처음에 오하라는 당황했지만 순순히 던힐이 든 담뱃갑에서 한 개비 뽑아서 입에 물었다. 디에고가 다가와 라이터를 켰다. 오하라는 전원의 얼굴을 둘러보고 겸연쩍게 뒤통수를 긁적이며 "미안" 하고 중얼거렸다. 그리고 디에고의 라이터로 담뱃불을 붙여 열은 회색 숨을 내뱉었다. 매캐하면서도 어딘지 모르게 달 짝지근한 담배 냄새를 맡으니 마음이 놓였다.

"미안하다. 신경이 좀 곤두서 있었나 보다."

"괜찮다. 아무튼 좀 더 이야기를 듣고 싶은데. 야간 보초는 아 무것도 못 봤고?"

오하라와 에드가 이야기를 주고받는 동안, 던힐은 담배를 나 눠주며 마지막으로 내 앞으로 왔다. 하얀 럭키스트라이크.

"필요 없어."

다소 무뚝뚝하게 고개를 흔들자 녀석의 움푹 팬 눈이 쓸쓸한 빛을 띠었다. 그건 그것대로 마음이 불편해서 얼굴을 외면한 채 빠른 말투로 이유를 설명했다.

"……못 피워서 그래. 머리가 어질어질해져서 좋아하지 않 아. 술도 못 마시고."

"그래, 알았다."

시야 끄트머리에 보이던 던힐의 모습이 슥 사라졌다. 시선으 로 뒷모습을 좇자 녀석은 자기 자리로 돌아가 조용히 다시 뒷정 리를 시작했다. 오하라와 에드의 대화가 또다시 들려왔다.

"아무도 본 게 없다고? 심야 작업 중인 보급병은 어떻지? 확 인했나?"

"확인은 했지만 의미가 없어. 어제 비가 꽤 쏟아졌잖나? 적하 작업도 끝난 다음이었으니까 보급병은 전원 일을 일단락 짓고 막사로 돌아갔다고. 그러니까 그 자리에 있었던 건 보초뿐이야."

"목격자가 없는데 없어진 시간대를 구체적으로 알 수 있는 이 유는?"

"아아, 그건 말이지, 506연대의 분말 달걀 상자가 도착한 게 어젯밤 23시 마지막 편이었기 때문이야. 구름은 꽤 두껍게 끼어 있었지만 비는 오지 않았어. 그거 말고도 운반해야 할 짐이 와 있었기 때문에 지게차 적재만도 두 시간 걸렸지. 중대장이 수를 확인하고 해산, 보초를 서기 시작한 게 1시. 비가 오기 시작한 게 그로부터 약 30분 뒤였고. 그러고 나서 아침 6시에 나온 보급병이 다섯 시간 전에 확인한 목록하고 실제 재고 수가 다르다는 걸 발견하면서 시끄러워진 거다."

"그래. 보초는 몇 명이지?"

"기록상으론 제101 공수사단 보관 구획에 배치된 건 세 명이야. 헌병대 한 명, 공병대 두 명. 다른 구획에도 물론 있지만 너무 멀리 떨어진 데다 양이 너무 많아서 보지 못할 거다."

"보초는 분명히 그 자리에 있었고?"

"전원이 어땠는지는 모르지만, 판초를 입은 키 큰 보초가 서 있는 건 내가 봤어. 스패너를 두고 와서 가지러 갔었거든. 비도 오니까 바로 돌아와서 한 명밖에 확인하지 못했지만."

"하나 더. 보초가 다른 사람과 결탁해서 훔쳤을 가능성은 없나?"

"훔쳐? 분말 달걀을?"

목구멍으로 넘기면 한나절은 속이 이상해지는 그 역겨운 물체를 일부러 훔치는 바보가 어디 있다는 건가? 나도, 디에고도, 조리대 반대편으로 이동한 던힐조차도 어처구니없다는 시선으로 에드를 쳐다보았다.

"이거 봐, 네 녀석한테는 분말 달걀이 가치가 있을지 모르지만, 다른 '정상적인' 녀석들한테 그런 괴식은 그냥 쓰레기일 뿐이라고."

디에고가 '정상적인'을 강조하며 말했다. 나도 전적으로 동감이었지만, 에드는 담배를 입술에서 빼고 희고 가느다란 연기를 내뱉은 다음 군화로 밟아 비벼 껐다.

"이유 같은 건 상관없다. 계산 착오가 아니라는 보급병의 주장이 옳다면 도난당했거나, 아니면 단순히 누가 이동시켰는데 정보가 공유되지 않았거나 둘 중 하나야. 하지만 누가 이동시켰을 뿐이란 설은 다소 억지스럽다고 본다. 정공법이라면 지게차나 트럭을 써서 대놓고 운반할 테니 아무리 그래도 누군가는 알아차리겠지."

"그럼 역시 누가 훔쳤다는 말이야?"

"고의인지 사고인지는 알 수 없지만 말이지. 오하라, 혹시 없어진 분말 달걀 600상자는 줄 맨 끝에 놓여 있지 않았어?"

그러자 오하라는 에드를 응시한 채 "와하하하하" 하고 메마른 웃음을 웃었다. 하지만 눈은 웃고 있지 않았다.

"졌다, 졌어. 용케 알았군. 역시 대단한데."

"뭐냐, 난 의미를 모르겠네. 그게 뭔 소리냐?"

디에고가 어린애처럼 입술을 삐죽 내밀었다. 에드는 우리를 돌아보고 은테 안경을 검지로 밀어 올린 다음, 주머니에서 동전 다섯 개를 꺼내 땅에 한 줄로 늘어놓았다.

"가령 이 중에서 하나를 뺀다 치자." 그렇게 말하며 오른쪽에서 두 번째 동전을 집었다. "그럼 빈틈이 생겨서 한눈에 '없어졌다'는 걸 알 수 있지?"

아닌 게 아니라 그렇다. 고개를 끄덕이자 에드는 동전을 원위치에 도로 놓고 이번에는 오른쪽 끝에 있는 동전을 빼냈다.

"하지만 맨 가에 있는 동전을 집으면 어때?"

"어떠냐니…… 다섯 개에서 네 개가 됐다는 걸 알 수 있는데?"

"수가 적을 땐 당연히 바로 알 수 있지. 하지만 수십, 수백, 수천 개라면? 원래부터 조달 사무관도 혼동해서 실수할 만큼 대량으로 들어갔다 나갔다 하는 게 보급품이다. '계산 착오'란 결론이 내려진 원인 중 하나는 십중팔구 언뜻 봤을 때 빈 공간이 없었기 때문일 테지. 우리 분말 달걀은 줄 맨 끝에 있었어. 오하라, 현장을 봐도 되겠어?"

초여름의 긴 하루가 끝나고 기지는 소리 없이 숨어든 어둠에 잠겨 있었다. 독일군이 오면 총탄으로 대항할 수 있지만 밤에는 속수무책이다. 남색 밤하늘에 별이 반짝이고 하얀 램프 불빛이 여기저기에 밝혀져 자를 대고 그은 것처럼 똑바른 길을 환히 비추었다.

우리는 주방이 있는 서쪽에서 중앙 운동장 구획을 가로질러 동쪽에 있는 보관소로 향했다. 에드가 "생각할 사람이 많은 게 좋겠지"라고 해서 던힐도 조금 뒤처져 따라왔다.

운동장 주변 길은 인적이 거의 없더니 보관소까지 오자 헌병과 보급중대 녀석들이 잔뜩 있었다. 어디선가 문득 고기를 굽는 맛있는 냄새가 풍겨와서 나도 모르게 코가 반응했다. 병사 다섯 명이 드럼통을 세워놓고 모닥불을 피워 고기를 굽고 있었다. 크기로 볼 때 아마 어디서 산토끼라도 잡은 것 같다.

근처 흙 부대 뒤에서 주위를 살폈다. 딱히 숨을 필요가 있을 것 같지는 않은데 어쩌다 보니 그렇게 됐다.

야간 근무 중인 병사들은 어슴푸레한 불빛 아래 작업하고 있었다. 화물 트럭이 실어온 거대한 철제 컨테이너를 열고 보급병들이 안에서 커다란 나무 상자를 잇따라 내왔다. 클립보드를 든 병사가 상자를 확인하고 뭐라 기입했다. 옆에서는 지게차가 대량의 상자를 트럭 짐칸에서 꺼내 팰릿에 실었다. 여기저기에서 가동음과 엔진 소리가 요란하게 울리는 게 흡사 공사 현장 같았다.

즐비하게 늘어선 상자들은 줄이 너무나도 길고 높이까지 있어 장관에 압도될 것 같았다. 우리가 있는 위치에서 보이는 것만 해도 좌우로 적어도 각각 500피트(약 150미터)는 이어졌다. 그 너머로 더 있는데 어둠에 가려져 끝이 보이지 않았다. 벽도 지붕도 없이 땅에 팰릿을 놓고 그 위에 쌓아 올렸을 뿐이다. 보급병이 목제 컨테이너를 개봉하고 안에서 섬유판 상자를 꺼냈다. 팰릿에 쌓인 상자가 무더기를 이루면, 사람 한 명이 통과할 수 있을 만한 좁은 간격을 두고 그 옆에 또 무더기를 만든다.

"안경잡이의 추리대로 무더기 하나에 600상자씩 쌓여 있단 말이지. 제101 공수사단의 보관 구획은 여기서 좀 더 남쪽이니까 거기로 이동하자. 506연대 건 맨 가에 있으니까."

오하라가 손으로 가리키며 가르쳐주었다. 안쪽으로 다섯 무더기씩 줄을 짓고 그 뒤는 침엽수림이었다. 별이 반짝이는 짙은 감색의 밤하늘에 검고 뾰족한 나뭇가지 그림자가 어렴풋이 보였다.

"보관소는 처음 보는데 지붕이고 벽이고 없네. 비가 오면 어쩌고?"

"한 무더기씩 시트로 덮어. 뭐, 다소 젖긴 하니까 조금은 곰팡이가 필지도 모르지만. 봐라, 저기서 작업하잖냐?"

높다랗게 쌓은 상자 위에 보급병 네 명이 올라가 거대한 시트를 걷어냈다. 늘어진 부분에 물이 괴어 있었다. 젖은 시트가 새 것으로 교체됐다.

우리 506연대의 보관소로 가는 도중 헌병 헬멧을 쓴 남자와 O.D. 필드재킷을 입은 장교인 듯한 남자가 보였다. 두 사람은 담배를 피우며 웃는 얼굴로 이야기하고 있었다.

"어라? 어디서……."

장교는 헬멧을 쓰지 않은 터라 늠름하고 단정한 얼굴이 똑똑히 보였다. 꼭 할리우드 배우 같은…… 거기까지 생각했다가 깨달았다. 나는 앞을 걷는 디에고의 어깨를 치며 작은 목소리로 귓속말을 했다.

"저 장교, 신문에 사진이 실렸더라."

기지에 처음 도착했을 때 샤워를 한 뒤 무심코 집었던 신문에서 본 미남이었다. 히죽거리는 얼굴이 인상에 남아 있었다. 그러자 디에고는 업신여기듯 두 눈을 가늘게 떴다.

"너 모르냐, 키드. 신문만이 아니라고. 로스 대위는 라디오에도 출연하시는, 우리 군이 자랑하는 광고탑인데. 일명 '미소 짓는 영웅'이다."

"영웅? 어디 전투?"

"어디는 무슨. 전선으로 보냈다간 죽어버릴지 모르니까 북아프리카에서도 내내 후방에 있었다더라. 다치면 큰일이잖냐, 이게 걸려 있는데."

그렇게 말하며 디에고는 엄지와 검지로 고리를 만들었다. 돈을 나타내는 표시다.

전쟁에는 스폰서가 많이 필요하다. 전차 한 대를 사려면 돈이 얼마가 들까? 탄환은? 병사 한 명을 훈련시켜 몇 년씩 생활을 돌봐주며 전선에 내보내는 비용은? 게다가 스폰서는 돈을 대주는 기업이며 정치가만이 아니다. 애국심을 제공해주는 시민 또한 필요했다. 군의 홍보는 본국에 남은 여자들과 아이들도 고려해야 한다. 그 점에서 미남 병사는 효과적이었다.

앞서가던 오하라가 돌아보며 "난 저 녀석이 수상한 것 같다"라고 소곤댔다.

"수상하다니?"

"문제의 보초 말이야. 로스 대위하고, 그리고 지금 같이 이야기하고 있는 헌병 화이트 중위가 어젯밤 당번이었거든. 분명히 저 빌어먹을 로스 대위가 도둑하고 내통했을걸."

"보초는 세 명이었다며? 나머지 한 명은?"

"저기 있다. 봐, 방금 뛰어온 녀석."

오하라가 하얀 턱을 으쓱해서 가리킨 쪽을 보고 또다시 놀랐다. 몸집이 작고 얼굴이 크며 이마가 갓난아기처럼 둥글게 튀어나온 남자. 해먹 남자에게 샌드위치와 우유를 가져다준 당번병인 듯한 일병이었다. 짧은 다리로 보폭을 크게 벌려 로스 대위에게 성큼성큼 다가가 경례를 붙였다.

"저기, 로스 대위는 공병대야?"

해먹 남자의 옷깃에 공병대의 휘장이 붙어 있었다. 그게 로스 대위였던 것이다.

"그래. 뭐, 기자들한테는 비밀이다만. 본국에선 훌륭한 전선 지휘관이라고 생각한다더라. 우리 사촌 여동생이 팬이라 말이지."

오하라는 그렇게 말하며 넌더리가 난다는 듯 눈알을 데굴 굴렸다. 나도 동생 케이티가 로스 대위의 팬이 아니기를 빌었다.

"어제 오후 늦게 우아하게 해먹에서 자는 걸 봤거든. 근처에서 공병이 수도 공사를 하고 있어서 혹시 상관인가 했는데 그럼 아닌가?"

"왜?"

"엄청 게으른 녀석이잖아? 부하가 땀 뻘뻘 흘리는데 혼자 해먹 달아놓고 오아시스 기분이나 누리고. 게다가 당번병한테 샌드위치까지 갖고 오게 하고 말이야. 하지만 어제는 폭우가 쏟아지는데도 보초를 확실하게 선 거잖아?"

그러자 에드가 뒤를 돌아보고 "좋은 지적이군"이라며 나를 칭찬해주었다.

"오하라, 팀의 지적대로 로스 대위가 게으름을 피워 다른 사람에게 대신 보초를 서게 했을 가능성은 없고?"

아닌 게 아니라 로스 대위의 첫인상을 생각할 때 충분히 있을 수 있는 일이다. 그러나 오하라는 부정했다.

"보초를 누구한테 부탁하냐? 지금까지 나온 이야기만 봐도 알겠지만 로스 대위는 좌우지간 인덕이 없다고. 홍보 목적으로 상부에서 진급시킨 장교니 말이지. 일반병한테는 바보 취급당하기 때문에 보통 상관이 부하한테 지시를 내리는 것처럼 먹히지 않아. 물론 명령은 명령이니까 대신 서라면 서겠지만, 억지로 임무를 떠맡게 된 녀석한테서 불만이 새어 나와 금세 소문이 날 거다."

서열에 엄격한 군대라지만 상관이 못 듣는 곳에서 같이 욕하며 분풀이를 하는 것은 일상적으로 있는 일이다.

"그런데 하루가 지났는데도 그런 이야기는 못 들었단 말이지. 게다가 어제 내가 보초를 봤다고 했잖냐? 로스 대위하고 키가 비슷했다고."

제506연대의 보관 구획은 줄 맨 남쪽, 끄트머리 중에서도 끄트머리에 있었다. 바로 옆에는 침엽수가 있고 그 앞에 군의 바리케이드를 쳐놓았다. 이곳은 기지 전체의 동남쪽 귀퉁이에 해당된다. 바리케이드와 보급품 사이에는 수송 트럭과 지프 여러 대가 서 있고 남은 공간에도 텐트가 있었다.

크고 안으로 깊은 텐트는 입구가 말아 올려져 있었다. 안에 사무병 다섯 명이 있는데, 세 명은 선 채로 이야기 중이고 나머지 두 명은 가스램프를 켠 책상 앞에 앉아 뭔가를 쓰고 있었다. 타자기를 얹은 책상은 한쪽 다리가 기울어져 있었다. 옆에 댄 트럭은 점검 중인지 정비병이 스패너를 들고 웅크리고 앉아 타이어 상태를 살피고 있었다.

다시 말해 빈자리가 없었다. 분말 달걀 600상자가 있었을 공간이 존재하지 않았다.

"이건 계산 착오란 소리를 들을 만도 한 것 같은데."

"그렇긴 하지. 다른 구획을 보면 알겠지만 보통은 한 무더기에 600상자씩 해서 가로로 세 무더기 쌓거든. 기본적으로는 세 무더기를 한 줄로 해서 정리하니까 한 줄에 1,800상자, 이게 안쪽까지 죽 이어지는 거야. 다만 문제의 분말 달걀 상자는 맨 마지막으로 쌓은 거였어. 그래서 한 무더기만 줄에서 삐져나왔단 말이지. 그 때문에 그걸 노린 걸지도 몰라."

그 분말 달걀이 사라진 지금, 밖으로 삐져나온 무더기도 없이 줄은 질서 정연했다. 텐트에서 조달 사무관이 거대한 무전기의 수화기에 대고 느려 터졌다느니 젠장이라느니 고함치고 있었다.

에드는 우리를 두고 혼자 텐트 쪽으로 걸어갔다. 오하라가 그의 뒷모습을 바라보며 "저 녀석 재미있는데, 진짜 탐정 같군"이라고 혼잣말을 했다. 에드는 사무관의 텐트 부근을 서성이며 뒤쪽 숲을 바라보다가 2~3분 만에 돌아왔다.

"텐트가 반대편 침엽수림에 바짝 붙어 있군." 그는 안경을 벗고 렌즈에 입김을 불어 상의 옷자락으로 닦은 다음 도로 꼈다. "텐트 두 개를 붙여서 쓰는 것 같던데 저거 언제 친 거지, 오하라?"

"글쎄다, 잘은 모르겠다만 꽤 오래전부터 있지 않았을까 싶은데. 우리가 도착하기 전부터 있었단 뜻으로."

두 사람의 대화를 듣다가 나는 문득 뒤를 돌아보았다. 던힐이 서쪽을 바라보고 있기에 막연히 신경 쓰인 것이다.

기지 남쪽에는 수송 트럭을 비롯한 대형 차량과 지프 등 소형 이송 차량 등을 세우는 널따란 주차장이 있다. 보관소와 주차장은 L자 모양으로 이어지는 터라, 남동쪽 모퉁이에 위치하는 제506연대의 보관소는 L자의 세로 선과 가로 선의 접속 부분에 해당된다. 보관소를 등지고 앞을 향하면 안쪽으로 죽 늘어선 차량들이 보인다. 급유소에서 가솔린 냄새가 풍겨오고, 앞쪽 정비소에서 작업복을 입은 정비병들이 담배를 피우고 담소하고 작업하는 모습이 어둠 속에서도 어렴풋이 보였다.

던힐은 정비소와 우리 보관소 사이에 있는 작은 바리케이드를 보고 있었다. 바리케이드 자체는 삼각 받침대에 막대를 가로지른 평범한 것인데, 그 밑 포장된 바닥에 분필 낙서를 발로 지운 듯한 흔적이 남아 있었다. 채 지워지지 않은 부분을 머릿속으로 맞춰보니 원숭이 얼굴 같은 형태가 되었다. 그래, 침팬지 같은……

심장이 펄떡 뛰어올랐다. 고향에서 몇 번 본 적이 있는, 조소를 의미하는 표시 중 하나였기 때문이다. 줄곧 잊고 살았던 무거운 기억의 덮개가 가슴속 깊은 곳에서 조금 옆으로 비낀 게 느껴졌다.

그때 오하라가 크게 하품하며 "오늘은 이만하자!"라고 말해서 나는 안도하며 동료들에게 돌아갔다.

"이거 어쩌냐, 시간을 너무 잡아먹었다."

디에고가 혀를 차기에 시계를 보았다. 이미 24시를 넘기려 하고 있었다. 휴식 시간이었기는 해도 만에 하나 갑자기 훈련을 실시한다든지, 상부에서 시찰을 나와 점호한다든지, 그런 사태가 발생했다면 벌을 받게 될 것이다. 주방에서 뒷정리하는 데 시간이 걸렸다고 핑계를 대려도 만약 주방에 우리가 없는 것을 확인했다면 끝장이다. 아무리 그래도 영창까지 가지는 않겠지만.

"오하라……."

책임지라고 말하려는데 붉은 머리 보급병은 입을 크게 벌리고 또다시 하품했다.

막사는 주방보다도 더 엉성한 목제 로지인데, 대량 생산품답게 외관이 하나같이 균일했다. 주의 깊게 간판을 찾지 않으면 어디가 자기 숙소인지 몰라 헤매야 한다.

주변에 울타리를 쳤고 출입구에 간이 검문소가 있었다. 어딘지 모르게 백엽상이 생각나는 하얀 검문소 건물은 아무도 없이 고요했다.

"좋아, 이대로 통과하자."

그러나 검문소 뒤에 우리 상관 미하일로프 중위가 서 있었다.

미하일로프 중위는 G중대 사령부의 참모이자 워커 중대장의 오른팔 같은 존재였다. 대학을 졸업한 인텔리에, 검은 머리는 포마드를 발라 단정하게 뒤로 빗어 넘기고, 전투복 주머니에 늘 손수건을 넣고 다니는 멋쟁이다. 하지만 공병대의 로스 대위와는 달리 전투가 시작되면 유능한 상관이었다. 적절한 지시를 내릴 뿐 아니라 스스로 총을 들고 용맹하게 선봉에 나섰다. 솔직히 말해서 중대장보다 믿음직스러웠다.

미하일로프 중위는 평소 여유가 있는 데다 농담도 통하고 부하에게 술이며 담배를 줄 만큼 서글서글한 사람이다. 하지만 방금 전까지 웃었나 싶다가도 문득 쏘아보는 듯한 눈초리로 상대방을 응시하곤 했다. 다른 지휘관들과 담소할 때조차 입가는 누그러져 있으면서 눈에는 웃음기가 없을 때가 있었다. 규율을 위반한 부하를 의자에 앉히고 다정하게 위로하듯 말을 걸면서 강렬한 주먹을 얼굴에 먹였다는 소문도 있었다.

"휴식은 24시까지일 텐데? 15분 지각이다."

미하일로프 중위는 조용한 목소리로, 입에 보일 듯 말 듯한 미소를 머금고 말했다. 하지만 역시 눈에는 웃음기가 없었다. 투명하게 맑은 옅은 물빛 홍채에 펜으로 점을 찍은 것처럼 작은 동공. 어딘지 모르게 위태로운 빛을 발하며 꼼짝 않고 주시하는 눈동자에 나도, 옆에 있는 디에고도 긴장해서 꼿꼿한 자세를 취했다.

그러나 에드가 앞으로 나서서 오하라의 부탁을 받고 도난 사건을 조사하고 있었다고 정직하게 사정을 설명하자, 중위는 한쪽 눈썹을 움찔하며 치켜세우기만 하고 "알았다, 그만 쉬도록"이라며 선뜻 취침을 허가해주었다.

"죽다 살았네."

디에고는 윙크를 하며 내게 말했지만, 몰래 돌아보니 미하일로프 중위는 시가를 피우며 줄곧 우리를 지켜보고 있었다.

다른 사람들과 헤어져(던힐은 공교롭게도 같은 분대인 터라 함께) 제2소대 제2분대용 막사로 들어와서 비로소 한숨 돌렸다. 던힐이 중얼거린 "잘 자라"라는 말을 무시해야지 생각하면서도 무심코 "그래, 너도"라고 대답하고 말았다. 녀석은 잠깐 멈춰 섰지만 그 이상 아무 말도 하지 않고 느릿느릿 맨 안쪽 침대로 갔다.

중앙 통로를 사이에 두고 침대 열두 개가 마주 보게 놓여 있었다. 입구에서 제일 가까운 내 침대에 걸터앉아 스프링이 삐걱거리는 소리를 들으며 셔츠와 팬티만 남기고 군화와 야전복을 벗었다. 벗은 옷가지를 잘 접어 침대 밑에 넣었다. 금속 프레임에 얇은 매트리스를 얹었을 뿐인 침대에 누워 뻣뻣한 담요를 어깨까지 끌어올렸다. 담요 속에서 땀과 기름으로 끈적거리는 발가락을 꼼지락거렸다. 잠옷은 입대한 이래로 벌써 2년은 입은 적이 없고, 속옷을 며칠씩 갈아입지 않는 데도 익숙해졌다.

다른 동료들은 대부분 코를 골며 자고 있었지만, 옆 침대의 와인버거는 아직 깨어 있는 듯했다. L자형 손전등의 불빛이 밖으로 새어 나가지 않게 한답시고 담요를 뒤집어쓴 모양인데, 천이 얇다 보니 비쳐서 다 보인다. 분명 책이라도 읽고 있을 것이다. 통신병인 와인버거는 작가 지망생이라, 틈만 있으면 미군에서 특별히 제본한 진중문고를 열심히 읽는다.

베개와 뒤통수 사이에 손을 넣고 어두운 천장을 바라보며 숨을 크게 들이마셨다. 어느새 익숙해진 퀴퀴한 사내 냄새가 났다.

어둠은 이상하다. 환할 때는 눈치채지도 못하는 마음이란 것을 느끼게 한다. 눈을 깜박이지 않고 어두운 한구석을 물끄러미 응시하다 보면 어둠 속에 더욱 깊은 어둠이 생겨나 원근을 알 수 없게 된다. 눈꺼풀을 한계까지 벌렸다가 시야에 불꽃 같은 게 튄 다음 꽉 감으면 몸이 두둥실 떠올라 어디까지고 갈 수 있을 것 같다. 감각이 예민해지고 고독이 윤곽을 드러낸다.

이따금 여기가 전쟁터라는 사실을 잊어버릴 것 같았다. 우리가 태평하게 쉬고 있는 이 순간도 전선에서는 누군가가 싸우고 있다. 이 한때의 휴식이 끝나면 이번에는 우리가 누군가를 쉬게 하기 위해 싸울 것이다……. 위 언저리에서 싸늘한 게 올라오는 것을 침을 삼켜 도로 밀어 넣고 옆으로 돌아누웠다.

뭔가 다른 생각을 하자. 머릿속을 다른 것으로 가득 메우는 게 훨씬 편하다. 그래, 분말 달걀 도난 사건이라든지.

에드의 말을 들어보면 누가 훔쳤을 가능성이 유력했다. 내 생각에도 그럴 것 같다. 하지만 이유는 알 수 없었다.

분말 달걀은 더럽게 맛이 없지만 아닌 게 아니라 영양가는 있다. 누군가 굶주린 사람에게 주려고 훔친 게 아닐까. 하지만 곧바로 다른 의문이 떠올랐다. 음식을 주고 싶은 상대방이 있다면 어째서 달걀만일까? 나 같으면 고기나 빵을 찾을 것이다. 복숭아 통조림도 좋고. 하지만 없어진 것은 600파운드에 달하는 분말 달걀뿐이다.

"야, 와인버거." 나는 옆 침대의 와인버거를 작은 목소리로 불렀다. "너 안 자지?"

그러자 덮어쓰고 있던 담요를 휙 걷으며 와인버거가 나타났다. 생각대로 오른손에 진중문고를 들고 있었다. 세로로 긴 보통 책과는 달리 가로로 길다. 싸구려 펄프 종이를 써서 호치키스로 철한다. 와인버거는 눈을 두어 번 깜박인 다음 나를 돌아보았다.

"저를 현실 세계로 돌아오게 해줘서 고맙군요, 키드. 아아, 빌어먹을, 여긴 텁텁한 사내놈들 소굴이잖아요."

그렇게 말하며 크게 하품했다. 와인버거는 훈련 기간의 끝 무렵, 실전을 눈앞에 둔 타이밍에 영국 기지에서 보충된 비교적 신참 동료다. 그런데도 다른 사람들을 흉내 내서 나를 키드라고 불렀다. 나이도 나보다 두 살 어린 데다 턱도 귀밑도 맨숭맨숭하고 목소리도 아직 소년 같으면서. 병사치고는 다소 긴 보드라운 밀짚 색 머리를 7 대 3으로 가르마 탔다. 눈과 눈 사이가 다소 멀어 어딘지 모르게 물고기 같은 인상을 준다.

"뭐 읽어?"

"음…… 제임스 M. 케인의 『포스트맨은 벨을 두 번 울린다』인데요."

윗몸을 일으키고 오른손을 들어 표지를 보여주었다. 파란 바탕에 흰색으로 제목이 적혀 있고 왼쪽에 조그맣게 일반적으로 유통되는 페이퍼백의 겉모습이 인쇄되어 있었다. 하지만 일러스트나 그림이 없으니 어떤 이야기인지 도통 알 수 없었다.

"몰라. 재미있어?"

그러자 와인버거는 젠체하며 코를 킁킁거렸다.

"어린이한테는 자극이 너무 세서 말 못 해주겠는데요."

"자기도 어린애면서. 포르노는 나도 읽고……. 그나저나 잘도 이런 불결한 환경에서 읽네."

"오히려 이런 환경이니까 읽을 수 있는 거죠. 혹시 몰라 말해두는데 이야기도 재미있다고요. 키드도 독서 좀 해보죠? 특히 우울할 때 좋은데요. 현실을 잊게 해주니까."

와인버거는 그렇게 말하며 몸을 옆으로 일으켜 베개 밑에 책을 넣었다.

"그래서 무슨 일인데요?"

"응, 불쾌한 걸 잊게 해준다는 의미에서 재미있는 이야기가 있거든."

분말 달걀 실종 사건을 대략 설명하자, 와인버거는 "흐음" 하고 신음하더니 "미스터 안경은 요리하는 탐정이군요"라며 의기양양하게 고개를 끄덕였다.

"뭐냐, 그게. 아무튼 난 왜 훔쳤는지 알면 범인이 밝혀질 것 같거든. 넌 왜 그런 것 같아?"

"으음…… 가축 먹이로 쓴다든지."

"가축이 어디 있는데? 기지엔 기껏해야 말이랑 개밖에 없다."

"아, 그럼 이런 건 어때요? 소나 양한테 먹이를 주고 싶은 프랑스인이 기지에 숨어들어서 훔친 거죠. 또는 미군 중에서 누가 동정해서 줬다든지. 아니면 내다 팔려고 훔쳤다든지. 도대체가 키드, 분말 달걀이 얼마나 유용한지 알아요?"

"알아. 두 숟갈에 달걀 한 개의 영양가가 있다며?"

"그건 소재의 성분 이야기죠. 그런 게 아니라 분말 달걀은 훌륭한 교역품이란 생각 안 들어요? 우리 고향은 광대하고 비옥한 땅 덕에 농산물은 차고 넘칠 만큼 수확되고 가축도 많거든요. '승리를 위한 채마밭(빅토리 가든)'이란 어마어마한 이름이 붙은 군용 밭이 2,000만 곳이나 있다고요. 영국이나 다른 굶주린 동맹국한테 넘겨서 이익을 얻으려는 걸지도 모르죠."

나는 코웃음 쳤다. 와인버거는 약간 과장이 심한 면이 있다.

"와인버거 어린이는 참 똑똑하기도 하지! 지금 당장 할리우드에 각본을 팔러 가야겠는걸!"

내가 놀리자 녀석은 "젠장"이라며 휴지 조각을 내게 집어던졌다. 둥글게 뭉친 초콜릿 바 포장지였다. 책을 읽으면서 먹었나 보다.

"농담은 그만하고 분말 달걀 600상자가 무슨 이득이 되겠어? 원래도 배급품으로 대량 수출하고 있겠다."

"그건 그렇죠."

"최소한 맛이라도 있으면 훔치는 것도 이해하겠지만…… 맞다, 혹시 맛없어서 훔친 거 아냐?"

"네?"

"그러니까 분말 달걀을 안 먹으려고 훔쳐서 폐기한 거 아닐까?"

"506연대 사람이요? 에이, 무슨 어린애가 스튜에 든 당근을 옆으로 밀어내는 것도 아니고."

와인버거는 투덜거리지만 내 생각이 맞을 것이다. 내일 바로 다른 사람들에게 보고해보자. 어쩌면 에드보다도 먼저 핵심에 도달할 수 있을지도 모른다……. 입에 슬그머니 미소가 떠올랐다.

손목시계를 확인하자 벌써 1시가 다 됐다. 이제 그만 자지 않으면 내일 힘들 것이다. 딱딱한 베개를 바로잡고 조금이라도 편하도록 머리 위치를 조절한 다음 담요를 끌어 올렸다. 눈을 감으려는데 와인버거가 나지막이 혼잣말처럼 말했다.

"그래도 얘기해줘서 고맙습니다, 키드. 기분이 좀 나아졌어요."

"뭐야, 징그럽게."

"하하…… 통신 일을 하다 보면 라디오를 들을 기회가 많거든요. 처음엔 즐거운 쇼를 들을 수 있으니까 좋다고 생각했는데, 뉴스 탓에 바깥소식에도 밝아져서 말이죠. 그거 알아요? 며칠 전 리모주 북동에 있는 작은 마을이 단 하루 만에 없어졌다고요."

"리모주라니 프랑스? 그것도 분말 달걀처럼 없어졌다는 말이야?"

우스운 마음에 웃었는데 와인버거의 표정은 진지했다.

"풀어서 재미있을 수수께끼라도 있으면 좋았겠지만 말이죠. 오라두르쉬르글란이란 그 마을을 없앤 범인은 독일 제2 SS 기갑사단(다스 라이히)이었어요."

와인버거는 손바닥을 손전등 불빛에 갖다 댔다가 뗐다가 도로 갖다 댔다.

"SS는 그 마을을 레지스탕스의 소굴이라고 단정해서 주민 대부분을 죽였다더군요. 먼저 남자들을 세워놓고 기관총으로 벌집을 만들고, 여자들이랑 애들은 그 뒤 교회에 모아놓고 바깥에서 문을 잠근 상태에서 불을 질러서…… 간신히 도망친 다섯 명이 이웃 마을에 도움을 청한 덕에 연합군에도 정보가 들어온 겁니다."

나는 똑바로 누워 천장을 바라보며 이야기를 들었다. 할 수만 있다면 귀를 틀어막고 싶었지만 그럴 수 없었다. 코를 골던 동료의 목에서 드르렁 소리가 났다. 여느 때 같으면 웃었을 텐데 지금은 웃을 수 없었다.

"하지만 정말 끔찍한 건 이거란 말이죠. 애초에 이 학살은 다른 날 프랑스 측 의용 파르티잔의 일부가 포로로 잡은 SS 장교를 본보기로 참혹하게 죽인 사건이 발단이거든요. 당연히 나치스는 보복에 나섰고 말이죠……. 제2 SS 기갑사단의 장교는 살해된 SS의 친구였어요. 노여움에 사로잡힌 장교는 혈안이 돼서 범인을 찾다가 문제의 마을이 적의 본거지란 정보를 얻었습니다. 오라두르쉬르글란 사람들은 의용 파르티잔하고 아무 관계가 없는 평범한 농민이었는데요."

침대 스프링이 삐걱거리면서 누가 돌아눕는 기척이 났다.

"여기저기서 레지스탕스가 기세를 되찾고 있는 모양입니다. 왜냐하면 우리 연합군이 왔으니까. 하지만 난…… 난 일련의 이 야기를 듣고 몸서리가 났어요."

거기까지 토해내고 나서 와인버거는 입을 다물었다. 내 반응을 기다리는 것이리라. 하지만 나는 아무 말도 할 수 없었다.

동료들의 코 고는 소리, 숨소리가 들렸다. 다들 어떤 꿈을 꾸고 있을까. 침묵을 유지하자 와인버거는 나도 잠이 들었다고 생각했는지 "잘 자요"라고 중얼거린 다음 손전등을 껐다.

다음 날은 아침부터 밤까지 훈련 스케줄이 빽빽하게 짜여 있었다. 동료 200명과 함께 운동장을 달리고, 스쿼트를 하고, 과녁을 향해 소총을 쏜 반동의 느낌이 남아 있는 손으로 조리와 배식을 하고, 음식을 배 속에 욱여넣었다. 오후에는 모형 탑에 올라가 오랜만에 낙하산 강하 훈련을 했다. 지친 몸을 이끌고 샤워를 한 다음 젖은 머리를 타월로 닦고 있으려니 쉴 틈도 없이 집합하라는 명령이 내려졌다.

"제3대대 관리부 집합!"

또 조리 시간이다. "예스, 서!" 반은 오기로 배에 힘을 주고 소리를 내자 관리부장에게 "힘찬 목소리군, 오늘은 의욕이 나나본데 키드?" 하고 칭찬을 받았다.

"설거지터에 불을 안 피웠잖냐! 당번 누구야! 제3대대!"

조리병으로 북적대는 취사장에 누군가의 고함 소리가 울려 퍼졌다. 제3대대를 호명하기는 했어도 당번은 우리가 아니다.

하지만 명령에 따르는 게 군인이다.

"어라, 에드는 어디 갔어?"

"글쎄다."

냄비를 나르며 디에고에게 물었으나 디에고도 모르는 모양이었다. 여느 때 같으면 앞장서서 임무를 수행할 에드가 없다. 훈련 중에는 본 것 같았지만 소대가 다르다 보니 대열이 떨어져 있어서 확신은 없었다. 하는 수 없다. 던힐에게 도우라고 하자.

"거기 성냥하고 집게를 들고 따라와. 아니, 그거 말고 긴 쪽. 그래, 그거."

뭐 하나 제대로 못 하는 던힐에게 짜증이 나는 것을 참으며 밖으로 나와 로지를 돌아서 설거지터로 향했다.

식당 출입구 앞 작은 광장에 설거지물을 담은 큰 드럼통이 죽 놓여 있었다. 참고로 세 개가 한 세트, 여기에는 다섯 세트가 있다. 드럼통 밑 땅바닥에는 깊이 1피트(약 30센티미터), 길이 8피트 되는 도랑이 파여 있다. 여기에 불을 피워 물을 끓이는 것이다.

점심식사 때는 물이 뜨거웠으니 분명 누가 불을 꺼뜨렸을 것이다. 드럼통의 물은 미지근했다.

"이 세 개 중 두 개에 세제를 풀고 나머지 하나엔 아무것도 넣지 마. 너도 하던 일이니까 알지?"

가루비누 한 상자를 털어 넣으며 던힐을 흘끗 보자 녀석은 말없이 고개를 끄덕였다.

더러운 식기는 사용한 사람이 직접 씻는다. 집게로 식판을 집어 세제를 푼 뜨거운 물에 넣고 손잡이에 걸쳐놨던 자루 달린

수세미로 닦은 다음 아무것도 타지 않은 더운물에 헹군다. 참고로 물은 귀하기 때문에 사흘에 한 번만 갈고, 그동안에는 물의 찌꺼기를 떠내고 살균용 염소 알약을 넣어둔다. 씻은 식판을 타월로 닦는 것은 금지였고 자연 건조를 장려했다. "전쟁터엔 엄마도 없고 웨이트리스도, 설거지하는 흑인도 없다"는 게 교관들이 버릇처럼 하는 말이었다.

하지만, 하고 나는 생각했다. 웨이트리스 같은 귀여운 여자는 없지만 잡일을 하는 흑인 병사는 있다. 어젯밤 정비소 앞 바리케이드에서 본, 분필로 그린 침팬지.

"여기 도랑에 불을 피우면 되는 건가?"

던힐의 목소리에 정신이 들어 나는 반사적으로 대꾸하며 드럼통 옆에 앉았다.

"설치 당번이 갈긴 했을 텐데, 혹시 목탄밖에 없으면 장작 헛간에 가서 적당한 나무토막을 들고 와. 거기에 성냥으로 불을 붙이는 거야. 간편하게 한답시고 석유를 쓰는 녀석도 있지만, 잘못하면 겉만 타고 불이 붙지 않으니까 그냥 차근차근하는 걸 추천해."

본을 보이려고 도랑과 드럼통 사이에 손을 넣고 나무토막 하나를 집었다…… 어라, 이게 뭐지?

"섬유판이잖아."

펄프며 톱밥을 합성해서 성형한 판자는 분명히 목재가 아니었다. 도끼 같은 것으로 쪼갰는지 손안에 들어갈 만큼 작은 조각이다. 겉면에 'AN, 194'라고 알파벳과 숫자가 검은 고딕체로 찍혀 있었다. 더 뒤져보니 비슷한 섬유판 조각이 잔뜩 나오는데 장작이나 나뭇조각은 없었고 타고 남은 목탄만 있었다. 던힐도 쭈그리고 앉아 이상하다는 듯 고개를 갸웃거렸다.

나는 'AN, 194'이라고 적힌 섬유판만 주머니에 넣고 여느 때처럼 불을 피우려고 했다. 하지만 섬유판 조각은 나뭇조각처럼 불이 붙지 않고 그저 그슬리기만 했다. 하는 수 없이 장작을 새로 가져와 불을 피웠다.

에드가 돌아온 것은 18시에 시작되는 저녁 배식 중이었다. 식사를 타기 위해 길게 늘어선 남자들 너머로 휘청휘청 나타나더니 일을 돕지도 않고 테이블 끄트머리 자리에 앉았다. 최소한 자기 식사라도 받으러 올 것이지. 하지만 에드는 정신이 딴 데 팔린 사람처럼 팔짱을 낀 채 허공만 멍하니 바라보고 있었다.

오른손에 내 식판, 왼손에 에드 식판을 들고 가자 그는 비로소 초점이 맞는 눈으로 얼굴을 들고 "미안하다, 뭘 좀 생각하느라"라며 사과했다.

"그건 괜찮은데 뭐 하다 온 거야?"

에드의 맞은편에 나, 그 왼쪽에 디에고가 앉고, 뒤처져 온 던힐이 에드의 오른쪽으로 한 자리 건너서 앉았다. 왜 떨어져 앉았나 했더니 에드의 오른쪽에 마 부대가 놓여 있어 못 앉은 모양이었다.

"미하일로프 중위님이 불러서 말이다. 보급중대 중대장과 약속한 모양이지. 나더러 문제의 사건을 조사하라고 맡기더라."

"사령부가 에드한테 헌병 노릇을 하라고 명령했다는 뜻?"

"아니, 그게 아니야. 중위님 독단인 것 같던데…… 그 사람 생각은 잘 모르겠다. 무슨 내막이 있는 것 같기도 하고, 단순히 재미있어하는 것처럼 보이기도 하더라만."

"의외로 닮은꼴 아니냐? 우리는 네 생각도 모르겠는데."

미하일로프 중위가 여느 때처럼 여유 있는 태도로 식당에 들어와 워커 중대장 옆에 앉았다. 이어서 도독하게 솟은 기묘한 머리 모양에 큼직한 매부리코, 둥근 뿔테 안경을 쓴, 우리가 잘 아는 초로의 남자가 들어왔다. 놀라는 동시에 반가움이 가슴에 서서히 번졌다.

"닥터 브로콜리다!"

작게 귓속말을 하자 우유를 마시던 디에고가 사레가 들리는 바람에 흰 액체가 사방으로 튀었다.

닥터 브로콜리, 본명 다닐로 안드리치 교수는 특기병 훈련 기지인 포트리의 담당 교관이었다. 심한 곱슬머리라 머리가 브로콜리처럼 보글보글하다고 그런 별명이 붙었지만 경력은 완전히 엘리트였다.

원래는 세르비아의 대학교수였는데 전쟁이 시작되기 전에 미국으로 건너와 미네소타 대학에서 영양학을 연구했다. 그 뒤 미국의 참전과 동시에 군의 요청을 받아 육군 군수과 보급 부대의 연구 개발국 소령으로서 전투식량 개발에 관여했다. 가족은 부인뿐, 자식은 원래 있었는데 지난번 세계대전 때 기아로 죽었다고 했다. 부인은 집을 개장해서 병에 걸린 아이와 부모를 잃은 고아를 보살피는 작은 요양원을 운영한다는 것 같다.

"저 야채 녀석이 여기 왜 있냐…… 여기도 전쟁터란 걸 모르는 거 아냐?"

디에고가 냅킨으로 우유 얼룩을 닦으며 투덜거렸다. 아닌 게 아니라 후줄근한 회색 양복 차림은 가난한 민간 회사원이 어쩌다 전쟁터에 발을 들여놓은 것처럼 보였다.

"그러고 보니 '현장을 한번 보고 싶다'고 했던가?"

"의료국의 전장 영양 조사관하고 같이 왔다더라. 바로 현지 조사를 시작하는 모양이야."

"그렇구나."

나는 닥터 브로콜리가 좋았다. 머리 회전이 빠른 데다 이야기는 재미있고, 자신의 잘못을 인정할 때면 우리에게도 솔직하게 사과했다. 소령이라는 계급에 우쭐해하지 않고 상부에 연줄이 있다고 거들먹거리지도 않는 성실한 사람이다. 다만 너무 진지해서 융통성이 없다는 게 옥에 티였다. 그리고 바로 그 결점이 이번 사건에 화가 된 모양이었다.

"지금 좀 성가신 상황이 돼서 말이다…… 교수님은 어젯밤 도착한 모양인데 분말 달걀 사건 이야기를 들었나 보더라."

"어, 혹시 닥터도 보급중대를 감싸는 거야?"

그러자 에드는 고개를 흔들며 포크로 완두콩을 떴다.

"그 반대야. '귀중한 분말 달걀을 분실했다는 게 사실이라면 보급중대장을 경질해야 한다'라고 말이지. 그 한마디로 상부도 승낙했지 뭐냐. 내일 아침까지 사실을 밝혀내서 없어진 분말 달걀이 어디 갔는지 알아내지 않으면 오하라의 상관은 강등 처분을 받게 될 거다."

"하여간 사람 귀찮게…… 뭐, 하긴 분말 달걀을 유난스레 좋아한다는 점에선 저 야채 머리가 네 녀석을 앞서긴 하지."

"교수님은 연구자니까. 현장의 군인과는 다르지."

닥터 브로콜리와 에드는 옆에서 보면 사제지간처럼 보였다. 우리가 만나기 훨씬 전부터 에드는 후방 지원병으로 일했던 것 같거니와 포트리 생활도 길었던 모양이니 교관인 닥터와 서로를 알 시간이 충분히 있었을 것이다. 둘 다 안경을 꼈고, 성격과 사고방식도 어딘지 모르게 비슷하다. 단, 닥터가 양달이라면 에드는 응달이다.

"그나저나 아쉽네. 닥터가 우리 편이면 힘이 됐을 텐데."

어젯밤 우리가 보급중대장을 약간 의심한 것만으로 격노했던 오하라의 모습이 떠올랐다. 전투와 임무를 통해 고생을 함께해온 상관과 부하의 유대는 강하다. 나도 중대장은 그렇다 치고 분대장 앨런 선임하사가 업신여김을 당하거나 경질되면 꽤 열받을 것 같다.

"아, 하지만 중위님은 보급중대 편이잖아? 닥터 브로콜리랑 대립하지 않을까? 지금은 분위기가 험악한 것 같지 않지만."

여기서 보기에 미하일로프 중위와 닥터 브로콜리는 화기애애하게 담소하고 있었다. 닥터는 얼굴과 태도에 감정이 분명하게 드러나는, 속내를 감출 수 없는 타입인지라 만약 대립하고 있다면 바로 알 수 있을 것이다. 미하일로프 중위가 우리 쪽으로 눈길을 돌리기에 허둥지둥 고개를 움츠렸다.

"아무튼 할 수 있는 데까지 해봐야지. 먼저 보초 말인데, 원래는 로스 대위의 임무가 아니었다는 걸 알았다. 부하가 당번이었는데 17시경 벌어진 기중기 전복 사고로 중상을 입었어. 그래서 상관인 로스 대위가 대신 당번을 선 모양이더라."

사고 직후에 들린 둔중한 소리가 기억에 선명했다. 의식을 잃고 두 다리가 부러진 운전자일까, 사고에 휘말려 팔이 잘린 부상병일까. 에드는 말을 이었다.

"대신할 사람을 찾으려고 해도 공병대는 작업이 지체돼서 바쁜 탓에 연대장의 명령으로 로스 대위가 당번을 섰다고 해. 원래 그 사람은 이름만 공병이지 기술이 없으니 말이다. 그 외엔 그 사람 당번병, 그리고 헌병대에선 예정대로 화이트 중위가 보초를 섰어. 참고로 로스 대위와 화이트 중위는 같이 유흥가라든지 창관에 갈 만큼 친하다더군."

그렇게 말하고 에드는 마 부대를 열고 안에 든 것을 집어 테이블 위에 놓았다. 내가 아까 설거지터에서 본 것과 비슷한 섬유판의 일부였다.

"일단 보급중대의 계산 착오나 착각일 가능성은 사라졌어. 이건 보급품 포장에 종종 사용되는 섬유판 상자의 일부다. 아마 처분하려고 도끼 같은 거로 쪼갰겠지."

후방 시설인 만큼 도끼는 장작 헛간이나 공병부대의 도구 창고 등에 상비돼 있다. 그러니 누구든 사용할 수 있었다.

"이게 여기저기 불 쓰는 곳에 감춰져 있더라. 여기로 가져온 건 일부에 불과해. 장작 헛간, 샤워실 아궁이, 주방, 정비소에도 대량으로 있었어. 제빵 중대의 화덕에도 있을지 모르지."

"이게 분말 달걀 상자였다는 증거는 있는 거냐?"

"품명의 각인을 발견했어. 게다가 하나같이 축축하게 젖은 데다 진흙이 묻어 있었고. 그날 비를 맞아서겠지."

"설마 600상자를 전부 쪼갰다는 거냐? 그 정도 양이면 고생도 그런 개고생이 없을 텐데."

"범인은 틀림없이 여러 명이겠네."

나는 테이블에서 조각 하나를 집어 바지 무릎 언저리에 닦아서 진흙을 털어내고 확인했다. 여기저기 검은 얼룩이 있는데 그게 글자였다. 그중에 'dried whole egg(분말 달걀)'라고 스탬프로 찍힌 게 있었다.

"이쪽은 A, R, M……. 팔이라니 무슨 뜻이지?"

"ARMY(육군)겠지, 너 바보냐, 키드."

"시끄러워. 아, 맞다, 바깥 설거지터에도 비슷한 게 있었어. 거기에도 스탬프가 찍혀 있었는데, 그게…….."

"AN, 194다."

내가 아니라 던힐이 말했다. 묵묵히 식사를 하기에 우리 이야기에 아무런 관심이 없는가 했는데 갑자기 끼어들었다. 그렇지만 던힐의 기억은 정확했다. 나는 주머니에서 섬유판 조각을 꺼내며 마지못해 고개를 끄덕였다.

"분명히 제조 연월일일 테지. JAN, 194×, 1940년대 어느 해 1월에 만든 거다." 에드는 손끝으로 조각을 만져보았다. "이것만 더러워지지 않았군."

"도랑 안은 온통 목탄뿐이라서 섬유판 조각만 타지 않았어. 그래서 찾아낼 수 있었던 거야."

그러자 에드는 흠칫해서 눈을 크게 뜨고 순간 나를 쳐다보았다. 에드가 뭔가 알아차린 게 분명했건만 디에고는 짐짓 명랑한 목소리로 이야기를 끝내려 했다.

"뭐, 어쨌든 이 정도면 상자가 분명히 왔다는 증거는 되겠군. 보급중대도 누명을 벗게 된 거 아니냐. 해결됐네, 해결됐어. 자,

밥이나 먹자."

그렇지만 의문은 아직 많이 남아 있었다. 이렇게 많은 상자를 숨기는 것도, 부수는 것도 혼자서는 무리다. 그렇다면 여러 명이 관여했다는 뜻인 데다 무엇보다도 그렇다면 내용물은 어디 갔나? 도대체가 동기를 전혀 모르겠다. 그러다가 퍼뜩 생각났다.

"아! 어제 자기 전에 동기가 아닐까 하는 게 생각났거든. 꽤 그럴싸한 것 같으니까 들어봐."

"들으나 마나 시시한 거겠지. 음모란 소리는 마라."

"아니라니까. 누가 분말 달걀을 먹기 싫어서 훔친 게 아닐까 싶어서. 없어지면 한동안 안 먹어도 되잖아."

동의를 얻고 싶어서 몸을 앞으로 내밀자 디에고가 몸을 뺐다.

"이해는 가지만, 그럼 범인은 506연대에 있다는 소리냐?"

나도, 디에고도 분말 달걀을 싫어한다. 오히려 먹지 않아도 되게 해준 범인에게 고마워해야 할지도 모른다. 그렇게 생각하니 이렇게 기를 쓰고 범인을 찾는 게 어이없게 여겨졌다.

하지만 에드는 동의도, 부정도 하지 않고 묵묵히 롤빵을 먹고 있었다. 나도 식은 칠리 콘 카르네를 우유와 함께 삼키는데 에드가 나지막이 중얼거렸다.

"그렇게 간단한 이야기가 아니야. 아닌 게 아니라 이걸로 보급중대는 혐의를 벗고 헌병이 움직일지도 몰라. 하지만 그럼 이번엔 다른 사람이 말려들 가능성이 높단 말이지."

우리 셋은 얼굴을 마주 보았다.

"뭔 말인지 알 수 있어야지. 멍청한 우리도 알 수 있게 설명해라."

헤실헤실 웃는 디에고를 에드가 검은 눈으로 똑바로 쳐다보았다.

"디에고, 넌 백인과 흑인, 둘 중 어느 쪽의 주장을 믿겠어?"

공기가 얼어붙었다. 내가 과거 마음속 깊은 곳에 묻어놓고 잊어버리고 있던 기억이 또다시 출렁이더니 뚜껑을 비집고 거품을 올렸다. 정비소와의 경계, 바리케이드 밑에 있던 거의 지워진 원숭이 낙서.

하지만 지금은 디에고의 반응 쪽이 문제였다. 그는 흑인은 아니지만 백인도 아니다. 무슨 생각인가 싶어 에드를 보니 평소와 다름없이 고지식한 표정이었다. 디에고는 천천히 테이블에 팔꿈치를 얹고 몸을 앞으로 내밀어 에드의 얼굴을 밑에서 노려보았다. 관자놀이에 정맥이 솟았다. 소맷부리가 내 식판에 닿았으나 치울 상황이 아니었다.

"……왜 새삼 그런 걸 묻는 거지? 당연히 백인은 백인의 주장을 믿지 않겠냐? 흑인은 흑인을 믿고. 그런 논리라면 난 푸에르토리코인을 믿을지도 모르지. 어때, 맞는 답이냐? 자기도 유대인인 주제에."

디에고는 완전히 머리끝까지 피가 솟구쳐 있었다. 디에고는 기본적으로는 명랑한 성격이고 시끌시끌한 데다 금세 익살을 떨고 남을 놀린다. 진심으로 화내는 모습은 본 적이 거의 없었다.

"미국을 위해 싸우는데, 그런데도 나 같은 녀석은 자기랑 피부색이 같은 인간만 믿는다? 네 놈도 그딴 소리를 하고 싶은 거냐?"

당장이라도 덤벼들 듯한 기세에 나는 슬그머니 엉거주춤 일어나 만일에 대비했다. 대각선 맞은편에 앉은 던힐도 두 사람을 주의 깊게 살피며 두 손을 테이블 위에 올려놓았다. 조금이라도 움직임이 있으면 바로 말릴 태세였다.

그러나 정작 에드는 꿈쩍도 하지 않았다. 흥분하는 디에고를 앞에 두고 롤빵을 끝까지 먹더니 "아니"라고 대답했다. 우유를 마시고 윗입술에 남은 하얀 자국을 소맷부리로 닦았다. 그리고 여전히 자세를 허물지 않는 디에고에게 담담히 말했다.

"난 앞뒤가 맞는지 아닌지, 뭐가 옳고 뭐가 그른지 스스로 판단하는 것밖에 할 수 없어. 하지만 나도 인간이다. 상대방에 따라 판단이 물러질 때도 있겠지. 그 유일한 기준은 피부색이나 민족이 아니야. 자신과 친한 사람이냐 아니냐지. 그리고 난 너와 친하다고 생각하는데, 아닌가?"

좋은 대답인지 나는 알 수 없었다. 다만 에드가 누군가에게 '친하다고 생각한다'고 말하는 것은 처음 들었다. 디에고가 부러운 한편으로 훈련병 시절부터 이어져온 관계가 깨지면 어떻게 하나 조바심이 났다. 두 사람은 아직 서로를 노려보고 있었다. 중재하는 게 좋으려나.

"저, 저기 말이지."

입을 열었을 때 디에고가 "아아" 하고 큰 소리로 말하며 벤치에 도로 앉았다.

"젠장, 화내는 척이라도 해라, 안경잡이." 디에고는 땅에 침을 뱉고 두 손을 들어 항복 포즈를 취했다. "알았다, 알았어. 나도 흥분이 좀 과했다."

험악해지지 않고 끝나서 다행이다. 안심한 김에 대각선 맞은편에 시선을 주자 던힐과 눈이 마주쳤다. 아주 잠깐 마음이 통한 느낌이 들었다. 테이블의 화제는 분말 달걀 문제로 돌아갔다.

"아까 그 질문은 뭐냐? '백인하고 흑인, 둘 중 어느 쪽을 믿느냐'였던가? 그런 건 살다 보면 지긋지긋할 정도로 안다. 백인이 흑인의 주장을 들어줄 리 없어. 귀에 담는 것조차 싫을지도 모르지."

미국에서는 인종에 따른 주거와 생활의 격리가 법률로 정해져 있다. 학교, 공중 화장실, 상점 출입구가 나뉘고, 걷는 길조차 '백인은 이쪽, 유색인종은 이쪽'이라는 간판이 있다. 그렇게 구별하는 게 서로를 위해 좋다고 생각하기 때문이다. 당연히 백인이 좋은 쪽을 갖고 유색인종에게는 남은 자투리가 돌아간다.

"그래. 이번 사건은 그런 인상이 이야기를 복잡하게 만든단 말이지. 분말 달걀이 없어진 시간대에 분명히 보초는 있었어. 오하라가 목격한 대로 키 큰 남자다. 그런데 그게 흑인 이병이었던 거야."

"뭐야?"

그렇군, 에드는 그 이야기를 하고 싶어서 아까 그 질문을 디에고에게 한 것이었다.

구별은 군도 예외가 아니다. 특히 육군 공수사단은 입대 조건부터가 그렇다. 우리 제101 공수사단과 제82 공수사단은 출신지 별로 병사를 모으지 않는다. 겉으로는 '전(全) 미국의 사단'이라고 내세우지만 인종은 따진다. 이민자 혈통이라도 허용되는 것은 미국 국적을 취득한 스페인어권 또는 극히 일부의 아시아계, 아니면 선주민의 후손뿐이다.

군 상부의 장교들은 지난번 세계대전에서 살아남은 사람들이 많다. 그들 눈에 전투는 용맹함의 증명이며 그 영예는 마땅히 미국 국민인 백인에게 주어져야 한다. 흑인과 황색인종 병사는 별도의 부대에 몰아넣고 후방 지원 임무와 잡일을 맡겼다. 실제로는 흑인뿐인 전투 부대도 극히 소수 있거니와 흑인 사령관도 존재하지만 그들을 칭송하는 목소리는 들어본 적이 없었다.

오하라는 '로스 대위는 인덕이 없으니 다른 사람에게 교대를 명령했다면 푸념이나 소문이 들려올 것'이라고 생각한 것 같지만 사실은 그렇지 않았다. 흑인 병사라면 푸념을 해봤자 백인 병사에게는 들리지 않는다.

"보초를 대신 선 윌리엄스 이병은 차량부대 소속이다. 새로 창설된 부대인데 8월에 개시할 모종의 작전을 위해 여기서 대기 중이야. 어젯밤 봤지? 보관소 506연대 구획 곁에 있는 정비소. 거기 있었다."

"그래, 바리케이드 밑에 침팬지 낙서가 있더라. 어차피 웬 놈이 장난쳤겠지."

디에고가 코웃음을 치며 에드와 대화를 계속하는데, 물속에 잠수한 것처럼 잘 들리지 않았다. 또 그런다. 꽉 닫았을 기억의 뚜껑이 자꾸자꾸 벗겨져 동네에 살았던 악동 녀석의 얼굴이 십수 년 만에 떠올랐다.

'깜둥이를 동정하는 거냐, 티모시? 자, 얼른 해.'

입 냄새가 고약하고 더없이 형편없는 놈이었지만, 당시에는 같이 놀 상대가 녀석밖에 없었다.

"왜 그래, 팀. 그렇게 흔들어대면 어지럽다."

잔상을 지우고 싶은 나머지 나도 모르게 고개를 흔들었던 모양이다.

"아, 벌레가 있어서. 8월에 개시한다는 작전은 뭐야?"

순간적으로 얼버무리자 에드는 의아한 듯 눈살을 찌푸렸지만 잠시 뜸을 들였다가 이야기를 계속했다.

"보급품의 수송이다. 셰르부르 외에 다른 항구가 확보되지 않으면 병참선은 점점 길어질 테지. 상당히 곤란한 상태다."

전쟁 하면 단숨에 적을 쳐부수며 전진한 쪽의 승리라고 생각하기 십상인데 실제로는 그렇지 않다. 진군 속도에 보급 물자가 따라오지 못하면 탄환이 떨어지고 연료가 바닥나고 식량도 부족해 눈 깜짝할 새에 전멸하고 말 것이다.

인체에 비교하자면 병참선은 대동맥이다. 병참선 확보는 전쟁을 이기기 위한 절대 조건이며 다소의 희생을 치르더라도 탈취해 지켜야 한다.

한편 적은 상대방의 대동맥을 절단하려고 획책한다. 연합군의 상륙을 예견했던 독일군은 이미 병참선을 방해하기 위해 프랑스의 철도 선로를 파괴해놓았다. 그 탓에 보급 물자는 트럭으로 조금씩 운반할 수밖에 없었다.

거리가 길어지면 길어질수록 부담은 늘어난다. 연료도 막대한 양이 필요하고 교통정리 인원도 늘릴 필요가 있었다. 달리 통행로가 없는 상황에서 도로 정체는 사활 문제가 되기 때문이다.

부담은 그게 다가 아니다. 풀이나 관목 같은 덤불, 폐가가 된 민가, 가로수 뒤, 언뜻 보면 평범한 외양간. 적병이 어디에 숨어 있어도 이상할 것 없는 길을 수백 마일 내처 달려가는 것이다.

쏟아지는 총알에 벌집이 되어 어디에도 다다르지 못한 보급 트럭이 한두 대가 아니다.

"위험한 길을 누구에게 달리게 하느냐 하는 문제의 해답으로, 상부는 흑인 병사가 태반을 차지하는 부대를 새로 만들었다. 이름은 레드 볼 익스프레스. 문제의 그 친구는 운전병으로 작전에 참가한다는군."

"알았으니까 일단 하던 이야기로 돌아가자." 디에고는 그만 봐달라는 듯 에드를 재촉했다. "새로 생긴 부대의 흑인이 얼간이하고 보초를 바꿨군?"

"그런 식으로 부르지는 말자. 그 친구 이름은 말리크 윌리엄스. 보급병들이 아무것도 못 봤다면 가까운 거리에 있던 정비병은 어떤가 싶어서 오늘 물어보고 다녔거든. 당시 비가 많이 쏟아졌고 윌리엄스 말고는 정비실에서 나온 사람이 아무도 없다는 걸 알았다. 그 친구는 우연히 오일 깡통에 빗물이 들어가지 않게 시트를 덮으려고 밖에 나왔던 모양이지. 그런데 로스 대위와 헌병대 화이트 중위가 불러서 얼마 동안 보관소 보초를 서라고 명령했다더라."

부대가 달라도 장교의 명령에는 따르는 게 원칙이다. 결국 윌리엄스는 비가 그치고 날이 밝을 즈음 두 사람이 돌아올 때까지 그 자리에 줄곧 서 있었다고 한다. 덕분에 열이 나서 에드가 정비소를 찾아가기 직전까지 구호실에 누워 있었던 모양이다.

"그 멍청이가 범인일 가능성은 없냐?"

"없을 거다. 아까도 말했지만 그 친구 동료는 아무도 정비소에서 나오지 않았어. 그 점은 담당 사관에게도 확인했고. 윌리엄스 혼자서 하룻밤 새 600상자씩이나 훔치지는 못해. 다른 부대에 연줄이 있어서 도움을 받았다면 이야기는 별개지만, 그 친구는 이곳에 갓 도착한 신병이란 말이지."

"그래. 그럼 도난을 목격하긴 했냐?"

"아니, 유감이지만. 비가 많이 와서 시계가 불량했고 혼자서 그 넓은 곳을 지키느라 상당히 고생한 모양이더라. 공병부대 트럭이 옆에 와 서서 사무관용 텐트를 만지작거렸다는 건 기억하더라만."

제506연대의 보관 구획 곁에 있던 커다란 텐트를 말하는 것이리라. 디에고는 빈 접시에 포크를 던지고 윗몸을 뻗어 기지개를 켰다.

"그래 봤자 텐트에 괴어 있던 빗물을 배수했겠지. 틀렸군, 단서가 없잖나."

짤막한 손가락으로 뒤통수를 긁을 때마다 작은 비듬이 어깨에 떨어졌다.

"600상자를 운반한 범인은 고사하고 방법조차 여전히 모르는 거 아니냐. 왜 훔친 건지도."

기지에는 현재 보병연대 외에도 다양한 부대의 병사가 최소한 6,000명 넘게 있다. 그중에서 범인을 어떻게 가려낸다는 말인가?

"설마 진짜로 506연대 어느 놈이 분말 달걀이 먹기 싫어서 했다고 생각하는 건 아니겠지? 군법 회의에 회부돼서 처분될 거라고. 나 같으면 차라리 참고 먹는 편을 택하겠다."

"하지만 기한은 내일 아침까지인데, 오하라의 상관이 강등될 거야."

"알겠냐, 키드. '잘못 알았습니다'로 끝나지 않을 거라고. 정 때문에 성가신 일에 발 들여놓지 마라, 잘못하면 이번엔 우리한테 불똥이 튈 거다."

나는 더 생각하고 싶지만 디에고는 이제 손쓸 방도가 없다고 말한다. 녀석의 주장에도 일리는 있었지만 오하라를 실망시키고 싶지 않았다. 에드는 우리 말을 듣는 건지 안 듣는 건지 우유가 바닥에 남은 머그잔을 손톱으로 튕기며 "잠깐 정리를 해볼까"라고 말했다.

"첫째, 로스 대위와 분말 달걀 도난 사건의 연관성. 대위가 보초를 서게 된 건 본래 당번이었던 부하가 17시에 벌어진 사고에 휘말렸기 때문이다. 사건이 일어나지 않았다면 대위는 보초가 되지 않았을 거다. 둘째, 로스 대위 측의 태만과 윌리엄스와의 교대가 미친 영향. 만약 로스 대위가 게으름 피웠다는 걸 얼버무리지 않고 다른 사람에게 대신 보초를 서게 했다고 증언만 했다면, 상부도 보급중대의 계산 착오라고 판단하지 않고 헌병대에게 상세히 조사하라고 명령했을 가능성이 높다. 그랬다면 배급품의 대량 분실이 발각됐을 테고 그럼 아무리 로스 대위라도 책임을 면치 못했을 테지."

에드는 손가락을 구부려 중지 손톱을 잘근거리며 "그걸 어떻게 봐야 하지?" 하고 혼잣말처럼 중얼거렸다.

그때 식사 시간 종료를 알리는 종이 울려 모두가 일제히 일어나면서 식당이 갑자기 떠들썩해졌다. 우리도 접시에 남아 있던 식은 성형육과 감자 덩어리를 서둘러 마저 먹고 일어섰다. 그때 에드가 모두를 불러 세웠다.

"잠깐만. 너희에게 임무가 있다."

"진짜 이런 종이 쪼가리 하나로 괜찮을까?"

나는 통신부에서 막사로 이어지는 외길을 빠른 걸음으로 돌아오고 있었다. 21시가 지났는데도 해가 이제 막 진 터라 주위는 활기로 가득했고 운동장에서 야간 연습 중인 병사들의 위세 좋은 목소리가 똑똑히 들렸다.

"무슨 그런 실례되는 말씀을, 키드. 제 작품은 틀림없는 걸작이라고요."

조명을 받아 포장도로에 드리워진 그림자는 세 개. 왼쪽이 나, 가운데가 와인버거, 오른쪽이 던힐이다. 와인버거는 훈련을 빠져 흥분했는지 숨을 가쁘게 몰아쉬고 있었다.

"……둘 다 진정해라. 좀 더 천천히 걷는 게 좋겠어."

와인버거 옆을 던힐이 긴 다리로 천천히, 성큼성큼 걸었다. 이 녀석에게 주의를 받다니 하고 울컥하는 기분이 드는 것을 참고 걸음을 늦추었다. 아닌 게 아니라 나는 초조했다. 이 짧은 휴식이 끝나면 바로 야간 훈련에 참여해야 하는지라 마음이 급했다.

에드가 지시한 임무는 '어떤 문서를 작성하는 것'이었다.

그것도 상부에 범인을 고발하는 게 아니라 범인에게 '네가 자백하지 않으면 다른 인물이 누명을 쓰고 체포된다'라고 경고하는 게 목적이었다.

다시 말해 에드는 이 편지로 범인을 설득하려는 것이다.

저녁 식사의 종료를 알리는 종이 울렸을 때 우리를 불러 세운 에드가 목소리를 낮추고 부탁할 일이 있다고 설명했다. 그게 이 경고문이었다.

"알아낸 사실을 정직하게 보고하면 윌리엄스는 분명히 심문을 받을 테지. 게다가 헌병대는 대부분이 백인이야."

보급중대장은 강등을 면할지 모르지만 분말 달걀 분실은 전부 윌리엄스의 잘못으로 돌려질 것이다. 에드는 그렇게 말하며 장교들 자리에 시선을 흘끗 던졌다.

"상부는 끌어들이지 않는 게 좋아. 반드시 우리 손으로 범인을 끌어낼 필요가 있다. 괜찮아, 이대로 가다간 한 인물이 누명을 쓸 거라고 알려주면 꼭 나타날 테니까. 끝머리에 506연대 G중대 E. 그린버그라고 서명해줘."

지시를 이해하기는 했지만 과연 그렇게 잘 풀릴까? 게다가 나는 학교를 변변히 다니지 않아서 철자에 맞게 쓸 수 있을지조차 자신 없거니와, 분하기는 하지만 아무래도 글에서 어린 티가 난다. 같은 임무를 맡은 던힐에게 부탁해봤지만 녀석도 눈부신 것처럼 얼굴을 찡그리며 "무리다" 하고 거절했다.

그래서 소설가 지망생이자 독서 마니아인 와인버거를 끌어들였다. 나보다 나이는 어리지만 입은 무겁고, 무엇보다도 어젯밤 사건의 개요를 이야기했을 때 녀석의 반응에서 분명 관심을 보일 것이라고 예상했기 때문이다.

사정을 설명하자 와인버거는 기대했던 대로 대번에 승낙했다. 배급품 공책을 펴고 만년필로 뭔가를 쓰더니 다섯 장쯤 뜯어 구겨서는 재떨이에서 태웠다. 그리고 한 장을 깔끔하게 잘라

내 잘 접고는 주머니에 넣고 통신부 텐트로 향했다. 우리가 뒤를 따라가자 와인버거는 아무도 쓰지 않는 타자기 앞에 앉아 맹렬한 속도로 자판을 두들겨 5분 만에 경고문을 완성했다.

"진짜 빠르더라. 어떻게 열 손가락 전부 써서 칠 수 있어? 게다가 자판은 보지도 않던데?"

나는 검지 하나로 겨우 치는 정도다. 피아니스트도 그렇고, 타이피스트도 그렇고, 대체 손 근육이 어떻게 생겨먹은 걸까? 정상이 아니다. 와인버거는 득의양양하게 콧구멍에 힘을 주고 "뭐 꼭 그렇지도 않은데요?"라며 으스댔다. 태도와 말이 일치하지 않는다. 평소에는 지적인 청년인 척하지만 칭찬하면 기고만장하는 점에서는 디에고와 막상막하일 것 같다.

"그나저나 이거 진짜 괜찮은 거야?"

"걱정 없다니까요. 전 이야기의 등장인물을 제 자신한테 빙의시키는 특수 능력이 있거든요. 오늘은 미스터 안경답게 지적인 인물이 돼서 썼다고요."

빙의니 특수 능력이니 하여간 호러 영화 뺨친다. 와인버거가 에드가 될 수 있을 리도 없다. 열변을 코웃음 쳐주자 녀석은 나의 정강이를 걷어찼다.

어쨌거나 운을 하늘에 맡기는 수밖에 없다.

지금은 휴식 시간 중이라 막사 주변이 한산했다. G중대 녀석들은 이미 운동장으로 갔는지도 모른다. 울타리 앞 검문소에서 헌병이 소총을 어깨에 메고 지키고 있었다.

"어, 에드는 어디 있지?"

여기서 경고문을 주기로 약속했건만 모습이 보이지 않았다.

있는 것은 헌병과 어둠 속에 담뱃불이 빨갛게 빛나는, 적십자 마크가 그려진 헬멧을 쓴 의무병뿐이었다. 의무병은 우리를 보더니 얼굴을 찡그리며 담배를 땅에 던지고 군홧발로 밟아 껐다.

"왜 이렇게 늦냐. 나도 한가한 사람 아니다."

"스파크! 여기서 뭐 해? 훈련은?"

"난 구호소 근무라고. 바빠 죽겠는데 안경잡이가 부탁해서 할 수 없이 온 거다. 아, 맞다, '0시에 제82 공수사단 보관 구획 뒤로 와라'라더라."

"82? 우리 101이 아니고?"

"내가 알겠냐. 난 녀석이 말한 대로 전하는 것뿐이다. 너희도 장난은 어지간히 쳐라. 자."

스파크는 손바닥을 위로 향한 채 내밀어 팔랑거렸다. 주름이며 손가락 사이사이에 갈색 얼룩이 배어 있었다.

"얼른 내놔, 이 얼간이. 편지를 내놓으라고. 녀석 말대로 전할 테니까."

와인버거가 머뭇머뭇 경고문이 든 봉투를 건네자 스파크는 낚아채듯 편지를 받아들고 바로 발길을 돌려 어둠 속으로 사라졌다. 길 끝에는 분명히 구호소가 있을 터였다. 우리 셋은 영문도 모른 채 서로의 얼굴을 바라보았다.

"왜 스파크가?"

그로부터 두 시간 반쯤 지난 23시 50분, 야간 훈련을 마치고 돌아온 우리는 에드의 지시대로 북동쪽에 있는 제82 공수사단의 보관 구획으로 직행했다.

AA(올 아메리칸, 제82 공수사단을 가리킨다) 휘장을 단 보급병들이 의아한 표정으로 바라보는 가운데, 나와 던힐, 그리고 우리를 따라온 와인버거는 굳은 얼굴에 억지웃음을 띠며 슬금슬금 보급품 대열을 통과했다. 바깥쪽은 그렇게 소란스러웠는데 나무들에 에워싸인 순간 인기척이 사라지니 신기하다. 제82 공수사단의 보관 구획 뒤는 가파른 절벽처럼 땅이 거의 수직으로 솟아 있어 올라가느라 다소 애먹었다. 나무 그늘 특유의 습한 공기, 코가 아려지는 나무껍질 냄새가 몸속까지 스며들 듯했다.

이미 대기하고 있던 에드가 수풀 뒤에서 한쪽 무릎을 꿇고 손짓했다. 어둠 속에 숨은 고양이의 눈처럼 안경이 빛났다.

"여기까지 오는데 좀 거북하더라. 왜 82 공수사단이야?"

"'가장자리'가 중요하기 때문이지."

아닌 게 아니라 제82 공수사단의 보급품이 보관된 이곳은 제101 사단의 반대편인 북동쪽 구석이다. 뒤쪽 숲에서 볼 때 바로 오른쪽에 막사가 있고 쌍안경을 사용하면 울타리가 보인다. 이곳에는 아직 사무관 텐트를 치지 않았는지 맨 가는 그냥 공터였다.

"이제 곧 보급병들도 갈 때가 됐으니까 조금 더 기다리자."

쌍안경을 움직여 보관소 앞길을 보니 키가 큰 남자와 작은 남자의 실루엣이 나타났다. 로스 대위와 당번병이다. 보급병들은 작업을 마치고 다들 사라지는데 두 사람은 그 자리에 멈춰 섰다. 로스 대위가 입을 크게 벌리고 칠칠치 못하게 하품했다. 군의 광고탑을 담당하는 단정한 얼굴이 간데없다. 따분한 듯 바지 주머니에 왼손을 넣은 자세로 지나가는 보급병이며 지게차를 무심히 바라보고 있었다.

"저 사람, 혹시 또 보초야?"

"협조자가 늘어나서 말이지, 그쪽을 통해 미리 손을 써놨다. 범인들의 목적은 저 대위니까. 당번 교대는 범인들의 귀에도 들어갔지만 대위 본인은 아무것도 몰라."

에드는 땀을 훔치듯 손바닥을 야전복 바지에 문질렀다. 에드답지 않게 긴장했나? 묘하네, 라고 생각했을 때 왼쪽 등 뒤에서 풀을 밟는 소리가 들려와 나는 어깨에 메고 있던 소총을 재빨리 내렸다. 총구를 숲 쪽으로 향하자 오하라의 뒤에서 두 사람이 나타났다.

어둠 속에 드러난 얼굴을 보고 나는 소스라치게 놀랐다.

"닥터 브…… 안드리치 박사님, 여긴 무슨 일로……?"

"무슨 일이라니 너무하군. 자네들이 부르지 않았나."

동유럽 억양이 섞인 영어로 말하는 닥터 브로콜리 옆에는 보급중대 중대장이 있었다. 두 사람은 거북함이 역력한 분위기로 서로 시선을 마주치지도 않았다. 닥터는 양복바지 밑단을 신경 쓰며 낙엽이 깔린 땅을 걸어왔다. 그래도 제자의 부름에 성실하게 응해주는 데서 닥터의 서글서글한 성품이 느껴져 기뻤다. 에드가 일어나 악수를 청했다.

"무례한 부탁을 드려 죄송합니다, 교수님. 저희도 의지할 사람이 교수님뿐이라서 말이죠."

"자네가 관여하는 일이 아니었다면 안 왔을지도 모르네, 에드워드." 닥터는 냉담하게 손을 흔들며 한숨을 섞어 말했다. "하지만 소중한 제자니 말이지. '잘못은 즉각 수정하라'라고 가르

194

친 사람은 나 자신이고. 자네는 정말 고지식한 친구로군."

에드는 평소와 똑같이 행동하고 있었지만 내 눈에는 어딘지 달라 보였다. 전투 중에도 자신의 페이스를 잃지 않는 사람이건만 아까 손에 밴 땀을 훔쳤거니와 호흡도 조금 빨랐다. 이렇게 긴장한 에드는 처음 봤다.

"야, 저 녀석 가버린다."

디에고의 말에 우리는 모두 배를 깔고 납작 엎드렸다. 보초 당번일 로스 대위가 당번병을 홀로 남겨두고 어슬렁어슬렁 어디론가 가버렸다. 닥터 브로콜리가 손을 내밀기에 쌍안경을 건네자 그는 안경을 쓴 채 렌즈에 갖다 댔다.

"설마 저 친구 늘 저런가?"

"그런 것 같습니다. 지난번에는 우연히 눈앞에 있던 정비병에게 보초를 대신 시키고 어디론가 사라졌습니다. 흑인 정비병이라 쉽게 입을 막을 수 있을 거라고 생각했겠죠."

"그래서 분실 사건이 일어났을 때 아무것도 못 봤다고 거짓말을 했군. 저 실실 쪼개는 녀석, 절대로 용서 못 해."

보급중대 중대장이 노여움을 드러내며 혀를 찼을 때, 막사 앞 길에서 트럭이 달려와 모퉁이를 돌더니 우리 눈앞의 보관 구획에서 멈춰 섰다. 중형 수송차다.

24시가 지난 지금 제82사단의 보급병들은 아무도 없었다. 로스 대위의 몸집 작은 당번병만이 길 맞은편 흙 부대에 기대서서 담배를 피우고 있었다.

문득 트럭 덮개가 걷히더니 짐칸에서 병사 둘이 뛰어내렸다. 헬멧을 써서 얼굴은 보이지 않았다. 둘 다 두 손에 커다란 통 모양의 물건을 들고 있었다.

"공병부대로군."

쌍안경을 독점하고 있는 닥터 브로콜리가 중얼거렸다.

두 공병은 상자들 줄 끝에 있는 공터로 달려가 통 모양의 짐을 내려놓고 풀기 시작했다. 빠른 동작으로 프레임을 빼서 조립했다. 장대 여덟 개로 사각뿔을 만들고 네 귀퉁이에 구멍이 뚫린 천을 덮어씌우는 것을 보고 비로소 텐트임을 알아차렸다. 네 명으로 늘어난 공병은 사각뿔의 귀퉁이를 들어 올리고 접합된 다리를 받치며 조금씩 설치했다.

텐트가 완성됐다. 높이는 곁에 쌓인 상자 무더기보다도 높다. 구멍에 끈을 묶지 않은 탓에 바람에 천이 펄럭거렸다.

혼자서 보초를 서던 당번병은 담배를 손가락으로 튕겨내고는 흙 부대에 기대고 있던 몸을 일으켜 텐트와 공병들에게 등을 돌리고 보관소로 이어지는 길을 걸어갔다.

"저 꼬맹이까지 가버렸는데?"

"팀, 시간을 재줘."

에드의 지시로 허둥지둥 소매를 걷어 손목시계를 확인했다. 지금 시각은 0시 35분 21초.

공병은 길 쪽과 침엽수림 쪽으로 나뉘어 서서 텐트의 다리 부분을 잡더니 구령에 맞춰 프레임까지 같이 왼쪽으로 슬라이드 시켰다. 텐트 천이 걷히면서 상자 무더기를 삼켜갔다. 눈앞에서 순식간에 상자가 텐트 안으로 사라졌다.

"뭐, 뭐냐, 저게?"

옆에 엎드려 있던 디에고가 손으로 입을 막으며 신음했다. 그야말로 마술 트릭을 공개하는 쇼 같았다.

텐트가 상자 한 무더기를 고스란히 삼킨 것과 동시에 한 공병이 신호를 보내자 트럭이 후진을 시작했다. 트럭은 텐트로 덮인 무더기 바로 곁에 멈춰 섰다. 그사이 다른 공병이 걷어 올려진 텐트 천을 내려 바로잡았다.

손목시계의 바늘은 0시 36분을 가리키고 있었다. 시작부터 끝까지 달랑 40초 걸렸다.

"방금 그건 뭔가? 뭐가 어떻게 된 건가?"

침착함을 잃은 닥터 브로콜리가 에드에게 따졌다.

"여기 있는 상자는 모양새가 대부분 똑같습니다. 그걸 600개씩 쌓은 무더기가 또 몇 백 개 있다면 한 무더기쯤 없어져도 바로 알아차리지는 못하죠. 특히 옆에 댄 저 트럭. 저런 커다란 물체가 있으면 원 상태에서 아무것도 변하지 않은 것처럼 착각하게 됩니다."

"그래서 가장자리에 연연해했던 건가?"

던힐이 끼어들어 물었다.

"그래. 빈 공간이 생기면 알아차릴 테니까. 506연대는 우연히 피해를 본 데 불과하다."

우리가 이야기하는 동안에도 공병들의 수상한 움직임은 계속되었다. 운전병도 트럭에서 내려서는 전원이 텐트 뒤로 돌아가 침엽수림 쪽, 즉 우리 눈앞의 텐트 천을 걷어 올렸다. 그리고 안에서 상자를 차례차례 꺼내 트럭 짐칸에 실었다.

눈앞에서 보급품이 도난당하는 중에도 바깥쪽 길에서는 병사들이 어깨동무를 하고 큰 소리로 노래하며 지나갔다. 술을 마셨을까? 하지만 높다랗게 쌓인 상자에 가려져 아무도 보관소 옆에서 벌어지는 이변을 알아차리지 못했다. 보급중대 중대장이 신음하듯 말했다.

"그런가. 가리기만 하면 그다음부터는 하나씩 나를 수 있다는 말이지. 게다가 그날은 마침 폭우가 쏟아져서 시야가 좋지 않았고."

"네. 실제로 분말 달걀을 훔쳤을 때는 이미 조달 사무관용 텐트가 설치돼 있었습니다. 그런데다 비가 쏟아졌죠. 십중팔구 공병들은 텐트 안의 타자기며 책상을 지키는 척하면서 텐트 천을 전부 내려 가려놓고 안의 물건을 치워 자리를 냈을 겁니다. 책상도 의자도 접을 수 있으니까 사람만 여럿 있으면 간단했을 테죠. 그리고 텐트를 들어 분말 달걀 무더기에 씌운 다음 여유 있게 훔쳤습니다. 이번에는 사무관용 텐트가 세워져 있지 않으니까 가져온 겁니다."

"하지만 아침에 세어보면 금세 알 텐데."

"상관없습니다. 오히려 범인들은 그걸 노렸습니다. 훔칠 때는 들통 나지 않게 훔쳐야 했지만 아침까지 시간만 벌면 그걸로 충분했습니다."

"발각되는 걸 두려워하지 않았다는 뜻인가?"

"그보다 오히려 발각되는 것 자체가 도난의 목적이었던 겁니다."

뭐라고? 무심코 소리 지를 뻔한 내 입을 디에고가 기름내 나는 손으로 틀어막았다. 이 녀석, 소총을 청소하고 나서 손을 안 씻었군. 항의하려는 나와 디에고가 몸싸움을 벌이는데 에드가

"잠깐 한숨 돌릴까요"라며 일어나 윗주머니에서 구겨진 담배 꾸러미를 꺼내 나를 제외한 전원에게 한 개비씩 돌렸다.

"섬유판 조각이 장작 헛간 같은 연료 보관소에 버려져 있는 걸 봤을 때 이상하다는 생각이 들었습니다. 어째서 섬유판을 이런 데 됐나…… 톱밥을 뭉쳐 만드는 섬유판은 나뭇조각과 달리 불이 잘 붙지 않죠. 그건 여러 번 재생해서 쓰는 거니까요. 게다가 비를 맞아서 더더욱 잘 타지 않는 상태였습니다."

"그게 무슨 상관이 있나?"

"크게 있습니다. 못 쓰는 게 놓여 있으면 누가 보고 뭐라 하지 않겠습니까? 소량이면 또 몰라도 대량으로, 여기저기 버려져 있었습니다. 꼭 발견해달라는 것처럼."

에드는 성냥을 그어 두 상관의 담배에 불을 붙여주었다.

"원래 계획으로는 아침에 발견될 거라고 예상했겠죠. 하지만 보초 당번이었던 로스 대위님과 화이트 중위님이 대충 얼버무리고 헌병도 제대로 조사하지 않는 바람에 도난 자체가 없었던 일이 돼버렸습니다. 초조해진 공병들은 상자를 쪼개서 눈에 띄도록 장작 헛간 등에 버렸습니다. 팀이 드럼통 밑에서 발견한 섬유판 조각은 타고 남은 찌꺼기 중에서 탄 자국조차 없는 상태로 발견됐습니다. 점심 준비를 했을 때는 불이 피워져 있었으니 버린 건 그 뒤, 저녁 준비가 시작되기 전까지였다고 추측할 수 있습니다. 그럼 조리병이 반드시 발견하고 이상하게 여길 테니까요."

듣고 보니 확실히 그렇다. 이제는 모두가 일어나 에드를 둘러싸고 귀 기울여 듣고 있었다.

"우리는 어째서 분말 달걀을 훔친 건가 이유를 고민했습니다. 하지만 사실은 그게 아니라 훔칠 수만 있으면 뭐든 상관없었던 겁니다."

"……저 친구들은 어째서 그런 짓을 한 건가, 에드워드?"

"상관인 로스 대위님에 대한 보복입니다."

"보복이라고요? 그건 너무 무모한데요."

와인버거가 신음하듯 말했다. 그렇다. 상관이 아무리 부조리하고 무능해도 부하는 명령에 복종해야 한다. 설령 그 결과 다수의 일반병이 죽더라도 반항은 용납되지 않는다. 물론 몰래 험담하는 정도의 반발은 곧잘 있다. 하지만 고발은 논외, 특히 전시 중에는 반역죄로 간주되어 고발한 쪽이 군법회의에 회부된다. 가벼워봤자 영창 신세, 감봉, 강등, 파면. 최악의 경우는 총살형이다.

"범인들은 처벌도 각오하고 있었을 겁니다. 처벌을 받는 한이 있어도 로스 대위님에게 앙갚음하고 싶었겠죠."

에드는 지친 듯 깊은 한숨을 쉬었다. 역시 평소와는 다르다.

"분말 달걀이 없어진 날 17시경에 공병대에서 큰 사고가 있었습니다. 운전자가 피로로 의식을 잃으면서 기중기가 쓰러지는 바람에 중상자가 발생했죠. 그동안 상관인 로스 대위님은 어디 있었을까요? 해먹에서 우아하게 쉬고 있었습니다."

그날 나는 마침 로스 대위가 해먹에서 자는 모습을 봤다. 당번병에게 샌드위치와 우유를 가져오게 하는 것도.

"로스 대위님이 병사들을 똑바로 지휘, 관리하고 인원을 배분했다면 어쩌면 피로로 의식을 잃는 일은 없었을지 모릅니다. 분개한 공병들이 결탁해서 처벌도 각오하고 계획을 실행에 옮겼습니다. 로스 대위님이 보초를 서기로 돼 있던 시간대에 대규모 도난 사건이 발생하면 상관의 근무 태만이 알려질 거로 생각했겠죠. 일기예보에서 비가 올 거라고 했으니 로스 대위님의 성격을 생각하면 보초를 땡땡이치리란 건 쉽게 예측할 수 있습니다. 그런데 계획이 틀어지고 말았습니다."

"……대위님이 흑인 병사를 대신 세운 것 때문에?"

"그래. 게다가 로스 대위님과 친한 헌병대 화이트 중위님도 그 자리에 있었어. 중위님도 자신의 근무 태만을 감추기 위해 사건을 보급중대의 계산 착오 탓으로 돌렸어. 이로써 이중으로 죄를 뒤집어씌운 셈이야."

닥터 브로콜리는 험악한 표정으로 입가에 손을 갖다 댔다. 보급중대장의 강등을 주장한 사람은 바로 그다. 보급중대장을 보니 그는 그대로 팔짱을 꽉 끼고 벌레 씹은 표정으로 입을 일그러뜨리고 있었다.

"계획에 실패한 공병들은 진상을 밝힐 기회를 엿보고 있지 않을까 예상했습니다. 하지만 200명 가까운 부대원 전원이 관여했을 것 같지는 않았고, 누가 주모자인지까지는 알 수 없었습니다. 그래서 구호소 의무병에게 부탁해서 '다른 인물이 혐의를 받고 있다'고 경고하는 문서를, 어떤 조건을 만족시키는 인물에게 건네달라고 부탁한 겁니다."

"자네는 이미 범인을 압축하고 있었나. 어떤 조건이란 건 뭐지? 구호소 의무병은 어째서?"

"범인은 손에 물집이 심하게 잡혔을 테니까요. 섬유판은 몹시 단단해서 도끼로 쪼개려면 꽤 힘을 써야 하죠. 보통 손에 물집 생긴 정도로 치료를 받지 않지만, 제가 발견한 섬유판 조각의 양으로 볼 때 손을 꽤 다쳤을 거라고 본 겁니다."

"아, 그래서 스파크가!"

무심코 큰 소리로 말하는 바람에 와인버거에게 머리통을 얻어맞았다. 에드는 우리를 무시하고 말을 이었다.

"의무병은 확실히 손에 생긴 물집을 치료받으러 온 공병에게 편지를 전달해준 모양입니다. 공병부대 막사에서 기다리고 있었더니 주범이 제게 말을 걸었습니다. 바로 자수하겠다는 걸 제가 한 번 더 실제로 보여달라고 부탁했습니다. 그편이 교수님을 설득하기 쉬운 데다, 잘하면 로스 대위님의 근무 태만도 목격하게 될 테니까요. 실제로 대위님은 방금 안드리치 소령님과 우리가 지켜보는 것도 모르고 땡땡이를 쳤습니다."

전원이 입을 다물고 아직도 밑에서 작업 중인 공병들을 바라보았다. 신속한 동작으로 트럭에 상자를 싣는 중이었다. 바람이 불어 나뭇가지가 술렁거리고 뾰족한 잎사귀가 곁에 있는 나무 그루터기에 떨어졌다. 작은 장지뱀이 이끼 위를 달려갔다.

"정말 보급중대 탓이 아니었군…… 사과드리겠습니다. 정말 미안합니다." 닥터 브로콜리는 보급중대장 앞에서 고개를 떨구었다. "즉시 발언을 철회하고 당신의 명예가 회복되도록 사령부에 이야기하겠습니다."

여기에 보급중대장 쪽이 당황하고 말았다.

"아닙니다. 고개를 들어주십시오, 소령님. 알아주셨으면 그걸로 됐습니다. 어쨌거나 앞으로 군법회의가 열리겠죠. 그때 지금

본 걸 증언해주시면 됩니다."

본심은 알 수 없지만 아랫사람 입장인 보급중대장은 사과를 받아들이지 않을 수 없을 것이다. 닥터는 흘러내린 안경을 고쳐 쓰고 어깨를 축 늘어뜨린 채 혼잣말처럼 중얼거렸다.

"……한심한 일입니다. 변명 같습니다만 난…… 나와 아내는 지난번 세계대전 때 자식을 영양실조로 잃었거든요. 기아는 몹쓸 것입니다. 그래서 음식을 함부로 여기지 말라고 그만 감정적으로……."

고개를 수그린 닥터는 이러니저러니 해도 정직한 사람이었다. 역시 나는 그를 미워할 수 없었다. 문득 에드를 보자 그는 아래쪽으로 시선을 준 채 멍하니 있었다.

공병들은 아직 부지런히 상자를 트럭에 싣고 있었다. 그리고 야간등이 비추는 바깥쪽 길을 로스 대위가 유유히 걸어왔다. 어두운 구석에서 부하가 무슨 일을 하고 있는지 알아차리지도 못하고. 혼자서 보초를 서고 있던 몸집 작은 당번병은 상관이 돌아오자 서둘러 달려갔다. 그런데 두어 마디 주고받더니 대위가 막사 쪽으로 가버렸다. 남은 당번병은 '미소 짓는 영웅'의 뒷모습을 그저 지켜보고 있었다.

"저, 에드. 혹시 로스 대위님이 오늘 당번이 된 게……."

"그래, 저 당번병도 협조해줬다. 오하라 쪽에서 사전 교섭을 하는데 불쑥 나타난 모양이더라. 그동안 쌓인 불만이 폭발했겠지."

그렇게 말하고 에드는 일어나 두 손을 크게 흔들어 신호를 보냈다. 그러자 보급품 상자와 상자의 작은 틈새에 숨어 있던 보급병이 뛰쳐나와 공병들을 뒤에서 꼼짝 못하게 붙들었다. 몇 명은 로스 대위를 뒤쫓았다. 우리도 서둘러 밑으로 미끄러지듯 내려갔다.

공병들은 저항하지 않았다. 눈을 희번덕거린 사람은 멍청한 로스 대위뿐이었다.

사라진 분말 달걀 사건의 주범은 다름 아닌 공병대 부사관 비버 중사였다. 볼이 불룩하고 앞니가 뻐드렁니인, 딱 강에서 공사를 하고 있을 법한 외모의 중사는 상관인 로스 대위를 어떻게든 부대에서 몰아내고 싶었다. 그러던 차에 사고가 발생했다.

중사와 그를 따르는 부하 네 명은 계획을 세우고 다른 공병들에게는 사실을 감춘 채 비밀리에 실행에 옮겼다. 그 부분에는 상당히 신경을 쓴 듯, 그제야 무거운 엉덩이를 든 헌병대가 조사를 시작하자 다른 공병들은 처음 듣는 이야기라는 표정으로 아연실색한 모양이다. 설마 중사가 그런 일을 할 리 없다며 믿지 않는 병사도 있었다고 한다.

다섯 명은 반역죄와 절도죄로 재판을 받았다. 하지만 근처 닭장에 감춰놓았던 600상자 분량의 분말 달걀은 전부 회수했거니와 정상 참작을 하지 않으면 미군 최고 사령부와 직접 교섭하겠다고 닥터 브로콜리가 엄포를 놓은 덕에 비교적 가벼운 처벌로 그쳤다.

주모자인 비버 중사는 중사 계급을 박탈당하고 추방되어 미국으로 돌아갔다. 남은 네 명은 며칠 영창 신세를 졌다가 하사는 본국 주둔지로 좌천되고 나머지는 아시아 전선의 후방 부대로 보내졌다.

나중에 닥터 브로콜리를 통해 안 사실이다.

비버 중사는 고아라고 한다. 이 집 저 집 전전하다가 군대에 다다른 뒤 이곳에 뼈를 묻기로 결심했다. 그렇기에 공병부대의 동료들은 그에게 가족 같은 존재였다.

"피폐한 모습을 보고 견딜 수 없어졌습니다."

군법회의에서 동기에 대한 질문을 받고 떨리는 목소리로 그렇게 대답했다고 한다.

로스 대위가 공병대 상관으로 부임한 것은 북아프리카 전선 말기였다. 비버 중사가 로스 대위를 미워하게 된 계기는 그의 악질적인 여자관계 때문이었다. 병사들을 위한 창관에 드나드는 데 그치지 않고 민간인에게까지 손을 댔다. 아직 어린 소녀라고 해도 될 나이의 여자를 강간했다고도 했다.

아무리 명색뿐인 상관이라지만 부사관들에게 일을 죄다 떠넘기고 자신은 유유자적 지내며 군기 위반에 해당되는 성범죄를 저질러도 처벌받지 않았다. 불신이 누적되면서 분노는 증오로 변하고, 피로가 정점에 달했을 무렵 기중기 전복 사고가 벌어졌다.

그러나 로스 대위에게 내려진 처벌은 경미했다. 공병부대는 떠나야 했지만 군의 광고탑 역할은 계속되었고 계급도 유지했다.

그렇지만 소문은 막을 수 없는 법. 말단 사병들 사이에 소문이 퍼지면서 로스 대위는 서서히 궁지에 몰렸다. 나도 누가 "그이야기 사실이냐?"라고 물으면 가볍게 고개를 끄덕이는 것으로 답하곤 했다. 카메라맨들이 점차 '미소 짓는 영웅'의 사진을 찍

지 않게 되자 상부도 대위에게 관심을 잃어 이윽고 전쟁터에서
도 신문에서도 로스 대위를 찾아볼 수 없게 됐다.

그 뒤 딱 한 번 봤을 때 로스 대위의 뒤에 당번병의 모습은 없
었다. 이야기를 듣기로 헌병대의 포로수용소 간수 부대로 자원
해서 이동했다고 한다. 참고로 로스 대위와 함께 보초를 땡땡이
친 헌병대 화이트 중위는 일 계급 강등에 더해 조달부로 이동
처분을 받았다.

모든 게 끝난 뒤 에드의 제안으로 정비소에 가서 이번 사건에
서 뜻하지 않게 소동에 말려든 남자를 만났다.

윌리엄스 이병은 가솔린과 경유 냄새가 밴 야전복을 입고 나
타났다. 큰 키에 작은 얼굴, 햇빛을 받아 광택을 발하는 검은 피
부까지 로스 대위보다 훨씬 잘생긴 젊은 남자였다. 그러나 눈동
자에는 당혹과 경계심이 어려 있었다. 그의 뒤로 흑인 정비병
다수가 모여들었다. 윌리엄스는 낮고 조용한 목소리로 말했다.

"그럼 전 이제 관계없다고 생각해도 되는 겁니까?"

"그래. 넌 어디서도 조사를 받지 않을 거다. 전부 잊어도 돼.
만에 하나 무슨 일이 있으면 내게 알려주고."

에드는 윌리엄스의 등 뒤에 흘깃 시선을 주고 고개를 끄덕인
다음 오른손을 내밀었다. 윌리엄스는 머뭇거리면서도 어색한
동작으로 오른손을 뻗었다. 두 사람은 굳게 악수를 나누었다.

"팀, 자, 너도."

에드의 재촉에 왜 그런지 다리가 떨려 좀처럼 앞으로 나서지
못했다.

지금은 자유 시간이라 디에고와 던힐은 다른 사람들과 함께

야구를 하러 운동장에 갔다. 던힐은 우리에게 조금씩 마음을 터놓기 시작해서 예전처럼 서먹한 느낌이 없어졌다. 정비소에서 돌아온 나와 에드는 야구를 할 마음이 나지 않아 PX에 들러 콜라를 샀다.

표면에 엷게 물방울이 맺힌 차가운 콜라병을 들고 흙 부대에 걸터앉아 하지를 맞이한 밝고 맑은 하늘을 올려다보았다. 실은 다리가 아직도 후들거렸다.

운동장 쪽에서 동료들의 환호성이 들려왔다. 이렇게 있으니 꼭 고향 친구들과 노는 것 같았다. 우리는 동료지만 친구인지 아닌지는 모르겠다. 생사를 함께하는 동료와 놀고 나면 헤어졌다가 다음 날 다시 만나는 친구는 다르다.

"할 이야기가 있는 게 아니야?"

"뭐?"

병뚜껑을 따는데 에드가 불현듯 물었다.

"너 뭔가 감추는 게 있지. 어디 말해봐라. 정비소에 있던 낙서가 마음에 걸리는 거지?"

나는 순간 무슨 뜻인지 몰라 눈을 깜박였다. 하지만 이내 깨달았다. 하여간 이 녀석은 어쩌면 이렇게 예리할까.

"가만히 있으려고 했는데. 어떻게 안 거야?"

"그야 알 수 있지. 여느 때와 반응이 달랐으니까."

에드는 운동장 쪽을 보며 콜라병을 입에 대고 기울였다. 석양이 늠름한 옆얼굴을 비추어 윤곽을 주황색으로 물들였다.

분필로 그린 침팬지 낙서. 그게 내 마음속 깊디깊은 곳에 묻어놓은 불쾌한 기억을 일깨웠다. 그대로 뚜껑을 덮어두면 안 된다, 누군가에게 이야기해야 한다는 생각이 들었었다. 이야기할 상대는 에드밖에 없다 싶었다.

"나 말이지."

입을 열었는데 목소리가 잠겨 헛기침을 했다.

"……남부에서 태어났거든. 학교에도 잘 안 갔고 친구가 별로 안 많았어. 안 많다기보다는 이웃에 사는 악동 녀석 하나 정도였어."

이름은 기억나지 않는다. 좌우지간 체격이 빈약한 백인 아이로, 금발을 유난히 길게 길렀고 입 냄새가 심했다.

"한번은 그 녀석을 따라 동네 외곽으로 모험을 떠났어. 난 늘 그 구역 앞까지만 갈 수 있었거든. 부모님한테 이유를 물어도 가르쳐주지 않았어. '어른이 되면'이라고 얼버무리기만 하고 말이야. 그래서 녀석한테 같이 가보자는 말을 듣고 아주 신이 났었어. 드디어 비밀이 밝혀지게 됐다고."

동네 끄트머리에 개천이 있었다. 건너편에는 늘 보는 집들보다 훨씬 간소하고 초라한, 판잣집 같은 집들이 늘어서 있었다. 음식을 조리하는 연기와 동물 냄새 같은 것이 어렴풋이 감돌았다. 개천을 따라 조금 내려가자 다리가 있고, 건너편 다리 어귀에 한 노인이 몸을 기대고 있었다. 누더기를 걸친 노인의 피부는 콜타르처럼 검었다.

"그때까지 그 사람들이 어디 살고 어떤 생활을 하는지 생각해본 적도 없었어. 가끔씩 가게 일을 도와주는 흑인도 있었지만, 오늘은 아침에 뭘 먹었을까, 어떤 가족이 있을까 그런 생각은 해본 적도 없었어. 그냥 어디선가 홀쩍 나타났다가 어디론가 사라지는 거라고만 생각했어."

그러나 나는 그날 현실 속에서 그들이 거주하는 곳을 알았다. 옆에 있던 악동 녀석은 성큼성큼 걸어가더니 다리 한복판에 멈춰 섰다. 그리고 쭈그리고 앉아 주머니에서 분필을 꺼내 커다란 원숭이 그림을 그렸다. 머뭇머뭇 다가가 뭐 하느냐고 묻자 "검둥이들 사는 곳에 표시해주는 거야, 너도 해봐라, 재미있다"라며 이 빠진 입을 벌리고 웃었다. 분필을 받아들기를 주저하자 녀석은 화가 나서 입술을 삐죽 내밀고 "깜둥이를 동정하는 거냐? 티모시, 자, 얼른 해"라고 말하며 억지로 분필을 주었다.

"녀석이 다리에 원숭이랑 침팬지 그림을 그리는 옆에서 나도 몇 개 그렸어. 처음엔 아주 위험한 일을 하는 것 같아서 무서웠지만 나중에 가선 즐거웠어. 그런데 젊은 흑인 남자가 나타났어."

남자는 윌리엄스 이병처럼 키가 크고 당당한 자세로 몸을 꼿꼿하게 펴고 있었다. 새카만 얼굴은 젖어 있었다. 땀을 흘리는구나 생각했다.

"그 사람은 조용히 우리 뒤에 서서 집에 가는 게 좋겠다고 말했어. 악동 녀석은 허세를 부리려고 했지만 난 녀석의 셔츠를 잡고 동네로 돌아갔어. 집에 온 뒤로도 심장이 두근거리고 진정되지 않았어."

내가 평소와 다르다는 것을 알아차린 사람은 역시 할머니였다. 할머니는 저녁을 먹은 뒤 나를 부엌으로 불러 무슨 일이 있었느냐고 물었다.

"할머니는 늘 인자하니까 분명히 용서해줄 줄 알았거든. 악의는 없었다고, 그냥 좀 장난친 것뿐이라고. 그런데 할머니는 무섭게 화를 냈어."

할머니가 그렇게 크게 화를 내는 모습은 처음 보았다. 나는 할머니에게 따귀를 맞고 아픔보다 놀람과 충격에 울었다. 할머니는 다른 가족들에게 "별일 아니야"라고 말해놓고는 양동이와 대걸레를 트럭에 싣고 나를 태워 다리로 향했다.

"낙서는 이미 몇 개 지워지고 없었어. 하지만 할머니는 날 시켜서 죄 깨끗이 없어질 때까지 대걸레로 닦게 했어. 지금도 똑똑히 기억하는데 겨울이 시작될 무렵이라 공기가 선득하고 전등도 없으니까 어두워서 좌우지간 무서웠어."

간신히 청소를 마친 나는 울면서 할머니에게 "전부 원래대로 됐어"라고 호소했다. 그러나 할머니는 쭈그리고 앉아 나와 눈높이를 맞추고는 "원래대로 되는 건 세상에 없단다"라고 말했다.

"트럭으로 돌아왔을 때 할머니 뺨은 젖어 있었어. 그제야 다리에서 우리한테 말을 건 젊은 남자가 땀을 흘린 게 아니라 울고 있었다는 걸 깨달았어. 난 그걸 보고서야 사태의 중대함을 알았어. 그다음 날 아침 할머니는 평소와 다름없는 할머니였지만 악동 녀석하고 노는 건 두 번 다시 허락해주지 않았고 가끔씩 나를 걱정 어린 눈빛으로 쳐다보게 됐어. 할머니 말처럼 한번 배신한 신뢰는 원래대로 돌아오지 못한다고 생각해."

그 뒤로 할머니와 그 일에 대해 이야기한 적은 없다. 나는 뚜껑을 단단히 덮어 그 일을 기억의 바다 깊은 속에 묻었다. 처음부터 그런 일이 없었던 것처럼.

이야기를 마치고 나는 주저하며 에드를 보았다. 그의 옆얼굴은 여전히 무표정하게 콜라병을 내려다보고 있었다. 운동장에서 방망이가 공을 때리는 '딱' 소리와 환호성이 들려왔다. 지프가 흙먼지를 피우며 흙 부대 곁을 지나갔다.

이야기하고 싶어서 털어놨지만 어쩌면 에드도 그날 할머니가 그랬던 것처럼 화낼지도 모른다. 내게 실망하면 어떻게 하나? 미처 그 생각까지 하지 못했다. 식은땀이 왈칵 쏟아졌다.

"아니, 저……."

"좋은 분이시군."

"뭐?"

"팀 너희 할머니 말이다. 훌륭한 분이야. 보통은 '흑인 집 근처에 가면 위험하니까 두 번 다시 가면 안 돼요' 하고 야단칠 텐데. 그들을 모욕하는 행위를 책망하는 사람은 별로 없어."

그건 확실히 그렇다. 할머니는 젊었을 때 영국에서 하녀로 일했다. 당시 영국은 엄격한 계급사회로 노동자는 가혹한 처우를 받았다고 들었다. 나는 아마 할머니에게 쓰라린 기억을 불러일으켜 상처를 입혔을 것이다.

"난 사실 알고 보면 로스 대위하고 별 차이가 없을 거야. 그 사람들이 무섭고, 멸시하는 마음도 적잖게 있어. 이래선 디에고 날 미워할지도 몰라."

이번 사건의 원흉이었던 로스 대위의 거만함은 공병 중에 유색인종 병사가 많은 탓도 있었을지 모른다. 그들의 얼굴만 봐도 '이 녀석들은 아랫것이다, 나를 위해 봉사하는 게 당연하다'라고 생각하는 백인은 많다. 그렇기에 대위도 부하들과 함께 일하려 하지 않았던 게 아닐까. 나 자신도 가슴을 펴고 당당하게 '나는 다르다'라고 말할 수 없을 것 같다. 만약 같은 입장이었다면 허물없이 대할 수 있었을지……. 간단히 업신여겼을지도 모르고, 도망쳤을지도 모른다. 나는 오른손을 가볍게 주먹 쥐어 아직 남아 있는 감촉을 확인했다.

"아까 윌리엄스랑 악수했을 때 솔직히 어쩌면 좋을지 알 수 없었어. 흑인하고 몸이 닿은 건 처음이었거든."

"어땠지?"

"……보송하고 따뜻하더라."

내 안에는 지금도 두려움과 멸시가 뒤섞인 까끌까끌한 감정이 있다. 그래도 갈색 손을 잡았을 때 어쩐지 마음이 편해졌다. 징그럽다든지 불쾌한 느낌은 없었다. 용기를 내서 다가가면 의외로 서로를 이해할 수 있을지도 모른다. 좀 더 긴 시간을 함께 보내면 평범하게 친구가 될 수 있을까.

"팀, '악의는 없었다'란 말은 누구나 할 수 있어. 중요한 건 굴절된 감정과 공포심을 어떻게 하느냐 하는 거다. 극복하느냐 아니냐는 너 자신이 결정해야 해. 언제 죽어도 후회가 없도록."

"여기는 전쟁터니까?"

"그래. 던힐도 마찬가지고. 좀 더 친절하게 대해줘라."

"……그것도 들켰구나."

"뻔히 알 수 있다. 넌 금세 표정에 드러나니까."

머리 위에서 엔진 소리가 들려와 올려다보자 전투기가 날아가고 있었다. 영국군의 스피트파이어다. 햇빛을 받아 날개가 반짝였다. "멋있는데." 에드가 중얼거리고 콜라를 마셨다.

그러고 보니. 나는 그의 옆얼굴을 보며 생각했다. 내 이야기만 하느라 깜박했는데, 어째서 공병들이 상자를 훔치는 동안 에드는 평소보다 긴장했나? 물어보고 싶었지만, 그날 오후의 기분 좋은 공기에 그 이상 심각한 이야기를 하는 것은 어울리지 않는 듯해서 결국 잠자코 있었다.

그 뒤 야전 기지는 가끔 싸움이 벌어진 것을 제외하면 평화로운 나날을 보냈다.

전선의 상황도 순조로운 듯 '크리스마스에는 베를린으로 진격해 히틀러를 무찌를 수 있을 것이다'라는 소문이 파다했다.

슬슬 전쟁터로 돌아가야 할지도 모른다고 각오하고 있었건만 7월 들어 뜻밖에 영국으로 돌아가라는 명령이 내려졌다. 휴가다! 상륙함으로 사우샘프턴 항에 도착했을 때, 나도 모르게 씩 웃으며 덩실덩실 춤추었다. 어디를 가나 영어가 들리기 때문이었다. 더러워진 전투복을 세탁 보내고 미지급 급여를 받아 집에 송금했다. 다들 일반 사병용 아이크 재킷을 입고 개리슨 캡을 쓰고 멋쟁이 군인으로 변신해서 들뜬 마음으로 시내로 나갔다. 아아, 아름다운 '일주일 외출 허가'여!

그 무렵부터 나는 던힐과도 조금씩 이야기를 나누게 됐다. 에드가 주의를 주었기 때문만은 아니고 녀석이 제법 아는 게 많아서 이야기하면 재미있는 데다 스윙을 좋아하는 취향이 할머니와 비슷했기 때문이다.

25일에는 저 유명한 트롬본 주자 글렌 밀러의 위문회가 기지 근처에서 열린다고 했다. 제비뽑기로 갈 사람을 정했는데 공교롭게도 나만 꽝이었다. 에드도, 디에고도, 심지어 던힐조차도 가는데, 라며 억울해하고 있으려니 오하라가 와서 당첨 티켓을 주었다.

"너희한테 진짜 신세 많이 졌잖냐."

오하라는 멋쩍은 표정으로 코 밑을 문지르더니 "그럼" 하고 손을 흔들고는 다른 보급병들과 함께 밤의 유흥가로 사라졌다.

글렌 밀러의 무대는 근사했다. 우리는 명랑한 「인 더 무드」며 구슬픈 「문라이트 세레나데」에 맞춰 춤을 추었다. 다들 스포트라이트 대신 투광기가 비추는 무덤덤한 댄스플로어에 드문드문 보이는 젊은 영국 여자들을 두고 다투었다.

에드와 디에고, 그리고 던힐도 한데 뭉쳐서 바 카운터에 몸을 기댄 채 즐거운 모습을 바라보았다. 지금의 G중대 조리병이 좋다고 생각했다.

다시 전선으로 소집된 것은 그로부터 두 달 가까이 지난 1944년 9월 14일이었다.

제3장

굴뚝새와 솔개

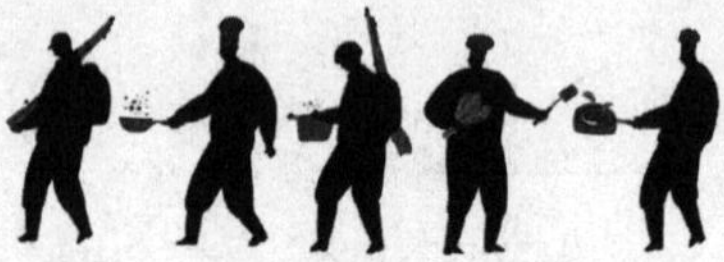

"작전명은 '마켓 가든'. 전차 부대가 네덜란드 국도를 일직선으로 북상하는 작전이다. 우리 공수 부대의 임무는 우선 하늘에서 기습을 가해 적을 섬멸하고 그 뒤 국도와 다리를 확보해서 육로로 이동하는 전차 부대를 위해 유지, 지원 활동을 벌이는 것이다."

워커 중대장의 전에 없이 큰 목소리가 텐트 안에 울려 퍼졌다. 평소에는 소박한 분위기의 중대장이 오늘은 긴장한 듯 벗어진 이마의 땀을 연신 훔쳤다.

1944년 9월 15일, 휴가는 끝났지만 우리는 아직 영국에 있었다. 멤버리 비행장의 중대 사령부 텐트에 모여 팔짱을 끼고 목덜미를 긁고 하며 작전 설명을 듣는 중이었다.

"작전 실행일은 내일모레 한낮, 강하 지점은 네덜란드. 최종 목표는 라인 강을 건너 국경을 넘어서 독일 공업의 요충인 루르 지방을 포위하는 것이다."

텐트 안이 술렁거렸다. 벌써 적의 아성 독일에 들어갈 수 있나?

"조용히 해라. 잠자코 들어."

중대장의 오른팔 미하일로프 중위가 손뼉을 쳤다.

흰 널판에 다리를 붙인 게시판을 앞쪽에 놓고 네덜란드를 중심으로 확대한 지도를 붙여놓았다. 지도에는 작전 진행 경로를 표시하는 화살표 몇 개가 붙어 있었다.

노르망디 강하로부터 석 달이 지났다. 연합군의 진격은 순조로워 8월 25일 파리를 해방했다. 그래도 프랑스 국내에서 독일 군은 여전히 거세게 저항하고 있었고, 대전차 장애물과 포탑을 늘어놓은 지크프리트선이 네덜란드 국경 부근까지 도달했다. 아직도 녀석들의 지배하에 있는 남프랑스 국경 부근에서는 근처 마을들까지 요새화해서 완벽한 방어 체제를 구축하고 있다고 했다.

정면 돌파를 시도해봤자 반격을 당할 뿐이라는 것은 자명했다. 독일의 군사력은 막강하다. 통솔력도 있거니와 병사 한 명, 한 명이 뛰어난 능력을 갖추었다. 뭐니 뭐니 해도 저쪽 전차 한 대가 우리 전차 아홉 대를 격파할 정도였다.

현재 연합군은 독일군의 맹공을 당해 병참 거점을 빼앗지 못하는 바람에 후방 연락선이 늘어질 대로 늘어진 상태였다. 최대 보급 항인 셰르부르에서 최전선까지 거리가 450마일(약 720킬로미터)이나 된다. 윌리엄스가 속한 레드 볼 익스프레스도 최선을 다하고 있었지만, 소비하는 가솔린이 하루에 100만 갤런(378만 리터)이나 되니 언제까지고 이 계획에 의존할 수는 없었다.

그러던 차에 열흘쯤 전 낭보가 날아들었다. 영국군이 벨기에의 브뤼셀과 안트베르펜 항을 함락했다는 것이다. 네덜란드 국경에서 가까운 안트베르펜은 독일에 진격할 때 보급 중계점으로서도 유망했다.

벨기에와 네덜란드는 면적이 작아서 지도로 보면 프랑스와 독일의 어깨와 어깨 사이에 마치 직소퍼즐의 피스처럼 끼어 있다. 프랑스에서 북상해 벨기에, 네덜란드를 경유해서 라인 강을 거슬러 올라가면 독일에 다다른다. 게다가 이 뒷길은 적의 군수 공업 지대인 루르 지방으로 직결됐다.

요컨대 둘도 없는 절호의 기회를 손에 넣은 연합군 최고 사령부는 이대로 네덜란드로 진격해 단숨에 독일을 공격한다는 계획을 수립한 것이다.

"여름부터 계속되는 공군의 폭격 작전으로 적은 약화됐을 거다. 미군 제1군과 제3군이 남쪽에서 지크프리트선을 공략하고, 우리는 북쪽에서 진격한다. 본 작전은 영국 몽고메리 원수의 발안이므로 우리 미군은 영국군의 휘하에 든다."

영국군의 휘하라는 말에 몇 명이 "쳇" 하고 내뱉었다.

워커 중대장은 우리 반응을 무시하고 미하일로프 중위에게 신호를 보냈다. 십중팔구 중대장은 우리에게 냉담한 게 아니라 요령 있게 설명해야 한다는 마음이 너무 강했을 것이다. 그 증거로 뒤로 물러난 이마선이 벌겋게 상기돼 있었다.

미하일로프 중위는 네덜란드 지도를 세로로 지르듯 굵고 긴 화살표를 놓았다. 벨기에 국경에서 대각선으로 위쪽을 향해 동남부 가장자리를 종단해서 네더르레인 강(네덜란드 내를 흐르는 라인 강)과 독일 국경이 만나는 지점까지 굵고 긴 검은 선이 이어졌다.

"이건 네덜란드의 69번 국도다. 50마일(약 80킬로미터) 길이의 이 중심도로가 본 작전의 요충지다. 적을 격파하며 종대로 진격해서 라인 강을 건너면 독일의 루르 공업지대에 진입할 수 있다."

텐트 안이 또다시 시끌시끌해졌다. 종대로 나아간다고? 대체 몇 개나 되는 사단이 출격하는 거지? 정말 그런 단거리로 독일에 들어갈 수 있는 건가? 워커 중대장은 물 잔을 단숨에 비우고 자기 할 일은 다 끝났다는 듯 뒤로 물러나 의자에 털썩 앉았다.

이어서 설명에 나선 미하일로프 중위는 여위고 창백한 얼굴에 희미하게 웃음을 짓고 "그럼 제군"이라며 연필로 지도를 찍었다. 두 사람 중 역시 냉정한 미하일로프 중위가 중대장으로 어울리는 것 같다.

"제군도 충분히 이해하고 있다시피 우리 공수 부대는 수송기만 날아주면 적진 어디에나 강하할 수 있다. 신속한 기습, 포위망 돌파는 우리 장기 중의 장기지. 단 결점도 있다. 인원과 중화기가 적다는 것, 즉 적을 압도할 화력이 부족하다는 점이다. 반대로 공격력이 높은 전차 부대와 인원이 풍부한 보병 부대는 차근차근 나아갈 수밖에 없기 때문에 기동성이 떨어진다. 따라서 쌍방의 이점을 살리고 결점을 보완하려면 합동 작전이 가장 적합한 것이다. 이건 학과 수업에서 배웠겠지?"

"예스, 서!"

모두 고개를 끄덕였다. 노르망디에서도 기본적으로는 같은 작전이었다.

"좋아. 이번에 우리는 제압 거점에 강하한 뒤 중심도로와 다리를 적으로부터 탈취, 확보해서 후속 부대의 진로를 여는 '마켓 작전'을 수행한다. 직후 벨기에에서 진군하는 영국 제30군단의 전차 부대가 중심도로를 소개, 북상하는 '가든 작전'을 벌인다. 우리는 그 뒤로도 후속 부대를 위해 맡은 구역을 사수해야 한다."

미하일로프 중위는 게시판을 돌아보고 지도에 화살표로 표시한 중심도로를 연필 꽁무니로 톡 쳤다.

"말이 중심도로지, 우리가 상상하는 포장도로하곤 다르다. 폭이 좀 넓을 뿐 돌멩이가 뒹구는 시골길이지. 도중에 몇 개 도시를 통과할 거다. 그중에서도 중요한 제압 거점은 여기 세 곳이다."

그렇게 말하며 화살표의 양쪽 끝과 중간 언저리를 각각 가리켰다.

"본 작전엔 영국, 미국, 그리고 폴란드의 공수사단과 영국 제30군단이 참가한다."

중위는 화살표 끝에 '아른험'이라고 쓴 패를 달았다.

"네더르레인 강가에 위치하는 여기 아른험은 다시 말해 독일 국경 부근의 도시다. 이곳을 영국 제1 공수사단과 폴란드 제1 낙하산 여단이 담당한다."

이어서 중간 지점에 '네이메헌'이라고 쓴 패를 붙이고 "이곳은 미국 제82 공수사단 담당"이라고 말했다.

"그리고 여기가 우리 제101 공수사단의 강하 지점 부근, 에인 트호번이다."

중위는 아래쪽 끝, 벨기에 국경 부근의 지점에 마지막 패를 붙였다. 에인트호번. 나는 낯선 네덜란드어 지명을 머릿속에 집 어넣었다.

"제군, 간격을 두고 종렬로 놓인 당구공 세 개가 있다고 생각 해볼까. 이 목적구가 각 공수사단이다. 그리고 수구가 되는 이 전차 부대가 우리 제101 공수사단을 맞히면 작전 개시다. 우리 가 굴러가서 제82 공수사단에 접촉하면, 다음은 녀석들이 영국 제1 공수사단과 접촉한다."

미하일로프 중위는 연필을 테이블에 내던지고 "진짜 당구와 다른 점은 수구가 목적구에 붙어 이동한다는 점이다. 공수 부대 의 임무는 말하자면 전차 부대를 위한 교통정리니 말이지"라고 덧붙였다. 그리고 잔에 물을 따랐다.

"이 지도를 보고 감이 좋은 사람은 눈치챘을 테지. 연합군이 우선해야 하는 건 뭔가? 누구 아는 사람?"

마치 교사처럼 우리에게 질문했다. 우리는 서로 마주 보며 저 마다 "전차를 지키는 거?", "보급로겠지" 하고 말했다. 미하일 로프 중위는 눈을 가늘게 뜨고 둘러본 다음 중앙 언저리를 가리 켰다.

"그린버그, 넌 어떻게 생각하나?"

모두가 일제히 에드 쪽을 돌아보았다. 이윽고 여전히 담담한 에드의 목소리가 들려왔다.

"가급적 빨리 전차 부대를 아른험에 도달하게 하는 겁니다."

그러자 같은 분대의 스미스가 까불거리면서 에드의 어조를 흉내 내서 웃음이 일었다. 옆에서 디에고가 말리지 않았다면 스미스를 후려쳤을 것이다.

　　하지만 솔직히 에드답지 않다고 생각했다. 작전이 빨리 끝날수록 좋은 것은 당연한 일 아닌가. 그런 뻔한 대답을……. 그러나 미하일로프 중위는 만면에 웃음을 띠었다.

　　"정답이다, 그린버그. 바로 그거다. 우리의 최우선 사항, 그건 한시라도 빨리 전차 부대를 북상시켜 아른헴에 다다르는 것이다. 작전은 이틀, 길어도 나흘 안에 완료해야 한다."

　　"이틀이라고요?"

　　"그래. 이 길을 봐라. 좁은 외길, 즉 회랑이지. 끝에 위치한 아른헴에 강하하는 영국 제1 공수사단은 적이 바로 코앞에 있는데도 지원을 못 받는 상황이다. 돌파하지 못하면 독 안에 든 쥐야. 전차 부대와 보급선의 도착 전에 가진 탄환을 다 써버린다면 어떻게 되겠나?"

　　아닌 게 아니라 보급이 끊긴 병사가 생존할 수 있는 일수는 사흘이라고 이야기된다. 중대장은 조용해진 우리에게 "아까 그린버그의 대답을 듣고 웃은 사람은 위기감 부족과 상황 파악 능력의 결여를 반성하도록"이라고 덧붙인 다음 물을 마셨다. 동료들 사이에서 손이 쑥 올라왔다. 같은 분대의 헨드릭슨이었다.

　　"아, 저, 죄송합니다만, 중위님."

　　"뭐지, 헨드릭슨?"

　　"혹시 저희도 독 안에 든 쥐입니까? 그러니까 하나밖에 없는 길에 공수 부대와 전차 부대와 수송 트럭이 집합해서 일렬로 늘

어서는 작전이잖습니까? 포위되면 도망칠 데가 없죠. 딱 좋은
표적입니다."

"그래, 맞다. 좋은 점에 주목했군. 이 중심도로, 거리 50마일
의 길이 제압 거점이자, 진행 경로이자, 보급로다. 그밖에 다른
길은 없어. 하지만 이게 가장 유망하다고 판단되는 작전이다."

텐트 안이 또다시 술렁거렸다. 앞쪽에 앉은 다른 참모들은 곤
혹 어린 표정으로 미하일로프 중위를 보고 있었다. 혹시 이 시
점은 병사들의 사기를 위해서라도 지적하지 말았어야 하는, 작
전의 중대한 허점일지도 모르겠다.

한 참모가 헛기침을 하며 일어나 미하일로프 중위를 노려보
았다.

"G중대 제군, 걱정할 필요 없다. 중위는 너희가 해이해지지
않도록 일부러 위기감을 부추기는 것뿐이니까. 괜찮다, 우리 군
은 강해."

참모는 초조함과 노여움에 얼굴이 벌게지면서도 가슴을 펴고
애써 웃음을 지으려 했다.

"게다가 정찰 부대로부터 네덜란드에 진주 중인 독일군이 이
달 들어 점차 퇴각하고 있다는 정보가 들어왔다. 도시를 불태워
수많은 시민을 죽이면서 말이지······. 저항은 어느 정도 있겠지
만 남은 건 노병 또는 소년병뿐이다. 작전은 아무런 문제 없이
완수될 것이다."

안심시키려고 한 말이지만 동요 어린 웅성거림은 잦아들지
않았다. 의자에 앉은 워커 중대장은 팔짱을 낀 채 눈을 감고 있
었다. 설마 조는 것이야 아니겠지만 불안하다.

"보충 설명 감사합니다. 그럼 계속해도 되겠습니까?"

미하일로프 중위는 오히려 이 상황을 즐기는 것처럼 냉소를 지으며 마디가 튀어나오고 살이 없는 손을 천천히 맞비볐다. 참모가 벌레 씹은 표정으로 의자에 앉자 중위는 설명을 계속했다.

"그럼 본 작전의 공략 지점에 관해 이야기하지. 중심도로에는 도중에 교량 몇 개가 있다. 강은 최종 목표인 라인 강만 있는 게 아니야. 네덜란드는 해발이 낮고 습지와 강, 운하가 대단히 많은 나라다. 중세 시대엔 일부러 수문을 열어 적의 침략을 막았다는 기록도 있어. 물론 중심도로도 예외는 아니다. 다시 말해 본 작전의 성공을 좌우하는 것은 각 교량의 확보다. 실패하면 후속 전차와 수송 트럭이 강을 건너지 못해."

미하일로프 중위는 지도의 에인트호번 북쪽 지대에 손가락으로 동그라미를 쳤다.

"강하 직후 제101 공수사단의 임무는 먼저 손 다리, 페헐 다리, 베스트 다리, 이 세 곳을 확보하는 것이다. 우리 제506연대는 우선 빌헬미나 운하에 위치한 손 다리를 제압, 해방한다. 알겠나? 자세한 사항은 추후에 전달하겠다. 독일군이 군비를 재편하지 않았기를 기도하고. 이상, 해산!"

중대 사령부 텐트에서 나온 우리들 표정은 분명 어느 중대보다도 어두웠을 것이다. 하지만 밝은 햇빛 아래에서 운동과 식사를 하고 다른 녀석들의 이야기를 듣다 보니 아무런 문제도 없을 것처럼, 괜찮을 것처럼 느껴졌다.

"우리한테 독일군이 언제까지고 저항할 수 있을 리 없지. 크리스마스 전에 전쟁이 끝날 거다. 틀림없어."

그로부터 이틀 뒤인 작전 당일 9월 17일 오전 4시, 우리는 또다시 낙하산을 짊어지고 3개월 전과 똑같이 C-47 수송기를 타고 이륙했다.

출격 직전 태양이 내리쬐는 들판의 비행장에서 디에고를 만났다. 이번에는 전투가 첫째 임무이고 조리병으로서 할 일은 없다고 봐도 될 것이다. 디에고는 제1소대, 나와 던힐은 제2소대, 에드는 제3소대에 속했으니 별도 행동이다.

또 머리를 모히칸 스타일로 깎은 디에고는 나를 보더니 흰 이를 씩 드러냈다.

"이번엔 시내 미용실에서 잘랐다고. 기합을 넣어야지."

"그래, 무사해야 해."

"키드 너도. 네덜란드 가면 우리 술 마시고 애인 사귀자."

우리는 그런 말을 주고받고 주먹을 맞부딪쳤다.

일요일의 하늘은 맑게 개어 연한 파란색 하늘에 흰 비늘구름 몇 개가 떠 있었다. 강하 지점까지는 이제 고작 몇 시간이 남았다. 노르망디 때와는 달리 이번에는 백주에 당당하게 뛰어내리는 것이다. 전투기와 수송기의 수는 약 5,000기, 비행하는 쇳덩어리는 마치 철새 떼처럼 대열을 지어 날아갔다.

마켓 작전에 참가하는 낙하산병과 글라이더병은 합해서 3만 5,000명. 그리고 가든 작전에 참가하는 영국 제30군단에는 근위 기갑사단을 비롯한 대규모 전차 부대가 소속돼 있다. 그리고 제8 및 제12군단이 지원을 위해 가세했다. 공수병의 수는 디데이 때보다 많다.

두 번째이다 보니 다들 별로 긴장하지 않고 차분했다. 동료와 이야기를 나누거나 태평하게 졸고 있다. 나는 지난번 라이브로 들은 「문라이트 세레나데」를 흥얼거렸다. 좋은 곡이다. 노래는 옆에 앉은 던힐에게도 전염된 듯 책을 읽으며 손가락으로 까닥까닥 리듬을 맞추었다.

이따금 전투기가 날아와 기체가 흔들렸지만 호위 전투기가 격퇴해준 덕에 큰 혼란은 없었다. 지난번의 불길한 예측이 거짓말인 양 계획은 순조롭게 진행되어 이제 곧 강하 지점에 도착할 것이다. 소대장의 신호에 우리는 일제히 일어섰다.

"후크를 들어! 계류삭에 걸어!"

민가의 누런 벽에 등을 기대고 양철 수통을 기울여 물을 마셨다. 차가운 액체가 목을 지나 텅 빈 위에 흘러드는 게 느껴졌다. 하늘은 잔뜩 흐려 태양도 아침부터 모습을 보이지 않았다. 차가운 비가 이따금 흩뿌리는 탓에 가만히 있으면 추웠다. 손목시계를 확인했다. 오후 1시 반이 좀 지난 시간이었다.

오늘은 9월 22일. 네덜란드 강하로부터 이미 닷새가 지났다. 우리가 지금 어디 있느냐 하면 네덜란드의 페헐이라는 도시에 있었다. 앞서 도착한 제501연대가 이곳을 독일군의 공격으로부터 방위한 지 이제 곧 세 시간이 되려 했다.

"탄환은 충분히 있냐, 키드?"

같은 제2분대의 매킨토시 중사가 요란하게 군홧발 소리를 내며 들어와 내 어깨를 쳤다.

"응, 챙길 수 있는 만큼 챙겨왔어."

매킨토시, 일명 맥은 부사관이지만 훈련병 시절부터 알던 사이라, 새로 들어온 보충병은 또 몰라도 고참병은 누구나 그에게 존댓말을 쓰지 않았다. 천사 같은 고수머리와 길쭉한 얼굴을 가진 부모 사이에 태어난 탓에 흡사 금빛 새 둥지에 얼굴을 처박은 말처럼 생겼다.

얼굴이 형편없는 것은 자기 쪽이면서 맥은 내 얼굴을 보자마자 웃음을 터뜨렸다.

"애송이 주제에 꽤나 텁텁해졌군."

"고맙다."

아닌 게 아니라 내 입 주위에는 수염이 꺼끌꺼끌하게 돋기 시작했다. 원래 수염이 그리 많은 편이 아닌데 닷새나 면도를 못했더니 이렇게 됐다. 반대로 맥의 뽀빠이처럼 갈라진 턱에는 푸릇푸릇하게 면도 자국이 남아 있었다. 바빠 죽게 생긴 이 와중에 대체 언제 면도를 했나?

"자, 이걸로 매무새라도 좀 만져라. 그런 꼴로 죽으면 싫잖나?"

맥은 작은 거울을 던져주고 방에서 나갔다. 녀석은 못생긴 축에 속하는데 어째선지 자신의 얼굴을 아주 좋아해서 틈만 나면 이 거울을 들여다보곤 했다.

유리를 깨서 틀만 남긴 창문으로 밑을 살폈다. 폭이 넓은 중심도로를 미군 병사들이 바쁘게 오가며 적을 요격할 준비를 갖추고 있었다. 도화선 릴을 푸는 공병 뒤로 세 명이 돌을 깔아 길에 요철을 만들고 있었다. 바주카포를 멘 두 명이 돌을 밟고 휘청거리며 그 곁을 지나 민가 앞 차폐물 뒤로 사라졌다.

마켓 가든 작전은 공교롭게도, 애석하게도, 전혀 계획대로 진행되지 않았다. 이틀, 길어봤자 나흘 안에 북상해야 하건만, 우리는 닷새가 지나도록 중간 지점인 네이메헌에조차 다다르지 못하고 여태 이곳에 발이 묶여 있었다.

독일군은 노병과 소년병만 남았을 테니 적도 아니라고? 당치도 않다. 사령부의 예상은 보기 좋게 어긋났다. 적은 퇴각 따위 하지 않았다. 아니, 일시적으로 퇴각하기는 했지만 군을 재편해 반격으로 돌아섰다. 결국 미하일로프 중위의 지적이 옳았던 것이다.

적의 습격으로 중심도로에 일대 혼란이 벌어졌다. 우리의 1차 목표였던 손 다리는 도달 직전에 폭파되는 바람에 공병대가 잠도 못 자고 가교를 놓는 데 만 하루가 걸렸다.

제101 공수사단이 확보해야 하는 세 개 다리, 손, 페헐, 베스트 중 손쉽게 탈취할 수 있었던 것은 페헐뿐이었다. 폭파된 손 다리는 일단 가교를 놓아 보수했지만, 베스트 다리는 선발대인 제502연대의 H중대와 연락이 전혀 닿지 않는 상황이었다.

당일 합류할 예정이던 영국 제30군단의 전차 부대도 출발 직후 매복 중이던 적의 공격을 받아 하루 지체됐다. 그 뒤로도 셔면 전차는 바보처럼 이 회랑을 직진할 수밖에 없는 상태에서 여기저기에서 측면 공격을 받았다. 독일군의 88밀리 고사포와 판터 전차, 돌격포 등의 화력에 중심도로는 검은 연기를 내뿜었다. 그때마다 태세를 정비해서 싸우고, 조금 나아가 또 싸우고, 그렇게 해서 벌써 닷새째였다.

더불어 행운도 우리를 버렸다. 흐린 날씨가 이어지고 안개가 자주 끼는 상황에서 비행장이 있는 영국은 여기보다도 더 악천후인 모양이다. 전투기와 수송기가 날지 못하니 하늘에서의 지원을 기대할 수 없었다. 보급품 투하도 없다. 서두르지 않으면 전멸할 것이다.

그런데 있는 병력을 총동원해 간신히 적을 막았더니, 이번에는 무사히 확보한 줄 알았던 페헐 다리로 적이 향했다는 정보가 들어왔다.

"중심도로를 분단할 작정이군."

무전으로 지령을 받았을 때, 미하일로프 중위는 혀를 찼다. 워커 중대장은 안개비에 헬멧을 적시며 쌍안경으로 중심도로를 바라볼 뿐, 지령대로 우리에게 페헐 방면으로 나아가라고 지시했다.

중심도로 도중에 빌럼스라는 운하가 흐르는데, 그곳의 페헐 다리를 건너면 같은 이름의 도시 페헐에 이른다. 아마 처음 중심도로가 놓였을 때 주변에 집들이 들어서면서 도시가 생겼을 것이다. 그 때문에 중심도로를 지나려면 반드시 이 도시를 통과해야 했다.

그래서 적도 당연히 중심도로를 지날 줄 알았더니만, 시내 중심부에서 남동으로 이어지는 가는 갈림길이 있어서 독일군은 그 길로 진군해온 듯했다.

같은 사단의 제501연대가 날 밝기 전 페헐에 도착해, 측면에서 공격을 가한 독일군과 공방전을 벌였다. 오전 내내 전투가 계속된 끝에 적의 전차 부대는 일단 후퇴한 듯 보였으나 실제로는 그저 시내 동쪽과 북쪽으로 이동한 것뿐이었다. 녀석들은 또다시 다리를 공격해올 테고 우리는 무슨 일이 있어도 반드시 사수해야 하니 전투는 계속될 것이다. 그래서 우리 제506연대가 원군으로 달려와 현재에 이른다.

제101 공수사단의 매콜리프 준장은 자신의 포병 부대를 남동에 배치해 방어선을 구축하고 독일군이 쳐들어온 T자형 도로를 막았다. 전투 중에는 민가도 요새가 된다. 우리는 상관의 지시에 따라 민가와 건물에 숨어 시가전에 대비해 요격 태세를 갖추었다.

우리 제3대대의 담당 구역은 도시 남서부, 출입구 바로 근처였다. 그 너머에 사수해야 할 다리가 있다. 무슨 일이 있어도 이곳을 통과하지 못하게 해야 한다. 최후의 방파제로서 녀석들이 나가기 전에 쳐부수어야 한다.

다행히 내 소총은 이전 싸움에서 탄창이 비었다. 소총 손잡이를 당겨 탄환 여덟 개가 든 클립을 끼워 넣고 볼트가 원위치로 돌아가는 경쾌한 소리를 들으며 장전을 완료했다. 허리의 탄입대에도 클립이 가득 들었고, 권총 탄창과 수류탄도 네 개 가져왔다.

창 밑에는 중심도로, 맞은편에는 옛날이야기에 나올 법한 집들이 늘어서 있다. 여기서 볼 때 왼쪽이 시내 중심부, 그리고 오른쪽이 빌럼스 운하에 놓인 페힐 다리로 이어진다.

소박한 집들은 어렸을 때 듣고 자란 동화를 생각나게 했다. 연한 색조의 돌벽에 박공지붕, 나무문, 가느다란 난간이 붙은 흰 계단, 쓰러진 자전거.

전투가 할퀴고 간 자국이 곳곳에 남아 있고 붕괴된 집도 몇 채 있었지만, 전쟁 중이 아니었다면 말하는 새끼 염소나 늑대, 시큼한 맥주를 받은 멍청한 막내아들이 등장해도 이상하지 않을 것이다. 어, 그건 독일 동화던가?

우리 분대가 대기하는 이 민가는 바로 밑을 지나는 중심도로와 시 서쪽으로 이어지는 길이 T자 모양으로 만나는 모퉁이에 위치했다. 집들이 유난히 밀집한 이 구역은 집과 집 사이가 좁아 어른 둘이 지나가려면 한쪽이 벽에 등을 붙이고 길을 양보해야 할 정도였다.

집주인인 얀센 씨는 장난감 장인이라 침실 곳곳에 원목 세공품과 나무를 조각해 만든 장난감이 장식돼 있었다.

전쟁에 휘말리기 전에는 그런대로 유복했는지 옆집도 그의 소유였다. 이쪽 집에서는 가족과 거주하고, 옆집에서는 장난감 가게를 운영했던 모양이다. 공방이 그 집 지하에 있다고 했다. 쇼윈도는 깨지고 상품도 하나도 남지 않았지만, 공방에서 아직 완구를 만들고 있다고 했다.

"그나저나 이 방, 애 냄새가 나는군."

구석에 책상다리를 하고 앉은 헨드릭슨이 굵은 팔을 써서 소총의 남은 탄환을 꺼내며 코를 벌름거렸다. 언제나 냉소적인 태도를 취하는 헨드릭슨의 표정을 표현하자면 '조야하다'라는 말이 제일 딱 들어맞는다. 입만 열면 빈정거리고 성격이 난폭하다는 점에서는 의무병인 스파크도 마찬가지지만, 스파크는 어딘지 모르게 좋은 집에서 잘 자란 인텔리 같은 분위기가 있는 반면, 헨드릭슨은 주먹깨나 쓰는 시골 불량배 같다. 어디서 싸웠는지 모르지만 녀석의 턱에는 기다란 흉터가 있었다.

헨드릭슨 말대로 확실히 이 방에서는 독특한 냄새가 났다. 양지바른 곳에 얼마 동안 놓여 있던 우유 같은 냄새. 벽지는 빛바

랜 노란색에 파란 잔꽃 무늬가 드문드문 있고, 나란히 놓인 침대 두 개 위에는 봉제인형이 누워 있었다. 그야말로 딱 아이 방이라 어린 시절이 생각났다.

2층에는 이 방을 포함해 방이 두 개였다. 이 방은 중심도로를 면한 반면 옆방은 T자형 도로가 내다보이는데, 지금은 창고로 사용하는 듯 가구가 난잡하게 놓여 있었다. 방과 방을 가르는 벽에 문이 붙어 있어서 복도로 나가지 않아도 오갈 수 있었다.

그 문도 지금은 시야를 넓게 확보하기 위해 경첩과 함께 떼어냈다. 창문은 유리를 대충 깨서 창을 열지 않아도 총구를 밖에 내놓을 수 있게 했다. 움직일 수 있는 가구는 벽 쪽으로 옮겨놓아 총탄을 막는 차폐물로 이용했다. 옷장과 작은 사이드보드, 그림책이 꽂힌 책장. 1층에 있는 침실에서도 가구를 몇 개 가져왔다. 하나같이 묵직한 고급 가구인데 모서리와 표면 곳곳에 흠집이 있었다. 이곳에 사는 가족이 사용했다는 증거다.

집을 빌려준 가족은 지하실로 대피했다. 쉰 살가량 된 장년의 부부와 여덟 살 먹은 딸, 그리고 네 살 먹은 아들까지 네 식구다. 나이 들어 얻은 자식인지 부모는 머리가 희끗희끗하게 센 데 비해 애들이 어렸다.

집주인인 얀센 씨는 비록 억양은 심해도 영어를 할 줄 알았다. 죽은 형이 레지스탕스였다며 집을 빌려달라는 우리 부탁을 흔쾌히 들어주었다.

네덜란드 사람들은 손에서도, 에인트호번에서도 주황색 깃발을 흔들고 음식과 술을 대접하며 연합군을 성대하게 환영했다. 울며 악수를 청하는 노인, 키스하는 젊은 여자도 있었다. 진군이 지체된 데는 이런 열렬한 환영의 영향도 있었지만 이렇게까지 반겨주니 우리도 기뻤다.

하지만 행복한 시간은 오래 계속되지 않는다. 아쉬움 속에 도시를 뒤로한 우리는 그 뒤 가는 곳마다 전투와 부닥쳤다. 독일군의 기습은 정확한 데다 공격력도 강해 벌써 동료가 둘이나 죽었다.

일몰을 틈타 철수한 마을에서 기이할 정도로 뻘건 강 건너편 하늘을 보았다. 에인트호번 방향이었다. 독일군의 폭격기가 어둠을 가르고 날아갔다. 기쁨에 차서 우리를 환영했던 사람들은 폭격으로 도시와 함께 불타 죽고 말았다.

얀센 씨는 키가 던힐만큼 컸고, 동그란 안경 속의 다정해 보이는 눈은 봄 바다처럼 파랬다.

"우리 애들입니다. 딸이 로테, 아들이 테오입니다."

마찬가지로 파란 눈을 가진 로테는 소개를 받자 얼른 부인 등 뒤에 숨었다. 하지만 긴 아마색 머리가 부인의 앞치마 옆으로 다 보였다. 수줍어하는 건가 했더니 부끄러운 나머지 삐친 모양이다. 그 모습을 보니 동생 케이티가 생각났다. 이마가 넓고 볼록해서 똑똑해 보이는 게 어딘지 모르게 닮았다.

반대로 남자애는 천진난만하고 솔직한 아이였다. 까마귀 깃털처럼 검은 머리에 같은 색의 크고 동그란 눈이 인상적인, 귀여운 얼굴이었다. 늘 쿠션을 끌어안고 끄트머리를 만지작거리며 손가락을 빨았다. 형태가 특이한 쿠션이라고 생각했더니 알고 보니 인형인 모양이다. 둥글둥글한 갈색 몸체에 뾰족한 꼬리가 붙어 있었다. 테오에게 부탁해서 자세히 살펴보자 얼굴 부분에 가늘고 얇은 부리가 붙어 있었다. 테오가 손가락을 빨 때 만지는 게 이건가 보다.

"새가 참 특이하네."

주머니에 남아 있던 초콜릿 바와 사탕을 아이들에게 주고 있으려니, 얀센 씨가 눈부신 듯 두 눈을 가늘게 뜨며 영어로 말했다.

"테오는 침략받기 이전 진짜 우리나라의 모습을 모릅니다."

아아, 그렇구나. 나는 고개를 끄덕였다. 나치스가 네덜란드를 침략한 것은 1940년 5월이라고 학과 수업에서 배웠다. 아버지가 무슨 말을 하는지 모르는 테오는 입가에 초콜릿을 묻혀가며 방글방글 웃고 내 등에 매달렸다. 그래, 야전복도 초콜릿 먹으면 좋아할 거다. 그 뒤 테오는 제101 공수사단의 휘장 '스크리밍 이글스'를 가리키며 "Adelaar"라고 기쁜 듯이 외쳤다. 얀센 씨는 테오를 안아 들고 겸연쩍은 표정으로 사과했다.

"죄송합니다, 얘가 새를 좋아해서요. 독수리입니까?"

"네. 저희 사단 휘장입니다."

"날개를 가진 병사들이 우리나라에 날아왔다…… 하느님의 뜻이군요."

묘하게 시적인 말을 했다. 나는 공수 부대는 독일에도 있다는 말을 하지 않고 모호하게 웃기만 했다. 얀센 씨는 테오의 이마에 입을 맞추고 바닥에 내려놓은 다음 대피 준비를 시작했다.

그 뒤 일가는 맨몸으로 밖으로 도망치는 것보다는 이편이 안전하다며 물과 식량 며칠 분을 챙겨 지하실에 숨었다. 도와주겠다고 하자 얀센 씨는 정중하면서도 단호하게 거절했다.

"고맙지만 그곳만은 가족의 공간으로 두고 싶습니다."

가족이라. 식구들 얼굴 본 지 정말 오래됐다. 게다가 아무래도 크리스마스 전에 전쟁이 끝날 성싶지 않았다.

계단을 뛰어 올라오는 요란한 발소리에 흠칫 놀라 현실로 돌아오자, 아이 방 문으로 경기관총을 멘 두 명이 들어왔다. 한 명은 빡빡머리 장탄수 앤디, 또 한 명은 숱 많은 금발 미남 사수 라이너스 밸런타인이었다.

"라이너스."

"여, 키드. 오늘 저녁엔 뭐 먹냐?"

"미안하지만 오늘도 전투식량이야. 고기랑 콩 통조림."

문득 에드와 디에고가 생각났다. 요새 전투가 계속되는 탓에 소대가 다른 두 사람과 대화를 할 기회가 거의 없었다. 특히 페헐에 도착해 맡은 구역에 와서부터는 모습조차 보지 못했다. 그 둘은 지금 어디에서 대기 중일까.

"그거 좋은데. 통조림은 나치스랑 멍청한 몽고메리 놈한테 던져주고 얼른 프랑스로 돌아가자고. 가서 새끼 양고기라도 먹자."

라이너스는 전에 보급 부대로 옮기겠다고 했는데 결국 실현되지 않았다. 옮기기는커녕 오히려 하사로 진급했다. 이대로 가면 기관총 분대 분대장이 되는 것도 시간문제다.

그때 분대장인 앨런 선임하사가 땅딸막한 체구를 흔들며 나타나 나와 헨드릭슨이 기립했다. 머리가 길어 구레나룻과 연결돼서 이제는 사냥꾼보다 곰에 더 가까웠다. 잡는 쪽이 아니라 잡히는 쪽 아닌가. 사냥꾼에게 쫓기는 모습을 상상하니 웃음이 나려고 했다.

"잘 들어라, 제2분대! 작전을 재확인한다…… 뭐냐, 키드. 뭐가 즐겁냐?"

"노, 서. 아무것도 아닙니다."

아이쿠, 정신 차려야지. 앨런 선임하사 뒤에 저격병인 마르티니와 지난번 작전 설명 중 에드를 놀렸던 스미스 녀석이 있었다. 스미스는 껌을 질겅질겅 씹으며 죽인 적에게서 빼앗았다는 손목시계 글자판을 보고 있었다.

앨런 선임하사는 우리를 방 중앙에 모이게 한 다음 헛기침을 하고 작전을 확인하기 시작했다. "레지스탕스가 준 정보에 따르면 적은 현재 여기 페헐에서 이웃 마을 위던으로 이어지는 중심도로에 전차와 돌격포를 배치해 길을 분단했다. 글라이더 연대가 배제하려고 시도 중이지만 진전이 전혀 없군. 그리고 오전 중에 여기를 공격했던 전투단은 북으로 우회해서 서로 향하는 중이다. 동과 서에서 협공을 당할 위험성이 높다."

작전회의에서 손을 들어 회랑의 위험성을 지적했던 헨드릭슨이 "내 뭐랬어"라며 어깨를 으쓱했다.

"헨드릭슨, 뭐 할 말 있냐?"

"아닙니다, 분대장님."

"하여간 네 놈도 참. 보고에 따르면 적은 SS와 육군, 각 일개 연대 정도의 병력일 것으로 예상된다. 주력은 SS의 기갑사단, 판터 전차와 3호 돌격포. 88밀리 고사포의 사정거리에 들었을 가능성도 고려하도록. 작정하고 싸우지 않으면 우리는 물론이고 도시가 전멸할 거다."

독일 전차는 연합군에게 경이로운 병기였다. 유명했던 호랑이(티거)는 수가 줄었는지 잘 안 보이는데, 그 대신 표범(판터)이 우리를 두려움에 몰아넣고 있었다. 70구경 75밀리 주포는 우리 쪽 셔먼 전차를 관통할 정도의 위력이고 장갑은 워낙 두터워 당할 수 없었다. 프랑스의 생로 전투에서는 판터 한 대가 M4 셔먼을 아홉 대나 격파했다고 한다. 3호 돌격포는 생김새가 전차와 비슷해서 캐터필러를 이용해 자력으로 이동하지만, 차체가 낮고 포탑이 회전하지 않는다. 보병을 방어하듯 나타날 때가 많은데, 그래도 장갑과 포격의 위력은 전차에 버금갔다.

88밀리 고사포도 비록 자력 이동은 못 하지만 무서운 무기다. 십자형 포가(砲架)에 거대한 포신을 얹은 괴물로 '전차 킬러'라고 불렸다. 그도 그럴 것이 티거 전차의 주포는 이 88밀리 포와 동일하니 말이다. 고정식이지만 포가가 선회하기 때문에 사각(死角)이 없다. 그러면서 4초에 한 발씩 발포하고 사정거리는 수평으로 9.2마일(약 15킬로미터)이나 된다.

"녀석들은 오늘만 해도 두 번에 걸쳐 주변 5마일 범위의 분단을 실시했다. 세 번째는 반드시 막아야 해. 위던에는 제2대대 일개 중대가 배치 완료됐다고 한다."

페헐, 위던, 그리고 중심도로. 이 세 곳에서 거의 동시에 전투가 벌어진다. 그야말로 마녀의 가마솥이 뒤집힌 것처럼 엄청난 혼란이 벌어질 것이다. 동료들이 다수 죽을 것이다. 어쩌면 그건 내 이야기일 수도 있다. 손이 부들부들 떨리기에 얼른 등 뒤로 감추었다.

"우리 주 전력은 매콜리프 준장님의 독립 포병 부대다. 중앙과 동남 입구를 방어한다. 적이 침입하는 즉시 공격하도록. 마르티니는 맞은편 교회에서 저격하고, 스미스와 나, 중화기 분대의 바주카포가 엄호한다. 나머지는 이대로 여기서 대기. 2층 모퉁이는 라이너스, 앤디. 중심도로 쪽은 헨드릭슨, 던힐, 키드. 그리고 1층은 맥 분대장, 와인버거, 그리고 포슈. 포슈는 신참이니까 잘 돌봐줘."

"예스, 서."

"그리고 통신기 잘 지켜라, 와인버거. 아른험의 영국 제1 공수사단하고 연락이 안 돼. 죽었다고 생각되기 싫으면 돌아가신 어머니 유품이라고 생각하고 지켜."

앨런 선임하사는 와인버거의 경례를 곁눈으로 확인한 뒤 숨을 한 번 들이쉬었다가 내쉬었다.

"적을 막아. 무슨 일이 있어도 다리로 못 가게 해. 국도를 사수해라."

앨런 선임하사, 마르티니, 스미스가 맞은편 건물로 이동한 뒤 우리는 1층 거실에 모여 제각각 담배를 피우고 비스킷을 먹었다. 헝겊 소파가 몸에 닿는 감촉이 하도 매끄럽고 기분 좋아서 일어나기 싫었다. 던힐은 눈을 감고 벽에 몸을 기대고 있고, 라이너스는 찬장에 걸터앉아 서랍을 뒤지고 있었다.

"포슈, 괜찮아?"

거실 구석에 쭈그리고 앉은 보충병 포슈에게 와인버거가 물었다. 곧잘 신경을 써주는데, 분대장이 주의를 주어서가 아니라 단순히 후배가 생겼다고 신이 나서일 것이다.

이번 작전으로 보충병이 확 늘었다. 노르망디 전투에서 입은 상당한 병력 손실을 메우기 위해 훈련을 갓 마친 신병들이 투입됐다. 대다수 보충병은 주뼛주뼛 자신 없이 행동하고, 전투 능력은 낮고, 헬멧과 전투복을 감당하지 못하는 인상이 있었다. 녀석들에게 소총을 들려주면 거의 전원이 장전하다가 엄지손가락을 총에 물려 비명을 질렀다.

"괜찮습니다. 걱정 안 하셔도 됩니다. 아무렇지도 않습니다."

당장이라도 변소로 달려갈 것처럼 안색이 나쁜데도 포슈는 상당히 고집이 세서 선배의 도움을 거절했다. 나이는 열여덟 살, 덥수룩한 검은 눈썹과 묘하게 혈색 좋은 입술이 촌스러운 인상을 자아냈다.

나는 민트 껌을 씹으며 창으로 다가가 밖을 바라보았다. 두꺼운 회색 구름이 끈덕지게 하늘에 남아 있어 하늘에서의 지원은 여전히 바랄 수 없었다. 조금 전부터 폭격 음이 요란하게 들려오기 시작했다. 북동쪽, 제2대대가 있다는 위던 방향이다.

"쟤들이 적을 전멸해주려나……."

"글쎄다, 어차피……."

헨드릭슨이 비웃은 순간 바로 뒤에서 폭음이 들려왔다.

"적이다! 전원 제 위치로!"

맥이 소리치기도 전에 찬장에 걸터앉아 있던 라이너스가 뛰어내려 밖으로 달려나갔다. 우리도 황급히 그 뒤를 따라 2층으로 달려 올라갔다.

라이너스와 앤디가 먼저 끝방으로 들어가고, 나와 던힐, 헨드릭슨은 중심도로가 내다보이는 창 아래로 뛰어들었다. 손목시계를 확인하니 짧은 바늘이 숫자 2를 조금 지났다.

창 오른편 벽에 몸을 붙이고 창틀에 소총을 얹었다. 유리가 없는 창으로 비가 들이쳐 손을 적셨다. 왼쪽에는 헨드릭슨이 자리를 잡고 던힐은 나와 등을 맞댄 자세로 옆 창문을 경계했다.

적은 서쪽에서 왔다. 찬장의 유리와 장식품이 덜컹거리더니 이윽고 바닥에서 장딴지로 진동이 올라왔다. 섬뜩한 엔진 소리가 서서히 커지고 귀에 거슬리는 캐터필러 소리가 들려왔다. 문짝을 떼어낸 출입구 너머로 옆방을 보니 라이너스가 기관총을 겨누고 앤디가 탄띠를 들고 있는 뒷모습이 보였다.

바로 밑 중심도로로 시선을 되돌리자 도화선을 든 공병이 민가 뒤로 숨는 게 보였다. 중앙에 일부러 건물 파편을 버려둔 것은 통행을 저지하기 위해서뿐만 아니라 밑에 대전차용 호킨스 지뢰를 설치했기 때문이다.

진정하자. 숨을 깊이 들이마셨다가 천천히 내뱉었다. 조급해하지 말자. 개머리판을 고쳐 멘 그때 도시 반대편, 동쪽 방향에서 연기가 솟으며 굉음이 울렸다. 협공을 당한 것이다.

"쳇, 역시 협공이냐."

헨드릭슨이 혀를 찼다. 동남에는 포병 부대의 방어선이 있을 텐데.

"Jagdpanther nach links! Der Rest nach rechts!"

장교인 듯한 남자의 독일어 말소리에 이어 마침내 캐터필러 소리가 다가왔다. 판터는 아마도 한 대. 다만 전차 비슷한 돌격포가 뒤이어 올 것 같다. 오른쪽으로 꺾어질 것인가? 왼쪽으로? 그때 맞은편 교회 창문에 앨런 선임하사가 나타나 굵은 팔을 움직였다. 수신호다.

'판터는 좌회전해서 시내 중심부로. 돌격포는 다리 방면. 즉 우회전. 돌격포가 모퉁이를 돌아 중심도로에 들어서서 꽁무니를 보일 때까지 대기.'

'알았다.'

끼릭끼릭 벨트가 선회하는 소리와 함께 돌격포의 포신이 오른쪽으로 돈 순간, 날카로운 총성 한 발이 울렸다.

창문으로 내려다보자 해치 밖으로 상반신을 내놓고 있던 전차장인 듯한 병사가 위를 향해 쓰러져 있었다. 정수리에 구멍이 났다. 마르티니가 저격한 것이다.

적 보병들이 허둥대는 틈을 놓치지 않고 라이너스가 기관총 방아쇠를 당겼다.

난사하는 기관총 소리가 요란하게 메아리치는 가운데, 우리는 적이 있는 방향을 향해 소총을 쏴댔다. 명중했는지 아닌지 알 수 없지만 좌우지간 쏘지 않으면 이쪽이 당한다.

한 발 쏠 때마다 탄피가 튀어 메마른 소리와 함께 벽에 부딪혔다. 유탄(流彈)이 창에 맞아 남아 있던 유리가 와장창 깨지는 바람에 허둥지둥 얼굴을 숙여 파편을 피했다.

"야, 키드, 똑바로 못 해?"

헨드릭슨이 고함쳤다. 나도 안다고, 내가 엉터리라는 것쯤은! 그래도 미친 듯이 쏘다 보니 눈 깜짝할 새에 탄환이 떨어졌다. 탄띠에서 클립을 빼서 얼굴을 드는데 반장갑차가 타이어를 회전하며 중심도로에 흩어놓은 파편에 올라섰다. 그 뒤에서 대전차포 한 대가 나타났다.

"이런, 대전차포다! 포수를 쏴!"

"어디냐? 안 보여!"

"반장갑차 뒤라니까!"

일단 벽 뒤에 숨어 손잡이를 당기다가 클립을 떨어뜨렸다. 다행히 바닥에 양탄자가 깔려 있었고 탄약은 클립에서 빠지지 않았다. 오른팔을 뻗으며 몸을 기울인 순간 누가 부르짖었다.

"대피!"

갑자기 공기가 팽창한 느낌이 들더니 귓속이 이상해졌다. 꼭 물속에 잠수한 것처럼 모든 게 웅웅 울렸다.

어느새 나는 옆으로 쓰러져 있고 헬멧도 어디론가 사라지고 없었다. 멍한 머리를 흔들어 청력을 되찾으려는데 누가 내 팔을 잡고 방구석으로 끌고 갔다.

던힐의 움푹 팬 회색 눈이 나를 내려다보고 있었다. 뭐지? 머리를 들어 원래 있던 창가를 보자 하늘이 펼쳐져 있었다. 하늘이라고?

잘못 본 게 아니었다. 지붕과 벽 일부가 사라지고 없다. 허둥지둥 몸을 더듬어 확인하니 팔도 다리도 붙어 있고 배나 등에 구멍이 나지도 않았다. 다만 얼굴 오른편이 아프고 뜨뜻한 피가 흘러내리고 있었다. 또다시 바닥이 크게 흔들리더니 지붕에 난 구멍이 더욱 커졌다.

방금 전까지 내가 있던 곳은 건물 파편에 파묻혀 있고, 유난히 큰 돌덩이 밑에서 시커먼 액체가 서서히 번졌다.

"헨드릭슨?" 나는 던힐의 팔을 붙들었다. 아직 귀가 먹먹해서 내 목소리조차 불분명하게 들렸다. "야, 헨드릭슨은?"

그러나 던힐은 대답하지 않았다. 바닥에 뒹구는 헬멧을 내 머리에 거칠게 씌우고 "도망쳐!"라고 고함치더니 포복 자세로 1층으로 내려갔다. 뒤를 쫓아오듯 기관총을 난사하는 소리가 들리면서 천장과 바닥에 구멍이 났다. 방에서 뛰쳐나가자 라이너스가 파트너의 어깨에 팔을 둘러 부축하며 옆방에서 달려 나왔다.

"밑으로 피해!"

계단을 달려 내려가기 전 파괴된 아이 방을 얼핏 돌아보았다. 파편 더미 밑으로 헨드릭슨의 얼굴이 보였다. 한쪽 눈과 시선이 마주쳤다. 전혀 깜박이지 않는 공허한 눈이었다. 또 한쪽은 뭉개져 보이지 않았다. 총알이 날아와 바로 옆 벽에 박히면서 정신이 든 나는 다른 녀석들을 따라 달려 내려갔다.

"헨드릭슨이 죽었다! 앤디는 부상!"

"안 됩니다. 구호소하고 통신 연결이 안 돼요. 옆 장난감 가게로 가세요!"

망을 보던 와인버거 앞을 지나 뒷문으로 나가 옆집 문을 걸어 차고 뛰어들었다.

얀센 씨의 장난감 가게는 황폐해질 대로 황폐해져 쇼윈도의 유리 파편이 사방에 흩어져 있었다. 앤디를 부축하는 라이너스의 전투복까지 피에 젖기 시작했다. 앤디는 숨을 거칠게 몰아쉬고 땀을 비 오듯 흘리고 있었다.

"어디를 다친 거야?"

"몰라. 팔인지 옆구리인지…… 아무튼 지하실로 내려가자. 쇼윈도가 너무 커서 밖에서 훤히 다 보인다."

그때 폭음이 들리면서 집이 흔들렸다. 던힐이 소총으로 후방을 지키고 나는 두 사람 앞으로 나서서 얀센 씨가 가르쳐준 대로 계산대 뒤로 돌아가 바닥의 뚜껑 문을 열었다. 그 즉시 지하실에 서려 있던 톱밥과 니스 냄새가 코를 찔렀다. 공방은 위층 점포보다 훨씬 작고 선반과 상자에는 부품과 공구로 보이는 온갖 물건들이 쌓여 있었다. 왼편 벽에 거뭇한 색의 커튼을 이 끝에서 저 끝까지 쳐놓았다.

공방 중앙에 커다란 작업대가 있었다. 어질러져 있던 톱밥과 공구를 바닥으로 쓸어내고 앤디를 눕혔다. 오른팔의 출혈이 심하기에 방해가 되는 소매를 찢어내자 8인치(약 20센티미터)쯤 살이 찢어져 있었다.

"팔이 날아가지 않았으니 다행이군."

그런 농담을 하면서도 앤디는 굳은 얼굴로 몸을 와들와들 떨며 경련을 일으켰다. 라이너스는 소매로 이마의 땀을 닦아주며 나와 던힐에게 말했다.

"저건 판터 5호 전차가 아냐. 야크트판터지. 성가시게 됐다."

그러고는 헬멧을 고쳐 쓰고 앤디의 빰을 가볍게 때렸다. "여, 파트너. 괜찮아. 이런 것쯤은 별로 대단한 상처도 아니라고. 그럼 난 돌아갈 테니까 키드, 앤디를 부탁한다."

라이너스는 내 어깨를 가볍게 지른 다음 계단을 달려 올라갔다. 야크트판터는 신형인데 포탑이 없고 주포는 쾨니히스티거와 같은 71구경 88밀리, 정밀도가 높고 기동력이 뛰어나다.

일단 휴대용 구급 키트를 잡낭에서 꺼내 설파제 봉지를 뜯어서 상처에 뿌렸지만 피가 멎지 않았다.

앤디는 "무서워, 무서워"라고 중얼거리며 와들와들 떨고 있었다.

"괜찮다니까. 팔 다쳐서 죽는 사람은 없다고."

모르핀 주사를 한 대 놓으니 조금 진정됐다. 그런데 몸의 다른 부위를 살펴보던 던힐이 신음하더니 작은 목소리로 귓속말을 했다.

"콜, 옆구리도 다쳤다."

나도 모르게 혀를 찼다. 복부 부상은 의무병이 와야 처치할수 있다. 나는 계단을 달려 올라가 목청껏 소리쳤다.

"포슈, 이리 와!"

허둥거리며 온 포슈는 앤디 못지않게 얼굴이 창백하게 질려길쭉한 얼굴이 꼭 허연 오이 단면처럼 보였다. 하지만 신참에게못할 일이라고 할 때가 아니었다. 포슈의 팔을 끌어당겨 피로물든 붕대 위에 새 붕대를 올려놓고 압박시키려고 하자, 포슈는흠칫해서 팔을 잡아 빼려 했다. 억지로 손을 붙들었다.

"이대로 누르고 있어. 모르핀 주사는 이제 놓지 마. 꼭이야."

"두, 두 분은 어디 가시게요?"

"의무병을 불러올 거야. 넌 앤디를 보고 있어. 죽이면 안 돼."

비명을 지르는 포슈와 앤디를 두고 1층으로 돌아와 던힐과 함께 뒷문으로 나왔다. 폭음과 총성이 메아리쳤다. 화약 냄새를머금은 미적지근한 바람이 불고 안개비가 내리고 있었다.

벽에 등을 붙이고 소총에 새 클립을 끼운 뒤 손잡이를 되돌렸다. 외가닥으로 뻗은 골목의 오른쪽으로 가면 독일군이 서쪽에서 침입한 길이 나왔다. 게다가 출구에 미군 두 명의 시체가 포개져 있었다. 그 앞을 돌격포가 캐터필러 소리를 내며 지나갔으나 다행히 우리를 못 알아차린 듯했다. 집과 집 사이가 좁아서 천만다행이었다.

"왼쪽으로 가자. 그쪽은 아직 조용해."

내가 앞쪽, 던힐이 뒤쪽을 경계하며 재빨리 왼쪽으로 나아가 출구에서 일단 몸을 낮추었다. 던힐은 벽에 등을 붙이고 경계하고 나는 비에 젖은 포석에 엎드렸다.

이마에서 흐르는 피를 훔치며 주변 상황을 살폈다. 완만하게 경사진 좁은 포석 길이 눈앞을 가로질러 중심도로로 이어졌다. 길 건너편에도 우리가 있는 쪽과 비슷한 민가들이 늘어섰고, 총알 자국과 그을음으로 더러워진 벽과 벽 사이로 골목이 보였다.

의무병은 어느 구역에 있나? 단숨에 길을 건너 맞은편을 확인할까? 하지만 적병이 어디에 숨어 있을지 알 수 없다. 나는 말라붙은 입술을 핥았다.

그때 뒤에서 자박자박 기묘한 발소리가 들려왔다. 이런, 전방에 주의가 팔려 뒤를 신경 쓰지 못했다. 황급히 돌아볼 겨를도 없이 등을 밟혔다.

"아야!"

그런데 녀석은 아랑곳하지 않고 내 머리를 뛰어넘어 좁은 길로 나갔다. 헌팅캡을 쓰고 마른 체구에 셔츠와 바지를 입은 녀석이 길에 서서 두 팔을 높이 쳐들었다. 공포 따위 모른다는 것처럼.

"저, 저 녀석 뭐지?"

착란에 빠졌는지 가느다란 팔다리를 버둥거리고 새된 목소리로 비명을 지르며 중심도로를 향해 비탈을 굴러 내려가듯 달려갔다. 신발도 양말도 신지 않은 맨발이었다.

대체 어디서 나타났지?

어안이 벙벙해서 바라보는데 귀청을 찢는 듯한 기관총 소리가 들리더니, 수수께끼의 인물이 등을 펄떡 뒤로 젖혔다. 그렇게 눈에 띄게 행동했으니 총을 맞는 것도 당연하다. 앞으로 고꾸라져 쓰러지면서 헌팅캡이 벗겨져 빡빡머리가 드러났다. 포석 길에 시커먼 피가 순식간에 번졌다.

총알은 내 쪽에서 볼 때 오른편, 이쪽 구획에 있는 민가의 2층이나 3층 창문에서 날아온 듯했다.

"위에 저격병이 있는데…… 적일까?"

"아마도."

뒤를 돌아보자 던힐도 방금 전 녀석에게 밟혔는지 오른손을 가볍게 흔들고 있었다.

수상한 인물은 언뜻 봐도 민간인이었는데 현재 네덜란드인 중 다수는 미국 편이다. 그러니 경고도 없이 사격했다면 독일군이라고 보는 게 타당할 것이다. 하지만 의무병을 불러오지 않으면 앤디가 위험하다. 조급해하지 마라, 서두르다가 일을 망친다. 껌을 입에 넣고 씹으며 군화에 두른 색에서 총검을 빼고 가슴 주머니에 들어 있던 조그만 거울을 꺼냈다.

"맥한테서 뭘 빌려서 도움이 된 건 이번이 처음인걸."

씹은 껌의 접착력으로 총검 끝에 거울을 붙이고 골목 밖으로 약간 내밀어 주위를 확인했다. 오른편으로 세 집 건너 2층 창문에 독일군 기관총병인 듯한 모습이 보였다. 그리고 그 위 다락에서 저격병의 조준경이 반짝 빛났다.

"큰일인데."

거울을 더 움직여보니 그 앞 민가 2층에 울타리를 친 베란다가 있고 시들어가는 화분 몇 개가 놓인 게 보였다. 다락에서 이쪽을 향해 쏠 경우 베란다와 화분이 적의 조준에 방해가 될 것 같다.

"길은 건너지 말고 이대로 오른쪽 벽에 붙어 나아가서 다음 골목에 숨자. 일단 이쪽 구획부터 찾자고. 엄호 부탁해."

나는 던힐에게 말하고 골목에서 나가 재빨리 달려갔다. 던힐이 위를 향해 엄호 사격을 하는 동안 달려서 민가 한 채를 지나 옆 골목으로 얼른 숨었다. 예상대로 화분이 차폐물이 되어준 덕인지, 단지 운이 좋았을 뿐인지 아무튼 총에 맞지 않을 수 있었다. 신호를 보내 이번에는 던힐이 이쪽으로 이동하는 동안 내가 벽에 바짝 붙어서 엄호 사격을 가했다. 커다란 체구가 좁은 골목에 들어온 것과 동시에 녀석의 소총 개머리판 끝이 날아갔다.

그런데 위험을 무릅쓴 보람도 없이 이 골목에는 아무도 없었다.

"에이씨, 어디 있는 거야?"

"콜, 저쪽이다. 건너편에 동료가 있어."

굵은 손가락이 가리키는 방향에 아군이 보였다. 그것도 에드가 있는 제3소대 녀석들이었다. 반가움이 치밀었지만 안도할 때가 아니었다.

"어쩌지? 역시 뛰어?"

"아니, 우선 수신호부터 보내자."

던힐은 맞은편 제3소대에게 신호를 보냈다.

'그쪽에 군의관이나 의무병이 있나?'

그러자 골목 어귀에 있던 소대장이 대답했다.

'스파크가 있다.'

나와 던힐은 마주 보았다. 자, 누가 먼저 가지? 겁쟁이라고 욕을 먹어도 할 수 없지만 둘 다 선뜻 나서지 못했다.

"동전을 던지자."

주머니를 뒤져 동전을 찾는데 맞은편에서 소대장이 기다리라고 몸짓으로 알렸다. 골목 안쪽에서 스파크와 에드가 나오는 게 보였다.

'스파크와 그린버그가 그쪽으로 간다.'

'오케이. 그쪽에서 볼 때 오른쪽으로 다음 골목으로 들어가라. 우리도 동시에 간다.'

그렇게 신호를 보낸 순간 제3소대 동료 한 명이 던진 수류탄이 아치를 그렸다. 요란한 파열음과 함께 독일어 절규가 들려왔다. 곧바로 소총에 의한 제압 사격이 시작되고, 그 틈을 타서 에드와 스파크가 몸을 낮추고 이쪽으로 뛰어왔다. 우리도 원래 있던 골목으로 돌아가기 위해 전방 왼쪽으로 달렸다. 군화 바로 옆에서 탄환이 튀는 속을 달려가 골목에 뛰어들었다.

뒤이어 온 두 사람의 팔을 끌어당겨 골목 안으로 들였다. 넷다 무사하다……. 서로의 상처를 살펴보고 웃음을 터뜨렸다. 긴장이 풀리면서 새삼 공포가 밀려들어 그저 웃음만 나왔다.

앤디의 부상은 생명을 위협할 만큼 중하지는 않았다. 옆구리 상처도 지방을 도려내는 데 그쳤다. 스파크는 새 붕대로 지혈하고 혈장 튜브를 앤디의 정맥에 연결한 다음 내 찢어진 눈썹에 반창고를 붙였다. 치료하는 동안 스파크의 손놀림은 아주 약간 부드러웠다.

"다른 부상병은?"

손에 묻은 피를 천으로 닦는 스파크에게 나는 헨드릭슨의 이름을 말하려다가 그만두었다. 나중에 인식표를 챙겨주어야겠다.

밖에서는 아직 총격전이 이어지고 있었다. 던힐은 간호하느라 지쳤는지 구석에서 울고 있던 포슈에게 정신 차리라고 말한 다음 에드와 함께 지하실에서 나갔다. 지금은 전투에 참가 중일 것이다. 나도 서둘러 계단을 올라가 장난감 가게 뒷문으로 나가서 얀센 씨 집으로 돌아가려 했다.

뒷문을 열었을 때 설마 그 어린 남자애, 테오가 뛰쳐나올 줄은 몰랐다. 미처 피하지 못하고 세게 엉덩방아를 찧은 테오는 들고 있던 새 인형을 휘두르며 엉엉 울었다.

"헉, 미안! 괜찮아?"

"뭐 하는 겁니까, 키드? 얼른 애랑 지하실로 돌아가세요!"

망 보는 와인버거의 호통에 허둥지둥 테오를 안아 들었다.

"이런 데 있으면 안 돼, 테오. 식구들이 걱정해."

그나저나 어디서 나온 거지? 재빨리 주위를 둘러보니 바로 옆 벽에 헛방으로 보이는 작은 문이 활짝 열려 있었다. 설마 내내 저 안에 있었나?

지하실 뚜껑 문을 열고 사다리를 달려 내려갔다. 아까부터 계속 오르락내리락한다.

이쪽 지하실은 옆집 지하 공방과는 달리 딱 저장고를 개조한 방공호 같은 느낌이었다. 흙벽과 바닥은 널판으로 보강했고, 낮은 천장의 들보에 걸어놓은 유리 램프의 부드러운 불빛이 지하실에 빛의 고리를 포갰다. 단순한 만듦새의 선반에는 통조림과 병조림이 놓여 있고 바닥에는 얇은 매트리스 두 개와 담요가 깔려 있었다. 공기가 탁하고 약간 이상한 냄새가 났다. 먹다 남은 음식과 피 냄새다.

중앙에는 낡아빠진 소파가 사다리를 등지고 놓여 있었다. 그곳에 어른 둘이 몸을 붙이고 앉아 있는 게 보였다. 집주인인 얀센 씨 부부였다. 오른쪽이 남편, 왼쪽이 아내. 앞을 보고 있어서인지 나를 알아차리지 못한 듯했다.

"죄송합니다. 실수로 아드님을 넘어뜨렸어요."

품 안의 테오는 이제 울지 않았지만, 조그만 손으로 내 목을 꽉 붙들며 볼과 볼을 맞대었다. 햇볕과 우유 냄새에 땀내가 섞여 있었다.

"저기요."

다가가 얀센 부인의 어깨에 손을 얹었다가 흠칫했다. 손바닥에 닿은 감촉만으로도 바로 알 수 있었다.

"……죽었잖아."

손으로 테오의 눈을 가리고 두 사람의 얼굴을 확인했다. 눈꺼풀은 평온하게 감겨져 있었지만 콧구멍에서 피가 뚝뚝 떨어졌다. 검은 원피스의 오른쪽 절반이 흠뻑 젖었고 바닥에 피가 흥건했다. 오른쪽 관자놀이에 총을 맞았을 것이다. 남편인 얀센 씨도 같은 상태였다.

"어이, 키드! 너도 얼른 와서 거들어!"

사다리 위에서 고함 소리가 들려와 정신이 들었다. 테오를 고쳐 안고 발길을 돌려 지하실에서 나왔다. 그러고 보니 로테는, 이 집 딸은 어디 갔지? 걱정됐지만 찾을 겨를은 없었다. 일단 위로 돌아가 와인버거에게 테오를 맡기고 나는 전투에 가담했다.

전진과 후퇴를 반복하는 소모전이었다. 주위가 어두워지기 시작했을 무렵 드디어 후속 부대가 와서 독일군 전차 부대는 퇴각했다. 하지만 곧 다시 돌아올 것이다.

"적의 정예 부대인 제6 공수연대가 부근에 남아 있는 모양입니다. 요격 태세를 유지하라는데요."

와인버거가 문간에서 얼굴을 내밀고 보고했다. 앨런 선임하사의 엄명대로 무사히 지켜낸 통신기로 사령부와 연락을 마친 듯했다. 맥이 손가락 관절을 우두둑 꺾으며 "또 그놈들이냐, 지겹다, 지겨워"라고 투덜거렸다.

소강상태에 든 지금, 기회를 놓칠세라 다들 서둘러 전투식량을 배 속에 넣었다. 구급소가 공격을 받아 군의관이 폭사한 모양이다. 원래라면 앤디를 이송해 제대로 된 치료를 받게 해야 하지만 어쩔 수 없다. 스파크는 앤디와 함께 옆집 공방에 남아 있고, 에드도 아직 제3소대로 복귀하지 못했다.

다들 지쳤는지 말수가 적었다. 창가에 던힐이 걸터앉아 소총을 한 손에 든 채 담배를 피우며 주위를 경계했다. 그 앞 테이블에서는 라이너스가 기관총을 확인하며 혀를 찼다. 조금 전 전투로 고장 난 모양이다. 부부 침실에서는 스미스와 마르티니가 망을 보고 있을 것이다. 둘 다 숨어 있던 맞은편 건물이 적의 포탄을 맞아 반쯤 무너진 탓에 앨런 선임하사와 함께 가까스로 도망쳐왔다.

테오는 웅크리고 앉은 포슈와 전기스탠드 사이에서 자고 있었다. 나는 통조림을 급히 먹으며 아까 지하실에서 본 이변을 이야기했다.

"있지, 잠깐 들어봐. 좀 큰일 났어."

앨런 선임하사의 명령으로 지하실을 살펴보러 갔던 던힐과 라이너스가 돌아와 보고했다.

"키드 말이 맞는데요. 부부는 둘 다 오른쪽 관자놀이에 총을 맞아 죽었습니다. 몸싸움을 벌인 흔적은 없이 몸을 맞대고 앉아 있었습니다."

"자살인가?"

"그렇겠죠. 관자놀이에 총구를 갖다 댄 자국도 남아 있습니다."

식탁에 몸을 기대고 있던 맥이 어깨를 으쓱하고 바로 결론을 내리려 했다.

"그럼 동반자살이겠지. 남편이 아내를 쏘고 왼손으로 아내의 시체를 끌어안은 다음 이번엔 자기를 쏜 거야."

"하지만 전쟁터에서 자살할 필요가 뭐가 있지?"

앨런 선임하사는 짙은 검은 눈썹 사이를 찡그리며 맥에게 물었다. 그러나 맥은 시치미를 떼듯 눈알을 굴렸다.

"자살하는 사람 마음을 어떻게 알겠습니까? 우리가 지겠다고 생각한 거 아닐까요? 독일군한테 잔인하게 죽임을 당하느니 차라리, 그렇게 생각했을 수도 있겠죠."

"흠…… 그렇게 단순한 이야기라면 좋겠다만."

그러자 라이너스가 살짝 난처한 표정을 지었다.

"앨런 소대장님, 얀센 부부는 두 사람 다 기도라도 드리는 것 처럼 두 손을 모으고 있었습니다."

뭐라고? 다른 사람들도 모두 웅성거렸다. 아내만이라면 남편 이 쏘고 나서 손을 모으게 했을 수도 있을 것이다. 하지만 남편 까지 그렇다면 관자놀이를 쏜 뒤 기도하는 자세를 취할 여유가 있었다는 뜻인데, 그런 일은 있을 수 없다.

"어이, 키드, 설마 네가 그런 거 아니겠지?"

기가 막히게도 맥은 내 탓으로 돌리려 했다. 다른 사람들까지 의심 어린 눈초리로 나를 쳐다보았다.

"뭐? 내가 그런 걸 왜 해? 게다가 난 줄곧 테오를 안고 있었 으니까 손을 쓸 수 없었다고. 뭐하면 테오한테 물어봐. 영어는 못하지만."

"뭐, 소심한 키드한테는 무리일 테지. 라이너스가 거짓말을 하는 건……."

발상이 지나치게 단순한 데다 아무리 그래도 너무 남을 업신 여기는 것 같다. 여기에는 라이너스도 울컥한 듯했다.

"그럴 리 있냐. 던힐도 같이 있었다고. 의심되면 가서 직접 보 고 와라."

그러자 평소에는 온화한 앨런 선임하사가 짜증 어린 목소리 로 말했다.

"농담도 정도껏 해둬라, 맥! 어쨌거나 여기에 우리가 모르는 제삼자가 있었다. 우리 바로 밑에서 싸움이 벌어졌을 가능성이 있는 거다. 망보는 녀석은 뭘 한 거냐?"

분대장의 서슬에 맥도 움찔했다.

"뒷문은 내내 와인버거가 망보고 있습니다만."

"그럼 녀석을 데려와. 지금 당장!"

황급히 거실에서 뛰쳐나가는 맥을 배웅한 뒤 나는 손을 살짝 들었다. 앨런 선임하사는 고개를 끄덕여 발언을 허락했다.

"분대장님, 만약 평시에 발포했다면 아무리 지하실이라도 소리가 들렸을 겁니다. 하지만 아무도 총성을 못 들었거든요. 다시 말해서 부부가 죽은 건 지하실에 숨은 직후가 아니라 전투가 개시된 뒤라고 보입니다."

"그건 일리가 있군. 라이너스, 권총은 뭐였나?"

"FN 브라우닝 M1910. 네덜란드 레지스탕스가 잘 쓰는 무기입니다. 소파 위, 얀센 씨의 오른쪽 허벅지 옆에 놓여 있었습니다. 방아쇠와 총목에 핏자국이 있고 화약 냄새도 어렴풋이 남아 있었으니까 그게 흉기 맞을 겁니다. 다른 이상은 없이 탄창은 비었고 실내에 탄흔도 없는 데다 다툰 흔적도 찾아볼 수 없었습니다."

"죽은 형이 레지스탕스였다고 했지. 집주인도 그랬을지 모르겠군. 내분일 가능성은?"

"글쎄요. 참고로 본인과 부인, 둘 다 오른쪽 관자놀이에 총을 맞았는데, 얀센 씨가 오른손잡이였던 건 틀림없습니다. 생전에 오른손에 펜을 들고 뭘 쓰는 걸 던힐이 봤다고 합니다."

맥이 데려온 와인버거는 바깥에서 침입한 사람은 없었다고 보고했다. 녀석은 뒷문과 부엌으로 이어지는 복도가 만나는 위치에 있었던지라 2층으로 올라가는 계단과 거실, 그리고 지하실의 뚜껑 문까지 볼 수 있었다. 다만 뒷문 옆 헛방에 테오가 숨어 있었던 것은 못 알아차렸다고 말했다.

"저희가 제 위치로 가기 전부터 안에 있었을 가능성이 있습니다. 맞다, 그 애, 로테는 어디 있죠? 혹시 뭔가를 알고 어디 숨어 있을지도 모릅니다."

와인버거의 말에 맥이 코웃음을 쳤다.

"여덟 살짜리 여자애가 부모를 죽였단 소리냐? 난사면 또 몰라도 정확하게 관자놀이를 한 방에 관통하는 건 무리라고. 반동을 못 버텨."

"아뇨, 그게 아니라요. 부모는 자살한 게 맞지만 총을 손에서 빼고 두 손을 모으게 한 건 그 애가 아닐까 하는 의미인데요."

어쨌거나 로테는 보이지 않았다. 어디 갔을까? 그 뒤로 내내 어쩐지 마음이 불안했다.

얀센 부부는 행복해 보였다. 만약 그들이 저녁 식사에 초대해주면 나는 기꺼이 받아들이겠다는 생각까지 하고 있었다. 흔쾌히 미군을 집에 있게 허락해주고 가족을 소개해주기까지 했다. 다른 사람들도 얀센 일가에 대해 소박하고 착한 사람들이라는 인상을 받았을 것이다.

설마 자살할 정도로 심각한 고민이 있었을 줄이야. 게다가 이런 전쟁터에 아이들을 두고 가다니.

나는 시선으로 에드를 찾았다. 그는 거실 식기장에 몸을 기대고 오른손을 입가에 댄 채 이야기를 듣고 있었다. 여기서는 보이지 않지만 만약 손톱을 깨물고 있다면 뭔가 추리하고 있을 것이다. 라이너스와 던힐도 나와 같은 생각을 했는지 에드를 주목하고 있었다. 논의할 만큼 했는지 방 안에 짤막한 침묵이 찾아들자, 에드가 얼굴을 들어 조용하면서도 또렷한 목소리로 말했다.

"아마 여덟 살짜리 여자애는 관계없을 거다."

"왜죠? 없는 건 그 애뿐인데요."

"총을 집주인의 손에서 빼고 손을 모으게 한 건 죽은 이를 애도하기 때문이야. 여덟 살 먹은 여자애에게 그런 의식이 있을까? 부모가 자살한 충격으로 보통은 그런 걸 생각할 경황이 없을 텐데."

"부모한테 부탁받았을 가능성은?"

"……난 모르겠지만, 얀센이란 남자는 여덟 살 어린애가 보는 앞에서 애 어머니를 죽이고 자기 머리에 총을 쏠 사람으로 보였나?"

"아니…… 그럼 누가 한 건데?"

"그건 좀 더 조사해봐야 알 것 같군. 앨런 선임하사님, 제가 지하실을 보고 와도 되겠습니까?"

우리 대화를 지켜보던 앨런 선임하사는 뻣뻣한 털이 난 손가락으로 뒤통수를 긁적이며 "그래라" 하고 고개를 끄덕였다. "단 15분 내에 끝내도록. 키드, 너도 따라가라."

다시 지하실로 내려가자 얀센 부부는 내가 발견했을 때와 똑같은 상태로 소파에 앉아 있었다.

"이상한 점이 없는지 확인해줘."

에드의 지시에 따라 벽과 바닥을 샅샅이 조사했다. 아까 맡았던 냄새는 아직 남아 있었다. 시체가 부패한 냄새인가 했지만 아직 시간이 그렇게까지 지나지 않았거니와 체취도 아닐 것이다. 얀센 부부는 내가 아는 한 몸차림이 깨끗했다. 게다가 어디서 맡아본 냄새였다.

에드는 시신 앞에 무릎을 꿇고 여기저기 만져보고 있었다. 우리는 시체에 너무 익숙해져 있다. 부부는 그에게 맡기고 양탄자 끝을 들치는데 에드가 일어섰다.

"이거 봐라. 유서랄지, 편지인데. 겉옷 주머니에 들어 있더라."

그렇게 말하며 편지지인 듯한 흰 종이를 팔랑거렸다.

비상시인 줄 알면서 혼란을 일으키는 행동을 하는 점, 뭐라 사과 드려야 할지 모르겠습니다. 하지만 부모는 자식에게 약한 존재이니까요. 딸을 위해 저세상으로 가겠습니다. 당신이 독수리와 함께 하늘에서 내려왔다는 말을 듣고 드디어 여우의 꼬리가 내려갔다는 것을 확신했습니다. 그럼 안녕히. 로테와 테오를 부탁드립니다. 사랑한다고 전해주십시오.

"로테와 테오를 부탁한다고?"

미군에게 맡기면 안전할 것이라며 아이를 맡기려는 사람은 의외로 적지 않았다. 물론 받아들이지 않지만. 그나저나 다른 부분을 영 모르겠다. 영어 문장이 어색한 게 아니라 말 자체의 뜻을 알 수 없었다. 여우 꼬리라고? 글씨는 흐트러지지 않았으니 착란을 일으킨 것도 아닐 듯했다. 남자치고는 기름하고 바른 글씨체이지만, 손재주가 있고 성품이 온후한 얀센 씨와 어울린다는 생각이 들었다.

"이 편지는 진짜일까?"

"자살을 위장할 필요가 없으니 말이지. 여긴 전쟁터 아니냐. 누굴 죽이고 싶으면 번거롭게 공작을 할 것도 없이 적당히 쏴서 아무 데다 시체를 버려놓는 편이 자연스럽지. 뭣보다 위장할 거면 권총을 옆에 놓는다든지 기도하는 모양새를 취하게 하지는 않을 거다."

아까는 관찰할 여유가 없어서 알아차리지 못한 두 사람의 손을 새삼 확인했다. 손을 가볍게 깍지 낀 얀센 부인의 손은 집안일을 하는 사람답게 살갗이 텄다. 어머니와 할머니가 생각나 가슴이 메었다.

"……로테에 대해선 어떻게 생각해? 어디 있는 걸까?"

"로테? 아아, 행방불명된 여덟 살짜리 소녀 말이군."

"그래, 걔! 행방불명됐다고 하지 마. 불길하게."

"사실을 말한 것뿐이다만."

발끈했다. 에드는 언동이 너무 냉정하다. 늘 그렇다지만 지금은 그의 철가면과 담담한 어조가 신경에 거슬렸다. 여기 지하실의 공기도 싫었다. 피비린내, 퀴퀴한 악취. 공연히 짜증이 났다.

"괜히 재지 말고 다 이야기해. 걔가 아니면 여기에 누가 있었단 거야? 와인버거가 이 집 뒷문을 아무도 지나지 않았다고 했잖아. 수상한 사람은 어디로 사라진 건데?"

나는 헬멧을 벗어 바닥에 내팽개쳤다. 철모는 둔탁한 소리를 내며 튀어 올라 빙글 돌았다. 어째서 이렇게 화가 나는 걸까? 로테가 걱정돼서? 스스로도 잘 알 수 없었다.

에드는 그래도 아주 약간 눈을 크게 떴을 뿐 평소와 거의 다름없었다.

"골목에서 뛰쳐나온 민간인이다."

"뭐? 그게 무슨……."

"정확히 말하자면 '민간인풍 인물'이지. 너와 던힐이 의무병을 찾을 때 있었을 텐데? 골목 안에서 달려와서 무방비하게 뛰쳐나가 총을 맞고 죽은 녀석. 기억나지?"

나도 모르게 강하게 찌푸리고 있던 미간에서 점점 힘이 빠졌다. 맞다, 어째서 잊어버렸을까? 맨발로 골목을 달려 나와 내 등을 짓밟고 길로 뛰쳐나가 독일군의 총을 맞고 죽은 민간인.

수상한 인물이 있었지 않나. 순간 주먹을 너무 꽉 쥐어서 손바닥에 손톱이 파고들어 아팠다.

"우리가 있는 곳에서도 보이더라. 그렇게 기성을 지르면 눈에 띄고 말이지. 그 뒤 너희가 나타나길래 아는 사람인 줄 알았다만."

"아냐, 본 적도 없어."

"그래. 그렇지만 그 인물은 이 집 아니면 옆 장난감 가게에서 나타났다고 봐야겠지. 그 골목에 뒷문이 있는 건 그 두 집뿐이고, 반대편 큰길엔 적이 있었어. 게다가 만약 큰길에서 달려왔다면 마르티나 스미스가 봤을 거다. 어쨌든 확인은 해봤다만 이변은 없었다더라. 전망이 더없이 좋은 위치에서 길에 조준을 맞추고 있던 저격병이 못 봤다면 틀림없지."

나는 벽에 등을 붙이고 미끄러지듯 주저앉았다. 조금 전 내팽

개친 헬멧이 양탄자 대신 깐 듯한 담요 위에서 내 멍청한 낯짝을 비웃듯 흔들거리고 있었다.

"이거고 저거고 죄 모르겠는 일뿐이야. 그 인물이 이 집에 있었어도 망보는 와인버거가 못 봤을 리 없는데. 어떻게 안 들키고 뒷문으로 나온 거지?"

"그렇지. 어쨌든 약속한 15분이 다 돼가니까 그만 가자."

손목시계를 보고 놀랐다. 힘없이 일어나 헬멧을 집으려고 몸을 굽혔다. 그때 앞으로 내민 오른발이 쑥 꺼졌다.

놀라서 담요를 걷었다. 다른 부분과 다를 바 없는, 널판을 끼운 바닥으로만 보였다. 그러나…… 약간 휜 널판에 손가락을 넣어 들어올리자 맥이 빠질 정도로 손쉽게 빠졌다. 안에서 상한 냄새가 훅 풍겼다.

"생각났다! 앙고빌오플랭에서 던힐을 구조했을 때 레지스탕스가 숨어 있었던 지하실 냄새하고 비슷해!"

그쪽보다 여기가 훨씬 강렬했다. 숨을 쉴 수 없을 만큼 강한 냄새에 소매로 코를 막으며 어두운 구멍을 들여다보았다. 어느새 에드가 옆에 와서 쭈그리고 앉아 코를 가리며 라이터를 켰다. 주황색 불빛이 의외로 깊은 공간과 빈 깡통이 가득 든 나무상자, 먹다 만 빵, 그리고 죽은 쥐 사체를 어렴풋이 비추었다.

나와 에드는 서로 마주 보며 동시에 말했다.

"부부는 여기에 누굴 숨기고 있었어."

안으로 내려가보고 놀랐다. 통로가 나타난 것이다. 몸을 굽히지 않으면 머리를 부딪치기 때문에 낮은 자세로 조심스레 나아가자 안쪽 어둠 속에 뭔가 살아 있는 게 있었다. 마치 작은 털북

승이 괴물 같았다.

"설마 로테야?"

내가 부르자 작은 괴물은 몸을 흠칫 떨며 우리를 돌아보았다. 아름답던 머리는 마구 헝클어졌고 얼굴도 흙투성이였지만 분명히 로테였다. 다가가려고 하자 품에 안은 배낭을 꽉 끌어안고 뒤로 물러나려 했다.

"겁내지 않아도 돼, 이리 오렴. 여기서 나가자."

그런데 로테는 내게 등을 돌리고 도망쳤다.

"기다리라니까! 그냥 있으면 위험해!"

널판으로 보강한 지하실과 달리 통로는 땅을 파기만 한 데다 어른이 지나기에는 너무 좁았다. 두더지가 된 기분으로 엉금엉금 기어 로테를 쫓아갔다. 도중에 여기저기 머리를 부딪고 손도 몇 군데 까졌지만, 다행히 길은 외길이었다. 로테가 먼저 출구에 다다라 위에서 빛이 비쳐들었다. 구멍 가장자리를 잡고 고양이처럼 재빠른 동작으로 올라간 로테가 곧바로 비명을 질렀다.

"로테? 왜 그래?"

허둥지둥 밖으로 나가려다가 생각지도 못한 방해를 받았다. 커튼이었다. 이걸로 문을 가린 모양이다. 어둠 속에 있다가 갑자기 밝은 곳으로 나온 탓에 눈이 부셔 눈을 깜박이는데, 얼빠진 목소리가 들려왔다. 로테가 아니라 귀에 익은 목소리다.

"뭐냐, 너희들, 어디서 솟아난 거냐?"

스파크가 발버둥 치는 로테의 팔을 붙든 채 어리둥절한 표정으로 이쪽을 보고 있었다. 통로를 지나 다다른 곳은 부상당한 앤디를 옮긴 옆집 지하 공방이었다.

얀센 일가가 살던 집과 옆집은 비밀 통로로 이어져 있었던 것이다.

수상한 인물은 얀센 씨 집 뒷문을 이용하지 않고 비밀 통로를 통해 지하 공방에 들어가 장난감 가게 뒷문으로 나온 게 틀림없다.

거실로 돌아가 보고를 마치자 앨런 선임하사는 시커먼 수염에 손을 가져가 넓적코를 더 크게 부풀리며 한숨을 쉬었다. 박하와 위액이 뒤섞인 듯한 냄새가 났다. 분대 지휘에 이런 사건까지 더해졌으니 속이 쓰린지도 모르겠다.

"이젠 내가 결정할 수 있는 일이 아니군. 워커 중대장님의 판단을 직접 여쭈기로 하지. 소대장님께는 나중에 연락드리면 돼. 그린버그는 보고를 도와줘라."

앨런 선임하사는 하여간 귀찮아 죽겠다고 투덜거리며 테이블에 놓여 있던 통신기의 수화기를 들었다. 그러고 보니 늘 이걸 등에 지고 있는 녀석이 보이지 않았다.

"와인버거는요?"

"아…… 키드, 공방에 가서 맥을 말려라."

"맥을 말리라고요? 왜죠?"

"공방에서 포슈를 심문 중이라고. 얼른 가."

아까부터 같은 장소를 계속 왔다갔다하는 게 완전히 중심도로에서 벌인 공방전을 재현하는 것 같다. 뒷문에서 뒷문으로 가서 부서진 장난감 가게의 뚜껑 문을 열자 알코올 냄새가 코를 찌르고 맥과 와인버거의 말다툼 소리가 귀청을 찢을 듯 들려왔다.

"넌 비켜, 와인버거! 포슈, 네 녀석한테 말하는 거다!"

"진정하시라니까요, 중사님."

어른들이 언성을 높이는 옆에서 아이가 울고 있었다. 테오다. 보아하니 아무도 보살펴주지 않고 지하실 구석에 버려둔 듯했다.

"아이고, 이런."

계단을 달려 내려가 테오를 안았다. 테오의 머리에 땀이 차서 피마자기름 같은 냄새가 났다.

"어이, 키드. 애 조용히 못 시킬 거면 위로 데려가라."

맥이 짜증스레 나를 노려보는데 화풀이도 그런 화풀이가 없다. 어른이 조용히 하면 되는 것을. 테오는 내 목에 매달려 둥근 얼굴을 어깨에 대고 비볐다. 십중팔구 내 상의는 눈물과 콧물로 범벅됐겠지만 모른 척하기로 했다.

지하실 중앙에서 던힐에게 붙들린 맥과 팔을 마구 휘두르며 항의하는 와인버거가 서로 고함을 지르며 싸우는 중이었다. 당사자인 포슈는 와인버거 뒤에서 고개를 떨구고 있었다.

라이너스가 뒤쪽 벽에 기대서서 주먹으로 입을 막고 웃음을 참고 있었다. 작업대 위에 누운 앤디는 많이 좋아졌는지 귀를 틀어막고 벽을 보고 있다. 계단 근처에서 붕대를 개고 있는 스파크에게 다가가서 물었다.

"쟤들 왜 저러는 건데?"

"글쎄다. 저 보충병이 침입자를 못 보고 놓쳤다고 중사가 길길이 뛰는군. 뭐, 원인은 저거지."

스파크의 시선이 향한 곳에 진 술병이 뒹굴고 있었다.

"그래서 이 방에서 알코올 냄새가 진동했구나…… 그러고 보니 맥이 술주정을 좀 하잖아."

"그러게, 하여간 성가시게 됐다. 너하고 저기 저 프랑켄슈타인이 날 찾으러 골목으로 나간 동안 저 녀석하고 앤디만 여기 있었으니까 책임을 지우고 싶은 거겠지. 앤디는 정신이 몽롱했었고."

비밀 통로로 침입한 수상한 인물은 십중팔구 벽 전체를 가린 검은 커튼을 이용했을 것이다. 뒤에 숨어 상황을 살피다가 기회를 봐서 밖으로 나갔다. 하지만 그래도 계단을 올라올 동안에는 시선에 노출될 것이다.

"포슈는 뭐라는데?"

"앤디를 간호하는 데 정신이 팔려서 기억이 전혀 안 난다나. 거의 기절했다시피 하지 않았을까, 내가 왔을 때 녀석 상태로 보건대."

스파크는 어깨를 으쓱하고 의무병 백에 붕대를 넣었다.

"전투 중에도 총을 안 쏜 모양이더라. 아까 스미스가 야단치던데…… 저 녀석도 군인이 적성이 아닐 테지."

'저 녀석도'라니 무슨 뜻이냐고 물으려다가 그만두었다. 아마 스파크는 브라이언을 떠올렸을 것이다. 의무병이면서 피가 무서워 치료하는 장면을 보고 졸도했던 동료. 그는 프랑스 이스빌에서 부상병을 구호소에서 운반해 내오는 임무 도중 폭격을 맞고 죽었다.

"너 운 좋았군, 포슈. 놈들이 매복하고 있지 않아서." 맥이 말상을 시뻘겋게 붉히며 욕했다. "자기가 얼마나 미숙한지 깨달아라, 이 새끼야. 네 녀석이 부대를 위험에 빠뜨릴 뻔한 거다!"

맥은 술을 마신 데다 태도도 너무 난폭했지만 그가 하는 말 자체는 틀리지 않았다. 수상한 인물이 만약 적의 스파이나 병사였다면 우리는 확실히 기습을 당해 피해를 입었을 것이다. 평범한 민간인이었다면 용서받았을지 모르지만 포슈도 비록 신참일지언정 군인이다.

"포슈도 반성하고 있다고요, 중사님. 이 이상 몰아붙이는 건 무의미합니다! 게다가 저희도 포슈한테만 앤디를 맡긴 책임이 있습니다. 좌우지간 술부터 깨세요."

"뭐라고, 이 새끼가. 이게 어디서 건방을 떨어!"

급기야 맥이 던힐의 팔을 뿌리치고 와인버거와 드잡이를 시작했다.

"야, 야, 진정해!"

하는 수 없다. 테오를 스파크에게 맡기고 나와 던힐 둘이 맥을 뒤에서 붙들어 겨우 와인버거와 떼어놓았다.

"죄송합니다."

내가 팔을 끌어당기자 와인버거는 얼굴이 벌겋게 상기되어서도 냉정하게 사과했다. 그러나 맥은 뒤에서 붙들린 채 와인버거에게 여전히 눈을 번득이고 있었다. 방관자의 위치를 고수하던 라이너스가 그제야 중재에 나서서 맥의 어깨를 가볍게 두드리며 작은 목소리로 뭐라 속삭였다. 그러자 맥은 난폭하게 날뛰는 말처럼 거센 콧김을 내뿜으며 고개를 흔들고 던힐을 뿌리친 다음 흐트러진 전투복의 어깨와 옷깃을 바로잡았다.

당사자인 포슈는 입술을 깨물고 몸이 딱딱하게 굳은 채 벽에 친 검은 커튼을 노려보고 있었다. 뭔가 말을 걸어줘야지 했는데 그 전에 와인버거가 포슈의 등을 밀어 1층으로 데려가 버렸다. 맥은 취기가 완전히 올랐는지 뭐라 투덜거리며 갈지자걸음으로 벽 쪽으로 가더니 엉덩방아를 찧고 뻗어버렸다.

그런데 로테는 어디 갔지? 주위를 둘러보니 지하 통로 출구 곁에 무릎을 끌어안고 앉아 있었다. 진흙투성이가 된 파란 원피스를 털지도 않았고, 머리에도 거미줄이 그냥 붙어 있었다. 소란에 관심도 없다는 듯 어느 한 지점만 응시하고 있었다. 시선이 향한 곳을 보니 천장 부근의 작은 채광창 아래 붙박이 선반이 있고 꼭두각시 인형 여러 개가 놓여 있었다. 역시 부모가 보고 싶은 걸까?

"야, 키드. 이 애 어쩔 거냐?"

아차, 테오를 스파크에 맡겨놨지. 그런데 의외로 싫지 않은지 책상다리를 하고 다리 사이에 아이를 앉혀 재우고 있었다. 꼭 여우가 어쩌다 새끼 고양이를 보살피는 것 같아서 나도 모르게 웃자 스파크가 셋째 손가락을 쳐들었다.

"미안. 그리고 보니 로테가 갖고 있던 배낭은 어떻게 됐어?"

"분대장하고 맥이 조사했다."

안에는 가공육과 피클이 각각 한 병, 서양배 두 개, 양철 수통 하나, 공책과 연필이 들어 있었다고 했다.

"며칠 살아남기 위한 음식물이겠지. 그 외에도 묘한 게 있더라. 동그란 작은 깡통에 바늘이 달랑 한 개 들어 있던데."

"바늘만? 실이랑 가위는?"

"없었어. 이유는 묻지 마라. 편지도 들어 있더라만 네덜란드 말이라 읽을 수가 없어서 번역하러 보냈다. 아무것도 없으면 상관없지만 수상한 점이 있으면 조사를 받을지도 모르지."

"어째서? 이 애들 부모의 유품인데."

"……정신 차려, 애송이. 우리가 지금 소꿉장난하냐? 너도 알면서 왜 그래?"

하지만, 하고 말하려다가 입을 다물었다. 이 경우 스파크와 분대장 말이 옳다.

왜 얀센 부부는 자살했나? 뭔가 켕기는 사정이 있었던 게 아닌가? 밀고자였을지도 모르고, 함정이 있을지도 모른다. 부부는 결백했어도 수상한 인물이 독일에 협조했던 부역자였을 가능성도 있다. 아이에게 남긴 편지는 유언일지도 모르지만 적에게 정보를 주는 암호문일 수도 있다.

더 개인적인 이유도 생각할 수 있다. 가령 금전이라든지 이웃 사람이 얽힌 분쟁이라든지. 그러고 보니 1층 장난감 상점의 쇼윈도는 밖에서 누가 깬 것으로 보였다. 처음 봤을 때는 공방전에 휘말린 줄로만 알았는데 벽에는 손상이 거의 없었다. 유리창만 골라 깨는 기관총이나 수류탄이 있을까? 아니, 없다.

이 생각 저 생각을 하면서 문득 로테에게 시선을 주자 벽에 등을 기댄 채 잠들어 있었다. 깼을 때 혼자 있으면 싫겠지…….
나는 스파크의 가랑이 사이에서 테오를 안아 올려 로테 곁에 눕혔다.

"키드, 너 의외로 애 잘 본다."

던힐이 와서 두 아이에게 담요를 덮어주었다. 뻣뻣하고 보풀이 인 군대 지급품이다.

"글쎄…… 그런 생각은 별로 해본 적 없는데." 테오의 가는 팔을 들어 좋아하는 인형을 안겨주며 고개를 갸웃했다. "어른들이 일하러 나간 동안 내내 동생인 케이티를 돌봤으니까 익숙한가?"

"그렇군……. 그 애, 그냥 자는 척하는 걸 거다. 아까부터 눈썹이 떨리잖냐. 애들은 하여간 순진하지, 자는 척하면 부모가 모를 거라고 생각하다니."

아닌 게 아니라 로테의 긴 눈썹이 떨리고 있었다. 로테의 이마에 드리운 머리를 살며시 걷어주자 보드라워 보이는 눈썹을 꽉 오므렸다가 금세 누그러뜨렸다.

"뭐, 자는 척하다가 진짜 잠들고 그런다만. 우리 딸도 그러거든."

"헉, 딸?"

"그거 처음 듣는 이야기인데."

작업대 옆에서 빈 클립에 탄알을 채우고 있던 라이너스가 탄띠를 허리에 두르면서 다가와 책상다리를 하고 털썩 앉았다. 망가졌으니 어쩔 수 없지만 기관총병인 라이너스가 날씬한 소총을 들고 있으니 느낌이 묘하다.

"던힐, 너 애 아빠였냐?"

"그래. 스무 살 때 생긴 애라 벌써 다섯 살이다. 지금은 아내하고 함께 부모님 댁에서 살고 있고."

그 말은 그럼 던힐은 지금 스물다섯 살인가. 어째 나이 들어 보인다 했다. 처음 만난 이래로 벌써 넉 달이 다 되어가는데 그는 여전히 자기 이야기를 잘 하지 않았다.

스파크도 끼어 어른 넷이 아이 둘 옆에 둥글게 둘러앉아 있는데 어디서 배가 꼬르륵하는 소리가 났다. 다들 얼굴을 마주 보았지만 나는 아니다. 로테가 점점 더 미간에 주름을 잡고 애벌레처럼 몸을 둥글게 말았다.

"아차, 배고프겠네."

몇 시간이나 음식을 못 먹었을까? 나는 잡낭에서 휴대용 버너를 꺼내고, 뭔가 먹을 것을 찾으려고 옆집 부엌으로 갔다. 전투식량을 줘도 되지만 앞으로 보급이 끊길지도 모르니 통조림은 되도록 아껴두고 싶었다.

결국 치즈 쪼가리와 감자, 기름에 절인 정어리 병조림, 그리고 테오가 마시는 것으로 보이는 우유 한 병을 발견했다. 버너를 켜자 스파크가 손가락으로 가리키며 말했다.

"그러고 보니 제3소대하고 같이 행동했을 때 민가 뒤에서 소를 봤는데."

"야생 소?"

"너 바보냐. 농가 외양간이 있었어. 우리가 신세 졌던 집에도 유제품이 이것저것 있더라."

네덜란드는 낙농업이 발달했으니까, 라고 말하려다가 그만두었다. 얀센 씨 집 부엌에는 유제품이 별로 없었다. 가장 쉽게 얻을 수 있을 우유조차 한 병밖에 찾지 못했다. 아이가 둘이나 있는데…… 우유를 싫어하나? 나는 손을 씻고 와서 칼로 감자 싹을 제거하고 얇게 썰어서 작은 프라이팬에 넣었다. 그리고 남겨두었던 지급품 라드를 넣어 튀겼다.

불 냄새, 요리하는 냄새가 가득 찼다. 로테가 몸을 옴찔거리는 기척이 났다.

"닮았냐, 저 애? 네 동생이랑."

라이너스가 엄지로 로테를 가리키며 묻고 수통을 입으로 가져갔다.

"닮은 것 같아. 심통 났을 땐 특히 더."

내가 아홉 살쯤 됐을 때 우리 가게에 새로 나온 껌이 들어왔다. 나는 아버지, 어머니 몰래 슬쩍해주겠다고 케이티에게 약속했다. 처음에는 정말 그럴 생각이었는데 실제로 손에 넣으니 왠지 아까워져서 혼자 한 상자를 다 먹었다. 다디단 과일 펀치 맛 껌을 잔뜩 씹었더니 구내염이 생기는 바람에 턱과 입속뿐 아니라 귓속까지 아팠다.

"기디리다 지친 케이티가 창고를 열었을 때 그 표정이란……."

토라져서 며칠간 누구와도 말을 하지 않은 고집쟁이 동생 이야기를, 웃음을 참으며 털어놓았다. 담배를 문 라이너스도 입을 누그러뜨렸다.

그러고 보니 라이너스의 가족 이야기를 들어본 적이 없다. 스파크가 의사 집 아들이라는 소문은 들었는데……. 에드에 관해서도 아무것도 알지 못했다. 디에고는 할아버지, 할머니까지 합해서 열 식구의 가운데 아이로 태어나 식사도 옷도 싸워서 쟁취해야 했다고 한다.

"너희 집은 즐거워 보이네. 좋겠어."

"그런가? 라이너스 너희는 어땠는데?"

"우리 집 말이지. 뭐, 여러모로 단련은 되지 않았을까?"

"단련? 운동이라도 했어?"

튀겨진 감자를 접시로 옮기고 빈 프라이팬에 기름에 절인 정어리 약간과 치즈를 듬뿍 넣어 가열했다. 우유를 조금 더해 스푼으로 휘저으며 치즈를 녹였다.

"맛있겠군."

"라이너스, 너도 이야기해."

"으음…… 그렇게 재미있는 이야기는 아닌데."

라이너스는 금발을 긁적긁적하더니 한 박자 쉬었다가 이야기를 시작했다.

"키드 넌 1925년생이지? 그럼 나보다 세 살 어리군. 기억하는지 모르겠다만 내가 꼬맹이 땐 금주법 시대라 말이지. 아버지는 내가 태어나기 전부터 알코올의존증이었고 어머니는 어느 날 집을 나갔어. 나이 차가 많이 나는 형도 있었는데 늘 빈둥대기나 하고 집에 잘 오지도 않았어."

천장을 향해 담배 연기를 내뱉고 재를 떨었다.

"그래도 직업이 있는 동안엔 아버지도 변두리 술집에서 구할 수 있는 술을 마시곤 했어. 하지만 대공황이 시작돼서 실업자가 된 뒤로는 방법이 없거든. 시카고에 살았는데, 워낙 악랄한 동네이다 보니까 어린애도 돈 벌 거리는 이것저것 있어서, 뭐, 대부분이 법에 어긋나는 일이다만, 아무튼 아버지 술값을 벌려고 일했다. 안 그러면 메틸알코올에 손을 댈 테니까."

메틸알코올은 보통 보는 음용 에탄올이 아니라 연료 등으로 쓰이는 유독성 메탄올로, 마시면 실명하거나 사망할 위험이 있다. 할아버지는 내게 "어른이 돼서 아무리 술 생각이 나도 밀주만은 절대로 마시지 마라, 메틸이 들었을지도 몰라"라고 이르곤

했다. 잡화점을 운영했던 할아버지는 십중팔구 밀매에 관여한 적도 있을 것이다.

"아버지는 그때 이미 눈이 잘 안 보였어. 두 번 다시 입을 대지 말라고 해도 소용없었어. 그런데 어느 날 고용주의 연줄을 이용해서 진짜 위스키를 입수했단 말이지. 물로 희석시키긴 했어도 이것만 있으면 아버지가 얼마 동안 메틸알코올을 안 마시겠지 싶어서 흐뭇한 마음으로 집에 갔다. 그런데 문을 열었더니 그 인간이 식탁에 엎어져서 죽었더라. 바닥엔 깨진 술병이 있고. 멍청하게 거의 아무것도 안 타고 그냥 마신 거다. 조금만 더 기다렸으면 제일 좋아했던 위스키를 마시고 죽을 수 있었을 텐데."

라이너스는 어깨를 으쓱하고 "이걸로 끝"이라며 두 팔을 벌렸다.

"뭐, 요는 나한테 조달을 맡기면 안 죽을 수 있다 이 말이지."

"뭐야, 그게. '단련'이란 게 그거야?"

심각한 이야기였지만 라이너스가 묘하게 농담처럼 말하는 바람에 어떤 표정을 지어야 좋을지 알 수 없었다. 조달을 좋아하다니 이상한 녀석이라고 생각했는데 이런 과거가 있을 줄이야. 주정을 부리는 맥을 능숙하게 달랜 것도 아버지를 돌본 경험이 있기 때문일 것이다.

나는 그런 생각을 하며 조금 전 튀겨놓은 감자에 치즈와 정어리 딥을 끼얹었다.

로테를 흔들어 깨워 완성된 음식을 내놓자 어린 소녀는 험악한 표정으로 나를 노려보았다. 하지만 역시 배가 고픈 듯 또 꼬르륵 소리가 났다. 웃을 뻔했지만 이런 애는 놀리면 삐진다. 나는 입술을 굳게 다물고 말없이 접시를 떠넘긴 다음 고개를 돌려 안 보는 척했다. 몇 초 만에 음식을 먹는 소리가 나기에 가슴을 쓸어내렸다.

"그러고 보니 스파크 너희 집은 의사라고 했던가?"

말이 나온 김에 이야기를 시켜보자 맛없는 것처럼 입을 오므리고 담배를 피우던 스파크의 미간에 주름이 더욱 깊게 잡혔다.

"······누가 그래?"

"소문을 들은 거니까 기억 안 나. 부모님이 병원 하신다며?"

"시꺼, 똥 싸고 잠이나 자라."

그때 천장의 뚜껑 문이 열리고 에드가 계단을 내려왔다. 내가 계속 이쪽에만 매달려 있는 동안, 에드는 앨런 선임하사와 함께 통신기로 워커 중대장에게 이후의 판단을 구했을 터였다.

"어떻게 됐어? 중대장님이 뭐래?"

에드는 바로 대답하지 않고 헬멧을 벗더니 눌린 검은 머리를 쥐어뜯으며 우리 사이에 끼었다. 한숨을 깊이 쉬고 전투복 자락으로 렌즈를 닦는다.

"워커 중대장님은 돌아가셨다."

"뭐?"

"서쪽 제방에서 88밀리 포가 저격했어. 중대장님도 구호소도 같은 고사포에 당했다. 지금은 미하일로프 중위님이 임시로 지휘하고 있고."

미하일로프 중위라. 에드를 제외하고 서로 마주 본 우리는 전원이 오히려 안도한 모습이었다. 이른 새벽하늘처럼 파란 눈을 가진 중위는 언동도 외모도 수수께끼 같은 게 바닥을 알 수 없었다. 하지만 군인으로서 워커 대위보다 유능한 것은 틀림없었다. 워커 대위는 훈련 때부터 줄곧 우리 상관이었던지라 슬퍼하는 마음이 없지는 않았지만 충격은 그리 크지 않았다.

그러나 에드는 표정이 어두웠다.

"왜?"

"포격을 받은 건 중대장님만이 아니야. I중대하고 우리 제1소대가 상당히 큰 피해를 입은 모양이다."

제1소대에는 디에고가 있다. 중심도로는 종대로 진군했고, 전투가 시작된 뒤로 얼굴도 보지 못했다. 출발 전 네덜란드에서 애인을 사귀자며 주먹을 맞부딪쳤던 게 마지막이다.

"디에고는 무사한 거야?"

"몰라."

위 언저리가 묵직해졌다. 어금니를 악물고 바지 무릎을 쥐었다. 어깨를 꽉 잡혀 옆을 돌아보자 에드의 검은 눈이 나를 조용히 보고 있었다.

"지금은 걱정 마라. 디에고가 죽었다는 정보는 없으니까."

"응…… 그러게, 알았어. 생각 안 할게."

"그래." 에드는 한 번 더 내 어깨를 쥐었다가 손을 떼고 "미하일로프 중위님의 지시다"라고 말했다.

"이제 곧 적의 공격이 재개될 거다. 전차 부대가 다시 가까이에 집결한 걸 척후 부대가 30분 전에 확인했다더라. 출격이 시작됐겠지."

"어이구야."

"그리고 상공의 구름이 조금 걷혀서 곧 보급품을 투하할 수송기가 안트베르펜에서 올 거라는군. 기본 목적지는 네이메헌과 아른험이지만 이곳에도 어느 정도는 분배될 거다. 적은 수송기를 격추시키려고 할 테니 그걸 신호로 지상전이 재개될 테지."

"우리는 어쩌고?"

"이 집을 버린다. 서쪽 출구, 제3소대 담당 구역으로 이동, G중대의 공격력을 집결해서 적을 저지한다."

"좋아. 자, 모두 움직여!"

라이너스의 구령에 일제히 일어섰다. 나는 버너를 치우고, 프라이팬은 시간이 아까워서 적당히 닦아 자루에 넣었다. 작업대에 누워 있던 앤디는 던힐과 스파크가 안아 일으켜 지상으로 데려갔다. 그때까지 코를 골며 자던 맥을 라이너스가 발로 차서 깨우고 그래도 잠이 덜 깼기에 뺨을 갈겼다.

멀리 하늘에서 웅웅거리는 엔진 소리가 들려왔다. 계단을 달려 올라가 거실로 뛰어들어 창문에 친 커튼 틈으로 바깥을 확인하자, 오랜만에 보는 C-47기가 밤하늘을 날고 있었다. 어두운 지평선이 마치 플래시를 터뜨리는 양 명멸하고 대공포의 빛이 일직선으로 하늘을 갈랐다.

애들을 어떻게 할지를 두고 한바탕 논쟁을 벌인 끝에, 제3소대의 담당 구역 근처 농가까지 데려가기로 했다. 스파크가 말했던 외양간이 있는 농가일 것이다. 하지만 어쩐지 예감이 좋지 않았다. 달랑 한 병밖에 없던 우유와 장난감 가게의 깨진 유리에서 얀센 일가가 놓여 있던 처지를 짐작할 수 있었기 때문이다.

"애는 거기 맡겨버려. 알겠냐, 키드."

앨런 선임하사가 못을 박아 하는 수 없이 고개를 끄덕였다.

아이들을 데리러 지하실로 돌아갔을 때, 테오는 아직 자고 있었지만 로테는 앤디가 떠나고 없는 빈 작업대에 올라가 채광창 밑 선반에 손을 뻗치고 있었다.

선반에는 인형들이 놓여 있다. 죽은 아버지가 남긴 물건을 꺼내고 싶구나 생각하며 "로테" 하고 부르자, 아이는 놀라 인형을 떨어뜨렸다. 나는 바닥에 떨어진 인형을 주워주었다. 어른 손바닥 크기만 한 여우 목각인형이었다. 얼굴은 전체적으로 노란색인데 아래턱만 하얗게 칠했다. 팔을 들면 입을 빠끔거렸다. 잘 만들었다.

"Wil terug!"

무심코 유심히 쳐다보자 로테가 화를 내며 팔을 뻗었다.

"아, 미안. 자, 받아."

여우 인형을 내밀기 무섭게 로테는 낚아채듯 빼앗아 녹색 배낭에 넣었다. 뿌루퉁하게 입술을 내밀고 고개를 돌려 외면했다.

"더 갖고 갈 건 없어?"

말은 통하지 않겠지만 이 집에 돌아올 수 있으리라는 보장은 없다. 손짓 발짓을 섞어 어떻게든 뜻을 전하려고 해보았다.

"아, 낮잠 자는 고양이가 있는데 이건 필요 없어? 여기 귀여운 발레리나는?"

로테는 얼마 동안 나를 노려봤으나 시선이 점점 인형으로 옮겨가더니 몇 개를 집어 배낭에 넣었다. 똑똑한 아이다.

"자, 봐, 비행기 소리가 들리지?"

하늘을 향해 손가락을 들고 빙 돌린 다음 귀에 손을 갖다 댔다. 로테는 맑은 파란 눈으로 내 동작을 지켜보고 있었다. 응, 됐다.

"지금부터 독일군이 또 공격할 거야. 휙, 쾅! 휙, 쾅!"

손바닥으로 폭발을 표현하고 아파하는 얼굴로 쓰러지는 시늉을 했다. 그러자 로테의 조그만 코가 움찔거렸다. 이 애는 괴상한 표정이 웃기는지도 모르겠다 싶어 이것저것 해보자 로테가 마침내 "후후" 하고 소리 내서 웃었다. 잘됐다.

"그러니까 너랑 동생이랑 우리랑 같이 밖으로 나갈 거야. 같이 가주겠니?"

로테와 테오, 그리고 나를 차례대로 가리킨 다음 밖을 가리켰다. 로테는 아직 불만 어린 표정이었지만, 내가 머리를 쓰다듬는 것을 허락하고 테오를 깨웠다.

"좋아, 가자."

낮과 마찬가지로 골목에서 왼쪽으로 나가자 수상한 인물의 시체는 아직 길바닥에 뒹굴고 있었다. 기관총에 등을 관통당해 고꾸라진 채 밤바람에 상의 자락을 펄럭이고 있었다.

아까 이쪽을 노리던 독일군은 없는 듯했다. 스미스와 다른 사람들이 먼저 길을 달려가 맞은편 민가 벽에 몸을 붙이고, 이어서 내가 로테를, 포슈가 테오를 안고 그 뒤를 따르려 했다. 그런데 길을 횡단하는 도중에 그때까지 얌전했던 로테가 갑자기 몸부림을 치며 내 턱을 때렸다. 아픔에 무심코 힘을 풀자, 그 틈을 타서 로테는 내 품에서 빠져나가 시체로 달려갔다. 그리고 있는 힘껏 발길질을 하고 짓밟았다.

"뭐 하는 거야, 로테!"

로테를 다시 안아 들려고 했으나 발버둥 치는 여덟 살 아이는 제법 무거웠다. 그럭저럭 겨드랑이 밑으로 팔을 넣어 붙들고 뒤로 끌어당겨 시체로부터 떼어놓았다.

빡빡머리인 줄 알았는데 머리카락이 듬성듬성 남아 있는 게, 면도칼로 아무렇게나 민 것처럼 보였다.

"뭐 하냐, 얼른 서둘러."

에드가 몸부림치는 로테의 다리를 붙들어 둘이 힘을 합해 길을 건넜다.

제3소대와 합류해서 헛간으로 들어가 건초 더미 옆에 로테를 내려놓았다. 아이는 이제 발버둥 치지 않았다. 대신 구슬 같은 눈물방울이 볼을 적시고 있었다.

"저 시체, 역시 뭐가 있나 봐."

가세해준 에드에게 말하자 그도 동의했다.

"그러게…… 일단락되고 나면 다시 확인하러 가지."

헛간의 주인은 낙농업을 하는 부부인데 임시 구호소로 집이 접수된 모양이었다. G중대의 다른 의무병들에게 아직 안정을 취하는 중인 앤디와 아이들을 맡겼다. 로테도 너무 울어서 지쳤는지 얌전히 안겼다.

"그럼 이따 보자."

헤어질 때 로테의 미간에 잡힌 주름을 엄지로 문질러 펴주었다. 전투에서 무사히 살아남으면 나중에 만나러 가자.

이곳에는 박격포와 경기관총도 있고 의무병도 여러 명 있다. 나는 헛간 동쪽, 돌벽을 쌓을 때 일부러 공간을 남겨 구멍을 냈다고 해야 할 듯한 창에 기대서서 하늘을 올려다보았다.

머리 바로 위로 날아온 수송기에서 짐이 잇따라 떨어져 하얀 낙하산 꽃을 피웠다. 바람이 동에서 서로 불어 낙하산이 이쪽으로 밀려올 듯했다. 흔들흔들 공중 유영을 하는 상자 중 한층 큰 것이 대공포를 맞아 산산조각 났다.

"아직도 밀려가는데. 저러다 시 밖으로 나가는 거 아냐?"

낙하산은 도시를 둘러싸는 벽돌담을 넘어 빌럼스 운하로 이어지는 초원에 떨어졌다. 저 부근이 회수 지점이 될 모양이다.

아직 대공포의 굉음만 들릴 뿐 전투는 시작되지 않았다. 어둠 속에서 사람 실루엣이 띄엄띄엄 나타나기 시작하더니 주위를 살피며 중심도로 서쪽으로 달려갔다. 투하된 보급품을 회수하러 가는 보급중대다. 붉은 머리 오하라도 어딘가에 있을 텐데.

"젠장, 기관총 남은 거 없냐?"

어느새 라이너스가 와서 창밖을 노려보고 있었다. 삼각대로 받친 기관총이 분명히 입구에 있을 텐데, 기관총 분대의 다른 녀석이 사용하고 있었다. 포격으로 하늘이 빛날 때마다 이목구비가 뚜렷한 라이너스의 옆얼굴에 음영이 흔들렸다. 우리는 누가 먼저랄 것 없이 소총을 들고 엄호 사격 준비를 갖추었다.

주위가 고요해서 이대로 무사히 회수에 성공하지 않을까 생각한 그때 바로 곁에서 폭발이 일어났다. 라이너스가 내 등을 떠밀어, 둘이서 헬멧을 쓴 머리를 끌어안고 엎드려 밀려드는 흙먼지로부터 코와 입을 가렸다.

"야크트판터가 왔다! 보병 다수!"

귀울림 저편에서 캐터필러 소리가 울리고 분대장이 고함쳤다. 라이너스는 내 머리에서 손을 떼고 일어나 어디론가 달려갔다. 헬멧 챙을 밀어 올리며 시선으로 그 뒤를 좇았다. 헛간 입구에서 기관총을 겨누고 있던 사수와 장탄수의 몸뚱이 절반이 날아가고 없었다. 라이너스는 두 사람의 시체를 넘어뜨리고 기관총을 잡았다.

"담장 뒤에 적 보병!"

"박격포, 2시 방향! 운하로 못 가게 해!"

중심도로에 보급병 대여섯 명이 쓰러져 있었다. 폭음은 한층 거세지고 총탄이 그칠 줄 모르고 쏟아지는 가운데 적십자 완장을 찬 의무병 세 명이 달려갔다. 쓰러진 보급병의 몸을 안아 드는데, 총알이 의무병과 보급병의 머리를 관통했다. 살아남은 두 의무병은 그래도 겁내지 않고 헛간으로 다른 보급병들을 질질 끌어 운반했다. 헬멧이 떨어져 부상당한 보급병의 붉은 머리가 드러났다. 오하라다!

"키드, 밖으로 나가! 덤불에서 쏴!"

오하라가 어떤지 살피지도 못하고 숨을 멈춘 채 밖으로 뛰쳐나가 중심도로변 덤불 속에 숨었다. 눈앞의 파편 더미에 거대한 캐터필러가 올라앉았다. 섬뜩할 만큼 날카로운 이 끼익끼익 소리를 평생 잊지 못하리라는 생각이 들었다.

포탑이 없는 사다리꼴 전차, 야크트판터는 죽은 병사들을 짓뭉개며 전진했다. 주위에서 모습을 드러내는 독일군 보병에 순간 기가 꺾인 내 발치에 수류탄이 날아들기에 반사적으로 집어 도로 던졌다. 그 직후 폭발해서 비명이 들렸지만 전차는 멈춰서지 않았다. 이대로 가다가는 시 밖으로 나가게 된다.

"이런, 판터가 통과하겠어!"

적은 자꾸자꾸 늘어나 눈앞을 달려갔다. 그러나 내 손가락은 바들바들 떨려 어째선지 움직여주지 않았다.

상대방의 표정을 알 수 있었다. 어둠에 섬광이 번쩍하면서 용맹한 인상의 하얀 얼굴이 보이며 눈이 마주쳤다. 맞히고 싶지 않았다.

그때 위에서 총알이 날아와 독일 청년의 몸을 꿰뚫었다. 저격수 마르티니일 것이다. 한 명, 또 한 명 쓰러지는 적을 보고 뒤에서 누가 소리 내어 웃었다.

"뒈져버려라, 나치스 놈!"

돌아보자 톰슨 기관단총을 닥치는 대로 쏴대는 스미스가 있었다. 헛간 창으로는 라이너스와 다른 녀석들이 기관총으로 보병을 쓰러뜨리고 있었다. 그러나 판터는 급기야 바리케이드를 돌파해 시 밖으로 나가 빌럼스 운하로 향했다.

"뒤쫓아, 박살 내버려!"

상관들은 그렇게 부르짖지만, 장갑차가 그 뒤를 따르고 보병들이 파편을 밟고 잇따라 달려왔다. 여덟 발째 쏘고 클립이 튕겨 나갔을 때, 아군의 몸뚱이가 날아와 바로 옆 덤불에 처박혔다. 정수리에 총을 맞아 새우처럼 눈알이 튀어나와서는 이미 숨이 붙어 있지 않았다. 정신없이 끌어내린 다음 소총에 클립을 끼우고 손잡이를 되돌렸다.

옆에서 와인버거가 통신기 수화기에 대고 소리치고 있었다.

"뭐라고요? 한 번 더!"

"야, 수화기 내려놓고 여기 거들어!"

그런데 와인버거는 이쪽을 돌아보고 입을 딱 벌렸다. 어째선 지 오른손을 들어 하늘을 가리키고 있었다. 그 직후 그렇게 요란했던 총성과 포격음이 뚝 끊겼다. 그리고 누가 절규했다.

"머리 위를 조심해! 흩어져! 흩어져!"

순식간에 무시무시한 굉음이 울리고 거대한 쇳덩어리가 하늘을 날아갔다. C-47 수송기다.

대공포를 맞았는지 오른쪽 날개와 동체가 불길에 휩싸여 시뻘건 불이 꼬리처럼 밤하늘을 갈랐다. 열려 있던 화물실에서 불타는 짐이 떨어져 폭탄처럼 거리며 풀밭, 나무를 태웠다. 기체는 저공비행으로 지붕을 스치고 날아가 중심도로 끝에 동체 착륙을 했다. 모조리 쓸어버리는 무시무시한 소리가 그치자 기체 뒷부분이 폭발했다. 마침 운하로 향하던 야크트판터와 장갑차 위에서.

행인지 불행인지 결과적으로 적이 운하를 건너는 것을 저지할 수 있었다. 망연자실한 와인버거의 손에서 수화기가 스르르 떨어졌다.

"……이게 뭐야."

그 뒤로도 시내를 돌파하려는 독일군의 공격을 막아내다가 다시 소강상태에 접어든 것은 그로부터 한 시간도 더 지나서였다.

사상자가 속출한 탓에 농가에 설치한 구호소가 순식간에 만원이 됐다. 헛간에 임시로 치료소를 마련해 누워 있는 부상병들 사이를 다른 부대에서 파견된 군의관과 의무병이 뛰어다녔다.

일반 전투원뿐 아니라 조금 전 추락한 수송기의 조종사와 부조종사도 실려 와 있었다. 조종사는 가슴에 커다란 구멍이 뚫려 위독했지만, 부조종사는 다행히도 화상과 탈골로 그쳤다. 부조종사는 WASP(여성 공군 비행 부대) 부대원인 듯했다.

"그런 데 숨어 있었을 줄은 몰랐다. 이거야 원."

내 품 안에서 오하라는 비록 목소리는 떨렸어도 그럭저럭 웃었다. 진흙투성이 얼굴은 창백해서 심지어 주근깨조차도 엷어진 듯 보였다. 트레이드마크인 주황색이 도는 붉은 머리도 검게 그슬렸다.

오하라는 오른쪽 허벅지에 총 두 발을 맞아 살이 깊이 찢어져서 출혈이 심했다. 어느 의무병이 가랑이 위를 밴드로 감아 지혈했는데, 꽉 매지 못했는지 아니면 지혈대만으로는 부족할 만큼 중상인지 피가 멎지 않았다.

"키드, 오하라의 상체를 낮춰. 다리를 높이자."

라이너스의 지시에 따라 오하라의 상체를 낮춘 다음 정신을 잃지 않도록 뺨을 때렸다. 라이너스는 오하라의 다리를 자기 허벅지에 올려놓고 붕대를 상처에 대며 압박했다.

"의무병!"

아무리 불러도 부상자가 너무 많아 와주지 않았다.

오하라는 뺨이 점점 차갑게 식고 조금이라도 한눈을 팔면 자꾸 눈을 감았다. 발을 어깨에 걸치고 있던 라이너스가 오하라의 배 언저리를 쳤다.

"어이, 자지 마. 자지 마라, 오하라."

"……그래, 안 자, 라이너스. 야, 키드. 진짜 글렌 밀러는 어땠냐?"

사라진 분말 달걀 사건을 해결한 사례라며 티켓을 양보해준 사람이 오하라였다.

"좋더라. 「문라이트 세레나데」가 엄청 아름다워서 다 같이 거기 맞춰서 춤췄어."

"잘됐군."

이렇게 심한 부상을 입고도 오하라는 여전히 말수가 많았다. 뭔가 해주고 싶은데 해줄 수 있는 게 없으니 조바심만 자꾸 났다.

"이제 말은 그만해라." 라이너스는 오른쪽 다리의 상처를 손으로 압박하며 또다시 호통쳤다. "어이, 의무병! 이리 좀 와줘!"

"괜찮아. 괜찮아, 라이너스. 키드도."

"응."

왜 우리가 오히려 격려를 받는지 모르겠지만 오하라는 청색증으로 보랏빛이 된 입술에 미소를 띠었다.

"그보다 나 배고픈데, 조리병. 수프라든지 뭐 없냐?"

"나중에 병원에서 지긋지긋해질 만큼 먹게 될걸."

"분말 달걀이라도 괜찮은데. 있을 때 먹을걸."

오하라는 또다시 눈을 감으려 했다. 뺨을 때리자 의식을 되찾아 숨을 깊이 들이쉬었다.

"아, 그런데……."

"뭐?"

"네 손, 좋은 냄새가 난다."

"좋은 냄새? 그래?"

"응. 치즈랑 야채랑 우유. 어머니 손 같아서 안심되는데."

궁금해져서 내 오른손 냄새를 맡아보았다. 정말 어딘지 모르게 음식 냄새가 났다. 아까 로테에게 음식을 해줘서일까. 조리병이 되고 나서 어느새 나도 할머니 손을 닮았는지도 모르겠다.

"야, 눈 뜨라니까."

오하라가 또 눈을 감았기에 뺨을 탁탁 때렸다. 그런데 오하라는 움직이지 않았다. 흔들어도 몸이 마치 짐짝처럼 그냥 흔들렸다.

"야, 오하라!"

자세히 보니 눈꺼풀이 완전히 덮여 있지 않았다. 나는 몸을 내밀고 녀석의 코와 입에 손을 대어 숨을 쉬는지 보려고 했다. 그러나 10초가 지나도 1분이 지나도 손바닥에 아무 느낌이 없었다. 붉은 머리 보급병, 포목점 집 아들이고 수다를 좋아하는 오하라는 입가에 살짝 미소를 띤 채 숨을 거두었다.

입술을 깨물며 얼굴을 들자 지친 표정의 라이너스와 눈이 마주쳤다. 라이너스는 상처에서 손을 천천히 떼고 나지막이 기도했다. 나도 기도문을 외우고 빈껍데기가 된 오하라의 몸을 한 번 꽉 끌어안았다.

흐려진 눈을 닦는 사이에 라이너스는 오하라의 가슴 주머니와 옷깃을 더듬어 인식표 하나를 뜯어내고 접은 유서를 빼서 자기 주머니에 넣었다. 그리고 담요로 오하라의 얼굴까지 덮어준 다음 근처를 지나가던 의무병에게 그가 죽었음을 보고했다.

담요 밖으로 보이는 붉은 머리가 웃풍에 흔들렸다. 나는 주머니칼로 오하라의 머리 한 가닥을 잘라 손수건으로 싸서 주머니에 넣었다. 주위를 둘러보니 담요 밖으로 군화며 지저분한 손이 삐져나온 남자들이 부상병들 사이에 다수 보였다. 연기인지 열풍을 마셨는지 심하게 기침하는 소리, 신음하며 어머니를 찾는 소리, "죽기 싫어"라며 우는 소리가 여기저기에서 들려왔다.

나는 소총을 들고 일어나 헛간 출구로 향했다.

"어이, 키드?"

라이너스의 목소리가 쫓아왔지만 소리는 들려도 머리에 들어오지 않았다. 아무튼 여기 있고 싶지 않았다.

밖에서는 아군의 하프트랙과 소방 차량, 전차 수송 차량 등이 두꺼운 타이어로 파편을 넘어 중심도로 서쪽으로 달려가고 있었다. 추락한 수송기의 불을 끄고 잔해를 치워 중심도로를 비우기 위해서일 것이다. 공병 다수가 나를 추월하며 그 뒤를 따랐다.

곳곳에서 화재가 발생했다. 활활 타오르는 불길에 주위는 본래의 색을 잃고 그저 광포한 주황색과 검정색 음영만이 흔들리고 있었다. 적과 아군이 뒤섞인 무수한 시체는 짙은 그림자 탓에 누가 누군지 한층 알 수 없었다.

시 경계의 벽돌담까지 걸어가 운하 옆 풀숲에 추락한 수송기를 바라보았다. 문득 돌이 자그락거리는 소리가 나서 옆을 돌아보았다. 소총을 겨누며 다가가자 나치스 SS 상병의 전투복을 입은 독일군 병사가 담장과 헛간 사이에 쓰러져 있었다.

녀석은 상처는 입었을지언정 아직 살아 있었다. 독일군 시체에 몸을 기댄 채 엎어져 증오 어린 시선으로 나를 올려다보았다. 떨리는 팔을 뻗친 쪽에 루거가 떨어져 있었다. 발로 총을 차내자 SS 상병의 얼굴에 절망이 떠올랐다. 그의 처든 머리에 조준을 맞추고 방아쇠를 당겼다. 약실에서 클립이 튕겨 나가는 것과 동시에 SS 상병의 미간 약간 아래에 구멍이 뚫리고 뒤통수에서 피가 튀었다.

SS의 눈동자에서 생채가 사라졌다.

뒤에서 기척이 나기에 돌아보자 에드가 있었다. 어깨에 걸친 소총 멜빵에 손가락을 걸고 나를 잠자코 보고 있었다. 역광이라 안경만 두드러지고 표정은 보이지 않았다.

"……왜?"

"녀석들 있는 데로 돌아가자. 포슈가 행방불명됐다."

수송기가 추락할 때 투입구에서 떨어진 불붙은 짐을 직격으로 맞아 얀센 씨 집도 옆 공방도 불탔다.

신참 보충병 포슈가 없는 것을 맥이 소집할 때까지 아무도 몰랐는데, 그러고 보니 전투 중에도 보이지 않았다. 결국 포슈가 발견된 곳은 수상한 인물의 시체 곁이었다.

부상병을 구조하던 스파크의 보고를 받고 서둘러 얀센 씨 집 근처로 달려갔다. 엎어져 있던 수상한 인물의 시체는 위를 보고 누워 있고, 포슈는 이미 숨이 끊어진 상태로 그 옆에 쓰러져 있었다. 뒤에서 총을 맞은 듯 등이 피투성이였다.

"……어째서 이런 데……."

목이 멘 와인버거에게 앨런 선임하사가 딱딱한 목소리로 대답했다.

"어쩌면 이 녀석의 정체를 밝혀내려고 했는지도 모르지. 수상한 인물의 신원을 밝혀서 명예를 회복하려고 말이야. 안 그러냐, 맥."

그러자 맥은 시체를 에워싼 우리로부터 뒷걸음질했다.

두 시체 사이에 쭈그리고 앉아 포슈의 눈을 감겨주었다. 그 뒤 수상한 인물의 시체를 향해 몸을 돌렸다가 놀랐다. 남자 옷을 입고 머리도 삭발해서 지금까지 몰랐는데 가슴이 봉긋하게 솟아 있었다.

"여자잖아."

나이는 10대 후반이나 20대 초반쯤일 것 같다. 눈 색깔은 얀센 씨와 같은 파란색이고 두피에 듬성듬성 남아 있는 머리는 로테와 같은 아마색이었다. 이목구비는 부인을 닮았다. 피부에는 사후 반점 외에 비교적 최근, 죽기 전에 생긴 것으로 보이는 상처와 멍이 몇 개 있었다.

주머니에 들어 있던 얀센 씨의 유서를 꺼내 다시 읽어보았다.

"혹시 이 '부모는 자식에게 약한 존재', '딸을 위해 저세상으로 가겠습니다'의 딸이……."

"십중팔구 이 여자겠지. 로테와 테오라면 왜 딸과 아들이 아닌가 그런 생각은 했다만……."

수상한 인물이 여자라면 강제로 삭발한 듯한 머리도, 그리고 낙농가가 근처에 있는데도 부엌에 우유며 유제품이 거의 없었던 것도, 장난감 가게 외벽에는 흠집이 없는데 진열창은 밖에서 누가 깬 것처럼 보이는 것도 전부 연결된다. 에드처럼 머리가 뛰어나지 않아도 알 수 있었다. 죽은 얀센 가의 딸은 독일에 협조했거나 비밀경찰, 즉 게슈타포에 밀고했거나 아니면 독일군 병사와 사귀었을 것이다.

프랑스 앙고빌오플랭 마을에서 세제를 빌리려고 문을 두드린 우리를 문전박대한 검은 수염 남자, 그 집 정원에 있던 젊은 여자도 머리를 빡빡 밀었었다. 그 여자의 밀고로 던힐을 보호하던 집 형제 중 한 명이 독일군에 붙들려 처형됐다고 했다.

삭발하는 행위는 프랑스 다른 곳, 또 네덜란드의 에인트호번 시나 손 마을에서도 목격했다. 기쁨에 차서 주황색 깃발을 흔드는 거리에는 술과 과자로 우리를 환영하는 광경과 울부짖는 여자들을 구타하며 머리를 미는 광경이 혼재했다.

여자들이 너무 딱해서 말리는 게 좋지 않겠느냐고 미하일로프 중위에게 말하자 중위는 고개를 내저었다.

"이 사람들은 5년이나 나치스 때문에 고통을 받은 거다. 의미도 없이 죽임을 당한 주민들 생각을 하면 그래도 목숨은 붙어 있으니 다행이라고 봐야겠지. 이곳 문제는 이곳에 맡기는 게 낫다."

나치스는 유대인을 격리하는 거주 구역인 게토를 네덜란드에도 만들었다. 강제 격리를 피하려고 숨었다가 발견돼서 처형당한 유대인의 대다수는 이웃 주민의 밀고로 붙잡힌 사람들이었다고 한다. 유대인을 숨겨주거나 반 나치스 발언을 한 네덜란드 사람도 그렇게 해서 다수 죽었다. 물론 밀고자는 여자뿐 아니라 남자도 많았다.

여자를 땅바닥에 무릎 꿇려 면도기로 머리를 밀고 목에 글을 쓴 간판을 건다. 배신자를 벌하는 사람들은 섬뜩하리만큼 황홀한 표정을 짓고 있었다. 여기 페헐에서 똑같은 제재가 벌어졌어도 이상할 것 없다.

다른 사람들도 같은 결론에 다다른 듯 딱히 의문을 표시하는 사람은 없었다. 와인버거가 잡낭에서 담요를 꺼내 두 사람을 덮어주었다.

"얀센 부부도 밀고자였을까."

목구멍 언저리에 내내 걸려 있던 의문을 말해보자 에드는 "아니" 하고 중얼거렸다.

"아마 큰딸만이었겠지. 아니면 벌써 오래전에 집에서 쫓겨났을 테고, 로테와 부인도 삭발을 당했을 테니까. 어쩌면 주둔했던 독일군이 떠난 뒤 딸도 같이 사라진 것처럼 꾸몄는지도 몰라."

"얀센 씨 형이 레지스탕스였고 이미 고인이 됐다고 했지? 혹시 친조카가 밀고해서 죽은 걸까?"

"추측일 뿐이다만 어쩌면 그럴지도 모르지."

말을 잇지 못하고 침묵하는데 갑자기 던힐이 "앗!" 하고 소리치더니 발길을 돌려 중심도로로 달려 내려갔다.

"왜, 뭔데?"

"헛간으로 돌아가야 돼! 그 애들을 여기에 남겨두는 건 위험해!"

흠칫했다. 왜 바로 깨닫지 못했을까? 확실히 밀고자의 가족이면 어린애라고 봐주지 않을지도 모른다. 우리는 허둥지둥 던힐을 따라 파편으로 뒤덮인 중심도로를 달려갔다.

농가의 네덜란드인 부부는 로테와 테오에게 위해를 가하지 않았다. 나는 변함없이 길고 숱이 많은 로테의 머리를 보고 안도했다. 부부는 폭행을 하기는커녕 따뜻한 수프와 빵, 담요까지 주었다. 하지만 두 아이를 현관으로 데리고 나온 부인은 울어서 두 눈이 빨갛게 부었고 표정은 노여움과 슬픔을 참는 것처럼 일그러져 있었다. 남편은 쾌활한 기분도, 언짢은 기분도 아니고 그저 지친 것처럼 어깨를 축 늘어뜨린 채 "No, No"라며 고개를 흔들고 문을 탁 닫아버렸다.

나는 아이들과 손을 잡은 채 얼마 동안 멍하니 문의 나뭇결을 쳐다보았다.

다시 로테와 테오를 우리가 보호하게 됐다. 상황을 해결할 좋은 방법이 없는지 나와 에드, 라이너스, 던힐, 와인버거 이렇게 다섯이 헛간 구석에 둥글게 둘러앉아 의논했다.

"적어도 우리는 못 데리고 간다. 밀고자의 가족이라도 뭐라고 안 할 기특한 사람을 찾든지 포기하든지 둘 중 하나다."

"아니, 잠깐. 포기하는 건 안 돼."

"하여간 참. 그새 그렇게 애들한테 정이 든 겁니까? 데려가면 대체 어디까지 데려간다는 거죠?"

"……그럴 수 있으면야 좋겠지만, 나도 언제 죽을지 모르잖아."

깊이 생각하고 한 말이 아닌데 다들 흠칫 놀란 표정으로 나를 쳐다보았다. 라이너스는 심지어 휘파람까지 휙 불었다.

"뭐야, 뭐 할 말 있어?"

그러나 히죽히죽 웃기만 하고 다들 대답해주지 않았다. 에드만은 의아하게 여기지도, 놀리지도 않고 여느 때처럼 나를 똑바로 쳐다보고 있었다.

어느새 자정이 지나 밤 1시 30분이었다. 고집 센 로테도 피곤한지 테오와 몸을 붙이고 자고 있었다. 라이너스가 어디선가 조달해온 담배를 돌렸다. 담배를 못 피우는 나는 껌을 씹었다.

"아직 모르겠는데." 던힐이 담배로 땅을 톡톡 쳐서 재를 떨며 에드에게 질문했다. "얀센 부부가 자살한 이유, 그리고 여자가 기성을 지르면서 길로 뛰쳐나간 이유는 뭐지? 역시 착란 상태였던 건가?"

"음, 이것만은 그냥 추측일 수밖에 없다만." 에드는 손가락 사이에 담배를 끼운 채 관자놀이 부근을 엄지로 긁었다. "먼저 자살한 이유 말인데, 유서에 '딸을 위해'라고 쓴 걸 생각하면 부모가 딸의 죄를 대신 갚아 주민들에게 용서를 빌고 싶었던 게 아니겠어?"

"가족 전원이 이곳을 떠나자는 생각은 못 했나?"

"떠나면 이 근처에 안전한 장소가 있고?"

"……없지."

중심도로는 무참한 상태, 독일군은 부활해서 연합군조차 밀리는 상황이었다. 형은 반 나치스 활동을 했던 레지스탕스, 딸은 나치스에 협조했던 밀고자인 일가가 누구를 의지할 수 있었다는 말인가?

"궁지에 몰린 사람에게 방관자는 종종 '왜 도망치지 않았느냐?'라고 묻지. 하지만 현실에선 도망치고 싶어도 도망칠 수 없는 사람들이 많은 거다. 우리도 실컷 경험했을 텐데. 먹을 게 바닥나면 사흘 이상 버틸 수 없고 다리를 못 건너면 반대편으로 가지도 못해. 실제로 지금 두 아이를 맡길 곳조차 없어서 고민하는 중 아니냐."

에드는 그렇게 말하며 누워 있는 아이들에 얼핏 시선을 던졌다. 자신들의 운명이 걸린 것도 모르고 편히 자고 있었다. 던힐은 깊은 한숨을 쉬었다.

"자식들이 앞으로 살아남을 수 있는 방법을 생각한 결과 부모가 자살을 택했다는 건가. 하지만 결국 딸은 죽었는데. 도대체가 그 여자는 왜 남장을 한 거지?"

"들키지 않으려고 그랬겠지. 나와 팀이 지하실을 수색하다가 발견한 공방으로 이어지는 비밀 통로. 그곳에 사람이 오랫동안 생활했던 흔적이 있었다."

거기서 나던 오싹한 악취가 생각나 부르르 몸서리를 치자, 와인버거가 얼굴을 찌푸리고 "화장실입니까?"라며 수풀을 가리켰다. 아니거든.

"아마 독일군이 퇴각했을 때 부모가 딸에게 남자 옷을 입혀서 통로에 감추었겠지. 거기서 사람들의 노여움이 가라앉기를 기다렸을 거다. 그런데 결국 그런 소식을 듣기도 전에 부모가 자살했다."

에드는 담배를 깊이 빨아들이고 재를 떨었다.

"뭐, 이것도 추측이다만, 또 하나의 질문, 왜 딸이 기성을 지르며 뛰쳐나갔느냐 하는 건…… 분명히 그것밖에 방법이 없었기 때문이겠지."

"방법?"

"착란을 일으켰을 가능성도 생각했다만 죽은 부모의 손을 기도하는 형태로 모은 이상 의식은 또렷했다고 봐야 할 거다. 그런데 왜 기성을 질렀느냐 하면, 소리 지르면 총을 쏠 테니까."

이 말에는 나뿐 아니라 새 기관총을 청소하며 이야기를 듣던 라이너스까지 동작을 멈추었다.

"총을 쏜다고?"

"부부의 브라우닝은 탄창이 비어 있었다. 아마 딸이 뒤따라 자살하지 못하도록 탄환을 두 발만 넣었겠지. 어쩌면 딸이 아버지의 손에서 총을 뺀 건 자신도 죽으려고 그랬을지도 몰라. 그런데 탄창이 빈 걸 알고 부모의 의도를 알아차렸어. 그 뒤 부모의 손을 모아 죽음을 애도한 걸지도 모르지."

그다음은 설명을 듣지 않아도 알 수 있었다.

지하실에는 로프도 칼도 없었다. 하지만 무방비하게 밖에 나오면 죽을 수 있다. 뭐니 뭐니 해도 전투 중이니까. 여자는 죽으려고 밖으로 나와서, 일부러 눈에 띄게 행동해서, 원해서 총을 맞은 것이다.

"모르겠는 걸로 말하자면 유서도 의미를 모르겠던데."

나는 편지를 펴고 소리 내어 읽었다.

"이 '드디어 여우의 꼬리가 내려갔다'는 게 무슨 뜻인지 줄곧 생각하고 있었거든. 그런데 로테가 이상한 행동을 하더라고."

아이가 깊이 잠들어 있기에 녹색 배낭을 살그머니 집어 여우 인형을 꺼냈다.

"지하실에 있는 동안 내내 인형이 놓인 선반을 노려보는 거야. 그러다가 우리가 지하실을 나간 틈을 타서 이 여우 인형만 집더라. 그래서 아버지를 추억할 물건을 원하는 건가 했는데, 혹시 유서랑 상관있는 걸까."

"그래?"

에드에게 여우 인형을 주자 그는 안경을 검지로 밀어 올리며 찬찬히 살펴보았다. 인형은 높이 약 5인치(약 13센티미터), 너비는 2인치(약 5센티미터) 정도. 뾰족한 세모꼴 귀가 달렸고 가운데가 볼록하게 부푼 꼬리를 곧추세우고 있었다.

"이거 뭔가 있을 것 같거든. 팔을 올리면 턱이 열리는데, 다른 부분에도 홈이랑 절개가 있고 말이지."

"그래. '여우의 꼬리가 내려갔다'…… 무슨 인용구나 네덜란드 속담인가?"

에드도 모르는 게 있구나. 말에 관해서는 와인버거가 잘 알 것 같건만, 녀석도 고개를 갸웃하며 "으음, 들어본 적이 있는 것도 같고 없는 것도 같고" 하고 영 미덥지 않은 소리를 했다.

"꼬리에서 등까지 절개가 있으니 꼬리가 내려가면 열릴 것 같다만." 에드는 그렇게 말하며 손가락으로 꼬리를 잡고 흔들어보았다. "안 되겠군. 힘으로는 안 움직이는데. 잘못하면 망가지겠어."

"로테는 방법을 알려나."

여덟 살 아이의 기억력과 이해력이 어느 정도 되는지 나는 모른다. 개인차도 있을 테고. 그러자 지금까지 내내 침묵하던 던힐이 입을 열었다.

"아마 난 아는 이야기 같다."

던힐은 높은 콧마루를 긁적이며 어물어물 중얼거렸다. 말소리가 불분명한 것은 늘 그렇지만.

"뭐?"

"동화야. 딸애한테 읽어준 적이 있어."

"딸이라고요? 던힐, 애 아버지였습니까?"

"시끄러, 와인버거. 넌 가만있어."

라이너스에게 핀잔을 듣고 와인버거도 황급히 입을 다물었다. 던힐은 잠시 침묵하다가 잠자는 테오를 가리켰다.

"저 꼬맹이가 갖고 있는 새 인형을 보고 짐작했다. 새를 꽤 좋아하는 것 같더라만 아마도 모티프가 됐을 종류가 말이지."

"그게 관계있어?"

테오가 늘 끌어안고 있는 봉제인형. 유선형의 늘씬한 새가 아니라 전체적으로 둥글둥글한 게 병아리를 연상시킨다. 하지만 십중팔구 병아리는 아닐 것이다. 흰 헝겊에 작은 회갈색 타원형 천을 깃털처럼 잔뜩 꿰매 붙였다. 배에서 꼬리까지 통통하고, 짤막한 꼬리가 오똑 섰다. 부리는 가늘고 긴 가죽으로 만들었는데 테오는 곧잘 이것을 만지며 손가락을 빨곤 했다.

"저 새는 굴뚝새야." 던힐은 조용히 말했다. "들새인데, 여기 저기에 둥지를 틀지. 추워지면 남쪽으로 날아가서 겨울을 나지만 유럽이나 북아프리카에도 서식하고. 둥그스름한 형태에 꼬리가 오똑 섰고 부리도 길어. 특징을 잘 잡은 인형이다."

"저런, 몰랐는데."

"동화의 세계에선 굴뚝새는 새들의 임금님이야. 제목은 분명히 「굴뚝새와 곰」이었다고 기억한다."

솔직히 나는 던힐이 없는 것을 꾸며내는 게 아닐까 생각했다. 그런데 이야기를 듣다 보니 딸이 있건 없건 이 동화는 정말로 존재한다는 생각이 들었다.

"옛날옛날에 숲의 임금님인 곰이 새들의 임금님인 굴뚝새의 둥지를 보고 '집이 참 작기도 하군' 하고 비웃었어. 화가 난 굴뚝새는 새와 곤충처럼 날개 달린 동료들을 모아서 숲으로 쳐들어갔어. 곰은 네발 달린 짐승들을 이끌고 여기에 맞서 싸우게 됐지. 새와 짐승의 싸움이라면 당연히 짐승이 유리할 거라고 여겨졌어.

전투 전날, 숲까지 척후를 나갔던 새 진영의 등에는 짐승 쪽의 보초인 여우가 이렇게 말하는 걸 들었어. '내가 꼬리를 세우고 있는 동안엔 우리가 우세하다는 뜻이니까 공격하고, 꼬리를 내리면 열세하다는 뜻이니까 다들 퇴각하자.' 보고를 받은 굴뚝새는 전투 당일 벌에게 여우의 꼬리를 쏘라고 명령했어. 꼬리를 쏘인 여우는 아프지만 꾹 참고 계속 꼬리를 들고 있었어. 하지만 세 번째로 쏘이고 나서 결국 꼬리를 내리고 도망쳐버렸어. 그걸 본 곰의 군대도 일제히 도망쳐서 항복. 마지막엔 모두가 굴뚝새한테 '업신여겨서 미안하다' 하고 사과하고 끝나. 그래서 다 함께 행복하게 살았습니다."

던힐의 목소리는 낮고 조용해서 마치 정말 아버지가 아이에게 이야기를 들려주는 것 같았다. 라이너스가 가볍게 박수를 치며 쓴웃음을 지었다.

"설마 전쟁터에서 동화를 듣게 될 줄이야."

"그렇지만 전쟁 이야기니까 딱 맞잖아. 그런 게 있었나 싶어서 놀랐지만."

"동화에도 전쟁은 비교적 자주 등장한다. 참고로 출전(出典)은……."

"그림 동화입니다, 그림 동화. 독일 거."

던힐이 설명하려는데 와인버거가 끼어들었다.

책은 어지간하면 읽지 않는 나도 그림 동화는 알고 있었다. 지금 이야기는 적국인 독일 것이니까 서점에 있을지 알 수 없었지만.

굴뚝새와 여우, 내려간 꼬리. 세 개가 모여 있으니 이 동화가 관계있다고 봐도 문제는 없을 것이다. 아이들 방 책꽂이에 그림책도 많았거니와, 딱 장난감 장인인 아버지가 자기 전에 들려줄 법한 이야기다. 하지만 이 이야기를 인형의 장치에 어떻게 적용하나…… 문득 에드의 얼굴을 보았다가 움찔했다.

에드는 웃고 있었다. 함박웃음까지는 아니지만 입술 사이로 치아가 보일 정도로는 분명하게 웃고 있었다. 여느 때의 무표정한 철가면이 간데없었다.

"뭐야? 왜 웃는 건데?"

"아니…… 좀 재미있어서. 이건 보물찾기 게임이었던 거다. 애들이 좋아할 법한."

에드는 그렇게 말하며 팔을 뻗어 잠자는 로테 곁의 녹색 배낭을 집었다. 안을 뒤져 꺼낸 것은 작고 둥근 깡통. 뚜껑을 열자 바늘이 달랑 한 개 들었다.

"왜 실조차 없나 했다만." 에드는 오른손에 바늘을 들고 꼬리 끝을 찔렀다. "꼬리 끄트머리에 진딧물만 한 크기로 쏙 들어간 곳이 있어. 동화에서 벌이 쏜 것처럼 합해서 세 번 바늘로 찌르면……."

세 번을 찌르고 나서 에드는 꼬리에 손가락을 가볍게 갖다 댔다. 그러자 장치가 움직이는 소리가 어렴풋이 나더니 꼬리가 내려가면서 등이 빠끔히 열렸다.

300

"아마 로테는 부모에게서 직접 방법을 들었겠지. 여덟 살 아이도 이 정도는 조작할 수 있어. 배낭에 들어 있던 자식들에게 쓴 편지는 만에 하나 아이가 잊어버렸을 때를 대비한 게 틀림없다. 번역하면 뭐라고 쓰여 있을지 기대되는군."

등이 열린 여우의 몸속은 비어 있었다. 흔들어보자 검은 벨벳 쪼가리로 싼 게 데굴 굴러 나왔다. 에드가 집어 조심스레 폈다.

"아아." 낮게 신음했다. "은행 대여금고 열쇠다."

조그만 열쇠는 손잡이 부분이 클로버 잎처럼 생겼다.

"어디 거지?"

"그건 모르지만 애들에게 쓴 편지에 적혀 있을지도 모르지. 분명히 만일을 위해 계좌를 만들고 재산을 남겼을 거다."

"하지만 은행은 이미……."

털리지 않았을까. 그렇게 말하려다가 입을 다물었다. 붉은 가스램프 불빛을 받아 흐릿하게 빛나는 열쇠를 에워싸고 우리는 침묵했다.

아이들더러 이제부터 자기들끼리 살라는 말인가? 아니면 우리 미군이 애들을 보호해줄 것이라고 진심으로 생각했나?

"……전쟁고아는 많아. 별달리 가엾은 이야기도 아니라고. 대여금고 열쇠를 받았으니 그나마 나은 형편이지. 괜찮아, 보육원에는 들어갈 수 있을 거다."

멋대로 이야기를 마무리 지으려는 에드에게 항의하고 싶은 마음은 있었다. 하지만 그럼 나는 뭘 할 수 있다는 말인가? 생각해라, 무슨 방법이 없는지, 부탁할 만한 사람은 없는지.

"보육원이면 닥터 브로콜리의 부인은 어떨까? 미국에서 요양원을 한다고 그러지 않았나?"

게다가 닥터는 후방 기지의 현지 조사를 마친 뒤로도 영국에 머물고 있다고 들었다. 미국이면 멀지만 영국이라면 맡기는 것도 가능할 것이다. 나는 좋은 아이디어라고 생각했건만 이번에는 와인버거가 반대했다.

"누가 영국으로 데려가는데요? 뭣보다 저 애들만 특별 취급할 순 없다고요, 키드. 미스터 안경 말대로 전쟁고아는 많아요. 꽤나 정이 붙은 것 같은데 그만두는 게 낫지 않겠습니까? 그러다 나중에 힘들어요."

아픈 데를 찔린 데다 후배를 잃은 와인버거에게 그런 말을 들으니 뭐라 할 말이 없었다. 라이너스도 다른 사람들과 같은 의견인 듯했다.

"맞는 말이다. 미안하지만 역시 그 농가 부부한테 보육원을 찾아달라고 하자. 대여금고 열쇠를 보여주면 어쩌면 협상에 도움이……."

역시 어쩔 수 없는 일인가. 썰물에 발목을 잡혀 소용돌이에 빨려드는 것처럼 내 마음이 급속히 체념으로 기울어가는 것을 알 수 있었다. 하지만 정말 그래도 되는 걸까? 어린 로테의 아래 눈꺼풀에 눈물 자국이 남아 있었다.

"잠깐만, 협상을 할 거면 그 사람한테 먼저 해보고 싶어."

나는 라이너스의 말을 가로막고 일어섰다. 밑져야 본전이다.

부상병과 담요를 얼굴까지 덮은 시체가 누운 사이를 거침없이 나아가 건초 더미에서 쉬고 있는 여자에게 다가갔다.

불시착해서 불탄 수송기의 부조종사다. 하얀 얼굴에 커다란 거즈를 대고 한 팔을 삼각건으로 고정했다. 조종사는 유리 파편이 박혀 죽었지만 그녀는 다행히 살아 있었다.

"저, 실례합니다. 부탁드릴 게 있는데요."

"네?"

부조종사가 눈을 뜨자 심장이 펄떡 뛰었다. 기름한 눈과 표범 같은 눈동자가 무척 아름다웠다. 숱 많은 검은 곱슬머리는 귀밑에서 깔끔하게 잘랐다. 오랜만에 미인을 보고 어울리지 않게 두근거리는 가슴을 애써 참으며 헛기침을 하고 설명했다.

테레즈 잭슨이라는 이름의 부조종사는 내가 이야기를 하는 동안 끼어들지 않고 담배를 피우며 잠자코 들어주었다.

"……그렇군요. 사정은 잘 알았습니다. 그런데 제가 뭘 어쩔 수 있다는 거죠?"

"당신은 이제 후방으로 가시죠?"

"네, 그래요. WASP 자체가 해체되니까요. 동료들과 함께 일단 영국으로 돌아갈 거예요."

"그럼 애들을 어떤 사람한테 데려다주실 수 없을까요?"

닥터 브로콜리라면 분명히 이해해줄 것이다. 우리 제자들을 아끼는 데다 무엇보다도 지난번 분말 달걀 사건으로 애제자인 에드에게 빚을 졌다. 약점을 이용하는 것 같아서 켕기지만 어쩔 수 없다. 게다가 군 사령부는 성별 때문인지 WASP에 대해 그다지 관여하고 싶어 하지 않는 분위기가 있었다.

잭슨은 담배를 다 피우자 신발 바닥에 비벼 껐다.

"콜 특기병, 사정은 잘 알았습니다. 협조하고 싶은 마음도 있어요. 그런데 질문 하나 해도 될까요?"

"네, 뭐든 물어보시죠."

"제가 여자라서 아이를 맡기려고 하시는 겁니까?"

한순간 할머니에게 야단맞은 기분이 들어 나는 아무 말도 하지 못했다. 아닌 게 아니라 여자라면 애들을 무사히 데려다주지 않을까 하는 생각은 있었다. 하지만 그 외에 같은 군인으로서 납득할 만한 대답을 제시하지 못하면 그녀를 실망시킬 게 틀림없었다.

"솔직히 남자에게 맡기는 것보다 안심된다는 마음은 있습니다. 특히 로테는 아직 어리기는 해도 여자애니까요. 하지만 그 것만이 이유는 아닙니다. 제가 지금 직접 부탁할 수 있는 사람 중에서 당신이 전지를 벗어나 영국에 있는 인물에게 가줄 확률이 가장 높습니다. 그래서 부탁드린 겁니다. 이건 미국 군인으로서 정식으로 드리는 요청입니다."

설명하는 동안 잭슨은 내 눈에서 한 번도 시선을 떼지 않았다. 그녀가 노여워할까 봐 걱정한 나머지, 이야기가 끝났을 때 "알겠습니다"라는 말을 듣고 부탁을 들어준다는 말인지 아닌지 몰라 순간 혼란스러웠다.

"정식 요청으로 받아들이죠, 콜 씨. 도착 연락은 제506연대 G중대로 하면 될까요?"

"네, 그렇게 부탁드립니다."

"꼭 데려다줄 테니까 안심하세요."

의무병이 붕대를 갈러 와서 우리 이야기는 끝났다.

이튿날, 마침내 구름이 걷혀 오랜만에 푸른 하늘이 펼쳐졌다.

독일군은 끈질기게 공격을 가해 와 또다시 전투가 시작됐지만, 영국에서 날아온 전투기와 수송 부대의 협조 덕에 적은 26일 새벽 페헐, 그리고 위던에서 퇴각했다.

로테와 테오는 잭슨을 따라 출발했다. 주로 수송기 조종에 관여했던 WASP는 이 네덜란드 전투를 끝으로 해체, 벨기에에서 같은 부대 동료들과 합류한 뒤 영국으로 돌아간다고 했다. 헤어질 때 로테는 내 손을 한 번 꼭 쥐었고, 출발한 트럭이 보이지 않게 될 때까지 열린 덮개 사이로 우리를 내다보았다.

"후회는 없어?"

옆을 보자 트럭을 똑바로 쳐다보는 에드의 옆얼굴이 있었다.

"……응."

격렬했던 전투는 양군뿐 아니라 페헐에 사는 민간인의 목숨도 다수 빼앗았다. 파편 더미 밑이며 불탄 자리에서 어린애 시체를 몇 구나 발견했다. 축 늘어져 꼼짝도 하지 않는 아이며 갓난아기를 안고 정처 없이 풀숲을 걷는 사람, 반 광란 상태로 울부짖으며 손톱이 빠지도록 집이 있던 자리를 파헤쳐 파편 더미에서 마침내 나타난 조그만 손을 붙든 채 놓지 않는 사람.

도시를 출발하기 직전 무더기로 쌓인 병사들의 시체 중에서 내가 어젯밤 쏴 죽인 SS 병사를 발견했다. 온화하다고는 말하기 어려운 표정을 응시하다가 갑자기 이 녀석에게는 다름 아닌 내가 '살인자'라는 것을 깨달았다.

'누구 잘못인가?'라고 누가 물으면 나는 '히틀러 잘못이다'라고 대답할 것이다. '나치스 잘못이다, SS 잘못이다, 독일군이 나쁘다'라고. 하지만 줄곧 뱉어내지 못하는, 이름을 붙일 수 없는 감정이 앙금처럼 배 속에 자꾸만 쌓여가는 게 느껴졌다. 그것에 무수한 눈이 있어서 어둠 속에서 차갑게 빛나며 뭔가를 똑바로 응시하고 있다.

나는 앙금을 떨쳐내고 싶어서 아이들을 도왔다고 생각한다. 손으로 만질 수 있는 것을 분명하게 도왔다고 말하고 싶었던 것이다.

결국 마켓 가든 작전은 실패로 끝났다. 전차 부대는 중심도로로 나아가지 못했고 우리는 라인 강을 건너지 못했다.

연대할 예정이던 레지스탕스가 살해되어 통신마저 두절된 상태에서 아른험에 남겨진 영국 제1 공수사단은, 독일군의 맹공격에 더해 보급로가 끊기는 바람에 물자가 부족해서 다수의 전사자와 민간인 희생자를 냈다. 우리가 폐헐에서 싸우던 닷새째에 이미 거의 괴멸 상태였다.

자력으로 간신히 살아 돌아온 병사의 보고로 비로소 현장의 참상을 파악한 사령부는 독일군 중장과 일시적인 정전 협정을 맺었다. 아른험 퇴각 작전이 시작된 것은 9월 25일로, 우리도 여기에 참가했다. 전진이 아니라 귀환을 돕기 위한 작전으로 구한 인원은 1만 명이 넘었던 영국 제1 공수사단 중 대략 2,000명뿐이었다.

크리스마스 전에 베를린으로 진군하는 것은 거의 불가능해져 종전은 멀어졌다.

네덜란드에 독일군이 돌아왔다. 퇴각할 때 불태웠던 도시건 전투에 휘말려 괴멸된 마을이건 연합군에 가담했다는 이유로 네덜란드에 대한 식량 배급은 한층 혹독하게 규제되었다. 휘둘릴 대로 휘둘리며 환희와 비탄에 농락당한 네덜란드 시민은 굶주림으로도 무수한 사람이 죽었다고 한다.

11월, 우리는 마침내 네덜란드를 벗어나 프랑스 무르믈롱 기지에서 휴식을 취하고 있었다.

날이 꽤 추워졌다. 답답한 흐린 하늘 아래, 후줄근한 전투복의 옷깃 속에 목도리를 두르고 수송 트럭 옆에서 양철 깡통 난로에 손을 쬐었다. 에드와 던힐, 그리고 디에고도 있었다.

디에고는 오늘 아침 구호소에서 돌아왔다. 워커 중대장이 죽은 전투에서 제1소대도 막대한 피해를 입었다는데 디에고는 무사했다. 무슨 일이 있었는지 자세히 가르쳐주지는 않았지만 아무튼 돌아와서 기뻤다. 참고로 중대장의 후임은 역시 미하일로프 중위였다.

전황은 비록 연합군이 우세한 듯 보이기는 했지만 정체 상태였다. 남쪽에서 지크프리트선 공략을 시도하던 미국 제1군과 제3군은 일단 돌파는 했으나 그 이상 나아가지 못했다. 침공은 고사하고 휘르트겐 숲에서 미군이 저격을 당해 제28 보병사단에서 전사자가 6,000명 이상 발생했다. 라디오에서 들려오는 뉴스는 연합국 공군의 폭격을 중심으로 독일 국내의 대도시를 불바다로 만들어 사기를 저하하는 데 성공했다고 호들갑을 떨었다. 하지만 히틀러는 항복하지 않았다.

프랑스 정세는 안정되어 평온했고 기지에는 먹을 것도 샤워도 있었다. 하지만 피로는 어떻게 해도 풀리지 않았다.

전투복 주머니에서 손수건을 꺼내 폈다. 뻣뻣해진 붉은 머리 한 가닥을 손가락으로 살짝 집어 잘 가다듬었다. 그리고 다시 손수건으로 싸서 주머니에 넣었다.

밤에는 늘 네덜란드 꿈을 꾸었다. 잠이 깨면 방금 전까지 우리와 함께 웃고 있던 오하라가 왜 이제 없는지 이상했다. 침대에 일어나 앉아 막사의 어둠을 꼼짝 않고 응시하며 꿈의 여운에 잠겨 있다 보면 '아아, 그 녀석은 죽었지' 하고 생각났다. 그걸 반복하는 사이에 오하라의 죽음을 몇 번이고 추체험하는 느낌이 들어 가슴에 뻥 뚫린 구멍이 점점 깊어지고 커졌다.

오하라, 포슈, 헨드릭슨, 그 외에도 수많은 동료를 잃었다. 전쟁은 아직 끝나지 않았으니 앞으로도 누군가를 잃을 미래를 받아들여야 한다.

그리고 그날 이래로 소총을 잡으면 명치가 죄어드는 느낌이 들기 시작했다. 지금까지 나는 적이 있을 듯한 방향을 향해 무턱대고 쏘기만 했을 뿐 성과는 신경 쓴 적이 없었다. 그러나 그날 나는 확실하게 한 남자, SS의 숨통을 끊었다.

"페헐에 겨우 며칠 있었을 뿐이란 게 믿기지 않는걸. 그 가족한테 꽤나 휘둘리기도 했고."

애써 다른 생각을 하지 않으면 견딜 수 없었다. 손을 맞비비며 일부러 명랑한 목소리로 말하자, 던힐은 어렴풋이 미소를 지으며 고개를 끄덕여주었다. 양철 깡통에 넣은 장작이 허물어지며 불똥이 탁탁 튀었다.

"그러고 보니까 에드, 혹시나 싶었던 건데 테오는 얀센 부부의 손자였을까? 그러니까 죽은 딸의 애라는 뜻으로."

로테는 나이로 볼 때 아닐 것 같지만 테오는 죽은 딸이 낳은 아이였을지도 모른다. 그러나 에드는 고개를 내저었다.

"글쎄, 모르지. 그건 이제 아무래도 상관없지 않나."

그러자 그때까지 조용했던 디에고가 갑자기 혀를 찼다.

"너희 또 쓰잘머리 없는 짓 했냐."

"뭐야, 왜 그렇게 기분이 나빠? 우리 구역에서 이상한 일이 벌어져서 그걸 에드가 해결했거든. 이야기 들으면 너도 놀랄걸."

나는 농담조로 말했건만 디에고는 농담이 아닌 모양이었다. 진심으로 우리에게 성이 나 있었다.

"너희 바보냐. 추리는 무슨…… 작작 좀 해라. 전쟁 중이라고."

디에고는 어깨에 메고 있던 기관단총을 고쳐 메더니 발길을 돌려 가버렸다.

"야, 취사장은 반대쪽 길인데!"

"피곤한가 보지. 제1소대는 우리보다 더 많이 죽었으니까."

마침 다른 부대 녀석들이 우르르 몰려와 난로를 둘러쌌다.

"녀석은 프랑스에서 다섯, 네덜란드에서 셋 죽였단 말이지."

"허, 우리 중사보다 훨씬 나은데. 어쨌거나……."

우리는 가만히 그 자리를 벗어나 취사장으로 가기로 했다.

에드는 주머니에서 담배를 꺼내 입에 물고 불을 붙였다. 당장이라도 진눈깨비가 흩날릴 듯한 흐린 하늘 아래 빨간 불이 조그맣게 떠올랐다. 찬바람에 날린 재가 내 왼팔에 앉았다. 재는 사단 휘장인 '스크리밍 이글스'에 붙어 있었다.

뺨에 차가운 게 닿았다. 비다. 하늘을 올려다보자 묘하게 허연 구름 아래 회색 구름이 빠른 속도로 흘러가며 비를 내리고 있었다. 조리 시간까지 아직 조금 남아 있었다. 나는 내내 가슴에 담아놓았던 것을 털어놓기로 했다.

"⋯⋯프랑스에서 야전병원이 불탔을 때 참 슬펐어. 불쌍하다는 생각도 들었고, 너무한다, 어떻게 이런 짓을 하나 싶었어."

에드와 던힐이 멈춰 서서 나를 돌아보았다. 뭐라고 하려나 싶었는데 두 사람은 잠자코 내 다음 말을 기다렸다. 숨을 한 번 내쉬었다가 깊이 들이마셨다.

"그런데 에인트호번에선 달랐어. 불타는 도시의 하늘을 보면서 '아아, 내가 저기 없어서 다행이다, 운이 좋았다' 생각했어. 헨드릭슨이 파편에 깔려 죽었을 때도 그랬고."

던힐이 등을 탁 쳤다. 커다란 손바닥으로 이어서 두 번 더 가볍게 토닥였다. 에드는 상의 자락으로 안경 렌즈를 닦고 있었다.

"그건 나도 마찬가지야." 에드는 안경을 다시 쓰며 말했다. "운이 좋았다, 내가 아니라서 다행이다 하고 생각한다. 미국 국기를 달고 싸우는 한 병사로서도, 유대인으로서도."

자세히는 모르지만 나치스의 인종 박해 이야기는 우리 귀에도 들어왔다. 그러고 보니 에드의 가족은 어떻게 됐을까? 에드에 관해서도 모르는 것투성이였다.

"출군. 오늘은 따뜻한 수프라도 끓여주자."

던힐이 자기 팔을 문지르며 말했다.

"그래, 다들 기다린다."

우리는 취사장으로 향했다.

보름쯤 지난 12월 16일, 궁지에 몰렸다던 히틀러가 대대적인 공세로 돌아섰다. 닥쳐오는 연합군을 물리치겠다며 광대한 아르덴 숲의 동쪽에서 쳐들어온 것이다.

아르덴은 벨기에 남동부, 룩셈부르크, 그리고 프랑스에 걸친 지방으로 대부분이 숲으로 덮여 있다. 독일 국경에서 가까운 이 숲에 미군이 전선을 유지하기 위해 배치되어 있었지만, 현재는 유령 전선이라고 불릴 만큼 고요했다. 젊은 신병이 많은지라 산발적으로 벌어지는 소규모 전투며 척후도 훈련의 연장이나 다름없었다. 이따금 숲 저편에 독일군이 얼쩡거리는 모습이 보였지만 공격해오는 일은 거의 없어서 추위에 시달리는 휴가라는 농담도 들렸다.

그런데 독일군이 기습을 가했다.

연합군 최고 사령부는 처음에는 기습을 가볍게 여겼다. 첩보부가 파악한 정보로는 독일군이 겨우 네 개 사단으로 라인 강을 지키는 라인란트 방어전을 전개할 것이라 했기 때문이다. 소규모 공격이었거니와 나무가 울창한 아르덴 숲을 전차가 지나올 가능성은 없어 보였다.

그러나 실제로 공격에 참가한 것은 독일군의 가공할 병기 티거 전차 부대를 포함한 총 25개에 이르는 사단이었다.

독일군은 이 대공세에 모든 것을 걸고 있었다. 9월부터 연합군과 전투를 이어오는 가운데, 미국 제1군에서 3만 명 이상의 전사자가 발생한 휘르트겐 숲 전투도 이 대공세를 성공시키기 위한 초석이었다.

결과적으로 대규모 기습은 성공을 거두었다. 86마일(약 140킬로미터)에 이르는 미군 전초 기지가 쑥대밭이 되었다. 사단은 괴멸됐고 포로로 잡힌 병사도 많아서 퇴각하는 수밖에 없었다. 짙은 안개 탓에 공군의 폭격기가 뜰 수 없었던 것도 패인 중 하나였다.

적의 진격은 아군의 진지를 점점 잠식해 남아 있던 연합군 진지를 포위했다. 동에서 서를 향해 차츰 확대되는 독일군의 침공을 지도상에 표시하면 마치 테이블 위에 쏟아진 물이 빠른 속도로 번지는 것 같았다.

독일이 노리는 바는 포위에 의해 연합군 각 부대를 고립시키는 것, 그리고 벨기에 최대 항구이자 연합군의 보급 거점인 안트베르펜 항을 탈환하는 것이었다.

안트베르펜 부근에서는 항전이 계속되어 불안정한 상태였다. 아직도 셰르부르 항을 통한 보급에 의지하고 있다고는 하지만 보급선이 길어질 대로 길어진 상황에서 안트베르펜을 빼앗기면 버티지 못한다. 안트베르펜 항 함락을 막고자 최고 사령관 아이젠하워는 명령을 내렸다.

아르덴 숲 인근의 큰 도시 바스토뉴를 사수하라.

바스토뉴는 일곱 개 도로가 집결하는 교통 거점이라, 전선의 안정을 위해서는 연합군에게나 독일군에게나 놓칠 수 없는 도시였다. 바스토뉴에는 전부터 미 육군 제28 보병사단이 대기하고 있었다. 그러나 적의 맹렬한 공세를 받아 언제 괴멸할지 모르는 상태였다.

그곳에 증원 부대로 급행하라는 명령을 받은 것은 제82 공수사단과 우리 제101 공수사단이었다. 너무나도 갑작스러운 이야기라 준비도 마땅히 못 한 채 12월 18일 아침, 우리는 트럭에 뛰어 올라탔다.

운전석에는 이전 분말 달걀 사건에 말려들었던 불운한 흑인 병사 윌리엄스가 있었다. 한 손을 들어 인사하자 그는 고개를 끄덕이고 시동을 걸었다. 윌리엄스의 운전은 거칠었지만 속도는 빨랐다. 처음에 "왜 하필 깜둥이 차냐"라며 혀를 찼던 같은 분대 스미스는 멀미가 나는지 비지땀을 흘리며 꼴사납게 짐칸에 엎드려 구역질을 했다.

총 1만 1,000명의 장병을 400대 가까운 트럭으로 수송하는데 밤까지 전원이 기지를 출발할 수 있었으니, 레드 볼 익스프레스의 운전병들은 정말 무시무시한 속도로 차를 달렸을 것이다.

프랑스도 추웠지만 벨기에에 들어서니 추운 정도가 아니었다. 살갗이 아리고 허파가 얼 것처럼 공기가 찼다. 목도리는 조달할 수 있었지만 모직 롱코트가 없어서 두 손을 겨드랑이에 끼고 와들와들 떨어야 했다. 양말도 겨울용이 아니었다. 하지만 그런 녀석은 나 말고도 무수히 많았다. 탄약도 지난번 지급된 이래로 받지 못했고 총도 가지고 있는 소총과 권총뿐. 맨몸뚱이라는 말이 딱 맞았다. 그래도 어디선가는 보급이 되리라고 만만히 생각했던 사람은 나뿐이 아니었다.

그래도 사기는 떨어지지 않았다. 벨기에의 말메디라는 마을 부근에서 독일군 SS에게 항복한 미군 포로가 대량으로 살해됐다는 정보가 들어왔기 때문이다.

학살당한 제285포병 관측대대의 시체는 정찰 부대가 발견했다. 셀 수 있는 시체만 해도 부대원의 절반 이상인 80명에 가까웠다고 한다. 도망친 몇 명이 합류하기는 했지만 여태 다수가 행방불명인 데다, 무슨 일이 있었는지조차 분명하지 않았다. 어쨌거나 말메디 근교를 탈환하는 데 실패한 탓에 시체는 방치되어 짐승에게 뜯어먹히기를 기다리는 상황이었다.

"나치스 놈들, 죽여주겠어."

"너라면 정수리에 한 발이지, 마르티니. 미국이 화나면 어떻게 되는지 똑똑히 알려주라고."

혈기 왕성한 스미스와 마르티니가 씩씩거리며 다른 동료들과 하이터치를 주고받았다. 주위에서 표정이 심각한 사람은 라이너스뿐이었다.

"물자를 확보할 수 있을 때 확보해두는 게 좋을 거다."

녀석의 말에 다들 "알아"라며 실소했지만, 도중에 휴식을 취하려 멈췄을 때 아르덴 방면에서 퇴각하는 아군의 모습을 보고 우리는 탄약과 총, 남은 양말 등 좌우지간 눈에 띄는 것은 모조리 그들에게서 넘겨받았다.

퇴각하는 병사는 하나같이 안색이 어둡고 피로할 대로 피로해 있었다. 내가 말을 붙인 녀석은 귀의 일부가 날아가고 없었다. 바스토뉴에 간다고 말하자 그는 탄띠 하나를 주면서 공허한 눈으로 나를 빤히 쳐다보며 속삭였다.

"너희, 전부 죽는다."

녀석은 휘청거리는 발걸음으로 대열로 돌아가 밤의 어둠 속으로 빨려들었다.

제4장

유령들

눈을 뜨니 주위는 눈이 부실 만큼 새하얀 세계였다.

새벽에 내리기 시작한 눈이 아직 흩날리고 있었다. 며칠째 계속되던 안개는 어제 일단 걷혔다가 오늘 다시 발생해서 우리가 숨어 있는 소나무 숲을 희부옇게 뒤덮었다.

어렸을 때 숨바꼭질을 하며 레이스 커튼 뒤에 숨었던 기억이 문득 되살아났다. 커튼 너머로 보는 세상은 희끄무레한 게 늘 보는 방이 마치 딴 세상처럼 보였다. 가구도, 형제들도, 방을 가로지르는 어머니도 훨씬 멀게 느껴지는 것이다. 설마 겨울날 벨기에서 적의 공격에 대비하며 그때 일을 떠올릴 줄은, 그 시절의 나는 생각지도 못했다.

내뱉는 숨은 하얗고 동료의 얼굴색도 하얗다. 평균 기온이 높은 미국 남부에서 나고 자란 나는 지난 며칠 사이 평생 볼 눈을 모두 본 기분이었다.

이번 전선은 눈바람을 피할 집도, 몸을 녹일 트럭 짐칸도 없는 그냥 소나무 숲이었다. 꽁꽁 언 땅에 T자형 삽을 꽂고 힘들여 4피트(약 120센티미터)쯤 판 참호에 둘씩 들어가 하루하루를 보냈다. 방수 시트로 위를 덮고 동료와 몸을 붙이고 있으면 그래도 어느 정도는 따뜻했다.

그렇게 대략 닷새째 참호에 틀어박혀, 북쪽으로 겨우 500야드(약 460미터) 떨어진 눈밭을 사이에 두고 적과 대치 중이었다.

방어선을 떠나지 못하는 것은 전선을 사수하기 위해서만이 아니라 적에게 포위되어 도망칠 수 없는 탓도 있었다. 우리 제 101 공수사단이 아르덴에 들어온 것과 거의 동시에 마치 덫을 닫아버리듯 독일군이 퇴로를 차단했다.

물론 장병 교대는 없다. 언젠가는 전선에서 고립되지 않을까 생각했지만 설마 이렇게 추운 곳에서일 줄이야. 후방에서 태평하게 쉬었던 여름이 그립다.

현재 우세한 것은 유감스럽게도 독일군 쪽이었다. 그야말로 우리는 덫에 걸려든 상처 입은 짐승. 녀석들은 사냥감이 항복하고 얌전해지기를 기다리는 사냥꾼이었다.

곱은 손을 후후 불어 덥혔다. 털실 장갑은 꼈지만 작업하기 쉽게 손끝을 잘라낸 탓에 그리 도움이 되지 않았다. 올이 풀린 부분을 만지자 어디서 물이 닿았는지 딱딱하게 얼어 있었다.

아르덴 숲에 온 뒤로 날이면 날마다 총성이 울리고 그때마다 흰 눈에 선혈이 튀었다. 전투는 밤낮을 가리지 않고 벌어졌다. 서로 척후대를 내보내 상황을 살피고 또 전투, 계속 그 반복이었다.

안개와 눈은 위험하다. 모습뿐 아니라 발소리조차 지워버린다. 총성이 들려도 탄환이 누구 몸을 관통할지 마치 러시안룰렛처럼 예측할 수 없다. 폭발음이 들리는 동안은 안전하지만 아무 소리도 들리지 않으면 그건 직격을 의미한다는 말을 누가 했다.

위협은 적의 공격만이 아니었다. 뼛속까지 스며드는 냉기가 몸속에서 힘과 기력을 앗아가 총을 들고 일어서는 것조차 점점 귀찮아졌다. 매서운 추위에 내장이 상하거나 동상에 걸리는 녀석도 많았다.

나가고 싶어도 길이 봉쇄되어 도망칠 곳이 없다.

이곳은 고요하고 새하얀, 두려운 세계다.

"슬슬 저녁때가 됐는데."

같은 참호에서 소총 약실을 청소하던 던힐이 청소 키트를 파우치에 넣으며 중얼거렸다. 코 밑까지 목도리로 싼 탓에 그렇지 않아도 낮은 목소리가 한층 알아듣기 힘들었다.

"저녁……."

자타가 인정하는 먹보인 나조차 실은 요새 식욕이 나지 않았다. 배는 고팠고 맛있는 음식에는 굶주려 있었다. 하지만 음식이 영 목을 넘어가지 않았다.

그런 병사는 나만이 아니었다. 안 먹으면 움직이지 못한다. 움직이지 못하면 죽는다. 머리로는 아는데 몸이 거부했다. 원인을 나름대로 고민한 끝에 찬 음식이 이어진 탓에 위가 피로한 게 아닐까 하고 일단 결론을 내렸다.

혹한 속에 전선의 병사에게 차가운 음식을 먹이다니 전쟁터의 요리사로서 당치도 않은 이야기다. 하지만 따뜻한 음식을 주고 싶어도 이곳에서는 여의치 않았다.

최소한 기분 전환을 시켜줄 메뉴면 좋을 것 같다. 어제 날이 잠깐 갠 틈을 타서 보급품이 투하됐다. 그 덕에 어쩌면 조금은 나은 요리를 할 수 있을지도 모른다. 막연한 기대를 품으며 소총 멜빵을 어깨에 걸고 손의 살갗이 들러붙을 것처럼 차가운 헬멧을 썼다.

"칠면조면 좋겠는데."

오늘은 크리스마스이브다.

적에게 포위되어 육로가 막힌 지금 우리의 생명줄은 수송기가 떨어뜨려 주는 보급품뿐이었다. 하지만 안개가 걷히지 않으면 비행기가 뜰 수 없다. 날씨만은 기도하는 것 외에 달리 방법이 없었다. 하느님, 제발 바스토뉴 주변에 맑은 하늘을 내려주세요.

바스토뉴. 일곱 개 도로가 집결하는 이 도시를 사수하기 위해 우리는 지금 여기에 있다.

취사장과 사령부, 구호소 등은 모두 바스토뉴에 설치됐다. 전선에서 시내까지 2.5마일(약 4킬로미터) 거리라 시내에 가려면 지프를 불러야 한다. 무전으로 전선 뒤쪽에 위치한 넓은 장소로 불러서 던힐과 둘이 올라타고 안개 낀 임도를 솜씨 좋게 달리는 운전병의 수다에 귀를 기울였다.

문득 시선을 돌리자 얼굴이 창백하고 수염이 덥수룩한 남자가 지칠 대로 지친 눈빛으로 이쪽을 보고 있었다. 남자가 사이드미러에 비친 나 자신임을 깨닫는 데 몇 초 걸렸다.

프랑스, 네덜란드와 마찬가지로 여기 벨기에에서도 우리는 민간인의 도움을 받았다. 취사를 거들어줄 뿐 아니라, 교회에 설치된 구호소에서 현지 간호사들이 온몸에 피가 묻는 것도 아랑곳없이 부상병을 치료하고 있었다. 역시 젊은 남자는 많지 않고 여자와 노인이 많았다.

취사장에서 직전까지 불에 올려놓아 뜨거운 냄비를 담요로 싸서 보온했다. 멜빵을 대각선으로 메서 소총을 등에 지고 냄비를 안고 지프에 올라탔다.

"나도 타고 가자, 키드, 던힐."

야전병원 쪽에서 동료가 달려왔다. 도착한 그날 부상당한 일병이었다. 머리에 아직 붕대를 감고 있었다.

"이제 괜찮아?"

"그래, 가벼운 상처였거든."

"거짓말."

십중팔구 무단으로 빠져나왔을 것이다. 일병은 씩 웃더니 헬멧을 쓰고 뒷좌석 내 옆자리에 뛰어 올라탔다. 술내가 약간 나는 것은 모르핀이 부족한 탓에 술을 진통제로 대용하기 때문일 것이다.

"스파크한테 들키면 도로 끌려가지 않겠어?"

"그런 땅꼬마한테 내가 지겠냐. 구호소로 돌아가느니 차라리 죽겠다. 거긴 지옥이야. 뭐, 간호사의 손길은 좋다만 사흘 있었으면 충분하다고."

지프가 소나무 숲으로 들어서자 일병은 크게 심호흡을 하고 황홀하게 중얼거렸다.

"아아, 바깥 공기 참 좋다."

냄비는 처음에 무척 뜨거워서 데지 않으려고 허벅지 위에서 몇 번씩 위치를 바꾸어야 했다. 그러나 지프가 영하의 눈길을 질주하면서 커다란 고양이를 안은 정도의 온도로 내려가더니 이윽고 따뜻하지도 차갑지도 않은 체온 정도가 됐다. 진지 뒤쪽에 도착해서 서둘러 준비했건만 한 소대씩 불러 모을 즈음 요리는 싸늘하게 식어 있었다. 던힐이 가져온 빵은 꽁꽁 얼었다.

기온이 영하 이하인 바스토뉴에서 전선까지 이동하는 것은 냉동실 안을 통과하는 것이나 다름없다. 역시 오늘도 따뜻한 식사를 제공하지 못했다.

전선에서는 불을 쓰지 못한다. 사방이 새하얗게 눈으로 뒤덮인 곳에서 불을 피웠다간 절호의 표적이 될 것이기 때문이다. 꼭 따뜻한 음식을 먹고 싶으면 덮개로 가리고 참호 내에서 전투식량 통조림을 버너로 가열하는 수밖에 없었다. 하지만 보급품 확보가 보장되지 않는 상황에서 보존이 가능한 전투식량은 가급적 남겨놓는 게 낫다. 칠면조는 그저 꿈같은 이야기였다. 배식을 하며 숨을 후 내쉬었다.

옆을 슬쩍 보니 디에고가 담담히 콩 수프를 식판에 뜨고 있었다. 여름에 명랑하게 떠들던 때와는 딴사람이 된 양 근래 내내 조용했다.

사령부 앞 공터에 모여 배식을 기다리는 동료들은 코 밑까지 목도리로 꽁꽁 싸고 몸을 한껏 움츠린 채 양철 식판을 드는 것도 괴로운 듯 서 있었다. 입도 잘 열지 않고 그저 추위에 떨고 있었다. 긴 갈색 코트를 입은 녀석이 있는가 하면 평소 입는 야전복 속에 두꺼운 스웨터를 껴입은 녀석도 있다. 그 위에 탄띠라든지 잡낭을 고정하는 멜빵을 해서 언제든 싸울 수 있도록 장비를 갖추었다.

눈만 내놓는 털실 모자를 쓴 병사가 배식대의 냄비를 들여다보더니 투덜거렸다.

"이게 뭐냐? 먹다 남은 음식이냐?"

"몰라? 크리스마스 디너잖아."

적당히 받아넘기고 한 사람당 콩 다섯 알과 잡고기 수프, 못도 박을 수 있을 것처럼 딱딱한 빵을 식판에 얹어주었다. 노르망디 출격 직전에 먹은 만찬이 가장 호화로웠다. 비프스테이크, 으깬 감자, 순 밀가루로 만든 흰 빵, 그리고 진짜 아이스크림.

배식을 마치고 냄비 뚜껑을 덮는데 조금 전 지프를 함께 타고 온 일병이 중대 사령부에서 귀대 보고를 마치고 돌아왔다. 침울했던 분위기가 금세 밝아졌다.

"잘 돌아왔다, 형제."

이만큼 긴 시간을 전쟁터에서 함께 보낸 우리는 서로를 친구라기보다 형제처럼 생각했다. 서로가 서로를 의지하고 목숨을 지켜주는 관계는 어쩌면 진짜 가족보다 더 강한 유대로 맺어져 있다 할 수 있을지도 모른다.

그렇기에 동료가 복귀하면 매우 기쁘다. 다 같이 환영하고 어깨며 엉덩이를 두드려주며 격려한다. 디에고도 웃음을 되찾았다. 서로 한껏 들떠서 근황을 주고받았다. 숨겨놨던 술을 꺼내는 녀석까지 있었다.

음식은 거지같지만 화기애애하게 저녁을 먹게 될 것 같다. 모두의 즐거운 모습을 바라보며 구석의 바위에 앉아 수프를 떠먹었다. 그러나 평화로운 시간은 오래가지 못했다. 언 빵을 침으로 불려 삼키는데 갑자기 거대한 북을 치는 듯한 소리와 땅울림이 났다.

"적이다!"

먹던 음식을 내팽개치고 맡은 구역으로 달려갔다. 눈과 쏟아진 갈색 콩 수프를 밟으며 총성이 들리는 쪽으로 향했다.

달려가며 멜빵을 내려 소총을 겨누고 총탄이 몇 발 남았는지 생각했다. 머리 위에서 폭음이 작렬하면서 바로 옆 소나무 가지가 날아갔지만 나도 다른 동료들도 아랑곳없이 계속 달렸다. 지금까지의 전투 경험으로 겁내면서 주춤하는 녀석이 제일 죽기 쉽다는 것을 우리 모두 잘 알고 있었다.

내 참호까지는 거리가 멀었다. 근처에 있는 아무 참호에나 들어가 가장자리에 팔꿈치를 대고 소총을 겨누었다. 눈밭에 자욱한 안개가 약간 걷히면서 적이 숨어 있는 맞은편 숲의 그림자가 여느 때보다 뚜렷하게 보였다. 붉은 섬광이 번쩍한 순간 진지 앞에 착탄해 눈과 흙모래가 튀면서 시야를 가렸다. 이어서 경기관총 탄환이 눈 위에서 튀어 올랐다.

"11시 방향!"

동료들의 고함과 총성이 울려 퍼졌다. 숲을 향해 한 발 쏘자 바로 클립이 날아가 탄환이 떨어졌다. M1 개런드의 사정거리는 약 1마일(약 1,600미터). 적의 진지에 도달해 사람을 죽일 수 있는 거리다. 탄띠에 줄지어 붙은 탄입대에서 새 클립을 빼서 장전하고 적병이 있을 듯한, 되도록 낮은 위치를 노려 쏘았다.

새하얀 풍경에 불과 섬광이 작렬했다. 적의 포격은 어마어마해서 마치 주위 일대가 간헐천이 된 것처럼 새하얀 눈이 곳곳에서 솟구쳤다.

바로 곁에서 총탄이 튀어 반사적으로 펄쩍 뛰어 물러났다. 동시에 대각선 뒤쪽의 참호에서 비명이 터져 나왔다. 소총을 쏘며 곁눈으로 확인하자 한 명이 어깨를 붙들며 뒹굴고 있고 동료가 고개를 쳐들어 소리 질렀다.

"의무병!"

조금 있다가 적십자 헬멧을 쓴 의무병이 총탄이 빗발치는 가운데 달려왔다. 그리고 부상병의 치료를 시작했으나 가방에서 붕대를 꺼내려고 윗몸을 일으킨 순간 날카로운 소리가 나며 머리가 펄떡 뛰었다.

30분이 안 돼서 공격이 그치고 "사격 중지! 탄약을 아껴라!" 하고 외치는 미하일로프 중위가 보였다. 방아쇠에서 손가락을 떼고 숨을 후 내쉬며 참호 측면에 등을 기댔다. 의무병을 부르는 소리가 곳곳에서 들렸다.

"아이고야……."

이번에도 이럭저럭 살아남았다. 얼굴을 내밀고 확인하니 대각선 뒤쪽 참호의 부상병은 살아 있었지만, 치료하러 달려왔던 의무병은 목에서 쏟아지는 피를 멈추려 했는지 자기 목에 손을 댄 채 죽어 있었다. 숨을 쉬지 못해 발버둥 친 흔적이 눈 위에 남아 있었다.

겨우 몇 피트 후방의 소나무가 밑동까지 세로로 쪼개지고 쓰러진 줄기에 병사가 끼여 있었다. 그 밖에 누가 부상을 당했나 주위를 둘러보니 발이 시뻘겋게 물든 동료가 고꾸라져 있었다. 헬멧이 벗겨져 붕대를 감은 머리가 보였다. 방금 전 귀대한 일병이었다.

바스토뉴를 사수하라는 명령을 받은 단계에서 지도를 본 미하일로프 중대장은 "포위되겠군" 하고 예측했거니와, 다른 부대도 아마 알고 있었을 것이다. 네덜란드에서 전투를 겪은 우리는 전황을 낙관할 수 없었다.

등화관제도 하지 않고 급행한 덕에 독일군보다 먼저 바스토뉴에 도착할 수 있었다. 포위되면 되는 대로 쓸 방법은 있다. 남은 사단들이 연계해서 360도 전방위 방어 진지를 구축해 바스토뉴를 빙 둘러쌌다. 도시와 일곱 개 가도를 지키는 방어선을 지도에 표시하면 사방팔방으로 가시를 뻗친 고슴도치 같았다. 그 주위를 독일군이 포위해서 빈틈을 노리고 있었다.

제506연대의 진지는 북동쪽의 소나무 숲, 통칭 부아 자크다. 우익을 제2대대, 좌익을 우리 제3대대가 담당했다. 부아 자크는 바스토뉴에 집결하는 일곱 개 도로 중 하나가 지나며 포이와 노빌이라는 두 개 마을로 이어졌다.

독일군의 공격이 워낙 거세서 실은 현 시점에서 방어선은 이미 후퇴했다. 우리가 도착하기 전에는 진지가 좀 더 넓어서 방어선이 포이까지 다다랐다. 그러나 본대에 앞서 파견되어 방어를 맡고 있던 제1대대는 격렬한 전투로 200명 이상의 대원을 잃고 제10 기갑사단과 함께 퇴각했다.

그 결과 포이와 노빌은 독일군의 수중에 넘어가고 이제 바스토뉴만 남게 되었다. 그뿐 아니라 독일군은 공세를 더욱 강화해 연합군의 진형을 분단하려 하고 있었다. 전차 부대가 이루는 전선의 돌출부는 여전히 우리를 육박하고 있었다.

"팀, 괜찮아?"

갑자기 누가 헬멧을 탁탁 치기에 얼굴을 들자 참호 앞에 한쪽 무릎을 꿇은 에드가 나를 내려다보고 있었다. 갈색 목도리로 코까지 가린 탓에 에드의 호흡에 맞춰 안경이 허예졌다가 맑아졌다가 했다.

"그렇구나, 여기 제3소대 구역이었구나."

아무 참호에나 들어갔던 것을 까맣게 잊고 눌러앉아 있었다. 에드가 내민 손을 잡고 밖으로 기어 나왔다. 추위에 근육이 굳어 생각대로 움직여주지 않는 바람에 그 정도 높이를 올라가는 데도 애먹어야 했다.

"고마워."

"그러고 보니 아까 후방 진지의 대대 사령부에서 얼핏 들었다만, 또 며칠 안개가 낄 모양이더라. 어제 보급분을 절약해서 써야 해. 쓸 만한 게 보이면 챙겨놓는 게 좋을 거다."

"또? 어제 보급품 투하도 나흘 만이었는데?"

급하게 투입된 탓에 준비가 덜 된 상황에서 적에게 포위된 지금 육로에 의한 보급은 끊겼다. 공중에서 투하되기를 기다리는 수밖에 없는데 날씨가 회복되지 않으면 수송기가 뜰 수 없다.

"산타클로스가 하루 먼저 준 크리스마스 선물이다."

"기적에 감사하라고? 오, 주님, 청빈은 이제 지겹습니다. 그냥 평범하게 주님의 생일을 축하하게 해주세요."

하늘을 향해 기도하는 시늉을 하자 에드는 입꼬리를 올려 엷게 웃었다.

"사단 본부엔 칠면조가 있었다더라."

우리 일반 사병은 눈 덮인 식탁에서 차가운 콩 수프를 먹고, 사단 본부의 장교들은 바스토뉴의 따뜻한 실내에서 칠면조를 먹는 것이다. 지휘관인 매콜리프 준장은 항복을 권하는 독일군 사령관에게 '허튼소리!'라고만 답신을 보냈다는데, 그럴 거면 우리에게도 칠면조를 조금 나눠주면 좋겠다. 항복해서 독일군의 포로가 되느니 차라리 죽는 게 나으니까 준장의 용맹스러운 대답을 칭송하고 싶은 마음은 있지만, 결국 장교는 장교구나 싶다.

에드와 헤어진 나는 손을 비벼 호호 불고 눈을 밟는 내 발소리를 들으며 맡은 구역으로 돌아왔다. 어느새 해가 져서 하얬던 풍경에 푸르스름한 땅거미가 내려 있었다. 동료들도 참호에서 나와 쓰러진 나무를 치우거나 담배를 피우면서 서로 생존을 보고하고 있었다.

"아, 키드, 잠깐만."

불러 세우는 목소리에 돌아보자 얼굴 절반에 털이 수북해 한층 곰 같아진 상관이 종종걸음으로 다가왔다. 그는 네덜란드 원정 뒤 소위로 진급해 소대장으로 부임했다.

"앨런 선임하사님…… 아니고, 소위님. 무슨 일이십니까?"

"너 제3소대 쪽에서 돌아온 것 같던데 뭔가 이상이 없었나 해서 말이다. 아까 전투에서 적이 H중대 배후를 쳤어."

이번 전투는 우리의 주의를 딴 데로 돌리기 위해 벌인 것이었
나. 어쩐지 금방 끝났다 했다. 우리 제3대대는 소나무 숲 좌익에
서 우익까지 G, H, I중대 순으로 배치되어 있다. 다시 말해 H중
대는 우리 오른쪽 옆이니 바로 근처까지 적이 왔었다는 뜻이다.

"그럼 적이 침입한 겁니까?"

"그래. 그런데 다행히 H중대가 자기 구역 내에서 막은 모양
이다. 우리 제1소대하고의 경계에 시체가 무더기로 뒹굴고 있는
걸 확인했어. 지금부터 H중대하고 진입로 조사를 시작할 거다
만, 너희는 만일을 위해 잔당이 없는지 경계해라."

"예스, 서!"

G중대는 왼쪽부터 제3, 제2, 제1소대 순으로 나란히 배치됐
다. 그리고 제1소대 오른쪽에 H중대가 있다. 적은 어느 쪽에서
왔을까…… 소나무 숲의 좌익 쪽인가, 우익 쪽인가. 어쩌면 내
가 소총을 쏘고 있는 뒤로 적의 일개 소대가 지나갔을 가능성도
있다.

참호로 돌아오자, 같은 참호를 쓰는 던힐이 커다란 덩치를 갑
갑한 듯 움츠리며 휴대용 버너에 냄비를 올려놓고 있었다. 지붕
을 대신하는 담요를 조금 걷고 들어가 방금 들은 정보를 전했
다. 던힐은 "그러냐, 오늘 밤 척후를 내보낼지도 모르겠군"이라
고 중얼거리며 양철 머그잔에 커피를 따라주었다. 고맙게 받아
들어 추위를 달랬다.

"편지 떨어뜨렸더라, 콜."

어제 수송기가 떨어뜨려 준 우편낭에 내게 온 편지가 들어 있
었다. 봉투에 어머니 글씨로 받는 사람 이름이 적혀 있다. 곱은

손가락을 머그잔 표면에 대고 덥히며 편지를 또 폈다. 편지에
는 빼곡히 어머니의 글씨로 크리스마스 축하 인사와 가족의 근
황 보고, 그리고 휴가는 없느냐는 물음이 쓰여 있었다. 동봉된
가족사진 속에서 친숙한 거실 소파 뒤에 새로 바꾼 듯한 커다란
크리스마스트리가 보였다.

"좋은 소식인가?"

던힐이 군화 끈을 풀며 물었다.

"대체로. 누나 신시아가 약혼했나 봐. 애인이 부상당해서 아
시아 전선에서 돌아왔다나. 그리고 아버지가 물품 구매로 돈을
벌었단 이야기랑 여동생이 머리 염색에 실패했단 이야기랑."

"로테를 닮았다는 동생?"

"응. 얼마 못 본 사이에 외모에 신경 쓰게 됐나 봐. 내가 입대
하기로 했을 때 삐져서 방에서 나오지도 않았으면서. 얘야, 봐."

던힐에게 사진을 보여주며 케이티를 가리켰다. 나보다 세 살
아래니까 이제 열여섯 살이다. 사진 속 동생은 키가 꽤 커서 누
나를 거의 따라잡을 듯했다. 아버지는 조금 살이 붙었고 어머니
의 웃는 얼굴에 생기는 주름은 더욱 깊어졌다. 중앙의 의자에
앉은 할머니는 어깨에 얹힌 어머니의 손을 잡고 망설이는 듯한
시선으로 렌즈를 보고 있었다. 사진 찍는 게 편치 않은 할머니
가 늘 보이는 표정이다.

"좋은 사진이군. 떠들썩하고 즐거울 것 같은 가족인데."

"응."

전에는 생각해본 적도 없었지만 지금은 나도 우리 집은 행복
한 가족이라는 것을 알고 있다. 하지만 사진을 보다 보니 왜 그

런지 가슴 뒤쪽 언저리에 껄끄러운 감촉이 느껴졌다. 내가 없어도 가족의 시간은 흘러 나이를 먹어간다. 지프의 사이드미러에 비친, 딴 사람처럼 변모한 내가 이 화목한 가족의 일원이 될 수 있을 것 같지 않았다.

"……돌아갈 수 있을까."

"당연하지. 돌아가지 않으면 안 돼." 던힐은 고개를 크게 끄덕이며 단언했다. 평소답지 않게 말수가 많았다. "가족이 웃을 수 있는 건 렌즈 저편에 네가 있다는 걸 알기 때문이야. 네가 이 세상에서 사라지면 이런 사진은 영원히 못 찍게 될 거다. 그러니까 살아야 해."

"……그러게. 그 말이 맞아."

사진을 봉투에 넣어 가슴 주머니에 넣고 그새 약간 식은 커피를 마셨다. 위가 쭈그러드는 것처럼 느껴졌다. 주머니에서 각설탕 봉지를 꺼내 새하얀 정사각형 덩어리를 입에 넣고 혀와 위턱으로 으깨듯 핥아 꺼끌꺼끌한 단맛을 즐겼다.

미국에 있는 가족은 이번 크리스마스에 뭘 먹을까? 껍질을 바삭하게 구워 육즙이 뚝뚝 떨어지는 칠면조 구이에 걸쭉한 갈색 그레이비소스. 붉은 살이 연한 돼지갈비 구이. 으깬 감자에는 육두구를 더하고, 뜨끈뜨끈한 시나몬 롤에 흰 설탕을 녹인 아이싱을 듬뿍 끼얹는다.

"던힐 넌 크리스마스에 얽힌 추억 뭐 없어? 어렸을 때라든지."

그러고 보니 던힐이 편지를 받거나 읽는 모습을 본 적이 없었다. 아내와 딸이 있는 것 같던데…… 분명 무슨 사정이 있을 것이다.

평소 자기 이야기를 거의 안 하는 탓인지 던힐은 군화와 양말을 벗으며 생각에 잠기듯 나지막이 신음했다.

"나? 크리스마스에 교회에 간 기억밖에 없군."

맨발은 핏기가 없이 발가락과 뒤꿈치가 거뭇하게 변색되어 있었다. 참호족이 생기려는 것이다.

"친가 쪽 조부모가 워낙 엄격해서 말이다. 크리스마스엔 반드시 아버지 고향에 가야 했어. 크리스마스는 어디까지나 예수 그리스도의 탄생을 축하하는 날이라 선물을 받아본 적은 없어. 할아버지 할머니 둘 다 나이가 많아서 머리는 눈처럼 하얬지만 허리는 웬만한 젊은이보다 더 꼿꼿했지. 크리스마스는 노부부의 감시를 받으며 지내는 때였어."

"굉장히 갑갑했겠네."

"그래." 던힐은 자신의 발을 천천히 주물렀다. "게다가 6, 7년 전부터 같이 살아야 할 상황이 돼서. 할아버지가 세상을 떠났을 때 유서 깊은 저택을 어디서 굴러먹다 온 개뼈다귀인지도 모를 인간한테 넘겨줄 수 없다고 할머니가 강력하게 원하는 바람에 가족 모두가 이사했다. 나한테는 약혼자까지 준비돼 있더라."

"약혼자면, 그럼 네 부인?"

"그래. 그땐 나도 열여덟 살이었으니까 원래 그런 건 줄 알고 받아들였다."

유서 깊은 저택이라니 던힐은 꽤 좋은 집 아들인가 보다. 지원병이 안 돼도 살 수 있을 것 같지만, 몰락해서 격식과 자존심만 남고 생활이 어려운 명문 집안은 많았다.

우리 고향에도 그런 오래된 저택이 있었다. 남북전쟁 전부터 있었다는 흰 저택인데, 2층에는 베란다가 있고 굵은 기둥이 현관에서 높다란 지붕까지 다다랐다. 하인이 오래 붙어 있지 않아서 외상으로 물건을 사러 오는 사람이 빈번히 바뀌었다. 대금 지불은 늘 밀렸다.

주인인 노인은 종종 괴상한 행동을 했다. 넓은 정원에서 누군가와 큰 소리로 말하는데, 상대는 새파란 여름 하늘이라든지 발치에 뒹구는 붉은 낙엽, 잎이 푸르게 우거진 나뭇가지였다. 동네 아이들 사이에서 그 할아버지는 분명 보통 사람 눈에 보이지 않는 뭔가와 이야기하는 게 틀림없다는 소문이 퍼졌다. 유령이라든지, 아니면 정령과. 아마 당시 학교에 있던 그림책 속 스크루지 영감의 삽화와 노인이 똑같았기 때문일 것이다.

유령. 크리스마스에는 유령이 나온다. 수전노 에브니저 스크루지 앞에 나타난 유령처럼 개심할 것을 촉구하러 무덤에서 나오는 것이다. 갑자기 한기가 들어 담요를 목까지 끌어올리고 던힐에게 바싹 붙어 앉았다.

문득 찬송가가 들려왔다. 처음에는 어렴풋한 독일어로, 이어서 꽤 가까운 곳에서 영어로. 눈밭 저편에서 「고요한 밤 거룩한 밤」의 선율이 흘러오자 이쪽은 「기쁘다 구주 오셨네」를 큰 소리로 불렀다. 이상하게도 양쪽 모두 공격을 가하지 않았다. 이윽고 축포를 쏘듯 공포(空砲)가 발포되어 어두운 밤하늘에 눈부신 빛이 직선으로 날아갔다.

이튿날 크리스마스 아침, 예수 그리스도는 자신의 생일에 영혼을 대량으로 원한 모양이다. 날이 밝자마자 전투가 시작되어 솟구치는 폭풍(爆風)과 연기와 함께 여러 병사들이 하늘로 부름을 받았다. 상공은 갠 듯 빛줄기가 여기저기에서 흰 안개를 뚫고 시체를 비추었다.

"싫어, 난 구호소에 안 간다. 여기 있을 거야."

"괜찮아, 금방 돌아올 수 있어. 또 같이 싸우자."

부상을 당하고도 억지를 부리는 동료를 들것에 싣는 것을 도우면서 어깨를 토닥여 격려했다. 이상하게도 전투를 오래 계속하다 보면 '전선을 떠나기 싫다'고 우기는 녀석들이 많아진다. 어제 무리해서 돌아왔던 일병이 생각났다.

하지만 조금은 이해할 수 있었다. 나도 가능하면 구호소에 가고 싶지 않다. 내가 모르는 사이에 전황이 바뀌는 것도 싫거니와 다른 사람들과 떨어지고 싶지 않았다. 죽고 싶지는 않지만 혼자 외떨어지기는 더 싫다. 동료들과 함께 총을 들고 싸우는 편이 훨씬 낫다.

아침 전투에서 나도 다른 데 맞고 튀어나온 탄환에 왼뺨을 다친 터라, 참호로 돌아온 뒤 제1소대의 의무병 조스트에게 처치를 받았다.

"재수가 좋았군, 키드. 조금만 빗나갔으면 뇌를 직격했을 거다."

그때 나는 입사(入射)로 소총을 쏘다가 서 있던 곳이 불안정해서 다치기 직전에 약간 움직였다. 총알은 내 눈앞의 돌을 맞히고 튀어나와 파편이 광대뼈 위의 살을 도려냈다. 움직인 덕에 살 수 있었다. 움직인 탓에 죽었다. 전쟁터에서 선택지는 너무 많은데 실수의 대가는 너무 크다.

살아남은 동료들은 총을 점검하고 흩어진 총탄을 클립에 다시 끼우는 등 뒷정리와 다음번 전투를 위한 준비를 하고 있었다. 눈 위를 얼쩡거리며 작업하는 사람도 있었다. 의무병은 부족한 모르핀과 붕대를 확보하려고 참호를 돌고 있었다.

수가 줄어든 클립을 주우러 갔던 던힐이 돌아와 옆으로 미끄러져 내려왔다.

"담배하고 클립 세 개를 발견했다."

그 말을 듣자마자 조스트가 던힐에게 매달렸다.

"나도 담배 좀 주면 안 되겠냐? 벌써 며칠째 못 피웠더니 환장할 것 같다."

"알았어. 여기 가져가라. 그리고 아직 더 쓸 수 있을 것 같은 탄환도 몇 개……."

"이제 다 틀렸어! 우리 다 죽을 거야!"

내가 아니다. 어디서 누가 부르짖고 있었다. 흠칫해서 얼굴을 들자 비통한 절규는 그리 멀지 않은 곳에서 들려오고 있었다. 앨런 소위가 부하를 데리고 눈을 마구 밟으며 목소리가 들리는 방향으로 달려갔다. 얼마 지나자 조용해져 다들 하던 일로 돌아갔다.

"그러고 보니 디에고가 묘한 소리를 하더라."

던힐이 주워온 담배를 당장 입에 문 조스트는 내 뺨에 설파제를 뿌리며 말했다. 무슨 이야기냐고 물으려 입을 열었다가 가루가 입에 들어오는 바람에 사레가 들렸다. 조스트는 뒤로 펄쩍 물러나더니 침이 튀었다며 난리를 쳤다. 녀석의 야전복은 벌써 피가 묻어 거무스름해진 데다 아까부터 담뱃재가 내 허벅지에 떨어지고 있건만 자기 생각은 안 하나 보다. 얼굴이 커다란 가지처럼 생긴 조스트는 말을 하면 입가에 침이 괴었다.

"호들갑 떨긴. 그래서 디에고가 뭐라고?"

"아, 응. 어째 겁에 질린 표정으로 이러지 뭐냐." 조스트는 목소리를 한층 낮추었다. "나 유령 봤다."

"엥? 유령?"

"그 녀석, 나하고 참호가 같거든. 아침에 일어났더니 새파랗게 질려가지곤 와들와들 떨더라고. 왜 그러냐고 물어도 대답을 안 해서 이야기를 듣는 데 한참 걸렸다. 한밤중에 기분 나쁜 소리가 들렸다나."

"발소리 같은 걸 착각한 거 아냐?"

"참호에서 얼굴을 내밀고 확인은 한 모양인데 근처에 아무도 없었다더라. 우리 참호는 G중대 중에서도 제일 오른쪽 가에 있기 때문에 다른 사람들 움직임을 확인하기 그렇게 어렵지 않아."

다시 말해 제1소대 소속인 디에고와 조스트의 참호는 G중대의 맨 오른쪽, H중대와의 경계에 있는 셈이다. 좋지 않은 예감이 들었다.

"혹시 어제 침입한 적의 잔당 아냐?"

"야, 그런 재수 없는 소리 마라! 뭣보다도 침입한 적의 부대는 H중대가 싹 쓸어버렸다고. 내가 봤다."

제1소대 오른쪽에는 나무들이 없는 공터가 있는 모양이다. 조스트에 따르면, 어제 전투에서 H중대의 진지 뒤로 침입한 적의 부대는 숲속에서 거의 전멸했고 나머지도 공터로 몰아넣은 뒤 일제 사격으로 전원 사살했다고 했다.

"누가 볼일 보러 갔던 건 아니고?"

"그럴지도 모르지. 어쨌거나 너희, 같은 조리병이니까 디에고하고 친하지? 나중에 말 좀 붙여봐라. 걱정돼."

유령 운운하는 이야기는 그렇다 치고, 디에고는 요새 기운이 없어서 나도 걱정되던 차였다. 조스트는 내 뺨에 커다란 반창고를 붙이고는 다음 부상자에게 갔다. 졸래졸래 멀어지는 뒷모습을 배웅한 뒤 던힐에게 눈짓을 보냈다. 그러자 녀석은 나와 똑같은 생각을 말했다.

"그린버그를 부르는 게 좋겠군."

에드에게 갔다가 함께 제1소대의 담당 구역으로 갔다. 보강에 쓸 소나무 가지를 패는 도끼 소리, 허파에서 쥐어 짜내는 듯한 기침 소리가 들렸다. 그런가 하면 태평하게 눈사람을 만드는 녀석도 있었다.

디에고는 참호에 혼자 있었다. 구부정한 자세로 책상다리를 하고 앉아 일심불란하게 호신용 권총을 닦고 있었다. 얼굴 절반이 검은 수염으로 뒤덮였고 머리에는 털실 모자를 쓰고 있었다.

"여, 잘 있었어, 디에고?"

참호 가에 무릎을 대고 말을 걸자 녀석은 나른하게 얼굴을 들었다.

"……나한테 뭐 일 있냐?"

그러고는 내 얼굴을 제대로 보지도 않고 바로 시선을 내렸다. 신경이 곤두선 기색이 역력했다. 네덜란드에서 총을 맞은 이래로 디에고는 컨디션이 좋지 않았다. 팔에 입은 상처 자체는 완치된 모양인데, 이전의 명랑함은 자취를 감춰 별것 아닌 잡담을 하다 말고 멱살을 잡는 싸움으로 발전하는 일도 적지 않았다.

우리 셋은 얼굴을 마주 보았다. 던힐이 먼저 말을 꺼냈다.

"저…… 디에고, 뭐 묘한 소리를 들었다지?"

"뭐? 뭔 소리야."

"조스트가 걱정하던데."

그래도 녀석은 우리를 보려 하지 않았다. 권총을 다 닦자 이번에는 소총을 무릎에 올려놓고 개머리판을 청소하려 했다. 뚜껑이 열리지 않아서 자꾸 혀를 찼다. 우리를 완전히 무시하는 디에고를 보고 화가 나서 도발하기로 했다.

"너, 유령 봤다며?"

그러자 디에고가 벌떡 일어섰다. 무릎에서 소총이 굴러떨어져 개머리판이 땅에 부딪혔다. 반사적으로 뒤로 물러났다.

"위험하잖아! 폭발하면 어쩔 건데!"

그러나 내 말은 디에고의 귀에 들리지 않는 듯했다. "조스트냐? 그 자식, 그놈 자식!" 하고 헛소리처럼 중얼거리며 참호에서 기어 나오려 했다. 조스트를 죽일 듯한 기세이기에 황급히 어깨를 붙들었다.

가까이에서 본 디에고의 얼굴은 말이 아니었다. 흰자위는 충혈됐고 뺨은 푹 꺼진 데다 아래 눈꺼풀은 거뭇했다. 전에는 환하게 반짝이던 검은 눈은 그늘이 졌고 눈빛은 납이 든 것처럼 멍했다. 차마 볼 수가 없어서 손을 떼자 우리 사이에 에드가 끼어들었다.

"조스트는 보고 의무를 다한 것뿐이다, 디에고. 어제 옆에 적이 침입한 건 너도 알지? 네가 감지한 이상은 중대가 공유해야 하는 중요한 정보야. 동료가 위험을 면할 수 있도록 이야기해주겠어?"

온화하지만 단호한 어조로 말하며 디에고의 구부정한 등을 가볍게 두드렸다.

눈이 또 내리기 시작했다. 디에고는 에드를 노려보았지만, 에드는 여느 때처럼 무표정하게 디에고의 시선을 맞받았다. 결국 디에고가 져서 소라게처럼 주르르 비탈을 미끄러져 참호 안으로 돌아갔다.

"……밤에 참호에 있는데 묘한 소리가 들리더라. 퍽, 퍽 하고."

"발소리 아니고?"

어디까지 깊이 들어가도 되는 걸까 망설이며 묻자 이번에는 그저 혀만 찼다.

"발소리 정도는 나도 구별할 수 있고 이렇게 신경 쓰지도 않는다. 그런 게 아냐. 소리가 불규칙한 게, 그쳤나 싶으면 또 들리고…… 둔한데 묘하게 울리는 소리였다."

디에고는 몸서리를 쳤다.

"어제 전투는 진짜 아수라장이었다고. 앞쪽도 쏴야 하는데, 옆쪽에서 적하고 적을 뒤쫓는 H중대 녀석들이 뛰쳐나왔으니 말이다. 그 공터, 거기가 종점이었어. 전투 소리가 그친 다음 확인하러 갔더니 공터에 독일군 시체가 사방에 널렸는데…… H중대 녀석들이 그 사이를 돌아다니면서 숨이 붙어 있는 녀석의 미간에 총을 쏘더라…… 그러고 나서 어젯밤 그런 묘한 소리가 들린 거다."

바람이 불지 않아 눈이 똑바로 떨어졌다. 오른쪽 공터를 흘깃 봤다가 바로 시선을 돌렸다. 경계에 선 나무들은 눈에 가려 더더욱 부옇게 보였다.

"……난 그 소리를 잘 알아. 퍽, 퍽, 퍽, 그 소리가 귓전을 떠나질 않는다. 네덜란드에서 죽인 독일군이 아닐까. 총검 소리다. 난 벽 뒤에서 뛰쳐나오는 녀석들을 차례대로 찔렀다. 그것들이 나한테 복수하는 거다."

눈을 거의 깜박이지 않고 한 곳에 시선을 고정한 채 중얼거리는 디에고를 보면 진짜로 두려워한다는 것을 알 수 있었다. 하지만 디에고의 공포를 공유하고 싶지는 않았다. 무서웠기 때문이다. 네덜란드에서 내가 죽인 SS 병사의 눈이 뇌리를 스쳤다.

"그런 소리 마. 그럴 리 없잖아. 죽인 적이 유령이 돼서 나오다니 그런 식이면 전쟁터엔 유령이 깔렸겠다. 그냥 착각이야. 디에고, 너 겁쟁이구나."

다들 여느 때처럼 웃어줄 줄 알았다. 그런데 "팀, 그만둬" 하고 에드가 날카롭게 나무라는 것과 동시에 강한 충격을 받고 뒤로 벌렁 나자빠졌다. 전혀 대비가 되어 있지 않았던 탓에 헬멧을 쓴 채 뒤통수를 부딪혀 순간 숨이 멎을 뻔했다. 눈앞에는 눈을 번득이며 내 위에 올라탄 디에고가 있었다. 팔이 움직이지 않아 얼굴에 떨어지는 눈을 털 수 없었다.

"그만둬라, 디에고, 그만둬!"

던힐이 녀석을 뒤에서 붙드는 것과 동시에 디에고는 오른손 주먹을 내게 날렸다. 왼뺨을 세게 얻어맞아 조금 전 조스트가 처치해준 상처가 뜨겁게, 강렬하게 아팠다. 신음을 흘리며 몸을 웅크렸다. 던힐이 디에고를 떼어내고 나는 에드의 부축을 받아 일어나 앉았다. 상처가 벌어지면서 멎었던 피가 줄줄 흘러 갈색이 된 눈에 지저분하게 튀었다. 반창고는 벗겨져 못쓰게 됐다.

참호로 도로 끌려 들어간 디에고는 악을 쓰며 삽을 내던졌다. 삽이 날아가 근처 소나무 줄기에 맞으며 요란한 소리가 났다.

네덜란드에서 무슨 일이 있었는지 자세한 이야기는 조스트에게서 들었다. 적에게 쫓겨 골목으로 도망쳐 들어간 디에고의 분대는 협공을 받아 동료들이 잇따라 죽었다. 우연히 대열 가운데 있던 디에고와 남은 몇 명이 헛간 문을 억지로 열고 들어갔지만, 정신없이 싸우는 사이에 탄환이 떨어지고 말았다. 총검을 소총에 장착하고 적을 헛간으로 유도해 등 뒤에서 한 명씩 찔러 죽였다고 한다. 결국 열세 명 있던 분대원 중에서 살아남은 것은 디에고를 포함한 세 명뿐이었다.

현재의 제1소대 제1분대는 G중대 내에서 고참병 몇 명을 이동시키고 나머지는 보충병으로 재편된 조직이다. 부상당한 팔의 치료가 끝난 뒤에도 디에고가 구호소에서 돌아오지 않은 것은 전쟁 신경증이라는 진단을 받았기 때문이라고 조스트가 털어놓았다.

"본인은 말하지 말라고 했지만 이미 다들 눈치챘겠지."

오후 들어 미하일로프 중대장의 지시로 수색대가 편성되어 적의 잔당을 찾으러 부아 자크로 향했다. 디에고가 들었다는 이상한 소리에 관해서는 물론 보고했다. 각 소대에서 몇 명씩 차출된 수색대에는 나도 포함되어, 그새 완전히 익숙해진 참호에 잠시 작별을 고했다.

제1분대 분대장을 따라 종대로 수색을 개시했다. 적의 눈앞으로 나가는 척후와는 달리 우리 쪽 진지를 돌아보는 것뿐이니 위험은 크지 않다. 그래도 눈 내리는 숲은 시계가 나빠서 작은 소리에도 심장이 덜컥 내려앉았다. 소총을 겨누며 나뭇가지를 올려다보니 다람쥐가 가지와 가지 사이를 돌아다니는 것뿐이었다. 결국 아무것도 발견하지 못한 채 수색은 한 시간 만에 끝났다.

그 뒤 참호로 돌아와서 얼마 있다가 오늘 두 번째 전투가 시작됐다. 우리 쪽에서 먼저 개시했는데, 아침에 비해 반격이 약해 부상자도 별로 없이 끝났다. 그래도 디에고의 신경을 더욱 날카롭게 하기에는 충분했던 모양이다.

디에고는 참호에 틀어박혀 나오지 않았다. 조스트가 안으로 들어가려 해도 완강히 거부했다.

"구호소엔 안 간다. 여기 있을 거야."

그렇게 우긴다고 했다. 보다 못한 제1소대장이 가서 교본에 나온 대로 윽박지르기도 하고 휴양은 결과적으로 동료를 위하는 일이라며 충성심을 자극하는 대처법도 시도해봤지만 효과가 없었다. 하는 수 없이 마침 전투 전 기도를 위해 들른 군목을 데려오자 그제야 디에고는 타인을 안으로 들여놓았다.

본인이 뭐라고 하든 전선에서 일단 벗어나 바스토뉴에서 이틀쯤 쉬게 하는 게 좋겠다는 군목의 보고를 받고 사령부 참모가 바스토뉴로 가는 지프를 무전으로 불렀다. 그러나 정차 위치를 겨우 몇 미터 남겨놓고 굉음이 울려 퍼지면서 지프 앞바퀴가 크게 망가져 운전병이 군의관에게 실려 갔다.

곧바로 그날 세 번째 전투가 시작되는 바람에 디에고는 결국 전선을 떠날 수 없었다.

같은 무렵, 어제 침입했던 적의 잔당이 부아 자크에 숨어 있을 가능성을 시사하는 사건이 또다시 발생했다.

옆 H중대의 진지 후방에서 한 병사가 등 뒤에서 찔려 중상을 입은 것이다. 병사는 전투 직후 볼일을 보러 갔다가 맡은 구역으로 돌아오는 도중에 습격을 당한 것으로 보였다. 총을 빼앗겼나 해서 긴장했는데, 찔린 병사의 참호에서 본인의 소총이 발견됐고 권총도 두꺼운 코트 주머니에 그대로 들어 있었다.

G, H, I 각 중대에서 다시 수색대가 조직되었다. 그러나 울창한 소나무 숲을 샅샅이 뒤져도 잔당을 찾지 못했다.

"습격에 주머니칼을 썼고 발포 음이 없었으니 잔당은 현재 화기를 소지하지 않은 것으로 보인다. 앞으로 빼앗기는 일이 없게 총을 취급할 때 조심하도록. 그리고 야간에 밖을 다닐 때는 반드시 두 명 이상 함께 행동하고. 방심하다가 무기를 빼앗기지 마라."

"소변볼 때도 말씀입니까, 중대장님?"

"물론이다, 스미스. 네놈의 지저분한 볼기짝을 구석구석 다 보여줘라."

중대장의 농담에 낮은 웃음소리가 번졌지만 다들 진지하게 받아들이고 있었다. 나치스 놈, 얼른 뒈지지 않고 어디 숨어 있는 거냐? 하고.

보급이 중단된 지금, 우리는 적 아군을 가릴 것 없이 시체를 발견하는 족족 총이며 총탄, 담배, 구급 키트, 그 밖의 쓸모가 있을 듯한 물자를 회수했다. 그 때문에 적도 화기를 조달하기 어려웠는지도 모른다.

있는 건가, 없는 건가? 등 뒤에 숨어 있을지도 모를 적을 경계하면서도 우리는 여전히 앞을 보며 적 진지에 조준을 맞춘다.

그날 밤은 배급식을 가지러 가지 못해서 저녁 식사는 사령부 보관용 참호에 두었던 전투식량을 나눠주고 끝냈다. 다음에 언제 보급이 있을지 알 수 없으니 동료들에게 골고루 나눠줄 수 있도록 남은 수를 생각해야 한다.

통조림 고기를 먹다가 문득 생각나 참호에서 나와 라이너스를 찾았다.

조용했다. 눈이 주위의 소리를 흡수해 내 숨소리가 유난히 크게 들렸다. 눈밭에 발자국을 무수히 남기며 참호들을 돈 끝에 간신히 라이너스를 발견했을 때, 녀석은 전초 뒤에 엎드려 있었다. 라이너스도 나나 다른 녀석들처럼 수염이 덥수룩하게 자라 금빛 털북숭이 개가 생각났다.

적의 동향을 최전선에서 감시하는 전초는 땅에 구멍을 팠을 뿐인 일반 참호와는 달리 어느 정도 보강도 됐고 위장을 위한 낮은 지붕도 있었다. 이쪽에서 잘 보이는 위치는 저쪽에서도 잘 보이는 터라, 다가갈 때는 포복 전진하지 않으면 위험하다.

라이너스는 전초 당번 세 명을 살펴보고 있었다. 말을 걸자 그는 돌아보곤 "인기 있는 사람은 힘들군"이라며 눈을 찡긋하고 엎드린 채 후퇴했다.

소나무 밑까지 물러나자 두 손에 묻은 눈을 털고 일어나 기관단총의 멜빵을 고쳐 멨다. 방금 전까지 웃으며 농을 하던 얼굴에 씁쓸한 표정을 짓고 있었다.

"인원 부족 문제를 좀 해결해주면 좋겠다. 저기 전초의 보충병, 훈련을 너무 서둘러서 소총을 실탄으로 쏴보지도 못하고 왔다나. 게다가 내가 얼굴 내밀었다고 쫄고 말이다."

"넌 이제 상급 부사관이니까, 라이너스 중사님."

"기왕이면 보급부 중사가 되고 싶었는데."

농담은 하지만 라이너스는 인원이 부족한 상황을 심각하게 우려하는 듯했다. 입가에는 빈정거리는 듯한 웃음을 띠고 있는데 눈초리는 진지했다.

고참과 신참은 금세 친해지기 어렵다. 하지만 고참에게는 신참을 쉽사리 인정하고 싶지 않은 복잡한 자부심과 더불어, 햇병아리를 지켜줘야 한다는 책임감이 있다. 말로는 "비실비실한 애송이는 금방 죽는다니까" 하고 투덜거리면서 실제로 부하가 죽으면 죽는 것을 막지 못했다는 자기혐오와 갈등에 시달린다.

그렇기에 고참은 자신의 정신을 보호하기 위해 신참과 거리를 두고 싶어 하는데, 현실에서는 그럴 수만도 없다. 한솥밥을 먹으며 같은 전쟁터에서 싸우는 사이에 서로를 신뢰하게 된다. 그리고 '좋아, 이 녀석은 이제 한 사람 몫을 할 수 있게 됐으니 우리 동료다'라고 확신한 순간 기껏 성장한 신참의 머리통이 폭격에 날아간다.

신참은 정말로 금방 죽는다. 나도 여러 명 죽였다. 가령 네덜란드에서 죽은 포슈. 그러고 보면 와인버거는 그 이래로 신참에게 가까이 가려 하지 않는다.

"그래서 뭔 일이냐, 키드? 적의 잔당이라도 발견했어?"

"아니, 그건 아니고 도와줬으면 하는 일이 있어서. 물자 조달엔 자신 있잖아?"

영현 등록병도 없는 터라 소나무 숲에는 시체가 그냥 뒹굴고 있었다. 진지 내에서 죽은 미군은 기본적으로 바스토뉴로 보내지만, 그럴 겨를이 없을 때는 후방에 얕게 땅을 파서 늘어놓는다. 하지만 위험 지대로 척후를 나간 탓에 회수하지 못한 시체도 있다. 우리 진지에 실수로 발을 들여놨거나 척후에 실패한 독일군은 눈에 덮인 채 그냥 방치되어 있다.

나와 라이너스는 그런 시체들을 뒤지고 다녔다.

"아아, 젠장. 군화 발가락에 구멍 났나 보다. 눈이 스며드는데."

"양말 없어?"

"내가 누군 줄 알고 그딴 소리를 하냐? 한 켤레뿐이지만 벌써 조달했지. 그렇지만 이따 가서 말리지 않으면 위험할 거란 예감이 드는군. 감각이 없어."

라이너스는 오른발을 흔들고 뒤꿈치만 댄 채 종종 걸었다. 소나무 사이를 어느 정도 나아가니 눈바람이 불어와 노출된 얼굴이 쓰렸다. 목도리를 위로 더 끌어올리고 헬멧 속에 쓴 털실 모자는 눈썹까지 내렸다.

"그나저나 키드, 적의 전투식량은 뭐 하려고? 통조림은 아직 있잖냐?"

"……디에고 주고 싶어서 그래. 평소랑 다른 걸 먹으면 기분도 나아지지 않을까."

내 경솔한 발언 탓이라는 것은 알아도 디에고에게 맞고 충격이 무척 컸다. 그것도 눈에 띄게 반창고를 붙이고 있었으니 내가 다쳤다는 것을 알 수 있었을 텐데, 그런데도 디에고는 내 왼쪽 뺨을 때렸다. 다시 말해서 명백히 내게 상처를 주려는 의도가 있었다. 그게 몹시 괴로웠다.

그렇기에 최소한 뭔가 보상을 해주고 싶은데, 생각나는 것이라곤 먹을 것뿐이었다. 어렸을 때 할머니의 레시피 공책이 마음을 달래주었던 것처럼 음식에는 사람의 마음을 지탱해주는 힘이 있다고 믿었다.

"독일군의 전투식량은 맛있다고들 하잖아? 좀 먹으면 기운을 되찾을지도 몰라."

라이너스는 나를 흘끗 보더니 쭈그리고 앉아 적의 시체를 뒤졌다.

"대답하기 싫으면 안 해도 된다만, 디에고한테 뭔 일이 있었던 거냐?"

"……담당 구역 근처에서 묘한 소리를 들었대. 그 왜, 어제 침입했던 적의 잔당을 계속 찾고 있잖아? 관계가 있을지도 모르니까 상부엔 보고했는데."

"그게 다가 아닐 텐데."

어쩌면 이 녀석은 에드 버금가게 날카로울지도 모르겠다. 라이너스의 녹색 눈이 '털어놔라'라고 하듯 나를 응시했다. 나는 허파 깊은 곳에서 공기를 쥐어짜냈다. 흰 한숨이 눈 위를 떠돌았다.

"아니, 실은 디에고는 그게 유령 소리라고 믿거든. 자기가 죽인 적이 유령이 돼서 나온 게 아니냐고."

"아아, 유령."

뜻밖에도 라이너스는 웃지도, 비웃지도 않았다. 내가 놀라자 녀석은 어깨를 가볍게 으쓱하고 "그거 모르지 않는다"라고 말했다. "나도 자주 보니까."

"어? 진짜?"

"그래. 한밤중에 자다 깨면 야전복을 입은 녀석이 발치에 잔뜩 서 있거든. 고개를 들면 얼굴이 창백한 독일군이 빤히 들여다보고 있고 말이지. 얼마 동안 보고 있으면 없어지니까 그냥 둔다."

현실주의자인 줄 알았던 라이너스에게 유령 이야기를 듣게 될 줄은 몰랐다. 나도 꿈이나 공상 속에서라면 죽은 사람을 만날 때도 있었다. 하지만 깨어 있을 때는 한 번도 없었는데.

"……그거 괜찮은 거야? 군의관이나 의무병하고 상담하는 게 낫지 않아?"

넌지시 전쟁 신경증일 가능성을 비추어봤는데, 라이너스는 스스로도 이해하고 있는 듯했다.

"싫어. 자칫 잘못해서 스파크 귀에라도 들어가 봐. '몸은 잠들어 있지만 뇌는 각성해서 꿈의 내용을 보여주는 것뿐'이라느니 뭐니 전문 지식을 줄줄이 늘어놓을 거다. 그러고는 결국 진정제 주사를 놔서 정신을 멍하게 할 뿐이라고. 난 됐어. 차라리 유령들이 있어주는 편이 더 낫다."

"왜? 안 무서워?"

만약 내가 유령을 본다면 약을 써서라도 없애고 싶을 것이다. 단순히 무서운 데다 죄의식으로 견딜 수 없는 기분이 들 테니까. 그러자 라이너스는 마치 갓털을 날리듯 흩날리는 싸락눈에 흰 숨을 훅 불었다.

"무섭지. 하지만 어딘가에 안도하는 내가 있거든. 이렇게 많이 죽였어도 잠재의식 속에선 아직 죄를 잊지 않았다는 증거니까. 게다가……."

라이너스는 말을 하며 눈 위에 한쪽 무릎을 꿇었다. 회수할 때 빠뜨렸는지 미군 병사가 땅에 묻히지 못하고 눈으로 뒤덮여 있었다. 완장에는 제106 보병사단의 휘장이 붙어 있었다.

"……전쟁터만큼 죽은 사람과 산 사람의 경계가 모호한, 연옥 같은 장소는 없잖냐. 6월에 강하했을 때부터 우리는 각자 사신을 등에 지고 신의 재판을 기다리고 있어. 나도, 너도, 적들도 다들 이미 유령이나 다름없다고. 진짜가 걸어 다녀도 이상할 거 없지."

라이너스는 조용히 말하고는 시체의 목 언저리에서 가느다란 체인을 빼내 타원형 인식표만 끊었다. 의무병 완장을 차고 있었지만 가방에 들었던 의료품은 전부 털리고 없었다. 누가 가져갔나 보다.

그 뒤로도 유품을 찾아 헤맸지만, 워낙 물자 부족이 심각한 상황이라 쓸 만한 것은 이미 다 가져가고 없었다. 나는 소총, 라이너스는 기관단총을 겨누고 주위를 경계하며 진지 안쪽 깊이 들어갔다. 살이 에이는 듯한 냉기와 배고픔 탓에 현기증이 났다. 주머니에 들어 있던 캐러멜을 먹었다.

이윽고 디에고가 있을 참호 뒤를 지나 결국 H중대와의 경계선까지 왔다.

나무들이 없는 공터다. 어제 전투에서 독일군을 몰아넣고 숨통을 끊은 곳. 디에고가 유령의 소리를 들었다는 방향이다.

"……종점이다. 일단 찾아볼래?"

공터는 우묵땅인지 발을 내디뎠다가 하마터면 넘어질 뻔했다. 독일군의 시체가 있을 텐데, 쏟아지는 눈으로 새하얗게 덮여 눈이 쌓인 건지 시체인지 분간이 되지 않았다. 그때 앞을 걷던 라이너스가 팔을 뻗어 나를 가로막고는 검지를 입술에 댔다.

"조용히 해. 누가 있다."

헬멧 챙을 밀어 올리며 라이너스의 시선이 향한 곳을 보니, 싸락눈과 어둠 저편에 아닌 게 아니라 사람이 흐릿하게 보였다. 순간 드디어 유령을 본 건가 싶어 심장이 덜컥 내려앉고 등골이 싸늘해졌다. 웅크리고 있던 실루엣이 일어나 우리와 대치했다.

"누구냐? 여기서 뭘 하는 거지?"

라이너스가 기관단총 총구를 실루엣 쪽으로 향하며 경고했다. 나도 소총을 겨누었다. 실루엣은 한 발짝 물러나더니 멈춰서서 우리를 보았다. 불분명한 윤곽만 보이지만 십중팔구 미군일 것이다. 독일군 특유의, 정수리가 평평하고 목덜미를 덮는 헬멧의 형태가 아니었다. 라이너스는 조준을 맞춘 채 다시 한번 경고했다.

"우리는 G중대 밸런타인 중사와 콜이다. 넌 누구냐?"

그러자 조금 있다가 상대방이 대답했다.

"……H중대 콜론넬로 이병입니다, 중사님."

다행이다. 유령도 독일군도 아니었다. 어깨에 들어갔던 힘이 풀리면서 소총의 총구가 내려갔다.

"보충병인가, 이병?"

"네, 그렇습니다."

"그럼 내가 충고하마, 이병. 혼자 다니는 건 위험하다. 반드시 동료와 두 명 이상이 함께 행동해라. 특히 지금은 적의 잔당이 숨어 있을 가능성이 크니까."

그러자 이병은 "죄송합니다, 중사님"이라고 간단하게 사과하고는 어둠 속으로 슥 사라졌다.

라이너스와 함께 참호로 돌아와 전리품을 살펴봤다. 최종적으로 우리가 독일군의 시체에서 건질 수 있었던 물자는 종이로 싼 직사각형 물체 하나와 통조림 네 개, 잼 한 통, 검게 변색된 호밀빵 한 조각, 비스킷 한 봉지, 그리고 겉에 고슴도치가 그려진 성냥이었다.

"'SCHOKOLADE'가 뭘까?"

손안에 들어오는 크기의 직사각형 물체를 이리저리 뜯어보고 있으려니, 라이너스가 양말을 벗어 펴면서 "뜯어보지?"라고 말했다. 추위로 뻣뻣해진 손가락으로 고생해서 포장지를 뜯자 거무스름한 덩어리가 나왔다. 조심조심 냄새를 맡아보니 아주 익숙한 냄새였다. 초콜릿이다.

"아하, 'SCHOKOLADE'는 초콜릿이구나!"

"야, 이 통조림 좀 봐라."

네모난 금빛 통조림 겉에는 알파벳인 듯한 글씨가 찍혀 있는데 무슨 말인지 도무지 모르겠다. 'ä'라든지 'ß'는 심지어 발음도 할 수 없었다.

"아무튼 따보자. 맛을 봐야지."

목에 건 군번줄을 빼서 깡통 따개를 집으려는데 내내 잠자코 우리를 보고 있던 던힐이 끼어들었다.

"잠깐. 데울 거면 중탕하는 게 좋을 거다."

지붕 대신 덮은 시트 틈으로 손을 내밀어 눈을 긁어모아서 작은 접이식 냄비에 넣었다. 그리고 휴대용 버너에 얹어 불을 붙였다. 눈 녹은 물이 끓었을 때 따지 않은 깡통을 넣었다.

"중탕? 직화가 낫지 않아?"

"……그래, 그랬을지도 모르겠군."

그러나 데워진 깡통을 따고 던힐의 방법이 옳았다는 것을 알았다. 햄버그스테이크가 든 토마토 스튜였다. 만약 직접 불에 얹어 가열했다면 겉만 타고 속까지 데워지지 않았을 것이다.

"현명한 판단이었어, 던힐."

또 한 통조림은 스팸 비슷한 소시지였다. 둘 다 시식해보니 소문대로 우리 전투식량보다 훨씬 맛있었다. 향신료를 써서 깊은 맛이 나는데 그렇다고 너무 강하지도 않았다.

"독일한테 엄청 이기고 싶어졌는데."

"좋은 마음 자세다. 승자로서 독일에 들어가면 뭐든 마음껏 먹을 수 있을 거다."

"아인토프라든지?"

"아인…… 뭐?"

"독일의 잡탕 수프야. 효율적인 음식이라고 나치스에서 장려한다던데. 학과 수업에서 교관이 그러더라."

닥터 브로콜리에 따르면, 나치스의 선전 장관은 개전의 영향으로 악화된 식량 사정을 긍정적으로 받아들이게 하려고 자투리 야채 및 고기로도 만들 수 있는 잡탕 요리 아인토프를 프로파간다에 활용했다고 한다.

녀석들의 프로파간다용 전단은 몇 장 본 적이 있는데, 대체로 남자는 크고 우람하게 그려졌고 여자는 아이를 안은 현모양처다운 모습이었다. 나치스의 사상 원리인 가부장제의 알기 쉬운 표현이다. 가정 요리를 칭송한 것은 식량 사정도 식량 사정이지만 이상적인 주부 이미지를 떠받들기 위해서일지도 모른다.

독일은 지난번 세계대전에서 식량 배급 정책에 소홀했던 탓에 기아가 만연했다고 한다. 히틀러는 정권 획득 직후부터 농업 정책에도 적극적으로 나서 생활권(레벤스라움)을 확대하기 위해 동방 침략을 정당화했다. 하지만 녀석들이 주창하는 우등 인종(위버멘슈)이나 게르만화된 민족을 먹여 살리기 위해 광대한 토지에서 현재 농사를 짓는 것은 누군가?

닥터 브로콜리는 칠판에 아무렇게나 갈겨썼다. '열등 인종(운터멘슈)'. 유대인, 그리고 침략국에서 선별된 사람들이다. 녀석들은 평범하게 살던 사람들의 생활을 어느 날 갑자기 빼앗고 노예로 부리면서 그들이 재배한 식량을 독차지한다. 침략이란 곧 스스로를 배불리기 위해 피지배자에게 굶주림을 떠넘기는 행위다.

히틀러가 정권을 획득한 것과 시기를 같이해서 미국에 유대계 이민이 늘어났다는 생각이 든다. 거주 격리가 공공연히 행해지고 있다는 정보는 우리 나라에도 들어왔지만, 나치스가 뿌리는 전단과 라디오 방송에서는 그들에게 청결하고 쾌적한 생활이 보장되고 있으며, 근면히 일하면 게르만화되어 보다 나은 세상이 될 것이라고 공언했다.

미국으로 도망친 유대인들은 그렇지 않다고 말한다. 믿을 수 없을 만큼 비인도적인 행위가 자행되고 있다고. 실제로 독일 점령하의 폴란드에서 1941년 유대인 사냥이 있었다는 것은 알고 있다. 그러나 독일 본국에 관한 정보는 없었다.

나는 미국의 젊은이고 전쟁에 휩쓸린 유럽에 친척이 있는 것도 아니라 나치스의 지배는 말하자면 어디까지나 남의 일이었다. 멀리서 방관하던 윤곽이 흐릿한 공포, 노여움, 절망. 별다른 각오도 없이 날아와서 적을 무찌르며 유럽을 나아가고 있다. 그리고 지금도 여태 모르겠다.

나는 뭘 위해서 목숨을 걸고 정신을 소모시켜가며 싸우고 있나. 만약 상관이 대답을 요구한다면 '독일군을 무찌르고 세계 평화를 되찾기 위해서입니다, 서'라고 대답할 준비는 돼 있다. 하지만 속으로는 고개를 갸웃할 것 같았다. 악을 처단하기 위해? 자유를 위해? 소중한 동료를 위해? 나라를 되찾기 위해 발버둥 치는 일반 시민을 위해? 하지만 아무리 저항해도 그들은 내 손에서 빠져나가 목숨을 잃는다.

그래도 계속해서 싸우는 것은 휘말린 급류의 속도가 너무 빨라 거스를 수 없다는 것, 그저 그 이유 때문인지도 모른다.

"너희 뭐 하냐?" 갑자기 지붕을 대신하는 담요가 들쳐지더니 적십자 완장을 찬 스파크의 찌무룩한 얼굴이 나타났다. "다들 난리가 났다. 맛있는 냄새가 난다고."

"아, 미안. 독일의 전투식량을 데우고 있었어. 디에고한테 주려고."

"디에고…… 지금은 무리다."

"왜?"

울컥해서 묻는데 스파크 옆에 에드가 나타났다. 안경이 눈가루로 범벅이 됐는데도 본인은 신경 쓰지 않는 듯했다.

"아까 그 소리가 또 들렸다더라. 나도 지금 갈 거다만 군목 외엔 아무도 안 만나려고 할지도 몰라."

"나도 가자."

독일 깡통을 급히 천으로 싸 들고 따라 일어섰다.

"실례합니다, 목사님. 스파크입니다."

스파크가 디에고의 참호에 덮인 담요를 들치자, 안에 있던 군목과 눈이 마주쳤다. 평소 태도가 불량한 스파크도 군목은 정중하게 대했다. 조스트는 다른 참호로 옮겨갔는지 보이지 않았다.

"지시하신 대로 수면제를 가져왔습니다."

"아, 왔군."

군목은 십자가 마크가 찍힌 헬멧을 쓴 다음 헛기침을 하며 우리에게 눈짓을 하고 "잠깐"이라며 밖으로 기어 나왔다. 그동안 디에고는 참호 안에서 담요를 둘러쓴 채 우리에게 조금도 관심을 보이지 않고 그저 흙벽만 쳐다보고 있었다. 군목이 금세 담요를 도로 덮어서 그 옆얼굴도 보이지 않게 되었다.

나이는 서른 살 전후일까, 젊은 군목은 무릎에 묻은 눈을 털고 스파크의 등을 밀어 참호에서 떨어진 소나무 아래로 우리를 유도했다. 성직자가 입는 가운이 아니라 우리와 비슷한 야전복을 입고 있었다.

"구호소엔 아직 보낼 수 없나?"

"유감이지만 아직 여유가 없습니다. 얼마 있으면 상황이 달라질지도 모르겠습니다만⋯⋯."

적에게 포위된 탓에 부상병을 다른 병원으로 이송하는 게 불가능한 상황이라 바스토뉴 구호소는 이미 포화 상태였다. 적의 공격으로 입은 부상만 있는 게 아니었다. 영하의 기온에 갈아 신을 양말도 없는 상태에서는 눈에 젖은 발이 참호족이라고 불리는 동상에 걸려 최악의 경우 절단해야 했다. 냉기에 허파와 기관지를 다치는 병사도 많았다.

"이거 곤란하군. 신경이 상당히 흥분된 상태야. 언제 또 그 소리가 들릴지 모르는데."

군목은 가슴속 깊은 곳에서 뱉어내듯 깊은 한숨을 쉬었다. 진심으로 디에고를 염려한다는 생각이 들었다. 스파크에게 수면제 알약을 받아든 군목은 비로소 나와 에드가 있는 것을 알아차린 양 눈을 깜박였다.

"자네들은 저 친구 동료인가?"

"네, 이 친구는 같은 중대 소속 그린버그입니다. 어쩌면 이번 일에 도움이 될지도 모릅니다. 저쪽은 그냥 따라왔고요."

나만 푸대접인데 사실이니 어쩔 수 없다. 스파크의 소개에 에드가 한 발 앞으로 나섰다.

"목사님, 혹시 목사님도 그 소리를 들으셨습니까? 디에고와 같이."

그러자 군목은 목덜미를 쓰다듬으며 "공교롭게도 말이지"라고 말했다. 디에고의 망상이 아니었던 것이다.

"어떤 소리였습니까?"

"저 친구가 유령이라고 겁내는 것도 이해가 가더군. 확실히 섬뜩한 소리였네."

"구체적으로 어떤 소리와 비슷하다고 할 수 있을까요?"

"글쎄…… 막대기나 날카로운 물건을 꽂는 소리와 비슷할지도 모르겠군. 푹, 푹, 하는 느낌으로."

반사적으로 에드를 쳐다보았다. 디에고가 '난 그 소리를 잘 알아…… 총검 소리다'라며 몸을 떨었기 때문이다. 에드도 그 말을 기억하는 듯 분명하게 지적했다.

"디에고는 적을 총검으로 찌르는 소리와 괴이한 소리를 겹쳐서 생각했습니다."

"다행히 난 아직까지 사람을 찔러본 적이 없어서 비교는 못하겠군. 신을 섬기는 몸이니까." 어렴풋이 입매를 누그러뜨린 군목은 금세 도로 정색했다. "하지만 발소리나 눈을 치우는 소리가 아니라는 건 확신할 수 있어."

"어째서입니까?"

"매우 불규칙했으니까. 소리가 한 번 들리면 얼마 동안 조용하네. 그러다가 또 한두 번 들리는 식이거든. 금속이 스치는 소리 같은 것도 들렸고. 하지만 묘한 건 상당히 뚜렷하게 들리는 것치고 난폭한 느낌은 아니었다는 점이야. 경계라지만 공터와는 20야드(약 18미터) 정도 거리가 있는데 말이지. 눈이 쌓였는데 그렇게 뚜렷하게 들릴 수 있나?"

눈이 쌓이면 소리가 흡수되어 잘 들리지 않는다. 훈련을 받을 때도 눈이 내리는 곳에서는 옆에 누가 있는지, 어느 정도 거리에 있는지 항상 주의하라고 배웠다. 그런데 이 의문은 곧바로 에드가 해결했다.

"소리의 명료함은 설명이 됩니다. 아마 눈 오는 날 앞바다의 뱃고동 소리가 잘 들린다든지, 나뭇가지에 쌓인 눈이 떨어지는 소리가 선명하게 들린다든지 하는 것과 같은 현상일 겁니다. 눈으로 인해 귓가의 잡음이 배제되는 만큼 먼 곳에서 나는 소리가 되레 잘 들리는 거죠."

"듣고 보니 그럴 수도 있겠군. 잘 아는데."

"고향이 북부 항구 도시라 익숙해서 그렇습니다."

2년 가까이 알고 지냈건만 에드의 고향을 지금 처음 알았다. 스파크도 처음 듣는 이야기인 듯 팔짱을 낀 채 내게 얼핏 시선을 던지더니 두 사람에게 되돌렸다. 에드 본인은 우리가 눈짓을 주고받은 것도 못 알아차린 듯 군목에게 마지막 질문을 했다.

"한 가지 더, 소리는 언제쯤 들렸습니까?"

"한 시간쯤 전인가. 그 직후에 두 사람이 지나가는 발소리와 말소리를 들었거든. 그건 실제 소리였다고 생각하네."

"앗, 그거 어쩌면 나랑 라이너스일지도 몰라."

우리가 시체를 뒤지고 다니던 시간대다. 그러자 군목은 딱딱하게 굳어 있던 표정을 약간 누그러뜨렸다.

"아아, 자네였나. 괴이한 소리를 들은 직후라 기운찬 발소리 덕에 현실로 돌아온 기분이었네. 얼마나 마음이 놓이던지."

우리는 감사를 표하고 들고 온 독일 통조림과 초콜릿을 맡긴 뒤 군목과 헤어졌다.

에드가 권하기에 제2소대로 돌아가지 않고 제3소대의 진지로 가서 에드의 참호에 들어갔다. 참호를 같이 쓰던 동료는 부상을 당한 탓에 후송되어 안에는 에드의 물건과 깔끔하게 정리된 잡낭 하나가 있을 뿐이었다.

사죄를 하기는 고사하고 디에고와 시선조차 마주치지 못했다. 흡사 싫어해 마지않는 주사를 맞으려고 줄을 서서 기다리는데, 드디어 다음이 내 차례다 하는 단계에서 약이 떨어지는 바람에 다음날로 미뤄진 기분이었다.

내 경솔했던 언동이 부끄러워 견딜 수 없었다. 돌풍이 불듯 되살아나는 기억을 잊고 싶어서 헬멧을 쓴 채 뒤통수를 흙벽에 몇 번이고 박았다. 아니, 안 되지, 이렇게 계속 끙끙 앓기만 해선…… 문제의 괴이한 소리를 생각해보자.

"맞다, 에드. 아까 라이너스랑 같이 H중대와의 경계에 있는 공터까지 갔었는데."

우리 무릎에 담요를 덮어주던 에드가 나를 힐끗 보았다.

"목사가 너희 발소리를 들었다던 그때?"

"응. 독일군 시체를 뒤져서 전투식량을 챙겼는데, 그때 공터에 묘한 사람이 있었어."

"묘한 사람? 적의 잔당인가?"

에드는 미간에 주름을 잡고 나를 꼼짝 않고 쳐다보았다.

"아마 적은 아닌 것 같아. 실루엣밖에 못 보긴 했지만 복장을 봐선 미군이 틀림없었고, 콜론네트인지 콜론네로인지 하는 이병이라고 이름을 댔거든. 라이너스가 주의를 줬더니 사과만 하고 곧바로 사라지더라."

"……그래. 그 녀석 혼자 있었나?"

"우리가 봤을 땐. 보충병이라고 했으니까 부주의한 행동이란 생각도 없지 않았을까."

그러자 에드는 생각에 잠길 때면 늘 보이는 버릇대로 손으로 턱을 덮으며 손가락을 굽혀 중지 손톱을 잘근거렸다. 머리 회전이 빠른 에드는 내 의도를 알아차렸을 것이다. 괴이한 소리와 콜론 뭐라나 하는 이병이 상관있지 않을까, 최소한 뭔가 알지 않을까.

누가 작은 목소리로 말하며 참호가 있는 쪽으로 다가왔다. 지붕을 대신하는 담요를 걷고 확인하니 미하일로프 중대장과 대대 군의관이 진지한 표정으로 이야기하고 있었다. 무슨 내용인지 궁금했지만 에드가 입을 열기에 도로 앉았다.

"이병은 공터에서 뭘 하고 있었던 거지?"

"우리랑 같지 않을까? 독일군 시체를 뒤진 거야. 아니면 아군의 소총 클립을 모았다든지. 신참이니까 부려먹을 것 같잖아."

"첫째, 적의 잔당이 있을 가능성은 제3대대만이 아니라 연대 전체가 공유하는 정보다. 야간에 단독 외출은 삼가라고 H중대에도 연락이 갔을 텐데. 중요한 명령…… 적에게 총을 빼앗길 위험을 회피하기 위한 지시니까."

"신참이라 깜박했나?"

"바로 그 점이다. 중대한 연락을 잊어버리는 신병이 독일군의 시체를 뒤져 유품을 확보한다는 생각을 할까? 고참이 괴롭히려고 혼자 다녀오라고 명령했을 수도 있겠다만 어째 묘한데. 또하나. 라이너스는 이제 중사인데, 보통은 좀 더 위축되지 않겠어? 네 이야기를 듣기로는 신병인데 너무 겁이 없군."

아닌 게 아니라 묘하게 어색한 느낌이 있었다. 라이너스의 충고에도 말로는 "죄송합니다, 중사님"이라고 했지만 태도는 이상하게 뻔뻔했던 것 같다.

"어두워서 얼굴도 보이지 않았거든. 신원을 밝힌 걸 곧이곧대로 받아들였는데…… 혹시 적이 위장한 건가?"

"모르지. 정보가 너무 부족해."

에드가 또다시 중지 손톱을 깨물기에 주머니에 들어 있던 독일 초콜릿을 주었다. 그는 포장지를 뜯어 거무스름한 초콜릿 조각을 입에 넣더니 "그 녀석이 문제의 괴이한 소리를 냈다면 주머니칼로 시체를 찌르고 있었던 걸까" 하고 중얼거렸다. 추리에 몰두하고 있다. 여느 때 같으면 여기서 디에고가 어이없어하며 한마디 했을 것이다. 그러나 지금은 명랑한 목소리가 들려오지 않았다.

"에드, 이제 됐어. 내일 본인한테 물어보지, 뭐. H중대에 있으니까."

내가 제안하자 에드는 방금 알아차린 것처럼 흠칫하더니 눈을 한두 번 깜박거렸다.

"그러게. 네 말이 맞다."

나는 아직 내 참호로 돌아갈 마음이 나지 않아 담요를 쓰고 에드와 어깨를 맞붙여 앉았다.

고요한 크리스마스 밤이었다. 이따금 소나무 가지에서 쌓인 눈이 떨어지는 소리, 누가 걷는 서벅서벅 소리가 들려왔다. 다른 사람들이 살아 있다는 증거를 귀 기울여 듣는데 문득 아까 에드와 군목이 주고받은 대화가 생각났다. 눈 오는 날에는 먼 곳의 소리가 유난히 잘 들린다.

"그러고 보니 에드 너 북부 출신이었구나."

목소리가 약간 들떴다. 친구의 과거를 알 기회가 온 것이다. 에드는 안경 너머 나를 얼핏 보더니 입꼬리만 움직여 웃었다.

"그래. 어렸을 때 워싱턴 주 항구 도시에서 살았다. 캐나다 국경에서 가까운 곳이었지."

"어째 알 것 같아. 넌 더운 곳보다 추운 곳이 더 어울리거든."

"그래? 북부의 항구 도시는 그렇게 좋을 것도 없다만. 생선과 해초 냄새가 진동하고 날이 밝기도 전부터 배 엔진 소리에 잠이 깨야 하는데. 바다는 어둡고, 배에서 샌 기름방울이 바다 표면에 떠서 지저분했다."

"눈은 많이 왔어?"

"많이 왔지. 겨울철 바닷바람은 참 차다."

춥고 어두운 겨울 항구에 어린 에드가 서 있는 모습을 그려보았다. 깡마른 체구에 지금과 똑같은 짧은 검은 머리, 은테 안경.

"지금도 뱃고동 소리를 들으면 딱딱한 침대에 누워 있는 기분이 든다. 눈이 쌓여서 고요한 밤, 얇은 담요로 몸을 싸고 추위에 떨고 있으면 멀리서 소리가 들려와."

"북쪽 항구 도시라, 좋겠다. 한번 가보고 싶은걸."

진심으로 그렇게 말했다. 전쟁이 끝나면, 최소한 이 지옥 같은 일을 그만둘 수 있다면, 하고 싶은 일이 잔뜩 있었다. 욕조에 뜨거운 물을 가득 받아 몸을 담그고, 느지막이 일어나 맛있는 아침을 차분히, 시간을 들여 먹는다. 가족과 이야기를 하고 나면 여름 햇살이 반짝이는 개천에서 낚시를 하고, 동네 사람들과 한가하게 잡담을 주고받고, 갓 개봉한 영화를 보고, 댄스홀에 가서 예쁘게 차려입은 여자들이 색색의 치마를 나부끼며 춤추는 모습을 구경하고 싶다.

자리가 잡히면 에드와 디에고, 던힐이 사는 곳에도 놀러 가고 싶었다. 그때는 무서웠다, 죽다 살았다, 누가 영웅이고 누가 겁쟁이였다, 그런 옛날 이야기에 꽃을 피우며 웃고 싶다.

"아, 맞다, 던힐 이야기도 어젯밤에 들었는데."

"던힐?"

에드가 관심을 보이기에 던힐에게서 들은 이야기를 해주었다. 친가 조부모가 엄격하다는 것, 유서 깊은 저택에서 사는 모양이라는 것.

"지금은 들어오라고 해서 동거 중이라나."

"……그 녀석, 딸이 있다지?"

"응. 다섯 살이래."

에드는 가슴 주머니에서 구깃구깃해진 담배를 꺼내 코 밑에 대고 냄새를 맡으며 뭐라 말했다. 그런데 마침 근처에서 즐거운 웃음소리가 들려오는 바람에 그 소리에 정신이 팔려 에드가 중얼거린 말을 듣지 못했다.

"어? 미안, 뭐라고 했어?"

그러자 그는 고개를 흔들고 "아무것도 아니다"라며 성냥을 그었다. 어둠에 잠겨 있던 창백한 얼굴에 몇 초간 붉은 기가 비쳤다. 담뱃불을 붙이고는 머리 위의 담요를 들치고 손을 내밀어 쌓인 눈에 성냥불을 껐다. 찬바람이 불어 들었다.

"팀, 너도 집에 가고 싶어?"

"그야 그렇지." 지난밤에는 그런 소리를 했지만 역시 가족이 그리웠다. "가족사진을 봤을 땐 거긴 이제 내가 있을 데가 아닌 것 같아서 돌아가도 되는 걸까 알 수 없었어. 하지만 가고 싶은 게 본심이긴 해. 에드 너도 그렇잖아?"

"……아니, 난 가족이 없어서."

예상을 못 한 것은 아니었지만 막상 본인의 입으로 들으니 가슴이 철렁했다. 죽었나, 아니면 더 복잡한 사정이 있나. 고개를 끄덕이지도 못하고 나는 그저 기다렸다. 얼마 동안 어색한 침묵이 흐른 뒤 에드는 어깨를 으쓱했다.

"없다고 할지, 내가 가족에 들어 있지 않아. 어머니도, 같이 사는 외삼촌도, 내가 군대에 들어와서 여기에 있는 것조차 모른다."

"말 안 했어?"

"서로 필요 없거든. 어머니와 외삼촌에게 난 가족이 아니야. 철들었을 때부터는 집에서 식사가 나온 기억도 없을 정도로."

"그럼…… 어떻게 산 거야?"

우리 집 부엌에서 요리를 하는 할머니의 모습과 찬장에 든 레시피 공책이 생각나 가슴이 쑤셨다.

"그런 건 의외로 어떻게든 돼. 배가 고프면 냉장고를 뒤지거나 찬장을 열고 시리얼을 먹어. 겨울에도 찬 음식을 그냥 먹었다. 가스레인지 어디를 돌려야 불이 켜지는지도 몰랐으니까. 해보려다가 삼촌에게 두들겨 맞은 적이 한 번 있었거든. 가끔 항구로 나가서 어부에게 생선 프라이를 얻어먹은 적도 있었지."

에드가 뱉은 담배 연기가 완벽한 고리 모양으로 허공을 떠다녔다.

"삼촌은 체면을 신경 쓰는 사람이었어. 멋대로 사생아를 낳고, 게다가 아들에게 유대인답지 않게 에드워드란 이름을 지어 준 여동생을 달갑지 않게 생각했지. 어머니는 자식을 둔 모친이라기보다 10대 소녀 같았어. 화장하고 외출을 하거나 지저분한 소파에 앉아서 라디오와 레코드를 듣곤 했어. 내가 말을 걸어도 철저하게 무시하고⋯⋯. 미안하다. 이런 따분한 이야기를."

나는 현기증이 날 정도로 세차게 도리질을 쳤다.

"따분하지 않아. 더 듣고 싶어."

"더 할 이야기가 없는데." 에드는 쓴웃음을 지으며 담뱃재를 떨었다. "아, 그러고 보니 뭔가를 생각하는 버릇은 어렸을 때 생긴 거다. 혼자 있으면 심심했고 기분을 달랠 거리가 필요해서 신경 쓰이는 게 있으면 이것저것 상상해보곤 했거든. 지금도 무슨 일이 있을 때마다 괜히 참견하는 건 그 버릇 탓이다."

"그건 나도 그런걸. 내 경우엔 할머니의 레시피 공책이지만. 덕분에 군대에서도 조리병이 됐지 뭐야."

우리는 서로를 바라보고 웃었다. 에드의 표정도 온화하고 부드러웠다.

"그 외엔 어땠어? 친구는?"

"어렸을 때 친구가 있었던 기억이 없군. 그나마 학교엔 다닐 수 있었어. 삼촌이 체면을 신경 쓰는 사람이라서. 하지만 도시락은 그래 봤자 사과 아니면 생선 완자, 아무것도 없을 때는 열성적인 교사에게 들킬까 봐 배를 굶주린 채 학교 안을 헤매고 다녀야 하는 게 힘들었다. 열여섯 살 때 가출해서 나이를 속이고 입대했어. 요리를 배운 것도 포트리에 배치된 다음이었지."

뜻밖이었다. 나는 이 믿음직한 리더도 요리를 좋아해서 조리병이 된 줄로만 알았다. 하지만 그게 사실이라면 음식 맛에 관심이 없는 성격도 이해할 수 있었다.

"군대에서 신체검사를 받기 전까지 내가 근시인 것조차 몰랐어. 지금 쓴 안경은 입대하고 나서 맞춘 거다."

에드는 그렇게 말하며 안경 렌즈를 손가락으로 톡톡 쳤다.

"안드리치 교수님에게 여러모로 신세 많이 졌다. 나에게 부모 같은 존재가 있다면 교수님일 테지."

"그럼 전쟁이 끝나도 군대에 남을 거야?"

"달리 갈 데가 없으니까. 그래서 분말 달걀을 훔친 비버 중사를 동정했다. 그 사람도 나와 비슷한 처지일 텐데."

아아, 그렇구나. 이제야 납득했다. 프랑스 후방 기지에서 분말 달걀이 도난당했을 때 에드가 여느 때 같지 않게 긴장했던 이유는 그것이었나. 해결된 뒤로도 어디 먼 곳을 바라보는 듯한 눈빛이었던 것은 자신이 사건을 파헤친 탓에 중사가 돌아갈 집을 잃은 것을 후회했기 때문인지도 모른다.

"무섭지 않아? 이 전쟁에서 살아남아도 만약 또 전쟁이 나면 나가야 하잖아?"

나는 이제 지긋지긋했다. 심지어 후회까지 했다. 다음에 또 전쟁이 나면 절대로 지원하지 않을 테고, 징병 대상은 아닌지 모집 규약을 잘 읽어봐야겠다는 생각까지 하고 있었다. 그런데 에드는 전쟁터로 돌아가는 쪽을 택하겠다는 것이다.

"난 별로 무섭지 않다. 죽이는 것도, 죽는 것도."

에드는 연기를 깊이 들이마셨다가 천천히 뱉었다.

"나를 걱정해준다면 바깥세상에서 열심히 살아라. 앞으로 더는 이런 일이 일어나지 않도록. 우리가 전쟁터에 가지 않아도 되도록."

멀리서 기관총 소리가 따따따, 따따따 들리고, 담요 틈으로 예광탄이 하얗게 빛나며 밤하늘에 호를 그리는 게 보였다.

입 밖에 내어 말하지는 않았지만, 나는 에드가 무섭지 않다고 말한 것에 충격을 받았다. 일찍 죽고 싶은 사람은 아무도 없을 테고 다른 사람을 죽이고 싶지도 않을 줄 알았는데. 모순을 느끼면서도 방아쇠를 당기는 게 전쟁이라고 생각했는데.

나는 친구에 관해 아무것도 알지 못했다.

이튿날인 12월 26일, 패튼 장군이 이끄는 미 육군 제3군이 독일의 포위망을 뚫었다.

기갑사단을 중심으로 한 제3군은 남쪽에서 진격, 총력을 기울이는 독일군과 사투를 벌인 끝에 마침내 적 진형의 돌출부를 물어뜯어 돌파했다.

덕분에 간신히 도로가 연결되어 수송 경로가 확보됐다. 화물을 최대한으로 실은 트럭이 대거 도착해서 전투식량과 의약품, 탄약, 새 총, 담요, 갈아입을 속옷과 군화, 털양말 등 다양한 보급품이 주어졌다. 인원이 부족한 곳에는 대기소에서 새 보충병이 충원됐고 부상병은 다른 병원으로 후송됐다. 드나드는 사람이 늘어나면서 신문사에서까지 취재를 나왔다.

눈밭이 갑자기 사람들로 북적여 순식간에 우리는 고독하지 않게 됐다.

이레 동안 물자가 부족한 상황에서도 전선을 지켜낸 만큼 '패튼 장군 덕분'이라는 말은 오기로라도 하고 싶지 않았지만, 적은 명백히 침착함을 잃었다. 쌍안경으로 확인하니 적 진영은 어수선한 분위기였다. 공격을 가해오는 일도 없어지더니 이윽고 조용해졌다. 아마 이동했을 것이다.

"지금까지는 내내 방어만 해왔다만 이제 반격에 나설 차례다. 먼저 포이와 노빌의 탈환이다. 이젠 독일 놈들 마음대로 못 해."

다수의 아군을 얻어 사기가 오른 우리는 미하일로프 중대장의 말에 위세 좋게 호응했다.

오전 중에는 바스토뉴 구호소에 빈자리가 생겨 드디어 디에고가 후송되었다. 배웅하고 싶었지만 어쩐지 용기가 나지 않아 지프 뒷자리에 올라타는 모습을 멀찍이 떨어진 소나무 뒤에서 바라보기만 했다. 유령의 정체를 밝혀내면 그 이야기를 선물 삼아 위문을 가자고 속으로 다짐하며.

안개도 걷혀 구름 사이로 오랜만에 푸른 하늘이 보였다. 햇빛이 눈에 반사되어 반짝였다. 에드와 던힐, 나 이렇게 셋이서 지프를 타고 전투식량을 받으러 바스토뉴로 갔다. 시내가 가까워져 올수록 타이어 자국이 늘어났다. 지프는 눈 녹은 물을 튀기며 흙이 섞여 갈색으로 더러워진 눈길을 달려갔다.

시내 곳곳에서 드럼통에 불을 피워놓고 병사들이 몸을 녹이고 있었다. 폭격으로 파괴된 거리 중심부에 적십자 막을 친 교회가 있었다. 창문은 깨지고 벽도 일부가 무너지고 시커멓게 그을은 이곳에 디에고가 있을 것이다. 잠은 좀 잘 수 있을까.

교회 앞에는 구호차가 뒷문을 열고 종렬로 늘어서 있고, 간호사와 의무병이 들것에 실어 내온 부상병을 차례차례 태우고 출발했다. 그들과 조금 거리를 두듯이 교회 옆벽에 기대서서 담배를 피우는 작은 체구의 의무병이 있었다. 자세히 보니 스파크였다.

"도로가 연결돼서 다행인걸. 후송할 수 있게 돼서 편하지?"

말을 걸자 스파크는 떨떠름한 표정으로 "과연 그럴지"라고 말하고는 다리를 바꿔 꼬고 담뱃재를 튀겼다. 스파크가 퉁명스러운 것은 늘 있는 일이지만 오늘은 약간 패기가 없다는 생각이 들었다.

주위를 둘러보자 허리가 꼬부라진 노파와 노인이 비척비척 큰길을 가로지르는데, 그 너머에서 머릿수건을 쓴 간호사 둘이 그들과 교차하듯 종종걸음을 쳐 달려왔다. 스파크는 담배를 발로 밟아 끄고 그들에게 달려가 두어 마디 주고받은 다음 돌아왔다.

"안경잡이는 어디 있냐?"

"저기 있는데…… 갑자기 뭔데?"

큰길에서 오른쪽으로 들어간, 파편이 널린 광장에 야전 취사 차량이 서 있었다. 에드와 던힐은 그곳에 있었다. 스파크는 내 등을 '탁' 치고 "잠깐 따라와"라고 말하고는 헬멧을 잡으며 광장으로 갔다.

"어디 가서 말하지 마라. 묘한 부상병이 있다."

"묘하다고?"

스파크를 따라 나와 에드, 던힐은 다른 사람들을 피해 광장 구석에 둥글게 둘러섰다.

"그래. 둘 다 H중대. 적의 잔당한테 당했다고 보이는 부상병이지."

"아, 볼일 보고 오다가 당했다는 녀석? 한 명 아니었어?"

"어젯밤에 한 명 또 생겼거든. 똑같은 장소에서, 똑같이 뒤에서 습격을 받았다. 어깨 뒤를 칼에 찔려서 힘줄이 파열됐어. 예후도 좋지 않으니 아마 퇴역하겠지. 왼팔을 평생 못 쓸지도 몰라."

"그건 안됐지만…… 어디가 묘한 건데?"

　내가 묻자 스파크는 눈을 치뜨고 우리를 노려보듯 하더니 금세 시선을 돌렸다.

"그중 한 명이 부상하고 상관없이 의식을 못 찾고 있단 말이지. 출혈은 별로 심하지 않았을 텐데 눈을 안 뜬다. 발견된 당초에 이송을 담당했던 의무병 말로는 통증을 심하게 호소하길래 모르핀 주사를 놓으려고 했는데 몸부림을 치더라는 거야. 결국 군의관이 놨는데 곧바로 의식을 잃었다."

"모르핀을 맞으면 죽는 병이었나?"

"너 바보냐. 그런 허약한 녀석이 어떻게 공수 부대에 있냐. 신체검사는 왜 하는 것 같냐. 게다가 경련이나 습진 같은 반응도 없어. 도대체가 그 녀석은 노르망디에서 벌써 다쳐서 모르핀을 맞은 적이 있다고. 그때는 이상이 없었다."

　스파크는 단숨에 늘어놓았다. 뭐, 맞는 말이다. 이어서 던힐이 물었다.

"술을 마셨을 가능성은?"

"없어. 확실히 증상은 모르핀 과다 투여 아니면 알코올과의 병용에 의한 혼수상태하고 비슷하다. 하지만 술 냄새는 안 났고 이송 중엔 본인이 몸부림을 쳐서 모르핀을 투여 못 했는데. 군의관이 한 대 겨우 놨다고."

우리가 이야기하는 동안 또 손톱을 잘근거리며 가만히 듣고 있던 에드가 비로소 입을 열었다.

"습격을 받은 건 두 명이라고 했지. 둘 다 증상이 같나?"

"아니, 의식이 없는 건 한 명뿐이다. 또 한 명은 의식이 있어. 이송됐을 땐 중상이라 심한 통증과 발열에 시달렸다만 아마 그쪽이 먼저 회복되지 않겠냐."

"혼수상태인 건 혹시 처음에 실려 온 쪽인가?"

에드의 말에 순간 스파크의 표정이 굳더니 기분 나쁜 것을 보는 양 고개를 움츠렸다.

"……그래. 어떻게 알았냐?"

그러나 에드는 대답하지 않고 팔짱을 낀 채 왼손을 턱에 대고 손톱을 씹으며 발밑의 눈을 보고 있었다. 스파크가 웬일로 도움을 청하는 듯한 눈초리로 나를 보았다. 그러나 그런 표정을 지은들 나도 어깨를 으쓱하는 수밖에 없었다.

그때 지프 운전병이 우리에게 "어이, 거기, 얼른 못 해!" 하고 고함쳤다. 아차, 일하는 중이었는데 깜박했다. 곤혹한 표정의 스파크의 어깨를 두드리고 일단 야전 취사 차량으로 돌아왔다.

"H중대로 가자."

에드가 내게 말한 것은 그날 오후 늦은 점심을 먹고 나서였다.

"KP와 던힐에게 뒷정리를 맡겼으니까 시간도 약간 여유가 있다. 디에고 일도 포함해서 녀석들에게 묻고 싶은 게 아주 많군."

공터는 완만하게 경사를 이루는 타원형 분지로, 빙 둘러싼 소나무가 차폐물 역할을 해주어서 이쪽이 다소 움직인다고 바로 포탄이 날아들 위험은 없을 듯했다. 소나무 숲 안쪽을 향해 세로로 길지만 폭도 그런 대로 있으니 전차가 포탑을 돌리는 정도는 가능할 것이다.

어젯밤에는 어두워서 몰랐는데 밝은 때 보니 얼마나 처참한 상태인지 똑똑히 알 수 있었다. 눈이 불룩하게 쌓인 듯 보였던 것은 전부 독일군 시체였다. 마구 짓밟힌 피가 눈에 스며들어 곳곳이 연분홍색으로 물들어 있었다. 무덤이라기보다 밀랍인형을 폐기한 극장 쓰레기터 같았다.

시선을 내리면 무수한 시체가 보이기 때문에 되도록 앞을 보고 걸었더니 금세 시체에 걸려 넘어지고 말았다. 혀를 차면서 발밑을 보자 위를 보고 누운 시체는 나와 나이 차가 그리 나지 않을 듯한 청년 병사였다. 얼굴 절반이 서리로 뒤덮였고 반쯤 벌린 입 안에까지 눈이 차 있었다. 어중간하게 든 채 굳어버린 팔에 검은 새가 앉았다. 갑자기 한기가 들어 소변을 본 직후처럼 몸이 부르르 떨렸다.

얼른 지나가고 싶건만 에드는 관심이 있는지 여기저기 다니며 쭈그리고 앉아 시체를 만져보고는 했다.

"야, 얼른 가자…… 여기 너무 추워."

"추운 건 어디나 마찬가지지. 그보다 팀, 이 시체들의 이변을 눈치챘어?"

"몰라. 얼른 가자니까."

정말로 한기가 들었다. 혹시 냉기가 괴기 쉬운 지형 때문일까? 팔짱을 낀 자세로 손을 겨드랑이에 넣고 발을 굴러 되도록 몸을 덥히려고 해봐도 효과가 거의 없었다.

다른 중대와의 교류는 연대해서 펴는 작전 외에는 거의 없었다. 물론 개인적으로 친하게 지내는 녀석도 있겠지만 나나 에드는 아니다.

같은 소나무 숲이라도 심은 방법이 다른지 맞은편으로 가니 마치 낯선 동네에 온 것처럼 느껴졌다. 우리가 있는 소나무 숲보다 줄기가 훨씬 가늘고 그에 비해 수가 많았다.

H중대 진지에 들어서자마자 몸집이 작은 남자와 마주쳤다. 우리를 등지고 서서 한 손에 소총을 들고 하늘을 우두커니 바라보고 있었다. 뭐가 있나 싶어 시선을 따라가 봤지만 특별히 눈에 띄는 것은 없었다. 그저 가지가 굵은 소나무가 있을 뿐이었다.

"저기."

말을 걸자 그제야 남자가 돌아보았다. 그러나 갈색 눈은 초점이 맞지 않았고 대답도 없었다. 말없이 돌아서서 코트 자락을 흔들며 어디론가 가버렸다.

저것과 비슷한 명한 눈빛을 최근에 본 적이 있었다. 참호에 틀어박힌 디에고였다.

좀 더 가자 대원이 띄엄띄엄 보이기 시작했다. 누구에게 말을 걸까 망설이는데 굵은 소나무 밑에서 이야기하던 세 명과 눈이 마주쳤다. 세 사람은 고개를 가볍게 갸웃하면서도 재미있어하는 듯한 표정으로 "뭐냐, 길이라도 잃었어?"라고 하면서 먼저 다가왔다.

"너희 어디서 왔냐?"

"옆이야. G중대."

대원들의 이름을 알 수 없는지라 외모로 퉁퉁, 빼빼, 반창고라고 속으로 별명을 붙였다. 계급장은 퉁퉁이 하사, 빼빼와 반창고가 이병. 말투로 보건대 셋 다 고참인 듯했다.

"뭐냐, 특기병이냐. 조리병이기라도 하냐?"

세 사람은 나와 에드의 계급장을 흘깃 보더니 놀리듯 웃으며 이것저것 질문을 퍼붓기 시작했다. 그쪽 상황은 어떠냐? 언제 공격이 시작될지 아냐? 등등. 어떻게 말을 꺼내나 싶어 난처해하는데 그때까지 잠자코 있던 에드가 입을 열었다.

"크리스마스이브에 습격을 받은 녀석이 있지? 장소가 어디쯤이지?"

그러자 세 사람은 서로 마주 보더니 퉁퉁한 상병이 "더 뒤로 가야 하는데. 100야드(약 91미터)쯤"이라고 몸짓을 곁들여 가르쳐주었다. "우리가 변소로 쓰는 곳 바로 앞이지."

"어젯밤에도 한 명 당했다고 들었는데 같은 장소인가?"

"그래, 대체로 비슷해. 나무가 빽빽한 곳이라 사각이 되기 쉽거든. 나치스 새끼가 숨어 있을 게 틀림없다."

"찾으면 확 죽여버리겠어."

반창고가 껌을 씹으며 눈 쌓인 땅바닥에 침을 뱉었다.

"당한 녀석 둘 다 괜찮은 친구인데 말이지. 어제 당한 녀석은 네덜란드에서 동료를 아주 많이 구해준 영웅이라고. 저격수거든."

"그래, 그건 대단하군. 나 같은 조리병에게 저격은 생각도 못할 일인데."

에드는 세 사람에게 동의하듯 고개를 크게 끄덕였지만 말투가 너무 빠른 게 내 눈에는 연기를 한다는 게 뻔했다. 하지만 그런 어색한 웃음에도 불구하고, 퉁퉁한 하사는 에드의 저자세에 기분이 좋아졌는지 담배를 권했다.

"고맙다."

"그 녀석이 뒤에서 당하다니 여느 때 같으면 생각도 할 수 없는 일인데 말이지. 아니, 그건 그냥 약간 상태가 안 좋았던 것뿐이고 실제로는 피했으니까 역시 대단한 친구야. 너희 특기병이나 여자 같으면 바로 죽었을 텐데."

'너희 특기병이나 여자 같으면'이라는 대목에서 빼빼와 반창고가 히죽거렸다. 발끈하지 않을 수 없었지만, 만약 네덜란드에서 만난 부조종사 테레즈 잭슨이 이 자리에 있었다면 십중팔구 분노하며 하사를 홱 떠밀었을 것이다. 그녀의 용맹한 모습을 상상하며 참았다. 아무튼 그만 이야기를 끝내자. 나는 소총 멜빵을 고쳐 메고 헛기침을 했다.

"하나만 더 가르쳐줘. 콜론넬로 이병은 어디 있지?"

그 순간 공기가 얼어붙었다. 얼굴에서 조소가 사라지고 눈빛이 날카로워졌다. 갑자기 왜 그러지?

"어, 음…… 미안, 콜론네트였을지도 몰라. 아무튼 그런 이름의……."

"너 그놈 친구나 뭐 그런 거냐?"

"아니, 그건 아니고. 어젯밤에 우연히 만났는데 뭐 좀 물어볼

게 있어서."

황급히 설명했지만 분위기는 되레 험악해졌다. 그때 세 사람 뒤에서 다른 두 명이 달려왔다. 키 큰 남자는 선임하사 계급장을 달고 있었다. 코가 유난히 높아서 옆에서 보면 얼굴 중심에 삼각자를 댄 것처럼 보였다.

"왜 그러지, 무슨 문제 있냐?"

이름도 모르는 선임하사가 물어보자 빼빼가 혀를 차면서 설명했다.

"이 녀석들, 콜론넬로를 찾습니다. 어젯밤에 만났답니다."

선임하사는 눈을 둥그렇게 뜨고 세 사람과 우리를 번갈아 보았다. 부사관도 동요하는데, 어째서 콜론넬로 이야기를 하면 동요하는 건가? 에드도 눈살을 찌푸리고 있었다. 선임하사는 목울대가 움직이는 게 똑똑히 보일 만큼 침을 꿀꺽 삼키더니 세 사람에게 제 위치로 돌아가라고 지시했다. 세 사람은 마지막으로 우리에게 냉랭한 시선을 힐끗 던졌다.

"소란을 피워서 죄송합니다."

에드가 사죄하자 선임하사는 높다란 코를 몇 번 문지르고는 "아니, 미안한 건 이쪽이지"라며 표정을 풀었다. "바로 설명하지 않아서 미안하군. 다들 혼란에 빠져 있어서 말이지."

"혼란이라고요?"

"그래. 어젯밤 콜론넬로를 만난 건 자네지? 아마 무슨 오해가 있었던 모양이지. 자네가 만난 건 다른 인물이야."

"어째서죠? 확실히 어두워서 얼굴은 못 봤지만 분명히 그렇게 이름을 밝혔습니다."

그러자 선임하사는 깊이 한숨을 쉬고 조용하게, 그렇지만 똑똑히 말했다.

"그건 있을 수 없는 일이야. 콜론넬로는 22일에 죽었으니까."

진지로 돌아와 선임하사의 이야기를 돌이켜보았다.

"콜론넬로 이병은 이번 작전 직전에 대기소에서 막 온 보충병이었는데, 심한 우울감에 시달려서 자기 허벅지를 쏘고 말았다. 의무병도 최선을 다했다만 대동맥이 잘려서. 날 포함해서 여러 대원이 사망을 확인했지. 시신은 이 뒤에 땅을 파고 묻었고."

22일이면 도착과 동시에 포위된 지 나흘째, 가져온 비축품이 바닥났을 때다.

대포도 포탄이 떨어져 쏘지 못하고, 소총은 클립은 고사하고 탄약조차 불안할 만큼 위태로운 상황이었다. H중대의 조리병이 만약 무능했다면 전투식량도 골고루 돌아가지 못했을지도 모른다. 그러나 바로 그다음 날, 마침내 안개가 걷혀 보급품이 추가됐다. 하루만 더 기다렸다면 콜론넬로도 어느 정도는 기분이 밝아져 죽지 않았을지도 모르는데.

'만약'과 '혹시'가 의미가 없다는 것은 누구나 안다. 하지만 생각하지 않을 수 없었고, 있을 수도 있었던 미래를 몽상하지 않을 수 없었다.

맡은 구역으로 돌아오기 무섭게 지금까지 조용했던 적진에 움직임이 포착되었다.

미하일로프 중대장의 지시로 우리 제2소대는 적의 배치 위치를 사령부에 무전으로 보고하기 위해 부아 자크 서쪽으로 정찰을 나가게 됐다. 헬멧에 붕대를 감고 어깨에 구호소에서 가져온 흰 시트를 걸쳐 즉석에서 설원 위장을 하고 출발했다.

제3대대의 담당 구역에서 서쪽으로 돌아가 적의 진지를 확인하려면 일단 숲에서 나와야 한다. 소나무 숲에 숨어서 보기에는 너무 멀기 때문이다. 그 때문에 사전에 공병이 전초 차폐물용으로 쌓아놓은 눈 무더기를 따라 나아갔다. 서른 명 조금 안 되는 소대원은 각 분대별로 흩어졌다.

관측 대상은 적이 원래 숨어 있던 너른 숲에서 약간 떨어진 작은 소나무 숲이었다. 마치 조그만 외딴 섬처럼 보인다. 적은 이곳에 일부의 병력을 파견해 뭔가를 계획하는 모양이었다.

눈 무더기 뒤에 숨어 한쪽 무릎을 세우고 언제든 쏠 수 있도록 소총을 겨누었다. 전원이 장전을 완료했을 때, 조준경을 들여다보던 저격병 마르티니가 전보다 나무가 늘어났다는 것을 깨달았다.

"소대장님, 저길 보시죠."

마르티니가 거무스름한 손가락으로 가리킨 곳을 앨런 소대장이 쌍안경으로 확인했다.

"……88밀리 고사포군. 포신이 보여."

"표적은 뭡니까?"

"여기선 모르겠는데. 하지만 바스토뉴를 겨냥하고 있을 가능성도 있다."

앨런 소대장은 덥수룩한 수염을 쓰다듬으며 잠시 생각하더니 통신병 와인버거를 불렀다.

"본부에 연결해서 포병대 관측병을 불러."

378

와인버거는 즉각 무전기를 내려놓고 수화기를 들어 버튼을 돌렸다.

"여기는 G중대, 응답 바람."

와인버거의 교신을 들으며 나와 던힐은 숲을 향해 소총을 겨누었다. 오른쪽에서는 맥과 스미스가 자동소총을 눈 위에 설치해 조준을 조정하고 있었다.

지도를 편 앨런 소대장은 수화기를 받아 오른쪽 어깨와 뺨 사이에 끼웠다.

"G중대 앨런 소위다. 긴급 지령을 요청한다."

시선을 소총으로 되돌리고 눈을 가늘게 떴다. 순백의 설원 저편, 450야드(약 410미터) 조금 못 미치는 거리의 숲에 움직이는 사람의 모습이 조그맣게 보였다. 살짝 저리는 오른발을 움직이고 궁둥이를 옴짝거린 다음 다시 조준을 맞추었다.

"그래, 88밀리 포를 1문 확인했다. 포이 남쪽, 바스토뉴 포대 진지에서 각도 005. 그래, 목시를 부탁한다."

소대장은 정확하게, 그러면서도 빠른 말투로 우리 위치를 설명한 다음 수화기를 놓았다.

그로부터 10분도 채 안 돼서 포병대 관측병이 도착했다. 유탄포 등 큰 포대는 후방에 진지가 있는데 이번 전투에서는 바스토뉴 주위에 배치되어 있었다. 목표와 거리가 있는지라 전선에서는 항상 목표를 육안으로 확인해서 정확한 각도를 포수에게 지시하는 관측병이 있다. 체구가 작은 관측병은 몸을 숙인 자세로 재빨리 달려와서는 바로 앨런 소대장을 알아보고 쌍안경을 들여다보았다.

"네, 확실히 있는데요. 105밀리 포를 쏘죠."

관측병은 붉어진 콧등을 문지르더니 와인버거에게서 무전기 수화기를 넘겨받았다. 소대장이 지도에 빨간색으로 표시하고 관측병이 후방에 지시를 내렸다.

105밀리 포는 강력한 대포다. 곧 굉음과 함께 설원의 나무들이 날아갔다. 목표인 88밀리 포에서 빗나갔지만, 이건 두 발째에 정확히 조준을 맞추기 위해 쓰는 방법이므로 실패한 게 아니다.

"방위와 거리는 그대로 두고 각도만 300야드(약 270미터) 왼쪽으로 변경해. 전(全) 105밀리 포 사격, 각 포 수 발씩 발사."

이윽고 섬광 여러 줄기가 하늘을 가르고 대지가 요동치면서 굉음과 더불어 적진이 폭발했다. 눈이 거대한 분수처럼 여기저기에서 솟구쳤다.

포격을 받고 적이 허둥대며 숲에서 뛰쳐나온 순간을 우리가 노린다. 소총의 조준을 맞추고 방아쇠를 당겼다.

모두가 숲을 노리는 가운데, 적 한 명이 설원으로 나오는 게 보였다. 당황해서 침착함을 잃었는지 동료들과 떨어져 원대가 있을 숲과는 반대 방향으로 갔다. 이렇게 멀리 있는데도 숨을 헐떡이는 소리가 들릴 것처럼 눈에 발이 푹푹 빠져 허우적거리는 모습이 비참했다. 외따로 떨어진 검은 실루엣은 흰 눈과 다시 끼기 시작한 회색 구름 사이에 박힌 쐐기처럼 보였다.

나는 실루엣에 조준을 맞추고 방아쇠를 당겼다. 세 발째에 쐐기가 쓰러져 두 번 다시 일어나지 않았다.

이번 전투에는 적의 정예 공수 부대(팔쉬름예거)도 섞여 있었다는데 몇 명 놓치고 말았다. 그래도 작은 숲의 88밀리 포는 파괴했고 포로도 다수 사로잡았다. 제2소대의 진지로 돌아오자 다른 대원들이 칭찬해주었다. 목청 큰 스미스가 맨 처음 적진의 변화를 알아차린 자신의 단짝 친구 마르티니의 어깨에 팔을 두르고 사람들이 모인 중심에 있었다. 막연히 그 가장자리에 있으려니 스미스가 나를 가리키며 "키드도 나치스 놈을 죽이는 데 한몫했다" 하고는 과장되게 박수를 쳤다.

나는 마음이 불편해져서 그 자리를 떠났다. 쓰러지는 검은 실루엣의 잔상이 집요하게 들러붙는 것을 지우고 싶어서 이마를 탁탁 치는데, 소나무에 기대서 있던 스파크와 눈이 마주쳤다. 스파크가 턱을 슥 치켰다. '이리 와'라는 뜻인가.

축제처럼 들뜬 분위기를 뒤로하고 소나무 사이를 지나 조용한 곳으로 갔다. 에드도 그곳에 있었다.

"왜 그래? 무슨 일 있어?"

에드에게 묻기 전에 스파크가 어깨를 붙들고 귓속말을 했다.

"한 명 또 나왔다. 이번에도 견갑골 부근의 열상. 힘줄이 절단됐어."

"또? 어디서?"

"지난번하고 똑같은 장소다. 의식은 있고 출혈량도 먼저 다친 둘에 비해 많지 않아. 그랬더니 이 안경잡이가……." 스파크가 넌더리를 내듯 엄지로 에드를 가리켰다. "독일군 소행이 아니라지 뭐냐."

이번에는 에드가 한 발 앞으로 나서 목소리를 낮추고 말했다.

"팀, 너도 그리고 나도 만난 적이 있는 녀석이다. 세 번째는 우리가 H중대 진지에 들어간 직후에 봤던 몸집이 작은 녀석이야. 기억나지, 말을 걸어도 멍해서는 반응이 전혀 없었던 녀석."

남들은 모르게 하고 싶다고 해서 일단 제일 가까이 있는 우리 참호에 가서 이야기를 하기로 했다. 안에 있던 던힐은 느닷없이 대거 찾아온 손님에 눈을 희번덕거리면서도 휴대용 버너로 커피를 끓여주었다.

"괜히 재는 건 없기다, 그린버그. 얼른 이야기해."

평소에 스파크는 조급하다고 생각했지만, 오늘만은 녀석의 급한 성미가 고마웠다.

"재려는 생각은 없다만."

에드는 앉으면서 소총을 어깨에서 내려 옆에 기대 세웠다.

"그럼 이야기하지. 이번 사건은 아까도 말한 것처럼 독일군의 소행이 아니다. 아무리 찾아도 없을 만도 했어. 처음부터 적의 잔당 따위 없었으니까."

"아니, 잠깐. 실제로 뒤에서 찔렸잖아?"

"키드, 넌 좀 입 다물고 있어라. 그럼 누가 찔렀다는 거냐, 그린버그. 설마 내분이냐?"

순간적으로 머리에 떠오른 것은 콜론넬로 이병에 대한 H중대 사람들의 반응이었다. 뭔가 관계가 있을지도 모른다…… 싸웠다든지, 그의 자살에 누가 책임이 있다든지. 상관을 고발하기 위해 도난 사건을 벌인 비버 중사처럼.

하지만 에드의 대답은 내 예상과 전혀 달랐다.

"내분이 아니야. 이건 말하자면 스스로 연출한…… 그러니까 자해 행위다."

나는 내 귀를 의심했다. 나도, 스파크도, 커피 냄비를 스푼으로 젓던 던힐도 동작을 멈추었다. 에드 혼자 태연하게 주머니에서 페미컨 비스킷을 꺼내 먹고 있었다.

"자, 잠깐. 자해 행위라고?" 스파크가 손가락으로 미간을 꼬집고 다리를 떨며 말했다. "설마 자기가 자기 견갑골을 칼로 찔렀다곤 안 하겠지."

맞는 말이다. 부상자는 셋 다 뒤에서 깊숙이 찔렸는데 본인이 혼자 할 수 있을 리 없다. 그러나 사나운 말투로 대드는 스파크에게 에드는 태연하게 대답했다.

"물론. 자해는 자해라도 제삼자가 존재하는 자해다." 에드가 던힐에게서 김이 오르는 머그잔을 받아 소리 내어 마셨다. 안경에 부옇게 김이 서렸다. "다시 말해 누군가와 공모한 거지."

그러자 스파크는 앞으로 내밀고 있던 몸을 일으켜 세워 흙벽에 기대고 뒤통수를 가볍게 박았다. 입을 약간 벌리고 망연한 표정이었다. 스파크와 던힐은 이해한 것 같았지만 나는 아직 잘 알 수 없었다.

"잠깐만. 좀 더 자세하게 설명해줘. 자해를 왜 하는데? 아플 뿐이잖아! 전선에도 복귀를 못 하게 되는데!"

나도 그렇지만 부상당한 동료들 중 다수, 심지어 피폐한 상태의 디에고조차도 구호소에 가기를 거부했다. 다소 무리를 해서라도 전선으로 돌아오는 녀석이 있을 정도다.

구호소에 가면 확실히 일시적으로 전선을 벗어날 수 있다. 하지만 피 냄새가 진동하는 구호소에서 아픔에 절규하는 병사의 목소리를 듣고 숨을 거두는 모습을 보면서 몸이 낫기를 기다리는 것은 고통스러운 고문이나 다름없다. 라이너스는 전쟁터가 연옥 같은 곳이라고 했다. 그렇다면 구호소는 연옥에서도 가장 어두운 밑바닥, 지옥과의 경계에 있다.

그런데 에드는 연옥의 또 한 측면을 우리 앞에 들이댔다.

"싸울 수 없게 되기 때문이다."

"……뭐?"

"싸울 수 없게 되니까 상처를 내는 거다. 후송되려고. 회복될 가망이 없는 부상만이 전쟁터를 벗어날 수 있는 유일한 수단이니까."

비로소 납득한 나는 머그잔을 두 손으로 감싸 쥔 채 얼마 동안 아무 말도 하지 못했다. 알고 나니 아주 단순하고 자연스러운 이야기였다.

병사에게는 자유도, 개인의 의사도 없다. 명령을 순순히 받아들이고 감정을 적과 함께 죽인다. 내가 한번 휘말린 급류에 거스를 수 없다고 느끼는 것처럼.

군인이 전쟁터에 나가면 싫다든지 무섭다든지 그런 말은 통하지 않는다. 몸이 좋지 않다, 감기에 걸렸다 같은 말도 통하지 않는다. 얼마 동안 구호소에 있다가 군의관이 다 나았다고 하면 다시 전선으로 돌아가야 한다.

생각했던 것과 다르다고 후회한들 이미 늦었다. 울어봤자 얻어맞지 않으면 업신여김을 당하고 따돌림을 당할 뿐이다. 탈주하면 군법회의에 회부되거나 적전 도주죄로 그 자리에서 사살

된다.

지금까지 전선을 벗어나려고 일부러 다치는 사례가 없었던 것은 아니다. 하지만 그런 녀석은 금세 모습을 감춰 두 번 다시 돌아오지 않는다. 약한 모습을 보인 자는 배제되기 때문이다. 불안은 전염된다. 멀쩡했던 사람조차 기가 꺾여 이윽고 싸울 수 없게 된다. 총탄이 날아다니는 전쟁터에서 멈춰 섰다간 죽거니와 최종적으로는 적에게 패배한다.

한편, 탈주해서라도 구호소에서 전쟁터로 돌아오는 사람은 칭송을 받았다. '잘 돌아왔다. 그래야 우리 동료지.' 크리스마스 이브에 구호소에서 도망 나와 그 직후에 죽은 일병이 생각났다.

"있을 자리가 없었겠지."

에드는 조용히 중얼거리고 커피를 마셨다. 나도 던힐도 아무 말도 하지 못했다. 화를 내는 사람은 스파크뿐이었다.

"있을 자리 같은 게 어디 있냐. 그런 저밖에 모르는 녀석 때문에 의료품과 인력과 시간을 얼마만큼 허비한 줄 아느냐고!"

"진정해, 스파크. 우리한테 화내봤자 소용없잖아."

"시끄러, 난 그런 거 용서 못 한다. 차라리 내가 이 손으로 죽여서 편하게 해주마."

"그럼 그런 인간은 모두 죽으란 말이냐?"

여느 때는 온화한 던힐이 날카롭게 말했다. 스파크는 반사적으로 숨을 들이마시며 입을 열고 몸을 일으켰지만, 생각을 고친 것처럼 천천히 도로 앉았다.

"……그런 말 하지 마라. 나 하는 일이 뭔지 의심하고 싶어지니까."

스파크는 무릎을 끌어당겨 턱을 얹고 작은 체구를 더욱 움츠렸다. 오른손이 피 묻은 적십자 완장에 닿아 있었다. 의무병은 부상자가 있으면 어디든 달려가 치료하는 게 임무다. 설령 총탄이 빗발치듯 쏟아지고 있어도, 다친 사람이 자해한 병사여도, 심지어 적일 때조차도.

"미안하다. 이야기 계속해라."

스파크의 옆얼굴은 프랑스에서 브라이언이 죽었을 때와 마찬가지로 어두웠다. 던힐이 기운을 북돋워주듯 스파크의 어깨에 팔을 두르며 에드에게 고개를 끄덕였다.

"알았다, 그럼 계속하지. 자해 행위라는 걸 깨달은 건 세 사람 다 전쟁 신경증으로 보였기 때문이었어. H중대 녀석들이 부상당한 사람 중 한 명은 네덜란드에서 영웅이었는데 상태가 좋지 않았다고 했지? 그건 신경증 탓이다."

디에고도 그랬다. 녀석은 지금 어떻게 지낼까? 에드가 말을 이었다.

"이 일에 관여한 사람은 적어도 네 명. 부상당한 세 명, 그리고 세 번째 사람을 찌른 한 명이지. 처음부터 같은 목적 아래 결탁했는지, 아니면 처음 행위에 다른 사람이 촉발돼서 이어졌는지는 알 수 없다."

"그러니까 전원이 차례대로 했다는 뜻이지?"

부상을 입고 후송되고 싶은 네 명이 모여 차례대로 찌르는 식이다. 그렇게 되면 네 번째 사람이 다섯 번째 사람에게 찔려야 하니 자해 사건이 또 한 번 일어날 가능성이 높았다. 그러나 에드는 고개를 가로저었다.

"아니, 아마 아닐 거다."

"왜?"

"찌르는 기술이 좋아졌고, 이전 경험을 살리는 것으로 보이기 때문이야. 아마 자해 방조를 한 인물은 한 명일 거다."

에드는 그렇게 단언하고는 커피를 끝까지 다 마셨다.

"어쨌거나 외부의 공격인 것처럼 꾸며서 군기 위반을 면하려고 했을 테지. 자해가 발각돼서 처벌을 받으면 의미가 없으니까. 마침 적이 진지 내로 침입한 직후였으니 잔당이 있다고 생각해도 이상할 것 없다고 보고 이용했을 거다. 그리고 타인의 손을 빌리는 장점이 하나 더 있다만, 뭘 것 같냐?"

"어, 음."

내가 머뭇거리자 잠자코 듣고 있던 스파크가 대답했다.

"죽지 않을 정도의 부상이되 전선에 복귀할 수 없을 만큼 깊어야 한다. 하지만 자기가 직접 하면 공포 때문에 아무래도 약하게 찌르게 돼."

"그래, 맞아. 상처가 가벼우면 치료가 끝나는 대로 돌려보낼 테니까. 배나 머리, 목에 구멍이 크게 나든, 반신불수가 되든, 사지가 절단되는 수준의 중상이 아니면 본국으로는 못 돌아간다. 그렇지만 그런 중상은 자칫하면 목숨을 잃을 위험이 있거든. 죽으면 주객이 전도되는 거지."

"그럼…… 혹시 군의관이나 의무병이 협조했을 가능성도 있단 뜻이야?"

학과 수업에서 다소 배우기는 하지만 신체 구조를 잘 아는 사람은 그래도 의무반일 것이다. 스파크의 반응을 흘깃 살폈다.

평소 같으면 흥분했을 장면인데 녀석은 잠자코 듣고 있었다. 혹시 처음부터 의심했기 때문에 그래서 여느 때보다 감정적으로 반응했던 걸까. 그러나 예상과는 달리 에드는 부정했다.

"아니, 아마 의료반은 아닐 거다. 첫 사람에게 모르핀을 썼으니까. 의무병이었다면 그 뒤 분명히 마취 주사를 맞고 수술대에 눕게 되리란 걸 모를 리 없지. 지급된 모르핀은 농도가 높아서 세 대 맞으면 목숨을 보장할 수 없어. 하지만 찌를 때가 돼서 아플까 봐 모르핀을 쓰고 말았어. 그리고 그건 고의가 아니라 과실이었을 거다. 그다음엔 모르핀을 쓰지 않았다는 게 그 증거다."

첫 번째 사람은 혼수상태에 빠졌고 두 번째는 의식이 또렷하다는 이야기가 생각났다.

"그래서 혼수상태에 빠진 게 첫 번째 녀석이라는 걸 안 거냐?"

"그래. 그 시점에서 자해 또는 방조가 아닐까 의심이 들었다. 심한 통증을 호소했다면서 날뛰는 바람에 모르핀 투여를 못 했다는 것도, 주사를 또 맞지 않으려고 그런 게 아닐까 싶더라."

바스토뉴 취사장에서 스파크가 보인 아연한 표정이 생각났다. 나는 익숙해졌지만 에드의 두뇌 회전은 역시 여간 빠른 게 아니다.

"의무반이 아니라도 정확한 지점을 노리는 게 가능할까?"

"가능하지. 우리는 상대방에게 상처를 입히는 훈련과 실지 경험을 내내 쌓아왔으니까."

"……그런 말 마."

"농담이다. 방조한 인물은 찌르기를 실험했던 거다. 몇 번이고."

"실험? 어디서?"

"공터에서. H중대와의 경계 말이야. 거기엔 독일군 시체가
단체로 뒹굴고 있지. 밤에 참호에서 빠져나와 시체에 주머니칼
을 꽂아서 힘을 어느 정도 줘서 찌르면 되는지 확인한 거다. 독
일군의 시체는 아무도 살펴보지 않으니까. 낮에 봤더니 견갑골
부근에 상처가 난 시체가 많더라. 그렇게 실험을 하다가 너와
라이너스를 만난 거다."

고개를 갸웃하는 던힐과 스파크에게 에드가 어젯밤 있었던
일과 H중대의 콜론넬로 이병에 관해 설명했다.

그동안 내 머리에는 라이너스와 함께 시체를 뒤졌을 때 본 정
경이 거듭해서 떠올랐다. 어둠 속 시체 사이에 웅크리고 있던
남자. 죽은 이병의 이름을 사칭한 남자.

"그 녀석이 방조에 가담한 본인이란 말이야?"

"그래. 그리고 시체에 칼을 꽂는 소리가 디에고 귀에 들렸다."

디에고는 겁에 질려 있었다. 총검으로 적을 찔러 죽이는 소
리와 감촉이 생각나 유령이 아니냐며 벌벌 떨었다. 나는 왼뺨에
붙인 커다란 반창고를 손가락으로 어루만졌다. 디에고에게 맞
아 터진 상처는 이제 거의 아물었다.

만약…… 만약 그 소리가 들리지 않았더라면, 최소한 좀 더
먼 곳에서 해주었더라면, 눈 때문에 고요하지만 않았더라면, 어
쩌면.

"괜찮아, 팀?"

얼굴을 들자 부옇게 흐린 시야 가득 에드의 얼굴이 보였다.

어느새 눈물이 났나 보다. 콧물까지 흘리고 있었다.

"괜찮아."

황급히 소맷자락으로 훔치고 두 손으로 뺨을 짝 때렸다. 왼 뺨의 다친 곳이 아팠지만 이건 내가 선택한 결과다. '만약'은 없다.

"그 멍청한 놈은 왜 콜론넬로라고 이름을 댄 거지?"

"어디까지나 추측일 뿐이다만, 이 계획의 발단은 콜론넬로 이 병이 아니었을까 싶다. 권총으로 허벅지를 쏴서 자살했다는데, 십중팔구 자살이 아니라 후송될 목적으로 자해한 게 아니겠어? 자살이라면 관자놀이 같은 데를 쏴서 즉사하는 쪽이 나을 테지. 그 친구의 진짜 의도를 알아차리고 그에 촉발된 녀석들이 이번 계획을 세웠어. 그래서 라이너스에게 들켰을 때 그 친구 이름을 댔을 거다. 상대방은 다른 부대 사람이니까 모를 거라고 생각했 겠지. 만에 하나 들켜도 본인은 죽었으니까 문제 될 것도 없고."

"방조한 사람이 누군지는 알 수 없어?"

"현시점에선 알 방도가 없다. 부아 자크 내에 있는 대원만 해 도 600명이 넘으니 말이지. 자해한 녀석들을 조사하는 수밖에 없을 거다."

배 속 깊은 곳에서 신음이 새어 나왔다. 흙벽에 몸을 기대자 헬멧이 닿아 딱 소리가 났다.

"……이제 어쩔 거야?"

"아침에 미하일로프 중대장에게 보고할 생각이다. 믿어줄지 는 알 수 없다만 자해 지원자가 이 이상 늘기 전에 대책을 마련 해놓는 게 좋지. 어쨌거나 디에고에게는 말하지 마라. 녀석은 그 이상 들쑤시는 걸 원치 않을 테니까."

"알았어."

우리는 고개를 크게 끄덕여 동의를 표시했다. 밖에서 누가 심하게 기침했다. 이어서 나뭇가지에서 눈이 떨어지는 불분명한 소리가 났다.

얼마만큼 잤을까.

"키드, 던힐."

인기척과 목소리에 벌떡 일어나 재빨리 소총을 잡았다. 그 뒤 그대로 누워 잤던 네 명 중 스파크만이 권총집에 든 호신용 권총에 손을 뻗었다. 위를 올려다보자 제2소대 앨런 소대장이 담요를 들치고 있었다.

"나다. 자는데 깨워서 미안하군. 아, 그린버그하고 스파크도 있었냐. 마침 잘됐다."

소대장의 등 뒤로 어느새 오기 시작한 눈이 고요히 날리고 있었다. 눈에 익은 수염과 구레나룻이 허연 것은 그 때문이다. 주위는 아직 어두웠다.

"무슨 일 있습니까?"

자다 깬 직후라 목이 잠겼다. 손목시계를 확인하니 바늘은 3시를 가리키고 있었다.

"미안하다만 잠깐 나와라. 포로를 마중하러 간다."

"크라우트를 마중까지 합니까?"

스파크가 노골적으로 불만 어린 목소리로 말하자 소대장은 쓴웃음을 지었다.

"포로 중에 고급 장교가 있어서 그런다. 게다가 무장 SS가 아니야. 일몰 전 작은 숲에서 전투했을 때 공수병 몇 명이 도망쳤지. 그놈들이야. 부상을 당해서 못 움직이고 이곳 농가에 신세를 지고 있는 모양이다. 그 집 애가 바스토뉴의 사단 본부로 편지를 들고 왔다더라."

"혹시 공수연대의……?"

"그래, 대장이다."

독일군 공수연대를 상대로 우리는 프랑스 카랑탕에서도 꽤나 고전해야 했다. 대장 얼굴을 꼭 한번 봐두고 싶다. 우리는 스미스가 내민 손을 잡고 차례대로 참호에서 기어 나왔다.

"장소는 어딥니까?"

"여기서 1마일(약 1.6킬로미터)쯤 떨어진 서쪽이다. 여름철에 이용하는 사냥꾼 오두막인 모양이더군. 키드, 넌 밤눈이 밝으니까 너만 믿는다."

"하지만 저희 독일어 못하는데요."

그러자 앨런 소위는 눈으로 범벅이 된 수염 틈으로 누런 이를 드러내며 씩 웃었다.

"그야 당연하지. 우리는 그저 제일 가까이 있기 때문에 가는 것뿐이고, 참모들이 도착할 때까지 신병을 구속해두면 돼. 신문, 통역 모두 사령부에서 알아서 할 거다."

제2소대 제2분대 동료들에 에드, 스파크까지 함께 눈 내리는 어둠 속을 걸었다. 그날 밤은 바람이 다소 불어 눈이 화재 뒤에 날리는 재처럼 작게 소용돌이무늬를 그렸다.

소총을 배 앞으로 끌어당겨 비스듬히 겨눈 채 앨런 소대장과 내가 나란히 앞장서고, 에드와 와인버거, 스파크가 그 뒤를 따랐다. 그리고 던힐과 스미스가 맨 뒤에 서서 종렬을 지어 문제의 오두막으로 향했다. 불은 켤 수 없으니 흰 눈만을 의지해서 가는데, 조금만 방심하면 무릎까지 푹푹 빠졌다.

고생해서 다다른 곳은 G중대의 구역, 바스토뉴와 삼각형을 그리는 꼭짓점, 숲이 끝나가는 부근으로, 사냥꾼이 잠시 쉬어가기 위한 휴식 장소답게 간소한 통나무집이었다. 소대장은 함정일 가능성은 없는지 주위를 확인한 뒤 작은 목소리로 지시를 내렸다.

"스미스는 밖에서 망보고 와인버거는 무전으로 본부에 연락해서 도착했다고 보고해라. 그리고 스파크하고 같이 스미스를 보좌하고. 던힐, 그린버그, 키드는 날 따라와라. 포로를 잡을 때 쓰는 독일어는 배웠지?"

아닌 게 아니라 신물이 날 만큼 훈련을 받았지만 솔직히 자신은 없었다. 되도록 입 다물고 있자고 결심하는데, 소대장이 우리를 돌아보고 작은 목소리로 재차 다짐을 두었다.

"알겠냐, 우리한테는 원한이 있는 상대이지만 냉정하게 대해라. 자, 문 연다. 그린버그는 문간을 지켜."

문을 연 순간 짐승 냄새가 나는 공기가 흘러나왔다. 어둑어둑하고 소박한 오두막은 조용했다. 총성도 들리지 않았고 수류탄도 날아오지 않았다. 우리는 안으로 들어갔다.

중앙에 의자와 테이블이 있고 독일 국방군의 야전복을 입은 장교가 정면을 향해 앉아 있었다. 어딘지 모르게 야윈 말이 연상되는, 얼굴이 긴 중년 남자였다. 그 뒤에는 독일군 네 명이 있었는데, 한 명은 부상을 당했는지 머리에 붕대를 감고 바닥에 누워 있었다. 하나같이 표정에 패기가 없었다.

장교는 눈을 가늘게 뜨고 우리를 확인하더니 천천히 일어섰다. 오른팔을 흰 천으로 싸서 목에 고정했다. 창가 작은 침대의 시트가 찢어졌는데 그걸 썼나 보다.

"원래는 우리가 가야 하는데 무례한 부탁을 해서 미안하군. 팔뼈가 부러지는 바람에 말이지."

영어다. 그것도 독일어 억양이 심하지 않은 유창한 영어에 우리는 서로를 마주 보았다. 앨런 소대장은 헛기침을 하고 자세를 바로 하더니 다가가 손을 내밀었다. 두 사람이 악수했다.

"전 미 육군 제101 공수사단 소속 앨런 소위입니다. 소위라 죄송합니다. 이제 곧 우리 군 참모들이 모시러 올 테니 기다려 주십시오. 제6 공수연대 사령관이십니까?"

"그래, 폰 베데마이어 소령이다. 당신들에게 포로로 잡혀 영광이군. 프랑스에서도 네덜란드에서도 상당한 고전을 면치 못했으니까."

소령은 그렇게 말하고 신사적으로 미소를 지었다. 팔을 다쳤는데도 조금도 아픈 내색을 하지 않았다.

"영어를 잘하시는군요."

"Danke. 전쟁 전에 대학에 다니면서 그때 공부했지. 사실은 외교관이 되고 싶었거든."

소령은 침착했지만 나와 던힐은 총구를 밑으로 향한 채 언제든 소총을 쏠 태세를 갖추고 있었다. 뒤에 있는 네 명이 언제 덤벼들어도 이상할 것이 없었기 때문이다.

"지금부터 여러분을 바스토뉴로 모시겠습니다. 그 뒤 소령님은 프랑스에 있는 연합군 최고 사령부가 관리하는 포로수용소에 후송되지 않을까 합니다."

"문제없네. 바스토뉴에 도착하면 내 부하들에게 따뜻한 식사를 주지 않겠나?"

"……간수가 선처할 겁니다."

소대장은 가볍게 고개를 끄덕이고는 손가락으로 에드를 불러 "스파크를 데려와, 치료하게"라고 말했다. 소대장이 주머니에서 수통을 꺼내 호박색 액체를 머그잔에 따라 소령 앞에 놓았다. 브랜디 향이 났다. 얼마 뒤 스파크가 다소 거친 발걸음으로 들어왔다. 내 옆을 지나는데 찌무룩한 옆얼굴이 보였다.

"부하를 먼저 부탁하네."

폰 베데마이어 소령은 이런 상황에서도 위엄을 잃지 않았다. 스파크는 말없이 헬멧 챙에 손가락을 가져갔다가 돌아서서 독일군의 치료를 시작했다.

그 뒤 얼마 동안 침묵이 흘렀다.

눈앞에 적의 장교가 앉아 있었다. 추운 듯 몸을 움츠리고 온화한 표정으로 머그잔에 든 브랜디를 마시고 있다니 별로 현실감이 없었다. 독일 국방군 특유의 세련된 검은 칼라와 고급스러워 보이는 옷감은 우리 미군과 명백히 달랐다. 행동거지도 다른 문화권에서 태어나 다른 교육을 받고 다른 음식을 먹고 살아온 사람의 것이라는 생각이 들었다.

"자네는 학생인가?"

내게 하는 말이라는 것을 알아차리는 데 조금 시간이 걸렸다.

소령의 시선을 정면에서 받고 서둘러 횡설수설 대답했다.

"앗, 아닙니다. 학교는 벌써 졸업했고…… 지금은 아버지가 하는 잡화점 일을 거들고 있습니다. 친구 몇 명은 대학에 갔습니다만."

아차, 긴장해서 쓸데없는 소리까지 했다. 그러나 소령은 개의치 않는 표정으로 질문을 계속했다.

"전쟁이 끝나면 돌아가 다시 가게 일을 거들 건가?"

질문의 의미가 이해되지 않아 고개를 갸웃했다. 살아서 집에 가면 입대 전과 같은 일을 하는 게 당연하다고 생각했고 지금까지 의문조차 가져본 적이 없었다. 대답하지 못하고 있으려니 소령은 온화한 미소를 지었다.

"미안하군. 자네가 무사히 고향에 돌아갈 수 있도록 기도하지."

옅은 눈동자 색과 두드러져 보이는 동공이 황야에서 울부짖는 늑대를 방불케 했다. 상대방은 적인데도 묘하게 엄숙한 기분이 들어 나는 망설이면서도 "고맙습니다"라고 중얼거렸다.

"자네는?"

이번에는 던힐에게 말을 걸자 커다란 몸이 움찔했다. 긴장했다는 것을 곁에서도 알 수 있었다. 그때 내게서 던힐에게로 시선을 옮긴 소령이 어쩐지 의아한 표정을 지은 것처럼 느껴졌다.

"저도…… 학생이 아닙니다. 살아서 가족이 기다리는 집으로 돌아갈 생각입니다."

그러자 소령은 눈을 한두 번 깜박이더니 얼굴을 돌리고 "Wie das Leben so spielt……"라며 우리가 모르는 언어로 중얼거렸다. "Werde glücklich, Junge."

소령은 그것을 끝으로 우리에게 관심을 잃었는지 눈을 내리깐 채 입을 열지 않았다.

문득 바깥이 소란스러워지더니 문간에서 와인버거가 얼굴을 내밀었다.

"도착하셨습니다, 소대장님."

곧 사단 참모와 통역이 발소리도 요란하게 오두막으로 들어와 소령의 왼쪽 손목에 수갑을 채우고 다른 포로 네 명과 함께 연행했다.

몸을 꼿꼿이 펴고 경례를 붙인 자세로 지켜보는데, 장교 집단 중에 낯익은 얼굴이 있었다. 로스 대위의 당번병이었던 몸집 작은 남자였다. 여전히 이마가 튀어나왔고 팔다리가 짧아 짤막하다는 인상을 주었다. 그는 우리를 알아차리고 눈을 크게 뜨더니 보일 듯 말 듯 고개를 까닥했다. 그러고 보니 로스 대위에게 불만을 품은 그는 은밀히 에드에게 협조했었다. 왼팔에 헌병대 완장을 찬 것을 보면 그 사건 이후 이동한 모양이다. 포로수용소 간수병인가? 관찰하다 보니 포로가 장교일 때만 하는 임무인 듯했다.

떠나는 지프를 배웅하고 진지로 돌아왔을 때는 동이 터오고 있었다.

적의 소령을 만난 것은 기묘한 체험이었다.

지금까지 여러 번 독일군을 봤고, 그냥 보는 정도가 아니라 그들의 목숨을 빼앗았다. 반대로 우리 동료도 다수 그들의 손에 목숨을 잃었다. 오하라를 죽인 것도 독일군이고 녀석들이 아니었다면 프랑스 야전 병원이 불타지도 않았을 테고 네덜란드에서는 지금도 로테와 테오가 가족과 평화롭게 살고 있었을 게 틀림없다.

또 '만약'이다. 그렇지만 '만약'을 생각하지 않을 수 없었다.

하지만 그 소령은 잘 알 수 없었다. 소령은 잔인하고 오만하고 역겨운 나치스의 이미지와 연결되지 않았다. 그의 부하들과 내내 싸워왔는데도. 나는 그들에게 소총을 조준했고, 그들도 우리에게 총구를 향하고 있었는데도.

"저, 에드."

던힐도 스파크도 일찌감치 참호로 돌아갔다. 나도 자는 게 좋다는 것은 알고 있었지만 왜 그런지 마음이 뒤숭숭해서 진정되지 않았다. 구름 위를 방황하는데 에드가 돌아왔다. 지금은 동료의 참호가 없는 소나무 뒤로 이동하며 에드의 여윈 뒷모습을 보고 있었다.

"아까 그 소령, 어떻게 생각해?"

소나무가 군생하는 조용한 곳에 멈춰 서서 말을 꺼내자 에드는 나를 돌아보고 마치 내 뒤에 불빛이 있는 것처럼 눈을 가늘게 떴다. 그리고 앨런 소대장이 준 담배를 입에 물었다.

"그러게." 성냥을 긋자 안경 렌즈에 불이 반사되어 흔들렸다. "상상했던 것보다 체구가 작더군."

일부러 무난한 대답을 골랐는지, 아니면 정말 그렇게 생각했는지, 여전히 감정을 읽을 수 없으니 알 수 없었다. 나는 어깨에 걸치고 있던 소총의 멜빵을 쥐고 에드에게만 들리도록 목소리를 낮추었다.

"난…… 좋은 사람이란 생각이 들더라고. 그 소령이. 적인데 이상하지?"

"아니."

에드가 아무렇지도 않게 대답하는 바람에 되레 당황했다.

"안 이상한가?"

"원래 그런 걸 테지. 적과 아군은 상황이 달라지면 간단히 뒤바뀌는 게 아니겠어? 아군에 불쾌한 녀석이 있는 것처럼 적 중에도 좋은 녀석이 있다."

머리로는 알겠지만 그렇게 되면 방아쇠를 당길 때 망설이게 될 것 같았다. 우리가 명령대로 움직이는 것처럼 적도 괴로워하며 싸우고 있다면. 그들의 인간성을 깨닫고 싶지 않았다.

머릿속이 혼란스러워 속이 울렁거릴 것 같았다. 심호흡을 하려고 얼굴을 들자 에드가 천천히 담배를 피우며 나를 똑바로 보고 있었다.

"……왜?"

"넌 좋은 사람이다, 팀."

생각지도 못하게 갑자기 칭찬을 받는 바람에 때마침 삼키려던 침이 목에 걸렸다. 스스로 이런 말을 하기는 뭐하지만 나는 태어나서 칭찬을 받은 적이 거의 없었다.

"하던 대화를 생각하면 좋은 사람이란 말을 못 할 것 같은데……."

지금도 그렇고, 가벼운 기분으로 디에고를 놀려 상처를 준 것을 생각해도 도무지 좋은 사람 같지 않았다. 비록 적이라지만 사람도 죽였다.

에드는 담배 연기로 고리를 만들어 허공에 떠다니게 하고 있었다. 농담이었나? 정말이지 이 녀석은 잘 모르겠다.

"넌 죽은 동료의 유품을 소중히 간직하지. 오하라의 머리카락도 아직 몸에 지니고 있어."

"……잘도 보네. 그럼 안 돼?"

"안 되지 않아. 네가 정이 두텁다는 증거 아니겠어? 어린애라고도 할 수 있겠다만."

울컥해서 먼저 가려고 앞지르자 에드가 웬일로 소리 내서 웃었다.

적당한 말로 얼버무린 것 같아서 석연치 않은 기분이 들었다. 그만 참호로 돌아갈까 생각하는데 에드가 낮은 목소리로 이야기를 시작했다. 돌아보니 에드는 더없이 진지한 표정이었다.

"난 앞으로 어쩌면 용서받지 못할 행위를 할지도 모른다. 나만이 아니라 동료나 가족일 수도 있겠다만. 네가 아무리 머리를 쥐어짜도 이해할 수 없을, 거부하고 싶을 행위를 내가 할지도 몰라."

"뭐야, 그게. 참 불길한 예고네."

"가정이다. 그때 동료를 아끼는 마음을 가진 넌 상처를 받겠지. 날 비난하고 싶은 마음과 감싸고 싶은 마음 사이에서 갈등해서 피폐해질 거다. 난 그런 네가 좋은 사람이란 생각이 든다."

고개를 갸웃했다. 무슨 말인지 도무지 의미를 알 수 없었고 납득도 할 수 없었다. 어째서 그런 이야기를 지금 하는지도.

담배를 다 피운 에드는 꽁초를 튕겼다. 작고 빨간 불이 눈에 떨어져 사라졌다. 에드는 "그만 갈까"라며 내 등을 가볍게 치고 다른 사람들이 있는 쪽으로 발길을 돌렸다. 허둥지둥 서둘러 따라가자 에드가 중얼거렸다.

"머잖아 넌 그런 경험을 할지도 몰라."

"무슨 말인지 모르겠어. 분명하게 설명을 해달라고."

내가 물어도 에드는 그 이상 대답해주지 않고 성큼성큼 걸어 어둠 속으로 사라져버렸다. 눈 위에 일직선으로 나아가는 발자국만이 남았다.

그 뒤 며칠 동안은 너무 바빠서 에드와도 제대로 이야기를 못했다.

마침내 반격 태세가 갖춰져 다음 작전을 위해 전진할 것이 결정됐다. 이것저것 준비하고 새로운 진지에서 참호를 파는 사이에 에드의 의미심장한 발언도 잊어버렸다.

이윽고 1944년이 끝나 1945년이 찾아왔다.

적설량은 더욱 늘어 장소에 따라서는 눈이 허리까지 쌓였다. 사흘 전 관리부장이 전투식량을 담은 나무 상자를 지프에 실어 왔지만 그것도 이제 곧 바닥나게 생겼다.

전투는 한층 격심해져 동료를 여럿 잃었다. 이곳은 적의 88밀리 포 사정권 내라 참호에 포탄이 날아드는 바람에 맥은 자해가 아니라 정말로 오른팔이 날아가 본국으로 송환됐다. 우쭐대던 녀석이 없어지니 조금 쓸쓸했다.

적이 작전을 변경했는지 지난번과는 달리 88밀리 포의 위치를 알 수 없어서 우리는 고전을 면치 못했다. 중대의 인원은 계속 줄어들었다. 그러나 동료를 잃은 것을 슬퍼할 여유도 없었다.

그럴 때 디에고 오르테가가 전선으로 복귀했다.

다소 야위기는 했지만 안색이 좋아졌거니와 제1소대 사람들의 마중을 받고 웃음을 보였다. 분명 이제 괜찮을 것이다. 나는 가슴을 쓸어내렸다.

어두워지기 시작한 저녁, 중대 사령부의 텐트 근처로 가서 전투식량 재고를 보관한 참호로 들어갔다. 오랜만에 디에고가 합류해 네 명 전원이 모였다. 아직 어딘지 모르게 서먹한 느낌은 남아 있었지만 시간이 지나면 다시 전처럼 밝아질 것이다.

그렇게 기대하며 전투식량 상자의 수를 세고 밖으로 내놓으며 소대별로 나누는데 사령부 참모가 왔다.

"그린버그, 그 일 말이다만."

부름을 받고 에드가 가뿐하게 점프해서 참호 밖으로 나갔다. 중대장의 전갈 같은데 참모의 목소리가 커서 내용이 다 들렸다. 자해 병사에 관한 이야기였다. 에드의 추측이 옳아서 H중대 내에서 방조한 인물을 찾았다고 했다. 이거야 원, 어떤 처벌을 받을지. 그 사건에는 제3대대 전체가 휘말렸으니 단순한 소동으로 끝나지는 않을 것이다.

그렇게 생각하며 일을 하는데 중대 참모가 이쪽을 돌아보며 말했다.

"아, 오르테가. 돌아왔나. 공을 세웠군. 자네가 맨 처음 괴이한 소리를 알아차렸다지? 뭐, 섬뜩하긴 했겠다만 덕분에 만사가 해결됐어."

공기가 얼어붙었다. 던힐도, 에드조차도 얼굴이 굳었다. 참모만이 아무것도 못 알아차린 듯 웃고는 발길을 돌려 콧노래를 흥얼거리며 사령부 텐트로 돌아갔다.

"……저거 뭐냐. 무슨 소리야."

디에고는 낮게 신음하며 에드를 향해 돌아섰다.

디에고는 문제의 소리가 알려지는 것을 원하지 않았다. 그는 괴이한 현상을 두려워했지만, 그 이상으로 스스로를 부끄럽게 여기고 있었다. 그렇기에 에드는 디에고의 체험을 두 번 다시 거론하지 말라고 동료들에게 함구령을 내렸고, 나는 그에게 얻어맞은 시점에서 말 그대로 통감했다. 그렇건만 방금 그가 괴이한 소리를 들었다는 사실이 참모에게까지 알려졌다는 것을 본인이 알고 말았다.

참호 옆에 있던 에드는 입술을 굳게 다물고 주먹을 부르쥐고 있었다. 나는 순간적으로 디에고와 에드 사이에 끼어들었다.

"아니, 잠깐, 들어봐. 이런저런 일이 있었거든. 그래서……."

디에고에게 떠밀려 나는 눈 위에 엉덩방아를 찧었다.

"남 일을 갖고 주둥이나 나불거리고. 아주 넌더리가 난다!"

흥분한 탓인지 디에고의 각진 얼굴은 시커멓게 변색되어 있었다. 던힐이 달려와 뒤에서 나를 일으켜 세우려고 했지만 손을 뿌리쳤다.

"또 탐정 놀이냐? 엉? 너희들 때문에 아주…… 귀찮아 죽겠다고, 이 거지같은 놈들아. 내가 괴로워하는 걸 보면서 웃었냐? 심심한데 잘됐다고?"

"아냐! 그런 게 아냐!"

"시끄러!"

디에고가 내게 덤벼들고 나도 디에고를 붙잡았다. 왼뺨에 주먹이 날아들어 나도 발을 날렸다. 좌우지간 이야기를 들어주면 좋겠는데 디에고는 반 광란 상태라 어떻게 말을 붙여볼 수도 없었다.

들러붙어 눈 위를 뒹구는데 하늘이 번쩍 빛났다.

누가 내 팔을 끌어당겨 몸싸움을 벌이고 있던 디에고에게서 떨어졌다. 섬광이 번득한 순간 야윈 검은 그림자가 이쪽으로 뛰어내리는 게 보였다. 그림자는 디에고에게 팔을 뻗었다.

소리는 아무것도 들리지 않았다. 끼잉 하는 귀울림만 뇌를 진동시켰다. 손끝에 열이 느껴지고 거센 아픔이 몸을 관통한 순간 모든 게 암흑으로 뒤덮였다.

눈을 떴을 때 눈 속에 파묻혀 자고 있었나 했다.

하지만 그런 것치고는 춥지 않았다. 오히려 따뜻하고 기분 좋아서 이대로 그냥 자고 싶었다. 그러나 위를 향해 돌아누운 순간 흠칫해서 벌떡 일어나 앉았다.

천장이 있었다.

천장이 있는 곳에서 자는 게 며칠 만일까. 이곳은 바스토뉴가 아닌가? 허둥지둥 주위를 둘러보았다. 눈이라고 생각했던 것은 흰 시트였다. 똑같은 침대가 옆에도 발치에도 늘어서 있고 남자들이 누워 있었다. 벽을 따라 하얀 캡을 쓴 여자가 걷고 있었다.

나는 조심조심 내 몸을 확인했다. 팔이나 다리가 없어졌으면 어떻게 하지? 옅은 하늘색 환자복을 입고 몸에 튜브가 여러 개 연결돼 있었지만 팔은 양쪽 다 무사했다. 이불을 들춰보니 다리

도 두 개 있었다. 오른손에 붕대를 감았지만 만져본 바로 없어
진 손가락은 없는 듯했다. 하지만 머리맡에 놓인 할머니의 레시
피 공책이 무참하게 찢어지고 시커멓게 탄 것을 보고 핏기가 가
셨다.

"어머, 정신이 들었군요!"

오랜만에 듣는 여자 목소리에 놀라 옆을 돌아보니 마흔 살이
다 됐을 듯한 간호사가 클립보드를 안고 생긋 웃으며 내 옆에 서
있었다. 곱슬곱슬한 밤색 머리가 캡 밖으로 삐져나왔다.

"마침 동료분이 와 있는데 부를까요?"

동료? 누구지? 맞다, 에드는? 디에고는? 던힐은? 순식간에
기억이 되살아났다.

그때 우리는 폭격을 당했다. 싸우느라 소리도, 머리 위의 이
변도 알아차리지 못했다.

아니, 소리는 들리지 않았다. 직격으로 맞은 것이다.

궁둥이를 흔들며 문 너머로 사라지는 간호사의 뒷모습에 눈
을 크게 뜨며, 그녀가 대체 누구를 데려올 것인지 가슴을 쥐어
뜯고 싶은 기분으로 기다렸다.

실제로는 3분도 안 됐겠지만 10분 이상 기다린 느낌이었다.
병실 문이 열리고 간호사와 함께 들어온 것은 스파크였다. 헬멧
을 벗은 스파크는 어쩐지 평소보다 더 작아 보였다.

스파크는 신사답게 간호사에게 감사를 표한 뒤 나와 눈이 마
주치자 순간 멈춰 서려다가 생각을 바꾸고 천천히 다가왔다.

주저하는 태도만으로 스파크가 내게 무슨 말을 하려는 건지
알 수 있었다.

"하지 마…… 그러지 마……."

나도 모르게 목구멍 속에서 목소리가 나왔다. 목소리가 엉망이었다. 완전히 어린애 아닌가.

스파크가 드디어 내 옆에 섰다. 곤혹한 듯한, 사과할 일이라도 있는 듯한 표정이었다. 평소의 그 찌무룩한 얼굴은 어디 갔어, 그렇게 슬픈 눈으로 날 보지 말아줘. 뜨거운 것이 자꾸만 넘쳐흘러 시야를 가렸다.

싸늘한 손이 내 손에 닿더니 딱딱한 물체를 손안에 밀어 넣었다. 눈을 깜박이자 눈물이 흘러 결로를 닦은 창유리처럼 시야가 선명해졌다.

깨지고 찌그러진 안경이었다.

"……죽은 사람은 그린버그뿐이다. 디에고도, 던힐도, 너도 살았어."

두 눈에서 눈물이 쉴 새 없이 흘러 물어보고 싶은 것은 수두룩한데 목소리가 나와주지 않았다. 콧물이 흘렀지만 뭐로 닦아야 할지 알 수 없었다. 그래도 스파크는 내가 뭘 물어보고 싶은지 아는 건지, 아니면 이런 장면을 여러 번 경험해서 익숙한 건지는 알 수 없었지만 의자를 끌고 와서 옆에 앉아 이것저것 가르쳐주었다.

"유탄포를 맞은 거다. 넌 던힐이 팔을 끌어당겨서 살았고, 순간적으로 뛰어든 그린버그가 밀쳐낸 덕에 디에고도 목숨을 건졌다. 하지만 너도 꽤 상태가 심각했다고. 옆구리에 구멍이 나서, 처치가 늦지 않았으니까 망정이지 안 그러면 죽었을 거다."

한심하게도 목소리가 떨려서 말을 할 수 없었다. 하지만 에드의 시신을 꼭 보고 싶었다. 있다면. 살점만 남은 게 아니라면.

그러자 스파크가 팔을 뻗어 내 어깨를 꽉 끌어안았다.

"시체는 이미 없어. 상태는 깨끗했다만…… 벌써 묻었거든. 유서는 한 통뿐이었다. 너한테 보내는 거야."

접은 종이가 손에 닿은 순간 뭔가가 소리를 내며 무너져내렸다. 눈이 부시고, 어둡고, 어디론가 빨려들 것 같아서 도저히 눈을 뜨고 있을 수 없었다. 몸이 무거웠다. 도와줘, 에드.

또 '만약'이다. '만약' 그때 더 일찍 일을 끝냈더라면, 디에고와 싸우지 않았더라면, 머리 위를 조심했더라면, 최소한 네가 아니라 나였더라면.

에드워드, 왜 네가 죽어.

꿈이어야 하는데 아무리 기다려도 깨어나지 않았다. 몸을 숙여 이불에 얼굴을 파묻은 내 등을 스파크가 다독여주었다.

"그 녀석은 바스토뉴 소나무 숲에 매장했다만 만나러 가는 건 좀 쉽지 않다. 부대는 지금 독일에 진입할 참이라 말이지. 넌 보름 이상 못 깨어났어."

제5장

싸움의 끝

차가운 비가 목도리를 적셔 목덜미에서부터 몸이 차츰 얼었다. 상처를 봉합한 자국이 아파서 전투복 속 왼쪽 옆구리를 쓸었다.

심야 보초를 서던 나는 무너진 민가 벽 앞에서 한쪽 무릎을 꿇고 소총 개머리판을 어깨로 받치며 몇 피트 떨어진 숲에 총구를 향했다. 그곳에서 인기척이 났다. 눈을 가늘게 뜨고 하얀 숨을 뱉었을 때, 나무 뒤에서 문득 천 쪼가리가 흔들리더니 독일군 군복을 입은 남자가 나타났다. 어둠 속에 잠겨 두 손을 들고 있었다.

오른손 검지를 천천히 내려 방아쇠를 당겼다. 둔탁한 충격과 총성, 탄피가 날아가 건물 파편에 맞았다. 나무 뒤에서 나타난 독일군은 휘청하더니 무릎을 꿇고, 그리고 앞으로 쓰러졌다.

나무 뒤에 두 명이 더 숨어 있었다. 그들은 "Nicht schießen! Nicht schießen!"이라고 울부짖으며 두 손을 들고 모습을 드러냈다. 먼저 나온 한 명의 얼굴에 조준을 맞추는데 뒤에서 누가 어깨를 꽉 붙들었다.

"그만 됐어. 저 천은 백기라고 들었을 거다. 데려가자."

좍좍 쏟아지는 빗속을 던힐이 달려가 독일군 두 명을 포로로 잡았다. 무거운 엉덩이를 들어 소총을 어깨에 걸고 던힐을 따라갔다.

"포로 두 명이냐. 잘했다, 던힐, 콜."

중대 사령부를 설치한 민가의 거실에서는 참모 세 명과 미하일로프 중대장이 테이블을 둘러싸고 앉아 포커를 치는 중이었다. 낯선 젊은 금발 여자 둘이 참모 곁에 앉아 있었다. 시가와 알코올 냄새. 거실 구석 소파에서는 다른 참모가 검은 머리 여자를 끌어안고 있었다. 낡은 축음기에서 향수를 자극하는 느릿한 노래가 들려왔다. 마를레네 디트리히가 부르는 「릴리 마를렌」이다.

"아, 그렇지, 콜."

발길을 돌려 나가려는데 중대장이 불렀다.

"제426 보급대대 중대장님이 너희를 찾으셨다. 최근 물자 유출이 빈발하는 건 알지? 분말 달걀 때처럼 주모자를 잡는 데 너희 협조를 요청하고 싶다고 하신다."

"……아닙니다, 중대장님. 죄송합니다만 힘이 되어드릴 수 없다고 전해주십시오."

2월. 내가 전선에 복귀한 지 열흘이 지났다.

연합군은 바스토뉴에서 간신히 승리를 거두고 독일군을 벨기에에서 내몰았다. 공군에 의한 독일 국내의 폭격은 더욱 격심해져 블록버스터 폭탄의 강렬한 열풍과 소이탄의 화염에 도시가 잿더미가 됐다고 들었다. 특히 쉽게 타는 오래된 도시에서 번진 불길이 주위 도시와 마을까지 삼킨 모양이다. 그런 상황에서 동쪽에서는 소련의 적군(赤軍)이 밀려와 동부 전선의 독일군을 학살하고 있다고 했다.

우리는 현재 프랑스와 독일 국경의 알자스 지방에서 적을 몰아붙이고 있었다. 제2대대가 매일 마을에서 마을로 이동하며 척후대를 보내 건물에 숨은 적병을 끌어내서는 포로의 수를 늘려갔다. 우리 제3대대는 예비대로서 연대 사령부가 있는 아그노시를 지키고 있었다.

사방을 둘러봐도 온통 폐허다. 중세풍의 박공지붕은 불타 내려앉아 격자 모양의 골조가 드러났고, 바닥은 비바람에 노출되어 썩기 시작했다. 길가에 쌓인 파편 무더기에서 시커멓게 탄 팔이 튀어나와 있는데, 타지 않은 손목 아래 부분만이 기이하게 희멀겠다.

숙소로 접수한 아파트로 돌아오는 길에 무너진 교회 부근에서 여자의 비명이 들렸다. 이어서 사람을 때리는 듯한 둔탁한 소리와 비웃음 소리가 들리더니 조용해졌다. 던힐이 멈춰 서서 주위를 둘러보았다. 기울어진 교회 문 앞에 미군 병사가 서서 망을 보고 있었다. 뒷골목 불량배 같은 표정을 짓고 있던 녀석은 우리와 눈이 마주치자 오른손에 든 술병을 입에 직접 대고 병나발을 불었다. 가녀린 흐느낌과 동물처럼 헐떡이는 소리가 흘러나오는 교회 문을 외면하고 나는 아파트로 들어갔다.

마침 같은 제2소대 녀석들 몇 명이 우당탕 요란하게 발소리를 내며 계단에서 달려 내려오는 참이었다.

"여, 키드. 밥 먹으러 가자. 이 녀석 잡은 여자가 음식 솜씨가 있다더라." 선두에 선 스미스가 그렇게 말하며 옆에 있는 동료의 어깨에 팔을 둘러 꽉 조였다. 당한 쪽은 "하지 마라, 아파"라며 날뛰었다. "너희 조리병도 시식 좀 해보지? 엉?"

비웃는 고참 뒤에 껍데기를 갓 깐 삶은 달걀처럼 매끈한 얼굴의 젊은 보충병이 있었다. 당혹 어린 표정을 지으면서도 웃어서 어떻게든 고참에게 동조하려 했다. 나는 계단을 올라가 녀석들 사이를 지났다.

"아무래도 상관없어. 가고 싶으면 너희나 가라."

"어이구, 할머니가 해준 음식 아니면 안 먹겠다는 거냐? 야, 키드를 위해서 늙은 여자도 부르자."

"맘대로 지껄여."

상스러운 웃음소리를 무시하고 계단을 올라갔다. 온몸이 나른하고 모래주머니를 든 것처럼 무거웠다. 낡아서 해졌고 곳곳이 탄 카펫은 암모니아와 토사물의 냄새가 났다.

좁고 살풍경한 방은 벽 일부가 무너져 빗줄기와 얼음장 같은 냉기가 그대로 들이쳤다. 이층침대 아래 칸에 잡낭을 베개 대신 베고 누웠다. 하지만 속에 든 물건이 우둘투둘해서 편하지 않았다. 몇 번을 바로잡아도 딱딱한 감촉이 집요하게 잠을 방해했다. 혀를 차며 속에 든 것을 전부 침대 위에 쏟아냈다.

"시끄러워요."

옆 침대에 누워 있던 와인버거가 불평했으나 못 들은 척했다. 콘비프와 탈지유, 흰 강낭콩 통조림, 예비용 커다란 깡통따개, 맥에게 돌려주지 못한 거울이 나왔다. 그리고 동료들의 유품과 렌즈가 깨진 안경도.

안경만 웃옷 안주머니에 넣고 나머지는 전부 침대 옆으로 밀어놓은 다음, 잡낭을 말아 베고 다시 누웠다. 와인버거는 아직 자지 않고 L자형 손전등 TL-122-D로 비추며 뭔가를 쓰고 있었다.

"뭐 해?"

"아뇨, 그냥."

그렇게 말하면서도 내가 못 보게 팔로 가리더니 손전등을 껐다. 긴 한숨과 종이를 모으는 부스럭 소리가 들렸다.

"지난주에 드레스덴에 공습이 있었죠?"

"그랬나?"

잡아떼며 위를 향해 누워 눈을 감았다. 사실은 알고 있었다. 라디오 AFN 방송에서도, 기분 전환을 위한 영화 상영회에서 나온 뉴스에서도 보도했다.

드레스덴은 독일 동부에 있는 대도시로 폴란드, 체코슬로바키아와의 국경 부근에 위치한다. 독일의 유서 깊은 도시답게 18세기 고성이며 웅장한 오페라하우스, 대성당 등이 늘어서 있다. 그런 드레스덴이 13일 영국 공군의 폭격을 받아 잿더미가 됐다.

귓전에서 바스락바스락 소리가 나서 실눈을 떠보니 와인버거가 신문지를 내 쪽으로 밀어주려 하고 있었다. 무시해도 녀석은 그만두지 않고 접은 신문을 흔들어 펴 내 얼굴에 덮었다. 하는 수 없이 받아 L자형 손전등을 켰다.

늘 보는 성조기 신문이 아니라 영국의 일간지였다. 불타고 골조만 남은 드레스덴 시가지의 사진이 1면에 실려 있었다. 하지만 이 사진과 내가 본 프랑스와 네덜란드의 거리가 어떻게 다른지 알 수 없었다.

"……'무참한 모습으로 변한 시가지, 폭격기 해리스의 결단은 과연 옳았나'라고?"

소리 내어 기사를 읽어봤다. 이어서 이번 드레스덴 폭격으로 민간인과 동부에서 온 피난민 10만 명 이상이 목숨을 잃었다고 쓰여 있었다. 방공 체제가 미비한 데다 오래된 도시라는 게 화가 되어 소이탄에 의한 불길이 크게 번지면서 화재 선풍에 휘말렸다고 했다.

'폭격기 해리스'(본명은 아서 트래버스 해리스)는 영국의 공군 폭격기 부대 사령관인데 지금까지 독일의 여러 도시와 마을을 불바다로 만들었다. 아시아 전선에서도 미국의 러메이 폭격 사령관이 일본에 공습을 가했다고 했다. 민간인에 대한 폭격은 적의 사기를 떨어뜨려 종전을 앞당기기 위해 필요하다고 한다.

"그래서 뭐 어쨌다는 건데? 전과(戰果)를 올렸으니 잘됐잖아."

"세상 사람들 사이에선 문제가 됐다는데요. 어차피 나치스가 곧 항복할 건데 이런 공격은 과하다고 말이죠."

"그런 건 싸우지도 않는 녀석들의 헛소리지."

"하지만 죽은 건 죄 없는 일반 사람들이라고요."

"죄가 없어? 독재자를 택한 건 누구지? 군국주의하고 침략에 찬동한 건 누구야? 전쟁을 시작하는데 그냥 둔 건 누구냐고."

신문을 들어 와인버거에게 던졌다. 신문지가 흩어져 바닥에 떨어졌다.

"당연한 대가야. 자기들 죄는 자기들 목숨으로 갚아야지. 넌 뭐냐, 와인버거. 적 편을 드는 거야? 위에 말해서 군법회의에 회부되게 해줘?"

흥분해서 목소리가 커지자 위쪽 침대에서 자고 있던 동료의 코 고는 소리가 그쳤다. 얼마 동안 숨을 고르기 위해 침묵하고 있으려니 잠꼬대에 이어 훌쩍거리는 듯한 코 고는 소리가 다시 들리기 시작했다.

"……전쟁이잖아. 일반인을 죽이는 건 피차일반 아니야? 적을 죽이면 왜 안 되지? 살아남은 사람이 이기는 거야. 그냥 그뿐이다."

나는 어느새 두 주먹을 움켜쥐고 있었다. 굳어버린 손가락을 힘들게 펴자 손톱이 손바닥을 파고들어 피가 났다. 와인버거는 침대에서 팔을 뻗어 흩어진 신문지를 주우며 기어들 듯한 목소리로 말했다.

"키드, 그건 위험한 논리입니다."

어두워서 표정은 알 수 없었다. 하지만 목소리가 어렴풋이 떨리는 것은 알 수 있었다.

"변했군요, 키드. 키드만이 아니라 다른 사람들도 다."

내가 대답을 하기 전에 와인버거는 신문을 접고 누워 내게 등을 돌렸다.

얇은 매트리스 너머로 침대의 뼈대가 등에 느껴졌다. 아까부
터 시끄럽게 쿵덕거리는 심장이 나를 좀처럼 잠들게 해주지 않
았다. 숨을 깊이 들이쉬었다가 뱉고 두 팔로 몸을 꽉 끌어안으
며 태아처럼 몸을 말았다.

이번에는 반드시 눈을 감고 잠을 청해야겠다. 벽을 때리는 빗
소리. 멀리서 총성이 산발적으로 들려온다. 언제부터 저 소리를
겁내지 않게 됐을까.

폭격기 해리스의 전과를 실제로 볼 수 있을 듯하다는 소식을
들은 것은 그로부터 보름쯤 지난 3월이었다. 그때 우리는 알자
스를 떠나 프랑스 무르믈롱 기지로 돌아와서 정장을 하고 관람
석의 루스벨트 대통령과 아이젠하워 최고사령관 앞에서 사단
열병식을 벌이고 있었다.

다만 우리가 갈 곳은 드레스덴이 아니라 군수 공장이 많이 있
던 루르 지방인 모양이었다. 작년 네덜란드에서 싸울 때 목표
지점이었으나 결국 다다르지 못한 지역이다.

루르 공업지대 앞에는 강폭이 넓고 물살도 빠른 라인 강이 있
는데, 이 요해는 나폴레옹 보나파르트 이후 침입을 허락한 적
이 없다고 한다. 단 하늘에서의 공격은 유효하기에, 작년 공군
이 댐을 폭격하면서 높이가 10야드(약 9미터)에 이르는 물의 벽
이 인근 지역을 덮쳐 많은 사람이 익사했다. 그 뒤로도 겨울까
지 공습이 이어져 도르트문트와 쾰른, 대학 도시인 본도 불탔다
고 했다.

3월 7일 마침내 지상 부대가 라인 강을 건넜다. 적의 폭파 공

작에도 불구하고 레마겐 철교를 건넌 제9 기갑사단은 별도의 루트를 통해 진군한 다른 기갑사단과 합류, 현재 루르 지방의 도시 쾰른에서 본까지 도달했다.

소문이 아니라 정말로 유럽 전선의 종전이 눈앞에 다가와 있었다.

"이번 작전에서는 루르 지방 북서부, 베젤 부근에 강하한다. 영국 특공대 제1부대가 라인 강을 건너 독일 제2군의 측면을 동시에 공격한다."

그러나 결국 출격은 중지되고 우리 대신 제17 공수사단이 참가하게 됐다. 전쟁이 종반에 접어든 지금, 다른 부대에게도 경험을 쌓을 기회를 주고 싶다고 했다.

강하 예정이 없어진 우리는 다시 기지 훈련을 시작했다. 행군과 근력 강화, 소총의 해체, 청소, 점검. 동료들의 얼굴은 하나같이 따분함이 가득했다. 싸우고 싶어서 몸이 근질거리는 것은 나도 마찬가지였다.

상영회에서 해주는 영화는 대사를 통째로 외울 만큼 여러 번 봤고, 오락이라 할 수 있는 것이라곤 여자와 다트, 카드 게임, 아니면 배급되는 진중문고 정도였다. 주머니에 콘돔을 넣고 동료를 따라 위안부를 찾아가도 봤지만 기분만 우울해질 뿐 즐겁지 않았다. 카드도 다트도 싫증 나서 급기야 진중문고에 손을 대서는 비록 속도는 느려도 소설을 읽기 시작했다.

싸우는 것도, 휴가를 즐기는 것도 아니고 마치 사슬에 묶인 개처럼 외출도 못 한 채 훈련만 계속하는 나날에 우리는 더없이 염증이 나 있었다. 게다가 경험을 쌓아 진급하고 싶은 육군사관

학교 출신의 젊은 장교들이 와서 거들먹거리며 새된 목소리로 구령을 붙이니 짜증이 나는 것도 어쩔 수 없었다.

불만이 분출된 결과, 마침내 상부도 양보했다. 밀려 있던 3개월분 급여를 지급하고 각 중대에서 추첨으로 한 명씩 뽑아 미국 본국으로 휴가를 갈 수 있게 해주기로 했다.

대원은 정장하고 근처 바에 모였다. 앨런 소위와 부사관들이 상자 안에 쪽지를 넣는 것을 나는 진저에일을 마시며 구경했다. 부드러운 전구 불빛 아래, 실내는 전체적으로 적갈색을 띠었고 시가와 담배 연기로 부옇게 흐렸다.

"미안하지만 고참만 대상이다."

히죽거리며 신참을 쿡 지르는 고참도 군기를 위반했거나 문제를 일으킨 적이 한 번이라도 있으면 대상에서 제외됐다. 테이블 위 명단에는 다행히 내 이름도 있었지만 어째선지 던힐은 없었다. G중대에 편입된 것은 디데이 이후이지만 선발 부대로 전투에 참여했는데.

"뭐 위반이라도 한 거 아냐?"

"기억에 없다만."

위스키를 마시던 던힐은 큰 손을 뻗어 명단을 구깃구깃 뭉쳤다. 옆얼굴은 어둡고 어딘지 모르게 화가 난 것 같았다. 평소에는 휴가를 그렇게 손꼽아 기다리는 것 같지 않았는데 이렇게까지 기분 나빠하다니 별일이 다 있다.

"그럼 나도 사퇴하지, 뭐. 소위님한테 다녀올게."

만에 하나 내가 당첨되면 던힐은 혼자서 신입 조리병을 돌봐야 한다. 아무리 그래도 그건 부담이 너무 클 테고 지금은 고향

땅을 밟고 싶지 않았다. 나는 소파에서 일어나 카운터 곁에 있는 앨런 소위에게 다가갔다. 결국 당첨된 것은 네덜란드에서 부상당했다가 전선에 복귀한 앤디였다.

통신부에서 편지가 배달되면 내 이름이 불리기를 기다렸다. 가끔 불리면 긴장하며 수령했지만, 매번 가족의 편지 아니면 테레즈 잭슨이 보내주는 로테와 테오의 근황 보고였다. 영국은 혼란 상태라 닥터 브로콜리의 부인과도 아직 연락이 닿지 않았다고 했다. 로테와 테오는 비자를 받아 미국으로 건너갈 수 있을 때까지 사우샘프턴 근교의 아파트에서 그녀와 함께 지내는 모양이다.

아이들이 무사한 것은 기쁜 일이지만 나는 줄곧 다른 편지를 기다리고 있었다. 디에고가 입원한 병원에서 오는 편지다. 그날 디에고는 에드가 밀쳐낸 덕에 경상을 입는 데 그쳤다. 그러나 마음은 완전히 부서지고 말았다. 금이 간 정신을 가까스로 때운 직후에 친구를 눈앞에서 잃은 디에고는 침대에서 못 일어나게 됐다. 그로부터 벌써 석 달이 지났는데도 여전히 소식이 없었다.

또 아침이 오고, 점심이 되고, 훈련이 시작됐다.

웃옷을 벗어 허리에 묶고 올리브색 셔츠 차림으로 운동장을 달리며 땀을 흘리는데, 낮게 으르렁거리는 친숙한 엔진의 중주(重奏)가 들려왔다. 옆에서 던힐이 "아아" 하고 중얼거리며 상공을 가리켰다.

옅은 푸른색 봄 하늘을 C-47 수송기의 대군과 글라이더가 날아갔다. 아마 우리 대신 출격하는 제17 공수사단 친구들이 탔을 것이다. 어느새 다들 멈춰 서서 손으로 햇빛을 가리며 기러기

떼처럼 질서 정연하게 대열을 이룬 비행기를 우러러보았다.

"……좋겠다. 나도 좀 데려가주지."

누군가의 혼잣말은 내 심정을 그대로 대변하고 있었다. 아마 다른 사람들도 정도의 차이만 있을 뿐 비슷한 생각일 것이다. 그렇게 동료들을 많이 잃고도 전쟁터로 돌아가고 싶은 것이다. 마치 혼자만 소풍을 못 간 어린애 기분이었다.

수송기 바닥에서 느껴지는 진동, 강하 램프가 녹색으로 바뀌고 허공에 몸을 던진다. 긴장이 피와 함께 온몸을 내달리고, 갑자기 모든 게 얇은 막을 벗겨낸 것처럼 선명하게 보인다. 손에 익은 방아쇠의 감촉, 호흡조차 잊은 채 집중하게 되고 몸 구석구석, 털 한 올까지 꼿꼿하게 긴장한다.

들판과 집, 살아 있는 것조차 불살라버리는 포화는 무서우면서도 장엄해, 소돔과 고모라의 멸망이 눈앞에 재현되는 듯한 착각이 든다. 나중에 얼마만큼 참혹한 사태를 야기하든 전화는 몸서리가 날 만큼 아름답다. 설령 이대로 죽는 한이 있어도 기분 좋게 죽고 싶다는 생각까지 든다.

자신이 느끼는 흥분이 가짜라는 것은 안다. 하지만 우리 중 다수가 이미 그 비할 데 없는 공포와 쾌감과 피로에 중독되어 있었다. 망설임도 상실의 고통도 잊을 수 있는 극도의 긴장이 그리웠다.

"이놈들! 누가 쉬어도 된다고 했나!"

아직 시체도 본 적이 없는 주제에 젊은 신임 교관이 수염도 다크서클도 없는 반들반들한 얼굴을 시뻘겋게 붉히며 고함쳤다. 우리들 사이에 비웃음이 거품처럼 번지고 서로 눈짓을 주고

받으며 다시 달리기 시작했다. 운동장의 커브를 도는데 누가 군화의 리듬에 맞춰 노래했다.

"녀석은 신병이었어, 잔뜩 쫄아 벌벌 떨었지, 장비를 점검하고 군장을 단단히 쌌다네, 수송기 엔진 소리를 들으며 앉아 있었어, 이제 다시는 못 뛰어내릴걸."

「공화국 전투 찬가」의 가사를 바꿔 부르는 「낙하산 줄에 묻은 피」다. 신참 교관이 새된 목소리로 또 뭐라 말했지만, 싸워본 적도 없는 녀석의 목소리 따위 귀에 들어오지도 않았다. 우리는 씩 웃으며 합창을 계속했다.

"피범벅, 참 개같이 죽는다, 피범벅, 참 개같이 죽는다, 피범벅, 참 개같이 죽는다, 이제 다시는 못 뛰어내릴걸."

그날 제17 공수사단이 참가한 작전은 성공했다. 작년 9월 네덜란드의 마켓 가든 작전에서 고전했던 게 거짓말처럼 그리 격렬한 저항에 부딪히지 않았다. 겨우 사흘 만에 라인 강을 건너 나머지 교량을 확보하고 루르 지방에 들어섰다.

연합군은 서쪽에서, 그리고 스탈린의 소련군이 동쪽에서 독일 국내로 쏟아져 들어왔다. 항복한 독일군이 수용소까지 겹게 줄을 지었다. 미군과 영국군의 깃발이 곳곳의 파편 더미에서 나부꼈다.

나치스는 이제 다 죽은 목숨이었다.

다들 입 밖에 내어 말하지는 않았지만 속으로는 이렇게 생각했을 것이다.

이 일을 어쩌냐, 아무래도 안 죽고 귀환할 모양인데.

바꿔 말하면 전후 세상이 자신과도 상관있다는 이야기다.

자, 이제 어떻게 살지? 이렇게 거대한 동란 뒤에 세계는 어디로 가려나? 평범한 일상생활로 돌아갈 수 있을까?

증오의 소용돌이도, 굶주림에 고통받는 얼굴도, 친구의 죽음도 봤는데. 우리 손은 피로 더러워졌는데. 닥치는 대로 다 죽였는데.

드디어 우리가 루르 지방에 들어선 것은 4월 초였다. 그로부터 며칠 뒤인 12일, 프랭클린 루스벨트 대통령이 뇌졸중으로 사망하고 부대통령이었던 해리 S. 트루먼이 후임으로 앉았다.

다 떨어진 트위드 베스트를 입은 소년이 내 앞에 서더니 이 빠진 꽃무늬 접시를 두 손으로 감싸듯 들고 머뭇머뭇 내밀었다. 눈이 마주치자 비취처럼 맑은 녹색 눈동자를 지닌 소년은 수줍게 눈을 내리깔았다.

이곳은 독일 서부, 도르마겐 난민 캠프다. 라인 강을 따라 루르 공업지대를 남하한, 뒤셀도르프와 쾰른의 중간 지점에 해당된다.

조린 감자와 쇠고기 부스러기를 접시에 덜어주자 소년은 독일어 억양으로 "생큐"하고는 부러질 것처럼 가는 다리로 풀숲을 걸어갔다. 다음은 검은 천으로 얼굴을 싼 노파, 그다음은 중년 부인. 전에 그런대로 유복하게 살았는지 잘 지어진 코트를 입은 부인은 절대로 우리 얼굴을 보려 하지 않았다.

피난민은 대다수가 연합군의 공습으로 집을 잃은 민간인이었다.

오는 길에 연합군의 공격을 받아 물과 불과 열풍에 파괴된 도시와 마을을 여럿 봤다. 오래전에 불탔던 곳은 조금씩 부흥이 진행되고 있었지만 이번 겨울에 소이탄을 맞은 곳에서는 어린 애와 동물의 다 타지 못해 부패한 시체가 아직 남아 있었다. 길을 걸으면 비탈 아래 흐르는 시냇물에 상반신을 처박은 시체도 보였다. 파리가 날아다니고 까마귀가 정강이를 쪼고 있었다. 무너진 군수 공장 밑에서 여자들 시체가 대량으로 발견됐는데 대다수가 폴란드와 우크라이나에서 끌려온 강제 노동자였다고 한다.

격추된 연합군 전투기의 잔해도 곳곳에 널려 있었다. 곁에 누운 병사의 시체는 불타 죽은 것만 있지 않았다. 구타를 당해 죽은 미군도 있었다. 분명 추락하고 나서 지역 주민에게 린치를 당했을 것이다. G중대의 일부는 어떤 놈이 한 짓이냐고 분노하며 독일 사람만 보면 무작정 폭력을 휘둘렀다.

독일 국민끼리 죽고 죽이는 일도 비일비재했다. 들일 할 때 입는 작업복 차림의 남자가 중력 탓에 늘어난 목에 독일어로 휘갈겨 쓴 판자를 걸고 밧줄에 묶여 나무에 늘어져 있었다. 통역에 의하면 '총통을 위해 싸우지 않은 배신자, 비국민'이라고 쓴 모양이다. 시체의 발치에는 벌집이 된 작은 살덩어리가 있었다. 바람이 불 때마다 옷인 듯한 녹색 헝겊이 흔들렸다.

"SS 아니면 광신자들 짓이겠지. 지난달 히틀러가 전 국민을 대상으로 돌격대 강제 입대와 초토화 명령을 내렸다더군. '너 죽고 나 죽자'란 거지. 그놈은 진짜 미치광이 폭군이야."

앨런 소대장이 내뱉듯이 말하고는 담배꽁초를 짓밟았다.

난민 캠프가 있는 들판 주변에는 짐수레와 농업용 마차가 서 있었으나 말은 거의 보이지 않았다. 가축은 타죽었거나 잡아먹혔거나 한 모양이다. 맨몸으로 간신히 도망친 듯한 분위기로 수프를 먹는 사람들은 무릎을 끌어안고 움츠린 모습이 하나같이 지쳐 보였다. 그래도 혼란은 크지 않았고 다들 의연한 태도를 보이고 있었다.

"뭐야? 네년이 내 동료를 모욕해?"

욕설을 퍼붓는 날카로운 목소리에 돌아보자 스미스가 빨간 원피스를 입은 여자를 때리고 있었다. 여자 곁에는 초로의 남자가 나동그라져 있었다. 허옇게 센 머리에서 피가 흘렀다. 그 모습을 스미스의 졸개들이 담배를 피우며 구경하고 있었다. 스미스는 땅에 쓰러진 젊은 여자에게 침을 뱉고 가버렸다. 그 뒤를 졸개들이 따랐다.

빨간 원피스를 입은 여자는 가는 팔을 뻗어 먼저 쓰러진 초로의 남자를 흔들었다. 여자의 코에서 선혈이 흘러 헝클어진 금발에 뚝뚝 떨어졌다. 와인버거가 그쪽으로 다가갔다. 부축해 일으키려는 와인버거의 손을 여자가 거칠게 뿌리치고 오열하며 남자에게 매달렸다.

"콜 씨, 이 냄비 어쩌면 됩니까?"

신참 조리병의 말에 나는 와인버거에게 등을 돌렸다.

최근에는 난민들이 도와주기 때문에 조리병이 할 일이 별로 없다. 올리브색 텐트를 친 야전 취사장에 냄비를 돌려놓으러 가니 머리를 단단히 틀어 올린 여자들이 소매를 걷고 설거지를 하고 있었다. 뒷마당에는 제빵 중대의 오븐 트럭이 있고 대원들이 땀을 뻘뻘 흘리며 갓 구운 빵을 나르고 있었다. 난민들에게 줄 빵이다. 혼합 밀가루 빵도 배고픈 아이들에게는 냄새가 구수한지 배고픈 아이들은 나무 뒤에서 꼼짝 않고 쳐다보고 있었다.

어디나 혼돈에 빠져 있었다.

왔던 길을 돌아가는데 전에 연대 주방에서 본 고참 조리병 둘이 양손에 커다란 범포 자루를 들고 이쪽저쪽 경계하며 어느 집으로 사라졌다. 외곽에 위치한 타다 남은 커다란 저택은 분명히 연대 참모의 숙사라고 알고 있었다.

저 모습을 보면 자루에 든 물건은 분명 정규 수단으로 입수한 게 아닐 것이다. 요새는 물품 유출이 횡행하고 있었다. 조리병만 가담하는 게 아니다. 배에서 부린 짐을 항만 담당관이 받을 때부터 시작해서 분류할 때마다 좋은 물건을 빼돌리는 탓에 말단의 손에 들어오는 것은 찌꺼기뿐이었다.

그러고 보면 지난달 죽은 오하라의 상관이었던 보급중대장에게 그런 이야기가 있었던 것 같다. 하지만 이제 그런 성가신 일은 사양하고 싶었다. 나는 못 본 척하고 캠프로 돌아왔다.

같은 날 오후 늦게 구름 새로 석양이 비치는 들판에 사람 열몇 명이 나타났다.

우연히 들에 나가 있던 불그레한 얼굴의 농민이 알아차리고 두 팔을 휘두르며 큰 소리로 우리를 불렀다. 근처에 있던 우리 제2소대가 전원 소총을 들고 달려갔다. 적의 잔당인 줄 알았던 것이다.

그러나 예상은 빗나갔다. 비탈을 올라가 소총을 겨누자 역광에 얼굴이 보이지 않는 인물들은 두 손을 들었다. 몇 명은 그 자리에 웅크리거나 쓰러졌다. 선두에 선 남자가 "쏘지 마세요, 적이 아닙니다!"라고 영어로 소리쳤다.

그들은 성인 남자와 명백히 미성년인 청소년, 합해서 열다섯 명이었다. 모두 흙투성이에 때가 꾀죄죄해서 녹색인지 갈색인지 구분이 되지 않는 민간인 복장을 하고 있었다. 하지만 옷차림은 그래도 청소년들은 어딘지 모르게 분위기가 달랐다. 다들 피부가 투명하리만큼 희고 눈빛은 또렷했으며 눈동자에서 의사가 느껴지고 행동거지에 품위가 있었다. 언뜻 봐도 좋은 집에서 잘 자란 아이들이었다.

성인 남자들 중 다수는 지칠 대로 지친 상태로 쓰러져 못 일어나는 사람도 있었다. 온몸이 상처와 멍투성이였다. 양 손목이 고리 모양으로 멍든 것을 발견한 앨런 소대장은 "포로인가?" 하고 중얼거렸다. 스미스와 마르티니가 의무병과 헌병, 그리고 중대장을 부르러 비탈을 달려 돌아갔다.

처음에 "쏘지 마세요"라고 외쳤던 남자에게 무슨 일이 있었던 건지 사정을 물었다.

"우리는 독일군 포로였습니다. 난 미국 육군의 군목이고 저기 저 사람은 같은 부대 군의관입니다. 나머지는 영국군, 그리고 캐나다군도 있고요. 도중에 만난 우크라이나 사람도 있는데 그 사람 부인은 이틀 전에 죽었습니다. 지뢰를 밟아서요."

"탈옥했단 건가?"

"아뇨…… 혼란을 틈타 도망친 겁니다. 우리가 있던 수용소는 간수들이 파괴했고 총과 화염방사기로 닥치는 대로 죽였습니다. 분명히 도망치기 전에 처분한 거겠죠."

스스로를 군목이라고 밝힌 남자는 몸집이 작고 렌즈가 거의 깨진 안경을 끼고 있었다. 나이는 40대쯤 됐을 텐데 벗어진 머리는 볕에 까맣게 탔고 관자놀이에서 뒤통수까지만 흰머리가 나 있었다. 상당히 피로한 듯했지만 인식표도 신분증도 없으니 헌병에게 넘길 수밖에 없을 것이다.

"애들은 뭐지?"

앨런 소위가 엄지로 청소년들을 가리켰다. 그들은 급히 달려온 의무병이 어른들을 치료하는 모습을 우두커니 서서 바라보고 있었다. 이렇게 보니 전원이 비슷하게 생겼다는 게 부자연스럽게 느껴졌다. 북유럽 사람처럼 피부색이 희고 뒤통수가 나왔으며 키도 크다. 그중에는 소녀도 있었다.

"아…… 저 애들은 히틀러 유겐트입니다."

듣고 보니 아리아 민족의 외모다. 흰 피부에 금발머리, 뒤통수는 완만하게 곡선을 그렸다. 나치스의 주입식 교육을 받은 아이들이 어째서 탈주한 적군 포로들과 함께 행동하는 걸까.

"뭐라고? '히틀러의 아이들'이란 말이야?"

스미스가 기관단총을 어깨에서 내려 겨누려고 했다. 대머리 자칭 군목은 허둥지둥 총구를 내려 달라고 애원했다.

"네, 맞습니다. 하지만 죽이지 마세요. 저 애들은 이제 광신자가 아닙니다. 부모형제를 잃고 국민 돌격대 강제 입대를 거부했어요."

우리는 서로 얼굴을 마주 보았다. 앨런 소위도 미간에 주름을 깊게 잡고 판단을 못 내리는 듯했다. 결국 헌병에게 모조리 맡기기로 해서 아이들은 소지품 검사를 한 뒤 연행됐다.

"그나저나 어디서 온 거야?"

"동부입니다. 베를린 근처."

"직선거리로 300마일(약 500킬로미터)은 될 텐데. 설마 걸어왔나?"

그러자 군목이라는 남자는 쓴웃음을 지으며 고개를 흔들었다.

"도중에 차를 훔쳤지만 결국 걸었습니다. 대부분 도로는 아직 독일군이 돌아다니고 있기 때문에 차는 거의 도움이 안 됐거든요. 도보라면 숲을 지날 수 있고 말이죠."

"하지만 왜 일부러 여기까지 온 거지? 적군(赤軍)한테 항복하지 않고?"

정보에 의하면 동부 전선에서 승리를 거둔 소련의 적군이 동유럽을 통해 폴란드를 가로질러 마침내 베를린에 입성했다고 했다. 소위의 질문에 남자는 충혈된 눈을 비비고 나서 대답했다. 때와 흙으로 손톱이 시커멨다.

"……적군한테 가면 죽기 때문입니다. 유겐트 애들만이 아니라 우리도 연합군이란 걸 증명 못 하면 죽어요. 그것도 처참하게 말이죠. 여자는 어린 소녀조차도 강간을 당합니다. 지도자 스탈린은 독일인을 섬멸하라고 선동하거든요. 전투와 굶주림으로 목숨을 잃은 수천만 국민의 대가를 치르게 한다고."

"수천만? 말도 안 돼."

마르티니가 어깨를 으쓱했다. 도대체가 스탈린이란 사람 자체가 수상쩍어서 그와 관련된 정보를 어디까지 믿어야 할지 알 수 없었다. 하지만 군목이라는 남자는 소련과 동유럽의 기아는 사실이라고 이야기했다.

"우리가 있던 수용소 옆에 소련인 포로수용소도 있었습니다. 나치스 간수가 웃더군요. 녀석들은 감방 안에서 누가 죽어도 매장을 안 한다고, 먹으려고 남겨둔다고…… 하지만 간수들이 도망치고 나서 포로들의 그 표정이란…… 분노와 증오와 굶주림에 차서 미처 못 도망친 간수의 머리를 박살 내더군요."

닥터 브로콜리는 전에 이 전쟁은 식량을 둘러싼 싸움이라고 말했다. 독일 제3제국을 키우기 위한 생활권 확대. 비옥한 국토를 가진 우크라이나를 침공해 약탈한 것은 식량 사정 탓이라고 했다.

"영어를 하는 적군한테 레닌그라드의 포위전에 관한 이야기를 들었습니다. 비축 식량이 바닥난 다음은 며칠 동안 도시에서 먹을 게 자취를 감추고 배급도 없어서 동물은 물론 인육까지도 먹었다고 합니다. 살아 있는 게 이상한 상황이었다나요."

남자는 심하게 기침을 하더니 가래를 뱉었다. 푸른 풀숲에 날아간 가래에 피가 섞여 있었다.

"군의관을 부르지."

앨런 소위가 한 손을 들어 군의관에게 신호를 보냈다. 걸을 수 없는 사람을 치료 중이던 군의관은 좀처럼 알아차리지 못했다. 남자는 숨을 몰아쉬면서도 뺨에 묻은 가래를 소맷자락으로 닦았다.

"……그래서 적군한테 가지 말고 먼 거리를 걷더라도 이쪽으로 오기로 한 겁니다. 녀석들은 벌써 엘베 강에 다다랐어요."

"저런 애새끼들은 죽어도 싸."

스미스가 사납게 말하며 땅에 침을 뱉었다.

다른 사람들도 어떻게 반응하면 좋을지 알 수 없는 표정이었다. 적어도 나는 두 마음이 다 있었다. 스미스처럼 나치스 지지자는 적군의 손에 참혹하게 죽으라고 해라, 당연한 대가라고 생각하고 싶은 마음과 우리에게 도움을 청하는 사람을 함부로 대해도 되나 싶은 마음.

문득 언젠가 들은 말이 생각났다.

'그때 넌 아마 상처를 받겠지. 날 비난하고 싶은 마음과 편들고 싶은 마음 사이에서 갈등해서 피폐해질 거다.'

"어이, 키드. 캠프로 돌아가자."

스미스가 어깨를 쳐서 정신을 차려보니 다들 가는 참이었다. 좀처럼 오지 않는 군의관을 와인버거가 부르고, 앨런 소위는 중대장에게 보고하고 있었다. 스스로 두 뺨을 짝 쳐서 기분을 바꾸고 잡낭을 고쳐 멨다. 뒤를 돌아보자 군목이라는 남자는 아직 풀숲에 앉아 있고 던힐이 수통으로 물을 마시게 하고 있었다.

"던힐, 가자."

그러나 던힐은 좀처럼 일어서려 하지 않았다. 남자의 턱에 묻은 물까지 닦아주고 있었다. 게다가 진정이 되면서 혈색을 되찾기 시작한 남자와는 반대로 던힐의 옆얼굴은 묘하게 창백했다. 하는 수 없이 다가가서 어깨를 잡았다.

"왜 그래?"

"……친구라도 있습니까?"

"뭐?"

남자의 말에 귀를 의심했는데 내가 아니라 던힐에게 한 말인 듯했다. 남자는 어색한 웃음을 지으며 깨진 안경을 밀어 올렸다. 등 뒤에 선 탓에 던힐의 표정은 보이지 않았지만 대답하는 목소리는 떨리고 있었다.

"전쟁 전에 친하게 지냈던 가족이 작센 주(체코, 폴란드와 인접한 독일 동부의 주)에 삽니다."

"작센 주…… 안전하진 않겠군요. 드레스덴과 라이프치히는 공습을 당했고 말이죠. 하지만 적군에도 다양한 사람이 있으니까요. 산적 출신의 무법자에 질서를 존중하는 농민, 예의 바른 군인이 있는가 하면 학살을 즐기는 장교도 있습니다. 내가 도망칠 때 목격한 적군 중 한 명은 젊은 여성을 강간하고 나서 길옆에 누운 다른 여자 시체를 보고 기도를 드리더군요. 이상한 사람들입니다."

그때 와인버거가 불러온 군의관과 의무병이 달려와, 나도 작은 새처럼 가벼운 남자가 들것에 눕는 것을 도왔다. 그들은 구호 텐트 쪽으로 사라졌다.

"자, 이제 진짜 가자."

그러나 던힐은 풀숲에 무릎을 꿇은 채 고개를 떨구고 있었다. 무릎을 쥔 손에 힘이 들어가 허예진 손등이 바르르 떨렸다.

그 모습을 보고 머릿속에 한 가지 생각이 떠올랐다. 생각은 이윽고 깨달음이 되어 순식간에 윤곽이 뚜렷해졌다. 지금까지 있었던 일이 마치 직소 퍼즐의 피스처럼 연결됐다.

바스토뉴에서 들은 예고는 그 친구 자신의 이야기가 아니었다. 던힐을 말한 것이었다.

밤이 왔다. 식사가 끝나고 바로 도르마겐으로 돌아와 숙소로 쓰는 민가로 들어갔다. 침대도 없이 곰팡내 나는 양탄자에 담요를 깔았을 뿐인 잠자리, 성인 남자 둘이 겨우 누울 수 있는 넓이의 방이다.

촛불을 켜고 더러운 담요 위에 앉자 자연히 한숨이 새어 나왔다. 나는 수통의 물로 목을 축이며 찾아올 사람을 기다렸다. 이윽고 10분쯤 지났을 때 노크 소리가 들렸다.

"나다, 콜."

대답을 하지 않자 망설이듯 문이 천천히 열리고 던힐의 길고 큰 그림자가 바닥에 드리워졌다.

"……앉아."

조급한 마음을 억누르며 권하자 내가 긴장한 것을 감지했는지 던힐은 얼마 동안 문간에 선 채 움직이지 않았다.

"얼른."

다시 한 번, 이번에는 상당히 짜증스레 재촉하자 녀석은 그제야 문을 닫고 느린 동작으로 들어왔다. 맞은편 담요 위에 책상다리를 하고 앉기를 기다려 숨을 깊이 들이마셨다가 내가 다다른 결론부터 꺼냈다.

"너 독일 사람이지."

촛불이 비추는 던힐의 눈동자가 흔들렸다. 입이 벌어지고 바라진 어깨가 오르내렸다. 보기만 해도 박동이 빨라진 것을 알 수 있었다.

"그렇지 않아, 난."

"부정하지 마." 말이 채 끝나기도 전에 입을 다물게 했다. "벌써 다 아니까. 섞여든 거지? 그때 프랑스에서."

어쩌서 몰랐을까. 나 자신을 때려주고 싶었다. 이 녀석은 그렇게 독일 동화를 잘 알지 않았나. 가족을 사랑하는 눈치에 비해 편지는 한 통도 오지 않았고, 독일군 전투식량 통조림을 가열하는 방법도 알고 있었다. 게다가 보면 볼수록 지금까지 신물이 나게 본 적군과 비슷하게 생겼다. 미국에 독일계가 많다 보니 굳이 신경 쓰지 않았다고 변명할 수는 있지만, 나는 더 빨리 알아차렸어야 했다.

아마 모든 것은 노르망디에 강하한 뒤 프랑스 앙고빌오플랭의 교회에서 시작됐을 것이다. 두 의무병이 폭격의 와중에 미군과 독일군을 함께 보살폈다는 그날 밤 교회에서. 의무병들이 했던 말이 생각났다.

'어라…… 여기 있던 환자, 누가 움직였어?'

네덜란드에서 겪은 수수께끼와 비슷하다. 입은 옷과 삭발한 머리 탓에 얀센 씨의 딸을 남자라고 믿어 의심치 않았다. 그와 원리는 똑같았다.

"디데이의 대공 포화와 공습으로 그 일대는 어디나 혼란 상태였어. 촛불도 변변히 켤 수 없는 상황이었으니까 잘 보이지도 않았겠지. 넌 그 상황에서 중상을 입어 죽어가는 우리 동료를 이용하기로 한 거야."

그때는 경상자와 민간인이 의무병을 도왔다고 했다. 폭음이 울리는 어둠 속, 다수의 부상자가 있는 가운데 누가 누구를 실어 내가도 이상하게 여기는 사람은 없었을 것이다.

"넌 그 미군을 아무도 없는 뒷문으로 데려가서 옷을 바꿔 입었어."

응급 처치는 보통 옷을 입은 채 앞자락만 열고 한다. 혼자서도 벗기기 쉬운 데다 자신도 부상을 당했다면 완전 군장이 없어도 의심받지 않을 것이다. 헬멧도 잡낭도 심지어 무기조차 없었던 것은 십중팔구 그 탓이다.

"아마 그 녀석이 진짜 필립 던힐이겠지. 죽었지만."

누가 아군이고 누가 적인지, 누가 살아 있고 누가 죽었는지조차 구별하기 힘든 이런 전쟁 중에는 복장으로 속이는 게 가장 손쉬운 위장이다. 특히 강하 직후의 노르망디에서는 행방불명자가 워낙 많았고, 또 같은 부대원들과 떨어진 탓에 가까운 부대에 합류해서 그대로 전속하는 사태가 속출했다.

녀석은 부인하지 않았다. 주황색 촛불이 비추는 얼굴은 지칠 대로 지쳐 주름이 깊어진 듯 보였다. 움푹 팬 눈 주위에는 짙게 그림자가 져 있었다. 문밖에서 누가 명랑하게 휘파람을 불며 지나갔다. 여기서 조용히 비상사태가 벌어지고 있는 것도 모르고.

"말해. 넌 대체 누구야?"

내내 던힐이라고 생각했고 또 생각하게 해온 남자는 시선을 들지 않은 채 조용히 이름을 밝혔다.

"……본명은 좀머다. 클라우스 좀머. 그렇지만 난 미국인이야."

나는 울컥해서 벌떡 일어섰다.

"그만 좀 해! 아직도 시치미를 떼겠다고?"

"그런 게 아니야, 진정해라. 부탁이다……. 나고 자란 곳은 정말로 미국이야. 그러니까 영어도 어색하지 않잖아?"

아닌 게 아니라 그건 그렇다. 이 프랑켄슈타인의 괴물 같은 면상을 갈겨주고 싶은 것은 지금도 마찬가지였지만, 하는 수 없이 어금니를 악물고 도로 바닥에 앉았다. 던힐, 아니 클라우스 좀머는 큼직한 두 손으로 우락부락한 얼굴을 천천히 쓸었다.

"1939년 초까지 부모님하고 같이 노스캐롤라이나 주에서 농사를 짓고 살았어. 그러다가 히틀러가 정권을 잡고 나서 고향으로 돌아갔다. 할머니가 불러서……. 전에 너한테 이야기한 적이 있지. 엄격한 할머니."

"참호에서 한 이야기?"

"그래. 난 작년 6월 국방군 제6 공수연대 소속으로 노르망디에서 너희하고 싸웠어."

"제6……? 그럼 베데마이어 소령은…….."

"내 상관이다."

그러고 보면 소령은 이 녀석에게 '전쟁이 끝나면 어떻게 하겠느냐'라고 물었을 때 왜 그런지 의아한, 놀란 표정을 지었다. 나도 모르게 웃고 말았다. 나는 이 녀석을 철석같이 믿고 있었건만. 분하고 한심해서 눈물까지 났다.

"너 역시 스파이였군."

"아니야!"

"거짓말 마!"

이 이상 어떤 변명도 듣고 싶지 않았다. 멱살을 잡고 흔들며 퍼부었다.

"스파이가 아니면 왜 소령은 그 자리에서 네가 예전 부하란 걸 폭로하지 않은 거지? 배신자를 왜 안 죽인 거야? 그게 바로 네가 임무 수행 중이라고 생각했던 증거 아냐?"

눈앞에 바짝 다가든 녀석의 눈동자에 내가 비쳤다. 서로 시선을 떼지 않고 상대방을 노려보았다. 클라우스 좀머는 마치 내가 틀렸다는 것처럼 씩 웃었다.

"……내가 스파이라고? 이 밥쟁이 녀석아."

그의 얼굴에서는 두려움과 공포가 사라지고 없었다. 당연히 기세가 꺾일 줄 알았던 나는 당황한 나머지 좀머에게 말할 기회를 주고 말았다.

"내가 스파이였으면 얼마나 진저리를 쳤을까. 오늘 저녁 메뉴는 뭐라느니, 전투식량이 부족하다느니, 간식으로 스펀지케이크가 나왔다느니, 무슨 탐정소설처럼 추리를 한다느니…… 그런 저급한 정보밖에 못 얻는 너희하고 언제까지고 친구인 척할 리 있어? 얼른 다른 녀석하고 친해져서 더 유익한 정보를 얻었을 거다."

좀머의 큼직한 손이 내 손목을 잡았다.

"생각해봐라. 내가 너희 말고 다른 녀석들이랑 어울리더냐? 수상하게 행동했어? 대답은 '노'다. 항상 너희하고 같이 움직였지. 너하고 디에고, 그리고 그린버그하고."

나는 녀석의 손을 뿌리치고 멱살을 쥐고 있던 손을 놓았다. 어느새 이마에서 땀이 솟아 눈 옆으로 흘렀다. 창밖에서는 술 취한 놈들이 소란을 피우고 음정이 틀린 노랫소리가 멀어져 갔다. 허리춤에 달고 있던 수통을 들어 단숨에 비웠다. 머리에 솟구쳤던 피가 조금은 가라앉은 것 같았다.

"너희하고 온종일 붙어 있었던 건 미국에게나 독일에게나 찍

히고 싶지 않아서다. 조리병은 명예하고는 무관한 한직이지. 그
래서 독일의 보복을 두려워한 난 너희들 틈에 섞인 거야."

"보복이라고?"

"스파이 같은 게 아니다. 그 반대야, 콜. 난 살아남기 위해서
독일군에서 도망쳤어."

촛대의 초가 다 닳아 클라우스 좀머가 새것으로 교체했다. 굵
은 데 비해 능숙한 손가락이 성냥을 긋는 것을 보며 나는 벽에
몸을 기댔다.

한숨이 났다. 두 손으로 얼굴을 문지르며 머릿속에 흩어진 온
갖 것을 정리하려고 했다. 하지만 흡사 카드로 쌓아 올린 탑처
럼 쌓기 무섭게 와르르 무너졌다. 무엇보다도 나 자신의 모순되
는 감정이 방해가 됐다. 이 녀석을 용서하고 싶은 마음과 의심하
는 마음이 혼재해서 마음속에 낀 안개를 더욱 짙고 깊게 했다.

냉정해지자. 좀머의 주장이 옳다고 가정할 때 이상한 점은 없
나? 어딘가에 모순이, 앞뒤가 안 맞는 부분이 있었나?

"하나 가르쳐줘. 베데마이어 소령은 왜 널 모른 척해준 거냐?
배신자를 벌할 기회를 어째서 포기한 거지?"

그러나 녀석은 자신도 그 답을 찾고 있다고 대답했다.

"솔직히 나도 소령님이 무슨 생각을 했는지는 알 수 없어. 사
실은 소대장님이 불렀을 때 이미 각오하고 있었는데 말이지. 그
런데 소령님은 '행운을 비네'라고 중얼거리기만 했어."

"다른 부상병들도 잠자코 있어줬다고?"

"그 이유는 간단해. 내 얼굴을 아는 녀석은 이미 한 명도 안
남아 있었으니까."

여기가 전쟁터가 아니라면 '그렇게 편리한 이야기가 어디 있느냐' 하고 코웃음을 쳤을 것이다. 하지만 나는 녀석의 주장을 믿었다. 질 나쁜 농담처럼 맥없이 죽어가는 동료들. 녀석의 담담한 어조 뒤에서 나도 지금은 잘 알고 있는 절망이 느껴졌다. 어디에나 있는 맨홀에서 그 밑에 흐르는 시커먼 도랑물 냄새가 나듯이.

"알았어." 이 녀석은 스파이가 아니라고 판단하기로 했다. "알았으니까 하던 이야기로 돌아가자. 가르쳐줘. 프랑스에서 무슨 일이 있었던 거야?"

"……난 앙고빌오플랭 마을 근처에서 부상을 당하면서 낙오됐어. 그런데 두 미군 의무병한테 구조돼서 교회에서 치료를 받고 목숨을 건졌다. 그다음은 콜, 네 추측이 맞아. 공습이 거세서 교회 안은 심한 혼란 상태였다. 어두워서 시야도 안 좋았고. 난 순간적으로 옆에 있던 죽은 미군을 뒷문으로 운반해서 야전복을 바꿔 입고 인식표를 빼앗은 다음 도망쳤어. 인식표는 만일을 위해 혈액형 부분만 망가뜨리고."

아닌 게 아니라 앙고빌오플랭의 민가에서 이 녀석의 인식표를 봤을 때 일부를 읽을 수 없었다. 어둠 속에서 바람이 울고 창유리가 달그락달그락 흔들렸다.

"애초에 왜 바꿔치기할 생각을 한 건데?"

"독일이 전쟁에서 질 거라고 생각했기 때문이다. 게다가 포로가 되면 살아서 가족에게 돌아갈 수 있을지 알 수 없으니 말이지."

좀머는 그렇게 말하고는 야구 글러브만 한 손을 천천히 맞비

녔다.

"전투 경험은 얼마 없어도 물자가 풍부한 미국이 유럽에 상륙하면 가망이 없어. 다들 인정하고 싶어하지 않았지만 독일은 오랜 전쟁으로 피폐한 상태였다. 프랑스를 빼앗길 건 자명했지. 그런데도 사령부는 무슨 일이 있어도 퇴각하지 말라고 명령하면서 만일 돌아왔다간 처형하겠다고까지 했다."

적 쪽의 이야기라도 눈살이 찌푸려졌다. 저만 살겠다고 적전 도주를 할 경우 처형을 당하지만 전략적인 후퇴는 나쁜 게 아니다. 살아서 태세를 정비하고 다시 반격에 나서는 편이 나을 때도 있다. 후퇴하느니 차라리 죽으라고 강요하는 것은 귀중한 전략 낭비며 결국 손해다.

"하지만 베데마이어 소령님은 특이한 사람이었어. 완전히 포위되기 전에 퇴각해야 한다고 생각해서 부하들에게 철수하라고 명령했다. 그런데 마침 폭격을 받아서 난 부상을 당해 동료들과 떨어진 거다. 우리 부대원은 카랑탕에서 많이 죽었어. 너희는 잘 알겠다만."

아아, 그런가. 그런 건가. 나는 기묘한 인연을 느꼈다. 앙고빌오플랭을 뒤로한 우리는 노르망디 지방의 도시 카랑탕에서 제6공수연대를 비롯한 독일군과 싸워 승리를 거두었다. 좀머의 동료들은 우리가 죽였다고 할 수 있었다. 다시 말해서 톱니바퀴가 조금만 어긋났다면 내가 이 녀석의 숨통을 끊었을지도 모르고 반대의 경우도 있었을지 모른다. 좀머는 그제야 납득한 것처럼 고개를 끄덕이고 있었다.

"소령님은 무의미한 죽음이 싫었던 거다. 그래서 날 모른 척한 건지도 몰라."

"하지만 넌 그런 상관하고 동료를 저버렸어. 안 그래?"

"그래."

"의심도 안 하고 동료라고 믿는 우리를 속으로 비웃었던 거
아냐?"

"그건 그렇지 않아. 난 아주 즐거웠다. 어울리지 않는 말일지
도 모르지만…… 너희와 같이 있을 수 있어서 정말 즐거웠어."

얼굴을 차마 볼 수 없어서 흔들리는 촛불에 시선을 떨어뜨린
채 소맷자락으로 젖은 뺨을 훔쳤다. 차가워진 손가락에 숨을 불
려다가 문득 생각나서 중지를 구부리고 앞니로 손톱을 몇 번 잘
근잘근 씹어봤다. 쓰고 찝찔한 맛이 혀끝에 느껴졌다. 그러자
좀머가 얼핏 웃었다.

"왜?"

"아니, 손톱 씹는 그 버릇, 녀석이 생각할 때 그랬지."

"아…… 응, 그러네."

손가락을 입에서 떼고 바지에 문질러 침을 닦았다. 나는 이
녀석이 독일인이라는 사실을 안 뒤로 내내 물어보고 싶었던 것
을 물었다.

"넌 히틀러의 지지자가 아니었어?"

나치스…… 히틀러와 하이드리히는 세계를 아리아인 같은
우등 인종과 유대인 같은 열등 인종으로 나누고 히틀러의 절대
권력 아래 우등 인종만이 평화롭게 생존하는 제국을 건설하려
고 했다. 좀머가 지지자라면 인종이 섞여 있는 미군을 혐오하지
않았을까 하는 소박한 의문이 있었다. 좀머는 잠시 침묵했다가

대답했다.

"할머니의 부름에 응해 돌아갔을 때 독일은 확실히 히틀러에게 경도하고 있었다. 솔직히 난 거기에 대해 깊이 생각하지 않았어. 오스트리아와 폴란드를 되찾는다는 당의 방침에 반대할 이유도 없었고. 20년 전엔 독일 영토였으니 말이지."

좀머는 널찍한 이마를 엄지로 긁적이며 주저주저 표현을 골라가며 이야기했다.

"사실 지지자가 아니었다고 하면 거짓말일 거다."

가능하면 듣고 싶지 않았던 말에 심장이 크게 펄떡 뛰어올랐다가 금세 도로 진정됐다.

"나하고 부모님은 입장이 좋지 못했어. 미국에서 살다 온 사람은 영어를 한다는 이유만으로 업신여김을 당하고 편견 어린 시선을 받아야 했거든. 할머니가 없었으면 외국인이란 표시를 달아야 했을 테지. 그래도 비밀경찰은 날마다 찾아왔어. 히틀러의 초상화를 걸고 체제에 순종한다는 걸 보여주는 수밖에 없었다."

좀머는 두 손을 천천히 맞비볐다.

"공습경보가 울려도 외국인은 지하 방공호에 들어가는 것조차 허용이 안 돼. 근처 민가 1층이나 2층에서 벌벌 떨며 폭격이 끝나기를 그저 기다리는 거다. 그래서 난 가족이 제대로 된 독일인용 방공호에 들어갈 수 있게 군에 입대했다."

낮고 조용한 목소리를 들으며 나는 무릎을 꽉 끌어안았다. 조금 추웠다.

"제일 무서웠던 건 주위의 사람들이야. 이웃에 살던 유대인,

조금이라도 체제에 대해 불평한 사람, 외국 라디오 방송을 들은 사람이 밀고당해서 게슈타포에 끌려갔다. 개중엔 그저 마음에 안 든다, 앙갚음을 한다는 이유만으로 누명을 써서 두 번 다시 못 돌아온 사람도 있어."

좀머가 내쉬는 깊은 한숨에 촛불이 흔들리면서 심지 타는 소리가 났다.

"……게토로 연행된 유대인이 어떻게 됐는지 다들 모른다. 다윗의 별을 단 그들이 쫓기듯이 열차에 타고 난 뒤로는 프로파간다대로 거주를 분리할 뿐이지 평범하게 노동하면서 산다고 믿었어."

좀머는 뭔가를 떠올리듯 천장을 올려다보며 천천히 고개를 내저었다.

"입대하기 전 난 한 인쇄공장에서 일했어. 동료 중에 유대인도 몇 명 있었지. 그런데 어느 날 갑자기 전원이 모습을 감췄다. 며칠 뒤 게토에 들어갔다는 편지가 공장으로 날아왔더라. 얼마 동안은 게토와 우편물을 주고받을 수 있었거든. 하지만 내가 군대에 들어왔을 즈음 그것도 끊겼다."

"……죽은 거야?"

"몰라. 강제 노동 뒤에 지옥이 기다리고 있다는 소문은 있었다만. 그렇지만 그건 적에 의한, 연합군에 의한 흑색선전이라고 생각하는 사람이 많았어. 법치국가에서 그렇게까지 비인도적인 일을 하겠느냐고 말이지."

게토 강제 이주에 관해서는 미국의 라디오나 신문을 통해 알고 있었다. 하지만 우리조차도 실정을 모른다. 무릎을 더욱 꽉 끌어안자 안주머니에 든 뭔가가 가슴팍에 닿았다. 손을 넣어 은 테 안경을 꺼냈다.

"콜, 넌 의심도 안 했다고 했지만 그린버그는 아마 눈치챘을 거다. 바스토뉴로 가기 전 '애가 있다는 말은 앞으로 안 하는 게 나을 거다' 하고 충고하더라. 난 몰랐다만 미 육군 공수 부대의 입대 조건에 안 맞는 모양이야."

"그래? 나도 지금 알았네."

혹한의 참호에서 녀석이 뭐라 중얼거린 말을 못 들었을 때가 잠시 생각났지만 나는 고개를 내젓고 안주머니에 안경을 도로 넣었다. 이 이상 깨지거나 찌그러지지 않도록 조심해야겠다.

"이제 어쩔 거지? 그래도 부대에 남을 거야?"

"오늘까지는 그럴 생각이었다만, 설마 적군이 거기까지 침공 했을 줄이야." 좀머의 말투에 초조함과 노여움이 서려 있었다. "아내와 딸이 동부에 산다. 드레스덴, 라이프치히와 같은 작센 주…… 엘베 강변 도시에. 좀 더 일찍 행동해야 했는데 공습은 면했다고 뉴스에서 듣고 그만 방심했지 뭐냐."

좀머가 부르쥔 주먹에 힘줄이 솟았다.

그때 갑자기 문을 탕탕 두들기는 소리가 났다.

"콜! 던힐! 문 열어!"

앨런 소대장 목소리였다. 나는 녀석을, 녀석은 나를 봤다. 목 소리를 낮춘다고 했는데 혹시 바깥에 들렸나?

"내가 갈게."

"잠깐만, 콜."

촛불을 끄고 일어서려는 순간 좀머의 굵은 손가락이 내 소맷자락을 잡았으나 바로 놓았다. 돌아보며 고개를 끄덕이고 괜찮다고 신호를 보내고 싶었지만 나부터도 다리가 떨렸다. 앞머리를 뒤로 쓸어넘기고 야전복을 바로잡은 뒤 문을 열었다.

문간에 앨런 소대장과 스미스, 그리고 난민 캠프에 나타났던 자칭 군목이 서 있었다. 문을 재빨리 등 뒤로 닫고 자세를 바로한 뒤 경례를 붙였다.

"소대장님."

앨런 소대장은 가볍게 고개를 끄덕이고 한 손으로는 내 팔을 붙잡고 다른 한 손으로는 닫힌 문을 향해 손가락을 까닥거렸다.

"던힐도 있지? 데려와라."

발바닥에서 비지땀이 흐르는 것을 알 수 있었다. 나도 모르게 침을 꿀꺽 삼킨 것을 고개를 내저어 얼버무렸다.

"있긴 한데 배탈 나서 잡니다. 상한 양배추를 먹어서요."

그러자 복도 안, 계단 쪽에서 군홧발 소리가 들리더니 계단을 달려 올라온 헌병이 죽 늘어섰다. 아주 불길한 예감이 들었다. 내 심장은 마치 망가져 멎지 않게 된 추처럼 쿵쿵 뛰어 숨이 막혔다.

헌병대 뒤에서 키 큰 남자가 천천히 나타났다. 이목구비는 단정하지만 차가운 물빛 눈동자에 얼굴이 창백한 남자. 미하일로프 중대장이다. 침착하게 시가를 피우며 경쾌하게 말했다.

"키드, 던힐을 데려와라. 소대장한테 넘겨."

시선을 돌리자 앨런 소위의 검은 눈이 나를 노려보고 있었다. 그래도 움직이지 않자 스미스가 갑자기 나를 밀쳐냈다. 넘어져 이마를 박았지만 아파할 때가 아니었다. 급히 일어나 문손잡이를 잡으려는 스미스의 손을 떼어냈다.

"그만둬, 스미스!"

"그만두는 건 너다, 키드. 비켜." 앨런 소위가 차가운 목소리로 내게 말했다. 여느 때의 목소리와는 달랐다. 부하를 대하는 말투가 아니었다. "던힐한테 스파이 혐의가 있다. 안 비키면 너도 같은 죄목으로 연행될 거다."

"뭐……"

스파이는 즉각 총살형이다. 부정하고 싶은데 목소리가 나오지 않았다. 대체 어디서 들켰나? 누가 엿들었나? 문득 소위와 스미스 뒤에 선 군목과 눈이 마주쳤다. 대머리 남자는 내 시선을 외면하며 앨런 소대장의 뒤에 숨었다. 빌어먹을, 그렇게 된 건가. 난민 캠프에서 좀머가 내비친 불안을 고자질한 게 틀림없다.

"군의 명령을 거역할 생각이냐, 콜."

"그런 게 아닙니다, 소대장님. 이건 정당한 처치입니까? 계속해서 부대에 이바지했던 사람보다 한나절 전에 불쑥 나타난, 신분증도 없는 사람의 주장을 믿는 겁니까?"

"착각하지 마라. 뭘 믿을지 정하는 건 우리가 아니야. 군이 정한다. 이리 나와."

그때 문 안에서 소리가 들리더니 발치에 떨어져 있던 먼지 덩어리가 방으로 빨려들었다.

"도망친다! 잡아!"

소대장이 으르렁거리듯 고함치고 스미스가 문을 발로 걷어찼다. 불 꺼진 어두운 방 창문이 열려 있고 던힐, 아니 좀머가 창틀에 발을 얹고 도망치려 하고 있었다. 나는 생각할 겨를도 없이 스미스를 밀쳐내고 녀석의 우람한 몸뚱이를 뒤에서 붙들었다.

"지금 도망치면 총살당해. 너 그걸 아는 거야?"

"콜, 제발 부탁이다. 놔줘. 딸애와 아내가."

창틀에 얹은 좀머의 발이 미끄러져 균형을 잃고 나와 함께 바닥에 넘어졌다. 단단한 마룻바닥에 머리를 부딪혀 눈에서 불이 번쩍했다.

바닥을 쿵쿵 울리는 군홧발 소리에 흠칫해서 얼굴을 들자 좀머가 스미스와 헌병에게 팔을 붙들려 끌려가는 참이었다. 움푹 팬 눈이 불빛을 받아 회색 눈동자가 어렴풋이 반짝였다.

"거기 서! 젠장!"

머리를 부딪힌 충격이 아직 남아 있었지만 휘청거리는 다리로 애써 일어나 방에서 나가려는 상관에게 매달렸다.

"소대장님, 이게 대체 무슨 일입니까? 저 녀석은 스파이가 아닙니다!"

걸음을 멈추고 고개를 돌린 앨런 소위를 보고 나는 굳었다. 늘 보던, 믿음직한 사냥꾼 같은 소위가 아니었다. 차가운 시선을 가진 군인이었다.

"키드, 네놈은 언제까지 애송이로 있을 생각이냐. 아니면 하잘것없는 조리병 일만 하느라 머리가 굳은 거냐?"

"네?"

"자기 입장을 잊지 마라, 콜 오등 특기병. 네놈은 미국 육군 공수 부대 대원이다. 군의 명령을 거역하고 망신이나 시키는 병사는 필요 없다."

나는 기세에 눌려 한 발 뒤로 물러섰다. 하지만 그냥 물러날

수는 없었다.

"저 녀석은 내내 우리와 같이 싸워왔습니다. 던힐이 믿을 수 있는 병사였다는 건 소위님도 아시잖습니까. 바스토뉴에서 폭격을 당했을 때 저 녀석이 없었으면 전 죽었을 겁니다. 그런데도 스파이란 겁니까?"

"주둥이 닥쳐, 애송이." 앨런 소대장은 코웃음을 치더니 담배를 물고 스미스에게 불을 붙이게 했다. "군목 이야기만 믿고 이러는 거 같으냐? 멍청한 녀석. 며칠 전부터 저놈은 감시를 받고 있었다."

놀란 나는 소위가 내 얼굴에 대고 내뿜은 담배 연기를 그대로 들이마시고 말았다. 견디지 못하고 허리를 꺾어 기침하며 허파에서 내보내려 한순간, 갑자기 두피에 날카로운 통증이 느껴져 비명을 질렀다. 앨런 소위의 얼굴이 눈앞에 다가들었다. 내 머리카락을 움켜쥐고 끌어올린 것이다.

"제비뽑기 말이다. 기억하겠지? 휴가 대상자를 선정하려고 헌병대가 새로 조사를 한 거다…… 전황이 안정되면서 비로소 서류를 정리했거든. 그리고 진짜 필립 던힐의 입대 등록 서류가 나왔다. 저 녀석하고는 비슷하게 생기지도 않은."

담뱃진 냄새나는 숨을 불어 또다시 기침했다. 두피가 모근과 함께 벗겨질 것 같았다. 머리를 흔들어 발버둥 쳐도 소위는 힘을 늦추지 않았다.

"그래서 명단에 녀석 이름이 없었던 겁니까?"

"그래. 신분 사칭과 스파이 용의, 나아가 우리 동포를 살해한 혐의도 받고 있다. 자기가 던힐이 되려고 진짜를 죽였을지도 모르니까."

그렇게 귓가에서 소곤거리자마자 잡고 있던 머리를 놓아버린
탓에 바닥에 몸을 세게 부딪혔다. 뇌가 흔들리고 현기증이 나고
입속이 터져 피 맛이 났다. 순간적으로 자세를 취해 몸을 보호
하지 않았다면 턱이 부서졌거나 혀를 깨물었을 것이다.

"머리를 식히고 와라, 키드. 난 너까지 죄수로 만들고 싶진
않다."

강렬한 아픔에 숨조차 쉬어지지 않았다. 턱을 부여잡고 웅크
리고 있으려니 앨런 소위가 나가는 기척이 있었다. 이어서 여러
명의 발소리가 다가와 스미스가 일으켜주었다. 그 뒤에는 몹시
동요한 표정의 의무병이 있었다. 스파크다. 두 눈을 크게 뜨고
나와 다른 사람들을 번갈아 보고 있었다. 스미스는 더러운 손으
로 내 뺨을 꽉 붙들고 심술궂게 입을 일그러뜨렸다.

"하여간, 독일인 같은 걸 동정하니까 이 꼴이 되지. 어이, 스
파크. 이 애송이한테 진정제 놔라."

지하실은 어둡고 소리가 거의 들리지 않았다. 이따금 쥐인지
뭔지 달려가는 소리가 들렸지만 머리가 멍해서 확인할 마음도
나지 않았다.

진정제 주사를 맞은 뒤 이 폐허의 지하실로 끌려왔다. 스미스
는 나를 가두며 "24시간 구금이다, 확실하게 반성하라고"라고
말했다. 24시간이라고? 그동안 녀석은 멀리 떨어진 수용소로
이송될 텐데.

하지만 어떻게도 할 수 없었다.

식사도 없고, 잡낭을 빼앗겼으니 소지품도 없다. 가진 것이라 곤 담요 한 장과 변기를 대신하는 양동이뿐이었다. 문은 밖에서 잠겼고 헌병이 보초를 서는 데다 밀폐 공간에는 창문도 없었다. 탈출은 거의 불가능할 것이다.

4월이라도 밤에는 춥다. 진정제 탓에 힘이 없어서 딱딱한 돌 바닥에 주르르 미끄러지듯 누웠다. 촛불도 없으니 거의 아무것 도 보이지 않았다. 보려고 애를 쓰면 쓸수록 짙은 회색 어둠 너 머가 검은 베일로 겹겹이 싸여 먼 것이 가깝게, 가까운 것이 멀 게 느껴지는 듯했다. 눈알 속이 저릿저릿 아팠다.

자고 있을 때가 아니건만 눈꺼풀은 점점 무거워졌다. 뇌 뒤에 서 또 한 명의 내가 그냥 자버리라며 훼방을 놓았다.

힘이 빠져 왼팔이 축 늘어졌다. 그때 목 언저리에 뭐가 찰칵 소리를 내며 떨어졌다. 몽롱한 머리로 더듬어보니 안경이었다.

테와 렌즈를 손가락으로 천천히 더듬었다. 앞이 보이지 않아 도 동그란 렌즈 어디에 금이 갔고 이가 빠졌는지, 테 어디가 비 틀렸는지 훤히 알고 있었다. 매끄러운 표면의 거칠거칠한 감촉. 광대뼈가 닿는 부분에 묻은 핏자국이다.

"대체 어떻게 해야 했던 걸까."

쉰 목소리는 스스로도 놀랄 만큼 거짓되게 들렸다. 어린애 같 고 믿음직스럽지 못한, 훈련받은 병사라는 게 도무지 믿기지 않 는 목소리였다.

결국 조리병은 나 하나 남고 말았다.

넷이서 함께 웃던 나날은 너무 멀어서 기억이 정말 맞는지, 아니면 실제로는 혼자만의 착각이었는지 알 수 없었다.

'만약' 그때 포격을 받지 않았다면 지금과 상황이 달랐을까. 좀 더 잘 행동할 수 있었을까.

이제 나도 모르겠다. 이대로 잠들어 24시간이 지나면 어떻게 될까. 군인의 본분을 생각한다면 내가 틀린 것이다. 좀머가 스파이인지 아닌지 일개 병사가 판단할 수 있을 리 없었다. 앨런 소위나 스미스의 말대로 군에 충실한 병사가 되면 그만인지도 모른다. 설령 녀석이 진실을 말했다 해도 적병이라는 사실에는 다를 바 없었다. 지금은 전쟁 중이고 이곳은 그 한복판. 감정보다 우선해야 할 임무가 있다.

게다가 나 자신도 얼마 전에 와인버거에게 말하지 않았나. '자기들 죄는 자기들 목숨으로 갚아야지'라고.

눈을 꽉 감으니 의식이며 꿈의 단편이 떠올랐다가 사라져 깨어 있는 건지 자는 건지 알 수 없어졌다. 짙은 안개다. 어느새 바스토뉴의 흰 안개가 나를 에워싸고 모든 것을 부옇게 흐려놓았다. 발을 내디디면 깊은 눈에 뿌드득 발이 빠지고 또 한 발짝 나아가면 또 쑥 빠졌다. 하얀 어둠에 싸여 야전복을 입은 내 몸도, 두 손조차 잘 보이지 않았다.

누구 없을까.

최소한 빛이라도 있으면 좋겠다. 이정표가 없으면 앞으로 나아가지도 못할 듯했다.

그렇게 바란 순간 상공에서 섬광이 번쩍하더니 눈앞에서 작렬했다. 반사적으로 피하려고 몸을 굽힌 내 손에서 뭔가가 스르르 떨어졌다. 피투성이가 된 친구의 시체와 깨진 안경.

"으악!"

벌떡 일어나보니 원래 있던 어두운 지하실이었다. 자기 외침 소리를 듣고 꿈에서 깬 것이다. 문을 거칠게 두들기는 소리가 났다. 헌병이다.

"어이, 뭐 하는 거냐?"

"아니, 아무것도 아냐. 잠꼬대야."

온몸에서 땀이 쏟아져 목덜미가 흥건히 젖었다. 심장이 아직도 빠르게 뛰고 있었다. 숨을 들이쉬었다가 내쉬어 호흡을 가다듬고 꿈의 잔상을 머리에서 내몰았다. 두 손으로 뺨을 짝 때려 정신을 차리고 눈을 떴다.

이번만은 꼭 구해내야 한다. 태평하게 잠이나 자고 있을 사이에 소중한 녀석들이 죽었습니다, 마음이 부서져서 병원에 들어갔습니다, 그런 일은 이제 사양이었다.

그래도 아직 몸에 힘이 없어서 윗몸을 일으켜 벽에 등을 기대는 게 고작이었다. 뭔가 생각을 하지 않으면 또 잠이 들 것이다. 먼저 고향과 가족의 모습을 마음속에 그려보았다. 물풀이 우거진 차가운 늪, 다리 저편에서 바람에 실려 들려오는 흑인들의 노래, 맨발바닥에 닿는 축축한 흙의 보드라운 감촉, 날벌레가 귀를 간질인다.

이건 안 되겠다. 잠이 더 온다.

휘청거리며 일어나 벽에 손을 짚고 몸을 지탱하며 이마를 몇 차례 가볍게 박았다.

"좋아."

숨을 크게 쉰 다음 나는 배에서 목소리를 냈다.

"소시지와 닭고기에 찬물을 넣고 끓여 익으면 일단 고기를 꺼낸 다음 고기 삶은 물에 썬 야채를 넣는다. 맛이 잘 배어들도록 고기는 손으로 찢어놓는다."

브런즈윅 스튜 레시피다. 할머니의 특기인.

"야채는 양파, 셀러리, 감자, 오크라. 간을 하지 않고 데친 토마토와 백리향을 더해 다시 끓인다. 고기 찢은 것을 넣고 다시 한소끔 끓인다. 소금 후추로 간을 맞춘다."

벽에서 손을 떼고 어깨를 돌리며 어두운 지하실을 서성였다. 좋아, 이대로 깨어 있자. 나는 똑똑하지도 않고 협상 능력이 있는 것도 아니다. 총도 잘 못 쏘니 전쟁터의 영웅도 못 될 것이다. 하지만 기억하는 레시피는 잔뜩 있다.

"로스트 치킨은 전날 밤부터 밑간을 해둔다. 배합은 소금과 설탕 각 2테이블스푼. 옥수수 빵을 구울 때는 식물성 기름이 아니라 라드나 버터로 향을 더한다."

지하실에 내 목소리가 바보처럼 반사됐다. 발을 들었다 놨다 하면서 군홧발 소리에 맞춰 리듬감 있게, 경쾌하게.

"레몬 파이의 필링은 콘스타치와 설탕을 잘 섞으면서 물을 더해 부드럽게 한다. 냄비에 중탕으로 걸쭉해질 때까지 가열한다. 그 뒤 버터와 계란 노른자를 투입."

"어이, 뭐가 그렇게 시끄럽냐?"

간수가 또 문을 두들겼다.

"그냥 레시피를 외우는 것뿐인데. 난 조리병이니까."

내보내달라고 아우성을 치는 것도, 암호를 송신하는 것도 아니다. 머리도 점점 맑아졌고 자신감이 생겼다. 간수는 잠시 침묵했다가 "작은 목소리로 해라"라고만 주의를 주었다.

허락도 받았겠다, 나는 계속해서 레시피를 읊조렸다. 보리 수프를 끓이고 진짜 계란을 풀고 P-38로 콩과 참치 통조림을 딴다. 치즈를 뿌려 노릇노릇하게 굽고 삶은 새우에 타바스코와 갈릭 오일을 뿌렸다. 야전 취사 차량의 연기 냄새가 선명하게 되살아났다. 뜨거운 오븐과 떠들썩한 말소리, 스푼으로 접시를 두들겨 밥 달라고 재촉하는 식욕 왕성한 병사들. 배고팠던 나날을 달래주는 따뜻한 수프.

"어이."

또다시 간수가 문을 쳤다. 이번에는 무슨 일인가 했더니 아까와는 달리 위압적인 말투가 아니라 평범하게 동료를 상대로 이야기하는 투였다.

"야, 너 차우더 할 줄 아냐?"

"차우더라고? 그야 물론. 조개든 감자든 자신 있어."

나는 팔을 교차해 스트레칭을 하며 대답했다. 그러자 간수는 들뜬 목소리로 말했다.

"진짜냐! 그럼 좀 부탁하자, 나 뉴잉글랜드 출신이거든. 진짜 클램 차우더가 얼마나 생각나는지…… 하도 먹어서 지겨워진 줄 알았는데 못 먹으니까 그렇게 먹고 싶을 수가 없네. 아, 캠벨 수프는 말고. 깡통 냄새 나서 싫으니까."

"알았어. 양파랑 생베이컨을 버터로 볶다가 기름이 나오면 월계수 잎을 넣은 후 밀가루를 체로 쳐서 넣어. 얼마 동안 젓다가 냄비 한옆에서 밀가루를 따로 볶은 다음 우유로 녹여. 다른 냄비에 조개를 찌고. 물 대신 화이트 와인으로 찌는 것도 좋지."

"아아, 조개 냄새가 나는 것 같다. 난 대합을 좋아하거든. 부탁이다. 계속해봐."

"냄비에 우유를 더 붓고 나서 걸쭉해지면 조개 국물을 넣고 감자하고 같이 끓여. 마지막으로 조갯살을 썰어서 투입, 소금 후추로 간을 맞추면 뜨끈뜨끈한 클램 차우더가 완성되지."

간수가 말이 없기에 문에 몸을 기대고 귀를 갖다 댄 다음 "왜?" 하고 물었다. 문틈으로 밖을 볼 수 있나 시도해봤지만 역시 아무것도 보이지 않았다. 간수가 으르렁거리듯 말했다.

"잠깐…… 갔다 와도 되냐. 나 밥 먹고 싶은데."

웃음이 나려 했다. 하지만 손으로 입을 막으며 참고 아무렇지도 않은 척했다.

"그래. 괜히 나갔다가 총 맞을 마음은 없으니까 얌전히 있을게."

"……뭐 좀 가져다줘? 이거 비밀이다. 그렇지만 너도 배고플 거 아니냐."

"응, 그러게."

어쩌면 기회인지도 모른다. 뭔가 할 수 있는 게 없을까. 뭔가. 그래, 누군가를 부르자. 편 들어줄 사람을 늘려야 한다.

하지만 대체 누가 편을 들어줄까? 어쨌거나 좀머 혹은 던힐은 스파이 혐의를 받고 있는데 나는 그런 녀석을 감싸려고 한 것이다. 생각해보면 나만 고립돼도 이상할 것 없는 상황이다. 하지만, 하고 생각했다. 그러고 보니 진정제 주사를 맞은 데 비해 의식이 선명하다. 그때 스파크는 지금까지 본 적이 없을 만큼 동요한 표정이었다.

"어이, 조리병?"

"밥은 됐고 부탁 하나 들어줄 수 있을까? 아까부터 목소리를 너무 썼더니 천식 발작이 날 것 같거든. 쥐 털도 목에 들어간 것 같고."

크게 기침했다.

"G중대에 스파크란 의무병이 있으니까 불러주지 않을래? 혹시 가진 약이 없으면 같은 중대 라이너스 밸런타인 중사한테 있을지도 몰라. 혹시 모르니까 물어봐 주겠어?"

"그쯤이야 식은 죽 먹기지. 금방 다녀올 테니까 얌전히 있으라고."

발소리가 사라질 때까지 듣고 나서 나는 그 자리에 미끄러지듯 주저앉았다.

"괜찮아. 그 녀석들 같으면 꼭 와줄 거야."

기다리는 동안 나는 눈을 감고 목구멍까지 치밀어오르는 위액과 불안을 몸속으로 돌려보내는 데 집중했다. 두 손을 입에 대니 쇠와 피 냄새와 함께 양파와 스파이스의 향이 났다. 오하라가 내 손을 '어머니 손 같다'고 말하고 죽었던 게 생각났다.

스파크가 거칠게 문을 두들긴 것은 그로부터 15분쯤 지난 다음이었다.

"……너한테 천식이 있다니 금시초문이군."

퉁명스러운 목소리로 소곤거리는 스파크에게 "라이너스도 있어?" 하고 물었다.

"그래, 의리 있게 전해준 헌병한테 고마워해라. 꽤나 배가 고픈 것 같더라만 너 뭘 한 거냐?"

"응, 좀."

언제나 나를 업신여겨서 짜증 나게 만드는 스파크의 목소리가 지금은 아주 따뜻하게 들렸다. 다행이다, 와줬구나.

"어이구, 그러시냐. 와인버거가 자기도 오겠다고 우기길래 데려왔는데 어쩔래?"

"그 녀석도 있어준다면 같이 이야기하고 싶어. 시간은 얼마나 있을까?"

"글쎄다. 없진 않다만…… 문 열 테니까 비켜. 문을 열어야 천식약을 주지."

"응."

한 발 뒤로 물러나자 눈부신 주황색 불빛이 어두웠던 지하실을 단숨에 가득 메웠다.

스파크의 성난 듯한 얼굴 뒤에서 라이너스가 홀쩍 모습을 드러냈다. 여전히 미남인데 뺨에 바스토뉴에서 다친 흉터가 남아 있었다. 영국에 돌아가면 도넛 스탠드의 점원이 비명을 지를 것 같다.

"여, 키드. 멀쩡해 보이는군."

"안녕, 라이너스. 실은 부탁이……."

"말 안 해도 안다. 그 녀석을 어떻게 해주고 싶은 거지?"

크게 고개를 끄덕이자 스파크는 깊은 한숨을 쉬며 미간을 주물렀고 라이너스는 개구쟁이처럼 씩 웃었다.

"알았다, 하자. 보수는 나중에 정확하게 청구할 테니까 그렇게 알고. 해 뜨기 전까지 죄수하고 포로 이송을 완료할 모양이더라."

"던힐도 포함돼?"

이송된 곳에서 처형되어 벌집이 된 녀석의 몸뚱이를 상상하고 입술을 깨물었다. 벌써 늦었나…… . 그러나 낙담하는 내게 라이너스가 검지를 흔들며 혀를 끌끌거렸다.

"지레짐작하지 마라, 키드. 지금은 대량 이송을 준비하는 중이다. 다시 말해 고참 헌병이 죄다 나가고 없단 말이지. 지금 여기 남아 있는 건 신병뿐이야. 되레 잘된 거지."

"그래…… 알았어. 이 녀석들 둘이랑 이야기하고 싶은데 시간 될까?"

"벌면 되지."

"그럼 부탁해."

라이너스는 한 손을 훌쩍 들고 가벼운 발걸음으로 계단을 달려 올라갔다. 남은 스파크는 주위를 슬쩍 둘러본 뒤 가스램프를 켜고 방으로 들어와 문을 닫았다.

"문에서 떨어져라. 말소리 들리겠다."

램프 불빛 덕에 비로소 내가 어디에 있는지 알 수 있었다. 지하실인 줄 알았던 곳은 오래된 와인 저장고로, 선반에 와인병이 먼지를 쓰고 누워 있고 바로 밑에는 깨진 술병이 뒹굴고 있었다.

"얼굴 꼴이 그게 뭐냐. 커피 끓여줄 테니까 일단 그것부터 마셔라."

스파크는 의무병의 숄더백을 몸 앞으로 돌리며 바닥에 책상다리를 하고 앉았다. 그리고 휴대용 버너와 머그잔을 꺼내 바닥에 늘어놓았다. 확실히 아직 정신이 충분히 맑지는 않았다. 두 눈꺼풀을 문지르고 펴고 하다 보니 대용 커피의 자극적인 냄새가 코끝을 간질였다.

"고마워, 스파크."

"……뭐가."

고맙다는데 얼굴을 찡그리는 게 스파크답다. 별로 비뚤어지지도 않았건만 적십자 완장의 위치를 신경 쓰며 나는 쳐다보려 하지도 않았다.

"진정제 말이야. 주사 약하게 놨지?"

그러자 녀석은 아랫입술을 꽉 깨물고 소맷자락으로 콧등을 문질렀다.

"시끄러. 커피에 설파제 넣어주랴?"

"그건 싫은데."

"스파크 씨 계세요?"

목소리와 노크에 이어 와인버거가 고개를 작게 꾸벅하며 들어왔다. 나이는 젊은데 똑 부러지는 와인버거답게 네 사람 중 몸차림이 가장 단정했다. 밀짚색 머리도 깔끔하게 빗어 7 대 3으로 가르마를 탔다.

"안녕하세요. 라이너스 중사님이 위에서 술판을 벌였습니다. 적당한 때를 봐서 내려오신다는데요."

"알았어. 고마워."

스스로도 놀랄 만큼 감사의 말이 간단히 나왔다. 얼마 전 말다툼을 한 이래로 막연히 거리가 생겨서 말도 잘 안 했건만, 와인버거도 내 시선을 똑바로 받아주었다. 약간 어이없어하는, 그러면서도 안도한 표정으로.

"그래서 어쩔까요?"

끌어들이는 것은 미안하지만 솔직히 마음이 놓였다. 앨런 소대장과 스미스가 그런 태도를 보인 이상, 중대 내에서 도움을 청할 수 있는 사람은 상당히 범위가 좁혀진다. 앨런 소위는 부하에게 존경받는 상관인 데다, 전투 능력이 있는 스미스는 목소리가 크고 눈에 띄는 존재로 추종자도 많았다.

하지만 혹시 이 세 사람, 라이너스, 스파크, 와인버거라면 이야기를 들어줄지도 모른다고 생각했다. 직감이었는데 아무래도 맞아든 모양이다.

"지금 몇 시지?"

"새벽 2시가 넘었다."

혀를 찼다. 역시 이송 전에는 손을 못 쓸 것 같다. 손가락 관절을 꺾으며 이제 뭘 할 수 있을지 생각했다.

뇌물에 의한 매수는 우리 급여 정도로는 불가능할 테고, 적당한 거래 상대를 가늠하기가 쉽지 않다. 또 탈옥시키는 방법도 있지만, 탈옥 이전에 우리가 수용소까지 가는 것만 해도 여간 힘든 게 아닐 것이다. 어쨌거나 부대에서 이탈할 수 없다. 멋대로 빠져나갔다간 내가 반역죄를 쓰고 앞으로 탈영병으로 살아가야 한다.

"들어간다."

노크와 거의 동시에 라이너스가 돌아왔다. 한쪽 팔에 머그잔과 술병을 든 라이너스는 또 한 손으로 바닥에 뒹굴고 있던 의자를 재주 좋게 집어 문손잡이 밑을 막았다.

"신참 헌병들은 라이너스 밸런타인 중사님의 배려에 기뻐하며 즐겁게 취해 있다. 첼시하고 롤리밖에 없어서 우울했던 애송이들한테 럭키스트라이크 님도 쥐여줬고."

라이너스는 둥글게 둘러앉은 우리들 사이에 책상다리를 하고 앉아 머그잔과 유리잔을 바닥에 놓고 와인을 따라주었다. 짙은 적자색 물방울이 바닥에 떨어졌다.

"자, 우리도 술판을 벌여보자고. 만에 하나 들켜도 그냥 즐긴 것뿐이라고 얼버무리게."

세 사람은 와인으로 건배하고 나는 스파크가 끓여준 커피를 마셨다. 위 언저리가 급속하게 따뜻해져 숨을 후 내쉬었다. 몸이 싸늘하게 식어 굳어 있었던 모양인데 덕분에 많이 풀렸다.

나는 먼저 무슨 일이 있었는지 이야기했다. 던힐이 사실은 클라우스 좀머라는 이름의 독일군 병사인데 미군으로 가장하고 있었다는 것, 그리고 미하일로프 중대장과 앨런 소대장의 판단도 간략하게 설명했다. 녀석을 넘긴 것을 후회하려는 나를 스파크가 손을 내저어 가로막았다.

"지나간 일을 언제까지고 질질 끌지 마라, 귀찮게."

"에이, 뭐 어떠냐, 스파크." 라이너스가 와인을 마시며 뺨 근육을 누그러뜨렸다. "어쨌든 새벽까지 움직이는 건 무리다. 이송이 시작돼서 감시가 철저해졌으니까. 아니, 일단 들어. 던힐…… 그러니까 클라우스 좀머는 처형당하지 않아. 적어도 지금 당장은."

"어떻게 그렇게 단언할 수 있는 건데?"

스파이는 즉각 총살형이다. 용의 단계에서는 신문과 재판을 거칠지도 모르지만 가망은 별로 없다. 그런데 라이너스의 표정은 어둡지 않았다.

"벌써 종전을 향해 키를 틀었으니까. 이미 국제재판을 바라보고 있다고. 전황이 안정되면서 신문사 취재 예정도 많거든. 그러니까 포로나 죄수를 덮어놓고 죽일 수 없게 됐다 이거야. 연합군 최고 사령부는 법에 의거해 떳떳하게 해체 뒤의 나치스를 재판하고 싶을 테고. 다만 석방될 때까지 시간이 걸릴 거다. 그녀석이 스파이일 가능성은 어차피 낮은 데다 더 중요한 재판이 우선될 테니까."

"그건 안 돼. 얼른 꺼내줘야 한다고. 적군 손에 그 녀석 가족이 죽어."

나도 누나와 동생이 있는 데다 어린 딸이라는 말을 들으면 아무래도 로테가 생각났다. 라이너스는 녹색 눈으로 나를 힐끗 보더니 주머니에서 담배를 꺼내 나머지 두 명에게 권했다.

"알아. 하지만 일을 서둘렀다가 실패하면 무슨 소용이냐. 이제 그 녀석 편을 들어줄 사람은 우리밖에 없다고."

"……역시 그렇구나."

"젠장, 역시 첼시는 맛없군. 럭키스트라이크를 남겨놓을걸."

계속되는 보급품 도난과 유출 탓에 맛있는 담배와 초콜릿은 말단까지 차례가 오지 않았다. 투덜거리며 담뱃재를 떠는 라이너스에게 와인버거가 약간 업신여기는 듯한 시선을 던졌다.

"부대는 어떻게 됐지? 던힐 이야기를 알아?"

"네. 완전히 던힐 씨를 스파이 취급하는데요. 스미스는 목소리가 크니까 말이죠. 참 박정들 하다니까요."

그러자 라이너스는 코웃음을 치고 가슴 주머니에서 지도를 꺼내 폈다.

"그렇게 비관하지 마라. 아직 역전할 기회는 있으니까. 아까 입수한 정보에 따르면 독일 뉘른베르크 근교로 이송하는 모양이더라."

라이너스는 지저분한 손가락으로 독일 중심부에서 동부에 걸쳐 국경선이 잘록한 유리병처럼 쑥 들어간 부분을 가리켰다. 우리가 지금 있는 뒤셀도르프에서 동남에 위치한 프랑크푸르트까지 오른쪽 위를 향해 그은 선의 연장선상에 놓인다. 독일을 횡단하는 정도의 거리로, 여기서 꽤 멀리 떨어져 있었다. 나도 모르게 낙담해서 한숨을 쉬고 말았다.

"꽤 머네."

"걱정 마라, 키드. 실은 내일 아침 우리도 독일 남부로 출발하거든. 독일군이 철도망을 파괴해서 지금까지 진군을 못 한 거다만, 주변부 선로를 복구해서 이동이 가능하게 됐단 말이지. 멀리 돌아서 가게 되지만 네덜란드, 벨기에, 룩셈부르크, 프랑스에서 하이델베르크를 경유해 알프스 산기슭의 부흐로로 간다. 뉘른베르크까지 그렇게 안 멀어."

심하게 우회하는 경로다. 하지만 지금까지 독일의 방어벽 지크프리트선과 철도 파괴로 막혀 있던 곳이 드디어 뚫렸나 생각하니 감개무량했다.

"던힐의 가족은 작센 주에 산다고 했어."

"라이프치히하고 드레스덴이 있는 주지? 그럼 오히려 잘됐군. 여기서 걸어가기보다 열차를 타는 편이 훨씬 빠르니까."

던힐이 이송될 곳이라는 뉘른베르크는 바이에른 주 북부에 있는데, 바이에른 주는 작센 주와 인접한다. 뉘른베르크에서 북동으로 직선거리로 따져 180마일(약 300킬로미터) 정도면 라이프치히를 거쳐 엘베 강 부근에 다다른다. 멀기는 분명히 멀고 녀석의 가족이 정확히 어디 사는지는 모르지만, 적어도 지금 장소보다는 일찍 도착할 수 있을 것이다.

라이프치히와 드레스덴. 둘 다 연합군의 공습으로 불탄 도시다. 뺨이 화끈 달아오르는 게 느껴졌다. 나는 바로 얼마 전 와인버거에게 이곳에서 죽거나 집을 잃은 사람들은 '자업자득'이라고 말했다. 하지만 그 사람들 중에는 클라우스 좀머의 가족도 있다. 동료의 가족을 죽어도 되는 녀석이라고 말한 것이나 다름없다. 동료의 가족이 아니라도 인간은 인간이건만.

어째서 잊고 있었을까.

갑자기 창피해져 와인버거를 흘끔 봤다. 하지만 녀석은 내 심정 따위 못 알아차리는 듯 라이너스를 보고 있었다.

"알았습니다, 중사님. 상부의 목표는 베르히테스가덴 아닙니까? 그래서 갑자기 독일 남부로 가는 거죠?"

"정답. 베를린은 스탈린의 수중에 들기 일보직전이니 말이지. 그리고 히틀러의 은신처 '독수리 둥지'를 점거하자는 속셈이다. 난 어떤 금은보화가 잠들어 있을지 아주 고대되는군."

요는 조금이라도 더 많은 보수를 차지하려고 경쟁한다는 말이다. 얼마 동안 잠자코 듣기만 하던 스파크가 팔짱을 낀 채 손가락으로 팔꿈치 언저리를 짜증스레 톡톡 쳤다.

"그래서 어쩔 거냐? 던힐…… 좀머가 도망치게 도와줄 거잖냐. 여기까지 오긴 했다만 들키면 우리도 성치 못할 거다. 좋은 방법을 생각해내야 해."

종전을 눈앞에 두고 군의 분위기는 상당히 느슨하게 풀려 군기 위반이 횡행하고 있었다. 하지만 아무리 그래도 탈주 방조가 발각되면 무사하지 못할 것이다.

"걱정 마. 나 혼자 한 일이라고 하면 돼."

당연히 그래야 한다고 생각하고 있었건만 세 사람은 입을 딱 벌리고 나를 쳐다봤다. 다음 순간 라이너스는 웃음을 터뜨리고, 스파크는 비웃듯이 눈을 가늘게 뜨고, 와인버거는 내 어깨를 콱 질렀다.

"키드, 진짜 바보군요. 여기까지 왔는데 당연히 함께해야죠. 고참을 만만히 보지 마시라고요."

"아니, 그렇지만……."

"아니는 무슨. 키드, 혼자 폼 잡지 마라. 지금까지 내내 살아남았잖냐, 이번에도 잘 헤쳐나갈 거다."

라이너스는 담배를 바닥에 비벼 끄고 딱딱 손뼉을 쳤다.

"그렇긴 하지만 나도 같이 죽을 생각은 없단 말이지. 제군, 머리를 쥐어짤 시간이다. 덩치 큰 남자 하나를 수용소에서 어떻게 꺼내지?"

"나한테는 기대하지 마라."

"묘안을 떠올릴 멤버가 아니니 말이죠. 하다못해 그린버그 씨가……."

스파크에게 머리를 얻어맞고 와인버거는 '아뿔싸' 하는 표정을 지었다. 그제야 비로소 다른 사람들이 지금까지 마음을 써주었다는 것을 알았다. 못 알아차린 것은 내가 내 문제만으로 벅

찾기 때문이다.

어깨에서 힘을 빼고 웃어 보이자 지하실 분위기가 조금 부드러워졌다. 사실은 상당 부분 허세지만 지금 중요한 문제는 그게 아니다. 해보자. 우리만으로도 어떻게 될 것이다.

눈을 감고 지금까지 있었던 일을 떠올려봤다. 많은 일이 있었다. 낙하산 모으기, 죽은 미군의 군복을 훔쳐 살아남은 던힐, 분말 달걀 분실 사건과 상관에 대한 반발, 네덜란드인 부부의 자살과 대독 부역자였던 딸의 죽음. 자해해서 전선을 떠나려 한 병사들.

문득 눈을 뜨니 책상다리를 한 채 다리를 떨고 있는 스파크가 보였다. 가볍게 흔들리는 적십자 완장. 뇌세포가 연결된 느낌이 들었다.

"스파크, 그 완장, 남은 거 있어?"

"뭐? 그야 예비로 갖고 있는 건 있다만."

"의무병이면 하제도 있지?"

몸을 내밀고 잇따라 묻자 스파크는 미간에 주름을 잡으며 몸을 뒤로 젖혔다.

"뭘 하려는 거냐, 애송이. 확실하게 말해."

나는 세 사람에게 귀를 내 쪽으로 돌리도록 손가락을 까딱거린 다음 방금 생각한 계획을 털어놓았다. 라이너스는 히죽거리고, 스파크는 씁쓸한 표정이었다. 두 사람의 눈치를 보던 와인버거는 어깨를 가볍게 으쓱하더니 "하는 수 없네요"라고 중얼거렸다.

"진심이냐, 와인버거?"

"다른 방법이 없잖습니까. 밑져야 본전이니까 전 동참하겠습니다. 수용소에서 굳이 국방군 군복으로 갈아입힐 것 같진 않으니까 지금도 공수복을 입고 있을 테죠."

보통 포로가 됐든 군기 위반자가 됐든 죄수복을 입지 않는다. 그런 것을 만들 돈과 시간이 있으면 정규 군복과 속옷을 만드는 편이 낫기 때문이다. 물론 무기는 몰수되지만 옷은 끌려왔을 때 입고 있던 옷 그대로 철조망 뒤에 수용된다. 아마 이번에도 그럴 것이다. 아니면 이 계획은 성립되지 않는다.

"와인버거, 네가 확인 좀 해주겠어?"

"알았습니다. 제가 괜히 통신병인가요. 헌병대에 우편물 주러 갈 때 슬쩍 물어보겠습니다."

"라이너스는?"

"난 괜찮은 것 같다. 보급중대의 협조를 받을 수 있는 건 확실한 거지?"

"응, 녀석들은 우리한테 빚진 게 있으니까. 뭐, 일이 좀 커지긴 하지만 저쪽도 득을 보는 이야기니까 당장 받아들이지 않을까."

"그거 좋은데. 해봐라, 야. 혹시 거절하면 다음 계획을 생각하면 되지. 도주용 차량하고 난민 입는 옷은 내가 준비해놓으마. 아아, 이제 좀 덜 심심하겠군."

술이 거나하게 취한 라이너스는 하품을 크게 하더니 와인 한 병을 더 땄다. 즉각 머그잔을 내미는 와인버거에게 "너 진짜 시건방진 놈이다"라고 투덜거리면서도 와인을 따라주었다. 두 사람은 언제 생사가 걸린 의논을 했느냐는 듯 술자리 기분으로 갈아탄 모양이었지만, 스파크만은 아직 납득하지 못한 듯했다.

"네 계획은 알았다. 하지만 수용소엔 어떻게 들어가지? 던힐, 그러니까 좀머한테 어떻게 전갈을 보낼 거냐? 설마 네가 하겠단 소리는 아니겠지."

그 말을 듣고 오히려 빙긋 웃었다. 안 그래도 이 비장의 아이디어를 누군가에게 이야기하고 싶어 입이 근질거리던 참이었다. 나는 잔뜩 재가며 어느 인물을 언급했다. 수용소에 어렵지 않게 들어갈 수 있고, 뿐만 아니라 우리에게 빚이 있는 남자를.

다음 날 아침은 날이 맑았다. 라이너스의 정보대로 제101 공수사단은 독일 남부로 이동하라는 명령이 내려졌다. 덕분에 원래 24시간 구금인 것을 그보다 조금 일찍 지하실 문이 열렸다. 나는 숙연하게 반성하는 말을 하고 보고서에 서명했다. 앨런 소위는 과연 이런 일에 익숙하다고 할지, 눈이 마주쳤을 때의 표정으로 '네가 돌아오고 싶다면 받아들여줄 테고 없던 일로 해주겠다'라고 말하는 것을 알 수 있었다.

조용히, 얌전하게, 고분고분하게.

던힐로서 부대에 있던 남자를 잊고, 나치스를 대신해서 독일 국내를 통제하는 연합군의 일원으로 할 일을 한다. 표면상으로는. 계획이 발각되어 우리가 붙들리면 안 된다.

대원을 가득 실은 열차가 바퀴를 삐걱거리며 선로를 달렸다. 객실이 없이 그저 상자 모양의 컨테이너가 있을 뿐인 화물열차라 꼭 화물이 된 기분이었다.

제각각 카드놀이를 하거나 잠낭을 베고 자거나 책을 읽으며 시간을 보냈다. 나는 휴대용 주머니에 내내 들어 있던 넷으로 접은 종이를 꺼내 읽었다. 피 묻은 편지에는 '팀에게' 그리고 도무지 유서 같지 않은, 아무래도 상관없는 문장 하나가 간략하게 쓰여 있었다.

네덜란드를 통과해 벨기에에 들어섰을 때 누가 소리쳤다.

"어이, 아르덴 숲이다."

나는 유서를 잘 접어 가슴 주머니에 넣은 다음 사람들을 헤치고 컨테이너 벽 쪽으로 나아갔다. 환기를 위해 열어놓은 미닫이 문에 몸을 기대고 앉았다.

눈앞을 휙휙 지나치는 나무들 너머로 푸릇푸릇한 소나무 숲이 펼쳐져 있었다. 짙은 흙냄새, 아릿한 소나무 향기를 머금은 바람이 불어와 내 머리를 어루만지고 갔다.

혹한의 겨울날들이 거짓말이었던 것처럼 벨기에의 숲은 온화한 봄 햇살을 받아 보드라운 신록에 반짝이고 있었다. 도로 옆 비탈에는 노란 꽃이 흐드러지게 피어 바람에 살랑였다.

졸음이 올 만큼 따사로운 푸른 하늘 아래, 새 잎사귀가 흔들리는 소나무 숲 어딘가에 그가 묻혀 있을 것이다.

지금까지는 심지어 꿈에조차 나와준 적이 없었지만 갑자기 어제부터 나타나기 시작했다. 형태는 다양해서 안경일 때도 있고, 뒷모습일 때도 있고, 마주 보고 이야기하는 모습일 때도 있는 등 단편적으로 등장했다. 다만 나는 매번 사과하고 있었다. 죽게 해서 미안하다고, 시간을 되돌릴 수 있다면 되돌려서 그날로 돌아가고 싶다고.

하지만 꿈은 그저 꿈일 뿐이었다.

사죄를 받아주는 미소도, "신경 쓰지 마라"라며 어깨를 으쓱하는 몸짓도 전부 저 좋은 망상이었다. 라이너스는 바스토뉴에서 유령을 봤다고 말했다. 하지만 아무리 기다려도 내 앞에 진짜는 나타나 주지 않았다.

열차가 천천히 비탈을 올라가자 아르덴 숲이 내려다보였다. 눈을 크게 떴다가 꽉 감았다가 다시 떴다. 최소한 나뭇가지의 윤곽이라도 망막에 아로새겨 죽을 때까지 잊지 않도록.

나무들 아래 수많은 병사와 시민이 잠들어 흙으로 돌아갈 날을 기다리고 있다. 이곳만이 아니다. 온갖 지역에서 온갖 인종, 온갖 연령의 남녀가 누워 영원의 시간을 보내고 있다.

얼마 동안 미닫이문에 기댄 채 봄을 구가하는 바깥을 바라보았다. 문득 손이 간지럽기에 내려다보니 무당벌레가 앉아 있었다. 제각기 시간을 보내는 동료들 중 내 옆에 앉아주는 녀석은 아무도 없었다. 스쳐 지나는 풍경에 거스르듯 작은 새 한 쌍이 경쾌하게 지저귀며 날아갔다.

상처는 아직 아물지 않았고 내내 욱신거린다. 분명 평생 그럴 것이다. 정말로 사과할 수 있는 날은 아무리 기다려도 절대로 오지 않을 테니까.

화물열차를 갈아탄 끝에 연대는 부흐로 근처의 도시 란츠베르크에 도착했다. 사단 소속 연대가 모두 집합할 때까지 이곳에서 하룻밤을 지내며 태세를 정비한다. 새 막사에 짐을 옮기고 식사를 준비하고 빨랫감을 세탁소로 보내며 나는 연락이 오기를 초조하게 기다렸다. 지금처럼 감정을 겉으로 드러내지 않으려고 노력한 것은 살면서 처음이었다.

손꼽아 기다렸던 순간은 주방용으로 접수한 민가 뒷마당에서 석양을 바라보며 홍당무를 썰던 중에 찾아왔다. 땅딸막한 행정 보급관이 길 저편에서 달려오는 것을 보고 나는 뒷문을 통해 살며시 주방으로 들어갔다. 곧 행정 보급관이 부엌으로 뛰어들어 가쁜 숨을 몰아쉬며 말을 쏟아냈다.

"수용소 조리병이 부족하다. 서둘러서 솜씨 좋은 조리병을 소집해."

"부족하다고요? 인원은 이미 그쪽으로 갔을 텐데요."

"아니, 뭐가 어쩌다 이렇게 됐는지……. 제426 보급중대의 화물열차가 측선으로 진입하는 바람에 후속 인원이 꼼짝 못 하는 상황이군."

나는 치미는 웃음을 애써 감추었다. 보급관은 부사관이 내민 물을 단숨에 마시고 벌건 이마에 흐르는 땀을 훔쳤다.

"공병대도 그쪽으로 갔다만 시간이 걸릴 것 같다. 내일이나 돼야 도착할지 몰라. 미안하지만 몇 명만 임시로 뉘른베르크로 가라. 급해."

주방이 술렁거렸다. 다들 자기 부대 일만 해도 벅찬 데다 마침 저녁때였다. 그래도 띄엄띄엄 손을 드는 사람이 있었고 나도 지원했다.

"어, 콜 씨, 가시게요?"

신참 조리병 둘이 비명을 질렀다.

"뭐, 이것도 훈련이라고 생각해. 사람은 해프닝이 있어야 성장하는 거야."

곤혹스러워하는 두 사람의 어깨를 가볍게 치고 앞치마를 벗어서 적당히 뭉쳐 들고 행정 보급관을 따라 트럭에 올라탔다. 바지 주머니에는 스파크가 준 하제를 잘게 부수어 넣은 작은 병이 들어 있었다.

해야 할 작업을 다 하고 막사로 돌아온 그날, 잠을 거의 이루지 못했다.

이튿날 아침, 아침 식사 배식을 마친 나는 하품을 참으며 식당 구석 테이블에 앉아 귀를 기울였다. 지금까지는 다들 이렇다 할 것 없는 하루를 평소대로 떠들썩하게 보내고 있었다. 딱히 문제가 발생한 것 같지는 않았다.

긴장 탓인지 속이 아파서 식욕도 없었지만 억지로 빵을 입에 쑤셔 넣고 우유와 함께 삼켰다. 열려 있던 문으로 의무병 둘이 들어왔다. 스파크와 조스트다.

조스트는 얼굴이 흙빛인 데다 이따금 손을 입으로 가져가 구역질을 했다. 하지만 시끌벅적하게 아침을 먹는 동료들은 못 알아차린 듯했다. 스파크는 평소의 그답지 않게 기분이 좋았다.

어젯밤 뉘른베르크 포로수용소에서 제공한 저녁 식사는 그리 청결하지 못한 환경에서 요리했거나 고기가 오래돼서 상했거나 한 모양이다. 포로와 죄수가 잇따라 복통을 호소하며 쓰러졌다. 뭐, 사실은 하제가 원인이니까 어지간히 체력이 없는 사람 아니면 지금쯤 말짱하게 나았을 것이다.

"키드, 미하일로프 중대장님이 부르신다."

더러워진 전투복과 셔츠를 들고 란츠베르크의 세탁소로 가는데 스미스가 말했다.

"어쩌지? 일 아직 안 끝났는데."

"대신해줄 테니까 갔다 와라. 그래 봤자 또 식료품이 모자란 다느니 뭐 그런 일이겠지. 부탁한다, G중대 조리장!"

스미스의 큼직한 손바닥이 등에 날아들어 아팠지만 그냥 웃었다. 보아하니 스미스는 아직 아무것도 모르는 것 같다. 문제는 중대장이다……. 그 사람이 가장 성가신 존재였다.

중대 사령부를 설치한 저택으로 가 간유리를 끼운 서재 문을 열었다. 미하일로프 중대장은 책상 앞에서 서류 더미에 파묻혀 있었다.

이 저택 주인은 분명 유복한 지식층이었을 것이다. 색이 짙은 마호가니 책장이 벽 한 면을 가득 메우고 책이 빽빽이 꽂혀 있었다. 와인버거에게 보여주면 아주 좋아하겠다.

당번병이 문을 닫고 나는 발바닥에 닿는 양탄자의 폭신한 감촉을 즐기며 방 중앙으로 나아가 경례했다.

"콜 특기병입니다. 부르셨습니까."

"그래, 잠깐 기다리겠나. 이것 서명 좀 하고."

미하일로프 중대장은 내게 눈길도 주지 않고 빠른 속도로 서류를 처리해나갔다.

조금 길게 자란 검은 머리를 뒤로 단정하게 빗어 넘겼고, 시원스러운 눈썹 사이에는 주름 한 줄이 깊게 팼다. 눈에는 처음 보는 금테 안경을 끼고 있었다. 중대장 옆에는 금발 청년 병사가 직립 자세로 작업을 돕고 있었다. 우리 후줄근한 야전복과는 질이 다른, 풀을 빳빳이 먹인 올리브색 셔츠가 잘 어울렸다.

5분쯤 기다리자 중대장은 몸을 일으키고 청년 병사에게 서류

다발을 건넸다.

"자, 끝났다. Erich, bring das auch noch rüber!"

나는 놀랐다. 옆에 있는 금발 청년은 독일인이었다. 머리를 가볍게 숙인 그는 지나치면서 나를 힐끗 보고는 방에서 나갔다.

"어때, 괜찮지? 시내에서 발견했는데 엔간한 사무병보다 훨씬 우수하군. 뭣보다 옷차림이 청결해서 좋아."

중대장은 태연하게 말하고는 은제 담배 케이스에서 시가를 꺼내고 의자에 몸을 깊이 파묻었다. 시가에 불이 붙자 순식간에 고무 타는 냄새가 진동했다. 중대장은 냄새 고약한 시가를 맛있게 피우며 내 뒤를 향해 내쫓는 듯한 손짓을 했다. 문 앞에서 대기하던 당번병이 밖으로 나갔다.

방 안에 나와 미하일로프 대위 둘만이 남았다. 나는 발을 어깨 넓이로 벌리고 뒷짐을 지어 열중쉬어 자세로 기다렸다.

"키드, 좀 더 이쪽으로 와라."

명령대로 서재 책상 앞으로 다가가자 중대장은 안경을 벗어 책상 위에 놓고 빙긋 웃었다.

"오늘은 날이 포근하고 좋군. 안 그런가? 봄기운이 느껴져서 기분이 상쾌한데."

"네, 맞습니다."

"난 이 정도 계절을 제일 좋아해서 말이지. 나무와 꽃에 새싹이 나는 걸 보기만 해도 마음이 차분해지는군. 겨울을 좋아할 것 같다는 말을 자주 듣는데 어림없는 소리. 추운 건 싫어. 왜 그런 오해를 하는지 모르겠다니까."

대체 무슨 소리를 하는 건가? 하지만 끼어들 수 있는 분위기가 아니라 그저 잠자코 듣는 수밖에 없었다. 미하일로프 대위는 커다란 창문으로 밖을 바라보며 황홀한 표정으로 눈을 가늘게 뜨고 있었다. 정원의 나무가 바람에 흔들려 흰 꽃잎이 날렸다. 중대장은 비로소 내게 시선을 돌리고 재떨이에 시가의 재를 떨었다.

"그런데 어젯밤 뉘른베르크 포로수용소에서 식중독이 발생했는데 알고 있나?"

드디어 올 게 왔다. 뒷짐을 진 손에 식은땀이 배는 것을 느끼며 잡아뗐다.

"네, 주방과 식당에 주의를 환기하는 전단이 왔습니다. 손 씻기, 양치질, 식료품 관리, 열탕 소독을 잊지 말라고 말입니다."

"그래. 한밤중에 방역반이 소독약을 분사하고 하여간 발칵 뒤집혔었지. 연대장님이 워낙 까다로워서 말이야."

미하일로프 중대장은 여전히 웃음을 띠고 있었다.

"하지만 자네는 그게 식중독이 아니란 걸 알지?"

순간 대답하지 못했지만 "그렇습니까?"라며 어깨를 으쓱했다. 달리 할 말이 없었다.

"뭐, 됐어. 그런데 조금 전 클라우스 좀머가 행방불명됐다는 보고가 들어왔다. 자네와 같은 G중대 관리부에 있었고 필립 던힐이란 이름을 썼던 크라우트 말이야. 수용소 내에 탈옥한 흔적은 없고 철조망도 끊기지 않았어. 그런데도 녀석은 홀연히 자취를 감췄다."

나는 기쁜 나머지 코가 벌름거리는 것을 애써 감추었다. 그럭저럭 참고 침을 삼킨 다음 되도록 목소리를 낮추어 신음하는 척했다.

"그 배신자가 탈주했습니까."

그러자 미하일로프 대위는 활짝 웃으며 일어나 손가락을 까닥까닥해서 나를 불렀다. 가까이 다가가자 멱살을 잡고 휙 끌어당기는 바람에 순간적으로 책상 가장자리를 잡고 자세를 유지했다. 갸름한 손가락 어디에 저런 힘이 숨어 있는 건가?

"서툰 연극은 그만둬라, 재미없으니까. 네놈이 꾸민 일이란 것쯤은 다 안다."

귓전에서 속삭이는 차가운 목소리에 등골이 얼어붙었다. 투명하게 비치는 옅은 물빛 홍채에 조그만 검은 동공이 떠 있었다.

좀머를 도망치게 하려는 계획은 이런 것이었다.

매수가 현실적이지 않은 이상 방법은 탈옥밖에 없지만, 헌병의 감시하에 굴을 파는 것은 지나치게 위험하거니와 또 시간이 너무 걸린다. 그렇다면 기회를 봐서 몰래 탈옥시키는 게 가장 안전하지 않나 하는 결론에 이르렀다.

감시의 눈을 피하는 방법은 기본 중의 기본인 변장이 가장 도움이 된다. 특히 전쟁터는 어디를 보나 비슷한 카키색이 넘친다. 그럼 누구로 변장하느냐? 간수는 안 된다. 수용소에 들어가기 전에 점호가 있다.

그러다가 스파크의 완장에 착안했다.

의무병은 헌병보다 쉽게 드나들 수 있는 데다, 전투에서 영웅이 되지는 못해도 비상시의 판단은 장교보다 우선된다. 좀머가 아직 체포됐을 때 그대로 공수복을 입고 있다는 것은 와인버거가 확인했다. 그렇다면 헬멧을 쓰고 적십자 완장을 차는 것만으로 의무병으로 변장하는 게 가능할 터였다.

누구로 둔갑할지가 정해지면 그다음은 부자연스럽지 않은 상황을 만들어야 한다. 그것도 의무병이 다수 불려가 현장이 혼란스러울 정도의 큰 소동이어야 한다. 하지만 이건 금세 생각났다.

집단 식중독. 내가 일으킬 수 있는 소동은 이것밖에 없다.

수용소에서 제공되는 식사도 조리병이 현지 근처에서 준비한다. 경비를 아끼기 위해 죄수에게는 묽은 수프며 빵 같은 것을 적당히 주는 경우가 많기 때문이다. 한 끼에 1,000킬로칼로리를 섭취할 수 있는 전투식량은 아까워서 못 준다.

이 계획을 실행하기 위해서는 나 자신이 조리반에 있을 필요가 있었다.

하지만 이 임무는 대개의 경우 병사에게 직접 전투식량을 나눠주는 중대 관리부 소속 조리병이 아니라 연대나 사단 장교들에게 식사를 제공하는, 항상 후방에 머물고 전선에는 나가지 않는, 하얀 조리모를 쓴 진짜 요리사 같은 조리병들이 맡았다. 인원이 부족할 경우에만 예외적으로 우리가 거든다.

예외적 상황을 만들 수 있는 타이밍은 열차가 도착한 직후인 어제밖에 없었다. 수만 명 규모인 사단의 이동은 상부의 지시 아래 계획적으로 행해지는 경우가 대부분이다. 대기 장소인 도시가 만원이 되지 않도록 먼저 있던 부대는 다른 곳으로 옮긴다.

다시 말해 우리 제101 공수사단이 들어오면 그때까지 수용소의 식사를 만들던 조리병이 떠나 결원이 생긴다. 그 틈을 노리는 수밖에 없었다.

그래서 제426 보급중대를 이용했다. 이전부터 문제가 됐던 보급품 유출에 연대 조리병들이 가담하고 있다는 것을 보급중대장에게 보고한 것이다.

'난민 캠프 근처 도시에서 고참 조리병들이 도난품 자루를 운반하는 것을 봤다'고 보고하자 전부터 범인을 잡고 싶어서 몸이 근질거리던 중대장은 내가 진언한 계획을 흔쾌히 받아들였다. 그리고 열차 이동 중 일부러 측선으로 들어가 후속 차량을 세웠다.

보급중대 차량은 이번에도 대량의 물자를 싣고 있었다. 상습범인 연대 소속 조리병들은 적하 작업 직후 물자를 빼돌릴 수 있도록 미리 컨테이너에 숨어 대기하고 있었던 모양이다. 측선에 들어선 뒤 중대장의 지시로 열차가 급정거했다. 정차장이라고 착각한 조리병들은 훔친 물품을 담은 자루를 들고 컨테이너 문을 열었다. 밖에서 무시무시한 형상의 보급병과 헌병이 기다리는 것도 모르고. 그리고 그 자리에서 체포됐다는 이야기다.

그 탓에 다른 조리병들과 연대 참모까지 도착이 늦어지게 되어 수용소 조리반에 인원 보충이 필요한 상황을 만드는 데 성공했다.

묽은 콩 수프에 하제 가루를 넣은 순간 아주 약간 양심에 찔렸지만 동시에 쾌감도 느꼈다. 목사가 배덕의 죄를 저지를 때 이런 기분일지도 모르겠다. 하제가 든 수프 냄비는 트럭에 실려 수용소로 운반됐다.

이상의 계획은 문제가 딱 하나 있었다. 무슨 수로 던힐에게 의무병 완장을 전하고 음식을 먹지 말라고 이르나?

수용소는 기본적으로 면회도, 물품을 들여보내는 것도 금지된다. 어떻게 던힐과 접촉할지가 가장 큰 과제였다.

중대장의 서재에서 미하일로프 대위의 맑은 물빛 눈은 여전히 나를 쏘아보고 있었다. 하지만 여기서 질 수는 없었다. 게다가 각오는 돼 있었다. 이제 절대로 물러나지 않겠다고.

"……죄송합니다만 대위님, 저를 체포하신다면 저 말고도 여럿이 수용소에 들어가게 될 겁니다. 저 혼자 녀석을 탈주시킬 수 있을 리 없잖습니까? 보급중대, 헌병, 그리고 중대 동료들. 그걸 전부 보충병으로 메꾸실 생각입니까? 이거야 원, 군법회의가 아주 북적거리겠는데요."

거짓말이었다. 기껏해야 나, 그리고 하제를 제공한 스파크 정도일 것이다. 하지만 내가 한 일을 상부에 보고해 다른 사람들까지 길동무로 삼겠다는 것은 협박으로서 유효했다. 부대의 입장에서 수치스러운 일인 데다 부하의 통솔이 제대로 이뤄지지 않았음을 안 연대장은 노여워할 것이다. 한 명이 지은 죄에 대해 상관을 포함해 대원 전원이 대가를 치르는 군의 연대 책임 체제가 설마 도움이 되는 날이 올 줄이야.

미하일로프 중대장은 우수한 사람이다. 군인 중에 많은 뭐든 정신 자세와 근성으로 돌려 훈계하는 타입도 아니고, 죽은 워커 전 중대장처럼 명령과 군기를 준수하는 타입도 아니다. 앨런 소대장이 그렇지 않았던 것은 아쉬운 일이지만 내가 사람을 잘못 봤다.

아무튼 미하일로프 중대장 같은 사람을 상대할 때는 쓸데없이 뻔한 거짓말을 하느니 득과 실에 관한 문제로 바꿔서 이야기하는 편이 낫다. ……이건 라이너스가 전수해준 지혜다.

대위는 감정을 내보이지 않았다. 하지만 나는 무표정한 남자에게 익숙하다. 눈에서 시선을 떼지 않고 아주 살짝 미소를 지으며 마지막으로 덧붙였다.

"중대장님, 히틀러의 금은보화를 빼앗으러 가야죠. 꾸물거리다간 다른 부대가 먼저 차지할 겁니다."

주위가 정적에 싸였다. 서로의 숨소리조차 들릴 만큼.

갑자기 미하일로프 중대장이 흡사 눈싸움에 진 어린애처럼 웃음을 터뜨렸다. 그리고 내 멱살을 놓고 숨을 끅끅 몰아쉬며 내가 어리둥절할 만큼 웃은 뒤, 멋진 가죽 소파에 깊이 걸터앉아 한숨을 쉬었다.

"내가 졌다. 넌 늘 그린버그 뒤에 숨어서 보호만 받는 어린애인 줄 알았더니만 훌륭하게 성장했군. 네가 생각했나?"

"예스, 서."

"그래. 이런 상황만 아니면 잘했다고 해야 할지도 모르겠군……. 그린버그도 만족할 거다."

"감사합니다, 중대장님."

전혀 예상하지 못했던 반응에 고개를 갸웃거리며 일단 감사의 말을 했다. 중대장은 너무 웃어서 눈물이 맺힌 눈가를 긴 손가락으로 훔쳤다.

"하나만 물을까. 던힐 또는 클라우스 좀머를 어떻게 도망치게 했지? 아니, 네가 음식에 하제나 그런 걸 넣어서 소동을 일으켰다는 건 안다. 들으나 마나 의무병으로 꾸며서 밖으로 내보냈겠지."

모조리 간파하고 있었다는 것을 알고 침을 꿀꺽 삼켰다. 하지만 중대장은 그에 대해 아무래도 상관없다는 양손을 내저었다.

"하지만 계획을 어떻게 안에 있는 좀머에게 전했지? 죄수는 편지를 받을 수 없고 너를 비롯해서 G중대 녀석들이 수용소에 들어간 기록도 없는데."

반사적으로 문을 돌아보았다. 이 대화를 어디서 누가 듣고 있을지 알 수 없기 때문이다. 머리 좋은 미하일로프 중대장이니만큼 사실을 털어놓은 순간 헌병이 몰려 들어와 등 뒤로 수갑을 차게 될 가능성은 아직 남아 있었다. 주저하자 중대장이 고개를 끄덕였다.

"걱정 안 해도 된다. 널 의심하는 사람은 나뿐이고 앞으로도 발설할 마음은 없으니까. 그저 부하의 진의를 알고 싶었던 것뿐이다. 아니면 식중독을 주의하라는 바보 같은 전단을 돌릴 리 없잖나?"

분명히 맞는 말이기는 하지만 아직 불안이 남았다.

"그래도 안 되겠나? 그럼 좋다, 계약을 맺지."

"계약이라고요?"

"그래. 난 군인으로서 치명적인 약점이 하나 있거든. 뭐, 일반인으로 사는 데는 문제가 없다만 난 이 전쟁을 발판으로 출세의 길을 걷는 중이라 말이야. 폭로되면 야망이 물거품이 될 비밀을 가르쳐주마. 대신 좀머에게 어떻게 계획을 전달했는지 가르쳐 줘. 그럼 이 건은 불문에 부치지."

중대장에게 약점이나 빈틈이 있다는 게 도무지 상상이 되지 않았다.

"교환 조건입니까? 왜 그렇게까지 해서 아시려는 건지요?"

"수수께끼가 눈앞에 뒹굴고 있으면 어떤 상황에서라도 풀고 싶어지는 게 사람 마음이잖나? 사실 난 이런 수수께끼 같은 이야기를 아주 좋아해서 말이지. 그 안경 쓴 유대인 청년은 그야말로 명탐정 같았지. 분말 달걀 외에도 이것저것 이야기를 듣고 싶었는데 워낙 입이 무거워야지."

분말 달걀 분실 사건에 미하일로프 중대장이 관여했던 의미를 겨우 알게 된 기분이었다. 이 사람은 눈이 무서울 뿐 후방에서 술잔이라도 나누면 의외로 친해질 수 있는지도 모르겠다. 뭐, 둘 다 술은 마시지 않지만.

"……수수께끼는 스스로 푸는 게 묘미죠."

"건방진 소리는 집어치워라, 애송이. 장교는 시간이 남아돌지 않아."

우리는 시선을 마주치며 웃었다. 공범자의 웃음이었다.

"그럼 나부터 이야기할까. 내가 어떤 인간인지 너도 알 테지? 도박도 하지 않고 술도 마시지 않아. 처자식도 없고 여자들과 놀지도 않고. 그래도 이 비밀이 폭로되면 군대에서 살 수 없게 된다. 너라면 이제 뭔지 알겠지?"

나는 천천히 고개를 끄덕였다. 확실히 그 사실이 만에 하나 상부에 알려졌다간 해고를 면치 못할 것이다. 혹시 거짓말이라면 위험 부담이 너무 크다. 내가 소문을 퍼뜨리면 출세에 영향이 있을 것은 분명했다.

그렇기에 나는 교환 조건을 받아들이고 솔직하게 털어놓았다. 이전 로스 대위의 당번병이었고 지금은 헌병대 간수부에 소속된 남자에 관해, 그리고 내 둘도 없는 친구의 안경에 관해.

보급중대 중대장을 이용했을 때와 같은 방법이다. 요는 이쪽에 빚이 있는 사람을 동원하는 것이다.

나는 그 당번병의 이름을 지금도 모른다. 바스토뉴에서 우연히 얼굴을 보기 전까지는 까맣게 잊어버리고 있었을 정도다. 하지만 베데마이어 소령을 연행한 헌병대는 조사하면 금세 알 수 있다. 그렇게 해서 헌병대 참모의 당번병으로 일하던 남자를 찾아냈다.

그는 그저 유품을 전해달라는 것뿐이라고 해도 고개를 끄덕이지 않았다. 로스 대위가 고발된 데 대해 은혜는 입었지만 그런 인정만으로 의뢰를 받아들일 수는 없다며 들은 척도 하지 않았다. 뭐, 당연하기는 하다. 나는 고민한 결과 사정을 전부 설명했다. 상황이 급한 데다 달리 수단도, 연줄도 없었기 때문이다. 가진 카드는 이미 다 써버렸다.

그러자 뜻밖에도 남자는 수락했다. 자신의 이름을 묻지 말 것, 소속 부대도 잊을 것, 이로써 빚은 갚은 것이라는 조건으로 의무병의 완장, 그리고 전갈의 신뢰성을 입증하기 위해 에드의 안경을 좀머에게 전달했다. 그리고 계획이 설명되었다.

그다음은 당일 의무병으로서 임무를 수행한 스파크가 좀머를 데리고 나와 와인버거가 운전하는 통신 부대 트럭을 타고 검문소를 통과했다. 그리고 던힐은 우체국 옆에 세워놓았던 차로 갈아타고 지역 주민에게서 라이너스가 조달한 옷을 입고 도망쳤다.

"콜, 너 정식으로 군에 입대할 생각은 없나?"

용건을 마치고 돌아서는데 미하일로프 중대장이 불러 세웠다.

"이번 전쟁은 이제 곧 끝날 테지. 태평양에서 일본이 항복하는 것도 시간문제야. 하지만 지금은 소련과 같은 편에서 싸우고 있어도 조만간 결별하게 될 거다. 스탈린은 절대로 우리 서방의 뜻을 고분고분 따르지 않을 테니까. 군도 긴장을 늦출 수 없어."

중대장은 창문에 기대서서 긴 다리를 꼬았다. 창밖에는 가지 끝에 새싹을 틔운 나무들이 서 있고 작은 새 한 마리가 앉아 있었다. 나무들은 강한 봄바람을 맞아 흔들리고 있다. 눈이 부셔 실눈을 뜨며 이 총명한 상관과 마주 보았다.

"인간이 존재하는 한 전쟁은 없어지지 않아. 어때, 군을 위해 힘을 다해보지 않겠나? 고참이 필요해. 이렇게까지 계획을 세우고 실행에 옮길 수 있는 인재는 귀중하니 말이지."

한층 강한 바람이 불어 가지가 출렁이자 새가 날아갔다.

"제안에 감사드립니다, 중대장님."

이 계획을 행하는 동안 내 머릿속에는 내내 친구의 옆얼굴이 있었다.

"그렇지만 이번 일은 제 처음이자 마지막 계획입니다. 모든 연고는 다름 아닌 에드워드 그린버그가 만들었기 때문입니다."

라이너스도, 보급중대 중대장도, 이름 모를 당번병도, 스파크와 와인버거도 그 녀석이 맺은 관계였다. 나조차도 그중 한 조각에 불과하다.

"전 그 녀석이 받는 신뢰를 이용한 것뿐입니다. 그 녀석이 없었으면 좀머를 도망치게 하는 일은 불가능했을 겁니다."

"……그래."

나는 발을 모으고 자세를 바로 한 뒤 중대장에게 경례를 붙였다.

"죄송합니다. 제 본분은 역시 요리입니다. 고향으로 돌아가
이 일을 계속해볼까 합니다."

하지만 신은 그렇게 간단히 귀향을 허락해주지 않았다. 고향
으로 돌아가기까지 우리는 몇 가지 커다란 사건에 맞닥뜨렸다.

하나는 알프스 산기슭에 펼쳐진 부흐로 숲속에서 발견한 수
용소의 존재였다. 주변 경계 임무를 맡고 있던 부대가 이취를
감지해 울창한 숲을 헤치고 들어갔다가 발견했다.

보고를 받은 연대장의 지시로 제1, 제2대대와 함께 출동했다.
트럭 짐칸에 올라타 명랑하게 노래하면서 간 우리는 도착하자
마자 이상 사태를 깨닫고 할 말을 잃었다.

흐린 하늘 아래 흙을 파헤친 거친 땅에 사람 키의 두 배는 될
듯한 높이로 철조망이 네모나게 둘러졌고, 그 안에서 검은 연기
한 줄기가 피어오르고 있었다. 나는 나도 모르게 손수건으로 코
를 막았다. 손수건은 빤 지 오래돼서 더러웠지만 그 냄새에 비
하면 몇 천 배는 더 나았다.

때와 분변과 암모니아. 그리고 무엇보다도 살 썩은 냄새가 진
동했다.

"뭐냐, 이게……."

옆에서 스미스가 신음했다.

숲과 공터의 경계선에서 여러 미군 병사가 땅에 손을 짚고 토
했다. 나도 예외가 아니었다. 목구멍까지 시큼한 위액이 올라오
는 것을 참으며 철조망으로 천천히 다가갔다.

부지 내부에 비슷하게 생긴 건물이 몇 채 있었다. 철조망으로 둘러싸인 네 모퉁이에 감시탑인 듯한 길쭉한 콘크리트 건물이 서 있다. 하얀 망루에 각각 우악스러운 총대가 설치돼 있었는데, 대부분이 부지 외부가 아니라 내부를 향하고 있었다.

그러나 도착한 부대원은 하나같이 건물이나 총대가 아니라 철조망 안을 보고 있었다.

사람이 있었다. 수많은 사람이 물 빠진 줄무늬 잠옷을 입고 꿈틀거리고 있었다. 처음에는 몇 십 명 정도였는데 자꾸자꾸 늘어난 지금은 100명 이상이 철조망 근처로 다가와 있었다.

그리고 전원이 뼈에 가죽만 남아 있었다. 하나같이 머리를 빡빡 밀어 머리카락 한 올 없었다. 두개골이 비쳐 보이고 안와와 측두부의 선까지 뚜렷이 알 수 있었다. 인간이 이렇게까지 앙상하게 마를 수 있나 싶어 놀라울 정도였다. 계속 웃는 사람이 있어서 뭐가 우스운 건가 다가가보니, 그저 입술에 살이 없어서 치아를 가리지 못하게 된 것뿐이었다.

망령. 아니, 죽은 자들. 살아 있다는 생각이 들지 않았다.

공병대가 철조망을 공구로 끊으려 하고 있었다. 닿기만 해도 즉사할 만큼 전압이 높은 전류가 흐르는 모양이다. 간신히 전부 절단해 출구를 냈다.

그런데 안에 있는 사람들이 나오려 하지 않았다. 한두 명 비척비척 걸어다닐 뿐 대다수는 시든 풀 위에 멍하니 주저앉아 있었다.

"범죄자 수용소인가?" 앨런 소대장이 나처럼 손수건으로 입을 막은 채 말했다. "대체 얼마나 심각한 범죄이길래?"

사령부 통역이 오면서 그제야 그들의 정체가 밝혀졌다. 유대인. 범죄자가 아니었다. 우리는 처음으로 여기가 강제 이주 뒤에 이르는 종착점이라는 것을 알았다. 미국으로 망명한 유대인이나 좀머가 이야기한 소문이 옳았던 것이다.

"전원 밖으로 나오게 해줘라."

역겨운 냄새를 참으며 겨드랑이 밑에 손을 넣고 부축해 한 명씩 밖으로 운반했다. 몸이 엄청나게 가볍고, 도르마겐 난민 캠프에서 만난 사람들보다도 야위어 있었다. 그냥 마른 게 아니었다. 얼굴은 부종으로 퉁퉁 붓고 황달이 심했다.

셀 수 없이 많은 구호차가 숲을 지나 공터에 와서 서고 의무병과 군의관이 달려왔다.

뭘 하면 좋을지 알 수 없어서 멍하니 서 있는데 제2대대 녀석들이 수용소 부지에서 두 팔을 휘저으며 소리쳤다.

"여기, 누가 좀 와줘!"

반사적으로 발이 먼저 움직여 달려가자 덩치 큰 병사가 매달리듯 내 두 손을 붙들었다. 기골은 장대한 사람이 눈물을 줄줄 흘리고 있었다.

그를 따라 철조망을 지나 줄무늬 망령들의 시선을 받으며 부지 안쪽으로 나아갔다.

거대한 석조 소각로가 있었다. 앞에 장작이 무더기로 쌓여 있다. 나를 끌고 온 덩치 큰 병사는 그 자리에 주저앉아 웩웩 토했다. 이미 여러 번 토한 듯 고형물은 나오지 않았다. 다른 사람들도 웅크리고 있거나, 울거나, 멍하니 다른 곳을 보거나 하고 있었다.

대체 왜 그러는데?

가까이 다가가보고 그제야 이해했다.

장작이라고 생각했던 게 전부 사람이었다.

몇 십, 아니 몇 백 구의 시체가 쌓여 있었다. 발가벗은 데다 밖으로 튀어나온 팔다리가 너무나도 거무스름하고 가늘어서 나뭇가지로 보였다. 세 개 있는 소각로의 철문은 모두 열려 있는데 그곳에서도 팔다리가 삐져나와 있었다. 불길은 지금도 활활 타오르며 검은 연기를 내뿜었다. 하지만 이렇게 거센 화염에도 불이 붙지 않을 만큼 소각로가 꽉 찼는지 밖으로 나온 몸의 일부는 타다 만 상태였다.

나도 못 참고 토했다. 위에 든 게 전부 나오고 나서도 구역질이 그치지 않았다. 눈물 콧물로 범벅이 됐고 몸이 사시나무처럼 떨렸다.

구역질을 하다가 문득 얼굴을 들었는데 쌓여 있는 인간 장작더미에서 튀어나온 손 하나가 꿈틀거리고 있었다. 아직 살아 있다!

"의무병! 의무병! 어디 있어! 스파크!"

나는 땅에 두 손을 짚은 채 포효하듯 울부짖었다.

달려온 의무병과 병사가 인간 장작더미를 해체했다. 아직 숨이 붙어 있는 사람도 있었지만 대다수가 얼마 안 돼 죽고 말았다. 내가 발견한 유대인은 땅에 눕히고 스파크가 담요로 몸을 싸주는 사이에 숨을 거두었다. 아직 젊은 청년이었다.

"자, 키드, 힘 빠져 있을 때가 아니라고. 살아 있는 사람을 구해야지."

스파크가 등을 두드려 하는 수 없이 일어났다. 휘청거리며 이럭저럭 소각로에서 떨어졌다. 철조망 끝 쪽에서 와인버거가 발치에 통신기를 놓은 채 혼자 우두커니 서 있었다.

줄무늬 잠옷을 입고 마른 나뭇가지 같은 몰골이 됐어도 살아남은 사람들은 모두 심하게 굶주린 상태라 일어서는 것도 여의치 않았다.

불쌍하게 생각한 병사가 자신의 전투식량을 주자 한 유대인이 초콜릿을 허겁지겁 먹었다. 그런데 갑자기 경련을 일으키며 쓰러져 눈동자를 뒤집고 몸을 뒤로 꺾더니 이윽고 조용해졌다. 맥박을 잰 의무병이 천천히 고개를 저었다.

그때 뒤늦게 온 군의관이 큰 소리로 야단쳤다.

"이 바보가! 고형물이나 열량 높은 걸 주지 마라! 그러다 죽어!"

극도로 굶주린 사람에게 음식물을 주면 전해질이 급격히 상승하면서 심부전을 일으켜 죽는다고 했다. 군의관은 각 중대 부사관들에게 지시를 내려 배고픔에 헐떡이는 사람들의 손에서 먹을 것을 빼앗게 했다.

"의무병은 쓰러져 있는 사람부터 차례대로 수분을 보급해라. 조리병 있나?"

"네, 접니다."

앞으로 나서자 다른 중대 관리부 소속 조리병들도 잇따라 나섰다.

"물을 끓여서 소금하고 설탕을 아주 조금만 넣어. 그리고 아주 묽게 콩소메를 끓이고. 수액도 수가 충분하지 않으니 말이지. 음식물을 섭취해도 괜찮을 듯한 녀석을 이쪽에서 알려줄 테니까 그걸 먹어."

이럴 줄 알았으면 야전 취사 차량을 가져오는 건데. 하지만 이런 사태를 예상할 수 있을 리 없었다. 우리 조리병들은 모여서 버너를 가진 사람은 버너를, 냄비를 가진 사람은 냄비를, 식기, 머그잔, 성냥, 그 외 여러 가지를 잡낭에서 각각 꺼내 땅바닥에 늘어놓았다. 물을 찾으러 갔던 A 중대 조리병이 퉁퉁한 뱃살을 흔들고 숨을 몰아쉬며 돌아왔다.

"수용소 밖에 우물이 있는데. 십중팔구 나치스 간수가 썼던 거겠지. 양동이 없어?"

"범포 부대는 있는데."

"일단 독이 들지 않았는지 확인하는 게 좋을 거다. 누구 검사 키트 가진 녀석 없냐?"

소속 중대를 떠나 함께 연대해서 일에 착수했다.

불을 피우고 물을 끓여 K 레이션에 든 콩소메 큐브를 녹이고 묽은 수프를 만들었다. 그리고 비교적 거동이 가능한 사람들부터 차례대로, 한꺼번에 들이켜지 못하게 감시하면서 조금씩 먹였다. 주름이 쭈글쭈글한 입술을 오므려 숟가락 끝에 대고 홀짝거리는 모습을 보다 보니 이 사람들이 살아남을 수 있을까 불안해졌다. 하지만 색이 멀건 수프를 한 입 먹을 때마다 눈에 조금씩 기운이 도는 것은 알 수 있었다.

넓은 수용소 부지 내에 비슷한 형태의 무기질적으로 생긴 건물이 수십 동 있었다. 문 하나를 열자 바깥의 역겨운 냄새를 응축한 것 같은 고약한 이취가 나서 또 전원이 토했다. 따끔따끔

한 자극에 눈물이 쏟아졌다.

처음 봤을 때 이곳은 보급품 창고인가 했다. 선반에 나무 상자가 빽빽하게 놓인 것처럼 보였기 때문이다. 그런데 선반인 줄 알았던 것은 실은 몇 단을 올린 거대한 집합 침대였고, 상자인 줄 알았던 것은 사람이었다. 8인치(약 20센티미터)쯤 되는 터무니없이 비좁은 틈새에 사람이 죽어 누워 있었다.

그보다 상태가 조금은 나은 방도 그건 그것대로 처참했다. 상의도 바지도 입었고 그다지 마르지도 않았다. 하지만 머리나 배에서 피를 흘리며 시체가 되어 누워 있었다. 전원 왼팔에 유대교의 상징인 다윗의 별을 그린 완장을 차고 있었다.

"유대인이 사무도 보고 동포의 뒤치다꺼리를 하면서 감시하고 밀고하고 학살에 협조도 했답니다. 처벌이 두려워서 자살했는지, 아니면 간수들이 입을 막으려고 죽였는지."

나중에 와인버거가 정보를 얻어와 가르쳐주었다.

"간수였던 SS는 사흘쯤 전에 도망친 모양이에요. 떠나기 전에 시체를 되도록 많이 처분하려고 했나 본데 너무 많아서 다 안 끝났겠죠."

상황이 일단락된 오후, 보고를 받은 사단장 테일러 장군이 나치스와 독일에 대한 노여움에 사로잡혀 인근 주민에게 삽을 들고 수용소로 모이라고 명령했다.

집합한 란츠베르크 사람들은 불안스레 얼굴을 찡그리고 당혹 어린 표정을 짓고 있었다. 그리고 줄무늬 잠옷을 입은 유령 같은 유대인을 보고 전율했다. 미군 병사들의 호통을 들으며 한 줄로 서서 눈물을 흘리면서, 몸을 떨면서 땅에 삽을 꽂아 죽은 유대인들을 묻을 구멍을 팠다.

박해의 대상이 된 민족은 많다. 우크라이나인, 폴란드인, 헝가리인, 집시와 동성애자, 장애인도 부조리하게 목숨을 잃었다고 했다.

그 녀석은, 좀머는 뭐라고 말했던가.

'그들이 쫓기듯이 열차에 타고 난 뒤로는 프로파간다대로 거주를 분리할 뿐이지 평범하게 노동하면서 산다고 믿었다.'

'강제 노동 뒤에 지옥이 기다리고 있단 소문은 있었다. 그렇지만 그건 적에 의한, 연합군에 의한 흑색선전이라고 생각하는 사람이 많았다. 법치국가에서 그렇게까지 비인도적인 일을 하겠느냐고.'

그 녀석은 어떻게 됐을까. 적군에게 붙들리지 않고, 원한을 품은 강제 노동자 손에 죽지도 않고, 무사히 가족에게 돌아갔을까. 아니면 이미 늦었을까. 어쨌거나 만약 이 자리에 있었다면 멱살을 잡고 주먹을 날렸을 것이다. 이 상황을 보니 어떤 기분이 드느냐고 따지고 싶었다.

'그럼 너희가 우리에게 떨어뜨린 폭탄은?'

상상 속의 좀머는 내 노여움에 대답했다.

'복수심에 사로잡혀 살육과 강간을 자행하는 소련의 적군은? 너 자신은 어떻지, 콜? 네가 다리에 그린 침팬지와 다윗의 별은 어떻게 다르지?'

광대뼈에 차가운 물방울이 떨어져 하늘을 우러러보았다. 약간 흐렸던 하늘에 검은 구름이 묵직하게 드리워지고 섬광이 균열처럼 번쩍했다. 천둥소리는 멀지 않았다. 이윽고 빗줄기가 드세져 우리 위에도, 무덤을 파는 독일 사람 위에도, 땅속에 묻히는 유대인의 시체 위에도 똑같이 비가 내렸다.

하지만 분명 비는 금세 그칠 것이다. 어두컴컴한 구름 끝에 봄다운 연청색 하늘이 보였다.

"기재가 젖지 않게 해! 손이 빈 자는 철수를 도와라!"

미하일로프 중대장의 지시가 들려와 나도 거들러 갔다.

이튿날 4월 30일, 나치스 총통 아돌프 히틀러가 자살했다.

5월, 연합군은 여전히 무장 해제를 하지 않고 저항을 계속하는 독일군과 싸우며 진격해, 우리는 히틀러의 은신처가 있었던 산악 지대 베르히테스가덴에 다다랐다.

숨이 멎을 만큼 아름다운 곳이었다. 공기는 맑고 깨끗하며 사방에서 새소리가 들렸다. 푸르게 우거진 숲, 나뭇잎이 살랑거리는 계곡에는 손이 시리도록 차가운 시냇물이 흐르고, 호수는 거울처럼 반짝였다. 나무들 저편에 꼭대기가 눈으로 덮인 거친 산들이 기품 있게 솟아 있었다.

그런 엄청난 비극과 고통을 온 유럽에 흩뿌리고 많은 사람에게 절망을 안겼던 독재자가 어떻게 이런 아름다운 땅을 사랑할 수 있었는지 이해되지 않았다.

무거운 잡낭을 지고 산길을 올라가는데 옆을 걷던 와인버거가 멈춰 서서 황홀하게 한숨을 쉬었다.

"어쩌면 이렇게 근사한 곳이 있을까요. 이건 완전히 동화의 나라인데요. 톨킨의 책에 나올 것 같습니다."

"톨킨이 뭐야?"

"『호빗』을 쓴 사람입니다. 요정이 사는 '깊은골'(리븐델)이 이런 분위기거든요. 뭐, 키드는 모르겠지만요."

와인버거가 노골적으로 남을 업신여기는 투로 말하기에 앙갚음으로 엉덩짝을 걷어차자 놀란 사슴처럼 비명을 질렀다.

이달 2일에 수도 베를린은 마침내 적군에게 함락됐다. 지도자를 잃은 군대는 잇따라 투항하거나 스스로 목숨을 끊었다.

가파른 산길을 계속 걷는데 발치에 예쁜 꽃이 피어 있었다. 하얀 게 꼭 눈의 결정 같다. 멈춰 서서 관찰하고 있으려니 와인버거가 뒤에서 들여다보았다.

"에델바이스의 일종이군요. 시기가 좀 이르지만 볕이 잘 들었겠죠. 여름이 오면 일제히 핍니다."

히틀러의 은신처 켈슈타인하우스, 일명 독수리 둥지(이글스 네스트)는 깎아지른 듯한 절벽 위에 당당히 서 있었다. 하지만 내부는 먼저 도착한 제2대대와 자유프랑스군이 이미 실컷 약탈한 뒤라 그럴싸한 전리품은 거의 남아 있지 않았다.

그래도 라이너스는 역시 라이너스라고 할지, 값나갈 듯한 물건을 순조롭게 확보했다. 지하 와인 저장고에서도 고급이라는 와인을 발굴했다.

"어이쿠, 이런 세상에 샤토 라피트 로쉴드다, 야! 맙소사, 이런 걸 대체 어떻게 입수했냐."

흥분해서 병을 웃옷 속에 감추고는 휘파람을 불며 가버렸다. 나중에 듣기로는 장교에 팔겠다는 계획은 그만두고 베르히테스가덴에 사는 유복한 독일인 의사에게 모르핀과 함께 비싼 값

에 넘긴 모양이다. 의사는 집에 하켄크로이츠를 장식했더라고
했다.

5월 7일, 마침내 독일이 항복했다.
프랑스 랭스에서 아이젠하워 총사령관과 독일 국방군 작전부
장 요들 장군이 항복 문서에 서명했다.
남은 것은 태평양이다. 연합군의 시선은 완강하게 싸움을 계
속하는 일본으로 일제히 쏠렸다. 출격 명령이 내려지면 우리도
날아갈지 모른다.
그러나 일본이 항복하기 전에 고참병부터 조금씩 퇴역하기로
되었다. 한 명, 또 한 명, 전적과 계급에 따라 쌓인 점수가 높은
순으로 부대를 떠나갔다.

우리 중에서는 스파크가 맨 먼저 없어졌다.
"디에고를 만나러 갈 거다."
수송선으로 가는 열차에 타기 직전 스파크는 나를 돌아보고
말했다. 디에고는 그 이래로 아무런 소식도 없었다. 편지를 이
제 그만 쓸까 생각한 적도 있었지만 결국 포기가 되지 않아 계
속 보냈다.
바지 주머니에서 종이 한 장을 꺼내 일단 펴고 확인했다. 집
주소를 적었는데 한동안 편지를 쓰지 않은 탓에 자세한 번지수
를 잊어버렸다.
"미안, '콜의 친절한 잡화점'이라고 쓰면 아마 배달될 거야.
편지 줘. 디에고 소식도 알려주고."

내가 내민 쪽지를 검지와 중지로 집어 받아든 스파크는 눈부신 듯 얼굴을 찡그리더니 가슴 주머니에 쑤셔 넣었다. 그리고 퉁명스러운 표정으로 입을 씰그러뜨리며 작게 중얼거렸다.

"······우리 집은 개인 병원을 한다만 산부인과라서."

"뭐?"

"너 우리 집에 대해 알고 싶어했잖나."

그러고 보니 그렇다. 네덜란드에서도 물었는데 늘 얼버무리기만 하고 말해주지 않았다. 헤어질 때가 돼서 가르쳐주다니 스파크답다.

"그래, 산부인과구나. 그냥 보통이잖아. 뭘 그렇게 망설인 건데?"

"맨날 여자 가랑이만 보고 있는 아버지 이야기를 하고 싶겠냐."

"그게 일인데······."

나는 잘 이해가 되지 않았으나 스파크는 화난 것처럼 "젠장" 하고 내뱉고는 얼른 열차에 올라탔다.

"잘 지내, 스파크!"

여전히 작은 뒷모습을 향해 소리치자 녀석은 돌아보지도 않고 한 손만 들고는 귀환병들 사이로 사라져버렸다.

7월이 되니 거의 대부분의 고참병이 부대를 떠났다. 스파크 다음으로 와인버거가 가고, 중순에 접어들어 내 차례가 되었다.

"그럼."

열차까지 배웅 나와 준 라이너스와 창문 너머로 손을 맞잡았다. 억세고 믿음직스러운 큼직한 손이었다. 최종적으로 선임하사까지 진급하고 만 라이너스는 아직 얼마 동안은 못 돌아간다며 투덜거렸다.

"죄 서류 업무뿐이라니까. 이젠 총 잡을 일도 없을 거다."

미하일로프 중대장에게 군에 남지 않겠느냐는 제안을 받은 모양이었지만, 군대는 이제 지긋지긋하다며 정중히 사퇴했다고 한다.

"편지 줘라. 스파크랑 와인버거한테도 주소 가르쳐줬거든."

"그래. 너야말로 빚 있는 거 잊지 말고."

누가 먼저랄 것 없이 팔을 뻗어 창틀에 손을 얹은 채 서로를 부둥켜안았다.

기적이 울리고 열차 바퀴가 천천히 삐걱거리며 움직이기 시작했다. 차츰 멀어져간다. 카키색 동료들에게 손을 흔들었다. 한 번, 또 한 번, 크게 흔들었다. 라이너스, 스미스, 앨런 소위, 마르티니, 조스트. 그 밖의 여러 동료들을 향해. 열차는 속도를 높여 이윽고 그들은 보이지 않게 되었다.

인간은 의외로 집에 가는 길을 잘 기억하나 보다. 번지수가 생각나지 않아서 조바심을 쳤으면서.

매표소 목제 창구 위의 둥근 시계에서 초침이 째각째각 움직이고 있었다. 마지막으로 역의 흰 벽을 본 게 3년 전이다. 3년이라는 시간은 딱히 거리의 모습을 바꿀 만큼의 세월은 아닌 모양이다.

"저런, 콜 씨네 아들내미잖아!" 머리가 허옇게 센 역장이 창구로 얼굴을 내밀었다. "이거야 원, 놀라 자빠지겠군! 아니, 무사하다는 소식은 들었는데."

윗사람을 앞에 두고 반사적으로 오른팔을 들었다가 황급히 내렸다. 경례하는 버릇이 아직 없어지지 않았다. 역장은 그런 나를 보고 웃거나 하지 않고 많은 남자들이 이 역에서 출발했지만 아직 돌아오지 않은 사람이 대부분이라며 어깨를 으쓱했다.

"아들이 죽었단 소식을 들은 이발소 집 부인이 말이지, 내 앞에선 꿋꿋하게 굴더니만 저기 개표구에 선 순간 풀썩 주저앉지 뭐야. 그걸 보니까 얼마나 가슴이 메던지. 넌 무사히 돌아왔으니까 어머니한테 잘해드려."

나는 견딜 수 없는 기분이 들어 인사도 하는 둥 마는 둥 하고 바로 밖으로 나왔다.

오랜만에 보는 동네에는 나와 같은 베이지색 군모와 군복을 입은 남자들이 얼쩡거리고 있었다. 아마 다들 귀환병일 것이다. 매표소 앞에서 얼싸안고 있는 남녀는 서로 떨어지지 않고 내내 키스를 하고 있었다. 광장 나무에 기대선 귀환병은 나른하게 껌을 씹으며 지나가는 여자들을 시선으로 좇았다.

짐이 가득 든 범포 자루를 고쳐 메고 익숙한 길을 걷기 시작했다.

풍경 어디에도 검게 불탄 땅이 없었다.

무너져가는 집도, 타다 만 시체도, 들보에 얼굴이 뭉개져 눈알이 튀어나온 아이도, 뭐라 외치며 아내를 구하려는 남편도, 휘말려 죽은 개 고양이도 이곳에는 없었다. 굶주림에 시달린 끝에 겨우 먹은 음식 때문에 목숨을 잃은 남자도, 동료의 시체도, 떨어져나온 팔다리도 존재하지 않았다. 모든 게 영화 속에서 벌어진 일 같았다.

아니, 어쩌면 지금 이 풍경이 가짜일지도 모른다.

꿈에서 깨어났더니 또 여느 때와 같은 전쟁터더라 해도 놀라지 않을 것이다.

광장의 분수, 벤치에 누워 무방비하게 자는 노인, 인도 곳곳에 떨어진 담배꽁초. 꽁초가 이렇게나 많으면 분명 아이들이 떼로 몰려들어 주웠을 것이다. 그러나 여기서는 어떤 아이도 달려오지 않았다. 울면서 부모를 찾지도 않고, 우리가 준 초콜릿이며 비스킷을 게걸스레 먹지도 않았다.

위를 올려다보니 거대한 분홍색 아이스크림 모양 간판이 광고탑 위에 붙어 있었다. 깨끗한 쇼윈도, 네온사인, 치맛자락을 팔랑이며 경쾌한 발걸음으로 지나가는 젊은 여자들. 청결한 비누 냄새가 난다. 그러고 보니 좋은 냄새가 나는 여자도 오랜만이었다.

평화롭다. 이게 바로 평화다. 우리는 이것을 위해 싸웠다.

그렇건만 이 허무함은 뭔가?

피로가 왈칵 밀려들어 애써 붙들고 있던 마지막 기력마저 앗아갈 듯했다. 현기증이 나는 것을 발에 힘을 주고 버텨 참고, 간신히 범포 자루를 고쳐 멘 다음 그저 집으로 가는 길을 한결같이 걸었다. 빈손은 주머니에 넣고, 번잡한 거리 모습을 외면하며.

'콜의 친절한 잡화점'은 마지막으로 집을 떠났던 3년 전보다 간판이 약간 기울었고 분홍색 글자가 비뚤어져 있었다.

쇼윈도 너머로 누나인 신시아가 진열장에 상품을 채우는 모습이 보였다. 파마를 한 직후인지 컬이 예쁘게 잡혀 있다. 꾸물댈 것 없이 마당을 가로질러 현관문을 열면 되는데, 나는 왠지 모르게 잔디밭에 서서 그 모습을 멍하니 바라보았다. 안에서 동생인 케이티가 나와 신시아에게 장부인지 뭔지 공책을 건넸다. 그러다가 문득 얼굴을 들었다.

케이티는 별로 감정을 드러내지 않는 애라고 생각했는데 착각이었나 보다. 문을 향해 달려오는 통에 진열장에서 상품 몇 개가 떨어졌다. 신시아가 무슨 일이냐고 하려는 것처럼 입을 크게 벌렸다가 나를 발견했다. 과연 누나는 달랐다. 눈이 마주치자 차분하게 웃어주었다. 케이티는 현관문을 냅다 열고 잔디밭을 일직선으로 달려와 내 품에 뛰어들었다. 사진으로 봤을 때보다 키가 자라서 도저히 들어 올릴 수 없었다. 내 누나와 동생도 조금씩 성장해 있었다.

"다녀왔습니다."

아버지도 어머니도 할머니도 우리 가족은 다행히 모두 건강했다. 가족이 모두 한 명도 빠지지 않고 종전을 맞이하는 것이다.

어머니가 욕조 가득 받아준 더운물에 몸을 담그며 깊은 한숨을 쉬었다.

희고 청결한 타일. 어디에도 진창이 보이지 않았고 물도 맑았다. 샤워기는 그새 망가졌는지 처음 보는 새것으로 바뀌어 있었다. 더럽지 않은 비누, 창문으로 비쳐드는 붉은 노을빛이 수면에 흔들렸다.

내일도 모레도, 일주일 뒤에도 1년 뒤에도, 그보다 더 먼 앞날까지 이 평온은 내 것으로 있어 줄까.

벨기에에서 유탄을 맞아 생긴 피부가 오므라든 흉터는 분명히 오른쪽 옆구리에 있었다. 부푼 상태에서 그대로 상처가 아

문, 살의 우둘투둘한 감촉을 손가락으로 몇 번씩 어루만져 확인
했다.

전쟁터는 꿈이 아니었다.

목욕을 하고 나오자 할머니가 솜씨를 발휘해 만든 온갖 진미
가 기다리고 있었다. 로스트 치킨에는 갈색으로 윤기가 도는 그
레이비소스를 듬뿍 끼얹었고 로스트 포크에는 달콤한 사과 소스,
튀긴 오크라와 감자, 싱싱한 양배추 콜슬로, 그리고 새우 필래프.

"할머니도 참, 너 먹인다고 이렇게 많이 만드셨지 뭐야. 너 피
곤하지? 먹을 수 있겠어?"

어머니가 마음을 써주기에 "괜찮아요" 하고 허세를 부렸지
만, 전투식량만 먹고 살았더니 위가 줄었는지 다 먹느라 여간
고생하지 않았다.

가족들은 이것저것 묻고 싶은 표정이었지만 할머니가 매섭게
노려봐서 입을 다물게 했다. 나는 내심 고맙게 생각했다. 식구
들에게는 미안하지만 배도 가슴도 그득해서 무엇부터 이야기해
야 할지 알 수 없었다.

식후에 커피를 마시고 나니 살 것 같았다. 케이티는 학교 공
부를 해야 한다며 2층 자기 방으로 올라가고, 맥주를 듬뿍 마셔
취한 아버지는 카우치에 드러누워 코를 골았다.

냅킨으로 입을 닦은 다음 일어나 창가의 라디오를 살며시 켜
보았다. 떠들썩한 스윙, 낭독 프로그램, 그리고 뉴스. 태평양의
전황을 전해주었다. 스위치를 끄자 뒤에서 이름을 불렀다.

"티모시."

순간 오른팔을 긁은 것은 반사적으로 소총을 찾았기 때문이다. 억지로 미소를 지으며 돌아보자 할머니가 서 있었다. 희고 명주 같은 광택이 흐르는 머리를 틀어 올리고 자세는 꼿꼿했다. 그래도 내 뺨을 어루만지는 손은 주름이 늘었고 정맥이 한층 뚜렷이 튀어나와 있었다.

"음식을 하느라 제대로 인사도 못 했구나. 집에 잘 왔다."

"다녀왔어요."

부엌에서 신시아와 어머니의 웃음소리가 들려왔다. 설거지를 하면서 둘 중 누가 농담을 한 모양이다. 전에 좀머가 말한 대로 평화로운 가족이다. 하지만 지금 나만 외따로 떨어져 있다는 생각이 자꾸만 들었다.

망설임은 내 속에서 웅어리져서 두려움과 불안이 되어 심장을 따끔따끔 찔렀다. 살아 돌아온 기쁨은 돌아올 수 없었던 자들에 대한 죄책감을 낳았다. 잡낭 안에는 죽은 동료들의 유품이 들어 있었다. 오하라의 유발과 브라이언에게 받은 캐러멜 포장지. 아름다웠던 전화(戰火)에 대한 동경에 자물쇠를 걸어 잠그고, 동료들과 헤어진 쓸쓸함에 젖었다.

마음을 전쟁터에 두고 온 채 빈 껍데기만 남은 친구를 생각했다. 가족 곁으로 돌아가기 위해 길을 떠난 이국의 남자를 생각했다. 그리고 두 번 다시 만나지 못할 곳으로 가버린 둘도 없는 친구를 생각했다. 그의 어머니와 외삼촌은 언젠가 그의 죽음을 알게 될까.

문득 깔깔한 감촉이 이마에 느껴져 흠칫 얼굴을 들었다. 할머니가 냅킨으로 나를 닦아주고 있었다. 어느새 이마에 진땀이 솟아 있었다.

"안타깝지만 너랑 슬픔을 나눌 수 있는 사람은 우리 가족 중에 없겠지. 하지만 여기가 네가 돌아올 곳이고 네 출발점이야. 언제든 말이지."

"네…… 그래요."

"아픈 걸 참을 필요도 없고 아프지 않게 된 걸 떳떳하지 못하게 생각할 필요도 없단다, 티모시. 수프의 맛을 들이는 거랑 마찬가지야. 조금씩, 서두르지 말고."

할머니는 미소 지으며 일어나 조용한 발걸음으로 식당에서 나갔다.

그날 밤 오랜만에 친구들 꿈을 꾸었다. 현실 속 모습이 아니라 일고여덟 살쯤 된 어린애가 된 친구들과 그냥 열심히 노는 꿈이었다.

어린 나는 들판을 뛰어다니고, 조그만 그 녀석은 땅에 비행기 그림을 그렸다.

"에드."

오랜만에 그 이름을 불렀다.

소년은 얼굴을 들고 손을 흔들어 답했다. 어렸을 때는 안경을 쓰지 않았다고 들었건만 나는 어지간히 집착하는지 얼굴에 안경을 씌워놓았다.

언덕 저편에서 디에고와 와인버거, 라이너스와 스파크, 오하라도 왔다. 다들 어린애다. 갈색 피부에 새하얀 이가 눈부신 디에고는 척 봐도 개구쟁이 같다. 라이너스는 여전히 미남이고, 스파크는 깐깐한 표정으로 미간에 주름을 잡고 있다. 와인버거는 지금과 별로 다르지 않고, 오하라는 쉴 새 없이 떠든다. 마지막으로 꺽다리 좀머가 느린 발걸음으로 비탈을 올라와서 모두 모이자 전쟁놀이를 시작했다.

꿈인 줄 알면서 꾸는 꿈은 기묘했다. 오랫동안 군인으로 살고도 지겹지도 않으냐고 어이없어하면서, 어른인 나는 놀이에 열중하는 아이들을 위에서 내려다보고 있었다.

아아, 나는 분명 이 저릿저릿한 아픔을 평생 안고 살아가게 될 것이다.

이상하게도 우리는 꿈속에서도 새하얀 낙하산을 등에 지고 있었다.

그로부터 얼마 되지 않아 1945년 8월 새 대통령 트루먼의 지시로 미군 폭격기가 일본 상공을 비행했다.

새로 개발된 핵무기, 원자폭탄이 히로시마와 나가시마에 투하되었다. 20만 명 이상의 일반 시민이 희생되고, 그로부터 약 일주일 뒤 일본은 마침내 항복했다.

이로써 6년간 계속되어온, 전 세계를 끌어들인 사상 최대의 전쟁은 종결됐다. 연합국과 추축국을 합해 사망자는 6,000만 명 이상이라고 했다. 하지만 어디나 폐허가 되고 혼돈에 빠져 있었으니 분명 정확한 수는 영원히 알 수 없을 것이다.

제101 공수사단은 11월에 해산하고, 다시 전쟁이 벌어질 그 날까지 잠들었다.

에필로그

1989년 12월.

나는 베를린 프리드리히 거리의 맥도널드에서 커피를 마시며 친구를 기다리고 있었다.

쇼윈도 밖으로 날렵한 차체의 포드와 네모나고 무뚝뚝한 차체의 트라반트가 엇갈려 지나쳤다. 눈앞의 인도를 청바지와 칙칙한 녹색 점퍼를 입은 청년이 오른쪽에서, 선글라스를 쓴 소녀가 왼쪽에서 활달하게 걸어왔다. 보드라운 밤색 머리가 바람에 나부끼고 빨간 하이힐을 신었다.

여기서 길을 따라 좀 더 가면 서베를린과 동베를린을 가르는 검문소, 체크포인트 찰리가 보일 것이다. 이곳 수도와 분단의 상징인 브란덴부르크 문, 그리고 지난달 시민의 손에 의해 마침내 무너진 베를린 장벽도.

'키드'라 불렸고 전쟁이 끝난 해 스물세 살이 된 나는 뜻밖에도 예순네 살 노인이 되도록 살아남았다.

커다란 유리창에 비치는 내 얼굴은 주름이 자글자글한 데다 살도 늘어졌고 눈과 턱에는 몇 겹으로 주름이 져 있었다. 머리숱은 아직 적지 않았지만 대부분이 허옇게 셌다. 키도 해마다 줄어드는 것 같고, 치아 상태도 시원치 않다.

할머니는 20년 전 돌아가셨고 아버지도 7년 전 세상을 떠났다. 할머니의 레시피 공책은 지금도 집 부엌 찬장에서 읽히기를 조용히 기다리고 있다. 어머니와 누나, 동생은 여전히 건강하다. 누나는 작년에 남편과 이혼하고 지금은 아들과 살고 있다. 대학교수가 된 동생은 아직 은퇴하지 않았고 매년 제자들 때문에 애를 먹는 모양이다.

'콜의 친절한 잡화점'은 아버지의 건강이 안 좋아지면서 문을 닫았다. 하지만 내가 경영하는 '키드의 맛있는 식당'은 그런대로 번창해서 지점을 낼지 말지 아내 테레즈와 의논 중이다.

자동문 앞에서 키 큰 웨이트리스가 미국인으로 보이는 손님에게 서툰 영어로 길을 알려주고 있다. 문득 카운터를 보니 주방에서 햄버거를 만들고 있었다. 주인인 듯한 중년 남자와 눈이 마주쳤다. 음울한 느낌의 남자는 곧바로 시선을 돌려 하던 일로 돌아갔다. 어쩌면 내가 혼자서 4인용 테이블을 차지했기 때문인지도 모른다.

시곗바늘도 이제 곧 4시를 가리킬 것이다. 황금빛 석양이 석조 건물 사이로 비쳐들어 창문이란 창문이 모두 눈부시게 반짝였다. 길게 뻗은 구름은 그림자가 되고, 집 창문과 가로등에도 조금씩 불이 들어오기 시작했다.

자리는 세 자리가 비어 있다. 예정대로라면 이제 곧 다 찰 것이다.

그때 자동문이 열리고 정수리가 벗어진 작은 체구의 노인이 들어왔다. 가죽점퍼에 회색 바지를 입었다. 가게 안을 잠깐 훑어보더니 창가에 앉은 나를 발견하고 한 손을 들었다.

"키드, 오랜만이군."

다소 늘어진 뱃살을 출렁거리며 한 발을 끄는 듯한 걸음걸이로 다가와 내 맞은편에 앉았다. 깊게 팬 미간의 주름과 피부가 늘어져 입꼬리가 내려간 얼굴은 기분이 언짢은 불도그 같다.

"스파크, 매번 하는 말이지만 '키드'는 이제 그만두지 않겠나?"

"자네 장례식에서도 키드라고 불러주지."

적십자 완장을 차고 전쟁터를 뛰어다니며 부상병을 치료하던 스파크는 점퍼 안주머니에서 담뱃갑을 꺼냈다.

"다리가 안 좋은가?"

"그래, 의사가 건강을 안 돌본다더니 딱 그 짝이군. 동맥에 좀 문제가 생겨서 말이야."

스파크는 귀국한 뒤 대학에 다시 들어가서 가업이었던 의학의 길을 택했다. 이야기를 들은 나는 전에는 그렇게 싫어했으면서 왜 이제 와 산부인과 의사가 되기로 했느냐고 물었다.

그러자 그는 "그렇게 많이 보냈는데 그 이상으로 탄생의 순간을 목격하지 않으면 수지가 안 맞잖나"라고 대답했다.

여전히 맛없는 것처럼 얼굴을 찡그리며 담배를 피우는 스파크는 손가락으로 재떨이를 끌어당겨 재를 떨었다.

"그러고 보니 와인버거가 또 책 보냈더군. 읽었나?"

뺨이 누그러지는 것을 느끼며 나는 고개를 흔들었다.

"아니, 아직."

와인버거는 귀국하고 곧바로 열심히 글을 쓰기 시작한 듯, 20대 중반부터 작은 칼럼이 신문 구석에 실리게 되었다. 칼럼의 분량이 갈수록 늘어나 그런대로 이름이 알려지자 이윽고 책 한 권을 출판했다. 전쟁터의 나날을 다룬 논픽션은 전후의 애국 무드에 힘입어 베스트셀러가 되었다. 다음 책은 별달리 주목을 받지 못했지만, 세 번째는 첫 책 이상으로 많이 팔려 파라마운트 사와 계약을 맺고 영화로까지 만들어졌다.

유명인이 된 뒤로도 와인버거는 신작이 나올 때마다 꼬박꼬박 책을 보내주었다. 20년쯤 전 장기간 계속된 베트남 전쟁을 현지에 직접 가서 취재하고, 신랄하게 비판하는 작품을 발표했을 때는 녀석답다는 생각이 들어 안심했다.

막사의 딱딱한 침대에 누워 오라두르쉬르글란의 학살이며 드레스덴 공습에 관해 진지하게 생각했던 젊은이의 모습은 아직 뚜렷이 남아 있었다.

그러나 와인버거처럼 화려한 길을 걸을 수 있었던 사람은 아주 드물었다.

같은 제2소대 출신 중 단순한 애국심 이상으로 전쟁을 즐기는 감이 적잖이 있던 스미스는 공민권 운동 직후 흑인 청년에게 폭행을 휘두르고, 그 뒤 자기 아내까지 때려 체포됐다. 지금은 뭘 하는지, 어디서 사는지도 알지 못한다.

소대장이었던 앨런 소위는 그 뒤 군에 남아 한국의 6.25 전쟁과 베트남 전쟁에 종군했다. 50대에 접어들어 퇴역을 눈앞에 둔 1968년 초, 사이공의 기지에서 휴식 중에 일제 공격에 나선 베트콩의 총격을 받아 사망했다.

흑인병 윌리엄스를 우연히 만난 것은 10년쯤 전, 트럭 운전사로 일하면서 아들들을 키워 독립시켰다고 한다. 저격병이었던 마르티니는 소꿉친구와 결혼해서 신발 가게를 시작했고, 의무병이었던 조스트는 자동차 딜러로 일했으나 3년 전 암으로 죽었다. 미하일로프 중대장은 순조롭게 출세해서 사단 참모로 전역한 뒤 낙하산으로 군수 산업체에 취직해 꽤 큰돈을 번 모양이다. 벨기에서 한 팔을 잃은 맥은 서서히 밝은 모습을 되찾아 옛 동료들과 꼬박꼬박 연락을 주고받으며 퇴역 군인 모임을 주최하고 있다. 매년 초대장이 오는데 동창회 참가는 조심스러워서 별로 자주 얼굴을 내밀지 않는다.

동료들과의 관계도 달라졌다. 그렇게 위험에 가득 찬 시간을 함께 보내고도 두 번 다시 만나지 않게 된 사람, 크리스마스 카드만 주고받게 된 사람, 만나고 싶어도 만날 수 없는 사람도 있다. 하지만 비록 극히 소수이기는 해도 몇 년에 한 번은 모여 추억을 나누는, 친구라고 부를 수 있는 사람도 분명히 있었다.

옛 동료들을 생각하며 미지근해진 커피를 끝까지 마셨다.

"뭔가 사 오겠네. 다리가 불편하면 귀찮을 테지."

아직 아무것도 주문하지 않은 스파크에게 그렇게 말하자 그는 아무래도 상관없다는 듯 어깨를 으쓱하며 두 대째 담배에 불을 붙였다. 나는 "영차" 하고 일어나 카운터에서 커피 두 잔과

감자튀김을 시켰다. 잠깐 걸은 것만으로도 무릎이 쑤시고, 주방
에서 요리사들이 바쁘게 일하는 모습은 보기만 해도 현기증이
날 것 같았다.

싸구려 기름 냄새가 나는 산더미 같은 감자튀김을 들고 자리
로 돌아왔다. 갓 튀긴 감자를 하나 입에 넣고 손가락에 묻은 소
금을 핥으며 역시 내가 튀긴 감자가 더 맛있다고 생각했다. 물
론 서베를린에까지 점포를 낼 영업 능력은 없어도 한참 없지만.

1950년대에 급성장한 맥도널드 체인점은 굶주림에 허덕이는
전후 세계에게 미국 그 자체로 보였다. 그러고 보니 닥터 브로
콜리 또는 다닐로 안드리치 교수는 아직 살아 있는데 아흔 살이
코앞인데도 영양 식품 연구를 계속하는 모양이다.

스파크는 감자에 손을 대지도 않고 창밖을 바라보고 있었다.
이렇게 거리를 보기만 해도 동서의 차이를 뚜렷이 알 수 있었
다. 자유 경쟁으로 산업이 발달해 풍요로워진 서쪽. 배급 정책
아래 온갖 물건이 일률화된 고지식하고 가난한 동쪽. 내가 혼자
감자를 먹고 있으려니 스파크가 나지막이 중얼거렸다.

"이제 어떻게 되려나."

"통일되지 않겠나. 베를린만이 아니라 나라 전체가."

"한 나라로 돌아오기까지 40년인가…… 긴 세월이었군."

미하일로프 중대장의 예상대로 스탈린의 소련과 다른 연합국
들은 종전 직후 갈라섰다. 적군은 반격 시 주둔했던 동유럽 나
라들에서 철수하지 않고 그대로 자신들의 공산주의 지배하에
두었다.

옛 나치스의 아성, 패전국이 된 독일은 자국 통치권을 일시적

으로 빼앗기고 둘로 나뉘었다. 우리가 루르 지방에서 진격했던 서쪽 지역과 적군이 침공했던 동쪽 지역으로. 수도 베를린은 그중에서도 특수하게 동쪽에 위치하면서 도시의 서쪽 절반이 미국의 관리하에 놓였다. 난폭하게 그은 국경선에 의해 하나의 도시에 '동과 서'가 존재하게 됐다.

전후 혼란기 각국에서 서구화가 진행되는 한편 공산주의 정부도 난립했다. 소리 없는 검고 냉혹한 대립이 시작되어 제3차 세계대전이 언제 터져도 이상할 것 없는 상황이 이어졌다. 일촉즉발의 위기를 여러 번 회피하며 동서 냉전이라 불리는 시대는 오랫동안 지속됐다.

필립 던힐의 이름을 썼던 남자 클라우스 좀머는 동독에 있다. 작센 주 또한 적군의 지배하에 놓였기 때문이다. 탈출극 뒤 좀머는 무사히 아내와 딸과 재회할 수 있었다. 그때 도망치지 않았다면 좀머는 서쪽, 가족은 동쪽으로 떨어져 살아야 할 운명이 됐을지도 모른다.

세계는 1945년을 완전히 뒤로하지 못한 채 시간만이 경과했다. 젊었던 우리는 늙어 손주까지 있는 나이가 됐다.

하지만 그 구도는 바야흐로 끝나가고 새로운 시대가 시작되려 하고 있었다. 소련의 공산주의 체제 붕괴가 머지않았다. 동쪽이면서도 서구화가 현저했던 헝가리 정부가 동베를린 시민의 망명에 협조한 영향이 컸다. 이어지는 시민의 유출을 막지 못하고 마침내 지난달, 막다른 골목에 몰린 동베를린 지도자가 국외여행 완화에 관한 정령(政令)을 내놓았다.

발표된 내용은 베를린 장벽의 붕괴를 의미했다. 자정을 앞두고 봉쇄되어 있던 국경 검문소가 모두 개방됐다. 소문에 따르면 사실 정령은 거기까지 인정하지 않았다는데, 어쨌거나 이미 끝난 이야기다.

장벽을 넘으려다가 수백 명이 사살되고 비밀경찰(슈타지)의 감시를 받던 생활이 마침내 끝났다. 미국의 뉴스 프로그램은 모두 그렇게 보도했다.

나는 스파크가 눈치채지 못하도록 헛기침을 하며 몇 번씩 엉덩이 위치를 바꾸었다. 창밖은 해가 완전히 저물어 짙은 쪽빛 거리에 밝혀진 가로등 밑을 사람들이 걸음을 서둘러 지나갔다. 시곗바늘이 오후 5시를 가리켰다. 약속 시각은 벌써 지났다. 안절부절못했다.

"거기 둘, 뭘 보시나?"

바깥에 정신이 팔려 있는 사이에 키가 훌쩍 큰 노인이 눈앞에 와 있었다. 숱이 많았던 금발은 색이 옅어지고 양도 줄었지만 단정하게 빗었고 여전히 미남이었다. 셔츠에 적자색 루프타이, 밝은 갈색 재킷과 검은 바지도 잘 어울렸다.

"오랜만이네, 라이너스."

3년 만의 재회에 나는 일어나 악수를 나누었다. 아름다웠던 녹색 눈은 해를 거듭할수록 색이 옅어지고 갈색 반점도 늘었다. 그는 우리보다 조금 늦게 미국으로 귀환한 뒤, 고향인 시카고로 돌아가지 않고 뉴잉글랜드 주로 갔다. 그리고 네덜란드에서 나와 함께 임종을 지켰던 보급병 오하라의 집으로 찾아갔다. '오하라의 드라이굿즈 스토어'의 현재 경영자는 라이너스다. 동료들 앞에서는 슬픔을 거의 드러내지 않았던 라이너스가 실제로는 인생을 바칠 만큼 마음 아파했다는 것을 알고 나는 몹시 놀랐다. 오하라의 다섯 살 아래 사촌 동생과 결혼해서 아들 둘과 손자 하나를 두었다.

스파크는 앉아서 턱을 괸 채 나른하게 라이너스와 악수를 주고받았다.

"그래서 어떻게 됐나?"

"문제없어. 썩 좋아."

라이너스가 눈을 찡긋하자 스파크의 뺨이 움찔했다. 두 사람을 보다 보니 여러 가지가 생각났다. 확실히 스파크는 처음에 라이너스를 불편하게 여겼거니와, 나도 오하라가 없었다면 라이너스와 이 정도로 가까워지지 않았을지도 모른다.

"끝나면 와인버거한테도 전화해줘야겠군. 준비를 한 사람은 그 친구니까."

"세계를 누비는 대작가 선생인데 굳이 보고는 무슨."

흥 하고 콧방귀를 뀌는 스파크에게 라이너스는 온화한 미소로 답하고 내 옆자리에 앉았다. 그리고 눅눅해진 감자튀김을 집었을 때 "아!" 하고 탄성을 질렀다.

시선이 향한 곳을 보니 체격이 큰 남자가 자동문으로 들어왔다. 완전히 벗어진 머리에 각지고 튀어나온 이마. 옅은 물빛 점퍼와 모직 바지를 입은 남자는 라이너스를 발견하고 천천히 다가왔다.

"……던힐."

나이가 들어 윤기가 없어진 손바닥에 오랜만에 땀이 배는 게 느껴졌다. 44년 만에 재회한 클라우즈 좀머는 꽤 여위었고 머리와 함께 눈썹까지 빠져서 차양 같은 이마가 전보다 더 프랑켄슈타인의 괴물 같았다.

좀머는 주위에 들릴 만큼 깊게 숨을 내쉬고는 어색하게 미소를 지었다. 나는 어떻게 하면 좋을지 몰라서 얼마 동안 멍하니 보고만 있었다.

"여, 잘 왔군. 피곤하지?"

라이너스가 조용히 일어나 좀머와 악수했다. 이어서 스파크의 손을 잡은 뒤 좀머는 내게 시선을 돌렸다.

온갖 감정이 가슴속에서 소용돌이치고 목이 바싹 말라붙었다. 그를 도망치게 했던 일. 그 덕분에 목숨을 건진 일. 처음에 친해지지 못하고 매몰차게 대했던 일. 그리고 세상에서 둘도 없는 친구였던 청년에게서 좀 더 친절하게 대해주라는 충고를 들었던 일.

다만 첫눈에 깨달았다. 이 노인은 내가 아는 필립 던힐이 아니었다. 내 추억 속에 살던 던힐은 이 남자가 아니다. 40년은 너무 긴 세월이었다……. 팽팽하게 당겨져 있던 실이 느슨하게 풀리면서 잔잔한 바다 같은 체념이 가슴에 번졌다.

"기억나나? 콜이네."

나는 묘한 가벼움을 느끼며 일어나 악수를 나누었다. 좀머는 어렴풋이 쑥스러운 미소를 지으며 고개를 끄덕이고 스파크가 꺼내준 의자에 앉았다.

"……맥도널드인가. 소문은 들었지만 와보는 건 처음이군."

유창했던 영어는 독일어 억양이 강해졌다. 좀머의 낮은 목소리는 가끔씩 목에 엉겨 붙고 또 잠겨서 공기가 새어 나오는 것처럼 들렸다.

"그야 그렇겠지. 동독 쪽에서 영업을 허락해줘야 하니까."

스파크가 담배를 권하자 좀머는 한 개비 빼서 코 밑에 대더니 눈을 감고 냄새를 깊이 들이마셨다.

"향이 좋은데. 과연 미국 담배야."

우리는 클라우스 좀머와 재회하기 위해 휴가를 내고 비행기를 갈아타가며 서베를린으로 왔다. 10년쯤 전 논픽션 작가로 이름을 알린 와인버거는 동독 당국과 오랫동안 집요한 교섭을 계속한 결과 취재 허가를 얻어 좀머와 접촉했다. 체재 기간 중 그는 도청과 우편물 검열, 슈타지의 감시, 출국 시의 신체검사 등 본인의 말을 빌리자면 '모욕의 풀코스'를 감수해야 했지만, 좀머 일가의 생존을 확인하고 주소를 알아낼 수 있었다. 와인버거가 이곳에 올 수 없었던 것은 일이 바빠서가 아니라 동독이 경계할 것을 우려해서였다.

그러다가 지난달 베를린 장벽이 무너지고 검문 없이 동서를 오갈 수 있게 됐다. 단념할 뻔했던 재회를 실현시킨 것은, 와인버거가 좀머의 주소로 편지를 보내고 라이너스가 이것저것 필요한 준비를 한 덕분이다. 나는 그냥 미국에서 의자에 앉아 좋은 소식을 기다리고 있었을 뿐이다.

좀머는 젊었을 때보다 한층 말수가 적었다. 짤막짤막하게 말을 받아주며 이전 대원들의 이야기를 조용히 귀 기울여 들었다. 우리도 그동안 살아온 이야기를 간략하게 설명했다.

나는 일상생활에 복귀할 수 있게 됐을 무렵 분수에 맞지 않는 것을 알면서 전(前) WASP 부조종사 테레즈 잭슨에게 교제를 신청해 2년 뒤 결혼했다. 테레즈는 지금도 아름답고, 가끔씩 예전 전우에게 자가용 비행기를 빌려 조종간을 잡곤 한다. 아이는 낳지 않았다. 결혼한 직후 네덜란드에서 만난 두 고아, 로테와 테오를 양자로 들였다. 그렇다. 우리는 가족이 됐다.

이야기가 대략 일단락되자 좀머는 얼굴을 천천히 들고 물었다.

"디에고는 어떻게 됐나?"

나와 스파크와 라이너스는 서로 눈짓을 주고받으며 말없이 양보했다. 결국 스파크가 뽑혔다. 그가 제일 디에고와 접촉이 많았기 때문이다. 대원의 건강을 염려하는 의무병의 성질이 전쟁이 끝나고도 사라지지 않았나 보다. 나는 결국 딱 한 번 병문안을 간 게 끝이다.

디에고는 나를 원망하지 않았다. 전시 기억의 대부분을 없던 일로 돌려버렸기 때문이다. 나를 봐도 멍하니 고개를 갸웃할 뿐인 친구의 모습이 너무 쓰리고 도저히 보고 있을 수가 없어서 만나고자 하는 기력을 잃었다.

스파크는 종이 담뱃갑에서 담배를 한 개비 뽑고서 조용히 이야기를 시작했다.

"전쟁이 끝난 뒤로 차츰 회복되는 것처럼 보였네. 퇴원하고 나서 부모님 댁으로 갔다가 바로 따로 나와 살기 시작했지. 변두리의 비좁고 더러운 아파트에. 다만 직업이…… 녀석의 증상엔 위로금이 거의 나오지 않으니 일을 해야 먹고살 수 있어. 그런데 뭘 해도 오래가질 않는 거야. 토목 공사, 악기 연주, 식당 설거지, 여러 직업을 전전했다네."

옆에서 듣는 것만으로도 평소 성미가 급한 스파크가 표현을 골라가며 이야기하는 것을 알 수 있었다. 나는 그 이야기를 꽤 오래전에 들었다. 그런데도 가능하면 귀를 틀어막고 싶었다.

"직업을 바꾸고, 사는 곳도 바꾸고, 한곳에 오래 있을 수 없게 된 거지. 수소문해서 어렵게 만나면 그때마다 전보다 더 야위고 안색이 좋지 않았네. 다들 걱정하니까 퇴역 군인 모임에라도 한 번 나오라고 권해봤네만, 그땐 이미 건강이 말이 아니었어. 혈 뇨가 나와서 신장암 말기란 진단을 받았네. 1964년에 죽었지."

스파크가 이야기를 마치자 그때까지 물을 끼얹은 듯 조용했 던 가게 안이 텔레비전 볼륨을 키운 양 갑자기 시끌시끌해졌다. 대각선 맞은편에 앉은 좀머의 표정을 살피자 그는 작게 십자를 긋고 몇 초간 눈을 감았다.

그 뒤 다시 눈을 뜨고 이번에는 자신이 지금까지 살아온 이야 기를 띄엄띄엄 하기 시작했다.

우리 도움을 받아 수용소에서 탈출한 뒤, 불길이 휩쓸고 지나 간 허허벌판을 가로질러 그저 집을 향해 나아갔다. 가까스로 다 다른 도시는 가느다란 연기가 피어오르고 있고 적군 병사의 모 습이 보였다. 집은 텅 비어 있었다. 처음에는 그런 줄 알았다. 그러나 지하로 이어지는 뚜껑 문을 열자 아내와 딸이 있었다. 벌써 사흘이나 아무것도 못 먹었지만 어쨌거나 살아 있었다.

"그때부터 난 가족 생각만 하고 살기로 했네. 이제 두 번 다시 위험은 무릅쓰지 않기로."

독일이 동과 서로 나뉘고 공산주의 정부가 통치하는 동독에 편입됐을 때도 좀머는 저항하지 않고 순응하며 살았다. 배급되는 옷을 입고 배급되는 식료품으로 식사를 했다. 새로 주어진 집은 관리만 제대로 하면 살기 불편하지 않았다.

"슈타지나 국가 인민군에 들어가는 것도 허용되지 않는 떳떳하지 못한 입장이었지만 직업은 있었네. 작은 공장의 노동자로 시작해서 노력해서 공장장으로 승진했어. 딸아이도 결혼해서 자기 가정이 있고."

좀머의 뺨과 턱은 말끔히 면도되어 반들반들했다. 바른 자세에서 테이블을 둘러싸고 앉은 어느 누구보다도 내면에 평온함을 지니고 있다는 게 느껴졌다. 나는 그제야 이해했다.

몇 십 년 동안 연락도 없는 좀머에 대해 왜 망명을 시도하지 않느냐고 분개했었다. 하지만 그 감정은 지금 천천히 누그러졌다.

"……이제 어떻게 할 건가? 이쪽으로 안 돌아오나?"

답은 어렴풋이 알고 있었지만 마지막 실을 끌어당기기 위해 묻자 좀머는 천천히 고개를 가로저었다.

"그곳에 남겠네. 아마 머잖아 체제는 또 바뀌겠지. 그렇더라도 자네들이 구해준 내 이 목숨은 지금 생활 그대로 끝내고 싶군."

실은 내 손을 떠나 바람에 실려 멀리 날아갔다.

재회한 날, 좀머는 "맡아두었던 물건을 돌려줘야지"라며 내게 작은 종이봉투를 주었다. 안에는 낡은 안경 하나가 들어 있었다. 손질을 게을리하지 않았는지 고정 장치나 은테는 녹슬지 않고 깨끗했다. 다만 깨진 렌즈에만은 손을 대지 않은 모양이다. 갈라진 금, 핏자국 하나까지 분명하게 남아 있었다.

"줄곧 자네에게 돌려줘야 한다고 생각하고 있었네."

헤어질 때 좀머와 나는 가볍게, 그래도 등에 팔을 두르고 포옹했다. 이제 두 번 다시 못 만날 것을 알고 있었다. 예상은 들어맞아 해가 바뀌어 봄이 올 즈음 좀머는 교통사고로 허망하게 목숨을 잃었다. 40년 넘게 맺혀 있던 응어리는 겨우 승용차 한 대로 간단히 사라지고 말았다.

지금도 텔레비전에서 동란이며 분쟁, 서로 책임을 전가하고 대립하는 모습을 볼 때마다 앞으로도 줄곧, 수십 년이 지나도록 인간은 바뀌지 않을 것을 실감한다.

언젠가 또 큰 전쟁이 벌어질 것이다.

그리고 허허벌판이 된 뒤 '무엇을 위해 싸웠나' 하고 자문할 것이다.

나는 침실 책상에 기대서서 창밖을 바라봤다. 빗방울이 가벼운 소리를 내며 창유리를 때렸다.

"아버지, 샤워하셔도 돼요."

방문이 열리고 로테가 얼굴을 들이밀었다. 이제 어엿한 중년이지만 여전히 똑똑하고 대가 세고 머리는 아름다운 금빛이다. 나 대신 식당 주방 일을 맡아준 로테의 남편은 지금 시간이면 뒷정리하느라 바쁠 것이다. 테오는 결혼하지 않고 독신 생활을 만끽하고 있다. 이따금 천진난만했던 시절을 생각나게 하는 웃음을 보여준다.

언젠가 얀센 부부를 만날 수 있다면, 당신이 부탁한 대로 이 두 아이를 구했다고 가슴을 펴고 말할 수 있을까.

"그래, 바로 가마."

"네, 안녕히 주무세요. 발바닥도 꼭 씻고 자야 해요."

"걱정 안 해도 돼."

문이 닫히기를 기다려 나는 에드의 안경을 살며시 꺼냈다.

책상 서랍에는 옛 동료들의 유품과 함께 그가 내게만 남긴 유서가 들어 있다. 세월 탓에 버석버석해진 종이에는 짤막하게 이렇게 쓰여 있었다.

'내 안경 따위 간직하지 않아도 넌 똑바로 잘 살 수 있다.'

동료의 죽음에 직면할 때마다 내가 유품을 챙겼으니 분명 자신이 죽으면 안경을 간직하리라고 예상했을 것이다.

"……그래서 난 똑바로 잘 살았을까."

나는 그 청년을 어디까지 이해했을까. 몸이 얼어붙는 바스토뉴의 참호에서 그의 신상에 관한 이야기를 처음 들었을 때 친구에 대해 아무것도 몰랐음을 통감했던 기분은 지금도 생생하게 기억난다.

시간을 되돌릴 수는 없다. 한번 한 행동은 영원히 새겨져 지워지지 않는다. 어렸을 때 흑인들을 조롱하는 낙서를 했을 때처럼 나는 디에고에게 상처를 주고 끝내 용서받지 못했다. 그리고 에드의 죽음을 회피하지도 못했다. 적병도 수없이 죽였다. 한번은 상대가 항복했는데도 총을 쐈다.

빼앗은 목숨, 구한 목숨, 모욕을 주고 만 목숨. 세고 들자면 끝이 없지만 그렇다고 아픔이 마비되는 일은 없었다.

'나를 걱정해준다면 바깥세상에서 열심히 살아라. 앞으로 더는 이런 일이 일어나지 않도록. 우리가 전쟁터에 가지 않아도 되도록.'

죽이는 것도 죽는 것도 무섭지 않다고 중얼거린 에드는 그렇게 말을 이었다. 하지만 나는 너무나도 미력하기에 커다란 흐름을 거스를 수 없다.

인간은 망각하는 동물이다. 시간이 지나면 명백한 과오조차 정당화한다. 누군가가 이기면 누군가는 지고, 자유를 위해 싸우는 자를 다른 자유를 위해 싸우는 자가 쳐부순다. 그렇게 해서 증오는 연쇄된다.

세상은 백도 흑도 아니다. 회색의 세계다. 이 흐린 하늘처럼 명암이 변덕스레 바뀌는, 잔인하고 아름다우며 향수를 자극하는 회색이 한없이, 한없이 뒤덮고 있다.

하지만 그래도 나는 기도하지 않을 수 없었다.

나는 깊은 한숨을 내쉰 다음 에드의 안경을 책상 서랍에 넣고 잠갔다.

그날 밤 꿈을 꾸었다. 깨고 나니 내용은 전혀 생각나지 않았지만, 저릿할 정도로 달콤하고 유쾌하지만 어딘지 모르게 씁쓸한 감정이 비 갠 뒤의 물웅덩이처럼 가슴속에 남아 있었다.

이튿날 아침 책상 서랍을 열어보니 분명히 넣어두었을 안경이 보이지 않았다. 그 뒤 가족에게 물어보고 다니고 방 안을 샅샅이 뒤졌지만 깨진 안경은 아직 찾지 못했다.

옮긴이 권영주

서울대학교 외교학과를 졸업하고 동 대학원에서 영문학을 전공했다. 옮긴 책으로 2015년 제20회 노마문예번역상을 수상한 『삼월은 붉은 구렁을』을 비롯한 온다 리쿠의 작품 다수와 『빙과』 등 요네자와 호노부의 '고전부' 시리즈, 『잘린 머리처럼 불길한 것』 등 미쓰다 신조의 '도조 겐야' 시리즈, 아야사카 쓰마오의 '아 아이이치로' 시리즈, 하라다 마하의 『낙원의 캔버스』, 무라카미 하루키의 『애프터 다크』, 『오자와 세이지 씨와 음악을 이야기하다』 외 다수가 있다. 조세핀 테이의 『프랜차이즈 저택 사건』, 『데이먼 러니언』 단편 전집 등 영미권 작품도 우리말로 소개하고 있다.

전쟁터의 요리사들

1판 1쇄 발행 2017년 10월 27일
1판 2쇄 발행 2017년 11월 27일

지은이 후카미도리 노와키 **옮긴이** 권영주
펴낸이 김영곤 **펴낸곳** (주)북이십일 아르테
문학사업본부 이사 신우섭 **문학사업본부 본부장** 원미선
책임편집 정혜경 **해외문학팀** 손미선 임정우 양한나
해외기획팀 임세은 채윤지 **디자인** 데시그
문학마케팅팀 정유선 임동렬 김별 김주희
문학영업팀 권장규 오서영 **제휴마케팅팀** 류승은
홍보기획팀 이혜연 최수아 김미임 박혜림 문소라 전효은 백세희 **제작팀장** 이영민

출판등록 2000년 5월 6일 제406-2003-061호
주소 (우 10881) 경기도 파주시 회동길 201(문발동)
대표전화 031-955-2100 **팩스** 031-955-2151

ISBN 978-89-509-7221-9 03830

아르테는 (주)북이십일의 새로운 문학 브랜드입니다.

(주)북이십일 경계를 허무는 콘텐츠 리더

아르테 채널에서 도서 정보와 다양한 영상자료, 이벤트를 만나세요!
장강명, 요조가 진행하는 팟캐스트 말랑한 책수다 〈책, 이게 뭐라고〉
페이스북 facebook.com/21arte 블로그 arte.kro.kr
인스타그램 instagram.com/21_arte 홈페이지 arte.book21.com